거싸얼 왕

KING GESAR
by A Lai

Copyright © 2009, A Lai
First published in English in 2013 by Canongate Books Ltd.
Korean translation copyright © 2016 MUNHAKDONGNE Publishing Corp.

The Korean edition is published by arrangement with Canongate Books Ltd.
through Shinwon Agency.
All rights reserved.

이 책의 한국어판 저작권은 신원 에이전시를 통해
Canongate Books Ltd.와 독점 계약한 (주)문학동네에 있습니다.
저작권법에 의해 한국 내에서 보호를 받는 저작물이므로
무단 전재 및 무단 복제를 금합니다.

이 도서의 국립중앙도서관 출판예정도서목록(CIP)은
서지정보유통지원시스템 홈페이지(http://seoji.nl.go.kr)와
국가자료공동목록시스템(http://www.nl.go.kr/kolisnet)에서 이용하실 수 있습니다.
(CIP제어번호: CIP2016001176)

KING
GESAR
格萨尔王

거싸얼 왕

아라이 장편소설
문현선 옮김

문학동네

일러두기

1. 번역 저본으로 格薩爾王(阿來, 重慶出版社, 2009)을 사용했으며, 저작권자의 승인 하에 영문 번역본 The Song of King Gesar(Howard Goldblatt and Sylvia Li-chun Lin, Canongate, 2013)에 준해 편집했다.
2. 주석은 모두 옮긴이주이다.

차 례

1부

신의 아들이
태어나다

이야기: 첫번째 연기緣起[*]

집말과 야생말이 막 갈라졌을 때, 신들은 이미 하늘로 떠나고 없었고, 요마妖魔들은 이 세상에 남았다. 사람들이 요마와 싸우면서 매번 비참하게 패배하는 것을 두고만 볼 수 없었던 신들은 가끔씩 대표를 아랫세상에 보내 도와주려 했다. 하지만 도울수록 도울 일이 더 많아지기도 했다. 그래서 점점 대표를 보내는 횟수가 적어졌다. 신들의 간섭이 줄자 요마들 또한 사라진 것 같았다. 어쩌면 요마가 사람들을

* 여러 현상이 상호의존관계에 있음을 가리키는 불교 용어.

괴롭힌 것은 신을 도발하기 위함이라, 연약한 인간만 괴롭히는 것이 별 재미가 없었는지도 모른다. 한편, 요마들은 이 세계를 떠난 것이 아니라는 말도 퍼져 있었다. 그들은 변신에 능하니, 아름다운 여인이나 좋은 냄새를 퍼뜨리며 썩어가는 나무 말뚝으로 아직 남아 있다는 것이다.

그런 요마들이 궁금증을 갖게 됐다. 왜 흉악한 모습으로만 변해야 하나. 아예 사람의 모습으로 변해버리면 어떨까? 그래서 그들은 그렇게 했고, 아무도 무엇이 진짜 요마의 모습인지 알지 못하게 됐다. 사람과 신이 힘을 합쳐 요마들을 끈질기게 추적했지만, 결국 그들은 완벽한 장소, 사람의 마음속으로 숨어버린 것이다.

이제 이야기가 시작되는 곳으로 가보자.

지금은 캉바라고 불리지만 과거에 링 또는 링가라 불리던 곳이다. 당시의 링은 현재 넓은 면적을 이루고 있는 캉바의 일부분에 불과했다고 말하는 것이 정확한 표현일 것이다. 캉바의 모든 초원은 마치 커다란 북처럼 평평하고 중심부분만 약간 불룩했다. 그 아래에서는 북의 리듬이 흐르는 듯도, 거대한 심장 소리가 쿵쿵 울리는 듯도 했다. 맹수들이 하늘가로 내달리는 모양을 한 설산들이 이 초원을 둘러싸고 있었다.

그때의 사람들은 이 지구의 대지가 비할 바 없이 넓어서 서로 다른 많은 세계들이 있을 것이라 생각했다. 다른 나라가 아니라, 다른 세계였다. 지금은 사람들이 지구촌이라는 말을 하지만, 그때는 사람들이 하늘가를 바라보며 저 너머에 다른 세계가 있을 것이라 미루어 짐작했다. 그 세계는 어쩌면 더 사악할 수도, 어쩌면 더 풍요로울 수도 있으리라.

링은 부족들로 나뉜 작은 세계였다. 링의 사람들은 처음으로 지혜라는 것을 이용해 야생말과 구별되는 집말을 길들였다. 이때 다른 세계들은 이미 오래전에 야만시대에서 지나와 있었다. 그 세계의 사람들은 다양한 식물들을 경작해냈고, 금과 은, 구리와 동을 녹여 가벼운 수은과 무거운 납을 제련했다. 조각상을 세웠고, 삼베와 비단을 짰다. 그들은 그렇게 문명을 갖추어나가고 있었다. 그들은 자신들이 외부의 요마들을 모두 없앴다고 믿었다. 만약 요마들이 있다면, 그것들은 사람의 마음속에 숨어버린 상태일 것이다. 그 요마들은 사람들이 자기 자신과 싸우도록 만들었다. 그러고선 컹컹 웃으며 사람들의 핏속에서 급히 빠져나왔다.

반면에 링가에서는 사람과 신, 요마의 한바탕 위대한 전투의 서막이 비로소 열리고 있었다.

어떤 사람들은 세상에는 원래 요마가 없었다고 말하기도 했다. 요마들이 떼를 지어 세상을 어지럽히지만, 사실 요마는 모두 사람의 마음속에서 나온 것이고 아득히 먼 옛날에는 요마가 없었다는 것이다. 누구나 부유한 나날을 보내길 원해 링가 사람들도 논밭과 목장, 궁전, 금전, 보물 등 재산을 좇게 되었고, 남자들은 아주 많은 미녀를 원해 투쟁이 발생했으며, 투쟁의 승패로 인해 존귀함과 비천함이 나뉘었다. 각 부족 수장의 큰 권한 아래로 수많은 작은 권한들도 나눠야 했으므로 이 과정에서도 존귀함과 비천함이 생겼다. 이렇게 링가 사람들의 마음에 욕망이 불타오르자 그들의 빛나던 눈동자에도 불길한 음영이 드리웠다. 강물이 원래의 물길을 넘어 흐르고자 하는 욕망으로 진흙과 암석이 뒤섞인 기슭에 몸을 부딪고, 그 결과 스스로를 혼탁하게 만드는 것처럼.

링가 사람들은 바람이 불어 어느 모퉁이에 있는 마귀를 이 세상으로 보낸다고 생각했다. 이 요사한 바람이 링가의 평화를 파괴했다.

그럼, 요사한 바람을 불어 보내는 것은 누구일까? 누군가 이런 질문을 한다면, 더없이 지혜로운 성현이라도 바보처럼 보일 것이다. 이렇게 물을 수는 있을 것이다. 마귀는 어디서 오는가. 그렇다면 요사한 바람이 보내온다는 답이 나올 수 있다. 요사한 바람은 이미 불어왔고, 맑은 하늘에 검은 구름이 가득찼다. 목장의 푸른 풀은 누렇게 시들었다. 무엇보다 선량한 사람들이 사악한 면을 드러내 더이상 사이좋고 평화롭게 지낼 수 없게 되었다. 그 결과 전쟁을 알리는 뿔피리 소리가 초원과 설산에 메아리쳤다.

이렇듯 전쟁의 울음소리로 갈라진 이 초원에, 하늘의 거싸얼 왕이 내려오게 됐다.

이야기: 두번째 연기

하루는, 여러 신들이 천궁天宮 밖으로 유람을 나왔다. 그러다 링가 위에 슬픔의 구름이 떠 있는 것을 보았다. 신들이 타고 있던 사자와 호랑이, 용과 말조차 코를 벌름거리며 아랫세상에서 솟아오르는 서글픈 원망과 아픔의 냄새를 맡았다. 어떤 신이 한숨을 쉬며 말했다. "마귀와 요괴들을 상대할 수 있는 방법이 그토록 많건만, 저들은 어찌 하나도 쓸

줄 모르는가?"

위대한 신大神도 말을 보탰다. "인간들이 요마에게 시달리다 궁지에 몰리면 스스로 방법을 생각해낼 거라 여겼는데, 저들은 아무래도 방법을 찾지 못하는구나." 모든 '결과'의 최종적인 '원인'인 이 위대한 신은 형상이 없었다. 그저 한줄기 숨결로만 존재했다.

"저들을 도와주지요."

"좀더 기다려봅시다." 위대한 신이 말했다. "아무래도 저들은 방법을 떠올리지 못하는 것이 아니라 아예 생각지 않는 듯싶소."

"왜……"

"내 말을 끊지 마시오. 아마도 내가 누군가를 보내 구해주길 바라고만 있기 때문인 듯하오. 좀더 기다리면 그런 기대를 완전히 버리고, 저들 스스로 방법을 생각해낼 것이오."

위대한 신이 구름을 양쪽으로 갈라놓으니 아랫세상에서 고승高僧 한 사람이 초조와 불안에 떠는 이들을 향해 설법을 행하고 있는 모습이 보였다. 고승은 수천 리 길을 걸어 이곳까지 왔다. 가파르게 솟아오른 설산을 넘고 세찬 강물을 건너, 요마들이 판을 치는 이곳으로 와 불법佛法을 가르치고 있는 것이다. 고승이 말했다. "우리가 스스로 마음을 깨끗이 하면 요마들도 흔적없이 사라질 겁니다."

그러나 사람들이 이런 말을 어떻게 믿겠는가? 그렇게 흉악무도한 요마가 어떻게 사람의 마음속에서 튀어나올 수 있단 말인가? 요마들이 나타날 때는 뒤에 검은 회오리바람이 뒤따르는데, 사람의 마음속 어디에 그처럼 엄청난 힘이 있단 말인가? 희망에 부푼 가슴으로 고승이 가르치는 요마 퇴치법을 들으러 왔던 사람들은 몹시 실망하며 하나둘 자리를 떴다.

하늘에서 이 광경을 지켜보던 신들이 말했다. "맞네요. 이 사람들은 우리가 요마들을 없애주길 바라고 있군요."

위대한 신이 한숨을 쉬며 말했다. "그럼 요마를 퇴치할 줄 아는 사람을 보내 한번 상황을 다시 봅시다."

그리하여 큰 법력法力을 지닌 다른 승려가 출발했다. 먼저 왔던 고승은 법술을 원치 않고 내면의 수양을 바랐기 때문에 한걸음씩 설산을 넘어 돌아오느라 거의 삼 년을 꼬박 걸었다. 그러나 법술을 부리는 이 연화생蓮花生 대사는 달랐다. 그는 빛줄기로 갖가지 환술을 부릴 줄 알았다. 물을 퍼올리듯 빛줄기를 잡아서 손에 움켜쥐고 나뭇가지처럼 휘두를 수 있었고, 빛을 타고 날 수도 있었다. 그래서 그는 거대한 산맥들이 에워싸고 있는 웅장한 고원지대에 순식간에 도착했

다. 이곳에 도착해 웅장한 경관을 본 대사는 자신이 이곳에
마음을 빼앗겼음을 깨달았다. 끝없이 이어진 산맥의 높고
낮은 산봉우리들은 내달리는 수사자 같았으며, 고원 중앙을
가로지르는 큰 강줄기는 맑고 웅장했다. 강물과 산언덕 사
이에는 호수들이 하늘의 별처럼 펼쳐져, 푸른 물결을 넘실
거리며 보석처럼 찬찬히 빛을 발했다. 이처럼 아름다운 곳
에 사는 사람들의 삶이 견딜 수 없을 만큼 슬프고 아프다니
이상한 일이었다.

연화생 대사는 천신들이 지시한 대로 링가 주위의 네 줄
기 강물과 여섯 언덕을 돌아보았다. 생각했던 것보다 많은
요마들과 그들의 힘에 대사는 매우 지쳐버렸다. 더이상 사
람과 요마를 분간할 수 없게 된 상황이 대사를 더욱 힘들게
했다. 국왕이 마도魔道로 떨어지지 않으면, 요마가 궁중으로
들어가 막강한 권력을 가진 신하가 되었다. 대사가 요마들
각각을 법술로 제압할 수 있었지만, 한 국가를 상대로 전쟁
을 벌일 수는 없었다. 다행히 그가 맡은 사명은 이 땅을 순
시하는 것이지, 세상 모든 요마를 없애는 것이 아니었다. 그
래서 이제 소임을 마치고 돌아가고자 했다.

사람들은 하늘이 자신들을 구할 이를 보낼 것이라는 말들
을 했는데, 한 늙은 아낙이 엉엉 울면서 욕설을 퍼붓기 시작

했다. "죽어 마땅할! 저들은 우리를 아주 잊어버렸어!"

"누구더러 그리 욕을 하시오?"

"벌써 죽어 요마들 졸개가 된 영감 욕이겠어? 인간세상의 어려움 따위는 잊어버린 천신들을 욕하지!"

"아이고! 말 한마디에 천 냥 빚도 갚는다는데, 어찌 신께 그리 불경할 수 있소?"

"그럼, 위에선 왜 우리를 구해주러 안 온다던가!"

결국 사람들은 같이 통곡하게 됐다.

그동안 요마들은 인육으로 잔치를 크게 벌이며 미친듯이 웃고 있었다. 요마들은 요망한 소문을 퍼뜨린 말 많은 작자들을 제일 먼저 먹었다. 요마들은 먼저 이 작자들의 혀를 자르고, 붉은 피는 서로 다른 그릇에 담아 사악한 신들을 위한 제단에 바쳤다. 그러고는 몇몇을 먹어치웠다. 아직 잡아먹히지 않은 사람들은 혀를 잃은 채 참회와 고통으로 통곡했다. 이 울음소리가 마치 슬픔의 검은 강물처럼 사람들의 심장을 훑고 지나갔다.

하늘을 올려다보면 정처없이 흐르는 구름 말고는, 아득하게 깊고 텅 빈 쪽빛뿐이었다. 이 통곡을 들었던 사람들은 이 하늘빛을 찬양하며 노래할 때 자신들이 노래하는 것이 쪽빛의 아름다움인지 마음속의 절망인지 알 수 없었다. 그러나 일단 노래를 하면 절망은 참을 수 있을 정도로 변했다. 서글 픈 마음도 옅어지는 것 같았다. 하지만 요마들은 이들이 노래를 부르지 못하게 했다. 이 노래가 천궁에 닿을까 두려워했던 것이다. 요마들은 안개 같이 보이지 않는 잿빛이 삽시간에 공기를 가득 메우도록 만드는 주문을 외워 노래하는 사람들의 코와 목을 타고 들어가도록 했다. 보이지 않는 잿빛을 들이마신 사람들은 모두 저주에 걸려 목청이 뻣뻣하게 굳어갔다. 그저 외마디소리만이 튀어나왔다. 온순한 양의 울음소리였다.

메에―

메에메에―

저주받은 사람들은 자신들이 이처럼 단조로운 소리를 내고 있다는 사실을 전혀 알지 못하고 계속 노래를 불렀다. 그들은 양 울음소리를 내며 몽유병자처럼 사방을 떠돌았다. 이렇게 울부짖다 지치면 양들조차 독초인 줄 아는 풀까지 가리지 않고 뜯어먹고는 회녹색 거품을 토하며 물가나 길가에서 죽어갔다. 요마들은 이런 방식으로 자신들의 힘을 과시했다.

이런 상황에서 링가 사람들은 무관심의 늪으로 빠져들었

다. 생기 띤 얼굴이 무표정해졌다. 고개를 들어 하늘을 바라
보는 일도 없었다. 하늘을 본들 무슨 희망이 있는가? 신은
오지 않는다. 신이 이미 내려왔다는 말도 돌지만, 사방에 물
어도 제 눈으로 신을 보았다는 이는 없었다. 사실 요마를 봤
다는 사람도 없었다. 요마가 없기 때문이 아니라, 요마를 만
나면 모두 먹혔기 때문이다.

　당시에 현자들은 머리칼을 길게 늘어뜨리고 마을이나 왕
궁에서 그다지 멀지 않은 산속 동굴에서 수행을 했다. 그들
은 지금 살고 있는 이 삶 외에도 전생과 후생이 있을 것이
며, 이 세계 밖에도 더 넓고 많은 세계가 있을 거라 믿었다.
그런 삶과 세계는 어떤 모습일지 상상했다. 그 세계들은 높
고 험한 산맥으로 가로막혀 있을까, 아니면 아득히 넓은 바
다로 에워싸여 있을까? 이들은 또 요마들이 가져오는 두려
움, 고통과 절망에 이름을 붙이기도 했다. '운명'이란 이름
이었다.

　이런 상황 속에서 연화생 대사는 자신이 돌아다니며 본
결과를 하늘에 보고하기 위해 귀로에 올랐다. 도중에 그는
끊임없이 사람들과 마주쳤다. 농부, 양치기, 목공, 도공, 때
로는 무당까지 바삐 걸음을 옮기며 그를 스쳐지나갔다. 이

들의 딱딱한 미소와 꼭두각시처럼 기계적인 발걸음을 보면서, 대사는 이들이 요마의 부름에 따라 움직이고 있다는 사실을 알아챘다. 그들의 어깨를 붙잡아 흔들며 왔던 곳으로 돌아가라고 외쳤지만 아무도 그의 충고를 듣지 않았다. 이 땅에 막 왔을 때라면, 대사는 요마들과 한바탕 싸움을 벌였을 수도 있겠지만 이제는 자신이 모든 요마를 물리칠 수는 없음을 알았다. 더군다나 큰 소리로 외쳐 일깨우고자 했던 사람들 또한 결코 깨우침을 얻지 못했다. 그래서 그는 스스로에게 말했다. 나중에 아주 널리 퍼진, 더군다나 천년 후에는 더욱 널리 퍼져 더 많은 공명을 자아낸 바로 그 말을.

"눈으로 보지 않으면 깨끗한 법이지."

사실 전체 문장은 이러했다. "눈으로 보지 않으면 깨끗한 법이지. 그러니 큰길을 벗어나버리자."

대사는 사나운 가시덤불을 뚫고 오솔길로 향했다. 무기력해진 그는 간단한 호신 주문을 외는 일조차 잊고 말았다. 결국 그의 헐벗은 두 팔은 가시에 찔려 피로 얼룩졌고, 그는 화가 났다. 그의 분노는 그 자체가 일종의 힘이었다. 대사의 몸안에서 이 힘이 요동치자, 가시덤불이 그의 앞에서 고개를 조아리며 바닥에 엎드렸다.

오솔길도 조용하지는 않았다. 양치기는 양떼를 버리고,

주술사는 막 캐낸 약초를 버린 채 모두 요마가 부르는 방향으로 달려갔기 때문이다. 길이 무척 좁았기에 대사는 달려가는 사람들과 끊임없이 부딪혔다. 대사는 어떤 마법 때문에 사람들이 모든 것을 버리고 달려가는지 호기심이 생겼다. 그래서 노곤함을 떨치고 정신을 추슬러 이 행렬의 뒤를 쫓았다. 마침내 바람이 이끼를 모두 불어내 온통 검붉은 속살을 드러낸 바위산의 기슭에 도착했다. 거기서 산 아래 푸른 호수를 굽어보던 대사는 그곳이 이전에 순찰을 왔을 때 요마 셋과 싸워 이긴 장소임을 기억해냈다. 그 요마들은 땅속으로도 자유자재로 뚫고 들어갈 수 있어서, 용처럼 호수 위아래를 거침없이 오갔다. 대사는 법력을 동원해 호숫가의 바위들을 모두 끌어다 산 아래로 던져버렸다. 커다란 바위들이 일으킨 무시무시한 진동으로 세 요마 중 하나는 변신할 사이도 없이 땅 아래 갇혀 죽었고, 남은 두 요마는 떨어지는 무거운 바위에 그대로 깔려 죽었다. 굽어진 호수 기슭 사방에는 거대한 바윗돌들이 아직도 널려 있었다. 당시 거무스레했던 바윗돌들은 바람이 불고 햇볕이 내리쬐어 어느새 어두운 자줏빛을 띠었다.

문득 대사는 자신이 링에 온 지도 꽤 됐다는 것을 떠올렸다. 일 년? 이 년? 어쩌면 더 오래됐을지도 모른다. 그가 요마을을 제압한 바로 그 호수 한가운데서 새로운 요마가 모습을 드러냈다. 이번에는 거대한 뱀이었다. 요마는 거대한 몸뚱이를 물 아래 깊이 담근 채, 호수 가운데서 환상 술법을 썼다. 요마가 기다란 혓바닥을 쭉 내밀자 혓바닥은 이내 붉은 꽃이 흐드러진 아름다운 반도半島로 변했다. 반도의 끝자락에서 매력적인 여인이 커다란 젖가슴을 봉긋하니 내밀고 하늘 위를 둥둥 떠다녔다. 사람들은 바로 이 여인의 노랫소리를 듣고 이곳으로 달려온 것이었다. 노래에 홀려, 그들의 경직된 미소가 생기 있게 바뀌었다. 그들에게 아직도 어떤 의지가 남아 있다면, 그 의지는 뱀의 혓바닥으로 걸어가 요마의 뱃속으로 뛰어드는 데 사용될 참이었다.

연화생 대사는 커다란 바위 꼭대기로 날아 올라가 요마를 향해 달려가는 사람들에게 멈추라고 크게 소리 질렀다. 그러나 모래시계 속에서 모래 알갱이가 떨어지는 찰나만큼의 시간도 주저하는 사람이 없었다. 대사의 외침은 공중에서 하늘거리는 나신의 여인이 부르는 노랫소리를 한층 더 감미롭게 만들었을 뿐이다. 뱀 요괴는 호수 맞은편 기슭에서 커다란 꼬리를 곧추세우더니 비릿한 바람을 일으키며 도발적으로 꼬리를 흔들었다. 대사가 할 수 있는 유일한 일은 비참한 운명을 향해 신이 나서 달려가는 사람들 앞으로 몸을 날려 용궁 입구라는 환영으로 치장된 뱀의 입 앞에 버티어 서는 것이었다. 거기서 그는 마음을 가라앉히고 발뒤꿈치에 힘을 실은 뒤 주문을 외기 시작했다. 대사의 몸이 순식간에 부풀어 뱀의 입을 틀어막은 뒤 계속해서 뱀의 입이 더 크게, 더 크게 벌어지게 만들었다. 커다란 뱀이 괴로움에 몸부림치자 하늘까지 삼킬 듯한 거대한 너울이 일었다. 아름다운 꽃과 향기로운 풀이 순식간에 사라졌다. 기다란 혓바닥이 다시 접히면서 사람들은 호수로 내던져졌다. 법력으로 거대해진 대사의 몸이 마침내 뱀 요괴의 머리를 터뜨렸다. 대사는 뱀의 사체를 호수 기슭으로 내던져 구불구불 멀리 이어지는 한줄기 산맥으로 만들어버렸다. 대사가 몸을 돌려보니, 핏빛 호수가 발버둥치는 중생들을 삼키고 있었다.

"일어나라!" 대사가 소리치자 물에 잠겼던 사람들의 몸이 기슭으로 올라왔다.

대사가 법력으로 사람을 되살리는 술법을 쓰자, 사람들이 서서히 모래밭에서 몸을 일으켰다. 그제야 그들은 크게 놀랐다. 비로소 몸을 돌려 달아날 생각이 들었지만, 다리에는 아무런 힘도 남아 있지 않았다. 사람들은 땅바닥에 엎드려 울기 시작했다. 우박이 내리는 것처럼 이들의 눈물방울들이 뱀 요괴의 피로 얼룩진 호수로 떨어졌다. 눈물 속에 있던 소금이 호수의 피얼룩들을 흡수했고, 슬픔의 푸른 수증기들이 사방으로 흘러넘쳐 호수의 포악한 기운을 빨아들였다.

대사는 새들을 나무 위로 불러 노래를 부르게 하여 구사일생으로 살아남은 사람들의 기운을 북돋아주었다. 힘이 난 사람들은 다시 일어서서 두 다리를 힘껏 내디뎌 걸으며 집으로 돌아가는 길에 올랐다. 저마다 자신들의 목장으로 돌아가거나 쌀보리와 순무를 심은 마을로 돌아갈 것이다. 도공들은 가마터로 돌아가고, 석공들은 채석장으로 돌아가며, 무두장이들은 가죽을 부드럽게 만드는 망초를 채집하며 돌아갈 것이다. 대사는 그 여정이 순조롭지만은 않을 것임을 알고 있었다. 강도를 만날 수도 있고 귀신을 만날 수도 있다. 강굽이든, 산골짜기든, 굽이굽이 돌아가는 길목 어디에나 운명을 움켜쥐지 못한 사람들이 바삐 뛰어다닐 것이다. 그럼에도 불구하고 대사는 가장 상서로운 말로 정성을 다해 그들을 축복했다.

대사는 신이 아니었다. 어쩌면 장차 신이 될지도 몰랐다. 하지만 아직은 경건하고 고된 수련을 거쳐 깊은 도를 닦은 수행자일 뿐이었다. 몸에는 무수한 승리를 거두게 해준 법기法器를 지니고 있었고, 머릿속에는 법력이 강한 주문들을 담고 있었다. 당시 대사는 아직 자유롭게 천궁을 드나들 수 없었지만 천궁 문 앞까지는 올라갈 수 있었다. 중생을 고난에서 구제하는 관세음보살이 연화생 대사가 링가를 순시하며 겪은 갖가지 상황을 듣기 위해 천궁 문 앞에서 기다렸다. 보살이 대사의 보고 내용을 위에 전할 터였다.

대사는 커다란 붕새를 타고 링가를 떠나 하늘로 날아갔다. 붕새에 올라타자 머리가 어지럽고 눈앞이 아찔했다. 붕새의 등에는 아름다운 깃털 말고는 아무것도 잡을 것이 없었다. 이 허공에서 떨어져버릴 것만 같았다. 그러다 자신이 빛 한 다발만 밟고 서서도 하늘을 날았던 것을 기억해냈다. 조금 전 사람들을 구하면서 심신이 어지러워졌기 때문에 두려움이 생긴 것이었다.

대사는 가만히 숨을 고르며 커다란 붕새의 등에 제대로 자리를 잡고 앉았다. 흐트러진 긴 머리칼이 바람에 날리기 시작했고, 정수리와 귓가를 스쳐가는 바람이 쉬잉쉬잉 울어댔다. 그는 구름을 잡아채 물기를 꽉 짜낸 다음, 크고 작은 길상무늬 매듭을 지어 아래쪽으로 던졌다. 그가 장차 신이 되면, 그 길상무늬 매듭이 떨어진 곳은 모두 신성한 흔적이 나타난 땅이 될 터였다.

위쪽에서 웃음기를 한껏 머금은 음성이 들려왔다. "그렇게 하면 앞으로 사람들이 곳곳에서 늘 그대를 생각하겠군."
대사는 붕새를 세워 옷매무새를 가다듬고 숨을 죽였다. 그
러고는 이마를 조아리고 손을 모으면서 말했다. "빈승은 그
저 흥이 올라 그리한 것일 뿐이옵니다……"

위쪽에서는 아무런 말이 없었다.

"허물이 된다면 곧 내려가서 그것들을 수습하고 다시 올
라오겠습니다."

"됐네, 됐어. 그대가 인간세상을 떠나게 되어 마음이 기
뻐 그러한 것임을 알고 있으니."

대사는 그제야 안도의 숨을 내뱉었다.

보살이 말했다. "편하게 내려와서 이야기하지."

하지만 허공에 어떻게 내린단 말인가?

"내가 내리라고 하였으니 마음놓고 내리시게나." 보살은
웃으며 손을 내저었다. 그러자 텅 빈 하늘의 푸름이 물결치
는 강물의 푸름으로 바뀌더니, 출렁이는 물결 사이로 탐스
러운 연꽃들이 떠올라 대사의 발 앞까지 한 송이씩 피어났
다. 대사가 연꽃을 밟으며 걸음을 내딛자 연꽃의 짙은 향기
가 그를 압도해왔다. 자신이 걷는 것이 아니라 연꽃 향기에
실려 보살 앞으로 옮겨지는 것만 같았다.

"그대를 힘들게 했지." 보살이 온화한 음성으로 대사를 다

독였다. "그 사악한 영혼들은 참으로 다루기 어려웠을 거야."

"보살님께 아룁니다. 제가 아무리 많은 요마와 마주치더라도 지겹다는 생각을 쉽게 하지 말았어야 했습니다."

보살이 웃었다. "하하, 모두가 어리석은 중생들이 옳고 그름을 잘 분별하지 못하는 까닭이오."

'하늘 위에서는 모든 것이 다 보이는구나.' 대사는 생각했다. '그렇다면 왜 나를 보내 세상을 돌아보게 한 것인가?'

보살은 통통하고 부드러운 손을 흔들어 보였다. "하늘의 뜻은 이루 다 헤아릴 수가 없는 법이오. 그대가 영원히 천궁에 머물게 된다면 알게 될 것이오."

"알겠습니다. 빈승 앞으로 충분한 공덕을 쌓겠습니다."

보살은 그 말을 받아 강조했다. "옳소. 사람이 신이 되려면 충분한 자격과 경력을 쌓아야 하오." 이어 덧붙였다. "링가에서 보고 들은 것을 일일이 다 말하지 않아도 됩니다. 위에서는 아래서 일어난 모든 일을 똑똑히 보고 있으니까. 이미 일어난 일들뿐만 아니라 아직 일어나지 않은 일도 알고 있어요."

"그러면 어찌 아랫세상 중생들의 모든 고통을 깨끗하게 해결해주지 않는 것이지요?" 대사가 물었다.

보살은 낯빛을 엄숙하게 바꾸며 말했다. "하늘은 도움과 가르침을 줄 뿐입니다."

"그러면 제가 다시 가서 싸우도록 허락해주십시오!"

"그대는 이미 소임을 완수하였소. 그대의 공덕도 윤회를 벗어날 만큼 채워졌으니, 이제 신이 되어 천궁에 들게 될 것입니다. 이제부터 그대는 깊은 법력으로 설산에 살고 있는 평범한 백성들을 보우하면 됩니다. 다시는 몸소 세상에 내려가 요마들과 싸울 필요가 없지요."

말을 마친 보살은 몸을 돌려 상서로운 분홍 구름을 밟고 천궁의 높고 커다란 궐문 안으로 들어갔다. 향 몇 대가 다 타도록 기다렸지만 보살은 문밖으로 나오지 않았다. 보살은 그에게 기다리라거나, 지금 바로 천궁에 들어갈 수 있는지 없는지도 말해주지 않았다. 대사는 초조해졌다. 수련을 마치기 전 대사의 급한 성미대로라면 일찌감치 몸을 돌려 붕새의 등에 올라타고 수행을 하던 깊은 산속으로 진작에 돌아갔을 것이다.

이야기꾼: 양치기의 꿈

그렇다. 초조했다.

구름송이들이 이리저리 떠다니는 것이, 초조했다.

이 양치기는 벌써 몇 번이나 같은 꿈을 꾸었다. 꿈은 언제나 그 가장 유명한 보살이 천궁의 문 안으로 들어가는 장면에서 끝났다. 꿈이었지만 양치기는 초조함을 느꼈다. 그 초조함은 분명 천궁의 문 앞에서 소식을 기다리는 연화생 대사가 아니라, 새로운 이야기가 전개되길 기다리는 자신이 느끼는 것이었다.

꿈속에서, 양치기는 천궁 깊은 곳을 바라보았다. 위를 향해 살짝 기울어진, 투명하게 빛나는 옥 계단이 보였다. 가까운 곳은 단단해 보였지만 아스라이 먼 곳은 가볍고 폭신해 보였다. 계단은 구름 속으로 사라지는 것이 아니라 마치 자기 무게를 이기지 못한 것처럼 높은 곳에서 갑자기 툭 아래로 꺾여내려갔다. 그의 시선 또한 떨어져내렸다. 양치기는 여름 목장의 끝자락에 있는, 눈과 얼음 모자를 쓴 해발 오천 여 미터의 신성한 산에 오른 적이 있었다. 그 산의 정상에 올랐을 때도 이처럼 시선이 뚝 끊기고 산세도 갑자기 아래로 쏟아져내렸었다. 그 낭떠러지 아래에서 구름과 안개가 피어오르고, 구름 밖은 또다른 세계였다. 차안此岸이 아니라 피안彼岸이었다. 그러나 피안이 어떤 모습인지 이번 생에서는 볼 도리가 없을 것이다.

그런데 꿈속에서, 그 다른 세계가 바로 그의 눈앞에서 굉음과 함께 열린 것만 같았다. '굉음과 함께 열린다.' 그의 머릿속에 정말로 이 문장이 떠올랐다. 현실의 삶 속에서 그는 일자무식의 양치기였다. 그러나 요즘 들어 꾸는 꿈속에서는 스스로가 똑똑해진 것 같았다. 꿈속에서 다음 이야기가 전개되기를 기다리는 중에 책에서나 튀어나올 성싶은 이런 문학적인 문장이 갑자기 떠오를 리 없지 않은가. '우릉우릉하는 굉음이 들렸다.' 여름날 얼음 시내가 녹아 험준한 산비탈 사이로 쏟아져내리며 홍수를 일으킬 때 나는 것 같은 소리였다. 이 소리에 놀라 그는 꿈에서 깨어났다. 눈을 뜨고서야 잣나무들이 바람을 막아주는 낮은 언덕 뒤에서 잠이 들었음을 깨달았다. 사방으로 펼쳐진 풀밭에서 양들이 혀를 날름거리며 싱싱하게 자라난 연한 풀을 만끽하고 있었다. 산들바람을 타고 오는 온갖 내음을 맡느라 분홍색 콧구멍이 연신 드러났다. 그가 깨어난 것을 보더니, 양들은 그를 보고 울었다.

메—

이 울음소리를 듣자, 꿈의 잔상이 남아 있었는지, 연민의 정이 솟아났다. 꿈속에서 요마에게 쫓기던 사람들이 생각났기 때문이다.

그는 하늘을 올려다보았다. 마치 어떤 계시가 깃든 것만 같았다. 그때, 꿈속에서 울렸던 소리가 또다시 들렸다. 마치 천군만마가 먼 곳에서부터 달려오는 것만 같은 소리였다. 그는 고개를 들어 자신이 살고 있는 이 세계의 꼭대기를 올려다보았다. 신성한 산의 정상 아래로 펼쳐진 완만한 비탈에 눈이 두껍게 쌓여 있었는데, 그 눈더미에 커다란 균열이 생기면서 거무튀튀한 바위산에서 떨어져나온 거대한 눈더미가 묵직한 굉음을 내며 천천히 아래로 미끄러지고 있었다. 눈더미는 낭떠러지에 이르러 더 큰 소리를 냈다. 무거운 눈더미 중 덩어리는 낭떠러지 아래로 쏟아져내리고 가벼운 조각들은 위로 날아올랐다. 시리고 세찬 기운이 그대로 진메이의 코앞까지 끼쳤다. 더할 나위 없이 서늘하고 맑은 공기가 그를 몽롱한 잠기운에서 완전히 깨웠다. 그가 줄곧 애타게 기다렸던 어마어마한 눈사태였다. 이제야 진정한 여름이 온 것이다. 그가 밟고 있는 풀밭에는 벌써 보랏빛 용담이 피어나기 시작했고, 다보록한 각시취가 솜털이 보송보송한 줄기 끝에 커다란 꽃봉오리를 맺고 있었다.

하지만 그는 꽃들에 그다지 주의를 기울이지 않았다. 양치기인 그는 내일이면 눈사태가 진정될 테니 양떼를 산기슭 쪽으로 좀더 가까이 몰고 갈 수 있겠다고 생각할 따름이었다. 그곳의 풀들은 벌써 무성해졌을 것이다. 눈사태 소리는 양떼를 놀라게 했고, 그도 그 소리에 무언가가 떠오른 것 같았다. 그는 고개를 들어 흘러가는 구름을 쳐다보았다. 그러다가 퍼뜩, 머릿속에 떠오른 것이 그 꿈이라는 점을 깨달았다. 매번 잠에서 깨면 꿈은 하나도 남김없이 잊히고, 시커먼 먹구름이 하늘 한구석을 덮은 것처럼 초조한 감정만이 마음속에 남아 있었다. 그런데 이날 문득 자신의 그 꿈을 보게 된 것이다. 수천 수백 년 동안 초원과 마을에서 이야기꾼들이 수없이 노래했던 그 이야기를 말이다. 그 역시 영웅 이야기 '거싸얼 왕'을 많이도 들었다. 그가 본 이야기꾼들은 그다지 뛰어난 사람들이 아니어서 위대한 이야기의 일부만을 짤막하게 접했을 뿐이었지만, 아주 먼 곳에는 하늘로부터 물려받은 특별한 재능을 지닌 사람들이 간혹 있어서 이야기를 처음부터 끝까지 들려주는 일도 있다고는 들었다. 그러나 이것도 전해들은 이야기일 뿐이다. 이제 그는 그 꿈속의 장면을 떠올릴 수 있었다. 그리고 그 장면이 위대한 긴 이야기의 시작 부분이라는 것을 알게 됐다.

세상은 너무 조용한데 그는 여전히 산골짜기 사이에서 나는 우르릉 쾅하는 소리를 선명하게 들을 수 있었다. 또한 벼락에라도 맞은 것처럼 온몸이 부르르 떨렸고 비 오듯 땀이

났다. 그에게 이 위대한 이야기의 첫머리를 보여준 힘은 무엇일까? 이야기를 전하는 사람들 모두 이 거싸얼 왕 이야기의 첫머리를 찾지 못했다. 첫머리가 없었기 때문에 그들은 이야기를 도막도막 전할 수밖에 없었다. 연기로부터 과정을 거쳐 끝으로 이어지는 이 위대한 이야기의 전모는 도무지 알 길이 없었던 것이다.

양치기의 숙부도 바로 이런 이야기꾼이었다. 양치기의 집에서 이백 리 정도 떨어진 농촌에 살면서, 숙부는 농사를 짓는 시간 외에는 배나무 조각판 위에 불경을 판각하는 일도 했다. 그는 정원 한가운데에 있는 오얏나무의 그늘 아래 가부좌를 틀고 앉아 한 칼 한 칼 불경을 새기곤 했다. 조각칼에 밀려난 나무 찌꺼기가 손가락 사이로 흘러나올 때마다 숙부의 얼굴에는 조금씩 더 깊은 주름이 패였다. 때때로 도수가 낮은 술을 조금 마신 뒤 링 국의 대왕 거싸얼 이야기를 도막도막 노래했다. 시작도 없고 끝도 없이, 그저 묘사뿐이었다. 이야기의 주인공이 얼마나 훌륭한 말을 타고 다녔는지, 어떤 무기를 들었는지, 어떤 투구와 갑옷으로 위풍당당함을 더욱 돋보이게 만들었는지, 어떤 법술을 쓸 줄 알았는지에 대해. 만약 영웅이 인정 없는 인물이었다면, 그 앞에서 모든 사람의 목숨은 실가닥처럼 잘려나갔을 것이라고도 했다.

"그래서요?" 양치기는 여러 차례 숙부에게 이렇게 물었었다.

"사부님께서는 여기까지만 알려주셨단다. 다른 이야기는 나도 모르지."

"그럼 그 사부님께서는 누구한테 배웠는데요?"

"배우지 않았단다. 그분은 꿈을 꾸셨을 뿐이야. 병을 앓으며 고열에 시달리고 헛소리를 하셨지. 그리고 꿈에 그 이야기를 본 거야."

"꿈에서 나머지 이야기는 못 보셨대요?"

"우리 진메이, 너무 많은 것을 묻는구나. 나를 보려고 먼 길을 찾아오느라 네 작은 노새는 발까지 절뚝이는데, 이런 어리석은 질문을 하러 온 거였어?"

진메이는 그저 웃기만 할 뿐이었다.

오얏나무 몇 그루가 자라는 정원에서 진메이는 숙부가 배나무 조각판을 무릎 위에 올려놓고 입으로는 한 자 한 자 경문을 외면서 날카로운 칼로 글자의 윤곽을 깔끔하게 파내는 모습을 지켜보았다. 진메이는 집안에서 사촌들과 함께 있고 싶지 않았다. 고등학교에 다니는 사촌 여동생이 진메이의 몸에서 나는 누린내가 싫다고 말했다. 진메이가 생각해봐도 이상한 일이었다. 목장에 있을 때는 아무 냄새도 나지 않는데, 시야가 좁아지는 이 마을에만 오면 제 몸에서 정말 이상한 냄새가 났다. 양이나 소 같은 가축들의 몸에서 옮겨온 냄새임을 인정하지 않을 수 없었다.

숙부가 말했다. "진메이, 몸에서 나는 냄새 따위는 신경 쓰지 마라. 며칠 더 있으면 곧 사라진단다."

"저 돌아갈래요."

숙부가 말했다. "실망한 모양이로구나. 내 이야기가 뒤죽박죽이란 말이야. 하지만 그것도 모두 내 사부님 탓이지. 사부님이 말씀하시길, 꿈을 꿀 때는 처음부터 끝까지 완전했는데, 깨어나면 그리 많은 것을 기억하지 못한다고 하시더구나. 꿈 꾼 것의 반의 반도 말하지 못한다고 하셨어."

진메이는 숙부에게 자신도 그런 꿈을 꾼다고, 하지만 꿈에서 깨면 도무지 기억할 수가 없다고 말하고 싶었다. 벌써 몇 번이나 꿈에서 깨고 보면 아무것도 기억나지 않았다고. 다만 눈사태에 놀라서 깬 그때만은 이야기의 첫 부분을 완전히 기억할 수 있었다. 비록 이야기의 주인공은 등장하지 않았지만, 진메이는 이것이 바로 그 위대한 이야기의 시작 부분이라는 것을 알았다. 자신이 꾼 꿈이 어떻게 이어지는지 알고 싶어 이백 리 길을 재촉해 노새의 등에 선물을 싣고 숙부를 만나러 온 것이었다.

"진메이, 네 마음이 편치 않은 듯하구나." 숙부가 말했다.

진메이는 아무 말도 하지 않았다. 꿈속에서 본 영웅 이야기는 신이 몰래 알려준 것이라 비밀로 해야 한다고 생각했기 때문이다.

오얏나무 그늘 아래 앉은 숙부가 자리를 반쯤 내주었다. "자, 앉으렴."

진메이가 앉자 숙부는 불경을 새기던 나무판을 그의 무릎에 올려주었다. "칼을 잡아보렴. 이렇게 잡으면 돼. 너무 반듯하게 잡지 말고 약간 비스듬히. 칼을 움직여봐. 힘을 주고. 옳지, 옳지. 바로 그렇게 하는 거다. 다시 해봐. 봐라, 이렇게 하니 글자가 하나 나타났지."

진메이는 그 글자를 알아볼 수 있었다. 글자를 모르는 사람들이 대개 가장 처음 알게 되는 글자였다. 사람들은 이 글자가 인류 의식의 발원지라고, 시와 노래의 위대한 어머니라고 말했다. 마치 이 세상에 불어온 최초의 바람처럼, 얼어붙은 시내를 녹게 만드는 첫 샘물처럼, 그것은 모든 예언의 우화이면서 동시에 모든 우화 속의 예언이었다.

"사랑하는 조카야, 이 세상에 사람이 너무 많다보니 신들이 제대로 돌보지 못할 때가 있지. 그래서 네 마음이 불안해지는 것이란다. 그럴 때는 이 글자를 떠올리렴."

"저는 조각할 줄 모르는걸요."

"마음속에 너만의 나무판자를 떠올리고 너만의 칼을 들어서 이렇게 한 획 한 획 새기기만 하면 되는 거야. 네가 그 글자를 떠올리고 읊조려 의식 속에서 이 글자가 반짝이기만 하면, 마음이 곧 안정될 거야."

집으로 돌아오는 길에 진메이는 노새에게 말했다. "난 그 글자를 생각하고 있어."

그 글자는 "옴!"이라고 읽었다. 이 소리가 나면 물레방아든 풍차든 빙글빙글 돌아가는 것은 무엇이든 돌아가기 시작했다. 이런 것들이 모두 돌아가기 시작하면 이 세계도 함께 돌았다.

그의 말을 알아듣지 못하는 노새는 고개를 수그린 채 앞만 보고 걸었다. 큰길은 드문드문 성긴 소나무 숲을 크게 돌아나갔다. 큰길이 꺾어지는 모퉁이에 닿자 노새는 앙상하게 뼈가 드러난 엉덩이를 흔들며 잠시 그의 시야에서 사라졌다. 진메이는 목청을 높여 앵두나무 위에 앉은 앵무새 한 쌍에게 말을 걸었다. "이 글자를 기억해야 해!"

앵무새 한 쌍이 놀라서 날아가며 지저귀었다. "글자! 글

자! 글자!" 그러고는 멀리 날아갔다.

진메이는 한동안 바삐 걸었다. 노새는 길가 한 곁에서 기다리고 있었다. 노새는 담담한 기색으로 그를 한 번 돌아보더니 또다시 목에 달린 방울을 흔들며 걸어가기 시작했다.

한참을 걸으며 진메이는 길가에 나타나는 동물들에게 말을 건네 스스로 그 글자를 떠올리려 애썼다. 그의 말투는 반쯤은 진지했고 반쯤은 장난스러웠다. 이 글자로 자신의 그 꿈을 다시 부를 수 있기를, 또 잠에서 깨어났을 때 그 내용을 잊어버리지 않도록 도와주기를 바라서 진지했고, 감히 이 글자의 힘을 믿을 수가 없어서 이런 주문에 얽매이지 않고 벗어나려고 장난스러웠다. 그러나 속으론 이 글자의 영험을 바라고 있었다.

산골짜기를 지나면서는 바위에서 햇볕을 쬐는 도마뱀에게 말했다.

높은 산 풀밭 위에서는 두 손을 모으고 두 발 끝으로 서서 먼 곳을 바라보는 마멋을 보고 말했다.

아름다운 뿔을 꼿꼿이 세우고 자랑스러워하는 수사슴에게도 말했다.

그러나 이들은 진메이를 아는 척도 하지 않았다. 그뒤로는 마주치는 동물마다 마치 그가 말 붙이기를 두려워하는 듯 놀라서 허둥대며 급히 숨었다.

이날 밤 진메이는 어느 산속 동굴에서 하룻밤을 보냈다. 노새는 동굴 입구에서 푸른 풀을 뜯어먹었다. 가까운 땅 위에서는 달빛이 물처럼 흘러넘쳤고 저멀리로는 달빛이 안개처럼 피어올랐다. 이런 밤, 사방이 높은 산봉우리로 둘러싸인 산속이라면 꿈을 꾸기에 적합하리라. 진메이는 잠들기 전에 그 글자를 소리 없이 되뇌었다. 그러나 아침에 잠에서 깨었을 때 그는 자신이 꿈을 꾸지 않았음을 알았다.

고도가 높아질수록 하늘은 점점 더 맑아졌다. 다음날, 원래 진鎭*의 여관에 묵으려고 했지만, 여관에는 노새를 둘 곳이 없었다. 여관의 직원이 그를 건물 뒤쪽 마당으로 데려갔는데, 시멘트 바닥 위에 크고 작은 자동차들이 세워져 있었다.

여관 직원은 그를 이상하게 여겼다. "보아하니 먼 길을 오신 것 같은데, 먼 길을 다니는 분들은 모두 자동차를 타거든요. 진에 정거장이 있으니 어떻게 가는지 알려드릴게요."

진메이는 고개를 저었다. "차에는 노새가 탈 자리가 없어요."

---

* 한국의 읍 정도의 규모에 해당하는 중국의 행정단위.

여관을 떠난 진메이는 진을 벗어나 작은 산언덕에서 밤을 지낼 곳을 찾아보았다. 민둥민둥한 언덕인지라 철탑 아래서 밤을 지내는 수밖에 없었다. 철탑의 기단은 마침 바람을 피할 만한 곳이었다. 찬 밤공기 탓에 뜨거운 것을 뱃속에 집어넣고 싶은 생각이 든 진메이는 얼른 모닥불을 피우고 주전자에 차를 끓였다. 고기 한 덩어리를 구우며 진에서 술 한 병을 마련해오지 못한 일을 못내 후회했다. 진메이는 이곳에서 꿈을 꿀 생각이 없었다. 여기는 꿈을 꿀 만한 곳이 아니었다. 산언덕은 이렇게나 황량한데, 아래의 작은 진에선 눈부신 불빛이 깜빡이고 있었다. 더 우스운 일은 막아낼 바람조차 불지 않는데 철탑이 머리를 어지럽히는 옴, 옴 소리를 낸다는 사실이었다.

진메이는 양털 담요에 몸을 둥글게 말고 별들이 가득한 하늘을 배경으로 한 철탑을 올려다보며 한참을 뜬눈으로 있었다. 이 탑 덕분에 마을 사람들은 라디오를 듣고 텔레비전을 볼 수 있었다. 우체국에 가서 전화도 걸었다. 전화를 건다는 것은 이런 것이다. 커다란 방이 수많은 작은 방들로 나뉘어 있고, 사람들은 그 작은 칸 하나에 갇힌 채로 수화기를 들고 손과 발을 움직이며 얼굴에 다양한 표정을 짓는다. 하지만 대화의 상대는 그 곁에 없다. 철탑이 계속해서 옴옴 소리를 냈다. 이 소리를 들으니 여러 사람이 말하는 소리가 이곳으로 모인다는 것을 알 것 같았다. 자음과 모음, 글자, 단어 따위가 모두 한데 뒤섞여 콧노래를 흥얼대는 듯한 낮은 소리를 내는 것이다. 이 소리를 듣고 있자니 머릿속이 어지러웠다. 이런 소리 속에서 진메이는 모든 소리 가운데 으뜸되는 그 글자를 떠올리려 했다. 그러나 그 글자는 모든 것이 뒤엉킨 웅웅거림 속에서 또렷하게 분별되지 않았다. 진메이는 담요를 끌어당겨 머리끝까지 덮었다. 별빛과 웅웅거림이 모두 저 밖으로 멀어졌다.

생각지도 않게, 그토록 이어나가기 어려웠던 그 꿈을 이곳에서 이어서 꾸기 시작했다. 처음에 그는 철탑 꼭대기에서 수정처럼 맑고 투명한 빛이 퍼져 나오는 것을 보았다. 그 빛은 점점 더 강해지고 점점 더 반짝반짝 빛났다.

원래 저 탑은 철탑이 아니라 천궁 위에서 빛나는 수정탑이었다……

진메이는 또다시 이루 말할 수 없을 만큼 초조해졌다.

다만 이번에는 또 무엇에 깜짝 놀라 깰까 두려운 마음에서 온 초조함이었다.

이야기: 젊은 신, 소원을 빌다

오랫동안 돌아오지 않던 관세음보살이 마침내 그 수정탑 뒤에서 돌아나왔다. 천궁 정문에 이르자 보살이 말했다. "아니? 이 사람이 어찌 보이지 않는고?"

그러나 그는 보살이었다. 세상에 이해하지 못할 일이란 없었다. 놀라서 치켜 올라갔던 눈썹은 내려오고 곧 안도감에 미소를 지어 입가에 주름이 잡혔다. "이 사람은 여전히 성미가 급하군. 기다림을 참지 못한 게야. 안타깝게도 위대한 신과 만날 기회를 놓치고 말았구나. 됐다, 됐어. 아직 인연이 닿을 때가 되지 않은 게지."

보살은 다시 몸을 돌려 위대한 신을 만나러 갔다. 위대한 신은 살짝 미소를 지으며 말했다. "원래 나는 그를 아예 인간들의 지도자로 만들어 중생을 이끌고 요마를 물리치며 사방을 평정하거나 그들 스스로 인간세상의 천국을 만들도록 하려 했지. 지금 보니 그 생각은 너무도 낭만적인 것이었군."

보살은 실망해야 할 이는 위대한 신이 아니라 요마가 판치는 링의 사람들이라 했다. 요마의 방해로 업장業障을 쌓아 인간세상의 천국을 세울 기회를 놓친 것은 그들이니까. 아랫세상의 땅은 그토록 넓으니 위대한 신은 이곳을 포기하고 다른 곳에서 사회적 실험을 다시 할 수 있을 것이라고도 했다.

"그대는 그리 높은 경지까지 수행을 하고도 이토록 어리석은 말을 하는가?" 위대한 신은 사무치는 안타까움에 한숨을 내쉬었다.

"옴!"

모든 찬송과 저주의 시작인 이 소리가 위대한 신의 입에서 흘러나오자, 보살은 마음속 깊은 곳까지 뒤흔들리는 떨림을 느꼈다.

이는 소환의 소리였다. 순식간에 천궁의 모든 신들이 위대한 신 주위에 모였다. 위대한 신의 존재를 나타내는 그 강력한 숨결이 일렁이자 신들의 발아래 오색구름 또한 흔들렸다. 오색구름 아래에 있는 구름들은 들끓으면서 서러운 잿빛과 애달프게 원망하는 먹빛을 띠었다. 위대한 신이 다시 일렁였다. 그러자 아랫세상의 상황이 눈앞에 펼쳐졌다. 크기가 서로 다른 육지들이 동서남북, 상하좌우 섬부주瞻部洲*

---

* 인간들이 살고 있다는 사바세계의 동서남북 네 대륙 중 하나로 수미산 남쪽에 있으며 부처가 나타나는 유일한 땅이라 한다.

로 나뉘어 바다 위를 떠돌고 있었다. 한 대륙에서는 수만 명이 군진을 펴고 서로 죽고 죽였다. 또다른 대륙에서는 가죽 채찍에 쫓기는 사람들이 운하를 팠다. 다른 대륙에서는 수많은 장인들을 모아 아직 살아 있는 황제를 위해 거대한 능묘를 만들었다. 이 떠들썩한 공사장 주위의 기름진 밭은 병들고 굶주려 죽은 장인들의 황량한 무덤이 잠식했다. 또다른 육지의 깊고 어둑한 숲속에서는 사람들이 다른 사람들의 무리를 쫓으며 뒤처진 사람들을 잡아 구워먹고, 남은 고기는 말려서 계속 뒤를 쫓는 긴 여정을 버틸 식량으로 삼았다. 그리고 대륙을 떠나려던 것으로 보이는 이들의 배는 폭풍우를 맞아 바다 한가운데서 뒤집혔다. 바닷속에서 배보다 큰 물고기가 튀어올라 물속에서 버둥거리는 산 사람들을 한입에 모두 집어삼켰다.

위대한 신이 말했다. "나라들이 하나씩 하나씩 세워지고 있소. 나라들이 서로 어떻게 싸움을 벌이는지, 나라가 자신들의 백성을 어떻게 대하는지 보시오."

"존귀한 신이시여. 링의 사람들도 나라를 세우게 될까요?"

"그들은 그것이 나라라고 생각하겠지. 하지만 그것은 나라를 세우려는 노력에 불과할 뿐, 진정한 나라라고는 할 수 없을 것이오. 그들에게 다른 종류의 나라를 세울 수 있는 기회를 주려 하오." 위대한 신은 잠시 침묵하다가 말을 이었다. "보아하니 인간의 역사는 한 방향으로만 전개될 뿐 다른 방향은 찾을 길이 없는 듯하구려. 요마가 있을 때는 우리의 보호와 도움을 필요로 하고, 요마를 물리치고 나면 나라를 세우고 서로 싸우며 죽일 테지."

위대한 신은 이어 링가의 모습을 모두의 눈앞에 펼쳐 보였다. 그 참혹하고 혼란스러운 모습에 신들은 탄식을 금치 못했다. 위대한 신은 얼굴에 책망의 빛을 보이며 다시 입을 열었다. "이런 상황을 내가 일깨워준 뒤에야 그대들이 깨달았으리라고는 생각지 않소."

위대한 신의 완곡한 책망에 신들은 더더욱 연민이 묻어나는 표정을 지어보였다. 그런데 그 가운데 한 젊은 신이 비분을 감추기 힘든 모습을 보이고 말았다. 위대한 신은 젊은 신을 앞으로 불러 말했다. "그대들은 이 젊은 신처럼 아랫세상에서 고난을 겪는 중생을 위해 진심으로 슬퍼하고 분노하지 않는구려!"

젊은 신의 부모는 한달음에 옥 계단 앞으로 나아가 아들을 등뒤로 감추며 말했다. "어리석은 아들이 신력神力이 부족하여 희로애락의 감정을 쉽게 드러내 보이니, 위대한 신께서 애먼 여러 신들을 꾸짖으셨나이다!"

위대한 신은 근엄한 표정을 지으며 "물러가시오!"라고 말하곤 다시 얼굴빛을 바꾸어 말했다. "젊은이여, 가까이 오게나."

젊은 신은 부모를 뿌리치고 위대한 신을 향해 앞으로 나아갔다. "추이바가와가 위대한 신의 부름을 받자옵니다!"

"그대가 저 아랫세상의 고난을 보건대……"

"소신은 그저 참을 수 없을 따름입니다."

"참을 수 없다니…… 좋구나! 그대를 아랫세상에 내려보내 요마를 해치우고 중생을 고난에서 구제하도록 할 것이다. 갈텐가?"

추이바가와는 대답하지 않았다. 그러나 그의 표정이 모든 것을 설명했다.

"좋다. 이제 그대는 더이상 신이 아니라 아랫세상의 한 사람이 될 것이다. 태어나고, 자라면서 사람과 마찬가지로 슬픔과 고난을 겪어야만 한다. 두렵지 않은가?"

"두렵지 않습니다."

"그대는 신력을 다 써버리고 보통 사람들과 마찬가지로 사악한 길에 들어서 다시는 하늘세계로 돌아오지 못 할 수도 있다."

젊은 신의 어머니와 누나는 벌써부터 하염없이 눈물을 쏟았다.

"또한 이곳에서의 기억을 모두 잃을 수도 있다."

젊은 신은 어머니의 눈물을 닦아주고, 누나를 손아래 동생처럼 품에 안으며 귓가에 단호한 말투로 말했다. "두렵지 않습니다."

아버지는 아들을 품에 안았다. "사랑하는 아들아, 너는 여러 신들 앞에서 이 아비가 일찍이 누려본 적 없는 자부심을 느끼게 해주었구나. 동시에 독약과도 같은 슬픔과 고통의 칼날을 아비의 심장에 찔러넣었구나!"

"아버지, 링가의 고해에서 시달리는 사람들을 위해 기도해주소서!"

"오냐. 네가 앞으로 이끌 백성들을 위해 기도하마. 네가 맡은 소임을 완전히 마칠 수 있도록, 네가 곤경에 처해 위험할 때 도움을 청하는 소리가 링가에서 이곳까지 닿을 수 있도록 내 모든 법력을 네게 주마!"

천궁을 총괄하는 신이 말했다. "추이바가와가 인간세상으로 내려가고 나면, 부친이 이처럼 용감한 아들을 다시 하나 점지받을 수 있도록 여러 신들이 기꺼이 위대한 신께 청할 것입니다."

추이바가와의 아버지는 아내와 함께 맹세했다. "아니오.

우리는 아들을 기억하기 위해 아들이 하늘세계로 돌아올 힘을 잃지 않도록 정력과 신혈을 소모해 새로운 아들을 낳지 않을 것을 맹세합니다!"

이야기꾼: 눈먼 자의 빛

양치기 진메이는 꿈속에서 감동을 받아 눈물을 흘렸다.

아침에 잠에서 깨어나니 사방의 풀밭 위에 내린 서리가 차가운 빛을 내뿜으며 빛나고 있었다. 뺨에 닿은 양털 담요 위에도 수정 같은 얼음 구슬들이 조르르 달려 있었다. 진메이는 그것이 자신의 눈물이라는 사실을 알지 못했다. 얼음 구슬을 한 알 따서 입안에 넣자, 어금니 안쪽에서 얼음의 차가움이 느껴지는 대신 쌉쌀함을 품은 소금기가 느껴졌다.

꿈속의 일을 떠올린 진메이는 얼음 구슬이 자신의 눈물임을 깨달았다. 또 한 알을 혀끝에 올리고 가만가만 맛을 보았다. 그것은 물속이나 바위 속, 진흙 속에도 있는 맛이었다. 양떼는 종종 머리를 바위틈에 들이대고 혀로 그 사이에 피어 있는 소금버캐를 핥아먹곤 했다. 해마다 사람들은 북쪽의 호수로 가서 그 아름다운 결정체를 낚아올린다. 이 맛이 몸안 깊숙이 스며들면 사람들은 곧 기운을 차린다.

고원의 아침 한기는 언제나 살을 에지만, 그가 추위만 느낀 것은 아니었다. 진메이는 마을에서 본 신내림을 받은 무당을 떠올렸다. 사람들은 해결하기 어려운 문제가 생기면, 예를 들어 누군가가 소를 잃었거나 넋이 나갔을 때, 그것을 되찾아올 수 있을지 알 수 없으면 곧 그를 집으로 초대해 물었다. 무당은 충분히 먹고 마신 뒤 불빛을 어둡게 하고 주문을 외웠다. 이어 온몸을 부들부들 떨면서 모든 것을 알고 있는 신령이 그의 몸으로 내려왔음을 보여줬다. 신령이 그의 입을 통해 쓸만한 가르침을 주는 것이다. 무당은 꼭두각시처럼 뻣뻣해진 몸을 좌우로 흔들면서 인간세상의 것이 아닌 듯한 무겁고 탁한 음성으로 말했다. "소는 늑대 세 마리에게 잡아먹혀 돌아오지 못할 것이다. 그 사람은 강가를 걸을 때 사악한 정령을 잘못 건드렸기 때문에 넋이 나간 게야. 가서 공양을 올리고 좋은 말로 달래면 다시 제정신을 찾아 멀쩡해진다." 신령이 몸을 떠나면 무당은 뻣뻣한 나무토막처럼 땅으로 풀썩 쓰러졌다.

그러나 진메이는 온몸을 떨기만 했는데, 이는 다른 종류의 신령이 그의 몸에 붙었기 때문이었다. 초원에서는 꿈속에서 영웅의 이야기를 얻은 사람을 '신에게 받은 사람'이라 부른다. 신령이 꿈속에서 그들에게 이야기를 전해주었기 때문이다. 진메이가 어릴 적, 마을에 눈먼 이야기꾼이 찾아왔었다. 이야기꾼은 황금 갑옷을 입은 신 거싸얼이 나타나 날카로운 칼로 그의 배를 가른 다음, 둘둘 말린 책을 그의 뱃속에 밀어넣었다고 했다. 신이 갈라놓은 배를 다시 꿰맸는지는 기억나지 않는다고 했다. 방앗간에서 들려온 콸콸콸 쏟아지는 물소리에 잠에서 깨어났으며, 배에는 아무런 상처도 없었다는 것만 알았다. 책에 쓰인 글자들은 하나도 읽지 못하는 그였지만, 그의 머릿속은 천군만마가 내달리듯 웅웅거리고 있었다.

진메이는 다시 한번 그 꿈속으로 돌아가고 싶었다. 어쩌면 그에게 이야기를 준 신이 나타날지 모를 일이니까. 그러나 나귀가 다가와 주둥이로 머리 끝까지 덮어쓴 그의 담요를 잡아당겼다. 나귀가 울었다. 진메이가 말했다. "난 좀더 자야겠어."

나귀가 또 울었다.

"이 녀석아, 좀더 잘 거라고. 알겠어?"

나귀는 그래도 울음을 멈추지 않았다.

"듣기 싫은 소리 내지 마! 신께서 좋아하시지 않겠어."

나귀는 있는 힘을 다해 담요를 그의 몸에서 휙 잡아당겼다.

진메이는 하릴없이 일어났다. "알았다, 알았어."

그는 자신의 나귀와 함께 마을로 돌아가는 길에 올랐다. 진메이는 바람만 맞으면 눈물이 흐르는 왼눈으로는 아무것도 볼 수 없었다. 오른눈을 가리자 나귀, 길, 산맥이 모두 눈앞에서 사라지고, 햇살이 내리쬐는 방향에서 오색찬란한 빛무리만이 한줄기씩 다가왔다. 오른눈을 틔우니 모든 것이 다시 선명히 나타났다.

진메이는 매일, 여전히 양떼를 몰고 산으로 올라가 반드시 나타날 그 기적을 기다렸다. 산봉우리의 얼음과 눈은 매일 조금씩 녹아내리고, 만년설이 이루는 경계선은 하루하루 고도를 높여갔으며, 눈 녹은 물이 흘러든 산 아래 호수는 날이 갈수록 차올랐다. 그러나 한번 열렸던 꿈나라의 문은 도무지 다시 열리지 않았다. 그는 눈을 감고 숙부가 그에게 가르쳐준 모든 소리의 원천을 읊조렸다. 진메이는 오른눈을 감고 멀어버린 왼눈으로 동쪽에서 벌처럼 날아오는 빛을 맞았다. 그 빛이 눈앞에서 가지각색의 화려한 빛깔로 춤추는 것을 보면서, 또 그 외마디를 읊조렸다. "옴!" 그러나 멈추지 않고 빙글빙글 도는 그 알록달록한 빛무리 속에서도 신은 끝끝내 나타나지 않았다.

진메이는 그저 계속 양을 치는 수밖에 없었다. 밤에 산에서 내려와 인적이 드문 길을 걸으면 잡화점에서 순한 맥주와 도수 센 바이주를 팔고 있는 모습을 보곤 했다. 초여름의 어스름에 남자들은 잡화점 앞 풀밭에 모여 위장에 술을 부어넣으며 머릿속은 부풀리고 몸은 가볍게 만들었다. 그러고 나서 노래를 부르기 시작했다. 방송에서 유행하는 노래들을 부르고 나면 누군가가 영웅 이야기의 한 대목을 부르기 시작했다.

"루아라라무아라,
루타라라무타라!
올해 정유년 초여름
상현달 떠오르는 초파일 새벽
링가에 상서로운 조짐 있을 거라네.
장계의 고귀한 봉황들,
중계의 유명한 교룡들,
유계의 뿔매와 사자들,
위로는 고귀한 상사上師들에서,
아래로는 떠도는 백성들까지,
한자리에 모여 기쁜 소식 기다리네. 링가에 상서로운 조짐 있을 거라네!"

이야기: 젊은 신, 세상으로 내려오다

후회가 시작됐다. 연화생 대사는 사람을 홀리는 요마 따위가 두려운 게 아니었다. 무지몽매한 백성들이 그를 지치게 했다. 대사가 보살을 한참 기다리다 천궁을 떠나 자신이 수행하던 곳으로 되돌아온 뒤, 곧이어 신의 아들 추이바가와가 링으로 내려온다는 소식이 들려왔다. 그렇다면 대사가 다시 링으로 돌아가 세상을 놀라게 할 업적을 세우는 일은 불가능해진다. 그래도 그 땅의 사람들은 여전히 그가 행한 일들에 대해 이야기한다는 것을 대사는 알고 있었다. 그것은 사람들이 자신들이 대사의 가르침을 제대로 듣지 않고, 대사가 떠날 때에도 진심으로 붙잡지 않은 것에 대한 후회에서 나온 행동이라는 것도 알고 있었다.

"나는 그 땅과 이미 끊을 수 없는 인연을 맺었다." 대사가 말했다.

어떤 음성이 그에게 물었다. "어째서 끊을 수 없는 인연인가?"

대사는 웃기만 할 뿐 대답하지 않았다. 그는 백 년 후의 링의 모습을 보고 있었다. 그 눈 덮인 산봉우리와 푸른 물결이 넘실대는 호수 기슭에 우람한 사원들이 우뚝 솟았고, 그 사원들은 전당에서 연화생 대사 자신의 금불을 모시고 있었다. 공양은 언제나 풍성했다. 대사는 질문에 잠시 뜸을 들였다. 대사에게 질문을 한 것은 함께 수행을 하던 상사 탕둥제부였다. 연화생 대사는 그제야 대답했다. "신의 아들이 장차 링가 사람들 사이에 나타나리라고 그대가 알려주어야 할 것 같소."

"어째서 그대가 직접 가지 않고?"

"나는 돌아온 것을 후회하고 있기 때문이라오."

탕둥제부는 웃으며 친구의 부탁을 들어주기로 했다.

탕둥제부는 몸은 움직이지 않고, 링가를 향해 염력만 보냈다. 사람들은 그가 곧 오리라는 것을 어렴풋이 예감할 수 있었다.

링의 많은 부족들의 수장 가운데 노총관老總管 룽차차건이 있었다. 그는 스스로를 수장 가운데 가장 뛰어난 사람이라고 여기지 않았으나, 사람들은 그가 세상의 여러 일을 돌보는 데 누구보다도 즐거움을 느끼고 지칠 줄 모르는 사람임을 잘 알고 있었다. 그날, 저녁놀이 지자마자 노총관은 잠자리에 들었다. 하지만 매우 피곤했음에도 잠을 이룰 수 없었다. 부족들 사이의 전투와 가족들 사이의 권력 다툼은 이미 노쇠하기 시작한 그의 몸 깊은 곳에 감춰진 투지를 들쑤셨다. 법력이 높은 연화생 대사가 링가를 떠난 일 때문에, 노총관은 더더욱 깊은 슬픔을 느꼈다. 그래서 아주 오랫동안 술도 마시지 않았다. 최근에는 스스로에게 묻는 일도 많아졌다. 링은 이렇게 사람을 홀리는 요마들에 둘러싸여 이토록 깊은 고해에 빠져 있어야만 하는가? 찬란한 신의 빛은 영원히 받을 수 없는가?

이후 태양이 어슴푸레한 서쪽 지평선으로 가라앉자, 룽차차건의 의식 또한 서서히 흐려지며 잠 속으로 깊이 빠져들었다. 그러나 그는 곧 빛살이 눈을 찔러오는 느낌을 받았다. 좀 전에 서쪽으로 가라앉았던 태양이 눈부신 빛살을 내뿜으며 동쪽 하늘에 떠올랐다. 마치 금륜이 하늘 한가운데서 빙글빙글 도는 듯했다. 멈추지 않고 도는 금륜의 한가운데, 금강저* 한 자루가 태양 한가운데서 떨어지더니 링가 중앙의 지제다르 산 위에 내리꽂혔다. 태양이 여전히 하늘 높

---

* 티베트 불교의 법기 가운데 하나. 절굿공이 모양이다.

이 걸려 있는데, 은쟁반 같은 달이 또 하늘 꼭대기로 떠올랐다. 달은 별들에 둘러싸인 채 태양과 함께 찬란한 빛을 주고받으며 더 넓은 대지 위를 비추었다. 노총관의 아우 썬룬도 꿈속에 나타났다. 썬룬은 손으로 커다랗고 진기한 우산을 들고 있었다. 우산의 커다란 그림자는 멀리까지 드리워 링의 영토보다 훨씬 넓고 큰 지역을 다 덮었다. 동쪽으로는 가 국*과 맞닿은 잔팅 산까지, 서쪽으로는 다스와 들판을 가르는 방허 산까지, 남쪽으로는 인도 북쪽까지, 북쪽으로는 훠얼 국의 소금 호수 남쪽 기슭까지 이르렀다. 그때, 어디선가 오색구름 하나가 날아왔다. 탕둥제부가 링가에 도착한 것이다. 탕둥제부는 하늘에서 우아하게 날아 지나가며 노총관에게 말했다. "노총관은 이만 잠에서 깨어 일어나라. 햇빛이 링가를 비추면, 그대에게 들려줄 이야기가 있노라!"

노총관이 자세히 묻고자 하였으나 탕둥제부는 오색구름을 타고 순식간에 날아가더니 동쪽 초원 끝의 마제방르 산 위에 내렸다. 꿈에서 깨어난 룽차차건은 우울한 기운이 씻은 듯 사라지고 정신이 상쾌해졌음을 느꼈다. 즉시 아랫사

---

* 당시 티베트 사람들은 티베트 바깥의 지역, 한자 문화권에 있는 사람들이 사는 지역을 통칭하여 '가 국'이라 불렀다.

람들에게 서둘러 신산으로 가 탕둥제부 상사를 맞이하라고 명령을 내렸다.

"총관께 아룁니다. 상사의 수행처는 서쪽에 있습니다."

노총관은 그들에게 자초지종을 이야기해줄 수밖에 없었다. "내가 방금 꿈을 꾸었소. 링가의 선조들도 감히 생각지 못했고, 링가의 후손들도 꾸기 어려운 그런 꿈이었소. 정말이지 우리네 검은 머리 티베트인들이 누릴 만한 복인지조차 모르겠소! 상사께서 꿈에 나타나셨소. 그 꿈이 현실로 나타나도록 서둘러 상사를 모셔와야 하오!"

"상사께서 정말 오실까요?"

"상사께서는 벌써 링가에 오셨다오! 마제방르 신산 위에 내리셨소. 가장 좋은 말과 가장 편안한 가마를 준비해 어서 가서 모셔오시오!"

노총관은 빠른 말을 골라 새떼처럼 신이 난 사절들을 각각 장계, 중계, 유계 세 부족에게 보내 이번달 보름, 해와 달이 동시에 하늘에 나타나고 설산이 금관을 쓸 때, 수장들 모두 자신의 성채로 모이라고 전했다.

한편 탕둥제부는 영접을 기다리지 않고 등나무 지팡이를 짚은 채 어느새 총관의 성채 앞까지 찾아왔다. 그러고는 거기서 노래를 지어 부르기 시작했다. 화려한 말떼와 편안하고 아름다운 가마를 든 사절단은 그대로 그를 스쳐 언덕으로 내달렸다. 탕둥제부는 말떼가 일으키는 먼지와 말에 올라탄 용사들의 날카로운 외침에 묻혀버렸다. 먼지가 모두 흩어졌을 때는 말떼가 이미 먼 곳으로 달려간 뒤였다. 탕둥제부는 또다시 노래를 불렀고, 그제야 성채 회의실에서 모든 일을 끝마친 노총관의 주의를 끌 수 있었다.

노총관은 단번에 이 사람의 모습이 비범하다고 생각했으며, 지팡이로 쓰인 등나무 또한 신산에서 난 것임을 알아보았다. 그래서 곧 그에게 다가가 끝없는 지혜를 가진 탕둥제부 상사가 아니시냐고 물었다. 상사는 성채를 등지고 떠나려고 했다.

노총관은 뒤를 쫓아가는 대신 오래된 찬사를 읊었다. "태양은 초대 없이도 오는 손님, 그 부드럽고 따스한 빛으로 중생을 씻어주지 않는다면 뜨고 진들 무슨 소용인가? 단비는 초대하지 않아도 오는 손님, 광활한 대지를 적셔주지 않는다면 사해를 내달린들 무슨 소용인가?"

상사는 다시 몸을 돌려 성채의 장엄한 대문 앞에 선 노총관을 마주보며 껄껄 웃었다. "인연이 이미 이루어졌도다! 인연이 이미 이루어졌도다!"

그의 목소리는 크지 않았지만, 천궁까지 금방 전해졌다. 목소리를 들은 천궁에서 위대한 신이 젊은 신 추이바가와의 수명을 잠시 멈춰야 함을 알게 됐다. 위대한 신은 곧 여러 신들을 소집해 추이바가와를 위한 마지막 준비를 갖추었다. 목소리를 들은 연화생 대사도 마음이 적잖이 편해졌다. 그는 정좌하고 링의 미래를 위해 축복의 기도를 올렸다.

당시 하늘에는 인간세상을 구원할 가르침이 다양하게 있었다. 위대한 신이 말했다. "불교 일파의 연화생이 이미 링가의 백성과 인연이 있었으니, 불교를 링가의 영원한 가르침으로 삼게 하라!" 그러고는 불교에서 섬기는 신령들을 모두 모이게 했다.

한편 아랫세상에서는 노총관이 탕둥제부를 성채 안의 회의실로 모시고 절을 올렸다. "어젯밤에 상사께서 제 꿈에 나타나셨습니다. 부디 저를 위해, 그리고 고해에 빠진 링가의 중생들을 위해 그 꿈을 풀이해주시길 청하옵니다."

탕둥제부는 웃었다. "좋소. 사람의 꿈속을 지나간 것은 나의 불찰이니. 하지만 내가 법력을 쓸 줄 안다 해도 혀와 입술이 말라붙어서야 꿈풀이를 할 수 없지 않겠소."

노총관은 제 머리를 쳤다. "물을 가져오라!" 아래쪽에서 맑고 시리도록 깨끗한 샘물을 올렸다. "아니, 우유를!" 노총관이 다시 지시했다.

상사는 단 샘물로 입을 살짝 축이고 우유 한 대접을 벌컥 벌컥 들이켜고는 말했다. "내 직접 걸어온 것은 아니지만 워낙 긴 여정이었던지라 확실히 허기가 졌던 모양이오!"

"한 사발 더 드시겠습니까?"

"됐소. 그대의 꿈 이야기나 하도록 하지."

노총관은 상사의 아랫자리에 단정하게 앉아서 머리를 수그리고 말했다. "어리석은 백성이 상사께 가르침을 구합니다!"

상사는 낭랑한 음성으로 읊조렸다.

"옴! 불법의 세계에는 본디 삶과 죽음이 없나니.

아! 그런데도 가엾게도 삶과 죽음의 인연에 매여 있는 중생이여!

훔! 내가 그대의 신기한 꿈을 풀어주리니, 노총관은 유심히 들어라!"*

노총관의 꿈에서 동쪽 언덕 위에 떠오른 태양을 본 것은 링가가 장차 자비와 지혜의 빛을 받으리라는 것을 상징한

---

* 옴(唵), 아(阿), 훔(吽)은 불교의 신비한 주문인 진언(眞言, Mantra)이다. 진언은 우주적 단어 혹은 소리의 진동으로 중생을 구도해 깨달음으로 이끄는 명상에서 중요한 역할을 한다.

다. 하늘에서 떨어진 금강저는 하늘에서 영웅이 내려와 노총관의 관할 지역에서 탄생하리라는 것을 의미한다. 이 영웅은 결국 링이라 불리는 위대한 나라를 세울 것이다. 썬룬이 꿈속에 진기한 우산을 들고 나타난 것은 그가 인간세상에서 그 영웅의 아비가 될 것임을 상징한다. 우산의 그림자가 덮고 있던 광대한 지역은 바로 그의 영웅 아들이 세울 나라의 광대한 영토를 가리키는 것이다. 상사의 이런 이야기를 듣고 난 노총관은 눈앞의 구름과 안개가 싹 걷히고 온통 밝은 빛이 펼쳐진 것만 같았다.

바로 이 시간, 링가 각 부족의 수장들이 마침 무리를 이끌고, 드높이 치솟은 산맥을 넘고 너른 강물과 호수를 건너 사방팔방에서 잇달아 도착해 노총관 성채 앞으로 모여들었다. 위엄을 내뿜는 성채는 활등처럼 굽어진 산허리에 드높이 위치했다. 서북쪽에서 힘차게 내달려온 야룽 강물은 가로놓인 활시위처럼 산굽이 앞으로 드리워져 있었다. 활과 시위 사이에는 온갖 꽃이 활짝 피어난 평평한 풀밭이 펼쳐져 있었다. 노총관 성채 앞의 풀밭은 온통 사람들의 함성과 말 울음소리였다. 알록달록한 깃발이 들판을 빽빽이 덮고 각 부족의 야영지에 펼쳐진 막사가 풀밭 위의 꽃처럼 흐드러졌다. 사람들은 축제 때나 입는 성장을 갖추었다. 마치 온갖 꽃이 아름다움을 다투는 듯 보였다. 야영 막사는 강물을 마주보고 커다란 반원을 그린 채 중앙의 의사용 막사를 에워쌌다. 그 의사용 막사는 희고 깨끗한 설산처럼 우뚝 서 있었고 막사 지붕은 황금으로 덮어서 아침 햇살이 눈부시게 비추는 것 같았다.

막사 내부에는 금좌, 은좌가 줄지어 서 있고 각 영웅의 좌석에는 영웅의 권위를 높일 호랑이와 표범 가죽이 깔려 있었다.

누군가가 성채의 높은 곳에 올라가 각 부족의 수장들을 의사용 막사로 불러들이는 뿔피리를 불었다. 막사 가운데에 먼저 각 부족의 수장이 각기 제자리에 앉고, 이어 각 부족의 천호장과 백호장이 자리를 잡았다. 덕이 높고 인망이 두터운 어르신들이 윗자리, 젊고 용맹하며 무예가 뛰어난 전사들이 아랫자리에 앉았다. 바로 이 말이 담고 있는 이치와 같다. 사람의 머리 아래에는 목, 어깨가 있고, 소는 뿔 다음에 등과 꼬리가 있으며, 땅에는 산, 강과 골짜기가 있다!

여러 사람들이 서열에 따라 왁자지껄 모두 자리에 앉자 노총관은 자신이 꾼 길한 꿈과 탕둥제부 상사의 해몽을 전했다. 이 기쁜 소식은 의사용 막사에서 링가의 모든 사람들에게 번개처럼 전해졌다. 링가 사람들은 그 순간 기쁨으로 들끓었다.

노총관은 번뜩이는 눈빛으로 막사 안의 여러 사람들을 한 차례 훑어보았다. 그러고는 엄숙한 표정을 지었다. "링가 바깥의 동서남북 어디든 사람들이 자신들의 나라를 세웠다는 말을 여러분 모두 들어보았을 것이오. 왕궁은 웅장하고 화려하며 질서정연할뿐더러, 철학자들은 학당에서 깊은 사유의 열매를 전파하고 농장에서는 채소와 과일이 풍년을 이루며 목장에서는 마르지 않는 샘처럼 가축의 젖이 흘러넘친다고 하오. 그러나 링가 사람들은 아직도 미개한 상황으로 안팎에서 요마의 악법 아래 몸부림치며 살고 있소. 이는 결국 신께서 우리를 돌아보지 않는 것이 아니라, 우리의 모든 행동이 신이 돌봐주실 자격을 갖추지 못한 것이오! 오늘날 링의 사람들, 특히 이렇게 의사용 막사 안에 앉아 수많은 백성들의 운명을 결정하는 우리들은 모두 스스로 반성해야만 하오!"

모두들 고개를 끄덕이며 입을 모아 그렇다고 말했다. 그러고는 다들 고개를 숙인 채 말없이 자신의 마음을 돌아보았다. 그러나 다룽 부족의 수장 차오퉁은 노총관의 말에 동의하지 않았다. "그래도 역시 우두머리가 가장 큰 책임을 져야지. 만일 내가 링가의 총관이었다면……"

다른 부족의 수장이 다소 경멸하는 투로 그를 제지했다.
"워어!"

"그런 말투를 쓰다니. 내가 가축처럼 보이시오?"

"그대가 사람이라면 노총관의 분부대로 스스로를 반성해
야 할 것이오."

각 부족의 백성들은 의사용 막사 안에서 이런 일이 일어
나는 줄도 모르고 신들의 세계에서 마침내 아랫세상의 혼란
과 고통을 갈무리하는 데 도움을 주고자 한다는 소식에 마
음껏 기쁨의 탄성을 내질렀다. 수만 사람의 환호는 그대로
구름을 뚫고 천궁까지 닿았다. 천궁 정문의 오색구름 휘장
까지도 이 환호성에 흔들릴 정도였다.

위대한 신이 말했다. "아랫세상에 추이바가와를 보낼 때
가 왔도다." 그는 사람을 시켜 추이바가와를 불러와 아랫세
상에서 링가의 수많은 사람이 환호성을 터뜨리며 들떠 있
는 상황을 보도록 했다. "젊은 신이여! 아랫세상의 고통과
슬픔이 그대 마음속 자비의 바다를 뒤흔들지 않는가! 보라,
그대가 하루속히 저들 사이에 내려가 태어나야 할 것이다.
그대는 장차 저들의 왕이 되리라."

추이바가와는 아랫세상을 굽어보며 격정의 눈물을 흘렸

다. "저도 보았습니다."

위대한 신의 평온하던 표정이 무겁게 굳었다. "그대는 겉만 보고 속은 들여다보지 못한 것 같군."

"속이라 하시면? 위대한 신께서는 요마들이 그림자와 깊은 산 동굴에서 사람들을 홀리는 것을 말씀하시는 것인지요?"

"그뿐만 아니라, 저 의사용 막사 안에 있는 모든 사람의 마음속까지도 말일세."

추이바가와는 본디 걱정 근심이 없는 성정이었다. 하늘세계에 살면서 어디든 마음대로 오가며 자기 몸의 무게마저 느끼지 못하는 자유로운 몸이었다. 그러나 다른 세계의 고통을 본 데서 슬픔이 시작되었고, 이제 위대한 신의 말들이 그의 마음속에 회의의 씨앗을 뿌리고 말았다.

위대한 신이 말했다. "어쩌면 그대에게 이런 일까지는 말하지 말걸 그랬구나. 그저 더욱 강한 법력으로 그대에게 가지加持*와 관정灌頂**을 하여 그대가 미래의 인간세상을 위한 시험에 대비하게 해야 했을지도 모르겠구나. 아들아, 역병

---

* 가호(加護)를 뜻한다. 불보살이 대자비심으로 중생을 돌보며 중생은 불보살에게 신심을 바치는 것, 즉 기도를 올리는 것을 의미한다.
** 밀교에서 여러 수행을 마친 승려가 아사리의 지위에 오를 때, 또는 아사리가 제자 승려에게 법을 전할 때 행하는 의식을 말한다.

과 질병이 있다면 약초는 편히 거할 권리가 없단다. 지금 내가 그대에게 이르노니 가만히 앉아 움직이지 말고 눈을 감으라. 그대 자신이 온갖 법력을 받아들일 커다란 그릇이라고 상상하라."

눈을 감기 전에, 추이바가와는 천궁의 위대한 신이 벌써 법력으로 한없는 서쪽 하늘의 여러 부처들을 불러들이는 모습을 보았다.

비로자나불은 이마에서 한줄기 빛을 내쏘며 그 빛줄기로 시방세계十方世界*를 두루 비추었고, 만법의 시초인 '옴'자를 여덟 폭의 금륜으로 바꾸어 젊은 신의 머리 꼭대기를 한참 동안 맴돌게 하다가 이마를 통해 몸안으로 들여보냈다. 젊은 신은 자신이 가지를 품어 어떤 더럽고 추악한 환경 속에 있더라도 몸과 마음의 정결함을 보존하며 사악한 길로 떨어지지 않으리라는 음성을 들었다. 이는 앞으로 아랫세상에 내려갈 신령의 안전을 보호하는 가장 기본적인 방책이었다.

이번에는 희현불이 앞으로 나서 드러낸 가슴팍으로부터 한줄기 빛을 쏘았다. 빛은 공중에 한참 머물러 있다가 금강저의 모습으로 변해 젊은 신의 가슴팍으로 뚫고 들어갔다.

---

* 불교에서 전 세계를 가리키는 공간 개념.

선녀들이 보물병 안에 든 감로를 가져와 젊은 신의 몸을 깨끗하게 했다. 이리하여 그는 인간세상의 업장에 오염되는 것을 피할 수 있게 되었다.

길상장엄보생불도 왔다. 그는 배꼽에서 한줄기 빛을 내어 최대한 많은 축복과 공덕을 모아 불타오르는 보물병으로 만들어 젊은 신의 배꼽에 집어넣었다. 이리하여 그는 세상에 숨겨진 진귀한 보물들과 만나는 인연을 맺을 수 있게 되었다. 장차 수많은 보배를 발굴해 인간세상에 나라가 태평하고 백성들이 편안한 국가를 세우는 데 쓸 수 있을 것이다. 미래의 국왕이 되는 그에게는 이런 인연이 필요했다.

하늘의 부처들은 모든 것을 빛으로 만들어 그들의 몸 어디에서든 마음대로 빛을 쏘았다.

아미타불은 목구멍에서 한줄기 빛을 냈고, 이 빛은 모든 언어의 힘을 한 송이 붉은 연꽃으로 만들었다. 이 빛을 받는 이는 인간세상에서 육십 가지 음률을 사용할 권리를 얻게 된다. 그러나 부처라 해도 모든 것을 빛으로 바꿀 수는 없었기에 미래의 아름다움을 위한 신령들의 맹세로 만들어진 금강저를 젊은 신의 오른손에 건네주면서 말했다. "사랑하는 젊은이여, 이것을 가져가라. 이것은 그대가 중생을 구제하겠다고 했던 맹세를 잊지 않게 해주리니."

"제가 어떻게 잊을 수 있겠습니까?"

"그렇지 않아, 그렇지 않다네. 아마 아랫세상에 내려가면 곧⋯⋯"

불공성취불이 또 앞으로 나서며 말했다. "그대가 그 맹세를 잊지 않고 업적을 성취할 때, 경박하고 야심 많은 중생들 가운데 몇몇은 그대를 질투하는 마음이 생길 것이야. 그러면⋯⋯" 이 우스꽝스럽게 생긴 부처의 가랑이 사이에서 한줄기 빛이 나와 젊은 신의 같은 신체 부위로 파고들었다. "아이야, 이는 그대가 질투의 불꽃에 해를 입지 않도록 해줄 힘이니라. 물론 이는 무궁한 업적을 이루게 할 권세이기도 하니라!"

옴! 젊은 신의 몸에는 이미 모든 복덕과 법력이 모였다. 그가 몸을 일으키려는데, 그토록 많은 것들이 흘러들어와 있었기 때문에 몸이 무척이나 무거워 생각처럼 가뿐히 움직일 수 없었다. 몸을 일으킬 때 힘을 많이 주어서야 두 발이 옥 계단을 거의 벗어날 뻔하면서 겨우 몸이 떠올랐다. 그는 약간 아쉬웠다. 천궁에 그토록 많은 부류의 서로 다른 신선들이 있는데, 그에게 가지를 준 것은 오직 불가의 신들뿐이니 말이다. 그러나 그는 위대한 신을 한 번 바라봤을 뿐, 이 점에 대해 도무지 불평을 할 수 없었다. 위대한 신이 웃으며 말했다. "신들 또한 각기 다른 영역을 맡고 있나니. 링가는 본디 부처의 빛으로 씻김 받은 땅이니라."

"하지만……"

"하지만 무엇이냐? 말해보라."

신의 아들은 낮은 음성으로 말했다. "그저 저는 다른 신들과 일하는 것이 재밌을 것 같다고 생각했을 뿐입니다."

위대한 신은 낭랑한 음성으로 크게 웃더니 조금 전까지 전력으로 가지를 쏟아붓고 다소 지쳐 옥 계단 위에 기대앉은 채 쉬고 있던 여러 부처들을 돌아보며 말했다. "들었겠지. 그대들이 지나치게 진지하다는 말이라 생각한다."

부처들은 합장을 하고 입술조차 움직이지 않은 채 웅혼한 음성을 내뱉었다. "옴—"

위대한 신이 말했다. "이제 그대의 부모와 누이들 곁으로 돌아가라. 이 헤어짐은 아주 긴 시간이 될 것이니. 나와 저들은 또 해야 할 일이 있다. 그대를 위해 링가에서 인연이 닿을 좋은 사람들을 골라야 하지!"

부처들이 말했다. "이 일은 연화생 대사에게 시키시지요." 이 뜻은 즉시 연화생 대사가 수련하고 있는 산골짜기 동굴로 전해졌다.

대사는 동굴에서 나와 아주 먼 곳까지 바라볼 수 있는 반석 위에 가부좌를 틀고 앉았다. 그러고는 눈을 감고 생각을 집중하면서 오른손의 두 손가락을 교차해 수인을 맺었다. 링가의 모든 풍경이 끊임없이 눈앞을 스쳐지나갔다. 신의 아들 추이바가와가 내려올 땅은 중 링과 하 링의 교차 지점이었다. 그곳의 하늘은 여덟 폭의 보개와 같고, 땅은 상서로운 연꽃 여덟 송이가 피어 있는 것 같았다. 강의 물결이 고원 위 둥근 산언덕의 아득한 낭떠러지를 부딪는 소리는 마치 밤낮없이 읊조리는 여섯 자 진언처럼 들렸다.

연화생 대사는 가족을 찾아보기 시작했다. 먼저 가장 오래된 여섯 씨족을 가늠해보았으나 곧 제쳐두었다. 다시 머릿속에서 티베트 땅에서 가장 유명한 아홉 씨족을 한 차례 훑어내렸다. 과연 그 가운데 무씨 일족이 링가에 살고 있었다. 이 무씨 일족에게는 딸이 셋 있었는데, 막내딸의 이름은 장무싸였고, 시집을 간 뒤 썬룬이라는 아들을 낳았다. 썬룬은 천성이 선량하고 그릇이 넉넉해 하늘에서 내려온 신의 아들을 거둘 아버지 자격이 충분했다. 대사는 손가락을 짚어가며 셈하여 부계는 무씨 일족으로 하고 모계는 용족이되어야 함을 알았다. 그러니까 하늘에서 내려온 신의 아들을 낳을 어미는 마땅히 고귀한 용족 가운데서 찾아야 한다는 뜻이다. 그 고귀한 여인은 용궁에서 살면서 용왕의 사랑을 독차지하고 있는 막내 메이둬나쩌였다. 용궁은 물의 일족들에게는 천당처럼 여겨지는 곳이므로 용왕의 딸이 출궁을 한다는 것은 신의 아들이 인간세상에 내려오는 것과 매한가지였다. 티베트 백성들의 복 받은 땅인 광대한 링가를 위해 용왕은 아끼는 딸을 시집보내 썬룬과 부부의 인연을 맺어줄 것이다. 넉넉한 혼수도 보내줄 것이다.

이렇게 해서 모든 인연이 무르익었다. 신의 아들 추이바가와는 하늘에서의 수명을 갈무리하고 고난이 가득한 인간세상으로 내려갈 준비를 마쳤다.

이야기: 처음으로 신력을 보이다

온갖 꽃이 활짝 피어나는 유월, 용왕의 딸 메이둬나쩌가 썬룬에게 시집을 갔다.

링가로 가는 길에 메이둬나쩌는 한조각 구름이 서남쪽에서 날아오는 것을 보았다. 연화생 대사의 모습이 구름 위에 나타났다. 대사가 말했다. "복덕이 있는 여인이여, 하늘이 장차 그대의 고귀한 육신을 빌려 링가를 구할 영웅을 낳게 할 것이오. 그대는 그대의 아들이 링가의 왕이 되리라는 사실을 믿어야 하오! 어떠한 어려움을 만나든지 말이오. 그는 요마 앞에서는 무시무시한 신이겠지만, 검은 머리의 티베트 인들에게는 영명하고 용맹한 군왕일 것이오."

메이둬나쩌는 그 말을 듣고 불안해졌다. "연화생 대사여, 제 미래의 아들이 하늘에서 아래로 내려오고 그가 군왕이 되도록 운명 지어졌다면 대사께서는 무엇 때문에 어려움을 말씀하시는 겁니까?"

대사는 눈을 내리깔고 한참이나 침묵을 지키더니 말했다. "어떤 요마들은 사람의 마음속에 살기 때문이오."

메이둬나쩌는 자신의 이번 여행이 하늘의 사명을 받은 일임을 알고는 있었지만, 줄곧 안락한 환경 속에서 자란 탓에 이 말을 듣고 저도 모르게 낙담하여 눈물이 그렁그렁해졌다. 다시 머리를 들었을 때, 대사는 구름을 타고 벌써 멀어지는 중이었다.

혼례를 치른 뒤 썬룬의 극진한 사랑과 백성들의 진심 어린 경애를 받으면서, 메이둬나쩌는 그 미래의 아들이 태어났을 때 어떠한 어려움을 겪게 되는지 상상조차 할 수 없었다. 때때로 미소를 띤 채 하늘의 구름을 올려다보며 대사가 자신에게 농담을 한 것이라고 생각했다. 하지만 그런 미소를 지은 뒤에도 여전히 알 수 없는 두려움이 엄습해오는 것을 느꼈다.

메이둬나쩌 이전에 썬룬은 일찍이 먼 곳에서 한족漢族 여
인을 아내로 맞아들여 아들 자차셰가를 낳았다. 자차셰가는
메이둬나쩌보다 몇 살이 많았고 링가의 노총관 휘하에서 이
미 지혜와 용맹을 겸비한 대장이었다. 그는 메이둬나쩌를
생모나 마찬가지로 공대했다. 때때로 작은아버지 차오퉁은
경박한 어투로 그에게 말했다. "내 착한 조카야, 영웅은 미
인과 어울리는 법. 내가 너라면, 젊은 어머니를 사랑했을 것
이다."

자차셰가는 아무것도 듣지 못한 척했다.

차오퉁은 이 말을 하고 또 했다. 부끄러움과 화를 이기지
못한 젊은 무사는 푸른 풀 한 뭉치를 작은아버지 입에 처넣
고는 참지 못하고 크게 하하 웃었다. 웃음이 그친 뒤에는 누
구라도 그의 눈 안에 깃든 무한한 슬픔과 아픔을 알아볼 수
있었다. 용맹한 매라도 그 눈빛을 본다면 강건한 날개를 잃
을 것만 같은 깊은 슬픔이었다.

그럴 때마다 메이둬나쩌의 마음속에서는 따사로운 모성
애가 샘솟았다. "자차셰가, 어찌하여 늘 그와 같은 슬픔을
품고 있나요?"

"내 젊은 어머니여, 내 생모께서 얼마나 고향을 그리는지

떠오르기 때문입니다."

"그대는요?"

"링가가 제 고향이지요. 저는 사방에서 강력한 적들을 정복하지만 제 어머니의 한없는 고통은 풀어드릴 수가 없습니다."

메이돠나쩌는 그 말을 듣고 하염없이 눈물을 흘렸다. 이에 자차셰가는 몸 둘 바를 몰랐다. "어머님을 슬프게 하려드린 말씀은 아니었는데 그랬군요."

"그대에게 아우를 낳아준다면 그대는 아우에게 닥칠 불행을 보고 있을 수 있겠어요?"

자차셰가가 웃으며 자신만만하게 말했다. "어머니께서는 어찌 그런 근심을 하십니까. 제 생명을 걸고 맹세컨대……"

메이돠나쩌가 웃었다.

눈 깜짝할 사이에 삼월 여드레가 되었다. 한낮에 길조가 나타났다. 성채 가운데에는 겨울 동안 얼어붙는 샘물이 하나 있었다. 날이 따뜻해지고 꽃이 피는 봄이 오면 얼음과 눈이 녹으면서 샘물도 다시금 솟아났다. 그날, 샘물이 두꺼운 얼음을 뚫고 솟아났던 것이다. 샘물은 탁하고 무거운 공기를 촉촉하고 깨끗하게 만들었다. 게다가 하늘에는 여름날

비를 품고 있는 것처럼 우렛소리가 들리는 구름이 흘러왔다. 메이둬나쩌는 그 소리가 마치 물속 궁전에서 용이 우는 소리와 꼭 닮았다며 이맛살을 펴고 환하게 웃었다.

겨울 내내 자차셰가는 링가를 침략하려는 궈 부족에 대항 하여 병마를 이끌고 출정에 나섰다. 자차셰가는 대군을 통솔해 반격에 임했으며, 전선에서는 끊임없이 승전보가 날아 들었다. 파발이 성채 부근에 나타날 때마다 새로운 소식이 전해졌다. 이날도 첩보가 전해졌다. 링가의 병마가 궈 부족의 모든 관문과 성채를 이미 평정했다는 소식이었다. 적군을 도왔던 주술사들은 군영 앞에서 참수되었고 궈 부족의 모든 토지와 가축은 물론 백성들이 지닌 온갖 보화 또한 링 부족이 나누었으며 링가의 대군도 곧 개선할 예정이었다.

그날 밤, 썬룬과 메이둬나쩌가 침궁에 든 뒤에도 밖에서 여전히 우레와 같은 환호성이 울려 부부는 오래도록 잠들 수 없었다. 메이둬나쩌가 말했다. "저와 낭군님 사이에서도 큰아들 자차셰가처럼 정직하고 용감한 아들이 태어났으면 좋겠습니다."

그날 밤, 메이둬나쩌는 꿈에 빠져들자마자 황금 갑옷을 입은 한 신이 가만히 버티고 있는 모습을 보았다. 그후 머리 위 하늘이 우릉우릉 울리며 구름이 갈라졌고 그때, 천 궁의 한 모퉁이가 보였다. 그곳에서 타오르는 불꽃 같은 금강저 하나가 쭈욱 떨어져내려 맹렬한 기세로 아래를 향해, 자신의 머리 꼭대기부터 몸의 깊은 곳까지 박히는 것이었다. 아침에 일어나보니 몸이 가볍게 느껴지고 어떤 직감에 벅차올라 참지 못하고 남편에게 자신들의 아들이 이미 태 안에 남몰래 맺혀 자신의 자궁 안에 앉았음을 수줍게 고하였다.

두 사람은 누대 위에 올라 밤새워 기쁨을 즐긴 백성들이 내지르는 환호성을 들었다. 고개를 들어보니 막 떠오른 햇빛 아래로 강물이 굽이지는 곳의 큰길 위를 말달려오는 링가의 개선 행렬이 눈에 들어왔다. 행렬 뒤로는 먼지가 자욱하고 가운데는 깃발이 나부끼며 맨 앞에서는 온통 칼과 창과 갑옷에서 반사된 빛이 반짝이고 있었다.

하늘이 링가를 보우하사, 시간은 눈 깜짝할 사이에 아홉 달 하고도 여드레가 지나 동짓달 보름이 되었다. 이날, 메이뒈나쩌의 피부는 최상급 양모처럼 부들부들하면서 연했고, 마음은 고운 옥돌처럼 투명하고 영롱했다. 물론 여인들이 아이를 낳고 기르면서 겪는 고통에 대해 익히 들었으며 많은 여인이 이로 인해 생명을 잃는 것을 보기도 했기에, 나지막이 혼잣말을 하기도 했다. "두렵다."

그러나 아들이 태어날 때, 메이둬나쩌는 어떤 고통도 겪지 않았고 기쁘고 즐겁기만 했다. 기이하게도 아이는 태어날 때부터 세 살배기만큼 무거웠다. 그 겨울에 하늘에서 우레가 울리고 꽃비가 내렸다. 백성들은 메이둬나쩌가 아이를 낳은 천막 주위로 오색구름이 에워싸고 있는 모습을 보았다.

탕둥제부 상사도 와서 축하를 건네며 아이에게 이름을 지어주었다. 그 이름은 '세상의 영웅호걸로서 모든 적을 제압하는 보주寶珠 거싸얼'이었다.

무씨 일족에 가족이 늘었음을 경축하는 연회가 열렸고 사람들은 모두 메이둬나쩌가 이 비상하게 우량한 아이를 안고 나오는 모습을 자세히 보려고 했다. 다들 아기에게 가장 아름다운 축복의 말을 건네고자 했다. 자차세가는 더할 나위 없이 기쁘고 즐거워 아이를 받아 안아 눈앞으로 들어올렸다. 거싸얼이 형을 보더니 눈동자를 반짝반짝 빛내자 자차세가는 저도 모르게 자신의 얼굴을 어린 동생의 얼굴에 갖다 대었다.

이 모습을 지켜보던 탕둥제부 상사가 말했다. "두 마리 준마가 힘을 합치니 적들을 제압할 기초가 되며, 두 형제가 친밀하니 부강해질 전조로다. 좋구나!"

자차세가는 동생의 이름을 부르려 했지만 부를 수 없었다.

"상사께서 지어주신 이름이 너무 길고 복잡합니다."

"그러면 간단히 거싸얼이라고 부르게나." 상사는 이어 노총관에게 말했다. "그대들은 우유와 치즈, 꿀로 저 아이를 잘 기르도록 하게."

아이를 품에 안은 메이둬나쩌는 아이의 입이 크고 이마가 넓으며 눈썹과 눈이 또렷한 모습을 보고 마음에 절로 기쁨이 생겨났지만 도리어 이렇게 말했다. "이렇게나 못생겼으니 줴루라고 부르지요." 그렇게 거싸얼의 아명은 줴루가 됐다.

작은아버지인 다룽 부족의 수장 차오퉁은 이 기쁘고 경사스런 분위기에 녹아들기 어려웠다. 링가의 무씨 일족은 모두 같은 조상에서 유래해 후에 장, 중, 유 세 개 지파로 나뉘어 오랫동안 위아래를 가루기 어려웠다. 썬룬이 한족의 왕비에게서 링가 사람들이 이구동성으로 칭송하는 아들 자차셰가를 낳은 뒤, 그가 속한 유씨 지파의 힘이 날로 강대해졌다. 노총관은 유계 출신이었고, 차오퉁 자신이 이끌고 있는 가장 부유한 다룽 부족 또한 유계에 속했다. 이치대로라면 노총관의 뒤를 이어 당연히 자신이 대권을 잡게 되는 것이다. 그러나 지금 생각지도 않게 같은 지파에 속하는 썬룬이 또 용왕의 딸과 혼인해 거싸얼이라는, 누가 보기에도 남다른 아들을 낳았으니 자신의 꿈은 아마도 물거품이 될 것 같았다.

여기까지 생각이 미치자 먼저 후환을 없애야겠다는 악독한 계교가 저도 모르게 생겨났다. 차오퉁은 자리에서 일어나 집으로 향했다. 말을 몰아 산언덕에 올라서서 아래를 돌아보니 사람들의 소리가 산어귀에서 들끓는 듯했다. 그의 마음속에서 독충이 들끓는 것 같았다. 그리고 고독감이 가득찼다. 갓 태어난 어린아이를 두고 이처럼 악독한 마음을 먹게 되다니, 그는 그것이 자신을 겁쟁이로 만드는 마귀의 소행임을 알았다. 소년 시절, 차오퉁은 누구보다 담이 크고 기운이 왕성해 싸움을 잘했다. 그러자 한 주술사가 차오퉁의 어머니에게 사람을 겁쟁이로 만드는 비방을 가르쳐주었다. 무슨 일에든 쉽게 놀라는 여우의 피를 마시면 된다는 것이었다. 어머니는 들은 대로 따랐다. 다만 주술사는 그의 어머니에게 여우 피를 마신 사람은 여우의 음험하고 교활한 성격을 닮게 된다는 사실을 말해주지 않았다. 차오퉁은 산언덕 위에 말을 세우고 자차셰가와 갓 태어난 그 어린아이의 눈 속에서 출렁이던 기상을 떠올렸다. 그리고 자신의 눈을 생각해보았다. 스스로를 총명하다 여기는 여우의 교활함과 비겁함이 깃들어 있을 것이라 생각하니 부끄러워졌다. 운명이 관여하기 전까지 그 역시 담대한 소년이었는데 말이다.

사흘 뒤, 차오퉁은 온 얼굴에 웃음을 띤 채 치즈와 벌꿀을 가지고 다시 나타났다. "정말이지 기뻐할 일입니다. 갓 태어난 내 조카의 몸무게가 세 살배기와 맞먹는다니! 내가 드리는 이것을 먹인다면 틀림없이 더 빨리 자랄 것입니다." 그의 말은 꿀처럼 달콤했지만 가져온 먹을 것 안에는 코끼리나 야크도 쓰러뜨릴 만큼 강력한 독이 들어 있었다. 차오퉁은 조카를 안고 독약이 든 치즈와 꿀을 줴루의 입안에 넣어주었다.

줴루는 입안의 것을 모두 삼켰다. 그런 뒤에 비할 바 없이 맑은 눈에 미소를 띤 채 차오퉁을 바라보았다. 아이에겐 어떤 중독의 흔적도 보이지 않았다. 하늘에서 받은 공력으로 치명적인 독성을 몸에서 밀어냈던 것이다.

차오퉁은 영문을 알 수 없었다. 자신의 손가락 끝에 신선한 치즈가 아직 묻어 있는 걸 보고는 혀끝을 내밀어 핥아보았다. 즉시 뱃속의 창자를 누가 쥐어짜기라도 하는 것처럼 극심한 통증이 번개의 채찍처럼 사납게 그를 후려쳤다. 그는 자신이 중독된 것을 알았다. 살려달라고 소리를 지르고 싶었지만 찌르는 듯한 아픔을 겪고 있는 혀는 또렷한 음성을 만들어주지 못했다. 사람들은 차오퉁이 늑대의 울부짖음 같은 비명을 내지르며 천막 밖으로 뛰쳐나가는 모습을 보았을 뿐이다.

차오퉁은 넘어질 듯 비틀비틀 강가로 달려가 혀를 얼음에 한참 동안이나 붙이고 있었다. 그런 뒤에야 비로소 주문을 욀 수 있어서, 친구인 주술사 궁부러자를 소환했다. 그러자 거대한 날개의 까마귀가 먹구름처럼 땅 위로 거대한 그림자를 드리웠다. 이 어두운 그림자를 빌려 주술사 궁부러자는 해독약 한 보따리를 차오퉁의 손에 던져주었다. 까마귀가 날아가고 나서야 차오퉁은 비로소 몸을 흔들어 일어날 수 있었다.

쮀루는 태어난 지 얼마 되지 않았음에도 벌써 말을 하기 시작했다.

어머니가 물었다. "네 작은아버지가 왜 저러실까?" 쮀루는 질문과는 상관없는 답을 했다. "작은아버지는 강가로 혀를 식히러 가셨어요." "강가에 안 계시네?" "산속 동굴로 가셨어요."

쮀루가 어머니에게 말했다. "작은아버지가 검은 바람을 이쪽으로 보내셨네요. 저 검은 바람 요괴가 제가 제압하게 될 첫번째 놈이 되겠죠."

쒜루의 진신眞身은 여전히 어머니 앞에 앉아 있었지만 하늘에서 내려온 젊은 신의 분신은 벌써 검은 바람 요괴가 오는 방향으로 마중을 나가 있었다. 궁부러자는 막 세 개째 산골짜기를 날아서 지나다가 하늘과의 사이를 채울 만큼 커다랗게 자라난 쒜루의 분신, 그리고 쒜루의 부름을 받고 온 은백색 갑옷을 걸치고 나타난 구백 명의 신병들과 맞닥뜨렸다. 쒜루는 똑바로 앉은 채 꼼짝도 하지 않고 기민하게 상황을 파악해 궁부러자가 지상의 법술을 쓸 때를 기다렸다. 주술사는 여기에 있는 것이 쒜루의 진신이 아님을 진작 간파하고는 은갑옷을 입은 신병 무리를 돌아 다음 산골짜기로 날아갔다. 산골짜기를 막 지나는데, 예의 그 커다란 쒜루가 구백 명의 금갑옷을 입은 신병에게 둘러싸여 있는 게 보였다.

이와 같은 일이 반복되어 궁부러자는 각각 무쇠 갑옷 신병 구백 명과 가죽 갑옷 신병 구백 명으로 삼엄하게 진을 친 쒜루의 분신도 보았다. 그제야 쒜루의 진신이 천막을 친 방문 앞에 단정히 앉아 있는 모습을 볼 수 있었다. 쒜루가 한 손을 뻗어 앞에 있던 알록달록한 돌멩이 네 개를 허공으로 튕겨내자 사 곱하기 구백, 모두 삼천육백의 신병이 곧 그를 에워싸니, 참으로 무쇠 통 안에 든 것과 같았다! 궁부러자는 바람을 휘둘러 한줄기 검은 연기를 빌려서야 몸을 돌려

달아날 수 있었다. 궁부러자가 막 동굴 안으로 들어서려는데 줴루가 옮겨다 놓은 커다란 바윗돌이 동굴 입구를 꽉 막고 서 있었다. 그는 몇 백 년 동안 수련한 법기를 모두 던지고서야 그 커다란 바윗돌에 작은 구멍을 하나 뚫을 수 있었다. 그러나 결국 줴루가 하늘에서 끌어온 벼락이 동굴로 뚫고 들어가 그 녀석을 산산조각 내버렸다.

대단한 줴루는 몸을 흔들어 궁부러자로 변신한 뒤 차오퉁을 만나러 갔다. 그러고는 줴루의 신병을 이미 소탕하였으며 그 어린 녀석은 이미 목숨을 잃었으니 사례로 차오퉁의 지팡이를 원한다고 말했다. 그 지팡이는 내력이 있는 것으로 마귀가 검은 바람의 주술사에게 주었던 보물이다. 검은 바람의 주술사는 그것을 차오퉁에게 주었다. 그 지팡이를 들고 주문을 외면, 사람이 나는 듯 빨리 걸어서 어디든 마음대로 갈 수 있었다. 줴루는 주술사인 척하며 만약 지팡이를 주지 않으면 그가 줴루를 해쳤다는 사실을 노총관 룽차차건과 자차셰가에게 말하겠다고 했다. 차오퉁은 전혀 내키지 않았지만 어쩔 수 없이 마술 지팡이를 궁부러자로 변한 신의 아들 줴루의 손에 넘겼다.

줴루가 바람을 두르고 날아가는데 그뒤로 검은 바람이 일지 않고 무지개와 같은 빛살이 나타났다. 여우의 의심병에 물든 차오퉁은 이를 곰곰히 생각해보다 불안해졌다. 그래서 곧 주술사가 수행하던 동굴로 갔다. 동굴은 엉망진창이었다. 원래는 널찍하게 탁 트였던 동굴 입구를 커다란 바위가 꽉 틀어막고 있었다. 바위 아래 새로 난 작은 구멍이 의심스러워 그 구멍을 통해 안을 들여다보니 궁부러자는 이미 목과 몸이 나뉜 채로 이 세상 사람이 아니었다. 잘린 손만이 아직도 그 지팡이를 꼭 틀어쥐고 있었다. 차오퉁은 친구의 죽음을 슬퍼하지 않고, 지팡이를 다시 손에 넣는 데만 마음이 급했다. 그러나 구멍은 정말이지 너무 작아서 사람이 들어갈 만한 크기가 아니었다. 그는 쥐로 변신한 뒤 불안한 마음을 안고 찍찍거리며 작은 구멍을 통해 큰 동굴 안으로 들어갔다. 동굴 안에는 주검만 있을 뿐 지팡이는 없었다. 그는 쥐 눈이어서 제대로 보지 못했나 싶어 사람으로 변해 다시 자세히 살피려 했다. 그러나 아무리 주문을 외워도 몸은 그대로 쥐로 남아 찍찍대며 위아래로 쏘다닐 뿐이었다. 두려워진 차오퉁은 서둘러 동굴 밖으로 도망치려 했다. 그때 갑자기 주문이 먹혀 머리가 사람의 머리로 변했다. 그러나 주문이 완전히 걸리지 않았는지 몸은 여전히 쥐의 것이었다. 쥐의 몸은 사람 머리의 무게를 이기지 못해 그대로 머리를 땅에 떨구었다. 그는 동굴 입구에서 몸부림쳤지만 사람의 머리는 어떻게 해도 그 작은 구멍을 뚫고 지날 수 없음을 알았다.

쮀루는 동굴 입구에 모습을 나타내고 짐짓 놀라는 척했다. "어디서 온 괴물이 사람 머리에 쥐의 몸을 가졌더냐? 틀림없이 요마가 변한 것이니 내가 백성들을 위해 없애야겠다. 저놈을 죽여야지!"

차오퉁은 서둘러 큰 소리로 외쳤다. "조카야, 나는 마법에 걸린 네 작은아버지다!"

쮀루는 동굴 입구에 서서 자신의 머리를 두드리며 말했다. "아무래도 자신의 심마에 걸려든 모양인데 왜 다른 사람의 마법에 걸렸다고 말하지?" 이렇게 혼잣말을 중얼대는 동안 그의 신력은 한참이나 떨어졌고 차오퉁은 그 틈을 이용해 동굴 밖으로 나올 수 있었다. 그는 아이가 어리둥절한 표정으로 서 있는 모습을 보고 온몸의 먼지를 떨어내며 말했다. "어린아이는 집에 있어야지. 이렇게 먼 곳까지 나와서 놀면 안 된다. 그런 뒤 몸을 흔들어 성큼성큼 그의 시선을 벗어나 산모퉁이를 돌아간 후 날아가버렸다.

수백 리 떨어진 집으로 돌아온 차오퉁은 자신의 악랄한 계책이 이 어린아이에 의해 소리 없이 순식간에 흩어지고 말았음을 떠올렸다. 전해지는 말처럼 아이가 정말 하늘에서 내려왔을지도 모를 일이다. 그렇다면 사람들이 지혜와 계책이 뛰어나다고 칭송하는 차오퉁 자신은 영원히 다룽 부족의 수장에 그치고 링가에서 두각을 나타낼 일은 일어나지 않을 것이다. 여기까지 생각이 미치자 하루종일 술도 밥도 들어가지 않았다. 그의 뱃속에선 우레와 같은 꾸르륵 소리만 났다. 깊디깊은 탄식만이 끊임없이 새어나올 뿐이었다.

이야기꾼: 스승

그날 초원 위에는 이슬이 무척 많았다. 양은 이슬이 너무 많이 맺힌 풀을 먹으면 위장이 상할 수 있었다. 그래서 진메이는 일부러 느지막이 몸을 움직였다. 양을 몰아 산비탈을 오를 때는 이미 태양이 높이 떠 있었다.

울다 지친 화미조는 휴식을 취하는 중이었다. 도마뱀들은 몸속의 차가운 피를 햇볕에 덥히고서 벌레들을 찾아 사방을 뛰어다녔다.

이때 큰길 멀찌감치에서 태양으로부터 쏟아지는 눈부신 햇발을 등에 업고 한 노인이 나타났다. 먼저 눈에 띈 것은 사람의 모습이 아니라 그가 높이 쳐든 깃발이었고, 이어 노인의 낙타처럼 굽은 허리가 서서히 지평선 위로 떠올랐다.

서로 인사를 나눈 후 노인이 웃으며 말했다. "아직 노래를 시작하지도 않았는데, 난 왜 입안이 바짝 마를꼬?"

진메이가 보온병의 차를 그에게 한 잔 따라주며 말했다. "노래 한 단락이 저를 혼란스럽게 합니다. 그 부분을 들려주실 수 있을까요?"

"젊은이가 어느 단락을 배우고 싶어하려나?"

"이전에 배운 건 아니고 꿈에서 본 건데, 이 꿈이 언제나 완전하지가 않아요."

"어느 단락인데?"

"지상에 내려온 젊은 신의 가족이요. 너무 많고 복잡해서 얼기설기 뒤엉킨 양털 뭉치 같아요."

상황을 파악한 늙은 이야기꾼은 풀밭 위에 이리저리 흩어진 양을 보더니 자리에 앉았다. 그러더니 노래 대신 이런 말을 했다. "이렇게 하는 게 아마도 젊은이가 이 난관을 넘는 데 도움이 될 거요."

"그러면 어르신이 제 스승이 되시는 거네요."

"그러면 내가 자네의 스승인 셈치게나." 그러고선 노인은 이야기를 시작했다.

이야기: 이야기가 있기 전의 이야기前傳

아, 링은 티베트 땅의 한 부분이니 그러면 먼저 티베트 전체의 상황을 이야기해보자.

티베트는 당시에 모두 여섯 씨족이 있었다. 즈궁의 쥐러 씨, 다룽의 가쓰 씨, 싸자의 쿤 씨, 파왕의 랑 씨, 충부의 자 씨, 나이둥의 라 씨. 그러나 이 오래된 씨족들이 처음부터 끝까지 한결같은 생명력을 유지할 수 있었던 것은 아니었다. 시간이 흐른 뒤 티베트 땅에서 가장 유명해진 것은 새로 떨치고 일어선 아홉 개의 위대한 씨족이었다. 이 아홉 씨족을 대하는 여섯 씨족 사람들은 아무래도 마음이 복잡했다. 그러면 사람들의 숭배와 존경의 대상이 된 이 아홉 씨족의 이름을 샘물처럼 흘러넘치게 해보자. 그들은 각각 사, 쥐, 둥秦 세 개 씨족과 싸이, 무, 둥童 세 개 씨족, 그리고 반, 다, 자 세 개 씨족이었다.

이렇게 많은 씨족들이 온 티베트 고원에 퍼져 있었다. 하늘세계에서 아래를 내려다보면 서쪽으로는 아리 지역에 속하는 푸랑과 구거, 망위가 있으며, 이 땅들은 설산과 암벽, 호수로 둘러싸여 있었다. 중앙에는 위르, 웨이르, 예르, 위안르로 이루어진 웨이짱 지방이 있었다. 그리고 뒤 캉의 부족이 있었다. 그곳은 신령한 산 여섯 개가 다스리고 있었다. 각각 마자, 보보, 차와, 어우다, 마이칸, 그리고 무야 산이었다. 황허와 진사, 누장, 그리고 란창이라는 강이 그 사이를 에워싸며 흐르고 있었다. 산과 강 사이에는 목장과 농경 지대가 어금지금 맞물려 있었으며, 수많은 촌락들이 별처럼 그 사이에 흩어져 우뚝 솟은 성곽의 지배를 받고 있었다. 노래는 그 모습을 이렇게 전한다. "끊어진 목걸이의 구슬들이 모든 구석에 흩어진 것 같구나. 바람이 풀씨를 사방의 들판으로 날린 것 같구나."

맙소사! 이렇게 해도 끝나지 않는군. 옴! 이 지혜로운 늙은 이야기꾼이 이런 격언을 알고 있지. 하늘을 찌를 듯 높이 솟은 나무를 보는데 나무줄기만 보면 어찌 전체를 본다고 할 수 있겠는가? 먼저 신발을 벗고 나무를 타고 올라가 모든 가지와 덩굴들을 만져보아야지! 옴……

이제 내가 이야기꾼의 모자를 쓰게 해주시오. 옴! 먼저 이 모자에 대해 말해야겠소. 높은 산처럼 솟은 장식을 보시오. 금실과 은실이 그 사이로 지나가고 있소이다. 알았소, 알았어. 머리 위의 모자에 대해서는 내일 더 이야기하기로 하고.

뭐라고 했소? 나더러 귀족들의 족보를 어디까지 떠들 참이냐 하셨소? 요즘 사람들은 이렇게 급하다니까.

좋소이다. 내 링가의 모든 지파들을 다스린 무족에 대해 이야기함세. 무족은 취판나부 대까지 백여 년 간 링가에서 중요한 위치를 점해왔지. 이 취판나부가 바로 룽차차건의 아버지로 왕비를 셋이나 두었는데, 룽차차건의 어머니인 룽 왕비가 그 셋 중 한 명이었지. 가 왕비의 아들은 위제, 이 사람은 북쪽 지역의 휘얼 왕과의 전쟁에서 죽었지. 나머지 무 왕비의 아들이 썬룬으로, 하늘나라 신의 아들의 아버지로 선택된 그자야. 당시에 룽차차건은 이미 결혼을 해서 아내 메이둬자시취와 아들 셋에 딸 하나를 두었지. 썬룬은 하늘의 뜻에 따라 용의 딸 메이둬나쩌를 얻기 전이었고, 동쪽의 가국에서 한족 여인을 아내로 맞아 아들 자차셰가를 낳았고.

자차셰가에겐 작은아버지가 있었는데 다룽 부족의 수장인 차오퉁이었지. 차오퉁은 신비한 변신술을 많이 알고 있었다오. 자차셰가는 날 때부터 정직하고 용감한 영웅의 모습이어서 한 달이 조금 지났을 때 이미 초원의 한 살배기 아이들보다 몸집이 컸다고 한다.

아, 젊은이여! 이제 이해가 됐겠지. 이야기도 시작할 수 있겠고!

이야기꾼: 근기와 인연

늙은 이야기꾼이 말했다. "젊은이, 강이 휘어지는 저곳을 보시오. 강물이 바위에 맞부딪혀 내는 저 소리도 의미가 없는 것이 아니라오. 내 여기서 이 순간 당신과 만났으니 이 또한 특별한 인연이라 할 수 있소. 내가 당신을 도와 영웅 거싸얼의 위대한 가계를 정리하게 해주오."

"제가 어떻게 해야 합니까?"

"나도 모르지. 젊은이가 이 위대한 이야기와 우연히 만나게 된 상황을 다시 한번 처음부터 말해주는 건 어떨지."

"우연히 만났다고요? 저는 그냥 꿈에서 본 것일 뿐인데요."

늙은 이야기꾼은 희미하게 웃었다. "꿈에서는 항상 우연히 보게 되지." 그는 손을 놀려 육현금을 뜯었다. 짜랑짜랑한 쇳소리의 진동이 젊은 양치기의 감각을 이상하게 만들었다. 발 밑의 땅이 빙글빙글 돌고 하늘의 뭉게구름이 흩어지고 하늘 문이 활짝 열리며 신들이 내려올 것 같았다. 그러나 그것은 순간의 느낌이었을 뿐, 노인의 손가락이 육현금 줄을 떠나자 악기 소리는 갑자기 멈추고 모든 것이 우르릉하는 소리와 함께 제자리로 돌아갔다. 무언가를 말갛게 깨달으려 했다가 무거운 장막이 내려진 것처럼 차단된 듯했다.

진메이는 잠꼬대를 하듯 말했다. "육현금, 육현금 소리가 왜 사라진 거지?"

늙은 이야기꾼은 육현금을 주머니에 넣었다. "눈앞에 보이는 것이 젊은이네 마을이면 하룻밤 머무를 수 있겠소. 용의 발톱 같은 가지가 달린 그 늙은 잣나무 아래, 그 마을 입구에서 사람들을 위해 노래를 불러야지."

진메이는 자신의 작은 마을에선 이야기꾼이 노래를 불러도 충분한 보시를 베풀지 못한다는 것을 알고 있었기에 늙은 이야기꾼을 위해 양을 잡아야겠다고 생각했다. 늙은 이야기꾼이 말했다. "좋은 양치기는 봄에는 어미 양을 잡지 않는 법이오. 영웅의 이야기를 노래하고 싶다면 이 늙은이가 육현금을 타며 노래하는 것을 듣기만 하면 된다오."

진메이는 진달래가 별처럼 흩뿌려져 있는 설산의 맞은편 산기슭에 드러누워 계시가 내리길 기다렸다. 그러다 햇빛이 따스해서 곧 잠이 들었다. 그러나 아무런 꿈도 꾸지 않았다. 익숙한 초조함만이 엄습해왔다. 진메이는 일어나 호수 쪽으로 내려갔다. 걷다가 호숫가의 천막 앞에 멈춰섰다. 모양이나 소재가 세상이 막 시작됐을 때 쓰였나싶게 먼 과거의 물건 같았다. 그리고 그 아이가 진메이 앞에 나타났다.

"네가……"

"나 아니야!"

진메이는 네가 그 신의 아들이냐고 물으려 했다. 그런데 아이가 재빨리 부정을 한 것이다. 이는 아이가 바로 그 신의 아들임을 입증하는 것이었다. 그러나 아이의 얼굴은 더러웠고, 갓 태어났을 때는 신과 통한 듯 보석처럼 반짝였을 눈빛 또한 어둑해져 험악하기 이를 데 없었다. 아이는 진메이에게 우스꽝스러운 표정을 지어 보이더니 몸을 돌려 이제 막 동굴로 뛰어들어간 여우를 쫓아갔다. 여우는 여러 마리 여우로 변하여 도망쳤고, 아이도 여러 분신들을 만들어 각각 여우를 쫓아갔다. 진메이는 온 산기슭에 가득찬 여우와 줴루를 보았다. 줴루는 포악한 눈빛을 하고서 여우를 한 마리씩 밟아갔고, 여우의 사체를 갈기갈기 찢기 시작했다. 여우의 내장, 피와 살이 사방으로 흩뿌려졌다. 그중 한 분신이 죽은 여우를 발아래에 두고 높은 언덕 위에 서 있었다. 진짜 줴루였다. 분신들이 만들어내는 피비린내 나는 광경을 지켜보면서 줴루 자신 또한 깜짝 놀란 것 같았다. 진메이는 참지 못하고 크게 소리를 질렀다. "신의 아들이여!" 줴루가 어리둥절한 표정으로 고개를 들어 하늘을 바라보았다. 그러고는 어떤 느낌을 받은 것인지, 고개를 숙이고 온 산에 가득한 살육의 피비린내를 맡고 얼굴에 연민이 가득한 표정이 됐다.

순간 줴루의 분신들은 모두 사라지고, 죽은 여우의 수많은 분신 또한 사라졌다. 아이는 죽은 여우를 끌고 언덕을 걸어 내려가더니 진메이의 앞에서 사라졌다.

진메이는 그제야 자신이 꿈속에 있음을 깨달았다. 꿈에는 나름의 질서와 자유가 있다. 신의 아들이 사라지자 진메이는 물가에 있는 낮은 천막으로 시선을 옮겼다. 천막 문 앞에서 걱정 가득한 표정으로 먼 곳을 바라보는 여인이 있었다. 바로 줴루의 어머니, 용왕의 딸 메이둬나쩌였다. 남편 썬룬은 그 곁에 없었다.

이 여인은 왜 남편의 성채에 살지 않는 것일까? 여인은 왜 얼굴에 수심이 가득할까?

진메이는 꿈속에서 이런 질문들을 큰 소리로 말했지만 천 년 전의 이 여인은 그 말들을 듣지 못했다. 꿈속의 사물들은 멋대로 나타난다. 갑자기 나무 한 그루가 생기고 화미조 한 마리가 가지 위에서 지지배배 떠들었다. 새는 사람의 말을 했다. "저 여인의 아들은 자신이 신이라는 것을 잊고 하늘에서 받은 신력을 멋대로 써서, 수많은 들짐승과 날짐승을 죽였어. 그래서 줴루는 사람들에게 미움을 받았지."

진메이는 줴루를 위해 변명했다. "수많은 요마들이 날짐승과 들짐승으로 변했기 때문이야."

"줴루도 그렇게 말하지만 아무도 그 말을 믿지 않아."

"분신술을 쓰는 여우가 요마의 화신이라는 건 알아. 하지만 줴루가 죽인 들짐승과 날짐승이 모두 요마일까?" 화미조는 가지 위에서 폴짝 뛰었다. "뭐야? 너 지금 내가 저 가없은 아이에 대해 나쁜 말을 하기를 바라는 거냐?"

"난 아이의 어머니가 가없을 뿐이야."

"음……" 화미조는 날개를 뻗어 가슴팍을 두드렸다. "너 사람들이 생각하는 것처럼 그렇게 멍청하지는 않구나!"

말이 많은 화미조가 말했다. "사람들은 내가 말이 너무 많다고 하지만, 그래도 네게 말해주겠어……" 새는 말을 막 시작하려는가 싶더니, 갑자기 무엇인가에 놀라 비명을 내지르고 날개를 퍼덕이더니 날아가버렸다. 줴루가 온 것이다. 아이는 그렇게나 많은 여우의 사체를, 그 피와 살과 뱃속에 든 오물과 뇌수를 사방으로 흩뿌렸다. 그러고는 푸르죽죽한 창자를 갖가지 모양으로 나무 위에 걸어놓았고, 자기네 천막 문 위에도 걸었다. 곧 피비린내가 모든 사물을 집어삼켰다. 하늘을 나는 날짐승, 땅 위의 들짐승, 땅속 구멍에 사는 마멋까지 모두 도망쳤다. 이미 거의 신성을 잃은 줴루가 나중에 자신의 사적을 노래하게 될 진메이를 향해 이를 드러내고 히죽 웃어 보이자, 훗날 그의 사적을 노래할 운

명인 진메이도 너무 놀라 그 순간만큼은 꿈밖으로 도망치고
싶었다.

그래서 진메이는 달렸다. 이 산마루에서 저 산마루로 달
렸지만 언덕은 마치 물결이 이는 것처럼 끊임없이 덮쳐왔
다. 진메이는 살려달라고 고함을 지르고 싶었지만 소리가
나오지 않았다. 바로 그 순간 노총관 룽차차건이 앞에 나타
났다. 흰 수염을 나부끼며 노총관이 말했다. "도망치지 마
시오. 그대는 두려워할 필요가 없소."

이 말에 등뒤에서 너울처럼 급하게 쫓아오던 시름겨운
구름과 안개가 순식간에 사라지고 머리 위 하늘이 맑게 개
었다. 하지만 노총관은 수심에 잠겨 미간을 깊게 찌푸렸다.
"줴루 때문에 놀랐소?"

진메이는 온 힘을 다해 고개를 끄덕였다. 동시에 말문이
마침내 터졌다. "줴루가 왜 저렇게 변했나요? 어머니와 줴
루는 왜 성채에서 살지 않나요?"

노총관은 한참이나 진메이를 뚫어지게 쳐다보다가 고개
를 저었다. "나는 꿈을 꾸었소. 그대가 하늘의 소식을 얻어
와, 당신이 지금 내게 물었던 그 질문에 대한 답을 말해줄
수 있을 거라고 했소."

"저는 아직 꿈을 다 꾸지 못했습니다. 이제 겨우 하늘의 문

앞까지 갔을 뿐, 하늘 신들의 얼굴도 아직 보지 못했어요."

"내 보기에도 그런 것 같군. 그대의 눈 속에는 하늘의 신령스러운 빛이 없구려."

노총관은 말을 마치고 곧 사라졌다. 진메이도 꿈에서 깨어났다. 그리고는 퍼뜩 지금 눈앞에 보이는 언덕과 호수, 강물이 바로 꿈속에서 본 풍경이라는 것을 깨달았다.

해질 무렵 양떼를 몰아 마을로 돌아가는 길에도 진메이는 여전히 꿈속에서 보았던 장면 때문에 혼란스러웠다. 자신이 꿈에 본 광경은 다른 사람들에게 들었던 이야기들과 달랐기 때문이다.

화롯불 옆에 앉아 간단하게 저녁을 때우자 몽롱하게 졸음이 몰려왔다. 쩽쩽 울리는 육현금 소리가 그의 정신을 깨웠다. 아침 일찍 길에서 만난 이야기꾼이 떠올랐다.

늙은 이야기꾼은 전통극 무대 위의 배우처럼 비단 장포를 걸치고 있었다. 그 주위를 에워싸고 앉은 사람들은 벌써부터 노래를 재촉했지만, 이야기꾼은 머리를 숙이고 육현금 줄만 만지작댈 뿐이었다. 진메이가 모닥불 앞에 나타나자, 이야기꾼은 그제야 미소를 띠고 몸을 일으키더니 낭랑한 음성으로 노래를 불렀다.

"루아라라무아라, 루타라라무타라! 운명의 그 사람이 벌써 나타났구나. 양 치는 어리석은 이여, 그대는 어느 대목이 듣고 싶은가?"

진메이가 다급하게 소리쳤다. "신의 아들은 다섯 살이 채 되기도 전에 하늘에서 받은 신성이 이미 사라졌지요!"

이 말을 듣고, 지금까지 들어온 이야기에 익숙한 사람들이 저마다 한마디씩 떠들어댔다. 그러나 늙은 이야기꾼이 두 손을 아래로 내리누르자, 사람들은 즉시 입을 다물었다.

적막 속, 육현금 소리가 째앵 하고 울렸다. 달빛이 대지를 훤하게 비추듯이.

새로운 이야기꾼의 다른 이야기가 등장할 참이었다.

이야기: 추방

젊은 신은 막 태어났을 때, 야룽 강과 진사 강 사이에 있는 아쉬 초원에서 살았다. 초원에는 호수가 있었고, 그 가장자리를 따라 흐르는 반짝이는 빙하도 있었다.

모든 사람들이 쉐루의 신비한 힘을 보았다. 하늘이 준 신비한 힘을 남용해 살아 있는 것들을 마구잡이로 죽이는 것을 사람들도 모두 본 것이다. 그 생명체 대부분은 사실 마귀와 요괴가 조화를 부려 변한 것이었지만, 사람들은 알아보지 못했다. 또한 쉐루가 산과 강 사이에 존재하는 수많은 무형의 요마들을 굴복시키는 것도 알지 못했다. 쉐루가 중생들을 이롭게 하기 위해 했던 모든 일은 오직 작은아버지 차오퉁만이 볼 수 있었다. 그러나 차오퉁의 마음은 벌써 악마에게 점령당했기에 중생들이 이 전설 속의 젊은 신에게 실망을 느낄 때, 짐짓 원통한 척하며 입을 다물고 있었다. "하늘이 이렇게 우리를 농락하는 것인가?" 사람들은 궁금해했다.

오직 젊은 신 자신만이 앞으로 무슨 일이 일어날지 알고 있었다. 연화생 대사가 꿈속에 나타나 지금 링 부족이 거주하고 있는 좁고 긴 지대는 너무도 협소하다고 말해주었기 때문이다. 강대한 왕국이 되려면 우선 진사 강 기슭에서 서북쪽으로 시작해 황허 강 일대의 광활한 초원을 차지해야 했다. 땅속에 소금덩이가 넘치며 가물고 메말라 낙타가 달릴 때마다 발굽 아래서 불꽃이 튀는 그 북쪽 땅까지. 미래 링 국의 양떼에게는 연하고 물기가 많은 풀이 나는 초원이 필요하며, 링 국의 무사들에겐 발 빠른 말들이 충분히 내달리기에 걸맞은 땅이 필요했다.

쉐루는 만 다섯 살이 되었다. 하지만 몸은 벌써 스무 살먹은 장정과 같았으며, 링 부족에서 가장 아름다운 처녀 주무를 자주 훔쳐보곤 했다. 주무는 언제나 줴루 앞에서 나이가 엇비슷한 부족의 다른 무사들과 서로 쫓고 쫓기는 장난을 쳤다. 그녀는 사나이 마음에 미묘한 아픔을 아로새기는 것을 즐겼다.

줴루가 꿈을 꾸며 주무의 이름을 말할 때면 어머니는 걱정하며 말했다. "착한 아들아, 너의 짝이 될 아가씨는 아마도 이제 곧 세상에 올 거다."

달빛이 호수에 떨어져 물결 위에서 일렁였다. 이날 밤, 남몰래 새 둥지를 습격하던 여우는 줴루의 손에 죽었고 새들도 수풀 가운데서 놀라 마치 그대로 달까지 갈 것처럼 날아올랐다. 새의 깃털 몇 개가 뽑혀 천막 꼭대기의 굴뚝 구멍으로 떨어졌고 그대로 나부끼며 줴루의 얼굴에 내려앉았다. 밤은 물처럼 서늘했고 별들은 굽이쳐 흘렀다. 고귀한 출신의 어머니는 저도 모르게 주룩주룩 눈물을 흘렸다. 그녀는 아들을 깨워야겠다는 생각에 아들의 가슴에 기대어 소리 내어 울었다. 그러나 줴루의 꿈속으로 들어간 연화생 대사가 밖으로 숨을 내뱉자, 그녀는 양털 담요 속에서 몸을 둥글게 말며 꿈도 꾸지 않는 깊은 잠 속으로 빠져들었고, 내쉬는 숨은 담요 가장자리에 하얀 서리로 맺혔다.

이 낮은 분지를 걸어나가서 강기슭을 따라 올라가거나 내려가면 단단한 암석 제방 위로 높다랗게 솟은 성채에서는 등불이 눈부시게 빛났다. 젊은 신이 인간세계에 태어난 이후로 링가는 평화의 빛으로 뒤덮였다. 질 좋은 곡식들로 맛 좋은 술을 담글 수 있었고, 신선한 우유로는 치즈를 만들어 먹었다. 밤길을 돌아다니는 요마의 검은 망토가 내는 불길한 소리는 더는 들려오지 않았다. 어둠 속에서 시인은 운율을 음미했고 장인들은 기술을 연마했다. 흙을 도자기로 만들고 돌멩이를 구리와 무쇠로 만드는 불의 신에게 제를 드리는 일은 훨씬 적은 수의 사람만 할 수 있었다. 썬룬마저 아들과 용족 출신의 아내가 초원에서 굶주림과 추위에 떨고 있다는 사실을 잊었다. 그의 몸은 술과 여인으로 타오르는 중이었기 때문이다. 썬룬은 팔을 휘적거리며 아랫사람들에게 더 큰 소리로 노래를 부르도록 했다.

자차셰가만이 사랑하는 아우를 그리워했다. 자차셰가가 그리움을 참을 수 없어 말에 올라타 성채 밖으로 나갈 때면 그의 망토가 밤바람에 나부껴 공기를 흔들리게 했고 췌루의 꿈속에 들어갔던 대사는 공기가 흔들리는 것을 느꼈다. "오늘밤은 그대들 형제에게 속하지 않았다네." 대사의 말이 떨어지자마자 형태가 없는 검은 담장이 솟아올랐다. 자차셰가는 검을 휘둘렀지만 검은 담장은 칼날을 맞고 갈라졌다가 곧 소리 없이 다시 합쳐졌다. 그는 하릴없이 말머리를 돌려 높은 언덕 위로 올라갔다. 그곳에서 노총관과 마주쳤다. 노총관은 언덕 위에 서서 자차셰가 가고자 했던 그 방향을 바라보고 있었다. 그곳의 대지는 강굽이 한쪽으로 깊이 들어가 있어 달빛조차 닿지 않았다.

자차셰가 말했다. "아우가 그립습니다."

노총관이 말했다. "나는 링가가 이처럼 편안하고 풍족하게 오랫동안 지낼 수 있을지 걱정이 된다네. 하지만 그대의 아우를 보면 하늘의 뜻이 무엇인지 가늠하기가 어렵군."

줴루는 여전히 잠을 자고 있었다. 꿈에서 줴루가 연화생 대사에게 물었다. "내가 왕이 되나요?"

대사는 천천히 고개를 저으며 말했다. "아직 때가 오지 않았으니, 그대는 계속 고난을 겪어야 합니다."

"그럼 국왕이 되지 않고, 하늘로 돌아가겠습니다!"

대사는 한숨을 내쉬며 말했다. "그대가 하늘로 돌아갈 때에도 나는 여전히 이곳에 있을 겁니다."

"그대는 신이 아닙니까?"

"나는 미래의 신입니다."

"그럼 내 천막에서 나가시오!"

대사는 몸을 일으키고 웃으며 말했다. "신의 아들이여, 그대의 꿈속에서 나가겠습니다."

쿼루가 깨어났을 때는 이미 날이 밝아 햇살이 풀 위의 하얀 서리를 녹이고 있었다. 그는 차오퉁에게서 얻은 마술 지팡이를 타고 실을 잣고 있던 어머니에게 가서 성채로 돌아가고 싶다고 말했다. 어머니는 쿼루에게 다시는 멋대로 살육을 하지 않고 사람들에게 미움을 살 짓도 하지 않겠다고 다짐하라고 했다. 쿼루는 요마가 이미 모두 사라졌다고 생각했기에, 또한 힘이 대단한 형 자차셰가 자신을 가볍게 말 등 위로 들어올렸던 일과 기대를 가득 품은 눈빛으로 자신을 한참 동안이나 바라보던 노총관을 떠올리며 그러겠다고 약속했다. 이 추억들에 쿼루의 외로움은 몇 배나 커졌다. 어머니가 말했다. "네 아버지와 노총관께 가서 사과드리렴. 내게 한 말을 그분들께도 가서 다시 하려무나. 너를 용서해주실 것이야."

이때 쿼루가 타고 있던 지팡이가 쐐쐐 소리를 냈다. 요마가 출현했다는 의미였다. 그는 지팡이를 내던지고 성채 쪽으로 걸어갔다. 두 개의 희미한 그림자가 성채에서 이쪽을 바라보고 있었다. 쿼루는 그 두 사람이 노총관과 형 자차셰가라는 것을 알았다. 그들은 쿼루가 착한 아이처럼 말 잘 들고 깨끗한 모습으로 사람들 앞에 나타나기를 바라고 있었다. 그러면 사람들도 그를 용서해줄 것이다. 줴루는 그렇게 줄곧 성채 쪽으로 걸어갔다.

이번에는 물속에 무언가가 있는 것 같았다. 반은 용이고 반은 뱀인 괴물 두 마리가 기슭으로 기어올라왔다. 괴물들은 온몸이 흠뻑 젖은 채 입에서 훅훅 불꽃을 뿜어냈다. 이번에는 줴루도 못 본 척할 수가 없었다. 줴루는 깊은 한숨을 내쉬었다. 성채 쪽을 한번 바라보고는 내던졌던 지팡이를 다시 주워 요괴들을 향해 돌진했다. 그가 보고 있는 것은 분명 요괴였다. 그러나 그의 어머니를 비롯한 링 국 사람들 눈에는 용궁의 수정문이 열리고 그 안에서 아름다운 아가씨 두 명이 걸어나온 것으로 보였다.

요괴들은 무척이나 강해 강둑에서 그와 끊임없이 격추전을 벌였다. 요괴는 야룽 강 물길에 몸을 담근 채 거센 물살이 너울치며 겹겹의 소용돌이를 만드는 또다른 큰 강으로 흘러들어갔다. 각각의 소용돌이는 세계 전체를 빨아들일 것 같은 힘이 있어 보였다. 그 엄청난 소용돌이가 줴루에게 특별한 쾌감을 주었다. 소용돌이의 아랫부분은 모래시계의 잘록한 허리 부분처럼 좁은 구멍을 통과해 나간 뒤 뒤집으면 또다른 세계를 눈앞에 펼쳐 놓을 것만 같았다. 두 요괴는 제

멋대로 오르내리며 시간을 흡수해 물에서 구름 위까지 날아오를 수도 있을 것처럼 보였다. 득의만만한 요괴들이 미쳐 날뛰는 웃음소리가 줴루의 정신을 맑게 일깨웠다. 그는 지팡이를 가로로 눕혀 소용돌이치는 물살을 막았다.

눈 깜짝할 사이에 그들은 강물의 발원지인 빙하까지 올라가서 싸웠다. 요괴들은 마지막으로 고전적 수법을 썼다. 수많은 아름다운 생명체들의 환상을 만들어 줴루의 지팡이 아래서 죽게 만듦으로써, 그의 잔인함을 모든 링가 사람들 앞에서 보여주는 것이었다. 줴루가 지팡이를 휘둘러 그 두 요괴의 분신을 때려죽일 때 아무런 연민도 느끼지 않는 모습을 모두가 분명히 보았다. 그 주검들은 강물의 상류에 있는 맑은 시냇물을 가득 채웠고, 피비린내는 강 양쪽 기슭에 피어난 꽃들조차 꽃잎을 접고 강을 등지게 만들었다. 강물 위에 뜬 두 요괴의 주검은 강물을 약간 더럽혔을 뿐이다. 그와 동시에 분신들의 주검은 모두 사라졌으며, 강물은 맑고 깨끗한 본래의 모습을 되찾고, 꽃송이들 또한 다시 피어났다.

이는 사람들에게 좀 전에 젊은 신이 환술로 싸운 것이 요마라는 사실을 말해주는 것이었다. 그러나 사람들은 여전히 줴루를 용서하지 않았다. 특히 그들 가운데 총명한 누군가는 환술이 지어낸 것은 허상이지만 그 속에서 드러난 냉혹

함과 잔인함은 진실이라고 말했다. 게다가 사람들이 그에게 회개할 기회를 주었지만, 이 아이는 회개할 생각이 없다고도 했다. 누군가의 이 논리정연한 주장에 우레와 같은 갈채가 터져나왔다. 용감하고 지혜로운 자차셰가조차 자신의 아우에게 불리하게 들리는 이 말에 반박할 말을 찾을 수 없었다. 노총관도 마찬가지였다. 말을 한 사람은 쉐루의 작은아버지 차오퉁이었다.

이때 빙하가 우르릉 소리를 내며 무너져내렸다. 쉐루의 모습은 무너져내려 생긴 흰 눈보라에 가려 사라졌다. 그러자 모여들어 구경하던 사람들은 오히려 이 모습을 보고 환호성을 질렀다. 천막의 문 앞에서 가죽 외투를 바느질하던 어머니 메이둬나쩌는 누군가에게 심장을 찔린 것처럼 가슴을 움켜쥐고 허리를 굽혔다.

구름과 안개가 흩어지고 나니 곧 하늘이 밝은 빛으로 맑게 개었다. 쉐루는 신성한 능력의 가호를 입었기에 빙하는 그의 머리 위에서 갈라져내렸다. 그는 벌떡 일어나 사람들 앞에 나섰다. 그러고는 요마가 물속에 통로를 만들었기 때문에 자신이 빙하 아래에 있는 통로를 막아버렸다고 말했다.

차오퉁이 갑자기 쉐루에게 호통을 쳤다. "거짓말이다!"

그러자 수많은 사람들의 목소리가 여기저기서 터져나왔다. "거짓말!" "거짓말!" "거짓말!" "거짓말!" "거짓말!"

차오퉁이 또 말했다. "친애하는 조카여, 그대는 환상으로 사람들의 눈을 속여서는 안 된다."

산비탈에서 골짜기까지 사람들이 더욱 하나된 목소리로 고함을 쳤다. "환상!" "환상!"

사람들이 하나되어 외치는 고함에 깃든 분노는 대적하기 어려운 힘이었다. 젊은 신의 잘생긴 얼굴이 보기 흉하게 변했다. 당당한 체격도 줄어들었다. 젊은 신 쉐루는 사람들 앞에서 왜소하고 보기 흉한 모습이 되었다. 사람들이 이겼다. 세상을 속인 사기꾼이 본색을 드러낸 것이다. 그래서 사람들은 또 한껏 힘을 모아 소리를 내질렀다. "본색!" "본색!"

이날은 마침 신의 아들이 하늘에서 인간세상에 내려온 지 꼭 여섯째 해를 맞는 날이었다.

메이둬나쯔는 하늘을 바라보았다. 하지만 하늘은 그저 텅 비어 푸를 뿐이요, 푸른 하늘 아래로는 푸른 풀로 뒤덮인 산들이 멀리까지 뻗어 있을 뿐이었다. 그녀는 하늘을 외쳐 부르고 싶었다. 그러나 그 음성은 뱃속에서는 터져나왔으나 목구멍에 딱 걸리더니 말이 아니라 핏덩어리로 변했다. 메이둬나쯔는 푸른 풀을 파헤쳐 풀뿌리 아래쪽에 핏덩이를 깊이 묻었다. 메이둬나쩌는 아들 때문에 슬픈 어미의 마음을 누구에게도, 심지어 하늘에게도 보여주고 싶지 않았다.

사람들이 이번엔 이렇게 외쳤다. "살인자!" "살인자!"

"그럼 우리가 그를 어찌해야 하는가!" 차오퉁은 줴루를 죽이길 원했지만 그를 죽일 수 있는 사람은 아무도 없다는 것을 알고 있었다. 불편한 군중의 침묵을 깨고 차오퉁이 말했다. "그가 아이임을 감안하여, 회개의 마음을 키우도록 황량한 벌판으로 쫓아버리자!"

유배. 추방.

아이는 황량한 벌판에서 살든가 죽을 것이다. 그러면 누구도 그로 인해 살육의 죄명을 쓰지 않아도 된다. 사람들은 무거운 짐을 내려놓듯 하늘도 슬픔에 잠기게 하는 그 말을 외쳤다. "추방!" "추방!"

자차셰가가 물었다. "추방이라고?"

가장 지혜로운 노총관도 되물었다. "추방?"

담벽처럼 곧추세워진 낭떠러지마다 메아리가 울렸다. "추방!" "추방!"

노총관은 링가의 귀족들을 전부 모아놓고 하늘에 그 뜻을 물을 수밖에 없었다. 귀족들은 모두 노총관의 성채에 모여 그가 점을 쳐서 하늘의 뜻을 묻기만 기다렸다. 머지않아 점패가 나타났다. "독사의 머리 위에 있는 값진 보석이 가난한 이들의 손에 떨어졌다. 하지만 그 가치를 알아볼 적절한 때가 아직 오지 않았음을, 그들이 어찌 알아보겠는가?"

하늘은 이렇게 링가 사람들에게 직접적으로 뜻을 드러내지 않고 그들 대부분이 지금까지 생각해본 적이 없었던 의문을 던졌다.

노총관은 어찌해야 할지 확신할 수 없었다. "우리 링가가 젊은 신을 얻기에 부족하다는 뜻인가?"

차오퉁이 말했다. "그를 주인 없는 북쪽 황허 강가로 보냅시다. 그럼 이 아이가 굉장한 능력을 갖고 있는지 알게 되겠죠!"

귀족들이 한 목소리로 좋다고 말했기에 노총관은 침묵할 수밖에 없었다.

자차셰가 부탁했다. "저, 아우와 함께 추방되기를 원합니다."

노총관이 화를 냈다. "아니, 그게 무슨 말인가? 링가 여러 영웅들의 수장인 자네가 그런 소리를 하다니! 만약 요마가 다시 일어나거나 적국이 다시 침범하면 링가와 백성들이 어떤 처지에 놓이겠는가?"

자차셰는 한숨을 내쉬었다. "그러면 제가 직접 아우에

게 가서 이 결정을 알리도록 해주십시오." 링가의 영웅들 가운데 자차셰가와 같은 지위에 있는 단마는 자차셰가가 다시 혈육과 생이별하는 고통을 겪도록 놓아둘 수 없어서 말했다. "존귀한 자차셰가여, 그대는 황금 보좌에 앉아 계시오. 이 일은 내가 대신하리다." 단마는 말에 올라타 줴루가 살고 있는 곳으로 달려갔다.

줴루는 조금 전에 요마와 벌인 싸움의 결과로 어머니가 다시는 아버지의 성채로 돌아가지 못하게 됐다는 사실을 알았다. 화가 난 줴루는 천막에 사람의 가죽을 덧대고, 사람의 구불구불한 내장을 둘둘 감아 올려 천막을 떠받치며, 해골로 천막 주위에 담장을 쳐버렸다. 담장 밖에는 더 많은 해골들이 산처럼 쌓여 있었다. 보기만 해도 소름이 끼치는 광경이었다. 그러나 단마는 젊은 신을 믿고 있었기 때문에 링가의 사람들을 전부 다 죽인다 해도 이렇게나 해골이 많이 생겨날 수 없으리라는 데 생각이 미쳤다. 그렇다면 모든 것은 줴루 이 아이가 화가 나서 환술을 부린 것이 틀림없었다.

단마가 이렇게 생각하자 그 끔찍한 것들이 모두 사라져버렸다. 그는 모자를 벗고 천막 안으로 들어갔다. 안에는 꽃한 송이 없었지만, 향기로운 냄새로 차 있었다. 줴루는 아무 말도 하지 않고 미소를 머금고 있었다. 단마는 즉시 하늘의 뜻을 깨달았다. 몸을 낮춰 젊은 신 앞에 무릎을 꿇고 영원히 왕을 위해 앞장설 것을 맹세하며 신하의 예를 행하였다. 그렇게 단마는 거싸얼 왕의 첫번째 신하가 되었다. 줴루가 링의 국왕이 되기 아주 오래전의 일이었다.

줴루가 말했다. "몽매한 백성이 언젠가 깨닫는 날이 올 것입니다. 그들이 장래에 더더욱 분명하게 깨닫고 믿도록 하기 위해, 오늘 내게 한 모든 일에 대해서 더욱 후회하도록 만들 것입니다!" 그는 손짓으로 단마를 자기 앞으로 오게 한 뒤 낮은 소리로 그가 무엇을 해야할지 분부했다.

단마는 노총관의 성채로 돌아갔다. 단마는 줴루의 분부에 따라 그 아이가 살아 있는 나찰*이라 했다.

이 말을 들은 차오퉁은 자기 부족의 군사에게 무력으로라도 그를 쫓아내라고 명령했다.

노총관이 말했다. "힘들게 군사를 쓸 필요도 없소. 그저 백 명의 여자들에게 화덕 안의 재를 한 손 가득 긁어 주문을 외면서 던지게 하면, 그 아이도 어쩔 수 없이 떠나게 될 것

---

* 불교와 힌두교 신앙에서 세상을 어지럽히는 악귀. 종종 아수라와 혼용된다.

이오."

자차셰가는 그것이 악독한 저주라는 것을 알고 앞으로 나서서 부탁했다. "쳬루는 그래도 우리 부족의 후예이자 용족의 외손입니다. 재 대신 차라리 볶음국수 백 줌으로 그를 벌해주소서."

쳬루 모자는 이미 짐을 다 꾸려서 사람들 앞에 나타났다. 쳬루는 어머니가 바느질을 하던 중 차마 볼 수 없을 정도로 흉하게 변해버린 가죽 외투를 걸치고 지팡이 위에 올라타 있었다. 쳬루가 아름다운 주무를 흘깃거리자 주무는 손을 휘둘러 희끄무레한 볶음국수를 그의 얼굴에 내던졌다. 쳬루의 추악하고 추레한 모습과 대조적으로 그의 어머니 메이둬 나쩌는 너무도 아름다웠다. 용궁에서 가져온 진주와 보배를 몸에 걸치고 눈처럼 하얀 말 위에 단정히 앉았는데, 막 떠오르는 태양과 같이 사람들을 압도하며 빛이 났다.

사람들은 그녀의 아름다움을 처음 보기라도 한 것처럼 마음에서 우러나는 찬사와 탄식을 터뜨렸다. 그녀의 아름다움은 사람들에게 연민의 마음까지 일으켰다. 사람들은 참지 못하고 뜨거운 눈물로 눈가를 적시며 말했다. "광활한 링가가 이 어머니와 아들을 받아줄 수 없다니, 저들이 얼마나 가

없은가!"

자차셰가는 집으로 돌아가 많은 물건들을 챙겨서 말에 신고 와서는 아우의 손을 잡아당기며 말했다. "가자."

백 걸음도 채 가지 않아 그 아쉬워하던 탄식들은 사라졌고. 여인들은 손에 든 볶음국수를 뿌리며 악독한 저주를 퍼부었다. 천신들이 날아와 그들의 뒤에서 이 더러운 것과 저주를 막아주었다. 끝내 줴루는 자차셰가에게 이만 돌아가라 말했다. 자차셰가는 왔던 길을 되돌아갔다. 아우는 링가의 그 올곧은 사람이 멀어지는 뒷모습을 보고 소리 내어 울었다.

그제야 줴루는 참으로 몇 배나 더한 외로움을 맛보았다. 천신과 그 지역의 산신들이 명령을 받들고 남몰래 그를 보호했지만 그는 아무것도 보지 못했다.

이야기: 찻잎

줴루와 그의 어머니는 한참을 가다가 황허 강이 매우 크게 굽이치는 곳에 이르렀다. 무척이나 넓게 탁 트인 범람원에는 무성한 갈대 말고는 다른 무엇도 없었다. 갈대들은 키가 큰 말의 힘 있는 어깨와 예민한 두 귀만이 드러날 정도로 높고 무성했다. 줴루가 어머니에게 이곳이 바로 새로운 터전을 꾸릴 땅이라고 말했다. 어머니가 이곳은 이름도 없는 땅이라고 불평을 하자 산신이 우렁찬 우렛소리로 위룽거라 쑝둬라는 이 땅의 이름을 말해주었다. 요마들이 이곳에 수도 없이 많은 두더지들을 풀어서 땅 밑을 이리저리 뚫고 다니며 촘촘한 어망처럼 가로세로 엇갈린 통로를 만들었다. 땅속으로 뻗은 목초들의 뿌리에 닿는 것은 물과 양분을 머금은 비옥한 토양이 아니라 빈 공간뿐이었다. 두더지들이 땅 밑에서 식물의 뿌리와 대지의 관계를 끊어놓기에 바빴던 그 가을, 살아남은 풀들은 내년에는 다시 태어나지 말자고 한마음으로 다짐했다. 풀들은 목숨을 걸고 씨앗을 맺었고, 바람에게 자신들의 그 씨앗들을 데려가 뿌리내리고 살 수 있는 먼 땅에서 자라날 수 있게 해달라고 부탁했다.

가을바람은 풀들의 부탁을 들어주었다. 바람은 김의털, 쪽파, 씀바귀, 활나물의 씨앗을 먼 곳까지 가지고 갔다. 그리고 언젠가 인연이 닿을 때 이 씨앗들을 다시 가지고 돌아와주겠다고 약속했다.

풀들이 먼 곳으로 옮겨간 뒤, 사람들도 따라서 옮겨갔다.

줴루와 어머니가 이 땅에 왔을 때, 두더지들은 이미 왕국을 세우고, 두 왕을 모셨으며, 백 명에 가까운 대신들을 두고 있었다. 줴루는 이 두더지 요마들의 왕국을 파괴하리라 마음을 먹었다. 어머니는 걱정하며 마음을 졸였다. "이 땅에는 우리 둘뿐이어서 네가 생명을 마구잡이로 살육한다고 꾸짖는 사람은 없지. 하지만 아들아, 하늘이 보고 계실 것이야."

줴루는 하늘을 올려다보았다. 만약 하늘이 모든 것을 다 볼 수 있다면 링가 사람들이 자신에게 그처럼 불공평하게 대하지는 않았을 것이며, 어머니 또한 단지 자신의 어머니라는 이유만으로 운명이 비참해지지 않았을 것이라 생각했다. 줴루가 말했다. "어머니, 저는 이미 떠도는 삶의 쓴맛을 충분히 맛보았습니다. 이곳에서 두더지 요마들을 내쫓고 사람들을 돌아오게 할 것입니다!"

말을 채 끝내기도 전에 그는 송골매로 변신해 푸른 하늘로 날아올랐고, 커다란 날개를 활짝 펴고 드높은 하늘을 빙글빙글 맴돌았다. 아름다운 땅이었다. 토양은 비옥하고 골짜기는 드넓었다. 수량이 풍부해 넘실대는 큰 강물이 아름다운 물굽이를 만들며 흘러나갔다. 사방의 그 높이 치솟은 봉우리가 이어져 산맥을 이루었고, 그러한 산맥 열 몇 갈래가 이 분지로 모여들었다. 연화생 대사가 말한 그대로 이곳이야말로 링 부족이 나라를 일으켜세울 만한 땅이었다.

송골매가 하늘로 날아오르자, 두더지 나라는 온통 놀라움과 두려움으로 들끓었다. 국왕들은 대신과 모사들을 불러 대책을 상의했다. 어떤 모사가 벌써 그 송골매가 링가에서 쫓겨난 줴루의 화신임을 알아낸 모양이었다. 모사가 말했다. "이 사람은 법력이 출중한데, 너무 많은 생명을 죽였기에 결국 쫓겨난 모양입니다."

한 왕이 화를 참지 못하고 말했다. "그 사람이 이곳에 왜 왔는지를 물은 것이 아니라, 내 나라를 어떻게 이 재앙에서 벗어나게 할 것인지 물었다."

"국왕께서는 명을 내리시어 사방팔방으로 뻗어나간 두더지 백성들을 모두 불러들이시고 지하 궁전 주위의 산마다 빽빽이 들어차게 하시옵소서. 그 수는 수백, 수천이 아니라 수만, 만만에 이르도록 해야 합니다. 이처럼 많은 두더지 백성들을 모아 그가 죽이게끔 하시면, 살생 때문에 쫓겨난 이 사람은 감히 행하지 못할 것입니다!"

하늘에서 이미 모든 것을 꿰뚫어본 송골매는 날개를 거두고 아래로 내려와 몸집이 거대한 무사로 변했다. 그러고는 바윗돌로 만들어진 언덕 하나를 가볍게 들어 옮겼다. 이 산이 우르릉 소리와 함께 두더지 나라의 지하 궁전 위에 떨어지니, 두더지 왕과 그의 문무백관은 모두 가루가 돼서 땅속에 있는 자신들의 통로에 깊이 묻혔다.

　이후 바람이 멀리 보냈던 풀씨들을 다시 불어왔다. 진달래꽃, 커다랗게 우뚝 선 잣나무와 자작나무, 로즈메리 씨앗들이 하룻밤 만에 싹을 틔웠다. 사흘째 되던 날, 천막 앞에 바람을 막으려고 세우던 담장을 완성하기도 전에 초원은 생기를 회복했고 꽃들도 활짝 피었다. 멀리 떠났지만 다른 곳에 뿌리내리지 못한 사람들도 소와 양을 몰아 사방에서 속속 돌아왔다.

　돌아온 사람들은 줴루를 자신들의 왕으로 삼고 있었다. 그러나 줴루는 그들에게 마음속으로만 그렇게 느끼도록 하고 입으로는 왕이라 부르는 것을 허락하지 않았다. 또한 누구도 자신에게 예의를 차리지 못하도록 했다. 줴루가 말했다. "나는 왕이 아니오. 나는 그저 하늘이 그대들에게 베푼 은혜일 뿐이오. 하늘을 대신해 그대들에게 더 큰 은혜를 선사하고 싶소."

　줴루는 자신의 말투가 이미 국왕에 가깝다고 느꼈다. 사람들은 그를 우러러보며 말했다. "왕이시여, 그대가 이미 베푼 것보다 더 큰 은혜가 있습니까?"

　"위룽거라쑹둬는 한 세계의 중심이 되고, 그대들은 이 외딴 두메의 길이 사방팔방으로 뚫리는 것을 보게 될 것이오."

사람들 가운데서 나이 많은 이가 모두를 대신해 물었다.
"왕이시여, 왜 한 세계의 중심입니까? 모든 세계의 중심이
아니고요?"

쮀루는 그들에게 검은 머리의 티베트 사람들이 살고 있는
땅은 사실 유일한 세계가 아니며, 하늘 아래에는 또다른 세
계와 나라들이 존재한다는 사실을 말해주고 싶었다. 그러나
쮀루는 사람들이 혼란스러워하는 것을 원치 않아 몸을 돌려
자리를 피했다. 이후 그는 위룽거라쏭뒤를 중심으로 해서
동서남북으로 다른 세계에서 이 땅으로 오는 길을 아주 빠
르게 조사해냈다. 남쪽에는 설산들이 너무 빽빽이 모여 있
었다. 그는 산신을 불러서 그들에게 몸을 좀 움직여보라고
했다. 산신들이 밀치락달치락하며 몸을 움직이자 설산 사이
에 탁 트인 산어귀가 만들어졌다.

그후 불어오는 계절풍을 따라 상인들이 끊이지 않고 왕래
하게 됐다. 남쪽의 따뜻한 계절풍이 몰고 온 빗물이 동풍을
따라 서쪽으로 갔다. 그래서 가물고 메마른 서쪽 황무지에
도 생기가 돌았다. 낮은 웅덩이에 물이 고여 깨끗한 호수가
만들어졌다. 방목하는 사람이 없는 야생 소떼와 양떼가 호
수로 물을 마시러 왔다. 호랑이와 표범, 승냥이와 이리가 그
사이를 지나다니게 됐다. 덕분에 경계심 많고 겁도 많은 사

습들은 졸고 있을 때조차 한 눈을 뜨고 있어야 했다. 동쪽에는 도도하게 흐르는 큰 강이 거침없이 내달리고 있었기 때문에, 사람들은 다니지 못하고 원숭이만 등나무 덩굴에 매달려 마음대로 흔들거리며 이 기슭에서 저 기슭으로 오갔다. 췌루는 몇 사람을 모아 강기슭으로 가 관찰했다. 원숭이는 덩굴을 움직여 반대편 기슭으로 간 다음 단단한 반석에 덩굴을 묶었다. 사람들은 이렇게 등나무 다리 엮는 법을 배웠다. 곧 동쪽의 대상들이 등나무 다리 위에 나타났다. 동쪽 제국의 황제가 보낸 것이었다.

그 사람들은 구리를 제련해 동전과 정교하고 아름다운 그릇들을 만들어 사용하고 있었다. 원래 이들은 서천으로 번개의 근원과 지하 광맥의 소리, 설련화의 꿈을 구하러 가는 길이었다. 이러한 물건들을 가지고 돌아가 동쪽 바다의 신기한 물건들과 섞으면 왕에게 바칠 불사약을 만들 수 있다고 했다.

이 사람들은 정교하게 조각된 옥이라는 물건을 가슴 앞에 달고 있었다. 그들은 이쪽 기슭에 도착하자마자 서쪽의 미개한 사람들에게 가슴 앞에서 흔들리는 패옥을 가리키며 말했다. "이런 돌을 가지고 있소?" 그들은 발 빠른 말을 보더니 또 말했다. "우리가 사겠소. 아주 많이 아주 많이, 이처럼 발 빠른 말을!"

그들이 필요로 하는 물건은 너무도 많았다. 그래서 등나무 다리는 갈수록 많이, 넓게 만들어졌다. 넓은 강에는 뗏목과 배까지 나타났다. 이렇게 위룽거라쑹둬는 점차 중심지가 되어갔다. 대상은 끊임없이 오갔다. 먼 서쪽의 페르시아 사람들, 먼 남쪽의 인도 사람들까지 나타났다. 말이 없는 인도 사람들과 그렇지 않은 페르시아 사람들은 어느 때가 되면 말에서 내린 뒤 화려한 무늬의 양탄자를 깔고 자신들이 온 방향을 향해 노래를 부르며 절을 올렸다.

그러나 그들도 감히 휘얼 사람들이 살고 있는 북쪽으로는 더 가지 못했다. 그곳에서는 부족의 거의 모든 사람들이 약탈을 즐겼기 때문이다. 휘얼 사람들은 기마술에 정통했고 궁술에 능했다. 그 가운데 궁술이 탁월하게 뛰어난 이는 그저 활시위를 당겨 쉭 하는 바람 소리를 내는 것만으로도 재산과 보물을 걱정하느라 겁쟁이가 되어버린 상인들을 말에서 굴러 떨어지게 할 수 있었다. 그래서 대상들은 북쪽으로는 발이 떨어지지 않았지만 휘얼 사람들은 남쪽으로 내려왔다. 위룽거라쑹둬의 산길에 소굴을 마련하고 페르시아와 인도, 동쪽 제국에서 온 대상들을 약탈했다.

줴루는 북쪽으로 길을 뚫을 기회가 왔다는 것을 알았다.

그는 혼자서 지팡이에 올라타고 수비가 삼엄한 그 도둑들의 소굴로 갔다. 모두 아홉 개의 관문을 넘으면서 휘얼 수비병 열여덟 명을 칼로 벴다. 그 휘얼 도둑들의 왕은 망루에서 이 광경을 내려다보고 있었다. 그는 활시위가 내는 바람 소리만으로도 사람을 죽일 수 있었다.

쉐루가 말했다. "너를 제일 먼저 죽여주마!"

왕이 크게 웃었다. 쉐루가 손에 아무것도 들지 않은 채 지팡이 위에 올라타 있었기 때문이다. 왕은 풍채가 당당한 반면 쉐루의 몰골은 추하다고 말하기는 좀 그렇다면, 우습게 보였다. 이상한 지팡이와 얼룩덜룩한 외투와 모자, 그 위에 달린 비틀린 뿔 때문이었다.

그러나 도둑 왕의 얼굴에 떠올랐던 웃음은 곧 그대로 굳었다. 쉐루가 하늘을 향해 한 손을 뻗자 구름 속에서 번개가 떨어졌다. 번개는 쉐루의 손에서 활로 변하더니 벼락을 쏴 도둑 왕의 머리를 망루 아래 땅바닥으로 떨어뜨렸다. 그는 그대로 목숨을 잃었다. 나머지 무리들은 놀라 순식간에 날짐승이나 들짐승처럼 뿔뿔이 흩어져 죽기살기로 북쪽으로 도망쳐 사라졌다.

목숨을 구한 대상들은 갖가지 희귀한 보배로 쉐루에게 답례했다.

그러나 줴루는 모두 거절했다.

상인들은 제각기 다른 언어로 그에게 청했고, 줴루는 그 말들을 모두 알아들었다. "어쨌거나 우리는 영웅을 위해 무엇인가 해드리고자 합니다. 무엇을 하면 좋을까요?"

줴루가 말했다. "그럼 좋소. 그대들은 짐을 싣지 않은 짐승들에게 바윗돌을 싣고, 그대들도 바윗돌을 하나씩 드시오. 그 돌들을 황허 강가에 쌓으면 되오."

"영웅이시여, 그대의 신력이 이처럼 광대한데, 이 바윗돌들은 무엇에 쓰시렵니까?"

"거기에 웅장한 성채를 지을 것이오."

"당신의 힘으로 산 정도는 그냥 옮길 수 있을 것인데, 어째서 우리가 바윗돌을……"

"이는 그대들이 이 땅을 지나 장사를 하면서 얻는 이득에 대한 세금이오."

상인들은 정말이지 기뻐 어쩔 줄 몰랐다. 그동안 많은 나라들을 다녔지만, 돌 몇 개를 황허 강 물굽이에 가져다 놓는 것으로 세금을 대신하는 일은 본 적이 없었다. 상인들은 이곳저곳을 돌아다니며 이 이야기를 퍼뜨렸다. 아주 작은 나라가 있는데 국왕은 너무도 젊은데다 얼마나 특이한 행동을 하는지 모른다고. 바깥세상에서는 이를 듣고 정말 이상한 이야기라고 생각했다. 그리고 야심만만한 국왕들은 사자와 대상들을 파견했다. 황금의 나라, 옥돌의 나라, 불사약이 넘치는 나라를 찾기 위해서였다.

링가의 노총관 룽차차건은 이 소식을 듣고 줴루가 정말 신의 아들이고, 그가 특이한 방식으로 힘을 드러낸 것이라 생각했다. 그러고선 자차셰가에게 속내를 털어놓았다. "소식을 들으니 내가 정말 부끄러운 짓을 한 것 같군."

자차셰가는 아우의 꿈을 자주 꾸었다. 그는 꿈에서 언제나 아우에게 말했다. "네 나라는 링이다. 링가의 백성들은 앞으로 너의 백성들이 될 것이다. 그들이 너를 내쫓았다고 해서 그들을 저버려서는 안 된다."

눈 깜짝할 사이 가을이 됐다. 바람이 점점 거세졌고 낮이 짧아졌다. 눈도 내렸다. 이런 쓸쓸한 풍경을 바라보면서 어머니는 링가가 그립다고 말했다. 어머니의 말에 줴루는 불현듯 고향을 향한 그리움이 일었다. 그는 자신이 하늘나라에서 왔다고 들었지만, 하늘나라가 어떤 모습인지 기억나지 않았다. 줴루에게 고향을 그리는 감정이라면, 링가의 풍경이 하나하나 그려질 뿐이었다.

그날 밤 줴루는 꿈을 꾸었고, 꿈속에서 걱정과 불안으로 초조해하는 형 자차셰가를 보았다.

"형님, 왜 그리 안절부절못하십니까?"

"연로한 어머님이 병이 드셨단다."

"의사들이 약초를 처방했습니까? 주술사들도 법술을 행해보고요?"

자차셰가는 천천히 고개를 저으며 말했다. "어머님의 병환은 향수병이다. 그러나 그분의 고향은 천 개의 설산과 백 개의 큰 강 너머에 있구나!"

"병을 치료할 약은 없나요?"

"있다. 하지만 그 약은 벌써 다 써버렸다."

"무슨 약인데요?"

"메이둬나쩌 어머니가 아신다."

이튿날, 줴루는 어머니에게 꿈 이야기를 했다. 메이둬나쩌는 고개를 끄덕이며 기억을 되새겨 말했다. 아직 썬룬 왕의 성채에서 지내던 시절, 한 번도 본 적이 없는 새가 갑자기 날아와 자차셰가의 어머니가 누워 있는 방의 창문에 앉았다. 자차셰가의 어머니는 소리 내어 울었다. 지지배배 우짖는 그 새소리가 고향에서 들었던 소리와 비슷했기 때문이다. 새는 다시 날아가면서 나뭇가지 하나를 창틀 위에 남겼다. 그 나뭇가지에는 파릇한 이파리들이 잔뜩 달려 있었다.

병을 앓고 있던 한족漢族 출신의 왕비는 이파리들을 떼어 끓여오게 해서 마셨다. 병으로 쇠약해졌던 이 환자는 한 시진*이 채 되지 않아 침상에서 일어나 성채 꼭대기에 서서 멀리 동쪽을 바라볼 수가 있었다. 그녀의 고향이 있는 쪽이었다. 그 약은, 나뭇가지에 달린 파릇한 이파리로 아득히 먼 고향 나라에서 온 것이며 이름은 '차茶'라고 했다.

링 부족의 언어로 굳은 줴루의 혀로는 매우 어렵게 그 발음을 따라할 수 있었다. "차라고요?"

"그래, 차."

줴루는 웃었다. "무척 이상한 발음이네요!" 메이둬나쩌가 말했다. "그 약의 효능을 안다면, 그 발음이 아름답다고 느낄 것이다."

"그럴까요?"

"아팠던 사람들이 그녀의 찻물을 마시고 나았었지. 네 형은 꿈을 빌려서 어머니가 찻잎을 다 써버렸다고 알린 것 같구나."

"제가 형의 어머니를 위해 차를 가져오겠습니다!" 줴루

---

* 옛날의 시간 단위. 하루를 12시진으로 나누었으며, 1시진은 지금의 두 시간이다.

는 이렇게 말하고는 하늘을 날고 있는 매를 불러 링가의 대장 자차셰가를 찾아가라고 보냈다. 매는 자차셰가에게서 이파리가 한 장도 남지 않은 차 나뭇가지를 물고 돌아왔다. 줴루는 나뭇가지를 동쪽에서 온 대상에게 보였다. "이 물건을 내게 많이 가져다주시오!"

"차요?"

"차요!"

대상의 우두머리가 말했다. "내가 돌아가기도 전에 이 소식이 내 나라에 전해질 것이고, 내가 다시 이곳으로 오는 길에는 찻잎이 벌써 오고 있을 것입니다. 처음에는 물건을 선물로 드리지요. 나중에는 그대의 백성들이 다시는 차와 떨어지지 못할 것입니다. 그때는 그대의 땅에서 나는 많은 물건과 차를 맞바꾸게 되겠지요."

"그대는 어떤 물건이 필요하오?"

대상의 우두머리는 초원을 내달리는 야생마 무리를 가리키며 말했다. "저 말들을 길들일 수만 있다면……"

"할 수 있소."

대상의 우두머리는 이번에는 도도하게 넘쳐흐르는 산골짜기 시내로 시선을 돌렸다. 시냇물 속 모래에는 귀한 사금이 있었다.

"금."

대상의 우두머리는 또 초원 위의 진귀한 꽃과 풀들로 시선을 돌렸다. 이 모든 것이 병을 치료하는 데 좋은 약재였다. 줴루는 기분이 상했다. "그만하오. 나는 그대에게 원하는 한 가지를 물었을 뿐인데, 그대의 시선은 무척이나 탐욕스럽구려."

상인은 만족스럽다는 듯 웃었다. "세상 사람들이 모두 그렇게 우리를 욕하지만, 갈수록 이 세계 사람들도 우리를 떠나지 못할 것입니다. 우리의 요구를 들어주지 않는다면 우리 부족이 갖고 있는, 당신이 원하는 것을 내어줄 수 없소."

"당신들이 가진 걸 원하오."

"그대가 뚫어놓은 길은 우리처럼 탐욕스러운 사람들을 끌어들이는 데 그치지 않고, 살 곳을 잃고 떠도는 수많은 백성들도 이리로 오게 할 것입니다. 그후 그들은 그대의 백성이 될 것입니다. 존경하는 왕이여."

"나는 왕이 아니오."

"언젠가 당신은 한 나라의 왕이 되실 겁니다. 그대가 설산 사이의 산길을 다시 막아버리고, 등나무 다리와 나룻배들을 불살라 없애지 않는다면." 줴루는 자신이 절대 그렇게 할 수 없으리라 생각하고는 후회가 됐다. 그 길들을 열 때만 해도 그는 자신의 능력이 무궁무진해 이 황량한 땅에 상서로움과 풍요를 가져올 수 있다고 생각했다. 그러나 지금, 그는 자신이 더 큰 힘에 의해 조종당하고 있다고 느꼈다. 요마는 아니었다. 볼 수도, 죽일 수도 없는 힘이 점점 가까워지고 있었다.

상인은 옥돌로 만든 잔에 갈색 물을 따라 올렸다. "한 잔 드시지요. 이것이 바로 차입니다."

줴루가 물었다. "이파리 아니었소?"

"그 신기한 이파리를 끓인 물입니다."

줴루가 마셔보니 그 맛이 쓰고 떫었는데, 물을 삼킨 뒤에는 입안 가득 향이 남았다. 방금 상인의 말 때문에 마음이 가라앉은 참이었는데, 그 향기가 머리까지 올라오면서 문득 정신이 맑아지고 기분이 산뜻해졌다. 상인이 그에게 찻잎 한 주머니를 주었고 줴루는 그 주머니를 매에게 물려 링가로 날려보냈다.

이때 차오퉁은 가벼운 나무토막으로 나무 솔개를 만들었다. 그는 매일 나무 솔개를 타고 하늘에서 흔들흔들 오가며 온 링가를 법력으로 내려다보았다. 매가 날아가는 것을 보고 차오퉁이 큰 소리로 물었다. "하늘의 사나운 개야, 어디로 날아가느냐?"

매가 대답했다. "줴루의 명령을 받고 그의 형 자차셰가를 만나러 갑니다."

"네 입에 문 것은 무엇이냐? 한번 보자." 매는 말을 듣지 않았다. "당신은 자차셰가가 아닙니다." 차오퉁은 나무 솔 개에게 주머니를 빼앗아 오게 해 그 안에 무슨 보물이 들었 는지 보려고 주문을 외웠다. 자차셰가는 이 모든 것을 보고, 화살 하나로 차오퉁의 나무 솔개를 구름 속에서 맞혀 떨어 뜨린 뒤, 매를 자기 어깨에 앉도록 했다. 매가 외쳤다. "차! 차!" 그런 뒤에 날개를 펴고 날아갔다.

자차셰가가 보니 그 푸른 잎의 차가 아니었으므로 성채로 돌아와서도 아무 말을 하지 않았다. 그러나 어머니는 그 신 묘한 차향을 맡고 곧 두통이 훨씬 가벼워졌다. 그녀가 말했 다. "내가 무슨 덕이 있어서 복을 받는지, 고향에 가지도 않 았는데 차향을 맡는구나."

자차셰가는 그제야 깨닫고 찻잎을 어머니에게 바쳤다. 노 총관도 한비가 손수 달인 찻물을 마시고 낭랑한 음성으로 말했다. "이것을 마시니 제 마음과 눈이 다 맑아지는 듯합 니다. 더이상 마음이 거짓으로 가려지는 일 없이 영원토록 바르고 옳은 방향을 향하겠습니다."

사람들은 서로 말을 주고받았다. "천리 밖의 줴루가 나뭇잎을 좋은 약재로 바꾸어 자신을 잔인하게 내쫓은 링가로 보냈네요." 그렇게 젊은 신의 이름은 또다시 링가 백성들 사이에서 사방으로 퍼져나갔다.

그날 차오퉁은 입언저리에 커다란 종기가 나서 밤에도 잠을 이룰 수 없었다. 일찍부터 남몰래 줴루의 신하를 자청한 단마가 말했다. "그 입이 삿된 소문을 퍼뜨려 얻은 인과응보일 것이야." 차오퉁은 사람을 시켜 한비에게서 차를 조금 얻어왔지만, 향기가 사방으로 퍼지는 찻물을 시녀가 들고 왔을 때 그는 오히려 망설였다. "이건 줴루가 파놓은 함정일지도 몰라. 나뭇잎을 약으로 만들 수도 있고, 정신을 잃게 하는 미혼 탕으로 만들 수도 있을 것이다. 그러고는 내 신력을 모두 훔쳐가겠지." 그는 차를 자신이 마시는 대신 시녀들에게 나눠 마시도록 했다. 시녀들의 몸에서 기이한 향내가 풍기기 시작했다. 차오퉁은 이를 악물며 말했다. "내 참으로 너희들을 죽이고 싶구나!"

이날 밤, 자차셰가는 꿈을 꾸었다. 온 세상이 다 눈으로 덮여 흰빛이었다. 소와 양은 먹을 풀을 찾을 수 없고, 불을 피우려는 사람들도 장작을 찾을 수 없었으며, 길을 가는 사람들은 방향을 찾을 수 없었다. 꿈에서 깨어난 뒤, 그는 무리를 이끌고 산봉우리에 올라 돌멩이를 아홉 겹으로 쌓아 만든 제단으로 가서 기도를 드리며, 기도의 영험을 얻기 위해 살아 있는 짐승을 잡아 제단에 바쳤다. 그러나 제사장은 하늘이 어떤 계시도 보이지 않는다고 말했다.

이야기꾼: 운명

청중들은 고개를 들어 하늘을 올려다보았다.

수천 년 동안 사람들이 우러러본 하늘에는 드물게 반짝이는 별들을 제외하고는 별다른 것이 보이지 않았다. 언제나 누군가는 예언을 말했고, 사람들에게 기적이 나타날 것이라 선포했다. 기적은 어쩌다 한 번씩 나타났다. 그것도 소수의 사람들에게만.

늙은 이야기꾼은 한참 머리를 묻고 있다가 겨우 이야기에서 놓여났다. 사람들은 조용히 앞으로 나와 보시할 물건을 내려놓았다. 보잘것없는 잔돈푼, 말린 고기, 밀가루 떡, 말라 비틀어진 사과, 치즈, 소금, 코담배…… 이런 것들이 늙은 이야기꾼의 앞에 놓인 양탄자 위에 빽빽하게 쌓였다. 그런 뒤에 사람들은 자리를 떠났다. 달빛이 그들의 희미한 그림자를 기다랗게 늘여놓았다.

마지막에는 진메이만 남았다. 진메이는 몸을 일으키지 않았다. 그의 그림자와 몸이 한덩어리로 아직 붙어 있었다. 진메이는 늙은 이야기꾼이 육현금을 챙겨넣는 걸 바라보았다. 늙은 이야기꾼은 숨이 가쁜지 쌕쌕거리며 양탄자를 말아 꾸러미를 만들었다. 이렇게 하면 사람들이 보시한 물건들을 편하게 가지고 길을 떠날 수 있었다.

"이렇게 떠나시려고요? 저하고 같이 가실 줄 알았는데. 부르셨던 노래는 제가 꿈에 본 것과 다르네요."

늙은 이야기꾼의 눈에서 반짝반짝 밝은 빛이 뻗어 나왔다. "혹시 하늘이 이야기를 고치시려는 게 아닐까? 그러니 자네에게 꿈으로 보여주시겠지. 도대체 어디가 다른지, 젊은이가 내게 말해주게."

"시작하는 부분이 달라요. 젊은 신이 제 의지로 나왔던 것이 아닙니다. 사람들은 그가 젊은 신이라는 걸 몰랐어요. 그래서 그를 쫓아낸 겁니다!"

"꿈에서 누가 자네에게 이 모든 것을 말해주나?"

"저도 몰라요."

"그러면 그 사람이 어떻게 생겼는지 말해보게나!"

"누군가가 말해주는 게 아니라, 마치 제가 영화를 보는 것처럼 보고 있어요!"

"그렇군. 그럼 정확히 어느 부분이 어떻게 다른지 말해주게나."

"처음 부분이 다르다고 말씀드렸잖아요!"

"그러면 뒤는 같은가?"

"뒤는…… 뒤는 저도 아직 꿈을 꾸지 못했어요! 단숨에 그토록 많은 내용을 노래하시니, 벌써 제 앞으로 한참이나 달려가버리셨다고요!"

노인은 꾸러미를 등에 지고 육현금을 품에 안고 말했다. "보게나. 이 이야기에 또 새로운 가지가 생겨나려는 모양이네. 젊은이, 내가 길에서 얼어 죽거나 굶어 죽지 않으면, 돌아와 자네 이야기를 들을걸세." 이 말을 마치고 늙은 이야기꾼은 곧 길을 떠났다. 희미한 달빛 아래 그의 그림자가 보일 듯 말 듯할 때, 그의 목소리가 들려왔다. "하늘이시여, 왜 도무지 이야기를 끝내지 않으시고, 우리처럼 운명이 비천한 사람들을 사방으로 떠돌게 하십니까?"

이야기꾼의 그림자는 곧 사라졌다. 진메이는 여전히 그 자리에 앉아 꼼짝도 하지 않았다. 늙은 이야기꾼의 마지막 말이 한기처럼 진메이의 마음속으로 파고들었다. 그도 속으로 이러한 의문을 품었다. 이런 이야기가 왜 나 같은 사람을 전령으로 삼으려는 것일까? 찬바람이 불어와, 그는 부르르 떨었다. '이야기꾼.' 그는 머릿속으로 감히 '이야기꾼'이라는 호칭을 떠올린 것에 놀랐다. 자신이 정말 조금 전에 떠난 늙은 이야기꾼처럼 하늘에서 내려온 영웅의 오래된 이야기를 등에 지고 온갖 고생을 다 겪으며 사방으로 떠돌아다니게 될 것인가?

집으로 돌아온 진메이는 창문에 기대 달을 바라보았다. "이야기꾼." 진메이는 혼잣말을 했다. "난 바보인데, 천신께서 사람을 잘못 보신 게지. 이제 그분도 내가 얼마나 멍청한지 아실 테지. 다시는 내 꿈에 신기한 일을 보여주지 않으실 거야."

진메이는 잠들지 않으려 애쓰며 달빛을 바라보았다. 자신이 잠들고 말 것임을 알았지만, 눈을 부릅뜨고 달빛을 노려보며 잠들지 않으려 했다. 하지만 달빛은 결국 그의 눈앞에서 환영으로 바뀌었다. 달빛이 유리창처럼 산산조각 났다. 조각난 달빛은 원래의 달빛보다 훨씬 더 생생했다. 또렷한 흰빛의 눈꽃 같은 것들이 하늘 높은 곳에서 흩날리며 내렸다. 진메이는 어떤 목소리를 들었다. 그 목소리가 말했다. "이야기, 그 방향은 이미 정해졌노라. 하지만 이제 차이가 있으리라."

"왜죠?"

한바탕 웃음소리가 광풍처럼 그 눈꽃들을 뒤흔들고 빙글빙글 맴돌게 만들었다. "사람들은 모두 다르게 보는 법이지."

이야기: 대설 大雪

신의 아들도 꿈에 눈을 보았다. 꿈에서 눈이 많이 내리는 것을 본 건 처음이 아니었다.

그는 옷을 걸치고 천막 밖으로 나왔다. 바닥에 눈은 없었다. 때는 여름이었다. 달빛이 무척이나 진해, 우윳빛으로 땅 위로 흘러내리고 있었다. 그는 이 또한 하늘의 뜻에 대한 일종의 계시일 거라 생각했다. 달빛은 보통 이 정도로 진하지 않다. 이곳이 미래의 복된 땅임을 말하는 것이리라. 이 복된 땅에서 소의 젖이 강물처럼 넘쳐흐르고, 모든 가축이 번성하리라.

그러면 꿈에서 날리던 눈은 무슨 뜻일까? 그는 하늘을 향해 물었다. 하늘은 대답이 없었다. 남몰래 그를 보호하는 신병들도 이 질문에 대답하기를 두려워하여 달과 함께 잿빛 구름 속에 숨었다.

철새가 깍깍 우짖으며 남쪽에서 북쪽으로 돌아와 황허 강 굽이 늪지에 내려앉았다. 바람의 방향은 변하지 않았지만 물기를 머금어야 할 따뜻한 바람에 차가운 기운이 서려 있었다. 어머니도 새가 우짖는 소리를 듣고 외투를 걸치며 일어나 그의 뒤에 섰다. 줴루는 어떤 상황이 벌어지고 있는 건지 알 것 같았다. 그가 말했다. "하늘이 링가를 벌하려 하십니다."

어머니는 한숨을 내쉬었다. "그러면 링가 사람들이 우리 아들에게 화를 돌리진 않을까?"

"그렇지 않을 겁니다, 어머니."

"누가 나를 인간세상으로 보내 너를 낳게 해서 너를 이렇게 고생시킨단 말이냐?"

"어머니, 저는 이제 더이상 그런 생각은 하지 않습니다. 그래도 전 이렇게 어머니를 사랑하는 걸요."

"그것이 하늘이 내게 준 유일한 복이지."

이제 줴루는 분명히 알 수 있었다. "어머니, 링에 눈이 옵니다." 그는 하염없이 서글퍼졌다. "재난을 피해 방랑하는 링가의 백성들을 맞을 준비를 해야겠네요."

링에는 정말 눈이 내리고 있었다. 단마는 자차세가에게

달려가 보고했고 자차셰가가 노총관에게 전했다. 노총관이 말했다. "여름에 눈이 내리다니, 범상치 않은 징조로군. 이것은 신의 아들을 내쫓은 벌이야. 링가 사람들 모두 죄를 지었어."

그들은 벌판으로 나갔다. 눈이 펄펄 날리고 여름의 푸른 풀들이 누렇게 말라가고 있었다. 저녁 무렵, 눈발이 약해졌고, 서쪽 하늘가에는 노을빛이 설핏하게 나타났다. 사람들이 말했다. "눈이 그치려나보네."

하지만 노총관은 짙은 눈썹을 굳게 모은 채 이맛살을 펴지 못했다. "눈이 그치려고 한다. 하지만 눈이 그친다 할지라도, 무지몽매한 사람들이여, 우리의 죄를 생각해보아라! 이는 분명 하늘에서 경고를 하신 것이다!"

"노총관이여, 인상 펴시지요. 사람들 놀라겠습니다" 차오퉁이 말에서 몸을 날려 내렸다. "모두 안심하시오. 내일이 되면, 목초를 놓고 소와 말과 다투던 벌레들이 모두 얼어 죽었다는 것을 그대들은 알게 될 것이오! 눈은 나 차오퉁이 법술로 내린 것이오!"

노총관이 말했다. "그대의 법술이 이런 큰일을 일으킬 경지에 올랐다는 걸 믿지 못하겠소. 어찌됐든 이 눈으로 벌레들이 모두 죽게 된다면 하늘이 우리에게 특별한 관심을 보이신 것으로 받아들여야 할 것이오."

자차세가가 말했다. "그렇게 치면, 하늘이 왜 우리에게 관심을 보이시는 거죠?"

노총관은 대답을 하지 않고 뒷짐을 진 채 성채 안으로 들어갔다.

"보시오. 눈이 이제 그쳤소!" 차오퉁이 소리쳤다. 과연 눈은 그쳤다. 서쪽 하늘에 두텁게 쌓여 있던 구름들이 커다란 틈을 만들며 벌어졌고, 이날의 마지막 햇살이 일찍이 본 적 없는 빛을 발하고 있었다. 차오퉁은 두 손을 들고 말을 이어갔다. "눈이 그쳤소. 모두들 내 신력을 보셨지요! 해충들은 모두 얼어 죽었소! 더이상 소와 양과 풀을 갖고 다툴 수 없을 것이오." 양치기들은 환호성을 내질렀다. 그들에겐 걱정에 여념이 없는 노총관보다 차오퉁이야말로 링가의 수장으로 적합해 보였다.

농부들은 아직도 걱정이었다. "농작물들은 벌레와 함께 얼어 죽었는데요!"

"내일이면, 곡식들도 다시 살아날 거요."

찬란한 황혼 속, 차오퉁의 신력을 본 사람들은 이렇게 말했다. "하늘이 우리에게 왕을 주신다고 하더니, 저이야말로 하늘이 우리에게 주신 왕인가 보오."

그러나 벌어졌던 구름의 틈이 다시 합쳐졌다. 두터운 구름이 층층이 또 서쪽 하늘을 덮었다. 차오퉁은 상황이 좋지 않음을 보고, 나는 듯 달리는 보마에 올라타 서둘러 자기 부족으로 되돌아갔다. 사람들이 순식간에 자신에게 등을 돌릴 수 있다는 것을 알고 있었던 것이다. "좋은 사람은 사람의 마음속에 든 선한 씨앗을 믿고, 나쁜 사람은 마음속에 든 악한 싹을 알아본다"는 속담처럼 말이다. 맹종하는 군중들은 한순간에 양이 되었다가 또 한순간에 이리가 될 수 있었다.

눈은 아흐레 밤낮을 계속 내렸다.

그런 뒤에 하늘이 또 한번 맑게 갰다.

노총관이 자차세가에게 말했다. "산꼭대기 제단으로 가서 경건한 기도를 올릴 생각이네. 하늘이 틀림없이 어떤 뜻을 내려주실 게야. 헌데 눈이 길을 덮어서 말들이 깊은 못에 빠지듯 눈에 빠지겠군."

자차세가가 화살 주머니에서 화살을 뽑아 활시위를 팽팽하게 당기고 화살을 쏘았다. 화살은 땅에 붙을 듯 낮게 날아가면서 두텁게 쌓인 눈을 양쪽으로 밀어냈다. 화살 세 개를 연달아 쏘자 쌓였던 눈이 커다란 물결처럼 양쪽으로 날아올랐고, 그런 뒤에 길이 생겨났다. 노총관은 사제를 데리고 제단으로 올라갔다. "천신이시여, 인신을 공양하여야 마땅하다는 것을 알고 있습니다. 하지만 사람들은 이미 너무 많은 고난을 겪었습니다. 제 늙은 몸을 제물로 바치겠나이다. 신께서 날카로운 빛의 칼날로 제 가슴을 여시옵소서. 하늘이시여, 링가의 누군가는 저를 왕이라 부릅니다. 그러나 저는 제가 왕이 아니라는 것을 압니다. 저를 죽이시고, 저들이 고해를 벗어날 수 있도록 해줄 왕을 주소서."

눈이 빛을 반사하는 바람에 사람들은 산꼭대기의 상황을 제대로 볼 수 없었다.

신들은 보살에게 강한 빛을 따라 아랫세상으로 내려가도록 했다. 그는 관세음이라 불리는 보살이었다. 보살이 말했다. "하늘에서는 이미 당신들에게 왕을 보냈소. 당신들과 함께 지내고 있었는데, 당신들이 그를 버리고 말았지. 이제, 모든 링 부족은 이곳을 떠나 그를 따라가야만 할 것이오!" 그런 뒤, 보살은 강렬한 한줄기 빛과 함께 사라져버렸다.

노총관은 하늘에 대고 부르짖었다. "제가 이 뜻을 사람들에게 알려도 되겠습니까?"

"사람은 스스로 깨달아야 하오! 스스로 깨쳐야 하오!" 하늘에서 내려온 음성은, 큰 소리였음에도 오직 노총관에게만 들렸다. 그의 곁에 있던 자차세가에게도 보살이 보이기는 했지만 그 말은 들리지 않았다. 사제는 아예 보지도 듣지도 못했다.

링가의 모든 수장들이 노총관의 성채에 모였다. 차오퉁도 새로 만든 나무 솔개를 타고 득의양양하게 나타났다. 통나무로 만든 나무 솔개의 몸체는 엄청나게 컸다. 차오퉁은 성채 위를 세 바퀴나 돌고 아래로 내려왔다. 그러고는 사람들 앞에서 주문을 외워 나무 솔개가 날개를 접도록 했다.

차오퉁이 노총관에게 제단에서 하늘의 뜻을 얻었느냐고 물었다. 노총관이 말했다. "신의 아들 줴루가 이미 우리가 새롭게 살 땅을 열었다 하오."

차오퉁이 대답했다. "뭐, 산의 돌들이 그러덥니까?"

"눈이 녹기 시작하면 길을 떠날 수 있을 것이오. 모두 자기 부족으로 돌아가 사람들을 이끌고 떠날 준비를 하십시다."

그러자 다른 부족 사람들을 말할 것도 없고, 노총관이 이끄는 사람들부터도 성채 사방을 에워싸고 울부짖기 시작했다. 그들은 모두 고향을 뜨겁게 사랑하는 사람들이었다. 이제 와서 고향을 떠나고 싶어하지 않았다. 여름에 눈이 내린 것은 물론 이상한 일이었다. 하지만 눈은 이미 그치지 않았는가. 풀들도 곧 자라날 것이다. 소와 양도 많이 얼어 죽었지만, 전부 죽어 없어진 것은 아니었다. 봄이 오면, 그것들은 또 새끼를 낳고 그 수를 늘릴 것이다. 이런 상황에서 자차셰가와 대장 단마만이 노총관의 계획에 결연히 동의했다. 다른 사람들은 모두 침묵을 지키며 성채 가운데 주저앉아 조각상처럼 멍하니 있었다. 차오퉁도 입을 열지 않았다. 그는 자신이 반대 의사를 밝힐 필요가 없다는 것을 알았다. 침묵을 지키는 그 사람들이 그를 대신해 의사를 밝히고 있었던 것이다. 대단한 수완가인 그는 링가에서 언제나 소수에 속했는데, 오늘은 이처럼 많은 사람이 그와 같은 입장에 서 있었다. 노총관은 관세음보살이 보여준 진상을 밝힐 수밖에 없다고 생각했다. 그때 그의 귓가에 하늘의 음성이 울렸다. "하늘이 도와주실 것이나, 중생은 스스로 깨우쳐야 한다!"

노총관은 한숨을 내쉬며 말했다. "모두들 돌아가 부족 사람들과 잘 상의해보시오. 쉐루가 북쪽 황허 강굽이에 이미 새로운 삶의 터전을 열었다는 건 다들 알고 계시겠지요?"

사람들은 차를 가져온 대상들에게서 추방당한 쉐루의 소식을 계속 듣고 있었다. 이제 링가의 거의 모든 사람이 차를 마시게 됐다. 입은 더이상 이유 없이 헐지 않았고, 손발에 힘이 빠지지도 않았다. 더 중요한 것은 차를 마시면 하루종일 정신이 맑고 기분이 상쾌하다는 점이었다. 상인들은 돌아갈 때 말 몇 마리에는 교환한 짐승 가죽이나 로즈메리 같은 약재들을 싣지 않았다. 그대신 황허 강굽이를 지나면서 쉐루 왕에게 바칠 세금인 퇴적암 지대에서 캐낸 석판들을 실었다. 벌써 그쪽에선 이들이 바친 석판들로 세 가지 색깔의 성채를 쌓았다고 했다.

"세 가지 색깔?"

"남쪽 상인들이 옮겨온 돌은 붉은색, 서쪽 상인들이 옮겨온 돌은 구리색, 동쪽 대상들이 옮겨온 돌은 흰색이죠."

"북쪽에선 무슨 색을?"

상인들은 고개를 저었다. "북쪽에는 아직 휘얼 족의 흉악한 백장 왕이 있고 한쪽에는 사람을 무수하게 잡아먹은 마왕 루짠이 점령하고 있답니다. 쉐루 왕이 언제 정벌에 나설생각인지 모르지요."

"그런 일은 없을 거요. 우리 링가의 푸른 돌을 북쪽에서 가져왔다고 속일 셈인 게지. 북쪽을 정벌한 척하려는 거요!"

"아닙니다. 대왕은 돌들을 성채 지붕 꼭대기를 덮는 데 쓴다고 했소. 자신이 고향을 잊지 않았다는 것을 알리기 위해서 말이오."

주무를 비롯한 아가씨들은 오히려 다른 곳에 관심이 있었다. "쉐루는 정말 영웅적인 행동들만 하네요. 그럼 쉐루는 영웅처럼 당당한 모습이시겠지요!"

상인들은 천천히 고개를 저으며 변론했다. "가장 위대한 영웅들이 꼭 위풍당당한 모습인 건 아니랍니다!"

아가씨들은 실망스러워 탄식했다. 그 가운데 가장 아름다운 주무가 말했다. "하지만 그가 막 태어났을 때는 얼마나 영리하고 어여뻤는지!"

차오퉁이 득의양양하게 말했다. "결국 그는 자신을 괴물로 만들지 않았는가?"

그랬다. 줴루가 막 태어났을 때는 생김새가 무척 당당했다. 하지만 서너 살이 되었을 때, 그는 이상한 차림을 하기 시작했다. 나중에는 얼굴도 그 이상한 차림새를 따라 변했다. 자신의 애칭에 걸맞은 못생긴 아이로 스스로를 바꿔놓고 말았다. 줴루가 언젠가는 원래의 모습으로 돌아오리라 믿고 있던 사람들도 그들 모자가 쫓겨났을 때에는 그의 위대한 이름 거싸얼을 잊어버리고 있었다. 자차차셰가 깔깔대며 웃고 있는 아가씨들에게 말했다. "아우는 틀림없이 영웅의 모습으로 변할 것이오!"

"만약 정말 그렇게 된다면, 우리 열두 자매는 모두 그에게 시집가겠어요!"

주무를 비롯해 링가가 공인하는 가장 아름다운 열두 아가씨가 말했다.

차오퉁은 반질반질 윤기가 흐르는 검은 턱수염과 구레나룻을 쓰다듬으며 말했다. "아이구, 그때까지 기다릴 수 있나. 이토록 아름다운 아가씨들이 부질없이 꽃처럼 시들어가는 걸 우리 남자들이 어떻게 보고 있겠어. 아예 그대들 모두 내게 시집을 오는 건 어떠한가. 내 능력이라면 그대들이 평생 비단옷을 입고 산해진미를 먹으며 부귀영화를 누리게 해줄 터인데!"

아가씨들은 물에서 신나게 헤엄치던 물고기가 매의 그림자를 보고 놀라서 사방으로 흩어지듯 도망가버렸다.

상인들은 무거운 석판을 말에 싣고 다시 길을 떠났다. 노총관은 그들이 사라질 때까지 지켜보다 조용히 읊조렸다. "신의 아들이여, 왜 본모습을 속히 보여주시지 않습니까."

차오퉁이 노총관의 곁에 와서 말했다. "아무도 당신의 말을 듣지 않습니다. 당신은 진정한 왕이 아니니까요."

"나는 왕이 아니오. 링 부족이 공동으로 추천한 총관일 뿐. 우리는 왕이 나타나길 기다리고 있잖소."

"총관을 떼어버리고, 왕이라는 글자를 붙이면, 총관께서 바로 왕이 될 것입니다!"

"그대의 부족으로 돌아가시오. 난 몹시 피곤하오. 더 깊이 생각해보고 내일 다시 오시오."

"총관께서는 저보다 나이가 많으시니, 왕이 되시면 제가 당신의 총관이 되겠습니다. 당신의 인자함과 나의 능력으로, 링가는 틀림없이 강대해지고 부강해질 것입니다!"

"왜 그대가 왕이 될 수 있다고는 말하지 않는 거요?"

"그것도 좋지요. 링가에 언제까지나 왕이 없을 수는 없지요."

총관은 진력이 난 듯 손을 저으며 말했다. "기다렸다 천명에 따르도록 하지."

차오퉁은 나무 솔개를 타고 날아올랐다. 그는 하늘에서 이리저리 날아다니며, 서로 다른 길에 있는 부족의 수장들을 향해 큰 소리로 말했다. "내일 성채에 모이시오. 링을 떠나는 문제를 논하는 대신, 링가 전체의 왕을 뽑을 것이오!"

눈 쌓인 들판을 힘겹게 걸어가던 사람들은 이리저리 바쁘게 날아다니는 나무 솔개를 올려다보곤 말했다. "어쩌면 저 이야말로 우리를 곤경에서 이끌고 나갈 왕이 아닐까?"

이튿날, 날은 매우 맑았다. 노총관은 성채 앞 평상 위에 서 있었다. 두텁게 쌓인 눈은 뜨거운 햇볕 아래 소리 없이 무너져내렸고, 녹은 물이 땅 위로 졸졸 흘렀다. 해가 중천에 이르도록, 각 부족의 큰길에는 사람 그림자가 전혀 보이지 않았다. 노총관은 사방으로 군사를 보내 살피도록 했다. 자신은 성채 꼭대기에 미동도 없이 단정히 앉아 있었다. 차를 마시지도 않고, 몇 번이나 날라 온 치즈에도 손을 대지 않았다. 눈을 감고 눈 녹는 소리를 듣거나 눈을 뜨고 수증기가 햇빛 아래 피어오르는 모습을 지켜보았다. 오후가 되었는데도 큰길에는 여전히 사람 그림자가 보이지 않았다. 햇볕은 약해졌고, 얼음처럼 차가운 서풍이 불어와 수증기를 잿빛 구름으로 바꾸어놓았다. 노총관은 한층 더 침울해졌다. 아마도 자신은 정말 모든 힘을 다 써버리고, 시절의 변화에 맞추지 못해 사람들에게 버림받을 때가 된 모양이었다.

이때, 길에 무언가가 보였다. 단마와 자차셰가였다. 두 사람 모두 어제 돌아가던 길에, 눈밭에서 반사된 강렬한 햇빛에 눈을 다쳤다고 했다. 그 바람에 막막하게 펼쳐진 눈 덮인 벌판에서 길을 잃었던 것이다. 노총관이 보낸 군사들도 잇달아 각 부족의 수장을 데리고 돌아왔다. 그들도 모두 강렬한 햇빛에 눈을 다쳐 눈 덮인 벌판 위에서 방향을 잃었다고 했다. 득의양양했던 차오퉁조차 나무 솔개를 타고 산에 부딪쳤다. 그래서 다리를 절룩이며 맨 마지막으로 등장했다. 그가 성채 안으로 발을 내딛자마자, 눈이 다시 내리기 시작했다.

다들 고된 길을 왔기에 목이 말라 차를 마시고 싶어했다. 노총관이 말했다. "상인들이 오지 못하니, 그대들을 대접할 차가 없구려."

차오퉁이 지나가는 말투로 말했다. "찻잎을 많이 가진 사람이 왕이 될 수 있다고 말씀하시는 겁니까?"

"내 말을 이해하지 못하는군." 노총관의 말투는 얼음처럼 차갑고 결연했다. "들어보시오. 눈이 또 내리고 있소. 하늘이 주신 기회를 우리가 또 한번 놓치고 말았소."

눈은 하늘에서 떨어져내리는 정도가 아니라 무게감을 가지고서 촘촘히 눌러왔다. 그 무게는 땅이 아니라 사람들의 마음에 고스란히 내려앉았다. 사람들은 깨달았다. "노총관, 우리를 이끌고 떠나주십시오!"

노총관은 무릎을 꿇고 하늘을 향해 경건히 기도를 올렸다. "보살이시여, 보십시오. 저들 스스로 깨달았나이다."

나흘째 되던 날, 과연 눈발이 약해져 링가의 모든 사람들이 길을 떠났다. 마을을 떠나 눈 덮인 벌판에 있던 양치기들도 간소히 짐을 꾸려서 아직 얼어죽지 않은 소와 양을 몰고 떠났다. 사람들의 울음소리가 구름까지 올라가 내리는 눈의 방향을 바꿀 지경이었다.

황허 강굽이는 아직 늦봄이었다. 어미 양은 막 새끼를 낳았고, 길가의 산딸기나무는 자잘한 흰 꽃을 흐드러지게 피웠다. 노총관은 몸을 돌려 여전히 얼음과 눈으로 덮인 고향을 향해 무릎을 꿇고 절을 올렸다. 그러고선 하늘을 향해 말했다. "링 부족이 새로운 땅으로 왔습니다. 이 모든 부족을 하늘이 선택한 사람에게 바치겠습니다."

노총관은 더이상 앞으로 가기를 원치 않았다. 그가 말했다. "나를 두고 가시오. 줴루를 볼 낯이 없소."

이야기: 황허 강굽이

또 사흘을 걸으니 황허 강굽이에 말로만 들었던 그 세 가지 색 성채가 나타났다.

성채의 지붕은 바로 링가에서 가져온 푸른색 석판이었다. 이 석판들이 용의 비늘처럼 성채를 덮고 있었다.

줴루는 이마에 손을 대고 하례를 올리는 백성들 앞에 섰다. 줴루는 예전에 가지고 놀던 이상하게 생긴 지팡이에 올라타지도 않았고, 모자에 이상한 뿔이 난 가죽 외투를 걸치지도 않았다. 그의 깨끗한 얼굴에서 두 눈이 맑은 빛을 뿜어내고 있었다. 그는 한비 어머니의 이마에 입을 맞춘 뒤 형 자차셰가를 와락 안았다. 두 형제는 참지 못하고 눈물을 흘렸다. 쉐루는 링가의 아름다운 열두 아가씨에게도 연모와 사랑의 눈빛을 던졌다.

아가씨들이 그의 이름을 외쳐 불렀다. "쉐루!"

"쉐루가 아니라 거싸얼이다."

"그를 뭐라고 부르든," 차오퉁이 말했다. "잊지 마시오, 이제 겨우 여덟 살 난 어린애라는 것을!"

아가씨들은 재잘재잘 떠들었다. "벌써 당신보다 몸집이 큰걸요!"

"눈빛만으로 우리 얼굴을 달아오르게 만든다고요!"

"우리를 위해 삶의 터전을 새로 개척했고요!"

단마는 쉐루의 명령을 받고 숨어 있는 노총관을 모셔왔다. 쉐루는 먼저 그 많은 사람들에게 먹을 것을 차려준 뒤 한 손으로는 형을, 다른 한 손으로는 노총관을 이끌었다. 그리고는 아버지 썬룬을 포함해 링가 여러 부족들의 수장과 여러 영웅, 사제, 주술사, 이제 막 링가에 불법을 전하러 온 승려 등을 자신이 살고 있는 천막으로 모셨다. 그 천막은 링가에서 쫓겨날 때 가져온 것이었다. 천막에서 자차셰가는 양심의 가책을 느끼며 아우를 걱정하는 마음이 앞서 말했다. "이 작은 천막에 이렇게 많은 높은 분들을 모실 수 있을까?"

노총관도 의문을 표했다. "성채는 저토록 웅장한 것을."

줴루는 이들의 말을 듣지 못한 것처럼 천막 휘장을 걷었다. 그 안에는 또다른 세상이 있었다. 향기로 가득찬, 탁 트이고 널찍한 공간이었다. 모든 사람이 페르시아 양탄자 한 장에 앉을 수 있었고 앞에는 널찍한 탁자가 놓여 있었다. 옥돌과 단향목으로 만든 탁자 위에는 금과 은으로 만든 잔이 있었으며, 음식은 말할 것도 없었다. 피처럼 붉은 마노로 만든, 다리가 높은 그릇에 차려진 과일이 열두 번이나 올라오는데 먼 곳에서 오지 않은 것이 없었다. 맛과 모양은 물론이거니와, 그 기이한 이름조차 링가 사람들은 들어본 적도 없었다.

줴루가 술잔을 들고 말했다. "내 혈족과 고향 사람들을 이곳으로 보내주신 하늘에 감사드립니다! 모두들 이 술을 깨끗이 비웁시다!"

모두가 술잔을 비우는데 노총관이 자리에서 일어나 줴루 앞으로 나섰다. "나는 먼저 링가 사람들을 대신해 청을 하나 드리려고 합니다. 그대가 청을 들어주겠다고 해야, 내가 이 잔을 감히 받을 수 있겠습니다!"

"무엇이든 말씀하시지요."

"우리의 죄악으로 인해, 아름다운 링가가 재난을 당했습니다. 주된 이유는 우리가 아무런 연민도 느끼지 못하고 그대들 모자를 내쫓았기 때문입니다. 그러나 링가의 백성들을 위해 그대에게 청합니다. 링가 사람들을 그대가 개척한 영지에서 삼 년만 머물게 해주십시오."

쉐루의 장난기가 발동했다. "왜 삼 년입니까? 삼 일이 아니고요?"

노총관은 부끄러움을 이길 수 없어서 고개를 깊숙이 떨구었다. "고향 땅 벌판에 쌓인 두터운 눈처럼 우리의 죄가 두텁습니다. 그 눈이 다 녹아 없어지고 대지가 새로 생기를 얻기까지 삼 년은 필요합니다."

노총관이 다른 사람들을 대신해 이토록 뉘우치는 모습을 보니 쉐루는 바늘에 찔린 것처럼 마음이 아팠다. 그래서 노총관을 부축해 자리로 모시고 가서 앉기를 권하고 술잔을 들었다. "노총관과 여러 수장들께서는 안심하십시오. 저 쉐루가 이 땅을 연 것은 링가가 위업을 오래도록 이어가도록 하기 위함입니다!"

쉐루가 말하는 사이에 사람들의 머리 위를 덮고 있던 천막이 사라지고, 앉았던 자리가 위로 떠오르는 것만 같았다.

사람들 모두 줴루의 우렁찬 음성을 들었다. "여러분은 보십시오. 이 아름답고 넓은 황허 강물을. 얇으면서 긴 형태의 구부러진 보검과 같지 않습니까. 칼날의 남쪽은 인도, 칼 끝은 가 국을 가리키고 있으며, 칼의 몸체는 탕구라 산에 꽂혀 있습니다. 세 가지 색깔의 성채가 여기에 세워졌으니, 이 위룽거라쑹둬는 미래 링 국의 중심입니다! 링 국이 대업을 이루고 나면 백성들을 다시 고향으로 나눠 보낼 것입니다!"

이 말을 듣고 기분이 좋아진 노총관은 술을 들어 잇달아 세 대접이나 마셨다. 이어서 연회를 열어 한 차례 배부르게 먹고 마신 뒤 다들 동이 틀 때까지 노래를 부르고 춤을 추었다. 사람들이 야영하면서 피워 올린 모닥불의 불빛이 하늘에 서 쏟아지는 별빛을 가릴 지경이었다.

다음날 아침, 줴루는 수장들을 이끌고 높은 언덕으로 올라가 위엄 있게 강산을 가리켰다. "저 황허 강을 보십시오. 영웅들이 말을 달리는 큰길도요. 사람들이 교역하는 저자가 있고, 소와 양을 방목하는 풀밭이 있습니다. 세금으로 받은 돌들로 쌓아올린 저 성채는 경애하는 노총관께 드립니다! 성채에는 탁 트인 의사당이 있지요. 저 높은 탑에서 저희에게 소집 명령을 내리시면, 노총관이시여, 그 소리가 자연스럽게 멀리까지 전해질 겁니다!"

노총관이 말했다. "저것은 그대의 성채이고, 그대가 바로 우리의 왕입니다."

아래쪽에서 즉시 이에 호응하는 음성이 한바탕 울려퍼졌다. "줴루 왕! 줴루 왕!"

그의 아버지 썬룬이 나서서 크게 소리쳤다. "그의 이름은 줴루가 아닙니다. 그는 거싸얼입니다!"

사람들은 곧 구호를 바꿨다. "거싸얼 왕! 거싸얼 왕!"

상황이 이렇게 되자 거싸얼은 서둘러 신력을 써서 사람들이 더이상 큰 소리로 환호하지 못하게 만들었다. 그러고는 약간의 힘을 써서 노총관을 성채 가운데 놓인, 호랑이 가죽이 깔려 있고 손잡이에 황금으로 조각한 용머리가 달려 있는 보좌 앞으로 이끌었다. "노총관께서는 이 자리에 앉으시지요!"

노총관이 일어나려고 버둥거리며 말했다. "하늘은 일찍부터 그대야말로 우리의 왕이라는 뜻을 보였소!"

차오퉁도 앞으로 나서며 말했다. "노총관의 말이 맞다. 너야말로 우리의 왕이 될 만하다. 어서 왕좌에 올라 각 부족에게 새로운 거처를 마련해다오. 이렇게 계속 네 성채에서 신세를 진다면 맛있는 음식을 먹고 있어도 우리 마음이 편치 않을 게다!"

"네. 저도 작은아버지가 예전부터 농부들은 농사 지을 땅을 찾고, 양치기들은 소와 양들을 기를 목장을 마련하길 바랐던 것을 알고 있습니다."

"이제야 내 조카인 게 부끄럽지 않구나. 나는 노총관처럼 예의 차리는 말을 배우지 못해서 말인데, 내 착한 조카야, 지세에는 높낮이가 있고, 토양에는 비옥함과 척박함이 있단다. 내가 이끄는 다룽 부족은 링가에서 언제나 좋은 강과 시내를 차지했었지!"

노총관이 이 말을 듣고 한숨을 푹푹 내쉬었다. "모든 사람이 마음에 부끄러움의 씨앗이 자라는 것은 아니고, 잘못을 고쳐 선으로 향하는 것도 아니로구나!"

차오퉁은 불만을 터뜨렸다. "노총관이여, 총관께서 그토록 감동적인 말씀을 하시는 것은 높은 자리에 계시기 때문입니다. 그러나 나는 내 백성들의 생계와 행복을 생각지 않을 수 없어요. 다른 방법이 없는 것입니다. 그래서 거리낌 없이 다 말하는 수밖에요." 차오퉁은 쥐루를 한쪽으로 끌고 갔다. "링가 사람들은 더이상 저 총관을 참을 수 없을 거야. 너는 링가 사람들에게 이토록 큰 은혜를 베풀었으니, 네가 우리의 왕이 되어다오!" 그는 쥐루의 소맷자락을 당기며 말을 이었다. "사랑하는 조카야, 난 네가 왕이 되려고 하지 않는 것이 실은 두렵기 때문인 것을 안단다."

"작은아버지, 저는 두렵지 않아요."

"얘야, 너는 스스로 두려워하고 있다는 걸 모르는구나. 어린아이의 지혜로는 바다와 같은 심계를 가진 사람들을 상대하지 못할까 두려워하잖니!"

"그만하세요."

"얘야, 무엇을 두려워하느냐? 두려워하지 마라."

"두려운 것이 아니라 지쳤을 뿐이에요."

"그게 바로 두려움이야!"

"그래요, 그 말씀이 맞아요. 경애해마지않는 작은아버지, 저는 저 같은 어린아이의 단순한 지혜로 바다와 같은 심계를 가진 어른들을 상대하지 못할까 정말로 두렵습니다."

차오퉁은 조카가 대놓고 자신을 비꼬고 있다는 것을 알았지만, 그래도 개의치 않고 여전히 끈질기게 말했다. "저 흐리멍덩한 노총관을 보좌에서 쫓아내기만 하면, 내 너를 돕기 위해 너의 총관이 되마. 너는 요마들을 진압하는 놀이를 하면서 얼마든지 놀아도 좋아. 골치 아픈 일들일랑 내가 알아서 처리할 테니까!"

사실 이 말은 모두에게 다 들렸다. 노총관이 큰 소리로 말했다. "줴루가 왕이 되더라도 내가 여전히 총관일 것이오!"

다룽 부족 사람들은 차오퉁 편에 서고, 나머지 부족들은 총관 편에 서서, 격렬한 말싸움을 벌였다. 싸우면서 그들은 이미 줴루를 한쪽으로 제쳐두었다.

줴루가 말했다. "싸우지들 마시오." 그러나 줴루의 목소리는 너무도 희미한 반면, 사람들의 음성은 도리어 격해지고 높아졌다. 줴루는 큰 무리의 철새들이 풍부한 먹이가 있는 호수에 내려앉으며 귀가 울리도록 떠드는 소리가 떠올랐다. 줴루는 성채에서 걸어나갔다.

줴루가 낙담한 모습을 본 메이둬나쩌는 참기 어려울 정도로 가슴이 저렸다. "저들이 너의 성채를 원하더냐?"

"오, 어머니, 어머니는 왜 용궁을 떠나 저를 이런 사람들 사이에 낳으셨나요?"

어머니는 그 질문은 하늘에 던지라고 말하고 싶었지만, 아들의 마음을 더 상하게 하고 싶지 않았다.

그 많은 사람들이 성채 안에서 계속 싸웠기 때문에, 성채 지붕 꼭대기를 덮은 무거운 석판마저 흔들리고, 멀리 호젓한 강가에서 먹이를 찾던 물새떼들도 모두 놀라 날아가버렸다. 자차셰가와 대장 단마만이 부끄러워하는 표정을 지으며 줴루를 뒤따라나왔다. 줴루가 형에게 물었다. "아버지는요?"

"노총관님을 도와주고 계셔."

"왜 아버지는 어머니를 보러 오지 않고 노총관님을 도와드리고 있나요?"

"모든 사람들이 자기가 어느 편에 서 있는지 다른 사람들에게 알려야 하지."

"그럼 형은요?"

"아우야, 너는 왜 왕이 되려고 하지 않는 거냐?"

"왜 왕이 되어야 하는데요?"

"나라, 그러니까 진정한 나라를 세우기 위해서지! 지금은 같은 조상에게서 번성한 각 부족이 뭉치지 못하고 흩어져 있구나!"

단마도 말했다. "모두가 알고 있습니다. 그대가 하늘에서 링가에 내려주신 왕이라는 것을요!"

줴루는 하늘을 올려다보았다. "모르겠어요. 아무도 내게 그런 이야기는 해주지 않았어요. 내가 아는 건 그저 이런 다툼이 사람을 정말 지치게 한다는 것뿐이에요."

이때 안에서 소식이 하나 들려왔다. 외지에서 불법을 전하러 온 두 승려가 링가에서 누가 왕이 될지는 하늘의 지목을 기다려야 하며, 두 파가 계속 이렇게 맞선다면 자신들 같은 외지 사람이 섭정할 수도 있다고 말했다는 것이다. 하늘이 장차 보내올 그 왕 외에는 자신들만이 공평무사하게 왕권을 행사할 수 있다는 것이 그 이유였다. 두 승려는 더 나아가 아랫세상은 이미 하늘이 파를 나누었기 때문이라는 이유도 들었다. 서로 다른 세계는 서로 다른 종교로 교화한다는 것이다. 링가는 이미 불법의 빛 아래 놓였고, 장차 왕이될 신의 아들도 서방 불교의 불법을 성취한 이들에게 온갖가지를 얻은 덕에 여러 신력과 맑은 심지를 지니게 되었고, 이러한 모든 일에 대해, 연화생 대사와 관세음보살이 이미링가에 갖가지 계시를 보였다는 이야기도 덧붙였다.

"승려?" 췌루의 얼굴에 순간 다양한 표정이 스쳐지나갔다. 엄숙한 표정은 실망의 낯으로 바뀌었고 실망한 표정은다시 혼란으로, 혼란스러움은 곧 장난기 어린 웃음으로 변했다. 그러고는 이내 링가에서 추방당할 때처럼 아무것도신경쓰지 않는 못생긴 꼬마의 모습으로 돌아갔다. 그러더니지팡이에 올라타 높은 산비탈로 가버렸다. 자차셰가 쫓아가려고 했지만, 어떻게 따라잡을 수 있겠는가? 자차셰가는 성채로 돌아왔다. 사람들은 그가 췌루의 말을 전하러 왔다고 생각하고는 곧 조용해졌다. 자차셰가는 입을 열었으나아무 말도 하지 못했다. 다시 입을 열었을 때에야 말을 할수 있었다. 사람들이 더이상 참지 못하고 고함을 질러댔다. "큰 소리로요!"

그제야 그는 목소리를 높였다. "줴루는 왕이 되고 싶어하지 않습니다. 줴루가 누군가를 보좌에 앉혔다면, 그 사람이 계속해서 우리의 수장입니다!" 자차셰가는 사람들 손에 들렸던 칼들이 가죽 칼집으로 미끄러져 들어가는 소리를 들었다. 줴루가 이 소리를 들었다면 틀림없이 진저리를 쳤으리라 생각했다.

사람들이 서서히 흩어지자 룽차차건은 긴 한숨을 내쉬며, 보좌에 털썩 앉았다. 그가 자차셰가에게 물었다. "이제 막 재난을 벗어났는데, 왜 이렇게 된 것인가?"

자차셰가는 대답하지 않았지만, 마음에 담은 것은 그대로 말하는 성격인 대장 단마가 잔뜩 화가 나서 말했다. "그 문제는 총관이신 분이 직접 대답하셔야 할 것입니다!"

썬룬이 소리를 내질렀다. "감히 그런 소리를 하는가!"

자차셰가는 아버지 곁으로 가서 최대한 목소리를 낮춰 말했다. "여기는 이제 아무 일 없으니, 아버님께서는 메이둬나쩌 어머니를 뵈러 가시지요!"

이 시간, 한비가 메이둬나쩌를 찾아갔으나 그녀를 찾지 못했다. 썬룬이 나갔지만 그도 메이둬나쩌를 찾지 못했다. 마음속에 다시금 죄책감이 든 사람들이 연달아 사방으로 줴루를 찾으러 다녔지만, 아무도 그들 모자의 모습을 찾을 수 없었다. 성채에서 멀지 않은 곳에 있던 천막은 사라졌다. 바람을 막기 위해 천막 주위로 지푸라기를 쌓아 만든 담장조차 바람 한줄기가 훑고 지나자 깨끗하게 사라졌다. 마치 그 벌판에 원래 어떤 것도 존재하지 않았던 것만 같았다.

췌루는 이렇게 또다시 사라졌다.

이틀 후, 췌루가 사람들 앞에 다시 나타났다. 또 사슴 통가죽으로 만든 옷을 입고, 비뚤배뚤한 사슴 뿔 한 쌍을 머리에 달고 있었다. 얼굴은 다시 더럽혀져 있었고, 기괴망측한 마법 지팡이 위에 걸터앉은 채였다. 그는 성채 꼭대기의 천창을 통해 직접 총관의 보좌 앞까지 내려왔다. 총관은 쉬지 않고 시끄럽게 떠드는 사람들을 막 쫓아 보내고, 눈을 감고 쉬고 있는 중이었다. 눈은 질끈 감은 채 한숨만 연달아 내쉬었다. 췌루는 노총관의 어깨를 흔들며 히히 웃었다. "사람들이 총관님의 머리를 어지럽게 만들었군요?"

노총관은 깜짝 놀라 보좌에서 펄쩍 튀어 오르다시피 했다. "췌루가 돌아왔구나!"

이어 크게 외쳤다. "모두들 들어오시오. 췌루가 돌아왔소!" 췌루는 지팡이를 휘두르며 말했다. "소리 지르지 마세요. 저들이 듣지 못하게 할 겁니다."

"하늘에서 받은 신력을 쓸 건가?"

"저도 몰라요. 하지만 저는 사람들이 듣지 말았으면 하는 것들을 듣지 못하게 할 수 있습니다."

"네가 바로 하늘에서 내려온 그 신의 아들이로구나!"

창밖에서 한줄기 바람이 불어와 줴루의 몸에 걸치고 있는 사슴 가죽의 너저분한 긴 털을 훑고 지났다. 그러자 줴루의 몸에서 나는 고약한 냄새가 노총관의 고귀한 콧속으로 파고들었다. 노총관은 그 냄새에 손을 들어 콧구멍을 막았다. 줴루가 웃으며 말했다. "이런 것이 신의 아들에게서 나는 냄새인가요?"

노총관은 줴루의 어깨를 붙잡고 있는 힘껏 흔들었다. "보살이 이미 하늘에서 내려와 내게 계시했단 말이다. 링가의 모든 부족이 네 명에 따라야 한다고 했지. 그래서 내가 사람들을 데리고 너를 따라왔고."

"보살이라고요?"

"관세음보살!"

순간, 줴루의 머릿속에 어떤 형상이 떠올랐지만, 이 형상은 곧 물결에 흔들려 흩어지는 물그림자처럼 모호해졌다. 줴루가 물었다. "보살이란 무엇인가요?"

"이번에 우리와 함께 온 사람 중에서 머리를 민 승려들이 있는 것을 보았지?"

"보았죠. 그들도 왕이 되고자 하던데요."

"그들이 바로 그 보살이 숭상하는 교리의 신도들이란다. 승려들은 보살의 가르침을 우리에게 전하러 온 것이야!"

"가르침?"

"사람들이 서로 다투지 않게, 사람의 마음을 선한 쪽으로 이끄는 가르침일세."

췌루는 듣다가 머리가 아파져 말했다. "그만 가볼래요."

"떠나면 안 된다."

"이렇게 계속 있으면, 머리가 터질 거예요!"

"신의 아들이여, 가면 안 된다."

췌루는 그사이 벌써 지팡이에 올라타 천창으로 날아가버렸다. 그러고는 품안에서 양피지에 그려진 그림 하나를 꺼내 아래로 던지며 말했다. "이 황허 강굽이의 지형을 저는 잘 알고 있습니다. 이미 총관님을 대신해 각 부족의 거주지를 나누어두었습니다!" 췌루가 바람처럼 떠났다. 사람들의 경탄과 환호 속에서 커다란 붕새로 변해, 커다란 날개를 활짝 펴고 설산 봉우리가 있는 곳으로 곧장 날아갔다.

노총관이 그 양피지 두루마리를 들고 사람들 앞으로 나왔다. "끊임없이 싸우는 우리들은 부끄러워할지어다! 한밤중,

우리의 심장은 부끄러움으로 아플 것이다! 위대한 모습을 나타낸 사람, 그 못생긴 얼굴을 미워해 우리가 줴루라 불렀던 사람이 우리를 위해 모든 것을 준비해두었도다!"

이어서 모든 것이 순조롭게 이루어졌다. 줴루의 뜻에 따라, 링가의 각 부족들은 아래와 같이 거주지를 정하였다. 쩌라써카둬는 관리들의 거주지로 적합하므로 장계 여덟 형제의 영지가 되었고, 가장 아름다운 대협곡 바이마랑샤는 사내대장부들의 거주지로 적합하므로 중계 대부족에게 나누어졌으며, 황허 남쪽의 자둬추 협곡은 줴루의 아버지 썬룬 왕에게 나누어졌다. 세 가지 색 성채가 있는 위룽거라쑹둬는 자연히 노총관 룽차차건에게 주어졌다.

각 부족이 저마다 영토를 나눠받는 것을 보면서 차오퉁은 조바심이 났다. "우리 다룽 부족의 새로운 영지는?"

황허 강 하류의 루구 지역 위쪽으로 목구멍처럼 길이 좁아지는 협곡 입구를 지나면, 활짝 핀 연꽃처럼 땅이 넓고 평탄한 지역이 있었다. 좋은 땅이긴 하나 깨끗하거나 조용한 곳은 아니어서, 사람을 부르면 마녀가 대답하고 개를 부르면 여우가 대답을 할 정도로 위험했기에 강한 사나이들이 머물기 적합한 땅이었다. 자연히 이 땅은 차오퉁이 이끄는 다룽 부족에게 분배되었다.

차오퉁만이 세 가지 색 성채와 성채 가운데 있는 노총관의 황금 보좌를 얻지 못해 불만이 있었을 뿐, 수장과 부족원을 막론한 모든 사람들은 줴루를 또 떠나게 한 것이 후회스러워 마음이 불편했다.

이야기: 보살

줴루가 떠난 것은 사람들이 끊임없이 다퉜기 때문이기도 했고, 한편으로는 링가의 영역을 좀더 확장하고자 하는 마음도 있었기 때문이었다. 지금의 링가 땅은 북쪽으로 휘얼만 인접해 있을 뿐 다른 나라들 사이에는 주인 없는 드넓은 땅이 있었다. 남쪽의 인도, 서쪽의 대식*, 동쪽의 한족 왕조 사이가 그랬다. 줴루는 황허 강 상류를 향해 출발해 마마이위룽쑹둬라 불리는 곳에 이르렀다. 주인이 없는 다른 황무지들처럼 이곳에도 온갖 요마가 횡행하고 있었다. 옛날 버릇이 되살아난 줴루는 늘 하던 대로 수없이 많은 분신을 만들어 이곳저곳의 산언덕과 강가에 풀어 곳곳의 요마를 쫓아

---

* 고대 중국에서 아랍인 거주 지역을 일컫는 말.

죽였다. 요마들은 사방으로 도망칠 때, 온갖 들짐승으로 변했다. 만약 줴루가 조금만 더 성숙한 나이였다면 마음이 약해져 주저했을 수도 있다. 그러나 그는 아직 어린아이였다. 다섯 살에 링가에서 추방당하고 위룽거라쑝뒈를 떠난 지금은 여덟 살에 불과했다. 아이의 눈으로 볼 때, 요마들이 자신과 싸우다 실패해 갖가지 변화를 일으키는 모습이나 자신의 분신들이 연약하고 겁에 질린 짐승들로 변한 요마들을 지팡이로 때려죽이는 것을 보는 건 줴루에게 재미있는 놀이에 불과했다. 처음에 그의 마법 지팡이는 들짐승들을 잘못 때려잡기도 했다. 예를 들어 어떤 요마가 환술을 부려 살진 엉덩이를 씰룩거리는 마멋 무리로 변해 도망치면, 그 가운데 한두 마리는 햇볕을 쪼이려 동굴에서 나온 진짜 마멋이었던 것이다. 나중에 그의 지팡이는 진짜와 가짜를 구별할 수 있게 되었다. 진짜 마멋은 지팡이 그림자가 떨어지는 것을 보면 눈을 동그랗게 뜨고 입이 떡 벌어져 아무 소리도 내지 못했다. 하지만 가짜 마멋은 새된 소리를 질러대며 더할 나위 없이 슬픈 소리를 냈다.

살 곳을 잃고 떠돌던 백성들은 이 아이가 요마와 괴물을 소탕한 곳으로 모여들었다. 줴루가 눈으로 덮인 산봉우리와 낮은 소택지 사이에 새로운 길을 만들면, 대상들도 곧 모습을 나타냈다. 대상들은 일찍부터 줴루가 위룽거라쑹둬에서 이룬 업적을 잘 알고 있었기에, 모두 안심하고 끊임없이 오 갔다. 마마이위룽쑹둬에 나타난 대상들이 말했다. "마마이 의 왕이시여, 이번에도 교역을 하고 국경을 넘는 세금으로 돌덩이를 내야 합니까?"

"돌덩이로 보루를 쌓을 필요가 없소."

"그러면 무엇이 필요하신가요?"

"생각 좀 해봅시다"

줴루는 지팡이를 타고 어떤 호수로 향했다. 호수에는 용 요괴 한 마리가 살고 있었는데, 시도 때도 없이 나타나 대상 의 말을 집어삼키고는, 깊은 바닷속에서나 나는 산호수를 내놓으라고 협박했다. 요괴는 물 아래 소굴을 용궁처럼 꾸 며놓을 생각이었다. 호수로 날아간 줴루는 용 요괴에게 이 제부터 기슭에 올라와 나쁜 짓을 하지 말고 물속으로 들어 가라고, 더욱이 지나가는 대상들에게 재물을 요구하지 말라 고 큰 소리로 명령했다.

용은 수면 위로 뚫고 올라와 하하 큰 소리로 웃으며 거대 한 물기둥을 뿜어 올렸다. "네 그 지팡이는 땅굴 속 여우나 두더지를 때려잡을 수 있을 뿐이야!"

"그럼 오늘 네 목숨을 거두는 데는 지팡이를 사용하지 않겠다!"

"덤벼라!" 요괴가 몸을 들어올리니 그 길이가 백여 장이 나 되었다.

줴루는 지팡이를 타고 하늘과 땅 사이를 재빨리 세 바퀴 돌았다. 그런 뒤, 손바닥에서 연달아 벼락 세 발을 내쏘았고, 그 요괴는 즉시 호수 한가운데서 죽었다.

이 광경을 지켜보던 백성과 상인들은 서로 얼굴을 보며 물었다. "저 사람은 왜 우리의 왕이 되지 않는가?"

그러나 줴루는 이미 지팡이를 타고 멀리 날아가버렸다. 사람들은 줴루의 어머니 메이둬나쩌에게 달려가 물었다.

메이둬나쩌는 몇몇 아낙들을 모아놓고 그들에게 베를 짜고 수를 놓는 일을 가르치고 있었다. 그녀가 말했다. "왕좌에 앉지 않는 왕이 되려는지도 모르죠."

열한 살이던 해, 줴루가 지팡이를 끌고 산에서 내려오는데, 그가 죽인 세 악마가 변신한 커다란 두꺼비와 도마뱀의 핏물이 산기슭을 흥건히 적시며 그의 뒤에 바짝 붙어 흘러내렸다. 줴루는 쉴새없이 발걸음을 빨리 옮겨서 겨우 그 핏물에 발을 담그지 않을 수 있었다. 달리느라 힘이 들긴 했지만 줴루는 알고 있었다. 산 아래 호수 반대편까지만 달려가면, 세 악마가 저 핏물 속에 남긴 마지막 힘도 서서히 사라지리라는 것을.

이때, 빛으로 된 벽이 쿼루와 그 산 아래로 흘러내리는 핏물 사이에 떨어졌다. 핏물은 쥐처럼 찍찍 소리를 내더니 순식간에 증발해서 사라졌다.

그 빛 속에서 관세음보살이 나타났다. 그는 공중에 피어난 연꽃 위에 앉아 있었다. 쿼루는 이 사람이 누구인지 아는 듯했지만, 그래도 물었다. "누구시죠?"

"나는 멀리서 그대를 보러 왔소."

마치 누군가에게 손을 잡힌 것처럼 쿼루는 저도 모르게 손을 들어 손가락으로 하늘을 가리켰다.

보살이 웃으며 화제를 바꾸었다. "그대는 살생을 너무 많이 했소."

"제가 죽인 건 요마들이었습니다."

"나도 알고 있소. 그들을 죽여서는 안 된다고 말하는 것이 아니라, 상인들이 황금을 좋아하듯 그처럼 신이 나서 죽이면 안 된다고 말하는 것이라오!"

"무슨 뜻이죠?"

"이 일을 말로 풀자니 까다롭군요. 요마들을 죽이면서 그들을 동정하는 건 어려운 일이지."

"왜 그래야 합니까?"

"중생들을 선으로 향하게 할 수 있지요."

쮀루가 크게 웃으며 말했다. "노총관 옆에 나타난 승려들도 당신과 같은 말을 했소. 그들이 당신의 제자들인가?"

"사람은 누구나 깨달음을 얻어 불법의 제자가 될 수 있지요."

"그럼 가보시오. 나는 노총관을 따라다니는 당신의 그 민머리 제자 둘을 좋아하지 않소."

"왜죠?"

"당신이 그들을 보내 링가의 왕이 되라고 했소?"

"그들은 사람들의 마음에 자비의 씨앗을 심으니, 밭에 씨를 뿌리는 농부와 같은 사람일 뿐 왕이 될 수는 없소."

"하지만 그들은 분명 왕이 되고자 했소."

보살은 허공에서 땅으로 내려왔다. 그가 아직 자신의 앞으로 다가오기도 전에, 쮀루는 향기로운 바람이 얼굴을 스치는 것을 느꼈다. 보살은 깊은 한숨을 내쉬었다. "내가 바로 이 때문에 온 것이오." 보살이 말했다. "가까이 오시오. 할말이 있소." 링가의 백성들에게 불법을 전하겠다고 맹세한 그 두 승려는 모든 사람들에게 비할 바 없는 존경과 숭배를 받고 있어서, 저도 모르게 교만한 마음이 생긴 것이었다. 원래 하늘에서 신의 아들을 내려보낼 때 그에게 그토록 많은 법력을 준 것은 요마를 소탕하라는 뜻이었고, 줴루가 요마들을 소탕할 때 승려들을 보낸 까닭은 사람들의 마음에 선량함의 씨앗을 심도록 한 것이었다. 아마도 승려들이 너무 일찍 나타났는지도 모른다. 황무지와 다름없는 땅에 씨앗을 뿌려놓고 자라지 않는 모습만 보고 있자니, 오히려 그들의 마음속에서 잡초가 싹을 틔운 것이다.

"그대는 예전처럼 대상에게 다시 돌로 세금을 받으시오."

"성채는 더 필요 없습니다."

"성채가 아니라, 사원입니다."

"사원이요?"

"부처와 그의 가르침을 전하는 승려들을 위한 곳입니다. 승려가 언제까지나 세속의 사람들 사이에 섞여 살 수만은 없습니다. 결국은 그들도 육신을 가진 보통 사람이니까요. 사원은 사람들이 붐비는 시끄러운 곳에서 멀리 떨어진 곳에 지으세요. 왕의 성채처럼 탁 트인 큰길가에는 세우지 마십시오."

"왜죠?"

보살은 대답하지 않았다. 사람의 마음을 복전福田*으로 바

---

* 복을 거두는 밭이라는 뜻의 불교 용어.

꾸려는 이들이 왜 사람의 무리를 피해 깊은 산속에 숨어 살아야 하는지는 대답하기 어려웠다.

보살은 떠나며 말했다. "사람들은 나를 보면 무엇인가를 깨닫게 된다는데, 그대 또한 그러하길 바랍니다."

"예전의 일들이 조금 생각난 것 같기는 한데, 혼란스럽습니다."

"그러면 그대는 무엇을 깨달았소?"

"무엇을 알게 되었느냐는 말씀입니까? 당신은……"

"보살이라 부르시오."

"보살의 뜻은 나도 알겠소. 앞으로는 요마를 죽이면서 웃지 않고 울게 된다는 말인가."

"언젠가 그대도 눈물을 흘리게 될 것이오……"

줴루가 웃었다. "예전에 법력이 무궁무진한 연화생 대사가 왔었다고 들었소. 링가를 위해 수많은 요마를 없앴지만 갑자기 떠났다고 하던데, 그에게도 무슨 말을 했었습니까?"

보살은 이날 비상하게 총명한 동시에 우둔한 적수와 만났으니 더이상 얽히는 것은 부질없는 일이라 느꼈다. 그래서 구름 위의 연꽃 보좌로 돌아갔다. 보살의 마지막 말이 줴루의 귓가에 울려퍼졌다. "인연이 아직 닿지 않았으니 아무리 말해도 부질없겠구나. 인연이 닿을 때, 다시 만납시다!" 말을 끝내자마자 보살은 이미 보이지 않았고, 호수에 무지개가 떠오르는 모습만 보였다.

무지개를 바라보면서 신의 아들은 확실히 마음속의 무언가가 보살의 말에 움직인 것을 느꼈다. 문득 주위의 환경이 낯설었다. 그는 자신이 링가에 온 지 십이 년이 되어간다는 생각을 했다. 그리고 그 순간 이런 생각이 또 들었다. 어째서 링가에서 태어났다고 하지 않고, 링가에 왔다고 했을까.

하늘에서 보살의 목소리가 들려왔다. "그 문제를 꼭 생각해보게!"

이야기꾼: 오래된 사원

진메이의 꿈에 이상한 변화가 생겼다.

꿈속에서 진메이는 줄곧 방관자였다. 그의 표현대로, 마치 영화를 보는 것 같았다. 관세음보살이 꿈속에 나타났을 때 진메이는 더이상 방관자가 아니었다. 그는 꿈속에 등장한 자신의 모습을 보았다. 더 이상한 점은 자신이 줴루 곁으로 달려가 큰 소리로 외친 것이다. "모르겠어요? 저 사람이 바로 관세음보살이라고요!"

쉐루는 멍하니 호수를 바라볼 뿐이었다. 보살이 무척 낯익다고 느꼈지만, 어디서 보았는지 전혀 기억이 나지 않았다. 쉐루는 앉아서 꼼짝도 하지 않았고, 진메이는 마음이 급해진 나머지 하늘로 날아올랐다. 진메이는 놀랍게도 오색구름 속에서 보살을 쫓아갔다. 그러나 보살을 호위하는 천병들이 그를 가로막았다.

보살이 말했다. "말할 수 있도록 두라."

진메이는 놀라서 오체투지로 부드러운 구름송이에 엎드렸다. 몸을 받치고 있는 구름송이가 아래로 떨어져 내리는 느낌이 들었다. 보살이 말했다. "떨어지지 않을 거다."

아래로 떨어지던 구름이 정말 멈췄다.

보살이 말했다. "그렇게 멀리서부터 나를 쫓아왔으면서, 왜 아무 말도 하지 않나?"

진메이는 자신의 목소리가 떨리는 것을 느끼며 말했다. "보살님 실물이 사원에 있는 조각상하고 닮지 않으셨네요."

"사원에 있는 조각상도 제각기 다르다 들었다."

"들었다고요? 보살님은 사원에 가지 않으세요?"

"향을 피워 연기가 나고 더운 곳에 가고 싶겠나?"

그는 양치기 특유의 성질을 드러냈다. "그러면 왜 보살님을 위한 사원을 지으라 하셨죠?"

보살은 속을 알 수 없는 신비한 미소를 지을 뿐 아무 대꾸도 하지 않았다. 대신에 바로 곁에서 무시무시한 꾸짖음이 들려왔다. "무엄하다! 네놈이 물을 만한 질문이 아니다!"

진메이는 깜짝 놀라 구름에서 굴러떨어졌다. 그는 비명을 지르고 땅바닥에서 허우적거리다 잠에서 깨었다. 사방이 고요했다. 양떼는 풀을 뜯고 있었으며 푸른 호수 위로는 흰 새들이 날아오르고 있었다. 그는 서서히 의식이 또렷해졌다. 안타까움이 가슴 한가득 차올랐다. 영원히 그 꿈속에 머물 수 있다면, 보살 곁에 영원히 머물 수 있다면 얼마나 좋을까! 그러나 그는 낡아빠진 자루를 방에서 내다버리듯 그렇게 꿈에서 버려졌다.

그는 갈수록 정신이 오락가락하는 것 같았다. 그 며칠간 진메이는 마주치는 마을 사람들에게 "나 봤다"라고 말하곤 했다.

"애꾸눈으로 보긴 뭘 봐?"

"나 보살님을 뵈었어!"

"보살을 보고 싶으면 사원에 가면 되잖아."

"진짜 보살님을 뵈었다니까!"

사람들이 이런 그를 두고 무슨 말을 할 수 있었을까? 그저 어깨를 으쓱하며 말할 뿐이었다. "이 가엾은 것이 드디어 미쳐가는군."

이 미치광이는 놀랍게도 이런 말도 했다. "이야기 속에 나오는 소년 거싸얼도 보았지!"

그의 귓가에 영웅의 이야기를 읊는 익숙한 선율이 울리기 시작했다. "들린다!" 이와 동시에 그의 입에서 사람들이 모두 잘 알고 있는 익숙한 노래 가사가 흘러나왔다.

"루아라라무아라, 루타라라무타라!"

사람들은 큰 소리로 웃었다. 그 가사로는 아무것도 증명할 수 없었다. 캉바 초원에서 귀가 있는 사람이라면 누구에게나 익숙한 영웅 전기의 도입부였던 것이다. 사람은 말할 것도 없고, 뾰족한 부리로 나무를 가볍게 쪼아대는 딱따구리마저도 이런 소리는 낼 수 있었다. 타타—라라—타라—타!

진메이는 시뻘겋게 얼굴을 붉히곤 강변했다. "그것과는 달라!"

사람들은 한바탕 또 크게 웃었다. "들었지? 사람이랑 딱따구리는 다르다네."

딱따구리 한 마리가 늙은 잣나무에서 푸드득 날아오르더니 풍차처럼 날개를 퍼덕이며 먼 산언덕으로 날아갔다. 상서로운 산언덕이었다. 대지 위에는 싱그러운 꽃들이 가득 피었으며, 땅속에서는 맑게 빛나는 수정이 자라났다. 마치 이야기꾼의 마음속에 이야기가 잠재되어 있듯이.

이 도입부에서 이야기를 풀어나가는 영웅 전기의 이야기꾼들은 하늘을 우러러 신령한 이름을 외쳤다. 진메이는 그 도입부가 귓가에 메아리칠 때마다 몇 번이나 같은 상황을 겪었다. 이때 고개를 들어 하늘을 올려다보면, 높은 하늘의 기류에 의해 구름들이 온갖 맹수와 신의 모습으로 바뀌는 것이었다. 이 형상들이 그의 머릿속을 내달리고, 고요한 무지개와 광란의 번개가 동시에 나타났다. 이야기! 그러나 그의 머릿속에서 이야기의 윤곽은 흐릿한 채 분명해지지 않았다. 그러니 사람들에게는 그를 비웃을 충분한 이유가 있었다. 꿈에서조차 비웃음이 들렸다. 사람들은 몸을 날려 말에 올라타고 야룽 강 기슭을 따라 달려간 뒤 강굽이를 돌아 그의 시선에서 사라졌다. 그 모습에 진메이의 마음엔 우울한 공허함만 남았다.

그는 그것이 꿈에 본 것이었는지, 아니면 말 위에 올라탄 사람들이 사라진 후에야 비로소 자신이 꿈을 꾸기 시작했는지조차 제대로 분별할 수 없었다. 그러나 현실이었든 꿈이었든 당시의 상황은 분명히 눈앞에 떠올릴 수 있었다. 사람들이 긴 옷자락을 휘날리며 몸을 날려 말 위에 올라타고 달려가자 바람이 품으로 파고들어 등뒤가 눈에 띄게 부풀어올랐다. 그런 뒤에 육현금 줄을 퉁길 때 나는 소리가 쨍쨍 울렸고, 풀밭 위에는 사방으로 흩어지는 양떼와 얕은 못물 위로 반사되는 눈부신 햇빛만이 남았다. 진메이는 풀밭 위에 드러누워 온전한 한쪽 눈으로 하늘에 흐르는 구름의 변화무쌍한 환영을 지켜보았다. 마음속에서 무언가가 용솟음쳐 천 년 동안 전해져 온 그 오래된 노래의 첫마디를 또다시 흥얼거렸다.

"루아라라무아라, 루타라라무타라!"

시력이 비상하게 좋은 오른쪽 눈을 가리고 실명한 왼쪽 눈으로 태양을 바라보면 아롱아롱한 오색 빛무리가 계시처럼 용솟음치는 모습을 볼 수 있었다. 그는 잠이 들었다. 그래도 그의 애꾸눈은 감기지 않았다. 계속해서 모습을 바꾸던 구름은 순식간에 아롱아롱한 오색의 빛무리로 얼룩졌다.

그는 말했다. "당신을 다시 만나고 싶습니다, 보살님." 그러나 보살은 나타나지 않았다.

그러다 진메이는 사원에 가면 보살을 볼 수도 있다는 생각이 들었다. 이 마을 사람들은 두 사원 가운데 하나를 골라서 갔다. 하나는 강 북쪽 기슭에 있었는데, 마치 작은 성곽처럼 커다란 건축물로 산언덕 전체를 차지하고 있었다. 대전의 황금 지붕이 승려들의 야트막한 숙소 위로 까마득히 높이 선 채 찬란한 빛을 발했다. 그중에 관음전이 있었다. 그곳의 관음상은 천 개의 손을 공작새 날개처럼 몸 뒤로 둘러 펼치고 있었고, 각각의 손바닥에는 아름다운 눈동자가 있었다. 하지만 진메이는 강의 남쪽 기슭에 있는, 건물이 하나뿐인 다른 사원으로 갔다. 마을을 나서서 이삼 리쯤 가면 나루가 하나 있었지만 진메이 한 사람을 위해 배를 띄워주지는 않을 터였다. 진메이는 어쩔 수 없이 일단 서쪽으로 수십 리를 가서 다리를 건넌 뒤 다시 강을 따라 동쪽으로 되돌아왔다. 그날 밤에는 나루 근처에서 한뎃잠을 잤다.

다음날, 그는 산을 오르기 시작했고 점심때쯤 산허리의 아주 넓은 평지에 도착했다. 바람이 불어오는 보리밭 한가운데에 사원의 검붉은 담장이 보였다. 사원 안은 무척이나 조용했다. 보살에게 공양을 올리는 본전의 문은 잠겨 있었다. 반면 승려들의 숙소 문은 아예 열어젖혀져 있었다. 진메이는 안으로 들어가 인사를 건넸다. 그러나 어떤 대답도 들리지 않았다. 돌로 만든 물독에 나무 바가지가 둥둥 떠 있었다. 그는 맑고 시원한 물을 반 바가지 넘게 마시고 건물 밖 담장 아래에 주저앉았다. 너무도 고즈넉했다. 담장 모서리에는 푸른 쑥대가 흐드러져 있었다. 그는 쑥대 한줄기를 잡아당겨 뜯었다. 손가락에 묻은 씁쓰레한 풀 내음이 훅하고 코끝에 다가들었다. 까치 두 마리가 처마 아래서 한소끔 떠들다가 날개를 퍼덕이며 날아갔다.

이 사원은 사원이라 불리지 않고 전이라 불렸다. 관음전. 몇 년 전인지는 모르나 밭을 갈던 어떤 농부의 쟁기 날에 돌덩이 하나가 걸렸다. 파내어 살펴보니 보살처럼 생긴 돌덩이었다. 불교가 아직 이 지역을 지배하지 못한 때였으니 신의 아들 거싸얼이 인간세상에 태어났을 그 무렵이었을 것이다. 어느 날, 한 행각승이 이곳에 왔다가 다양한 우상들과 함께 공양받는 천연 관세음보살상을 보고 깊이 허리를 숙여 절을 하며 그 앞에 엎드렸다. 그때 밭 한가운데에는 돌덩이를 쌓아올린 제단이 있었다. 불교를 전파하려던 행각승은 절을 마치고 몸을 일으키면서 손에 든 지팡이로 다른 우상들을 모두 때려부쉈다. 행각승이 진흙으로 만든 우상들을 때려부수는 것을 본 사람들은 분노한 나머지 안하무인인 이 행각승을 죽이려 들었다. 그러나 돌덩이로 만들어진 우상도 그의 나무 지팡이에 맞아 흙먼지를 풀풀 날리자 사람들은 너무 겁이 나서 땅바닥에 넙죽 엎드렸다.

바로 그 스님이 제단의 돌덩이로 이 사원을 세웠다. 이곳 사람들의 말에 따르면, 스님은 누구의 도움도 받지 않고 십여 일 만에 이 건물을 사람들 앞에 지어냈다고 한다.

결국 사원에는 저절로 생겨난 관음보살상 하나만이 모셔지게 되었다.

그 스님은 나중의 스님들처럼 그렇게 끊임없이 떠들어대지 않았다. 그는 말이 없었다. 얼굴에는 언제나 관음상의 얼굴에서처럼 있는 듯 없는 듯 희미한 미소가 떠올라 있었다고 한다. 그의 눈동자에도 보살의 그것과 같은 눈빛이 어려 있어 모든 것을 불 보듯 환하게 꿰뚫어보는 것 같기도 하고 아무것도 보지 못하는 것 같기도 했다고 한다. 나중에, 그는 떠났다. 그가 남긴 말은 다음과 같았다.

"미래의 사원들은 갈수록 사치스럽고 화려해질 것이나 이 사원만큼은 지금과 같이 놔두시오."

후세 사람들은 이 스님의 당부를 길이 지켰다. 나중에 중원의 황제에게 상을 받은 법왕*이 맞은편 강기슭에 으리으리한 사원을 새로 짓자, 원래부터 들르는 사람이 거의 없던 이 사원은 더 한적해졌다. 당시 주지승은 상황을 개선하고자 사방에 연줄을 동원해 돈을 빌렸다. 그러고는 관세음상 하나를 더 빚었다. 원래부터 있던 천연 보살상은 새로 빚은

---

* 원명(元明) 시대에 라마교 수령에게 내린 봉호.

보살상 앞에 안긴 것처럼 서 있게 되었다. 새로 빚은 진흙 보살상 얼굴에는 반짝반짝 빛나는 금가루도 칠했다. 금가루 는 이 라마승이 직접 손으로 간 것이었다. 그러나 이 사원을 찾아 향불을 올리는 신도의 수는 늘지 않았다.

양치기 진메이도 이 관세음전에는 처음 왔다.

그는 손가락에 물든 쏩쓸한 쑥 내음을 맡으며 따뜻한 햇 빛 아래 잠이 들었다. 잠들기 전에 기도를 올렸다. 다시 한 번 꿈에서 보살님을 만나게 해주십시오.

그러나 그는 꿈을 꾸지 않았다. 귀를 울리는 뎅그렁 종소 리에 정신이 들었다. 눈을 번쩍 뜨니 본전의 문이 활짝 열려 있는 것이 눈에 들어왔다. 그는 장화를 벗고 본전 안으로 들 어섰다. 본전 안의 어둠이 눈에 익자 맨발의 스님이 높이 치 솟은 지붕 꼭대기의 전경통을 힘겹게 밀고 있는 것이 보였 다. 전경통 위쪽에 매달린 방울들이 흔들리며 맑은 소리로 울렸다. 진메이는 그제야 벽감 안에 놓인 보살을 볼 수 있었 다. 몸은 비단에 싸여 있었고, 금빛 얼굴은 오랜 시간 빛에 바래 어둡게 변해 있었다.

진메이가 스님에게 말했다. "오래된 그 보살을 보고 싶습 니다."

스님은 합장하며 미소지을 뿐 아무 말이 없었다.

"그 보살을 보고 싶습니다. 제 꿈속의 그 보살이실 거예요."

스님은 미소를 지었으나 여전히 아무 말도 없었다.

"보살께서는 제가 거싸얼의 이야기를 노래하는 이야기꾼이 되기를 바라시는 것 같습니다."

스님은 아무 말도 없이 다시 그 무거운 전경통을 밀기 시작했고, 뎅그렁 종소리가 또 한바탕 귀를 울렸다. 종소리는 마치 피어나는 꽃봉오리 위로 떨어지는 이슬방울처럼 이마를 두드렸다.

진메이가 사원을 떠나 맑은 바람이 부는 보리밭 한가운데까지 걸어갔을 때, 풀을 뽑던 아낙 하나가 그에게 말했다.

"우리 라마승께서는 말씀을 못 하시오."

"원래 말씀을 못 하시나요?"

"지금 수행중이라 입을 열지 못하시지요."

"저분을 뵈러 다시 올 겁니다."

이야기꾼: 나루

그날 밤, 진메이는 전날밤에 잠을 잔 곳에서 다시 하룻밤을 묵었다. 모닥불이 꺼지자 양털 담요 아래 몸을 움츠린 채 하늘 위로 별들이 하나하나 튀어나오는 모습을 바라보고 있었다. 산속 사원의 종소리가 다시 뎅그렁하고 귓가에 울리는 듯했다. 보살이 밤하늘에 나타날 것만 같았다. 그러다 그는 금방 잠이 들었다. 중간에 한 번 깼을 때는 강물이 바로 머리맡에서 흐르는 것처럼 요란한 물소리가 들렸다.

다시 깨어났을 때는 이미 해가 중천에 떠올라 있었다. 몸을 어루만지는 햇살이 너무도 편안해서 그는 몸을 뒤척여 다시 드러누웠다. 그러나 곧 왁자한 사람들 소리가 들려 눈을 떴다. 나루터에 이미 승려들을 비롯해 많은 사람이 모여 있었다. 누군가가 건너편 기슭을 향해 소리쳐 배를 부르는 중이었다. 나루 저편에서 부자父子로 보이는 뱃사공 두 명이 나타났다. 노인은 노 한 쌍을 등에 지고, 젊은이는 커다란 솥단지를 이듯 소가죽으로 만든 배를 머리에 인 채로 앞서거니 뒤서거니 강기슭으로 내려왔다.

그는 몸을 뒤치며 일어났다. 어젯밤에 꺼진 모닥불이 다시 타올라 불가에 올려져 있던 찻주전자가 쉬익쉬익 김을 뿜어내고 있었다. 불가에 앉아 뜨거운 차를 불어 마시던 살집 두둑한 라마승이 그를 향해 웃으며 아침 인사를 건넸다.

라마가 말했다. "차 잘 마셨소."

안 그래도 머리 회전이 빠르지 못한데 막 일어난 참이라

멍한 진메이는 순간 무어라 답을 못했다. 라마가 또 말했다. "세수라도 하시면 정신이 들 겁니다."

진메이는 서둘러 강가로 달려가 맑고 서늘한 강물을 두 손으로 떠올리고 그 가운데 제 얼굴을 묻었다. 입안 가득 물을 한 모금 물고 우물우물 입안을 헹구었다. 모닥불 곁으로 돌아와 라마에게 인사를 했다.

라마가 근엄하게 말했다. "나는 살아있는 부처, 활불活佛이요." 그러고는 웃으며 말을 이었다. "평범한 라마가 어디 이렇게 많은 시종을 이끌고 다니겠소?"

"그러면……" 진메이의 눈이 강 북쪽 기슭의 그 보기 드물게 휘황찬란한 큰 사원을 보았다.

활불은 고개를 끄덕였다. "가장 큰 활불은 아니고."

그 거대한 사원에는 등급이 서로 다른 활불이 모두 삼십여 명이나 있었다. 두 사람은 잠시 아무 말 없이 나루 저쪽에서 아버지와 아들이 소가죽 배를 강물에 띄우는 모습을 지켜보았다. 며칠 동안이나 강물에 띄우지 않은 탓에 소가죽이 바짝 말랐다. 물속에 잠시 담갔다가 방수용 유지로 틈새를 메꿔야 했다. 활불이 말했다. "아무래도 더 기다려야 하겠군. 좀 전의 꿈에서 그대가 무엇을 보았는지 말해주겠소?"

진메이가 말했다. "어제, 사원에 갔었습니다. 활불께서 계신 사원이 아니고 이 산에 있는 작은 사원에요."

햇빛이 강렬해 시종이 선글라스를 꺼내 활불에게 씌워주었다. 활불은 아무 말 없이 안경알 너머로 그를 바라보았다.

"꿈에 관세음보살을 뵈었습니다."

"보살께서 무엇을 현시하셨소?"

"예전에 꿈에 한 번 뵈었고, 그제 산에 올라 절을 올렸습니다. 조금 전 꿈에 또 뵈었고요."

"나는 보살께서 그대에게 어떻게 현시하셨느냐고 물었네."

"현시가 무엇입니까?"

활불은 웃었다. "보살께서 무엇을 하셨거나 말하셨느냐는 것이지."

"보살께서는 제게 아무 말씀도 하시지 않았습니다."

"당연히 그대에게 아무 말씀 하시지 않았겠지!"

"보살께서는 거싸얼에게 말씀하셨습니다."

"뭐라고?" 활불의 몸이 부르르 떨렸다. 만약 그가 그토록 살집이 두둑하지 않았다면 땅에서 한 뼘쯤은 붕 떠올랐을 것이다. "거싸얼에게? 관세음보살이?"

활불의 격한 반응에 진메이는 깜짝 놀랐다. 분명 날이 밝아올 때 그는 또 꿈을 꾸었다. 여전히 이전에 꾸었던 장면이었다. 활불은 계속해서 캐물었다. 진메이는 보살이 줴루에게 사원을 지으라 했으며, 링가에 막 도착한 승려들을 속세 사람과 떨어져 지내게 하라고 했다는 말을 활불에게 들려주었다.

활불은 어안이 벙벙해 중얼거렸다. "승려들과 속세 사람들을 떨어져 지내게 하라고?"

진메이가 말했다. "링가에 막 도착한 승려들이 차오퉁과 내통해서 삼색 성채의 보좌를 빼앗으려 하기 때문이지요."

이때 나룻배가 도착했다. 시종들은 활불을 모시고 배에 올랐다. 진메이는 밤을 보내면서 늘어놓은 물건들을 정리하고 길을 나서려 했다. 그때 활불이 그를 향해 손짓을 했다. 진메이는 하는 수 없이 시종들의 질시에 찬 시선을 견디며 나룻배에 함께 끼어 앉게 됐다. 활불은 계속해서 조용히 그를 살피더니 강기슭에 도착해서야 비로소 입을 열었다. "사원으로 날 보러 오시오. 나는 아왕이라고 하오." 활불은 시종들을 흘깃 보고 말했다. "저 사람이 찾아오면 난처하게 하지 마라."

주인의 분부를 듣는 시종들의 얼굴에 어떤 표정이 떠올랐고, 분부를 다 들은 후에는 또다른 어떤 표정이 나타났다. 말하자면 전형적인 시종들의 표정이었다.

활불이 말했다. "보살께서 그대 마음속에 보물을 숨기셨소. 내가 그대를 도와 그 보물을 캐도록 해주시오."

진메이는 이런 말을 들어본 적이 있었다. 하늘이 이미 거싸얼의 영웅 이야기를 인간세상에 묻어두고, 후대 사람들이 끊임없이 발견하도록 한다는 것이었다. 그래서 그것은 숨어 있는 불경, 즉 복장伏藏이라 불린다. 어떤 복장은 종이에 쓰여 땅 아래 묻힌 채 인연이 있는 사람이 캐주기를 기다리지만, 더 많은 복장들은 누군가의 마음에 감추어졌기 때문에 심장心藏 또는 식장識藏이라 불린다. 그것은 인연이 닿는 때에 그 사람의 의식 속에서 흘러나와 점차 드러나기 시작해 세상에 새롭게 전해지는 것이다.

이야기: 사원

쿼루는 오가는 대상들에게 다시 세금으로 돌을 받기 시작했다. 링가에서 옮겨온 각 부족 사람들은 대상들이 말에 또 돌을 싣고 온 것을 보고, 쿼루가 '사원'이라 부르는 또다른 큰 건물을 지으려 한다는 것을 알았다.

하지만 사실 두 승려는 모든 세속 사람들과 함께 있지 않았다. 두 사람 가운데 한 사람은 동쪽의 가 국에서 왔고, 한 사람은 남쪽의 인도에서 왔다. 승려들은 자신들도 링가 사람들이 신으로 숭상하는 연화생 대사가 따르는 것과 동일한 교리를 가르친다고 말했다. 그러나 링가 사람들을 그 말을 믿지 않았다. 연화생 대사는 곳곳에서 법술로 요마들을 제압하면서 빛을 타고 다닌다고 했다. 대사는 마귀를 제압하다 잠깐 짬이 날 때마다 외진 산골짜기 동굴 속에서 벽을 바라보고 수행을 했기 때문에 사람들에게 교리를 전파하고 공양을 받는 일이 거의 없었다. 그러나 불경을 등에 진 두 승려가 지팡이를 짚고서 링가에 왔을 때, 두 사람은 이미 뼈밖에 남지 않은 모습이었고 몸에 걸친 베옷은 다 낡고 닳아서 원래의 빛깔을 잃은 상태였다. 그들은 링가에 와서 온종일 사람들에게 교리를 가르치며 불경을 읽었다. 두 승려가 연화생 대사와 같은 교리를 가르친다고 하니, 이들을 따르는 사람들은 언젠가 요마를 없애는 방법을 전수받으리라 기대했다.

그러나 승려들이 말하기를 대부분의 요마가 사람의 마음속에서 생겨난다고 했다.

사람의 마음에 깃든 요마란 무엇인가? 보물을 찾으려 애쓰고 권력을 갈구하며, 가난한 사람들은 신경쓰지 않고 좋은 옷과 맛있는 음식만 찾는 것은 모두 마음속 요마가 하는 짓이다.

두 승려가 링가에 온 지 몇 년 지나지 않았는데 사람들은 깨끗한 마음을 가질 수 있게 해주는 여섯 자 진언을 외게 되었다. 반면 승려들은 성채에 들어가 살면서 비단옷을 지어입기 시작했다. 사람들은 두 승려가 하는 모든 말을 고개를 숙이고 귀담아들었다. 두 승려는 부족의 수장들을 위해 계책을 자주 내놓았고, 심지어는 직접 나서서 직권을 휘두르기도 했다.

노총관 룽차차건은 곁에 있던 두 승려에게 줴루가 사원을 짓는다는 소식을 전하며 어찌 생각하는지 그들의 의견을 물었다. 한 승려가 말했다. "우리는 중생을 구도하는 사람이니 마땅히 중생들 가운데 있어야지요."

또다른 승려가 말했다. "양치기가 어찌 양떼 사이에 머물지 않을 수 있겠습니까?"

노총관은 이 말들을 그리 달갑지 않게 듣고 있다가 말했다. "그렇다면, 저 역시 한 마리 양이겠습니다?"

"노총관은 성내지 마십시오. 우리 출가인들의 양이 아니라 위대한 교법 앞에서 사람들은 누구나 한 마리 양이라는 뜻이지요."

그들의 무례에 심히 불쾌해진 노총관이 말했다. "우리 모두는 췌루가 개척한 영토를 빌려서 사는 것이니 그의 안배에 따릅시다."

두 승려가 반박하려 했으나 총관은 손을 들어 그들의 입을 막았다. 그러고는 자차셰가에게 말했다. "자네 아우가 있는 곳에 한번 가보게. 왜 그가 하는 일마다 우리가 도무지 그 이치를 알지 못하겠는지 말일세."

자차셰가는 곧 말에 올라 출발했다. 가는 길이 적어도 닷새는 걸릴 것이라 예상했다. 도중에 내달리는 영양의 무리를 만났다. 그는 짓궂은 장난을 좋아하는 췌루가 영양으로 변해 그 가운데 있을 것이라 생각했다. 그래서 급히 달리던 말을 멈춰 세우고 말했다. "내 사랑하는 형제여! 만약 그대의 화신이 이 가운데 있다면 내 앞으로 와주게나."

하지만 영양의 무리는 자차셰가 등뒤에 매달린 활과 안장 발치에 걸린 화살통을 보고 모두 놀라서 황급히 흩어져 달아날 뿐이었다.

이어 사슴과 들소, 야생마의 무리도 만났다. 췌루는 그들 가운데도 없었다.

마침내 자차셰가는 메이둬나쩌 어머니 앞에 이르렀다. 메이둬나쩌 어머니는 미소를 머금고 드넓은 강물이 굽이쳐 흐르는 황허 강을 가리켰다. 백조떼가 맑은 물 위에서 한가롭게 노닐고 있었다. 자차셰가는 말을 재촉해 강가로 달려갔다. 백조 한 마리가 날아오르더니 그의 어깨 위로 덮쳐왔다. 이어 이 물새는 갑자기 쉐루의 즐거운 웃음소리를 냈다. 백조의 날개는 아우의 팔이 되어 자차셰가의 어깨를 안았다. "형님, 날 보러 오셨군요!"

형은 자신의 이마를 아우의 이마에 꼭 맞대고 한참이나 떨어지지 않았다. 그런 뒤에 그가 말했다. "네가 짓고 있는 사원으로 데려가 보여다오." 사원이라는 단어를 말하자니 무척이나 어색했다. 링가에는 이런 단어가 없었기 때문이다. 지금까지는 돌로 첩첩이 쌓아놓은 제단이 있었을 뿐이다.

사원은 이미 거의 완공되었다. 대전에는 두 승려가 각각 가국과 인도에서 가져온 불상을 모시고, 아름다운 누각에는 그들이 가져온 경전을 보관할 계획이었다.

자차셰가는 아우에게 승려들이 성채를 떠나고 싶어하지 않는다고 말했다. 쉐루가 말했다. "그들은 원래 사원에서 온 사람들이에요."

"네가 어떻게 아느냐?"

"저도 제가 어찌 아는지는 모릅니다. 하지만 알 수 있어요." 쉐루가 말했다. "그들은 올 겁니다. 사원은 그들의 집이니까요."

이후로 자차셰가의 일생에서 가장 즐거운 며칠이 펼쳐졌다. 형제는 말을 몰아 산언덕을 하나, 또하나 내달렸다. 그러다가 바위 동굴이 무척 많고 풀 한포기 나지 않은 산언덕까지 이르렀다. 거기서 오백 살도 더 먹은 곰을 동굴 앞까지 쫓아가 죽였다. 요마가 둔갑한 곰은 벌써 수많은 양과 양치기를 죽였다. 자차셰가는 인간세상의 영웅으로 벌써 링가의 수많은 적을 죽였지만 요마를 죽인 것은 이번이 처음이었다. 자차셰가가 말했다. "나도 요마를 죽일 수 있었구나!"

"형님 스스로 그들을 이길 수 있다고 생각하기만 하면요."

널따란 강가 모래톱에 이른 형제는 어마어마한 무리를 이끌고 다니며 대지를 모조리 뚫어 목초지를 망가뜨린 두더지왕을 활로 쏘아 죽였다. 사흘 뒤, 다시 모래톱에 가보니 땅은 사막에 비가 내린 것처럼 생기가 돌았다. 파릇파릇한 새싹들이 땅을 덮어 마치 옅푸른 안개가 낀 것 같았다. 머지않아 보금자리 없이 떠돌던 양치기가 이 땅에 와서 새로운 삶의 뿌리를 내리게 될 것이었다. 이를 통해 자차셰가는 아우 줴루가 링가의 새로운 터전을 어떻게 만들어냈는지 알게 되었다. 자차셰가는 진심을 담아 말했다. "아우야, 너는 우리의 왕이 되어야 한다."

쉐루는 땅바닥을 한 번 구르더니 또 못생기고 우스운 모습으로 변했다. "나는 누구의 왕이 아닙니다."

자차셰가는 말에서 내려 투구를 벗고 아우 앞에 무릎을 꿇었다. "난 너의 형이 될 자격이 없다."

쉐루는 원래 모습으로 돌아가서 형을 일으키며 자신의 이마를 형의 이마에 꼭 붙였다. 쉐루가 말했다. "우리는 여기서 작별인사를 합시다."

자차셰가가 물었다. "정말 승려들을 불러들일 생각이냐?"

"곧 올 겁니다."

"하지만 사원이 아직 완성되지도 않았는데……" 쉐루가 먼 곳의 산기슭을 가리키며 말했다. "형님, 저기까지 가시면 고개를 돌려 보십시오."

자차셰가가 말에 올라 먼 곳을 향해 달렸다.

쉐루는 하늘의 병사와 장수들이 항상 자신을 보호하고 있다는 것을 알았다. 하지만 다른 사람들의 눈에는 이들이 보이지 않기에 쉐루는 천신들이 보이지 않는 척하고 있었다. 이제 쉐루는 그들이 모습을 드러내게 해야겠다고 생각했다. "구름 뒤에 숨어 있는 병사들이여, 내려와서 내 앞에 나타나라!"

하늘의 병사들이 명령에 따라 모습을 드러냈다. 번쩍번쩍 빛나는 투구를 쓰고 번득이는 칼과 창을 든 하늘의 병사들이 열을 지어 줴루 앞에 섰다.

"사람들은 이미 노동에 지쳤다. 하늘 위 보살의 뜻이 사원을 건설하는 데 있으니, 그대들이 신성한 힘을 드러내 저 사원을 즉시 완성하도록 하라."

병사들은 다시 하늘 위로 올라갔다. 그러더니 곧 새카만 먹구름이 하늘을 가득 채우면서 사원을 짓고 있는 산등성이를 덮어씌웠다. 구름 속에서 우레가 울고 번개가 번득이더니 쏜살같이 빠른 빗줄기와 무거운 우박이 쏟아져내려 석공과 목공들을 모조리 산언덕에서 내쫓았다.

뒤에서 그렇게 큰 움직임이 있었지만, 자차셰가는 돌아보지 않았다. 기름진 모래톱이 내려다보이는 다른 산어귀에 닿아서야 비로소 몸을 돌렸다. 사원이 완성되어 있었다. 무지개 아래 붉은 벽돌담이 튼튼하고 의젓하게 위엄을 뽐내고 있는 모습을 볼 수 있었다. 탑의 꼭대기는 금빛으로 찬란하게 빛났다. 줴루가 또 한번 형의 눈앞에 기적을 펼쳐 보인 것이다.

미래의 링 국왕이 승려들을 사원에서 살도록 한다고 했으니 자차셰가는 반드시 그리 되도록 도울 것이었다. 그러나 어떻게 해야 정권과 이익을 놓고 다투기에 바쁜 성채에서 승려들을 떠나게 만든단 말인가? 전쟁터에서는 용맹하나 천성은 선량하기 그지없는 이 영웅은 난처했다. 이 때문에 돌아가는 길 내내 자차셰가는 마음이 놓이지 않았다. 그때 생각지도 못한 일이 일어났다. 맞은편에서 두 승려가 새로 받은 제자 몇을 데리고 이쪽을 향해 오고 있었다. 불상과 경전을 모두 가지고 있었다. 두 승려는 벌써 비단으로 만든 옷을 벗어던졌고, 새로운 제자들은 탐스럽게 늘어뜨렸던 긴 머리채를 말끔히 밀었다. 그들의 반질반질한 머릿가죽에 송글송글 맺힌 땀방울이 햇빛을 받아 진주처럼 빛났다.

하늘의 병사들이 쮀루를 도와 사원을 지었다는 소식이 번개처럼 사방팔방으로 퍼져나가, 서둘러 말을 달리던 자차셰가보다도 앞서 당도한 것이었다.

"부처님의 법이 무한한 힘을 보이셨습니다." 한 승려가 울먹이며 말했다. "이제 온 링가에 사원이 별처럼 들어설 것임을 세상이 알게 될 겁니다. 사원의 금빛 지붕이 링가의 모든 상서로운 산언덕에서 눈부시게 될 것입니다."

승려 일행은 사원을 향해 발걸음을 재촉했다.

이야기꾼: 병

장대하여 위엄이 돋보이는 신께서 진메이의 눈앞에 나타났다. 온몸을 감싼 금빛 갑옷과 금빛 투구가 뿜어내는 빛이 진메이를 비추었다. 진메이는 이 신이 바로 거싸얼임을 알아보았다. "당신이십니까?"

금빛 갑옷을 입은 신이 고개를 끄덕이며 말했다. "나다."

"거싸얼 대왕."

진메이는 누워 있던 몸을 일으켜 땅에 엎드리려 했으나 대왕의 신력 앞에서 조금도 움쭉달싹할 수 없었다. 대왕이 입을 열었다. 가까운 곳에 있었지만 음성은 저 하늘 깊은 곳에서 울리는 듯 아득한 메아리를 품고 있었다. "네가 노래하고 싶어하는 것을 안다."

"그렇습니다."

"그러나 네 목청은 잠겨서 갈라지는 소리를 내지." 황금 갑옷의 신이 손가락을 튕기자 선단 하나가 진메이의 입안으로 날아들어왔다. 서늘한 기운이 퍼졌다. 부드럽고 매끄러웠다. 한줄기 신비한 향기가 번개처럼 그의 몸속을 온통 헤집었다. 진메이는 외마디 소리를 내질렀다. "대왕!" 진메이는 자신의 목소리가 우렁차게 변한 것을 들었다. 가슴에서

부터 올라오는 깊고 깨끗한 소리였다. "양치기여, 이제 너는 내 이야기를 많은 사람들에게 전할 수 있다." 대왕이 말했다.

"하지만……"

"하지만 네 머리는 좋지 않지. 그러나 지금부터는 그 점도 달라질 것이다." 어느새 신의 모습은 보이지 않았는데 그 목소리는 여전히 바로 곁에 있었다.

하늘이 맑게 갰다. 진메이가 서둘러 양떼를 몰고 초원을 떠나 집으로 향하는 길에 눈앞의 정경은 계속해서 기이한 변화를 보였다. 자신의 양들이 수사자가 되었다가, 눈표범으로도 변했으며, 뭐라 형용하기 어려운 요마의 모습으로도 바뀌었다. 손에 든 채찍을 휘두르니 번갯불이 번득였다. 그러더니 현실의 상황인지 머릿속 환상인지 모를 천군만마가 순식간에 눈앞 가득 몰려왔다. 이들은 가만히 멈춰선 채 위엄을 내뿜어 사람을 놀라게도 하고, 광풍에 몰아치는 파도처럼 우레와 같은 소리를 내며 서로를 집어삼키고 휩쓸기도 했다. 다행히 우두머리 양이 길을 잘 알아서 양떼를 이끌고 우리로 돌아갔고, 애꾸눈 양치기도 양떼의 뒤를 따라 무사히 마을로 돌아왔다.

진메이는 황혼의 빛 속을 더듬어 양 우리의 문을 닫아걸었다. 그러고는 곧 정신이 아득해졌다.

양치기가 쓰러지자 온순한 양떼는 놀라 소리를 질렀고, 숫양들은 단단한 뿔로 이리저리 양 우리를 들이받았다.

마을에서 가장 견식이 넓은 노인도 이처럼 많은 양이 동시에 울부짖는 소리는 들어본 적이 없었다. 사람들은 양 우리로 달려갔다.

"양치기가 이리에게 물리기라도 하였는가?"

"의식이 없는데요?"

"숫양에게 받히기라도 했는가?"

"몸이 벌겋게 단 숯처럼 펄펄 끓소!"

사람들은 진메이를 둘러업고 집으로 데려가 침상 위에 눕혔다. 이불도 덮지 않았지만 곰 가죽 요 때문에 진메이의 체온이 더 높아졌다. 빠른 말 두 마리가 마을에서 달려나갔다. 한 마리는 몇 십 리 밖에 있는 보건소로 의사를 청하러 갔고, 한 마리는 사원으로 활불에게 도움을 청하러 갔다. 진메이의 열이 어찌나 높은지 활불이나 의사가 올 때까지 버티지 못할 것만 같았다. 그러나 사람들에게는 기다리는 것 외에 다른 방법이 없었다.

놀랍게도 고열에 시달리던 진메이가 정신을 차렸다.

"답답해서 밖에 좀 나가야겠습니다."

"밖에?"

"별빛 아래로 나가야겠어요."

별빛 아래로 나가겠다는 진메이를 사람들이 부축해 마당에 잡아두려 했지만 그는 완강했다. "마당이 아니라 옥상으로요."

사람들은 진메이를 옥상으로 옮겼다. 그는 자신을 돌판위에 눕혀달라고 했다. 그 돌판은 원래 그가 가죽을 무두질하는 데 쓰는 받침이었다. 하늘 가득 별이 떠 있었다. 별들은 제각기 자기 자리에서 반짝였다. 진메이는 돌판 위에 몸을 반듯하게 뉘였다. 돌판의 서늘한 기운이 몸으로 스미자 만족스러운 탄식을 내뱉었다. "그래, 별들이 보인다. 저기, 물 좀."

사람들이 샘물을 가져왔다. 진메이는 의식이 완전하지 않은데도 물을 벌컥벌컥 들이켰다. 가슴속에 불덩어리가 하나 있어서 물이 아주 많이 있어야 꺼뜨릴 수 있을 것만 같았다. 또 누군가가 샘으로 달려가 물을 길어왔다. 이번에는 얼마 마시지 않았다. 사람들은 남은 물에 잣나무 가지를 적셔서 그의 얼굴과 심하게 헐떡이는 가슴에 조금씩 흩뿌렸다.

진메이가 말했다. "나는 보았지."

아무도 그에게 무엇을 보았느냐고 묻지 않았다. 이 애꾸눈이가 평소에도 뭘 제대로 못 봤는데 이렇게 정신을 잃는 와중에 보기는 뭘 보았겠느냐고 말하는 이도 없었다. 모두들 그렇게 그가 꿈을 꾸게 두었다.

밤하늘 가득 반짝이는 별빛 아래서 진메이는 꿈을 꾸었다. 천 년이 넘도록 한 대, 한 대 이어져 내려오며 이야기꾼들이 부른 서사시의 이야기들이 그의 꿈속에서 펼쳐졌다. 온몸이 타는 듯 뜨거웠지만 가슴 한가운데로는 오히려 시원한 한줄기 바람 같은 것이 불었다. 진사 강 양 기슭의 험준한 산골짜기에서 황허 강이 굽이치며 지나는 드넓은 초원까지, 아주 오래전 티베트인들이 이 고원에 살 때부터 이곳은 서사시가 공연되던 광활한 무대였다.

밤이 깊었다. 별빛이 물처럼 쏟아졌고 마을 먼 곳에서부터 말발굽 소리가 들려왔다.

사원의 활불이 먼저 왔다.

양치기는 제힘으로 자리에서 일어나 앉아 있었다. 그 눈속에는 한 번도 본 적 없는 빛이 반짝였고 평소에 어두침침하던 얼굴에는 신기하고 이상한 광채가 어룽거렸다. 처음 그가 입 밖에 낸 것은 노래였다.

"루아라라무아라, 루타라라무타라!"

이번에는 아무도 그를 비웃지 않았다. 쉬고 갈라졌던 그의 목소리가 완전히 변한 것을 모두들 알아챈 것이다. 이제 그의 목소리에는 사람의 영혼을 뒤흔드는 힘이 있었다. 그는 이어 노래를 부르고자 했으나 계속되는 고열로 몸이 너무나 약해져서 좀 전에 입을 뗀 것만으로도 곧 다시 정신을 잃을 것만 같았다. 그는 창백한 얼굴에 희미한 미소를 지었다. "이야기, 내 가슴속은 온통 거싸얼 왕의 이야기예요."

활불이 말했다. "그대 가슴속에는 줄곧 거싸얼 왕의 이야기가 있었소!"

진메이는 고쳐 앉으며 말했다. "이건 좀 다릅니다. 내 머릿속까지 이야기가 가득 찼어요."

활불이 말했다. "우리는 인연이 있소. 우리가 함께 배를 탔기에 그대는 하룻길을 덜 걸을 수 있었지."

진메이는 그가 자신을 배에 태워주었던 그 활불임을 알아보았다.

"사원으로 날 보러 오라고 했는데, 그대가 오지 않았소." 활불은 타박하듯 말했다. "내가 그대의 마음속에는 보물이 있다고 말하지 않았소. 내가 그대를 도와 캐내주겠다고."

진메이의 머릿속에 너무도 많은 것들이 밀려들어왔다. 신과 요마, 사람, 전투들. 이 모든 것을 단숨에 이해하기 어려왔다.

활불이 물었다. "내 도움이 필요한가?"

"머릿속이 또렷해지는 경전을 낭송해주십시오."

활불은 미소를 짓고는 용모가 단정한 아낙 한 사람을 손짓으로 불러 방추와 양털을 가져오도록 했다. 활불은 양털 뭉치를 들고 말했다. "그대 머릿속의 이야기는 지금 이렇게 뒤엉켜서 분명치 않을 것이네."

분명히 그랬다. 그 양털 뭉치는 다시 아낙의 손으로 돌아갔고, 아낙은 한 손으로 양털 뭉치를 꼬면서 다른 손으로 방추를 돌리기 시작했다. 곧이어 가는 실이 양털 뭉치 속에서 끌려 나오기 시작했다. 길게 늘여지며 단단하게 꼬여 가지런히 방추에 돌돌 감겼다. 양털 뭉치는 순식간에 깔끔한 실타래가 되었다. 진메이는 뒤엉킨 자신의 머릿속에도 이와 같은 실마리가 있다는 사실을 깨달았다. 첫 실마리를 찾고 나니 머릿속의 내용이 눈앞에 분명히 펼쳐지는 듯했다.

활불이 다시 그 실마리를 잡아채자 두루뭉술했던 뭉치가 술술 풀어지기 시작했다. 활불이 말했다. "이제 처음부터 끝까지 그 이야기를 들려줄 수 있겠지."

몸을 일으키려던 진메이는 다시 힘이 빠져 드러눕고 말았다. "하지만…… 저는 힘이 하나도 없습니다."

"힘은 곧 돌아올 걸세."

진메이는 부드러운 양털 담요를 덮은 채 별이 가득한 하늘을 바라보면서 자신의 몸에 다시 힘이 생겨나기를 기다렸다. 언뜻 보기에는 자애로운 듯하나 사실은 위엄으로 사람을 압도하는 활불 앞에서 진메이는 자신이 앞으로 노래하는 이가 될 터이니 아무것도 필요하지 않다고 감히 말할 수 없었다.

그래서 두 눈을 감았다.

그러나 활불은 그에게 명령했다. "눈을 뜨고 나를 보게나."

진메이는 눈을 뜨고 활불이 한 손으로 다른 팔목에 늘어진 폭넓은 소맷자락을 붙잡고 다른 손의 다섯 손가락을 쫙 펼쳐 자기 얼굴 두세 치 앞의 허공에서 좌우로 흔드는 모습을 보았다. 활불은 묵직하면서도 한 자 한 자 또렷하게 들리는 음성으로 주문을 외웠다.

활불이 말했다. "됐네. 한번 시험해보게나. 이제 그대의 머릿속이 조금은 맑아졌을 테니."

하지만 진메이는 머릿속이 도리어 어수선해진 느낌이었다. 머릿속이 맑아졌는지를 어떻게 시험할 수 있는지 몰랐기 때문이다.

달이 떠오를 무렵, 보건소의 젊은 의사가 도착했다. 체온과 혈압을 쟀지만 모두 정상이었다. 다만 심장이 조금 느리게 뛸 뿐이었다.

진메이가 입을 열었다. "당연합니다. 온몸에 힘이 하나도 없는데요."

의사가 포도당 주사를 한 대 놓아주었다.

진메이가 말했다. "힘이 아주 멀리서부터 서서히 돌아오고 있는 것 같아요."

"힘이 조금 더 빨리 돌아오도록 이 주사가 도와줄 거예요."

의사는 집안으로 돌아가 링거를 맞자고 했지만, 그는 기어이 옥상에 있기를 고집했다. 그래서 그곳에서 링거를 놔주었다. 사람들은 활불을 부유한 사람의 집에 있는 불당으로 모시고 가서 쉬게 했다. 의사는 환자 곁을 지키면서 링거에서 떨어지는 투명한 액체가 달빛 아래 희미하게 빛나며 진메이의 혈관으로 들어가는 모습을 지켜보았다.

사람들이 모두 진메이가 잠들었을 거라고 생각했을 때 그가 느닷없이 웃음을 터뜨렸다. "활불의 손에 있던 열기가 다했나봐요. 이 주사약이 몸안에 들어가니 정말이지 시리도록 차갑네요."

의사는 활불 이야기에 관심이 없었다. "힘이 아직도 저먼 곳에 있나요?"

"이제 거의 돌아온 것 같아요."

"그럼 조금 더 기다리면 되겠네요."

사람들은 기다리면서 벽 모퉁이에 기대거나 장포 속에 몸을 움츠리고 잠이 들었다. 의사 역시 담요를 덮고 치켜세운 외투 깃 속에 고개를 묻은 채 잠이 들었다. 진메이는 조용히 누워 외눈으로 마을 북쪽의 모래톱을 따라 길게 이어진 구름을 보았다. 달빛이 희미한 구름을 뚫고 나와 기묘한 환상들을 구름 위에 펼쳐 보였다. 이야기 속 천군만마가 또다시 진메이의 눈앞에 나타나 거친 파도처럼 살육을 벌였다.

진메이는 가볍게 입술을 움직여 노래를 부르기 시작했다. 그에게 이것은 단순한 노래가 아니라 새로운 삶의 시작이었다. 내일도 그는 여전히 양치기이겠지만 어제의 양치기와는 완전히 다른 사람일 것이다.

활불은 이렇게 말할 것이다. "내가 저 사람의 지혜의 문을 열어주었다." 이야기가 양치기의 머릿속에서 꽉 막혀 수많은 실마리가 서로 엉켜 있었지만, 자신의 손짓 한번으로 그 어지러웠던 이야기에서 하나의 실마리가 뽑혀 나왔다는 뜻이었다. 이렇게 해서 신성한 거싸얼 전기의 이야기꾼이 또 한 명 초원에 태어났다. 그가 노래를 부르는 것은 영웅의 점지를 받았기 때문이다. 오늘은 어제와 같고 내일은 오늘과 같을 변함없는 세속의 삶 속에서 영웅의 이야기는 다시 울려퍼질 필요가 있는 것이다. 그 밤, 모든 이야기의 시작이, 그의 눈앞에 생생히 펼쳐졌다……

이야기: 이야기가 있기 전의 이야기前傳

아주아주 먼 옛날, 마귀 삼 형제가 설산으로 둘러싸인 캉짱 고원에서 활개를 쳤다. 그들은 사람의 살을 먹고, 사람의 피를 마시고, 사람의 뼈를 집어삼키고, 사람의 가죽을 뒤집어쓰는 등 잔학무도했다. 그렇게 나쁜 짓을 수없이 저지르고 다니다가 천신들에게 제압당했다. 천신은 그들에게 환생을 허락했고 윤회를 통해 잘못을 뉘우치고 기원할 수 있도록 했다. 하지만 그들은 진심으로 뉘우친 것이 아니었기에 기도를 할 때도 반대로 했다. 그래서 다시 태어날 때 세 마리 게가 되어 아슬아슬한 낭떠러지 아래 깔리고 말았다. 이 게들은 전생의 원한으로 인해 이생에서도 까닭 모를 복수심에 불타 끊임없이 서로를 물고 뜯으며 벌써 오랜 세월을 보내고 있었다.

결국, 어떤 신이 이 낭떠러지 근처를 지나다가 기진맥진한 상태에서도 그칠 줄 모르고 싸우는 세 마리 게를 보았다. 문득 연민의 정이 생겨난 신은 손에 든 쇠 지팡이를 휘둘러 낭떠러지의 바위를 산산조각 냈다. 그래서 세 마리 게는 겨우 해탈할 수 있었다. 다시 환생할 때 이들은 머리가 아홉 달린 마멋이 되었다. 삼십삼천三十三天의 대범 천왕이 그것을 보고 불길한 조짐이라고 여겨 칼로 베어 마멋의 아홉 머리 모두 땅으로 굴러떨어졌다. 그중 검은 머리 네 개는 산골짜기 아래로 굴러떨어지면서도 이렇게 기도했다. "우리는 요마 중에서도 뛰어난 자들입니다. 우리가 다음 생에는 불법의 원수로 태어나 중생들의 운명을 주재하게 해주십시오." 그 기도가 워낙 강렬했기에 그들은 바라던 바에 따라 북방의 루짠 왕, 훠얼의 백장 왕, 장국의 싸단 왕, 먼위 국의 신츠 왕으로 태어났다. 사방에 위협을 가하는 사대 마왕이 된 것이다. 마지막으로 아홉 개의 머리 중 마음이 착했던 머리 하나는 마왕을 굴복시키고 백성을 보호하는 세계 군사의 왕이 되어야겠다고 생각했다. 나중에 그는 스스로 기도한 것처럼 하늘로 올라가 대범천왕의 아들 추이바가와가 되었다……

집말과 야생말이 막 갈라진 지 얼마 되지 않은 그 시절,

야만시대 사람들의 지식은 아직 열리지 않았다. 그래서 요마와 힘센 자들이 활개를 쳤고, 아름다운 자연 속의 사람들은 끝없는 고해와 같은 삶을 살았다. 많은 재산과 보물이 소수의 사람들에게 집중되면서 사람들은 더이상 사이좋게 지낼 수 없었고, 사냥 도구였던 칼과 창은 사람들이 서로 살육하는 데 사용되었다. 땅속에 묻혀 있던 광맥마저도 바깥세상으로 흘러나와 비인간적인 이 땅을 벗어나고자 했다.

이 지역은 원래 사람들의 지혜가 일찍 트인 곳이었지만, 요마가 성행하면서 이제는 오히려 성스런 가르침 밖으로 물러나게 되었다. 모든 강물과 언덕, 골짜기, 목장과 마을에 수많은 요마들과 귀신들이 있었다. 보이는 적과 보이지 않는 악마들이 검은 머리의 티베트인들을 사악한 길로 내몰았다.

세상의 가엾은 백성들이 할 수 있는 일이란 하늘을 향해 기도하는 것뿐이었다.

하늘의 신들은 마침내 인간세상의 중생들이 고통 받는 모습에 마음이 움직여, 의논 끝에 하늘의 여러 신들 가운데 아랫세상의 인간들을 고난에서 구하겠다는 큰 희망을 가진 신을 내려보내기로 했다. 이것이 바로 대범천왕과 천모 랑만다무의 아들인 추이바가와다.

추이바가와는 인간세상에 내려와 링 국의 왕이 되기 전에 쉐루라고 불렸다. 링의 왕이 된 이후에는 그가 바로 누구나 만수무강을 비는 왕, 거싸얼이 될 것이다.

이야기: 천상의 어머니

줴루는 꿈을 꾸었다.

어떤 고귀한 부인이 하늘에서 한들한들 내려왔다. 그녀의 몸을 둘러쌌던 오색구름이 흩어지자, 부인이 어느새 자신의 천막 문 앞에 서 있었다. 줴루는 어머니 메이둬나쩌가 깊이 잠들어 있는 것을 보았다. 하늘 한가운데 높이 걸린 둥근 달이 부연 빛을 대지 위로 흩뿌리고 있었다. 희한하게도 그를 감싸고 있는 주위의 달빛만 한낮보다 밝았다.

줴루는 이 부인이 신이라 확신하고는 허리를 굽혀 천막 안으로 들기를 청했다. 그러자 천막 안이 순식간에 기이한 향기로 가득찼다. "앉으시지요. 어머니를 깨워 뜨거운 차를 대접해드리라 청하겠습니다."

"어머니라니!" 순간 신의 몸이 격하게 떨렸다. 신은 한참 동안 쮀루를 등지고 서 있다가, 깊이 잠든 메이둬나쩌를 들여다보고는 입을 열었다. "자도록 두시오. 오늘밤은 당신과 또다른 어머니에게 속한 것이니."

쮀루의 마음에 날카로운 아픔이 스쳤다. "또다른 어머니?"

신이 고개를 끄덕이며 말했다. "내가 천상의 네 어머니 랑만다무란다!"

"천상이요?" 머릿속이 어지러워졌다. 쮀루가 혼란스러워하는 것을 본 천상의 어머니 랑만다무는 그를 끌어안고 슬픔을 누르며 말했다. "넌 천상에서 왔단다! 신들이 너를 인간세상으로 내려보내 링가에서 요마를 소탕하고 그들을 몽매함에서 끌어내는 왕이 되라고 하셨단다!"

이때 이 광경을 보고 있던 여러 신들이 깜깜한 밤하늘 한쪽에서 무지개와 햇빛을 수놓으며 모습을 드러냈다. 그러고는 감동적인 천상의 음악을 연주하기 시작했다. 이들이 악기의 현을 뜯자, 인간의 지혜를 깨우치는 소리가 햇살처럼 뻗어나갔다!

음악을 듣고 쮀루는 어렴풋하던 천상세계에 대한 기억을

되살렸다. 이어 지난 십여 년 간 인간세상에서 겪은 불행한 일들도 떠올랐다. 쥐루는 마음속에 맺혀 있던 억울함이 절로 솟아나 말했다. "당신께서 정말 제 천상의 어머니라면, 아들이 이렇게 고통받는 것을 어떻게 보고만 계셨나요!"

쥐루의 말에 랑만다무는 눈물을 흘릴 뻔했다. "인간세상으로 내려와 고난에 빠진 사람들을 구하는 것은 네 스스로가 원했던 일이란다! 너에 대한 내 마음은 인간세상의 네 어머니와 같단다!" 랑만다무는 이어 아들이 어떻게 아랫세상으로 내려가 중생을 구하여 자애롭고 정의로운 나라를 세우겠다고 자청했는지 이야기해주었다.

지상의 아들이 천상의 어머니에게 물었다. "제가 정말 천상에서 왔나요? 그럼 다시 돌아갈 수 있겠지요?"

어머니 랑만다무의 뺨에 구슬 같은 눈물방울이 주르르 흘러내렸다. 하지만 말투는 도리어 엄해졌다. "네가 하는 모든 일을 하늘 위에서 다 보고 있단다. 네가 인간세상에 온 사명을 잊어버린 것 같구나!"

"기억나지 않아요. 그래도 많은 요마를 죽였고, 옳고 그름을 가리지 못하는 링가 사람들을 위해 황허 강가에 새로운 보금자리를 찾아주었네요."

하늘의 어머니가 손을 뻗어 쥐루의 눈두덩을 문지르자,

그의 멍한 눈에서 맑고 깨끗한 빛이 뿜어져나왔다. 그녀는 다시 한번 자애로운 손길로 쉐루의 얼굴을 어루만져 일부러 비뚤빼뚤 기괴하게 꾸몄던 이목구비를 제자리로 돌려놓았다. "너의 진짜 얼굴을 보여주어야 한단다. 인간세상에서 있는 동안은 천계를 대표하는 거니까!"

쉐루는 그분을 '어머니'라고 부르고 싶었다. 하지만 갖은 풍파를 겪어 노쇠한 인간세상의 어머니를 보니 자신 앞에 서 있는 이 우아한 여인에게 차마 같은 단어를 사용할 수 없었다. 쉐루가 말했다. "사람들은 지금의 제 모습을 좋아해요."

"그럴지도 모르지. 하지만 그 사람들이 장차 네 백성들이 될 것임을 항상 유념해야 한다."

"노총관님, 자차셰가 형님, 그리고 대장 단마. 그들 모두가 링 부족이 나라가 되길 바랍니다. 그리고 제가 그들의 국왕이 되어야 한다고 말합니다."

쉐루는 계속 말하고 싶었지만, 하늘의 어머니가 부드러운 손가락을 그의 입술 위에 살포시 올려놓았다. "'하지만 작은아버지 차오퉁이 있어요'라고 말하고 싶겠지. 아들아, 불평하지 말거라. 하늘이 내린 영웅은 억울함을 품은 모습을 보여서는 안 된다! 이미 링가 백성들과 천계는 너무도 오래 기다렸단다. 올해 안에, 반드시 왕이 되어야 한다."

하늘의 어머니는 그가 아랫세상에 내려올 때 신마神馬 한 마리도 함께 내려왔다고 말해주었다. 그러고는 오색구름을 타고 하늘로 올라가며 마지막으로 당부했다. "말을 찾아서 길들여라!" 어머니 랑만다무와 그녀를 에워싸고 시중들던 아름다운 시녀들은 곧 모두 사라졌다.

그렇게 줴루도 잠에서 깼다. 천막 안에는 여전히 기이한 향기가 감돌고 있었고 베개맡에 시녀 하나가 일부러 흘리고 간 목걸이가 남아 있었다. 줴루는 천막 밖으로 나와 온 대지 위에 흩뿌려진 달빛을 바라보았다. "그런데 어떻게 그 말을 알아볼 수 있을까?"

그러자 곧 어머니 랑만다무의 엄한 목소리가 귓가에 울렸다. "뭘 꾸물거리느냐. 너의 말이니, 바로 알아볼 수 있을 게다!"

"어머니!" 결국 그 단어를 내뱉었다. 하늘의 별빛이 자신에게 쏟아지는 것이 느껴졌다.

줴루의 외침에 잠에서 깬 인간세상의 어머니가 그의 어깨에 외투를 걸쳐주었다. 줴루는 어머니 메이둬나쭤에게 앞으로는 작은아버지의 지팡이를 타지 않을 것이며, 대신에 발이 빠르고 건강한 준마를 타겠다고 말했다.

어머니는 그에게 이마를 맞대고 그것이야말로 자신이 바

라던 영웅다운 아들의 모습이라고 말했다. 쒜루는 어머니에게 자신이 왕이 되기를, 링 국의 왕이 되길 원하시느냐고 물었다.

어머니는 엄정한 표정으로 말했다. "만약 그렇게 되면 그 왕은 링 국을 강대하게 만들고, 백성들을 풍족하게 만들 수 있을 거다."

"제가 정말 그 사람이 될 수 있을까요?"

"너는 아무 이유 없이 이 세상에 온 것이 아니란다."

이야기: 차오퉁의 꿈

차오퉁도 꿈을 꾸었다.

불교가 링가에 막 퍼지기 시작했을 무렵, 그는 불교 밀종에서 법력이 가장 강한 마두명왕馬頭明王을 본존으로 모시고 밤낮으로 밀법密法을 수련했다. 마두명왕은 어떤 모습일까? 차오퉁의 생각에 그는 사나운 얼굴에 아무도 맞설 수 없는 위엄을 갖고 있을 것 같았다. 수도자들이 마두명왕의 법력에 도달하면 나차, 귀신, 천룡팔부의 모든 마장魔障을 억누를 수 있으며, 무명업장無明業障과 역병, 병으로 인한 고통도 사라지게 할 수 있을 뿐 아니라 모든 사악한 주문과 주술도 피할 수 있다고들 했다. 만약 밀법을 수련해 이 경지까지 이른다면, 차오퉁 자신은 금강불괴金剛不壞의 몸이 되는 것이다.

하지만 그간의 수련은 어떠한 성과도 거두지 못했다. 어쩌면 차오퉁에게 밀법 수련을 지도하는 승려가 말한 그러한 효과는 아주 오랫동안 누구에게도 나타난 적이 없을지도 모른다. 결국 차오퉁은 승려의 공력이 부족하거나, 아니면 애초에 이 세상에는 이처럼 법력이 대단한 마두명왕이 없을지도 모른다고 의심하기 시작했다. 바로 이런 때에 꿈속에 마두명왕이 나타났다.

차오퉁은 꿈에 나타난 마두명왕이 진짜가 아닐 것이라고는 미처 생각도 못 했다.

사실은 천상의 어머니가 떠나기 전 줴루에게 차오퉁이 받들어 모시는 마두명왕으로 변신해 승자가 링의 왕이 되기로 하는 말달리기 시합을 차오퉁에게 제안하라고 했던 것이다. 줴루는 다시 잠자리에 누워 과연 자신이 의심 많은 작은아버지를 이 계략에 걸려들게 할 수 있을까 걱정했다. 줴루는 이러한 걱정을 품은 채 잠이 들었다. 하지만 마음 한편에서는 왕위를 갈망하고 있었는지 잠이 들자마자 마두명왕으로 변해 차오퉁의 꿈속으로 들어갔다. 차오퉁은 놀라서 그의 앞에 절을 했다.

"다시는 감히 본존의 존재를 의심하지 않겠습니다!"

"네 앞에 나타난 내가 바로 호법신 마두명왕이니라!"

차오퉁은 땅바닥에 넙죽 엎드린 채 두려움에 벌벌 떨었다. 줴루는 그렇게 그를 둔 채 노래를 지어 부르며 꿈에서 나왔다.

링 부족은 곧 나라가 되어야 하네,

다룽의 우두머리가 그 자리를 맡아야지!

링 부족은 용맹하고 기마술에 능하니,

말 위의 영웅이 왕이 되겠지.

그대가 오랫동안 왕이 될 뜻을 품어왔으니,

그대가 경건하게 내 밀법을 수련했으니,

말달리기 시합으로 그대를 왕이 되게 하리라!

차오퉁이 잠에서 깨어나니 마두명왕은 보이지 않고 그 노랫소리만 귓가를 맴돌 뿐이었다. 그는 흥분한 나머지 다시 잠을 이루지 못했다. 동쪽의 첩첩한 설봉 사이에서 곧 해가 떠올랐다. 그는 몸을 일으켜 마두명왕의 신상 앞에 몇 번이나 절을 올렸다. 그러고는 차를 내온 아내 단싸에게 꿈속의 일을 들려주었다.

"하늘이 내게 가르침을 주셨소. 말달리기 시합으로 왕이 되라 하시었소!"

"하지만 다들 당신의 조카 줴루가 하늘이 내려준 자라고……"

차오퉁은 불같이 화를 내며 그녀의 말을 잘랐다. "그리고 승자는 링가에서 가장 아름다운 아가씨 주무까지 얻게 될 것이오! 그 정도로 아름다운 아가씨라야 국왕이 사랑하는 왕비가 되어 존경과 영예를 한몸에 받을 만하지!"

단싸는 그래도 진언하고자 했다. "당신께 예언을 한 것은 신이 아니라 악귀인 듯합니다. 하늘에서는 일찍이……"

차오퉁은 이번에야말로 하늘이 진정 자신을 택했다고 믿었다. 링가 사람들이 모두 알고 있듯이 그는 법술에 뛰어날 뿐만 아니라, 그의 위자마玉佳馬는 다른 용사들의 준마보다 훨씬 날렵했기 때문이다. 나이가 들어 미모가 퇴색하고 잔소리도 많아진 단싸는 그를 화나게 할 뿐이었다.

"입 다무시오! 신의 예언은 황금으로 만든 보탑과 같거늘, 감히 악담의 도끼로 찍어내려 하다니! 내 자식을 낳아 기른 어미만 아니었다면 그 혀를 잘라버렸을 것이오. 그래도 허튼소리를 지껄일 수 있는지 말이오! 말달리기 시합에서 승리해 주무를 다룽 가문으로 데리고 들어올 때 가만히 입다물고 있는다면 밥 먹을 입은 남겨두도록 하지. 계속 허튼소리를 지껄인다면 우리 집안에서 쫓아낼 것이니, 그때 가서 자네 보기에 왕이 되어 마땅하다고 생각하는 그 조그맣고 못생긴 줴루나 따르시오!"

단씨는 큰아들을 찾아가 하소연을 하였지만, 뜻밖에도 아들의 반응은 아버지와 다르지 않았다. "다룽 부족의 여인으로서 다룽에서 링가의 왕이 나오기를 원치 않으십니까?"

이틀 만에 가장 멀리 있는 부족의 수령들까지 도착하였다. 차오퉁은 가신들에게 노총관과 각 부족의 수장들, 영웅들이 잘 먹고 마실 수 있도록 넉넉히 대접하라고 일러두었다. 그러나 정작 자신은 그 자리에 나타나지 않았다.

모여 있던 사람들 모두 조바심을 내기 시작했다. "차오퉁이 우리를 대접하기 위해 부른 건 아니겠지요?"

차오퉁은 그제야 모습을 드러냈다. "우리가 황허의 모래톱에 정착한 지 몇 년 되지 않았지만, 우리 다룽 부족은 이렇게 여러분을 삼 년쯤 대접해도 어려움이 없지요!"

"상의하고 싶다는 그 일을 말해보시오!" 노총관이 말했다.

차오퉁이 눈짓하자, 가신들 중 한 명이 마두명왕이 꿈속에서 무슨 예언을 했는지 고했다. 링 부족들이 말달리기 시합을 벌여 여기에서 승리한 이를 국왕으로 삼고, 승리자는 링가에서 가장 아름다운 아가씨 썬장주무를 얻을 것이다. 이뿐만 아니라 금, 은, 유리, 거거硨磲, 마노, 진주, 소라 등 각종 보물을 얻을 것이다.

모두들 차오퉁이 말달리기 시합을 통해 링가의 왕권을 얻고자 함을 즉시 알아차렸다. 그러나 이러한 뜻이 신께서 알리신 것이라 말하니 아무도 반박할 수 없었다. 속이 타기 시작한 단마는 자차셰가를 힐끗 보았다. 자차셰가도 절박한 눈빛으로 노총관을 쳐다보고 있었다. 노총관은 평소처럼 차분한 모습이었다. 그는 이 시합을 통해 하늘에서 내려온 신의 아들이 링가의 왕이 되리라는 예언이 실현되려는 것임을 알아차렸다. 그래서 그는 얼굴에 미소를 띠면서 고개를 끄덕여 동의를 표했다. "마땅한 영웅이 나타나 이 늙은이를 대신해야지요. 말달리기 시합은 좋은 방법 같군요. 공명정대한 방법으로 링가의 왕위와 미녀, 칠보七寶를 차지한다면, 다들 반대할 이유를 내놓지 못할 것이라 봅니다. 다만 다룽의 존귀한 수장님께 묻고 싶소. 하늘이 얼어붙고 땅이 눈으로 뒤덮인 지금은 말달리기 시합을 하기에 적합하지 않은 계절인데, 어째서 그대의 본존은 이런 시기에 예언을 내리셨을까요?"

사람들은 모두 노총관의 말에 일리가 있다고 생각했다. 말달리기 시합이 영예를 차지하는 관습인 것은 맞지만, 얼음과 눈으로 뒤덮인 계절이 아니라 보통은 꽃피고 따뜻한 봄에 치러졌다.

"제가 점을 쳐보니," 차오퉁이 말했다. "닷새 후 정월 보름이 길일이라 합니다. 말달리기 시합은 그날로 합시다."

노총관이 천천히 입을 열었다. "하늘에서 보름이 길일이라 하셨다면 그날 링가의 주요 인사들을 모두 소집해 다시 상의해서 시간을 정하도록 합시다." 모두가 고개를 끄덕이며 그러자고 했다.

자차셰가는 노총관이 시간을 충분히 벌어서 줴루를 찾아내 시합에 참가시키려 한다는 것을 눈치챘다. 만약 줴루가 시합에 참가하지 않는다면 차오퉁의 위자마를 이길 영웅은 링가를 통틀어 아무도 없었다. 자차셰가가 입을 열었다. "말달리기 시합은 저도 반대하지 않습니다. 다만 한 가지, 모두들 제 아우 줴루를 빼놓지 말아야겠습니다. 우리는 그와 메이둬나쩌 어머니를 좋지 않은 이유로 쫓아냈습니다. 하지만 줴루는 오히려 우리에게 새로운 삶의 터전을 주었지요. 만약 그를 시합에 청하지 않는다면, 저도 이 새로운 나라의 사람이 될 수 없습니다!"

차오퉁이 대답했다. "그것은 네 어머니가 다른 나라 사람이기 때문이지!"

"제 아우를 시합에 참가하지 못하도록 하겠다는 말씀이십니까?"

차오퉁이 웃었다. "조카 녀석이 말을 타고 달리는 것을 본 사람이 있는가? 동의한다! 그러나 내가 준 마술 지팡이를 준마로 쓰는 건 안 될 것이야!"

정월 보름까지는 닷새밖에 남지 않았다. 그러나 차오퉁에게는 이 닷새가 지금까지 살아온 날들보다 더 길게 느껴졌다. 이 세상에서 이보다 더 큰 상은 있을 수 없었다. 왕위와 미녀, 칠보가 마침내 그의 손에 들어올 것이다. 그가 보기에 이 상은 오직 그를 위해 준비된 것이었다. 말달리기 시합이 성사되기만 하면 모든 것은 땅 짚고 헤엄치기일 것이다. 차오퉁은 들뜬 마음을 애써 누르며 겉으로는 침착한 태도를 꾸미고 전에 없었던 인내심을 발휘하여 링가 역사상 가장 많은 인원이 참석할 연회를 준비했다. 연회는 사실 차오퉁 자신이 왕위에 오르기 전의 전주곡이었으므로, 최대한 풍성히 치러야 하며, 연회장도 웅장하고 화려해야 했다.

정월 보름이 되었다. 링가의 모든 인물들이 시냇물이 강물에 모여들 듯 속속 도착했다. 중년의 남자들은 설산처럼 위엄 있었고 아가씨들은 호수의 얼음처럼 고요했으며, 젊은 남자들은 활시위가 당겨지기를 기다리는 화살 같았다. 모두들 다룽 부족에서 연회를 위해 세운 천막으로 모였다. 의식을 선포하는 사회자의 목소리가 맑고 우렁차게 울렸다.

"윗자리 황금 비단으로 짠 꽃무늬 좌석에는 왕자님 네 분, 자차셰가, 니번다야, 아누바썬, 런친다루께서 앉아주십시오!"

"비단으로 지은 가운데 좌석에는 어르신 네 분, 노총관, 다룽의 수장 차오퉁, 썬룬, 랑카썬셰께서 자리하십시오."

"곰 가죽 좌석에는 명성 높은 점술사, 공증인, 의원, 점성사께서 자리하시길 바랍니다!"

맨 마지막 줄에는 썬장주무를 위시한 링가의 열두 미녀가 앉았다. 나머지 사람들은 맛좋은 음식이 풍성하게 차려진 탁자 앞 바닥에 자리를 잡았다.

모두들 식사를 마치자 차오퉁은 신이 꿈에 나타나 말달리기 시합으로 왕을 뽑으라고 한 일을 또 한바탕 떠들었다. 왕위에 더해 미녀와 칠보까지 말달리기 시합의 상으로 삼는다는 말도 물론 잊지 않았다. "이 모든 것이 하늘의 뜻인 만큼 하루빨리 시합 날짜와 구간을 정하고자 오늘 여러분을 나의 다룽으로 모셨습니다!" 그러고는 눈을 이리저리 굴리 더니 무척이나 안타깝다는 말투로 말을 이었다. "아쉽게도 사랑하는 조카 쉐루가 이 자리에 없네요! 하지만 그가 정말 참가할 생각이 있다면 때가 되어 지팡이를 타고 나타날 겁 니다."

차오퉁의 아들 둥궈가 말했다. "링 부족의 미래와 관련된 시합이니만큼 구간이 너무 짧아서는 안 됩니다! 말달리기 시합을 세상 만방에 알릴 수 있도록 인도에서 가장 가까운 곳을 출발점으로 하고, 도착점은 가 국과 최대한 가까운 동 쪽에 잡도록 하지요!"

썬룬이 비꼬는 말투로 말했다. "정말 이 시합의 명성을 세 상 널리 알리고 싶다면, 출발점을 하늘로 하고 도착점은 바 다로 해버립시다. 해와 달을 상으로 주고요. 우리 링 부족 사람들은 바로 저 별들 위에서 시합을 지켜보면 되겠소!" 모두가 이 말에 와하고 웃음을 터뜨렸다!

차오퉁은 자신이 정성껏 준비한 성대한 연회가 사람들의 마음을 사로잡기는커녕 이처럼 웃음거리가 될 줄은 생각도 못했다. 차오퉁은 큰 소리로 아들에게 물러가라고 명하였다.

이때, 자차셰가가 자리에서 일어났다. "출발점은 아바오디 산으로, 도착점은 구러 산으로 하고 그 중간에는 아름다운 황허 강을 가로지르도록 합시다. 백성들이 시합을 관람하는 곳은 루디 산 꼭대기로 하고, 주술사와 승려들이 신령께 기도를 올릴 곳은 그 맞은편에 있는 라디 산으로 하지요. 시기는 풀이 우거지고 물이 흐르는 여름이 좋겠습니다."

사람들이 한목소리로 좋다고 외치므로 차오퉁도 모두와 함께 다가올 여름을 기다릴 수밖에 없었다.

이야기꾼: 모자

진메이가 언덕을 오르는 동안 날이 밝아왔다. 어렴풋한 빛 속에 잠긴 마을을 내려다보았다. 마을 사람들은 아직 깨어나지 않았지만, 진메이는 간단하게 꾸린 짐을 맨 채 이미 마을을 떠나는 길 위에 있었다. 마을 가장자리에 있는 양 우리를 둘러싼 아름드리 나무들이 새벽빛을 받아 청회색 빛을 발했다.

이렇게 이 고요한 마을에서 양치기 한 사람이 떠나고 있었다. 태양이 떠오르면, 마을 사람들은 다른 사람에게 부탁해 양들을 목장으로 몰고가야 할 것이다. 진메이는 미소를 띤 채 몸을 돌려 성큼성큼 앞으로 향했다. 걸음을 내디딜 때마다 길가의 풀을 스쳐 묵직한 이슬이 진메이의 신발 위에 떨어졌다.

사흘 후, 진메이는 큰길이 하나밖에 나 있지 않은 작은 진에 도착했다. 육현금을 만드는 늙은 장인이 이 진에 있다고 했다. 다른 사람이 알려준 그 집으로 들어섰을 때, 장인은 마침 막 만든 육현금을 살펴보고 있었다. 그는 조가비처럼 둥근 육현금의 몸체 안으로 후 하고 숨을 한 번 불어넣고는 육현금에 귀를 가져다 댔다. 장인의 얼굴에 만족스런 미소가 떠올랐다.

"와서 한번 연주해보게." 장인이 말했다.

한 제자가 앞으로 나서서 육현금을 받아들자 장인이 말했다. "네가 아니라, 저이 말이다." 장인은 막 집으로 들어선 사람 앞에 악기를 내밀었다.

진메이가 말했다. "저요?"

늙은 장인은 그의 세 제자에게 말했다. "이것은 아주 훌륭한 금이니라. 내가 만들어낸 최고의 금이다. 지금 이 금을 얻을 수 있는 사람이 왔다."

"이 사람이요?" 제자 셋이 동시에 말했다. 그들은 육현금이 이런 사람의 손에 떨어지리라고는 한 번도 생각해본 적이 없었다. 진메이는 보이지 않는 눈은 커다랗게 뜨고, 보이는 눈으로는 최대한 가늘게 실눈을 뜨고 있었다. 뒤뚱거리며 걷는 안짱걸음이나 몸에서 나는 노린내만으로도 그가 양치기라는 걸 알 수 있었다.

"그래, 저 사람이다. 너희들이 금에 기름을 발라 윤을 내고 있을 때, 나는 이 사람이 오리라는 것을 알았다."

"스승님께서 점을 보실 줄 아는 것도 아닌데 어찌 아셨습니까?"

장인은 제자들의 말에는 대꾸하지 않고 진메이 쪽으로 고개를 돌렸다. "가져가시오. 당신은 정말 내가 꿈에서 본 그 모습이구려."

"스승님께서 꿈에 이 사람을 보셨다고요?"

"그래. 신께서 말씀하시기를, 내 육현금에 걸맞은 사람을 만날 것이라 하셨다. 또한 금을 만드는 일은 여기까지라 하셨느니라. 오시오, 젊은이. 당신의 육현금을 가져가시오."

진메이는 엉거주춤 금을 받아들었다. 실수로 현을 건드렸더니 아름다운 소리가 났다. "하지만 저는 돈이 없습니다."

제자들은 더이상 참을 수 없었다. "돈도 없이 뭐하러 왔소? 양과 맞바꿀 셈인가?"

"양도 없습니다. 마을 사람들의 양을 모아서 대신 쳐주는 것이죠. 제 양은 없습니다."

"육현금을 찾아 온 것 아니었소?"

"맞습니다. 육현금과 이야기꾼의 모자를 찾으러 왔습니다."

이제 장인이 마음이 급해져 나섰다. "아직도 안 가져가고 뭐하시오!"

"그런데 제가 정말 연주할 줄 몰라서……"

장인은 들개를 내쫓듯 지팡이를 들고 진메이를 집밖으로 쫓아냈다. 이렇게 해서 이야기꾼은 자신의 육현금을 얻었다.

사흘 후, 진메이는 노래를 부를 때 필요한 박자를 육현금으로 따라 맞출 수 있게 되었다. 길을 걸을 때면 어떤 신이 몸을 작게 만들어 귓속 깊은 곳에 들어앉아 박자에 맞춰 소리를 내는 것 같았다. 이 박자에 맞춰 걸음을 옮기다보니 물의 일렁임이나 산의 기복도 같은 박자를 타고 있음을 알게 되었다. 다른 박자도 있었다. 바람이 일으키는 풀의 물결, 새들의 날갯짓. 더 내밀한 박자도 느껴졌다. 바위 동굴들 사이를 뚫고 지나는 바람, 나무를 타고 오르는 물, 땅속에서 뻗어나가는 광맥들. 진메이는 손쉽게 이러한 박자들을 육현금으로 옮길 수 있었다.

숙부의 집 앞에 이르러 푸른 열매가 열린 나무로 가리어진 대문 앞에 섰을 때, 진메이는 이 서로 다른 박자들을 연결해서 연주할 수 있었다. 어느샌가 그의 귓가에서 박자를 맞추던 신도 사라져버렸지만 혼자 힘으로 육현금을 통해 그 긴 옛 노래의 박자들을 짚을 수 있었다. 전장의 다급한 북소리, 경쾌하게 내달리는 말발굽 소리, 화가 난 신이 내려치는 벼락 소리, 뱀 같은 번개처럼 춤을 추는 요녀의 채찍질 소리……

진메이는 숙부 집 대문의 문고리를 두드리다가 그 소리에 현실로 돌아왔다. 갑자기 며칠 동안 아무것도 먹지 않았다는 사실이 떠오르며 진메이는 문이 열리기도 전에 쓰러지고 말았다.

숙부가 나와서 그의 육현금을 보고는 정신을 잃고 쓰러진 조카에게 말했다. "운명이 너를 찾아왔구나."

숙부는 사람들을 불러 오얏나무 아래 낮은 의자로 조카를 옮긴 뒤, 치즈를 먹이고 향을 피워주었다. 진메이는 여전히 의식이 불분명한 상태였다. 그럼에도 찡그렸던 눈썹과 눈이 조금씩 편안하게 펴지기 시작했다. 콧방울이 미세하게 움찔거렸고, 경직된 입매에도 생기가 돌기 시작했으며, 돌처럼 굳은 듯했던 귀도 희미하게 혈색이 돌았다. 진메이의 얼굴이 변하고 있었다! 얼굴의 미미한 움직임이 점차 활발해졌다. 이렇게 기적이 일어났다. 한 사람이 전혀 다른 사람으로 변화하고 있는 것이다! 말주변이 없고 모든 것이 어설펐던 양치기가 마음속에 수만 가닥의 시를 품고 있는 사람, 신이 내린 이야기꾼인 '중컨'으로 변하고 있는 것이다.

진메이의 숙부도 알려진 거싸얼 이야기꾼이었다. 그러나 그는 스승에게 이야기를 전수받아 배운 것이었다. 신에게 선택받은 이야기꾼과는 완전히 다르다. 선택받은 이야기꾼은 스승 없이 스스로 통달하며, 때가 되면 샘에서 물이 솟는 것처럼 저절로 시를 토해낸다. 진메이의 얼굴에 미소가 떠오르자 숙부가 말했다. "누가 네게 이 금을 주었는지, 어떻게 단번에 연주할 수 있게 됐는지 묻지 않겠다. 이야기꾼으로서 필요한 물건 두 가지를 주마."

진메이가 말했다 "모자."

숙부가 웃었다. "말을 해서 깨어난 줄 알았는데, 꿈속에서 어떤 신이 모자가 필요하다고 가르쳐주고 있나 보구나."

진메이는 대답이 없었다.

숙부는 겸연쩍어하며 반 정도 팠던 경판 작업을 갈무리하고, 다양한 두께의 조각칼들도 모두 모아 공구함에 담았다. 그러고는 방으로 들어가며 말했다. "이제 이틀 동안 바느질을 좀 해야겠다." 그는 방에서 따로 신상을 모시지는 않았지만, 조각을 한 뒤 팔기 아쉬워 가지고 있던 연화생 대사 목각판을 가지고 있었다. 숙부는 그 앞에 향 한 대를 올렸다. "당신께서 거싸얼이 영웅이 되도록 도와주신 것처럼 저도 조카 진메이에게 중컨의 모자를 지어주고자 합니다. 만약 대사께서 이 일을 기뻐하신다면, 제가 이 모자를 아름답게 지을 수 있도록 도와주십시오. 저도 바느질을 해본 지 오래되었습니다."

그후 이틀 동안 숙부는 조카 곁에 앉아서 이야기꾼의 모자를 바느질했다. 오랫동안 집에 보관해두었던 금사가 섞인 비단을 오려서 가장 좋은 실로 바느질하기 시작했다. 그 모자는 가운데 커다랗고 날카로운 봉우리가 있으며 주위에는 작은 봉우리 세 개가 에워싸고 있는, 삐죽삐죽한 설산 같은 모양이었다. 작은 봉우리들에는 독수리의 깃털을 꽂았다. 가운데의 높은 봉우리는 하늘로 통하는 탑을 상징했다. 많은 사람들이 작은 봉우리 세 개가 전장을 누비는 발빠른 말의 쫑긋한 귀를 상징한다고 믿었다. 가운데 봉우리의 허리께쯤에 작은 거울이 하나 있었는데, 이는 하늘의 자비로운 눈이 이 세계의 모든 것을 비추고 있음을 나타냈다. 숙부는 꼬박 하루를 들여 모자를 만들었다. 그가 몸에 붙은 실밥들을 뗄어내고 있을 때 진메이가 깨어났다. 진메이는 몸을 일으켜 앉더니 기쁜 표정을 드러내며 말했다. "내 모자네요."

"신들이 정말 너를 택하셨구나." 숙부는 모자 한가운데 달린 거울로 진메이를 비추었다. "보아라, 너는 모습마저도 변했단다."

진메이가 말했다. "배가 고파요."

숙부는 고집스럽게 말했다. "먼저 보라니까."

진메이는 아직 멀지 않은 눈을 거울 앞으로 가져가다가 저도 모르게 깜짝 놀라 소리를 질렀다. 이야기의 주인공, 영웅 거싸얼이 온몸에 갑옷을 두르고 등에는 화살집을 맨 채 준마에 올라탄 모습을 보았다! 진메이는 얼른 일어나 모자를 향해 엎드려 절했다.

숙부가 궁금한 걸 참지 못하고 물었다. "왜 모자에 절을 하느냐?"

"거싸얼 대왕이 거울 안에 있어요!"

숙부도 얼른 땅바닥에 꿇어앉아 그 작은 거울 속을 들여다보더니 말했다. "나는 보이지 않는구나."

진메이가 말했다. "만약 보실 수 있다면, 제가 숙부님을 위해 모자를 만들어야 했겠지요."

숙부는 모자를 잘 정돈해 위쪽의 봉우리들을 똑바로 세웠다. "정말 이 모자를 쓰고자 하느냐?"

진메이는 말없이 허리를 굽혀 앞에 머리를 숙였다.

숙부는 진메이에게 모자를 씌워주고 눈물을 흘렸다. "이제부터 너는 더이상 네가 아니다."

"그럼 전 누군가요?"

"신의 특별한 종이 아닐까 싶구나. 신에게 받은 이야기를 노래하기 위해 그 어디에도 거처를 두지 못하고 사방을 떠돌게 될 것이다."

진메이는 머리 위의 모자를 바로잡았다. "초상화도 찾아야 해요."

초상화 역시 이야기꾼이 반드시 지녀야 할 물건이었다. 이야기꾼은 사방을 떠돌며 노래할 때 비단으로 표구한 거싸얼의 초상화를 깃발처럼 등에 꽂고 다녔다. 그러다가 인연이 닿는 땅에 이르면 초상화를 땅에다 꽂고 그 아래 앉아 육현금을 뜯으며 노래를 시작했다.

"그래도 며칠 더 푹 쉰 다음에 떠나도록 해라." 숙부가 말했다. "이번에 떠나면 다시는 못 올 수 있으니까." 숙부의 얼굴에 또 눈물이 흘러내렸다.

진메이는 이미 이야기꾼의 말투로 말했다. "숙부님은 어찌 이리 슬퍼하십니까? 제가 이제 가게 될 길은 숙부님이 항상 가시고 싶어하던 길이 아니었습니까?" 말을 마친 진 메이는 육현금을 뜯으며 떠나갔다.

이야기: 주무

링 부족 사람들은 쭤루가 차오통에게 속임수를 써서 말달리기 시합을 열자고 주장하는 줄은 꿈에도 몰랐다. 그래서 노총관과 자차셰가는 한시라도 빨리 쭤루에게 이 소식을 알리려고 서둘렀다. 말달리기 시합을 초원에 온갖 꽃들이 흐드러지는 계절로 미룬 것은 쭤루에게 시합을 준비할 시간을 주고자 함이었다. 링에는 뛰어난 기수들이 많았지만, 바람을 쫓을 정도로 빠른 위자마에 필적할 만한 말은 없었다.

주무가 초조한 마음에 물었다. "쭤루는 지팡이를 타고 다니는데, 지팡이를 준마라고 할 수 있을까요?"

노총관이 한참 시름에 잠겼다가 입을 열었다. "나는, 지팡이를 말로 볼 수 있을까가 아니라 어떤 방법으로 쭤루 모자를 데려와 시합에 참가하도록 설득해야 할지가 걱정이 됩니다."

사람들은 일제히 주무 아가씨를 바라보았다. 그녀 자신이 이번 말달리기 시합의 중요한 상이었고, 처음 줴루를 쫓아낼 때 그녀의 날카로운 입이 쏟아낸 못된 말이 독약처럼 줴루 마음의 상처를 더욱 깊게 만들었기 때문이다. 아름다운 주무도 차오퉁이 승리를 거두고 자신을 신부로 맞는 것을 절대 원치 않을 것이다.

과연 주무가 입을 열었다. "노총관님, 그리고 여러 영웅들께 아룁니다. 이 부유하고 풍족한 황허 강으로 온 이후, 지난날 분별없이 내뱉은 말들을 후회했습니다. 만약 이번에 제가 줴루 모자를 데리고 올 수 있다면, 제 마음의 상처 또한 절로 나을 것입니다!" 주무는 그렇게 자리에서 나섰다.

주무가 말에 올라 떠나려 할 때, 등뒤에 있던 사람들이 악의 없이 농담하는 소리가 들려왔다. "새로운 일은 정말 언제나 끊임없이 나타나는군. 아름다운 아가씨가 미래의 신랑을 맞으러 가는 일은 또 처음 보는군그래!" 주무는 해뜰 무렵의 하늘처럼 발그레 얼굴을 붉혔다.

주무가 허허벌판을 지나고 있는데 맑았던 하늘이 갑자기 검은 구름으로 뒤덮이더니 검은 말을 타고 검은 창을 든 사람이 안개 속에서 나타났다. 시커먼 얼굴에, 눈은 퉁방울 같았다. 이 사람을 보고 주무는 새파랗게 질렸다. "선녀처럼 아름답고, 머리에 휘감은 장식들은 별처럼 빛나는구나." 검은 남자가 입을 열었다. "부유함과 아름다움은 함께 있기 어렵다고들 하는데, 너는 어떤 덕망으로 그 두 가지를 모두 가졌느냐?"

주무는 정신을 바짝 차렸다. 몸은 여전히 덜덜 떨렸지만 목소리는 침착하게 나왔다. "큰 나무는 늪지에서 자라지 않고, 사나이는 여인을 괴롭히지 않는다고 했소. 갈 길이 급한 사람을 위해 어서 길을 비켜주시오!"

"세 가지 조건 중 하나를 들어준다면 비켜주지. 첫째, 남아서 나의 배필이 되어라."

"싫소!"

"그러면 두번째, 나와 하룻밤 즐거움을 나눈 뒤 말과 보석으로 통행료를 치르도록 해라!"

"그럴 일은 절대 없소!"

"세번째는 최악의 방법이다. 비단으로 지은 옷은 벗어두고 발가벗은 채 돌아가라!" 남자는 조금도 흔들림 없는 태도로 말했다. "나는 자비심이 없는 사람이다. 울면서 매달릴 생각은 마라. 당장 너를 산 채로 삼켜버리지 않은 것은 우리가 지닌 전생의 인연 때문이다."

"보석은 원하면 줄 수 있지만 말은 줄 수 없소. 당신의 연인이나 배필이 되라는 말은 더더욱 하지 마시오! 사내대장부는 연약한 여자를 괴롭히지 않는 법이지. 나는 중요한 일을 해야 하오. 미래의 링가 왕을 맞으러 가는 길이란 말이오."

"그가 누구인가?"

"젊은 영웅, 줴루요!"

"그의 행적에 대해 들은 바 있으니, 그를 봐서 이번엔 놓아주마. 일을 마치면 말과 보석들을 이곳으로 보내라! 먼저 너의 성의를 증명하기 위해 아끼는 장식품 하나를 남겨두어라."

주무는 망설이지 않고 금가락지를 빼서 그에게 주었다. 검은 얼굴의 남자, 검은 말, 허허벌판을 덮고 있던 어둑한 구름과 안개도 곧 사라져 보이지 않았다. 주무는 내처 달려 일곱 모래언덕이라 불리는 곳에 이르렀다. 일곱 사람이 각각 말을 탄 채 모래언덕 위에 서 있었다. 검은 얼굴을 만나고 처음 보는 인적인지라 주무는 곧 그들 앞으로 달려갔다. 가까이 다가가니 그 사람들이 식사를 위해 바쁘게 물을 끓이고 있는 모습이 보였다. 그중 우두머리인 자는 커다란 바위의 그늘 아래서 쉬고 있었다. 그 사람을 본 주무는 꼼짝 못하게 되는 주술에라도 걸린 것처럼 걸음을 옮길 수가 없었다. 이제껏 이토록 빼어난 외모에 기품 있는 남자는 본 적이 없었다! 피부는 구릿빛으로 반짝였고, 칠흑같이 검은 눈동자는 깊은 호수처럼 보였다. 주무가 나타나기만 하면 남자들은 모두들 술에 취한 것처럼 그녀에게 홀렸는데, 이 남자는 주무를 알아채지도 못한 것 같았다. 무안해진 주무는 말머리를 돌려 떠나려했다.

그러자 그 남자가 입을 열었다. "나는 인도의 왕자다. 링가에 아내를 구하러 가는 길이다."

링가? 아내? 주무는 여자들의 모습을 떠올리면서, 누가 선택을 받을지 생각했다.

"제가 바로 링가 사람인데, 어찌 소식을 듣지 못했을까요?"

남자는 천천히 입을 열었다. "주무라는 여인이 비할 바 없이 아름답다고 들었는데, 당신이 혹시 그 사람이오?"

이 한마디에 주무는 넋을 잃었다. 그러나 어찌된 일인지 승려들이 손북을 돌리는 것처럼 머리를 절레절레 내젓고 말았다.

"아직 누구에게도 구혼하지 않았으니, 그대를 아내로 맞아 돌아가도 되겠지!"

이 말을 듣고 주무는 희비가 교차했다. 자신이 느끼는 감정을 이 남자도 느끼고 있다는 점은 기뻤다. 그러나 왕자가 주무의 아름다움에 대한 명성을 듣고 구혼을 하러 온 것이 틀림없는데, 길에서 미모의 여자를 만나고는 마음이 변했다는 사실에 주무는 슬퍼졌다. 하지만 남자는 확실히 보통 사람과 완전히 달랐기에 주무는 기쁨을 참지 못하고 사실을 말해버렸다. 자신이 바로 주무라고 말이다. 주무는 줴루를 위해 준비했던 장수주를 꺼내 보였다. 술병으로 자신의 존귀한 신분을 증명할 수 있었다. 남자는 술병을 받아들더니 보지도 않고 병 속에 든 술을 한번에 마셔버렸다.

"링가의 말달리기 시합에 참가하지 않으면, 승리의 상으로 주어지는 아가씨를 얻지 못할 거예요."

"그럼 그 시합에 참가하도록 하지! 아름다운 미인만 얻고 링가의 왕이 되는 것은 사양하겠소!"

주무는 더이상 기쁜 마음을 참을 수 없어서 왕자에게 기대어 달콤한 말을 속삭였다. 왕자는 수정 팔찌를 주무의 손목에 끼워주었다. 주무는 흰 실로 매듭을 아홉 개 지어 왕자의 허리에 매어주고, 말달리기 시합에서 만날 것을 약속한 뒤 아쉬워하며 그와 헤어졌다.

검은 얼굴의 남자와 인도 왕자 모두 줴루의 화신化身임을 주무가 어찌 알았으랴.

모래언덕이 사라지자 낮은 구릉들이 눈앞에 펼쳐졌다. 구름 위에는 수없이 많은 두더지 구멍이 나 있었는데, 구멍마다 두더지 모습을 하고 쭈그려 앉은 줴루가 있었다. 원래 그를 맞이하러 왔던 주무는 놀라서 커다란 바위 뒤로 몸을 숨겼다. 줴루가 자기의 화신들을 거두어 사라지게 하고 소리쳤다. "요녀여, 나와라!"

주무는 바위 뒤에 숨어 있다 서둘러 모습을 보였다. "줴루, 나 주무예요!"

줴루는 그녀가 인도 왕자에게 속삭였던 달콤한 말들을 떠올리고는 저도 모르게 질투가 끓어올라 말했다. "요녀야, 나를 속이지 마라!" 그러고는 커다란 돌덩이를 그녀 앞으로 내던지니 수많은 자갈들이 튀면서 조개껍데기 같던 주무의 이가 우수수 떨어지고 머리는 반쯤 벗어지고 말았다. 주무는 그대로 엉덩방아를 찧으며 큰 소리로 울음을 터뜨렸다. 줴루는 그녀가 그토록 보기 흉한 꼴이 된 것을 보고 마음이 누그러져 어머니를 불러 주무를 집안으로 데려갔다.

메이둬나쩌는 꽃처럼 아름답던 아가씨가 대머리에 이가 다 빠진 괴상한 몰골이 된 것을 보고 줴루가 또 짓궂은 장난을 쳤다는 것을 알았다. 하지만 내색하지 않고 주무를 위로했다. "날 따라와요. 줴루의 신력으로 전보다 더 예뻐지게 해달라고 부탁해봅시다."

줴루는 주무를 보고 하하 웃으며 말했다. "정말 그 도도

하고 오만하던 주무인가보네. 나는 또 요녀가 변신한 건줄 알았지. 예전에 네 모습으로 변한 요마가 나한테 거짓으로 사랑한다고 해서 마음이 상한 적이 있거든!"

"두 분 모자를 모시고 돌아와 말달리기 시합에 참가하도록 하라는 노총관님의 명을 받았어요. 멀고 험한 길도 아랑곳않고 이렇게 찾아왔는데, 이렇게 괴상한 몰골로 만들어버렸으니, 어떻게 돌아가 사람들을 만나겠어요……" 주무는 다시 훌쩍이기 시작했다. 쉐루는 주무가 이런 모습으로 인도 왕자를 만날 수는 없다는 생각에 상심한 것이라 여겨 또 질투가 솟아났다. 하지만 결국 그 인도 왕자가 사실은 자신이 변한 모습이란 것을 떠올려 마음을 가라앉혔다.

"네 미모를 돌아오게 해주는 것은 어렵지 않지만 먼저 한 가지 도와줄 게 있어."

"원래 모습으로 돌아갈 수만 있다면 무엇이든 하겠어요!"

"노총관님이 나더러 말달리기 시합에 나서라고 했다지만, 내 말을 본 적이 있어? 난 말이 없어."

"우리집 마구간에 좋은 말이 천 마리는 있으니 마음대로 골라 쓰도록 하세요."

"그중에 작은아버지의 위자마를 이길 만한 놈이 있어?"

"모두 안 될 것 같은데 그럼 어떻게 해야할까요?"

"하늘에서 내려온 말은 내가 태어날 때 같은 시기에 야생마 무리 중에 태어났을 거야. 하늘이 내게 내려준 세상에 다시 없는 좋은 말이지. 어머니와 네가 힘을 합쳐야만 그놈을 잡을 수 있어."

"내가? 야생마를 잡는다고요?"

"걱정 안 해도 돼. 그 야생마는 사람 말을 알아들으니까, 너하고 어머니가 틀림없이 잡을 수 있을 거야."

"그렇다면 해볼게요." 이 말을 마치자마자 주무의 미모가 돌아왔다. 주무는 마음속으로 저도 모르게 투덜거렸다. 줴루가 이 야생마를 다루는 방법을 안다면 왜 자기가 직접 가서 잡지 않지? 내달리는 야생마 무리 속에서 내가 어떻게 그 좋은 말을 찾아낼 수 있을까?

줴루가 왜 아직도 출발하지 않느냐고 묻자 주무가 대답했다. "모든 강에는 수원이 있고, 황무지를 가더라도 산세를 보는 법인데, 그 천마의 몸체나 크기, 털빛이 어떤지 왜 가르쳐주지 않는 거예요?"

그제야 줴루는 말해주었다. "아홉 가지 특징이 있어. 매의 머리, 이리의 목, 산양의 얼굴, 청개구리의 눈매, 뱀의 눈, 토끼의 목구멍, 사슴의 콧방울, 노루의 콧구멍, 그리고 마지막 특징이 가장 중요하지. 귀에는 흰목대머리수리의 깃털이 나 있어."

주무가 또 물었다. "그런데 왜 직접 잡으러 가지 않으세요?"

줴루는 주무를 빤히 쳐다보며 웃기만 할 뿐 대답하지 않았다.

메이둬나쩌가 말했다. "밭과 씨앗, 기온. 이 세 가지가 모두 갖춰져야 오곡이 익는 법이야. 우리 세 사람은 하늘이 정해준 인연이니, 주무와 내가 힘을 모아 줴루를 링가의 왕으로 만들 수 있을 거야! 우리 두 사람만이 줴루를 왕으로 만드는 영광을 누릴 수 있다는 말이기도 해!"

주무는 자신이 말달리기 시합의 상이라는 사실을 떠올리고, 갑자기 자신을 응시하는 줴루의 시선이 낯익다고 느꼈다. 호수처럼 깊은 그 검은 눈동자는 인도 왕자의 눈과 꼭 닮아 있었다. 만약 줴루가 왕자의 잘생긴 용모와 우아한 기품을 갖추었거나, 인도 왕자가 줴루처럼 신력이 있었다면 자신은 정말 이 세상에서 가장 행복한 여자일 것이라 생각했다. 줴루가 주무의 마음을 꿰뚫어보고 자기도 모르는 사이에 왕자의 모습으로 변하고 말았다. 그러나 주무가 믿기지 않아 눈을 비비고 다시 자세히 보려 하자 줴루는 원래의 모습으로 돌아가버렸다.

무언가 찜찜하기는 했지만 주무는 메이둬나쩌와 함께 산으로 향했다. 반나이 산에 오르니 야생마 무리가 내달리고 있었다. 이들의 말굽 소리에 대지가 북처럼 둥둥 울렸다. 둘은 곧 야생마 무리에서 거침없이 내달리는 천마를 알아보았다. 앞에서 보면 신성한 태도가 위엄 있어 보였고, 옆에서 보면 건강하고 힘차 보였다. 두 사람이 가까이 다가가자 천마는 고개를 쳐들고 히잉 하고 울더니 회오리바람처럼 힘차게 달아났다. 그러기를 몇 차례, 두 사람은 도저히 천마에게 다가갈 방법이 없었다. 이후 두 사람은 이 천마가 사람의 말을 알아듣는다고 했던 쥐루의 말을 떠올렸다. 그리고 메이둬나쩌가 노래를 부르기 시작했다.

사수의 꼬리 긴 화살도
영웅의 손에 들린 활에 걸리지 않고
영원히 화살통 속에 들어 있다면
적을 무찌르고 승리하지 못할 것이니
날카롭다 한들 무슨 소용이랴?
신기한 보마여,
네가 진정 하늘에서 내려온 신마라면

주인을 도와 공훈을 세우지 않고
벌판과 강가를 내달리는 게 무슨 소용이겠느냐?

천마는 이 노래를 듣더니 과연 야생마 무리에서 떨어져나
와 노래한 이에게 천천히 다가왔다. 그러더니 화살 반 도막
만큼의 거리를 두고 멈추었다. 천마는 한이 서린 말투로 사
람의 말을 토해냈다.

"나는 장가페이부다. 하늘에서 내려온 신마다. 거친 벌판
과 산으로 내달리는 데 문제가 없을 만큼 내 다리는 튼튼해
졌지. 그렇게 열두 해를 주인이 나타나기를 기다렸지만, 산
골짜기 사이에 찬바람 우는 소리만 들릴 뿐이었다. 말은 사
람보다 수명이 짧지. 열두 살의 준마는 이미 연로해, 입에
무쇠 재갈을 물기도 어렵고, 등에 안장을 이기도 힘들구나.
나는 지금 내 영혼이 하루빨리 하늘로 올라가기만을 기다리
고 있다!"

주무는 저도 모르게 절을 했다. "천마여! 우리 링가 사람
들이 하늘의 뜻에 무지해 당신이 시간을 헛되이 보내게 했
습니다. 이제 저희의 잘못을 깨달았습니다. 이렇게 당신을
산에서 불러내어 당신의 주인이 대업을 이루는 것을 도와주
십사 청합니다!"

"야생마들이 나를 알아보지 못하는 것은 저들이 무지한 짐승이기 때문이다. 하지만 링가 사람들은 그들이 사악한 길을 따르기로 선택하여 하늘이 내린 영웅을 알아보지 못한 것이니, 무슨 말이 더 필요한가!" 천마는 말을 마치며 하늘로 날아올라 강건한 몸체를 그대로 구름 속에 숨겼다.

절망에 빠진 주무는 땅바닥에 주저앉아 울음을 터뜨렸다. 메이둬나쩌도 땅에 엎드려 절을 하며 하늘을 외쳐 불렀다. 그러자 신들이 쮀루의 천상세계 형인 둥충가부를 둘러싸고 구름 위에 나타났다. 둥충가부가 긴 팔을 가볍게 휘두르니 그의 손에서 올가미가 펼쳐졌다. 그러고는 올가미를 다시 거둬들이니 천마가 그의 곁에 서 있었다.

그러고는 천마가 말했다. "저는 인간세상에서 헛되이 열두 해를 보냈고……"

둥충가부는 안쓰러운 듯 말없이 천마의 목을 쓰다듬다가 선단 하나를 그 입에 넣어주며 말했다. "가라. 너와 주인은 이제 막 성년이 되었느니라!" 말을 마친 둥충가부가 올가미를 구름에서 메이둬나쩌의 손으로 떨어뜨리니, 천마도 함께 떨어졌다. 천마는 고개를 높이 들고 두 여인의 눈앞에 그렇게 서게 됐다.

주무는 놀라고 기쁜 나머지 달려가 말의 목을 꼭 끌어안았다. 그러자 천마가 놀랐는지 다시 하늘로 날아올랐다. 두 여인도 함께 순식간에 축축한 구름과 폭포처럼 쏟아지는 햇빛을 꿰뚫고 높디높은 하늘로 올라가게 됐다. 두 여인이 놀라 내지른 비명을 듣고 천마가 입을 열었다. "두렵다고 눈을 감지 말고 그대들 아래에 펼쳐진 세상을 보라."

메이둬나쩌와 주무는 눈을 뜨고 세상을 굽어보았다. 웅장하게 펼쳐진 대지, 밝고 맑게 빛나는 호수와 강들, 서서히 펼쳐지는 구불구불한 산맥들. 그렇게 두 여인은 가 국과 인도, 페르시아 사이에 높은 설산을 따라 우뚝 솟아 있는 링가를 보았다. 가 국은 해가 뜨는 방향에 있었고, 페르시아는 해가 지는 방향에 있었으며, 인도는 뜨거운 증기가 피어오르는 남쪽에 있었다. 이 세 나라에는 위대한 도시들이 있었고, 도시와 도시는 넓은 도로로 연결되었다. 그러나 북쪽으로는 링가와 마찬가지로 광활한 황무지가 펼쳐졌다. 그곳에는 회오리바람이 쌓아올린 거대한 모래 기둥과 햇빛 아래 소금 호수에 맺힌 반짝이는 소금이 있었다. 가 국 황궁의 빛나는 기와 위로는 달빛이 흐르는 반면 페르시아 왕궁은 첫 햇살을 받아 반짝였다.

"보았겠지. 링가가 세계의 전부가 아니며, 세상에서 가장 좋은 곳도 아니다!"

"우리를 내려주십시오. 그대가 줴루를 돕지 않겠다 해도, 우리는 줴루와 함께 있을 것입니다!"

천마는 그 말을 듣고 웃기 시작했다. "신의 아들이 아직 대업을 이루지 못했으니 나도 하늘로 돌아갈 수 없다. 그대들을 데리고 하늘에 올라온 것은 링가가 앞으로 좋은 세상, 혹은 나쁜 세상도 될 수 있다는 것을 보여주기 위함이다. 마찬가지로 인간의 행복과 고통은 이미 세상 각지에서 상연되고 있다. 링 국의 미래를 위해 잘 봐두어라!"

그렇게 해서 천마는 두 여인의 옷깃을 펄럭이며 하늘을 날아다녔다. 둥근 산과 구불거리는 산, 맑은 물과 소금물, 선한 나라와 악한 나라를 보았다. 그들은 이렇게 비범히 경계와 공간만 가로지르는 것이 아니라, 시간도 뛰어넘으며 부흥과 멸망, 선과 악도 볼 수 있었다. 부흥과 멸망의 순간에는 혼돈과 무지가 있었다. 부흥할 때는 부흥의 조짐이 보이지 않았고, 멸망할 때도 멸망의 신호는 보이지 않았다.

천마가 말했다. "링가에는 이제야 문자가 생겨서, 그대들과 같이 총명하고 명민한 사람들도 천하의 대세를 말하는 책을 그동안은 읽어보지 못했지. 땅에 내려가면 나는 그저 한 마리 말로, 인간의 말을 하지 못할 것이다. 그대들이 하늘에서 읽어낸 이러한 이치들로 줴루가 혼돈에 빠져 총기를 잃을 때마다 그를 깨우치도록 하라."

"그는 신의 아들인데, 어찌 우리 같은 보통 사람들의 도리를 듣겠습니까?"

"그는 분명 신의 아들이지만, 그대들 사이에 섞여 있는 보통 사람이기도 하다. 주무여, 그대의 집에는 준마 아홉 무리가 있고, 그대에게는 좋은 말을 가려낼 안목이 있다는 것을 안다. 나는 내 주인이 마술 지팡이를 타고 초원에서 노니는 것만 보았지 좋은 말을 길들이는 모습은 보지 못했다. 그러니 부디 그대가 주인 앞에서 나의 좋은 점을 크게 칭찬해다오."

하늘을 돌고 내려온 주무는 올가미를 줴루에게 건넸다. "줴루, 신마가 당신에게 용맹함을 더해줄 거예요. 우리 링가를 통치하는 것도 도와줄 겁니다."

이야기: 사랑

주무는 장가페이부가 말달리기 시합에서 주인에게 틀림없이 승리를 안겨주리라 직감했다. 그렇게 되면 줴루가 자신의 남편이 되고, 자신은 링 국의 왕후가 될 것이다. 여기까지 생각이 미치니 가슴속에 두었던 비밀이 떠올랐다. 그간 두 사람이 같은 사람이길 바랐던 것이다. 줴루가 그 왕자처럼 잘생기거나, 그 왕자가 줴루처럼 신력과 용기를 지녔더라면. 이런 생각을 하면, 저도 모르게 뺨이 달아올라 두 손으로 가슴팍을 꼭 눌러야만 산토끼처럼 팔딱거리는 심장을 다잡을 수 있었다. 주무는 그 이상은 상상의 나래를 펼치지 않았다. 자신의 사명을 이제 겨우 절반만 달성했을 뿐이기에, 주무는 계속해서 줴루 모자에게 하루빨리 출발하기를 청했다.

길일을 고른 세 사람은 짐을 챙겨 말을 끌고 길을 떠났다. 예전보다 아름다워진 주무의 모습에 줴루는 말에서 떨어질 뻔하기도 했다. 주무는 말의 엉덩이를 때려 전속력으로 내달렸다. 줴루는 문득 인도 왕자와 함께 있던 주무의 모습이 다시 떠올라 질투심이 솟구쳐 심장이 옥죄이는 듯했다. 산마루에 오른 주무는 말을 멈추고 미소를 지어 보였다. 줴루는 손을 뻗었다. 그러나 줴루가 내뻗은 손이 주무의 날씬한 허리에 닿으려는 순간 주무는 손에 든 채찍을 가볍게 휘둘러 말을 달려 가버렸다. 줴루의 표정이 어두워졌다. 줴루는 지금 자신이 얼마나 바보 같은지 알고 있었다. 그 잘생긴 왕자는 바로 자신의 화신이었으니까. 하지만 매혹적인 이 아가씨가 자신은 받아줄 듯하다가 뿌리쳤으면서, 길에서 만난 낯선 남자, 멋진 외모의 낯선 이에게는 체면과 지조도 버리고 품안으로 뛰어들었지 않은가.

췌루가 말을 몰다 길가에 멍하니 서 있는 것을 보고, 주무가 말을 돌려 다가왔다. "당신의 천마가 어찌 내 말을 따라잡지 못하나요?"

췌루는 뿌루퉁해 있지 말자고 스스로를 다독였다.

췌루가 말했다. "이 말은 거친데다 재갈도 안장도 없으니, 빨리 가야겠거든 당신 말을 같이 타지." 췌루의 뜨거운 입김이 주무의 목에 닿자, 순간 주무의 얼굴이 부끄러움으로 붉게 물들었다. "됐어요! 남들이 어떻게 보겠어요."

"내 말은 안장이 없잖소."

"아버지 보물 창고에 있는 황금 안장을 드릴게요."

"천마는 다루기 힘드니 좋은 재갈도 있어야 하오."

"아버지의 보물 창고에 좋은 재갈이 있는 걸 알고 있었나요?"

"이 땅위에서 일어나는 일이라면, 내가 알고자 하는 한 다 알 수 있지."

주무는 췌루의 말에 다른 뜻이 숨어 있다는 생각이 들면서 마음 한편을 날카로운 쥐 이빨로 갉아먹히는 통증을 느졌다. 그러나 쉐루는 계속 말을 이어갔다. "말달리기 시합에 참가하려면 천마에게는 아직도 두 가지가 모자라오. 노총관이 그대를 보내 나를 맞으라 했다니, 틀림없이 그대가 내 소원을 들어줄 수 있겠군."

"다른 건 노총관님께 직접 구하세요!"

"천마에게는 완벽한 재갈과 안장이 필요하오." 쉐루는 그러고는 주무를 가슴 앞으로 끌어와 안았다. 쉐루의 품에 안긴 주무의 몸이 뻣뻣하게 굳었다. 쉐루는 나무토막을 안고 있는 것 같았다. 하지만 그가 인도 왕자로 변했을 때 따뜻하고 부드럽게 안기지 않았던가. 쉐루는 말에서 뛰어내렸다. 가슴이 온통 분노로 가득찼다. "그럼 좋소. 당신들이 알아서 말달리기 시합을 하시오. 나와 천마는 하늘로 돌아갈테니! 작은아버지가 왕이 되든지, 아니면 시합에서 이긴 누군가가 왕이 되겠지!"

그 말을 듣는 순간 주무는 쉐루가 인도 왕자에 대해 알고 있는 것 같다는 생각이 들어 서둘러 말했다. "좋아요. 당신이 원하는 것이 무엇인지 말해보세요."

"안장은 밀치끈이 없으면 단단히 맬 수 없지. 안장 위 깔개도 그대 가문에서 쓰는 것을 원하오."

주무는 그녀의 아버지가 가장 아끼는 마구 전체를 원한다는 그를 보며, 하늘에서 내려온 신의 아들이라는 사람이 어떻게 이리도 욕심이 많을까 생각했다. 차오퉁과 뭐가 다른가. 차오퉁은 욕심을 아예 드러내놓기라도 하지, 줴루는 숨기는 것이 너무 많았다. 링가 사람들의 거듭된 부탁이 아니었더라면, 정말이지 채찍을 휘둘러 그대로 말을 몰았을 것이다. 줴루는 이내 주무의 속마음을 알아채고 그 신력이 대단한 지팡이를 휘둘렀다. 주무가 탄 말이 내달리기 시작했다. 주무는 산 두 개를 넘어서야 멈출 수 있었다.

말이 멈춰선 곳은 바로 주무와 인도 왕자가 만났던 곳이었다.

왕자와 헤어질 때 그가 직접 끼워주었던 팔찌를 어루만지노라니, 주무는 저도 모르게 다시금 마음이 흔들렸다. 서늘하면서도 매끄러운 피부와 깊이를 알 수 없이 맑고 투명한 눈동자. 주무는 자신이 링가에서 말달리기 시합의 상으로 내걸려 한 나라의 왕비가 되리라는 것과 피부가 고운 그 왕자는 절대 차오퉁과 줴루의 상대가 될 수 없으리라는 생각을 하니 저도 모르게 슬픔이 솟구쳤다. 그때, 주무의 팔목에 끼워져 있던 수정 팔찌가 마른 등나무 줄기로 변하면서 저절로 끊어져 조각조각 땅에 떨어졌다. 주무가 고개를 들어보니, 줴루가 어느샌가 그날의 인도 왕자와 같은 자세로 그늘 아래 반석에 기대어 앉아 있었다. 주무를 바라보는 그 눈동자는 애정이 가득하고 끝을 알 수 없을 만큼 깊었다. 왕자의 눈동자와 완전히 똑같았다! 주무는 부끄러워 머리를 떨구었다.

"주무여, 햇볕이 이렇게 강렬하니 말에서 내려 좀 쉽시다. 잠시 해를 피했다가 다시 길을 나서는 게 좋겠소."

주무는 말에서 내려 그의 곁에 앉았다. "당신 어머니는요?"

"말이 느려서 뒤처지셨소."

"어머니와 함께 오시지 않고요?"

"당신이 말을 그토록 빨리 몰아서 말이오. 링가에서 가장 아름다운 아가씨가 잡혀가기라도 하면 내가 노총관과 여러 영웅들에게 뭐라 설명할 수 있겠소. 자, 그대가 목이 마른 것 같으니 뭐라도 좀 마십시다! 요구르트? 청과주? 차? 아니면 인도에서 온 무화과 과즙?" 주무가 뭐라 대답을 하기도 전에 일전에 만난 왕자의 시종들이 나타나 줴루가 읊은 이 음료수들을 대령했다.

주무는 그제야 모든 것을 깨달았다. "당신은 어째서 나를 이렇게 놀리는 거죠?" 주무가 눈물이 그렁그렁해서는 물었다. "내가 당신네 모자를 쫓아낼 때 침을 뱉고 모진 말을 했기 때문인가요?"

쉐루가 공중을 향해 손을 젓자 화미조 한 마리가 쉐루의 어깨 위에 내려앉았다. 새는 주무가 왕자에게 주었던 아홉 매듭 비단 띠를 물고 있었다. 그리고 검은 얼굴 강도가 빼앗아 간 황금 반지는 은양지꽃 덤불의 꽃가지에서 반짝반짝 빛나고 있었다! 주무는 더욱 부끄러워 견딜 수가 없었다.

"내 못난 꼴을 보려고 변한 것이었군요."

쉐루는 기회를 놓치지 않고 주무를 품에 안았다. 그녀의 몸은 따뜻하고 부드러웠다.

"말달리기 시합 이후 그대는 내 아내가 될 것이오. 하지만 그대는 한 번도 나를 제대로 본 적이 없소."

"내가 이미 성년이 된 뒤에야 당신이 링가에 태어났죠. 달 같이 둥근 얼굴에 조용했었는데, 나중에는 스스로를 추악하게 만들고 무수히 살생을 저질렀죠!"

"그대는 나를 너무 어리다 생각했나보오. 그래도 당시에 내 힘과 지혜는 형인 자차세가를 비롯한 서른 명의 영웅을 진작 넘어섰는데! 그대의 아름다움이 내 마음속에 번개처럼 내리꽂혔고."

"하지만 당신에게는 자차세가와 같은 의젓함과 관용이 없었어요."

"그리고 내 모습이 추하다고 싫어했지?"

"권위로 세상을 다스리는 대장부라면 외모도 단정해야 마땅하지요."

"그대는 이런 모습을 좋아하오? 아니면 이런 모습?" 쉐루는 순식간에 잘생긴 모습들로 변신해 보였고, 주무는 그런 모습들을 보며 기뻐했다. 마지막으로 쉐루가 미래 왕의 모습으로 변하자, 주무는 두 손을 뻗어 그의 목을 끌어안았다. "쉐루여, 왕이라면 마땅히 용감하고 위엄 있는 모습이어야 합니다!"

그러나 쉐루는 다시 제 모습으로 돌아왔다. 보기 흉하지는 않아도, 능글맞고 경박해 보이는 모습이었다. 주무는 그를 감싸안은 두 손을 풀지는 않았지만, 눈에는 슬픔의 그림자가 드리웠다. "나는 당신이 위대한 일들을 해내고 있다는 것을 알아요. 그런데 왜 일부러 모습을 경박하게 꾸미는 거죠?"

쉐루는 하하 웃었다. 그러나 주무는 쉐루의 눈에서 슬픔의 빛이 떠도는 것을 보았다. 그 빛이 주무의 마음을 흔들었다. "당신의 눈이 당신의 마음을 담은 바다겠죠. 쉐루여, 저 그 바다에 빠지겠어요."

"아름답고 다정한 여인이여, 그대의 말이 맞소. 그러면 나는 그대의 눈빛에 쏘인 한 마리 새가 되겠소."

"당신의 두 눈이 나를 바라보고 있으니 이토록 행복하면서도 나 자신이 너무 하찮게 느껴져요. 제가 그런가요?"

"그대는 고귀한 출신의 여인이고 그대의 미모는 링가에서 제일가는데 어째서 그런 느낌이 든다는 거지?"

"당신의 두 눈동자를 마주하는 사람이면 누구나 이런 마음이 들 것이라 생각해요. 하늘 위에서 인간세상을 바라보는 신들은 모두 그대 같은가요? 그러고 보니 생각나는군요. 당신의 눈빛은 당신이 지은 사원 안의 관음보살의 눈빛이에요!"

"보살의 눈빛이라, 그럴 수도 있겠지. 다시 떠올릴 수 없지만."

"당신은 정말 하늘에서 내려오셨나요?"

줴루는 고개를 들어 하늘을 보았다. "그들이 그러더군."

"그들이 누구죠?"

줴루는 손을 휘둘렀다. 몸을 숨기고 줴루를 보호하던 흰 갑옷과 황금 갑옷을 두른 하늘의 병사들이 모두 모습을 드러냈다. 무기의 날이 반짝반짝 빛나고, 투구 위의 붉은 술이 바람에 나부꼈다. 줴루가 다시 손을 내젓자 병사들은 도로 구름 속으로 숨었다.

"당신은 신이네요!"

"아니오!"

"당신은 신과 같은 사람이에요!"

"그렇소."

"당신을 사랑해요."

"그대가 날 사랑하지 않으면, 내 신성은 사라져버릴 것이오."

이때 메이둬나쩌도 말을 달려 도착해 한 쌍의 기러기처럼 다정히 기대고 있는 이 젊은이들을 보았다. 순간 뭉클한 마음에 그녀의 눈에 눈물이 그렁그렁 고였다. "사랑하는 내 아이들아, 내가 너희를 축복하는 첫번째 사람이 되게 해다오!"

이야기꾼: 말달리기 시합

일이 년 사이에 진메이는 캉바 땅에서 매우 유명한 이야기꾼이 되었다.

이야기꾼들은 스스로에게 새 이름을 지어준다. 하늘이 선택한 이야기꾼은 더이상 부모가 낳은 그 사람이 아니라고 생각했기 때문이다. 이야기꾼은, 소위 말하는 '확성기'다. 물론 보통 확성기는 정부의 입 역할을 하지만 이야기꾼은 신의 확성기다.

많은 교파의 라마승들이 그를 위해 새로운 이름을 지어주고자 했지만 그럴 때마다 진메이는 아무 말 없이 떠나버렸다. 부모님이 너무 일찍 돌아가셨기 때문에, 원래의 이름을 쓰면서 그들을 기억하고 싶었다. 어느 날, 그는 한 진에서 전신주 위에 매달린 확성기를 바라보며 부모의 얼굴을 떠올렸다. 그러나 그들의 얼굴은 이미 어렴풋하게 흐려져 있었다. 진메이는 자리에 앉아 모자 가운데에 달린 거울을 닦았다. 거기에 비친 풍경도 흐릿할 뿐이었다. "눈먼 장님이네." 진메이는 그렇게 말하고선 웃었다.

이야기 실력이 늘어갈수록 시력은 점점 나빠졌다. 그는 잘 다져진 길 위에서도 마치 울퉁불퉁한 길을 걷듯 지벅거리며 걸었다. 어떤 할머니는 그 모습을 보고 가엾다고 말했고, 아가씨들은 그를 보고 입을 가리며 웃었다. 몇몇 아이들은 그를 보고 일제히 소리를 질렀다. "장님이래요!"

"난 너희들이 보여. 눈이 완전히 멀어버린 건 아니거든. 사람들이 그렇게 부르지만."

"저 사람은 그 이야기꾼이야!"

"그래, 내가 그 이야기꾼이란다!" 진메이는 이제 자신이 가는 곳마다 이름이 먼저 도착해 있는 것에 익숙해졌다. 학교에서 하교를 알리는 종소리가 울리면 아이들이 삼삼오오 교문에서 쏟아져나왔다. 아이들은 진메이의 뒤를 따라다녔다.

"아저씨가 그 장님이죠?"

"거싸얼 이야기 들려주세요."

"장님 아저씨, 오늘은 어느 대목 들려주실 거예요?"

진메이는 대답하지 않았다. 육현금은 진메이가 등뒤로 비스듬히 맨 비단 주머니 안에 들어 있었다. 이렇게 흙먼지가 풀풀 날리는 곳에서는 노래할 생각이 없었다. 비록 눈은 나빠졌지만, 쉰 목소리가 나던 목청은 맑고 우렁차게 변한 상태였다. 좋아진 목청이 흙먼지 때문에 또 나빠지기라도 하면 틀림없이 죄를 받을 것이라 생각했다.

"아저씨도 말달리기 시합에 가는 거죠? 현懸* 전체에서 열리는 말달리기 시합 말이에요." 아이들이 또 말했다.

진메이는 육현금 주머니를 두드리며 말했다. "말달리기 시합은 진작 치러졌지. 거싸얼은 일찌감치 왕위에 올랐단다."

이때 진 장이 나섰다. "정부가 주관하는 새로운 말달리기 대회라네. 거싸얼을 기념하는 대회지." 진 장은 '문화를 발전시켜 경제성장에 기여한다'는 이해하기 힘든 말도 했다. 그러고는 지프차의 문을 열었다. "장님 양반, 타시게. 말달

---

* 진보다 한 단계 위에 해당하는 행정단위.

리기 시합에 가서 노래하게나."

장님이 망설이자 진 장이 말했다. "자네 재능 말이야, 그게 다 설마 헛된 명성인가?"

"그랬다면 저는 여전히 고향에서 양을 치고 있었겠지요."

"다른 이야기꾼들도 말달리기 시합에 온다고 하네. 그들과 비교되는 게 두려운 건 아니겠지?"

이렇게까지 말하니 진메이는 하릴없이 진 장의 차에 올랐다. 차가 움직였다. 초원의 울퉁불퉁한 비포장도로를 달리느라 차가 덜컹거리자 진메이는 품안에 육현금을 꼭 안고 말했다. "장님이라고 부르지 마세요. 저는 진메이라고 합니다."

진 장이 큰 소리로 웃었다. "내가 현성에서 열리는 회의에 가면 의장은 내 이름을 기억 못 하고 안짱다리라고 부르지."

그들은 정오쯤 진을 떠났고, 진메이는 흔들리는 차 안에서 잠이 들었다. 진메이가 깨어났을 때, 차는 눈부신 석양을 쫓는 중이었다. 해가 이미 설산 가까이에 걸렸기 때문에, 차는 아무래도 해를 쫓아가지 못할 듯싶었다. 진메이는 마음이 급해졌다. "빨리요, 빨리."

진 장은 작은 산언덕 앞에 차를 세웠다. 언덕 아래에는 탁 트인 초원이 있었다. 그곳에는 수천 개의 흰 천막들이 꽉 들어차 임시로 도시를 이룬 듯했다. 서쪽으로 넘어가는 석양은 이 도시를 어두운 청색으로 뒤덮었다. 그 장면은 꿈결 같은 느낌을 안겨주었다. 진메이가 꿈에서 보았던 대군영의 모습이 이와 비슷했다. 지프차는 다시 움직여 도로를 벗어나 양쪽에 오색 깃발이 가득 꽂혀 있는 경주로로 들어서더니 갑자기 지휘부의 큰 천막 앞에서 급정거했다. 진메이는 앞좌석 의자에 부딪쳐 눈두덩이가 시퍼렇게 멍들었다. 눈앞에서는 별이 날아다니는데, 사람들이 웅성거리는 소리가 들렸다.

"왔네, 이야기꾼이 왔어."

"드디어 그 사람이 왔군." 진메이는 그저 육현금을 가슴에 안은 채 알록달록한 깃발이 죽 늘어선 경주로를 따라 계속 앞으로 걸어갔다. 태양이 마지막 남은 한줌의 빛을 거둬가기 전에, 그는 골짜기의 또다른 산언덕에 올라섰다. 한 그림자가 진메이에게 드리웠다. 산꼭대기에 웅크리고 앉은 이가 있었다. 몸에 어스름을 외투처럼 걸친 그 사람이 말을 걸어왔다.

"누군가가 올거라고들 하더니 자네가 바로 그 사람인 모양이군."

"무슨 말씀이신지 모르겠습니다."

"그 누구보다 노래를 잘하는 사람."

"제가 다른 사람들보다 노래를 더 잘하는지는 잘 모르겠지만 이야기꾼, 중컨인 건 맞습니다."

그 사람은 웃으며 말했다. "하하, 자네는 확실히 대단한 이야기꾼처럼 행동하진 않는군. 하지만 누가 알겠는가? 신이 자네가 이야기꾼이 되길 원하시면, 그럼 그렇게 되겠지."

진메이는 이미 그의 그림자를 벗어나 산꼭대기에 올랐다. 마주서고 보니 이 사람은 얼굴은 말랐지만 예리한 빛을 뿜어내는 매의 눈을 가진 노인이었다. 저녁 바람에 흰 수염이 가볍게 나부꼈다. 그야말로 모든 사람들이 상상하는 이야기꾼의 모습이었다. 그 모습만으로 진메이는 압도됐다.

"어르신, 제가 어떻게 어르신보다 노래를 잘하겠습니까?"

노인은 껄껄 웃었다. "내 모습 때문에 그러는군. 나는 그저 시합이 시작되기 전에 준마와 기수들을 위한 찬가를 한 번 부를 뿐이라네." 노인도 예인이었다. 하지만 이야기는 하지 않고, 그저 영웅 이야기에 등장하는 준마, 병기, 영웅의 모습, 신성한 산과 성스러운 호수, 심지어 많은 상징이 담긴 이야기꾼들의 모자 등을 찬송할 뿐이었다.

"여기서 뭘하고 계셨어요?"

"저녁노을이 이렇게 찬란하지 않나. 헌데 그에 어울리는 표현이 없단 말이지. 이 장관을 어떤 아름다운 어휘로 표현할 수 있을까 생각하고 있었네!"

"생각해내셨나요?"

노인은 슬픔이 서린 말투로 대답했다. "하지만 이 풍경은 계속 변하지. 어떤 단어로도 그 장면을 잡아둘 수가 없었네."

"단어들이 너무 적어서요?"

"아마 너무 많아서일 거야."

마침 태양이 모든 힘을 다 써버렸는지 온 하늘을 붉게 물들었던 빛이 순식간에 사라지고 하늘은 곧 칠흑 같은 어둠에 잠겼다.

"밤의 장막이 내려왔구먼. 가서 축제에 온 사람들을 위해 노래를 해주게."

위에서 보니 각각 화톳불을 밝히고 있는 천막들은 작은 네모들처럼 보였다. 진메이는 노인과 인사를 나누고 화톳불이 타오르는 곳으로 내려왔다. 화톳불 가에 둘러앉아 먹고 마시던 사람들이 엉덩이를 조금씩 들썩여 새로 온 사람에게 자리를 만들어주는 것이 풍습이었다. 그런 뒤에 술이 담긴 대접과 양다리 고기를 나눠주었다. 진메이는 말이 없는 두 남자 사이에서 식사를 했다. 금방 취기가 돌았다. 고개를 들어 하늘을 보았다. 불타는 노을이 만들어놓은 먹구름은 이미 사라지고 무리지은 별들이 밤의 장막 위에서 빛나고 있었다. 진메이는 이야기꾼의 모자를 쓰지도, 이야기꾼의 깃발을 세우지도 않고 비단 주머니에서 육현금을 꺼내 하늘의 별들을 바라보며 현을 튕겼다. 터져나오는 음들이 하늘에서 반짝이는 별들과 함께 호응했다.

조용해졌다. 육현금 소리와 바람이 모닥불을 키워 타닥타닥 타는 소리들만 들릴 뿐이었다. 육현금 소리가 점점 더 격렬해졌다. 사람들이 수군대기 시작했다. "저 사람이야?"

"저 사람이 그 장님이야?"

진메이의 귀에도 이 말들이 들렸다. 그는 희미하게 웃더니 하늘에 더 가까워지려는 듯 자리에서 일어났다. 그러고는 모닥불 앞으로 다가가 노래를 부르기 시작했다.

설산의 영웅인 사자,
짙은 갈기 무성할 때 나타나리라!
숲속의 맹렬한 호랑이,
그 무늬 완전히 선명해지면 나타나리라!
큰 바다 깊은 곳의 황금 눈 물고기,
여섯 지느러미 다 자라면 나타나리라!
인간세상에 숨어 있는 하늘에서 내려온 신,
인연이 닿을 때 나타나리라!

사방에서 갈채가 쏟아졌다! 진메이는 잠시 멈추었다 다시 연주를 시작했다. 이제 그의 귀에는 자신이 연주하는 음이 아니라, 하늘에서 빛나는 별들 하나하나가 현 위에서 흩어지는 소리만 들렸다. 그는 두 눈을 감았다. 오래, 아주 오래전 말들이 내달리는 모습이 펼쳐졌다……

이야기: 말달리기로 왕이 되다, 그 하나

링가의 말달리기 시합 날이 되었다.

링가의 각 부족들이 세운 천막이 황허 강가의 초원을 불야성으로 만들었다.

다룽 부족의 수장 차오퉁, 그의 아들 둥궈와 둥찬을 포함해 다룽 부족의 모든 용사들이 모여들었다. 모두들 고개를 높이 들고, 시선은 위를 향한 모습이었다. 차오퉁의 위자마는 천하무쌍이어서 부족 사람들이 보기에 이 자리는 말달리기 시합이 아니라 다룽 부족이 링가를 호령하게 되는 일을 기념하기 위한 성스러운 축전이었다.

아홉 형제를 우두머리로 삼는 장계 용사들도 있었다. 그들은 모두 노란 비단 장포를 걸치고 금으로 만든 안장과 말다래를 갖추어 금빛 태양 아래 눈부시게 빛났다. 그들 역시 링가의 왕위는 장계가 차지해야 한다고 믿고 있었다. 시합에서 이길 것이라는 자신감도 남달랐다.

여덟 영웅이 이끄는 중계 부족은 쏟아지는 눈처럼 하얀 갑옷, 장포, 안장을 갖추었다.

유계의 용사들도 왔다. 이들은 청색 투구와 장포를 걸치고 정연하게 대열을 갖추고 서 있었다. 노총관 룽차차건은 그 대열 가운데에 있었다. 그는 이 시합이 줴루를 링가의 왕위에 올리기 위한 것임을 일찍부터 알고 있었다. 때문에 차오퉁처럼 섣불리 마두명왕의 예언 따위를 믿지 않았고, 장계나 중계 사람들처럼 왕위를 차지하기 위해 단단히 벼르지도 않았다. 그들은 시합이 시작되지도 않았는데 말을 출발선에 데려다 놓고 헛되이 힘을 낭비하고 있었다. 룽차차건이 자차세가를 가까이로 불렀다. "자네는 저들처럼 허둥지둥대지 않는군?"

자차세가가 말했다. "저도 초조합니다. 줴루가 아직 오지 않았어요!"

"그대는 왕이 되겠다는 생각이 조금도 없는 것인가?"

"저보다 더 훌륭한 방법으로 링가 사람들에게 행복을 가

저다줄 사람이 있다고 생각합니다."

노총관은 길게 한숨을 내쉬었다. "링가는 나라의 모습을 갖추어야 하네. 줴루가 왕이 된 뒤에도 여러 영웅들이 모두 그대와 같은 생각을 해야 하는데. 그래야 링가가 진정으로 하늘의 보살핌을 받아 끝없는 복록을 누리련만!"

"줴루는 어디에 있을까요?"

노총관도 걱정이 됐지만 애써 담담하게 말했다. "때가 되면 알아서 나타날 게야!"

이 말이 떨어지기도 전에 누군가가 소리쳤다. "줴루가 왔다!"

차오퉁의 진정한 적수가, 위자마의 진정한 적수가 왔다!

주무도 기뻐하며 열두 자매 가운데 자리했다. 그녀는 줴루가 오늘 사람들 앞에 괴상망측한 모습으로 나타나지 않을 것이라 확신했다. 완벽한 마구를 갖춘 용맹한 천마를 타고 나타날 것이라 생각했다. 줴루가 나타나자 과연 사람들이 우렁차게 박수갈채를 보냈다. 하지만 이어 사람들의 탄식이 들려왔다. 준마를 타고 있는 줴루는 링가에서 쫓겨나던 때의 그 지저분한 행색이었다. 왕의 모습은 찾아볼 수 없었다.

줴루를 지지하던 유계의 장수들도 깊이 실망했다. 그들은 얼굴을 다른 방향으로 돌렸다. 아바오디 산 아래 출발선에서 있던 용사들도 그의 옆에 서길 꺼렸다. 차오퉁만이 유난히 친절하게 줴루를 맞았다. 차오퉁은 속으로 자신이 이 시합에서 틀림없이 이기리라고 확신했다. 주무는 줴루가 일부러 이런 모습을 하고 왔으리라 짐작했지만, 불편한 마음은 어쩔 수 없었다. 자매들도 모두 자신이 이미 줴루에게 마음을 둔 것을 알고 있는데 그가 이렇게 볼품없는 모습을 하고 있으니 체면이 서지 않았다. 이때 줴루의 본체가 꿀벌로 변해서 그녀의 귓가로 날아와 웅웅대며 노래를 불렀다. 화가 난 주무가 내뻗은 손에 하마터면 벌이 맞아 땅에 떨어질 뻔했다. 흥미를 잃은 벌이 비실비실 날아가버렸다.

말달리기 시합에 참가하는 기수들이 모두 아바오디 산 아래에 한 줄로 늘어섰다. 뿔피리 소리가 울리고 승려와 주술사가 제단에서 향을 피워 올렸다. 이 시합을 가호하는 호법신과 산신들은 이미 아래로 내려와 있었다. 인간세상이 아니라 구름 위에서 한바탕 북소리가 울리고 화살 한 대가 공중에서 날아내려왔다. 화살이 땅에 내리꽂히자 천둥처럼 우렁우렁한 소리가 울렸다. 말달리기 시합의 시작을 알리는 신호였다. 링가의 용사들이 쥐고 있던 고삐를 느슨히 하자마자 몸 뒤로 노오란 모래 먼지가 구름처럼 일어났다. 이 먼지가 채 가라앉기도 전에 말들은 이미 거대한 산굽이를 돌아 시야에서 사라졌다!

차오퉁과 그의 위자마는 선두를 차지했다. 자차셰가는 채찍으로 말을 재촉하는 중에도 바람처럼 내달리는 말들 중에서 아우의 모습을 찾아보았다. 쥐루는 행렬 맨 뒤에서 아무 일도 없다는 듯 하늘의 먹구름을 올려다보고 있었다. 먹구름은 갈수록 커져 말들의 행렬이 세번째 화살이 있는 곳을 지날 즈음에는 하늘을 가득 메웠다. 층층이 쌓여 있는 구름 속에서 뇌성이 울리고, 번개가 거대한 뱀처럼 꿈틀댔다. 산 위에서 제사를 드리던 승려가 신에게만 보호해달라 빌고, 그 지역의 요마에게는 아무것도 봉헌하지 않았기 때문에 아바오디 산의 호랑이, 표범, 곰 세 요마가 화가 난 것이다.

호랑이 요마가 화를 내며 말했다. "링가 사람들이 우리 땅에서 말달리기 시합을 열어 온 산에 모래 먼지를 일으키고 있으면서도 우리에게는 봉헌조차 하지 않다니!"

"저놈들이 멋대로 굴게 두어서는 안 되지!"

"본때를 보여주자고!"

이렇게 해서 세 요마가 함께 주술을 부려 말달리기 시합에 참가한 사람들에게 거대한 우박을 퍼부으려 한 것이다. 쥐루는 진작 이를 알아채고 우박이 떨어지기 전에 등뒤의 산꼭대기로 마법의 그물을 던져 세 요마를 묶어 끌어왔다.

쭤루를 본 세 요마는 하늘에서 내려온 신의 아들도 시합에 참가한 것을 알아채고는 얼른 잘못을 인정하고 참회했다. "오늘은 무척 기쁜 날이니, 내 너희 목숨을 취하지 않겠다. 얼른 먹구름과 우박을 거두어라!"

순식간에 먹구름이 사라지고 햇빛은 더욱 찬란하게 빛났다. 그러는 사이 산신이 빠르게 내려와 쭤루에게 열쇠 하나를 주었다. 쭤루가 히죽 웃으며 말했다. "내가 말달리기 시합에서 우승을 하면 왕위와 왕비를 얻는데 어찌 그대의 뒷문을 여는 열쇠가 필요하겠소!"

산신이 말했다. "왕이 되려면 많은 재물이 있어야 합니다. 하지만 당신은 가진 것이 없지요. 그래서 산의 보물 창고 열쇠를 바치는 겁니다!"

쭤루는 그제야 진지한 태도로 고맙다고 말했다.

산신이 말했다. "경기에 가볍게 임하시면 안됩니다. 이미 화살 열 개만큼은 뒤처지신 거 같습니다!"

쭤루가 채찍을 휘두를 것도 없이 그저 장가페이부의 목을 톡톡 두드리자, 천마는 순식간에 내달려 우레처럼 대지를 울리며 달리는 말들의 사이에 끼어들었다. 쭤루는 부족의 대 점술사도 경기에 참가해 말을 몰고 있는 것을 보고는 속도를 늦추어 점술사와 말머리를 나란히 했다. "점술사께서 스스로를 위해 점을 치셨나 봅니다. 황금 보좌가 그대를 부르고 있는 모양이지요?"

점술사는 속도를 늦추기는커녕 도리어 말에 채찍을 가하고는 가쁜 숨을 몰아쉬며 대답했다. "자신을 위해 점을 치는 사람은 두 눈이 멀고 맙니다. 그렇지만 않으면 정말 나를 위해 점을 보고 싶군요."

"나라를 다스리기 위해 점술사도 전사들과 경쟁할 수 있다고 생각하는 것 아닙니까?"

점술사가 웃었다. "그대도 이 말의 행렬 가운데 달리는 이유가, 사람을 유혹하는 황금 보좌 때문 아니겠소?"

줴루는 목소리를 높여 당시 천모의 가르침을 받을 때 미처 말하지 못했던 의문을 쏟아냈다. "인도 법왕의 보좌, 가국 황제의 용상, 그리고 수많은 나라들에서 왕위를 말달리기 시합으로 얻는 곳은 없다고 알고 있소. 그러나 우리가 사는 이곳에서는 말이 빠른 자가 왕이 되고, 말이 느린 자는 신하가 되니, 이상하지 않소?"

"가 국의 이런 말을 들어보지 못했소? 말 위에서 천하를 다스릴 수는 없지만 천하를 가질 수는 있다!"

"그대도 천하를 가질 생각이오? 스스로를 위해 점을 볼 수 없다니, 그러면 나를 위해 점을 봐줄 수는 있겠소?"

점술사가 크게 웃었다. "화살을 쏘기 전이라면 과녁을 맞히겠는지 물을 수 있지만, 이미 화살이 시위를 떠난 뒤에는 더없이 신통한 점술사라도 결과를 알 수 없소이다!" 말을 마친 점술사는 말을 몰아 앞으로 달려갔다. 줴루는 그가 화살 하나 거리만큼 달려가는 것을 보고 웃으며 고삐를 쥐었다. 그러자 장가페이부가 날 듯이 점술사를 제쳤다. 줴루가 등뒤로 한마디를 남겼다. "거짓말을 하지 않는 것을 보니, 그대는 좋은 점술사 같군요. 만약 내가 승리한다면 그대를 점술사로 봉하겠소!"

이어 줴루는 유명한 의사도 말을 내달리고 있는 것을 보았다. 그러나 그 말의 눈을 보니 얼마 가지 못할 듯싶었다. 줴루는 소리쳤다. "의사여, 약 주머니가 떨어졌소!"

의사는 곧 고삐를 당겨 말을 세웠다. 하지만 약 주머니가 안장에 그대로 달려 있는 것을 보고는 얼굴에 분노의 기색이 일었다. 줴루가 함박웃음을 지으며 말했다. "그대의 말이 지쳐 쓰러질 것 같기에 한숨 돌리게 해준 거요." 의사도 웃으며 말을 천천히 달려 줴루와 말머리를 나란히 하고 갔다. 줴루가 말했다. "내 보기에 그대는 병을 앓는 듯하오."

의사가 말했다. "병이 없는 사람에게 병이 있다고 하는 것은 악독한 주문과 같소이다."

"그럼 내가 병이 있는 게로군."

"그대는 괴상망측하게 하고 다니지만, 눈이 맑고 밝은 것을 보니 병은 없소."

"난 병이 있소이다."

의사는 이내 진지해져 왕위를 다투는 일 따위는 까맣게 잊은 듯 말을 쏟아냈다. "줴루, 사람의 병은 풍風, 쓸개, 가래와 관련이 있는데 탐욕, 분노, 무지 때문에 병에 걸립니다. 이 세 가지가 서로 맞물려 사백이십사 종의 질병을 일으키는 거요. 그대에게는 어떤 징후도 보이지 않으니, 얼른 말을 몰아 그대가 얻어 마땅한 보좌를 차지하시오."

"그대는 자신이 왕이 되지 못할 것을 알면서 왜 그리 급히 말을 몰았던 거요?"

"내가 그래도 링 국에서는 명성이 있는 사람인데 순위를 다투는 일에 나서지 않으면 앞으로 링 국에서 어찌 살겠소?"

줴루는 말을 몰아 앞으로 가면서 한마디를 남겼다. "내가 국왕이 되면, 그대를 링 국의 어의로 삼겠소!"

장가페이부는 과연 제일가는 준마였다. 줴루가 가볍게 채찍만 휘두르면 말은 번개처럼 내달렸다. 그리고 곧 노총관을 따라잡았다. 줴루는 항렬에 따라 그를 불렀다. "작은아버지."

노총관은 원칙과 규율을 중시하는 사람이라 곧 쿼루에게 이치를 따져 말했다. "혈연관계로 보자면 작은아버지가 맞지만, 그것은 사적으로 부르는 호칭이고 지금은 공적인 일을 치르는 중이니 총관이라 부르시오."

쿼루는 속도를 늦추며 말했다. "제가 무슨 말을 하고 있는지, 저는 정확히 알고 있습니다. 이제 링가의 옛 질서는 무너졌습니다. 황금 보좌를 차지한 누군가가 다시 질서를 정할 수 있겠지요. 그러니 작은아버지라 부르는 것입니다."

룽차차건은 저도 모르게 고개를 끄덕이며 말했다. "역시 하늘에서 내린 신의 아들이구나. 이리도 깊은 통찰을 하다니. 어서 말을 몰아 왕위를 얻어라. 하늘의 뜻과 백성의 마음을 따르거라!"

쿼루는 자신이 왕위에 오르면 그를 수석대신의 자리에 그대로 두겠다고 말하고 싶었다. 그러나 룽차차건이 쿼루의 말 궁둥이에 채찍을 휘둘렀기 때문에, 장가페이부가 화살처럼 달려나가버렸다. 쿼루는 조금도 힘들이지 않고 달리면서 바람을 일으킬 정도로 빠른 차오퉁의 위자마를 앞서나가게 됐다.

말달리기 시합의 종점인 구러 산이 둥근 투구처럼 눈앞에 떠올랐다. 차오퉁은 홀로 앞서 달리고 있었기에 이 순간 마치 황금 보좌가 눈앞에 보이는 것만 같았다. 마두명왕의 예언이 곧 실현될 것이었다. 절세미인인 주무도 앞으로 자신의 소유가 될 것이요, 구러 산의 보물 창고 문도 자신을 향해 열려 있는 셈이었다. 차오퉁은 하늘 위로 날아오르는 듯한 기분이었다. 마음속으로 점쳐보는 바로 이때, 헉헉 몰아쉬는 가쁜 숨소리가 등뒤에서 들렸다. 돌아보니 줴루가 거친 숨을 내쉬며 쫓아오고 있었다. 조금만 더 빠르게 달리면 말에서 곧 떨어질 것 같은 꼴이었다.

차오퉁은 웃음을 터뜨렸다. "설사 네가 온 힘을 다한다 해도 황금 보좌는 너에게서 머니라. 하지만 조카야, 너는 이미 자신이 최고라고 생각하던 녀석들을 다 제쳤구나! 장차 조정을 꾸리면, 내 너를 저들의 앞에 세워주마!"

줴루는 거짓으로 꾸민 모습이 야심만만한 작은아버지를 또 한번 속였다는 것을 알았다. 그래서 바로 여유 있는 태도를 드러내고 손에 든 채찍을 휘둘렀다. 순간, 한줄기 빛이 차오퉁의 옆으로 스치는가 싶더니 순식간에 줴루와 그의 천마가 차오퉁 앞으로 달려가버렸다! 득의양양했던 모습은 순식간에 사라지고 절망한 차오퉁은 화가 난 나머지 피를 토할 뻔했다. 차오퉁은 정신을 가다듬고 방해 술법을 써서 순간적으로 시야를 가려버릴 검은 담장을 만들어냈다. 그러나 줴루의 천마는 한줄기 빛이 되어 담장을 뚫고 지나가 버렸다. 천마가 뿜은 이 강렬한 빛에 순간 앞이 보이지 않아 차오퉁은 몸이 흔들려 하마터면 아래로 곤두박질칠 뻔했다. 차오퉁은 위자마를 채찍질하며 목숨을 걸고 앞으로 내달리는 수밖에 없었다. 산허리에 이르니 황금 보좌가 바로 눈앞에 있었다. 이제 몇 발짝만 더 달린 뒤 말에서 가볍게 뛰어내려 그 황금 보좌에 안착하기만 하면 되는 것이다. 그런데 희한하게도 이미 차오퉁을 앞질렀던 줴루가 그림자도 보이지 않았다. 아마도 그 어린놈의 기마술이 대단치 않아 왕좌에 이르러서도 제때에 고삐를 당기지 못해 그대로 산 저쪽으로 달려가버린 모양이었다.

차오퉁은 침을 삼키고 두 다리로 말을 조이며 달려가려고 했다. 그런데 웬일인지 위자마가 앞다리를 들어올리며 멈춰서더니 뒷걸음을 쳤다. 황금 보좌가 멀어지고 있었다. 차오퉁이 고삐를 어떻게 조여도 위자마가 뒤로 물러서는 것을 막을 수 없었다. 차오퉁은 할 수 없이 말에서 뛰어내렸다. 위자마가 그의 뒤에서 힝힝대며 울었다. "위자야, 방법이 없잖니. 일단 왕위를 차지하고 나서 돌아와 살펴봐주마!"

위자마의 다리에 힘이 풀리며 그대로 땅 위로 쓰러졌다.

차오퉁은 두 손 두 발을 모두 동원해 지척에 있는 황금 보좌로 기어올라갔다. 그러나 차오퉁이 다가갈수록 황금 보좌는 뒤로 물러나면서 계속 손에 닿지 않았다. 그렇게 영원히 닿을 수 없을 것 같았다. 그때, 줴루의 웃음소리가 들려왔다. 차오퉁은 부끄러운 나머지 버럭 화를 냈다.

"이 미천한 거렁뱅이 녀석, 네가 날 비웃어?"

"존귀하신 작은아버지, 저한테 말씀하신 건가요?"

"시합에서 왜 술법을 남용하느냐?"

"작은아버지가 제게 방해 술법을 쓰셨지, 저는 술법을 쓰지 않았어요!"

"그럼 내가 이처럼 목숨 걸고 달려가는데, 어째서 황금 보좌에 다가갈 수 없느냐!"

"그것은 천신께서 작은아버지께 내린 벌입니다! 저와 장가페이부도 지금 그 황금 보좌 주변을 두 바퀴나 돌았지만, 감히 앉지 못했어요!"

차오퉁은 크게 한숨을 내쉬며 생각했다. '저 젖비린내도 안 마른 거지 놈이, 막상 황금 보좌를 두고는 겁을 먹었나 보군.' 차오퉁은 이런 생각을 입 밖으로는 내지 않고 달콤한 말들을 쏟아냈다. "조카야, 넌 총명한 사람이지? 권력이라는 것은 만백성을 걱정할 책임을 안겨줄 뿐이란다. 실로 감당하기 어려운 고통이지!"

"작은아버지께 한 가지 더 가르침을 청하지요. 그럼 승리의 상으로 받게 되는 아가씨는요?"

"그 아가씨는, 너도 산에 널린 야생 나무 열매들을 보았을 게다. 매혹적인 붉은빛에 그 맛은 꿀처럼 달콤하지. 하지만 그 열매를 실제로 삼키면 황천으로 가게 된단다!"

"산의 온갖 보물들은요? 보물들 때문에 잠도 안 오실 텐데요!" 차오퉁은 줴루의 비아냥을 눈치챘지만, 그런 것을 신경쓸 겨를이 없었다. "착한 조카야, 길을 열어다오. 내가 왕좌에 앉아 여러 백성들의 고생을 대신하게 해다오. 너는 지금처럼 걱정도 근심도 없이 무엇에도 얽매이지 않는 삶을 살아가면 된다!"

"그렇게 고통스러운 자리라면, 그냥 저더러 앉으라고 하시지요. 황허 강가에서 꼬박 팔 년을 떠돌았으니, 어떤 고통이든 견뎌낼 수 있습니다! 작은아버지는 위자마나 잘 돌보세요." 줴루가 채찍을 위로 높이 쳐들자 바닥에 쓰러져 있던 위자마가 벌떡 일어섰다. 차오퉁은 황금 보좌로 가는 희망이 다시 생긴 것을 보고 얼른 고삐를 잡고 말 등에 올라타려했다. 하지만 말은 앞다리가 풀려 도로 바닥에 주저앉았다.

"계속 분수에 넘치는 생각을 하시면, 보마만 해칠 뿐입니다."

차오퉁이 위자마의 목을 어루만지며 엉엉 울었다. "착한 조카야, 내 위자마를 구해다오. 치료해다오."

차오퉁의 울음소리에 줴루도 마음이 움직였다. "작은아 버지가 앉아서는 안 될 왕위에 더이상 연연해하시지 않으 면, 위자마도 다시 건강해져서 나는 듯 달릴 거예요!"

차오퉁은 선뜻 내키지 않아 소리쳤다.

"하지만 마두명왕이 예언했단 말이다. 그 황금 보좌는 우 리 다룽족 사람이 앉을 거라고!"

줴루는 쓰고 있던 모자를 벗고 땀을 닦는 것처럼 얼굴을 매만졌다. 줴루의 얼굴이 곧 대적할 사람이 없을 정도로 사 나운 마두명왕의 얼굴로 변했다. 차오퉁이 눈을 비비고 더 확실히 보려 하자 줴루는 곧 원래의 모습으로 돌아갔다. 아 니, 원래의 모습이 아니었다. 더 정확하게 말하자면, 그의 얼굴이 변화하고 있었다! 좁던 이마가 넓어졌고, 콧날은 오 똑해졌으며, 눈썹은 더 또렷해졌다. 고원의 태양에 그을려 새까맣게 탔던 피부가 조각조각 떨어지더니 옥돌처럼 부드 러운 새 피부가 나타났다!

차오퉁은 애통하게 울 수밖에 없었다. '하늘이시여, 제게 도 그토록 뛰어난 신력과 많은 계략을 주셨으면서 어찌하여 또 하늘에서 신의 아들을 내려보내 링 국의 왕위에 앉히시

려는 겁니까!'

췌루는 황금 보좌 앞으로 다가갔다. 췌루는 보좌에 앉는데 급급하지 않고 곰곰이 따져보았다. 왜 이 보좌에 앉아야만 비로소 권력과 재산, 미녀를 얻게 되는 걸까? 그러니 사람들이 모두 여기에 눈독을 들이지 않는가. 그런데 이 자리는 정말 그런 물건들을 의미할 뿐인 걸까? 췌루는 하늘을 올려다보았지만, 하늘은 푸르디푸를 뿐 아무런 말이 없었다. 이번엔 땅을 내려다보았다. 아득하게 펼쳐진 끝없는 초원을 보다가, 긴 여정을 마치고 집으로 돌아온 사람처럼 돌연 안도의 숨을 내뱉었다. 수정과 같은 설봉, 우뚝하니 치솟은 암석, 날개를 펼친 매가 췌루의 시선을 멀리로 이끌었다. 그 순간 하늘과 땅 사이의 모든 것이 잠시 숨을 멈추었다. 모든 것은 이미 하늘이 정해놓았지만, 이 순간에 닿기까지 췌루는 열두 해를 걸어왔다. 어쩌면 그는 사람들의 마음을 처음으로 모을 수 있었던 이 초원을 링가 사람들의 행복한 고향으로 만들 수 있을 것이다.

췌루가 보좌에 앉았다.

라디 산에 모여 말달리기 시합을 보던 사람들은 그 장면에 모두 조용해졌다. 그러고는 곧 상황을 이해하고 믿기 힘든 이 광경 앞에서 천지를 뒤흔드는 환호성을 내질렀다.

이야기: 말달리기로 왕이 되다, 그 둘

쿼루가 보좌에 앉자마자 상서로운 구름이 순식간에 하늘을 뒤덮더니, 곧이어 물결처럼 양쪽으로 갈라졌다. 하늘 문이 열린 것이다! 천모 랑만다무가 손에 화살집을 들고 나타났다.

천마 장가페이부가 고개를 들고 히잉 하고 세 번을 울었고, 쿼루는 산신이 준 열쇠를 구러 산의 암석 위로 던졌다. 그러자 마치 눈사태가 나듯 산에서 굉음이 울리며 암석이 갈라져 떨어지기 시작하더니, 산속 깊은 곳에 칠보를 감추었던 수정 대문이 우르릉 소리와 함께 열렸다. 산신의 부하들이 보물을 모두 왕좌 앞에 바쳤다. 전쟁의 신들도 나타났다. 그들은 설봉처럼 흰 투구와 검은 철갑옷, 붉은 등나무 방패, 그리고 군신軍神의 혼백이 담긴 호랑이 가죽 활집 등등을 받쳐들고 있었다. 신들은 이 물건들을 쿼루가 용사처럼 보일 수 있도록 그의 몸에 꼭 맞게 걸쳐주었다. 등에는 활, 허리에는 검, 손에는 창이 갖춰졌다. 그러는 사이에 쿼루의 용모도 변하기 시작했다. 못생긴 어릿광대 같은 모습이 온 세상에 위풍을 떨칠 만큼 당당한 모습으로 거듭났다. 이러한 일이 벌어지는 동안 하늘에선 꽃비가 내렸다.

하늘에서 링가로 내려온 이후 줴루는 줄곧 먹구름에 가려진 태양처럼 자신의 광휘를 내뿜지 못했다. 깊은 연못에 잠긴 연꽃이 그 그윽한 향기를 퍼뜨리지 못하는 것처럼 말이다. 좋은 일을 수없이 많이 하고도 오히려 부족 사람들에게 쫓겨나 황야를 떠돌았고, 그토록 많은 요괴와 귀신을 진압하고도 무고한 살생을 저지른다고 오해를 받았다. 생각해보니, 이 또한 하늘의 뜻이었던 모양이다. 이런 고난을 맛보게 해 줴루가 백성들의 고통을 더욱 깊이 살필 수 있도록 한 것이다. 이제 그는 드디어 왕위에 앉았다. 하늘 문이 서서히 닫히기 시작했다. 하늘에서 위엄에 찬 목소리가 전해졌다. "이제부터 링가는 완전한 국가다. 그리고 거싸얼이 그 왕이 된다!"

산에서 시합을 지켜보던 링 국 사람들은 꿈에서 막 깨어난 것처럼 신의 아들 거싸얼, 줴루의 이름을 외치고 환호성을 내지르며 아래로 쏟아져내려왔다.

거싸얼은 황금 보좌에서 서서히 일어나 신하와 백성들을 내려다보았다. 그러고는 천천히 입을 열어 말했다. "말달리기 시합에 참가한 여러 영웅들, 그리고 링가의 백성들이여, 내가 아랫세상으로 내려가 요마를 제거하고 중생을 구제하겠다고 소원을 빈 뒤로 열두 해가 지났습니다. 이 열두 해 동안 내가 한 일들에 대해서는 모두가 눈으로 보았을 것입니다. 하늘의 뜻을 받아 이제 링의 황금 보좌에 오르게 됐습니다. 아직 제가 모르는 것이 하나 있습니다. 모두들 이를 진심으로 기쁘게 받아들일 수 있습니까?"

노총관이 큰 소리로 외쳤다. "하늘이 링가에 복을 주셨으니, 바로 우리 링의 영웅, 군왕입니다!"

왕! 이는 새로운 말이었다. 링가 사람들은 이 단어를 입밖으로 내어 사용해본 일이 없었다. 마음속으로는 애타게 기다렸지만 말이다. 진작에 왔어야 하는 것이나 오래도록 오지 않다가 드디어 흩뿌리는 꽃비와 함께 그들 앞에 나타난 것이었다! 이제야 천만 개의 마음이, 천만 개의 입이 함께 그 단어를 외칠 수 있게 됐다. "왕! 왕! 왕!"

"거싸얼! 왕! 거싸얼 왕!"

이 단어는 어떤 보배로운 것들보다 더 눈부시게 빛났다! 노총관 룽차차건이 각 부족의 수령들을 이끌고 와서 각각의 계보와 깃발을 바치며 충성을 맹세했다. 거싸얼이 이 맹세를 흔쾌히 받아들이자 사람들은 진심 어린 환호를 보냈다. 거싸얼은 손을 저어 환호를 멈춘 다음 관료들을 임명하기 시작했다.

먼저 노총관을 수석대신에 봉하였고, 그다음으로 각 보좌

대신과 유계 각 부족의 만호장, 천호장을 봉하였다.

링가의 삼십 영웅 가운데 자차셰가, 단마, 니번다야와 넨 차아단을 사대 장군으로 봉해, 대군을 이끌고 링 국의 변방을 지키게 했다. 이어 각 정장군과 부장군, 천부장과 백부장을 봉했다. 국사와 의무관도 빠뜨리지 않았다. 모두가 한소리로 좋다고 말했다. 차오퉁도 새로운 국왕에게 머리를 조아리며 하례를 올릴 수밖에 없었다.

"대왕이시여, 링가는 이미 나라가 되었지만, 존귀한 황금 보좌를 안치할 궁전은 없습니다. 대왕께서는 일단 우리 다룽의 성채로 옮기시어 그곳을 왕궁으로 삼으시면 어떠실지요. 링가 전체를 통틀어 우리 다룽만큼 부귀한 기상을 가진 성채는 없습니다."

수석대신 룽차차건이 진언하였다. "국왕께서는 국토의 중앙에 계셔야 합니다. 다룽은 변방에 있지 않습니까."

두 사람이 논쟁을 시작했다.

거싸얼은 미소를 지었다. "모두들 막사로 가 나의 승리주를 함께 마시며 다시 이야기해봅시다!"

영웅들은 준마를 타고 산 아래로 달려가 함께 막사로 들어갔다. 막사에는 술과 음식이 딱 맞춰 차려져 있었다. 주무가 아름답게 단장한 링가 아가씨들을 이끌고 고운 춤과 노래로 모두를 맞았다. 주무는 너울너울 춤을 추며 거싸얼에게 다가가 무릎을 꿇고 맛 좋은 술을 머리꼭대기까지 받쳐 올렸다.

"왕이시여, 바라건대 전하의 태양과 같은 빛으로 영원히 저를 덮어주시고, 저의 행복이 꽃과 같이 흐드러지게 하소서! 전하가 사방을 정복하는 위업을 세울 때, 저는 그림자처럼 전하 곁에서 고삐를 잡고 등자를 걸어 돕겠습니다!"

거싸얼은 주무를 일으켜세우고는 자신의 왕좌 옆에 자리를 마련해주었다. 그러자 사람들이 축복의 하다*를 바쳤다.

링가 곳곳에 흩어진 부족들은 하루 사이에 질서가 갖추어진 나라가 되었다. 못생기고 남루했던 소년은 잘생기고 위엄에 찬 국왕이 되었고, 링가에서 가장 아름다운 여인은 국왕의 신부가 되었다! 사람들이 먹고 마시며 즐기는 동안 아홉 굽이 황허 강가에 비온 뒤 버섯이 땅을 뚫고 솟아나듯 왕궁이 우뚝 세워졌다. 신들이 법력으로 궁전을 수정처럼 반짝이게 만들었다. 처음에는 모두가 막사 안의 오색찬란한 부드러운 좌석에 앉아 있었으나, 음악 소리 가운데 사람들

---

* 티베트족과 일부 몽골족 사람들이 경의나 축하를 표시할 때 신에게 바치거나 상대방에게 선사하는 비단 스카프.

은 어느새 자신들이 백이십 개의 잣나무와 향나무 기둥으로 떠받들어진 웅장한 궁전 한가운데 앉아 있음을 깨달았다. 눈앞의 옥계단이 점점 높아지며, 사람들을 존귀함과 비천함, 높고 낮음에 따라 한 단 한 단 나누었다. 저 높이 보좌 위의 국왕은 백성을 향해, 문신들과 무장들을 향해, 그리고 하늘을 향해 신하를 새로이 정돈하고 요마들을 소탕하겠다는 원대한 뜻을 다시금 밝혔다. 국왕의 목소리는 마치 구리 종이 울리듯 우렁차게 궁전 안에 메아리쳤다!

궁전 문밖에서 노랫소리가 들려오더니 반신반인의 장인들이 궁 안으로 들어섰다. 링가에서 태어날 때는 사람이었으나, 후에 여러 직업의 신이 된 이들이었다.

그중에는 제련 기술을 개발해 무쇠의 아버지라 불리며 링가에서 병장기를 다루는 부족의 수장으로 후에 대장장이 신이 된 이가 있었다. 조각 장인도 있었고 진흙을 구워 매끈한 유리를 구워내는 가마 장인도 왔다. 현악기를 만드는 장인도 있었으며 널따란 길을 내면서도 산신의 노여움을 타지 않는 풍수사도 있었다. 꽃과 꽃을 사람처럼 서로 사랑하게 만들어 더 풍성한 열매를 맺게 하는 씨앗의 마술사는 장치골짜기의 농민들이 떠받드는 풍작의 신이 되었다. 풀무로 온갖 꽃향기를 모으는 향료사. 훗날 그는 아름다움을 사랑하는 여인들이 규방에서 모시는 비밀의 신이 된다. 이 신의 영험함을 입는 여인의 몸에서는 자연스럽게 서로 다른 꽃향기가 난다고 한다.

거싸얼 대왕이 말했다. "그대들은 궁전의 건립에 이바지하였고, 앞으로도 그대들의 많은 공헌이 필요합니다. 부디 앉아서 마음껏 마시며 즐기시오."

신령처럼 갑자기 나타난 이들도 모두 자리에 앉았는데, 현악기를 만드는 장인만이 이렇게 말했다. "맛좋은 술은 입에 맞으나 음악이 거슬리는군요. 제사를 드리거나 전쟁을 할 때 울리는 처량하고 무시무시한 북소리와 나팔 소리는 이처럼 우아하고 웅장한 궁전에서 연주하기에 걸맞지 않지요. 망나니 같은 저들이 마음과 몸을 차분히 가라앉히고 우아한 음악을 연주하도록 제가 가르쳐보겠습니다!"

거싸얼은 미소를 지으며 그리하라고 했다. 사람들은 이자의 호언장담이 어떻게 될지 주시했다. 북과 나팔을 연주하는 저 흉악한 외모의 장정들에게 무슨 수로 '우아한 음악'을 가르친다는 것인가. 장인이 뭔가에 홀린 듯한 미소를 띠고 손가락 하나를 입술 앞에 세웠다. 그가 쉿 소리를 낸 것도 아닌데, 악대가 연주를 멈췄다. 명장이 현을 놀렸다. 손끝을 따라 시냇물에서 수정처럼 영롱한 물보라가 튀어오르는 소리, 잔잔한 호수 위로 햇빛이 쏟아지는 것과 같은 소리가 흘러나왔다. 소리들은 멀리 갔다가는 다시 돌아왔다. 장정들의 표정이 평화롭고 말끔하게 변했다. 명장이 손으로 북의 가죽을 쓸자, 희생되었던 동물들의 피가 묻어 생겼던 얼룩들이 사라지고 그 위로 연꽃 한 송이가 피어났다. 그가 다시 현을 어루만지자 이번에는 한줄기 바람이 몰아치듯 사람의 다리뼈로 만든 나팔들이 바닥에 떨어져 산산조각 났다.

명장이 말했다. "그대들에게 악기를 주겠다." 장정들의 손에 모두 금이 들렸다.

"나를 따라 연주하라."

장정들은 곧 명장을 따라 연주하기 시작했다. 음악은 신선한 바람처럼 사람들의 마음에 들어섰다. 북을 두드리고 나팔을 부는 이들은 과거에 전사와 주술사였던 사람들이다. 금의 선율 속에서 그들의 얼굴에 눈물이 흘러내렸고, 이렇게 그들은 진정한 악사가 되었다. 이렇게 해서 그들은 '두 번 태어난 사람들'이라고 불리게 되었다.

그리고 이때 수많은 여인들이 이 명장에게 마음을 빼앗겼다. 훗날 소문이 전하기를 호수에서 목욕을 하는 명장을 어느 여인이 훔쳐보았는데 알고 보니 그는 여인의 몸이었다고 한다. 그러나 여인들은 여전히 그에게 매혹당했다. 왕비 주무마저도 그 순간 거싸얼의 곁에 앉아 감정이 움직이지 않도록 자신에게 충분한 힘을 달라고 기도했다. 그 음악이 사람의 마음속에서 일으키는 감정은 그토록 아름다웠다.

이야기꾼: 노래하는 사람과 준마

캉바의 말달리기 시합이 시작되었다.

첫날은 예선전이었다. 그토록 많은 말과 기수가 일렬로 서서 동시에 출발하려면 출발선이 최소 이 킬로미터 너비는 되어야 했다. 그러나 이 세상 어디에 그토록 긴 출발선이 있겠는가? 그래서 조를 나누어 뛰기로 했다. 출발선 한쪽 끝에서는 손에 신호총을 든 사람이 잠금쇠를 풀어 발사 준비를 했다. 또 한쪽 끝에서는 빛깔이 화려한 삼각형 깃발을 든 사람이 출발 신호를 하기 위해 서 있었다. 기수들은 말고삐를 잡고 출발선 앞에 줄지어 섰다. 엄청난 수의 구경꾼이 한데 몰려들어 구경꾼 못지않게 많은 경찰을 배치해야만 초원의 말달리기 코스를 유지할 수 있었다. 총성이 울림과 동시에 깃발이 내려가자, 첫 조의 말들이 맞은편 산언덕 아래 결승선을 향해 달렸다. 결승선에서는 손에 초시계를 든 심판이 양산 아래 높은 의자에 앉아 모든 말들이 결승선을 통과하는 시간을 기록했다.

진메이는 어렵사리 사람들 사이에 끼어들었다. 그토록 많은 사람이 모여 있는 것을 처음 보았기에, 그의 시선은 주로 사람들에게 머물렀고 말에는 거의 관심이 없었다. 이때, 짙은 선글라스를 낀 한 사내가 진메이의 귓가에 속삭였다. "진짜 명마는 아직 나타나지 않았소. 절정의 시간에 이르지 않았으니까."

사내는 계속해서 말했다. "내 천막으로 가서 차를 마시고 잠깐 쉬시겠소?" 말을 마치자 그는 몸을 돌려 군중 사이를 헤치고 나갔다. 진메이도 그를 따라 사람들 사이를 헤치고 나갔다. 어느새 그는 멀리 있는 천막 앞에 서 진메이를 향해 손을 흔들었다.

바깥은 햇살이 따가웠지만, 천막 안은 서늘했다. 진메이는 남자가 말하는 동안 차를 한 잔 마셨다. 다시 사내가 말했다.

"그대는 말을 칭송하는 노래를 하니, 말을 잘 알 것 같소."

진메이는 고개를 저었다. 자신은 그저 신의 의지에 따라 노래할 뿐이었다.

다른 의견은 용납하지 않는다는 투로 그가 다시 말했다.

"말을 노래하는 사람이 말에 대해 잘 아는 게 당연하지."

진메이는 어스름에 산언덕 위에서 만난 그 신선 같기도, 도사 같기도 한 노인을 떠올렸다. "말을 잘 아는 사람이 한 분 떠올랐습니다. 준마를 찬양하는 노래를 부르는 분이죠."

어두운 천막에서도 선글라스를 벗지 않고 사내는 한숨을 내쉬며 말했다. "갈 데가 있소."

진메이는 사내를 따라 천막들이 수없이 세워진 초원을 가로질러 작은 산언덕 아래로 갔다. 강가의 버드나무 숲에 몇 사람이 말 한 마리를 에워싸고 있었다. 말은 피로에 지쳐 더 이상 버틸 수 없을 것처럼 보였다. 비록 기운이 없었지만 비할 바 없이 아름다운 말이었다.

선글라스의 사내가 말했다. "마지막에 나타나 우승하는 것은 이런 말이오!"

"저 말은…… 기분이 별로 좋아 보이지 않네요?"

"준마가 말달리기 시합에 참가하는 것을 왜 즐거워하지 않겠소? 말달리기 시합이 없다면 세상에 준마가 왜 필요하겠소?"

"……병이 난 건가요?"

"말달리기 시합을 앞두고 준마가 병이 난다고?" 선글라스 사내는 바로 준마를 찬양하는 그 노인이 이 말에 저주를 걸었다고 했다. 노인은 사실 법력이 강한 주술사이며, 이 말의 적수인 말의 주인에게 부탁을 받고 저주를 행했다는 것이다. 오색구름이 수놓인 부드러운 가죽신을 신은 기수가 말의 갈기를 가볍게 쓸어내리며 눈물을 흘렸다. 그들은 진메이에게 그 적수 말에게도 저주를 걸어달라고 부탁했다.

"당신의 이야기 속에선 거싸얼이 그렇게 많은 주술에 정통하지 않소. 당신도 몇몇 주술은 알 것 아니오!" 그들은 이 말이 거싸얼의 장가페이부고, 이 말의 적수는 차오퉁의 위자마라고 했다. 선글라스 사내는 어떤 이야기꾼의 노래에서 말달리기로 왕위에 오르는 대목을 들은 적이 있다고 했다. 줴루와 차오퉁이 말달리기 시합 전날 밤에 서로의 말을 해치기 위해 갖가지 주술을 사용하려 했지만 하늘이 말달리기 시합을 온전히 진행하기 위해 그 악독한 다툼을 멈추게 했다. 그래서 오늘날 전하는 이야기처럼 거싸얼이 말달리기 시합으로 링 국의 왕이 되었다는 것이다. 그러나 진메이가 이야기하는 판본에는 이러한 장면이 없었다. 선글라스 사내는 분통을 터뜨렸다.

"당신의 이야기 속에는 왜 그런 장면이 없는 거요? 그럼 당신은 한낱 거짓 명성을 지닌 사기꾼이란 말이오?"

진메이는 쓴웃음을 지었다. "내가 부당하게 무엇이라도

얻었다는 말입니까?" 혈혈단신으로 떠도는 진메이에게는 이야기꾼의 물건 몇 가지 외에 아무것도 없었다. "내가 무엇을 얻었단 말입니까?"

선글라스 사내는 여전히 화를 내며 말했다. "먹고 마실 것!"

"내가 집에서 양을 칠 때는 이렇게 먼길을 걷지 않고도 먹고 마실 음식이 있었습니다."

"그렇다면," 기수가 눈물을 닦으며 낮은 목소리로 부탁했다. "저의 애마를 위해 영웅의 노래를 한 곡조 불러주시길 청합니다!" 기수는 자신의 비단 외투를 버드나무 그늘 아래 깔고 진메이에게 앉아서 노래를 불러달라 청했다. 젊은이의 정성에 마음이 움직인 진메이는 비단 외투에 앉는 대신 말에게 다가가 손으로 갈기를 어루만지며 천천히 노래를 불렀다. 주위를 겹겹이 에워싼 버드나무 그림자도 진메이의 노래에 귀를 기울이는 듯했다. 말도 처져 있던 귀를 쫑긋 세웠다. 빛을 잃었던 털이 노랫소리에 따라 함치르르 윤을 내기 시작했다. 그 모습을 본 젊은 기수가 얼른 진메이 앞에 무릎을 꿇었다.

"이처럼 아름다운 준마에게 내 노래가 영약이 되어준다면, 필요할 때 다시 나를 찾아오세요." 진메이는 버드나무 숲에서 빠져나와 강가에 앉았다. 풀밭에 앉아 말없이 생각에 잠겼다. 사실 아무것도 생각하지 않았다. 그저 주변의 세계를 느끼고 있었을 뿐이다. 바로 곁에는 개미취가 다보록이 피어 있었고, 새들이 낭랑하게 지저귀는 소리가 똑똑 떨어져내려 마음속까지 적셔왔다. 어스름의 노을이 하루중 또다시 하늘을 붉게 태우기 시작할 때, 진메이는 뒤쪽의 산언덕으로 올라갔다.

"어젯밤에 나도 자네 노래를 들으러 갔다네." 언덕에 도착하자 노인이 그를 보곤 말했다.

"저는 뵙지 못했는데요."

"진짜 예인이라면 '그럼 어떠셨는지 가르침을 듣고 싶습니다' 하는 인사말 정도는 해야지."

"신이 제게 노래를 가르치셨으니, 신이라야 제게 가르침을 줄 수 있지요!"

"자네는 왜 말달리기 시합 전날 밤에 줴루와 차오퉁이 서로 주술로 겨루는 대목을 노래하지 않나?"

"어르신은 저주를 거는 것을 좋아하십니까?"

"자네의 주술력도 그에 못지않던걸!"

진메이는 누군가의 적이 되고 싶지 않았다. 자신이 주술을 쓰는 바람에 다른 주술을 쓴 주술사가 적이 될지도 모른다 생각하니 두려워졌다. 진메이는 멀리까지 이름난 중컨이었지만, 여전히 양치기의 마음을 간직하고 있었다. 누군가를 해치려는 생각은 해본 적이 없었다.

"말이 병들었다고 제게 노래를 해달라고 했고, 말의 털에 다시 윤기가 흘렀을 뿐입니다."

"정말인가?"

진메이는 대답하지 않았다.

"거짓말을 할 사람 같지는 않구면."

"제가 왜 거짓말을 하겠습니까?"

"앞으로는 두 번 다시 그 말을 위해 노래하지 말게."

진메이는 천천히 고개를 저었다. 그는 그 말이 좋았다. 그 말을 아끼는 마음에 눈물을 흘리던 기수도 좋았다. 물론 그 선글라스 사내는 마음에 들지 않았다.

"자네는 이야기 속에 사는 사람인가? 말달리기 시합으로 거싸얼처럼 정직한 사람이 왕위에 오른다고 생각하나? 승리한 말의 운명이 어떤지 아는가? 가장 비싼 값을 부른 상인에게 팔릴 뿐이네!"

물론 그 상인은 그 선글라스 사내일 것이다. "그가 가장 높은 값을 불렀습니까? 얼마인데요?"

상인이 불렀다는 액수는 상당했다. 평생 이백 위안이 넘는 돈을 지녀본 적이 없는 진메이가 돈에 대해 상상할 수 있는 수준을 완전히 뛰어넘는 액수였다. 노인이 말했다. "내가 왜 그렇게 했는지 알겠나?"

"왜 주술을 걸었는지 말씀입니까?"

"나는 진정한 준마를 이 초원에 남겨두고 싶었다네. 저 준마들은 초원의 정령이야. 그 상인은 가장 좋은 말들을 사서 도시로 데려가 경주를 시키려고 하지. 많은 사람들이 경마에 돈을 건다는군. 그러니 내게 약속해주게. 다시는 자네 노래로 저 말을 위로하지 않겠다고."

진메이는 대답하지 않았다.

"내 말 듣고 있는 겐가?" 노인은 목소리를 높이더니 위협조로 말했다. "그리고 다음에 노래할 때는 그 주술에 관한 단락도 포함시키기를 바라네!"

이번에는 진메이가 화를 냈다. 자신은 신이 주신 가장 완벽한 판본을 노래한다고 믿고 있었기 때문이다. 진메이는 바닥에 침을 뱉고 산언덕을 내려왔다. 산언덕 위에는 아직 빛이 남아 있었지만, 아래 골짜기는 이미 밤빛에 잠겨 있었다. 무겁고 짙은 밤빛 속을 걸어가면서 진메이는 방금 전에 한 행동이 걱정되기 시작했다. 그러나 이미 풀잎 위로 떨어진 침을 주워 담을 수도 없었다. 그래서 그 말을 위해 노래를 불러주러 찾아갔다. 하지만 젊은 기수가 반대했다. 결승전이 열리는 날까지 버티지 못하고 말이 정력을 미리 다 써버릴지도 모른다는 것이었다. 진메이는 이 말이 승리하면 팔아버릴 거냐고 묻고 싶었다. 그러나 끝내 입을 열지 못했다.

진메이는 결승이 열리는 바로 전날까지 머물다 떠났다. 나중에 그 말이 승리의 비단 깃발을 얻었다는 소식을 들었다. 떠나기 전, 진메이는 말달리기 시합에서 카메라를 걸고, 손에는 녹음기를 든 사람을 만났다. 진메이가 사람들 앞에서 노래할 때, 그 사람은 녹음기를 진메이 앞에 두었다. 그가 말했다. "당신은 나라의 보배입니다."

정오 무렵, 진메이가 말달리기 시합이 벌어지는 경기장의 전신주에 기대앉아 졸고 있는데 노래하는 자신의 목소리가 들리는 것 같았다. 잠에서 깨어 사방을 둘러보는데 노랫소리가 계속 이어지고 있었다. 자신의 목소리를 꼭 닮았다. 노래를 하다가 쉬는 부분과 육현금 소리가 흐를 때 손가락을 움직이는 방식까지도 똑같았다. 주위에 노래하는 사람은 없었다. 많은 사람들이 전신주 사방을 에워싸고 있는 것을 보고 큰 소리로 그들에게 물었다. "제가 지금 꿈을 꾸고 있는 겁니까?"

사람들이 일제히 웃음을 터뜨렸다. 한 사람이 진메이 앞으로 걸어와 손가락을 들어 전신주 위에 매달린 스피커를 가리켰다. 노랫소리는 스피커에서 흘러나왔다.

"누구죠?" 진메이가 물었다.

그 사람이 말했다. "당신이요!"

진메이가 입을 꾹 다물고 눈빛으로 말했다. 보세요, 나는 소리를 내고 있지 않아요.

그 사람이 진메이를 기계가 잔뜩 놓여 있는 천막 안으로 데려갔다. 어떤 기계에서 녹음테이프를 꺼내자 노랫소리가 멈추었다. 테이프를 기계 안에 넣자 노랫소리가 다시 시작되었다. 진메이는 그제야 이해했다. "알겠어요. 당신은 목소리의 사진기를 가지고 있군요."

그 사람은 거싸얼 노래를 전문적으로 연구하는 학자였다. 그가 친근하게 진메이의 어깨를 잡고 말했다. "당신 말이 맞소. 우리 함께 당신 목소리의 사진을 전부 찍어봅시다. 어떻소?"

"여기서요?"

"나와 함께 도시로 가서."

"지금요?"

"말달리기 시합이 끝나면요."

학자는 진메이를 지휘부의 중심에 있는 큰 천막으로 데려갔다. 거기서 학자는 수많은 지도자들과 악수를 하고 인사를 나누었다. 그러고는 흥분을 감추지 못하고 진메이를 소개하며 말했다. "이번에 여기에 와서 거둔 가장 큰 수확은 여러분의 고장에서 국보를 발견했다는 겁니다."

"국보라니요?"

"신에게 선택받은 예인이지요!"

"아. 거싸얼 노래를 부르는 사람 말이군요."

모두들 냉담한 표정이었다.

"지난 몇 년 간 노래를 부르지 못하게 했을 때는 모두 두더지처럼 숨어 있더니, 좀 풀어주자마자 다들 땅속에서 튀어나왔죠!"

진메이는 자신이 사람이 아니라 정말 두더지라도 된 것처럼 작아진 기분이었다.

학자는 굴하지 않고 꿋꿋하게 말했다. "말달리기 시합 전에 이분이 말달리기 시합으로 왕이 되는 대목을 노래하면 어떨까 합니다!"

그중 한 사람이 웃으며 학자의 어깨에 팔을 두르고 밖으로 나가 말했다. "당신이 진정한 학자라는 건 모두 압니다. 그런데 지금은 우리가 회의를 해야 해서요. 시간이 있을 때 또 놀러 오시지요."

진메이도 그들을 따라 천막 밖으로 나왔다. 학자는 다음날 아침 일찍 떠나기로 마음먹었다. 떠나기 전 오후에는 카메라를 가지고 진메이와 함께 강가의 버드나무 숲으로 가서, 자신이 국보라고 부르는 예인이 손으로 말갈기를 어루만지며 준마 한 마리를 위해 노래하는 모습을 보았다.

이야기: 사랑하는 왕비

링 국을 세운 뒤, 거싸얼은 국왕이 해야 할 일이 사실 그리 많지 않다고 느꼈다. 국가는 과거 각 부족이 알아서 다스리던 시절의 느슨한 연계와는 비교할 수 없을 만큼 아래위로 분명한 체계를 갖추게 되었다. 그러면 왕이라는 사람은 이렇게 매일같이 갈수록 더 우아해지는 악사들의 연주를 듣고 황금 술잔에 든 술을 마시고 옥쟁반에 놓인 음식을 먹으며 잠이 들고 다시 깨어나서는 아름다운 여인들 사이를 오가기만 하면 되는 것이던가.

조정에 나가서 듣는 말이란 날씨가 좋고 변경은 굳건하게 지켜지고 있다는 말뿐이었다. 이러니 국왕은 도대체 무엇을 해야 하는가 싶었던 것이다.

"이런 것이 왕이 하는 일인가?" 거싸얼이 물었다.

맡은 바 소임에 최선을 다하고 있는 대신들은 이 말에 깊은 상처를 입었다. 수석대신 룽차차건 역시 억울하다는 표정이었다.

"왕이시여, 온 나라가 태평하니 왕께서는 기뻐하심이 마땅한 줄로 아옵니다."

이 일로 거싸얼은 국왕이라는 자는 말을 함부로 해서는 안 된다는 사실을 깨달았다. 조회를 해산하고 침궁으로 돌아가서야 무거운 조복을 벗겨주는 주무에게 말했다. "어째서 갑자기 아무 일도 일어나지 않는 거지?"

주무가 의아해하며 물었다. "하늘이 우리에게 왕을 내려보낸 것이 바로 이렇게 나라가 태평하고 백성을 평안하게 하려함이 아니겠습니까?"

거싸얼의 얼굴에 권태감이 번져나갔다. "나는 이런 것이 국왕인 줄 몰랐다."

주무는 국왕의 마음을 풀어주려 노력했지만 거싸얼의 눈 속에는 여전히 하늘을 심상하게 지나는 먹구름 같은 권태의 빛이 어려 있었다.

주무는 어의를 불러 국왕이 예전과 같은 활력을 되찾을 수 있는 방도를 찾아보라 일렀다. 어의는 일종의 최음제를 갖다 바쳤다. 이 일을 알게 된 수석대신이 꾸짖었다. "우리의 왕은 본디 하늘의 신인데 어찌하여 이런 잡기를 부렸단 말이냐!"

차오퉁이 기회를 놓치지 않고 한 가지 꾀를 냈다. "왕비께서는 링 국에서 가장 아름다우시지만, 매일 밤 같은 노래를 부르며 왕을 모시는 건 곤란하지요. 모름지기 왕에겐 많은 왕비가 필요합니다."

이 일을 주무와 직접 상의하기는 어려웠으므로 룽차차건이 몇몇 문신들을 이끌고 태후 메이둬나쩌에게 가서 상의하였다. 위엄 있는 용궁 출신의 메이둬나쩌는 고개를 끄덕이며 차오퉁의 의견 대로 시행하라고 했다.

"주무는 경쟁심이 무척 강하니 다른 나라에서 공주를 맞아오면 받아들이기 어려워할 것이오. 내 아들이 왕이 되기 전에 주무는 링가에서 가장 아름다운 아가씨들과 열두 자매로 불렸고 서로 무척 친하며 아끼는 사이였으니, 그 열한 명의 아가씨들을 궁으로 들여서 열두 왕비로 부르는 것이 좋겠소."

그리하여 성대한 축제가 벌어졌다. 악사들은 우아한 음악을 연주했고, 무인들은 궁전 앞에서 말달리기와 활 겨루기를 선보였다. 열한 명의 자매는 국왕 앞에서 한껏 미소를 지어 보였다. 주무는 속으로는 눈물을 흘렸지만 공개석상에서는 여전히 자매들과 친밀하게 지냈고, 국왕도 여러 왕비들과 더없는 즐거움을 나누었으므로 마음속에 이전의 번민은 사라진 듯했다.

하루는 조회를 마친 뒤 국왕이 수석대신의 노고를 특별히 치하하면서 따뜻하게 격려하였다. 룽차차건은 가슴 앞에 드리운 흰 수염을 손으로 잡고 또렷한 목소리로 답을 했다. "저는 겨우 여든 남짓이니, 다시 여든 해를 더 우리 왕을 위해 몸 바쳐 일할 것이옵니다! 우리 왕조의 평화와 번영은 우리 왕께서 하늘로부터 받아온 복록입니다. 그러니 왕께서는 링 국의 반석 같은 강산에 평안히 앉아 계시옵소서!"

어느 밤, 후궁 메이싸가 시침을 들었다. 아침에 침상에서 일어난 거싸얼은 예전에 했던 그 질문을 다시 꺼냈다. "이런 것이 왕이 하는 일인가?"

중신들은 국왕에게 또 새로운 비빈을 바쳐야 할 것인지 상의하였다. 주무를 포함한 열두 자매가 링가를 대표하는 절세미인이었으므로. 또 비빈을 맞으려면 외국으로 청혼 사절을 보내야 할 것이었다. 이튿날, 차오퉁이 넉넉한 예물을 준비해 각국으로 청혼 사절을 보내자고 주청했다. 거싸얼은 이 또한 국왕이 해야 할 일인가보다고 생각했다. 그래서 다른 일들처럼 윤허했다.

조회를 마치고 내궁으로 돌아오니 주무가 눈물을 흘리고 있었다. 거싸얼은 주무가 외국으로 청혼 사절을 보낸다는 소식을 이미 전해 듣고는 눈물을 흘리고 있다는 것을 알지 못하고 왜 우느냐고 물었다. 주무는 눈에 모래가 들어갔다고 대답했고 거싸얼도 더 깊이 캐묻지 않았다. 그 대신 주무는 거싸얼의 질문을 되물었다. "이런 것이 왕이 하는 일입니까?"

이 질문에 거싸얼은 다시 고민에 빠져 지친 기색이 역력한 모습으로 침상에 기댔다. 그러다가 저도 모르는 사이에 꿈을 꾸었다. 천모 랑만다무가 눈앞에 나타났다. "내 아들이 어찌 아무것도 하는 일이 없는가?"

"제가 할 만한 일이 없습니다."

"그렇다고 해서 하고 싶은 것만 즐기며 지내선 안 된다. 계속 그렇게 지내면 너의 법력이 크게 줄어들 것이야. 다시 요마들이 수작을 부리면 어찌 대응하려고 그러느냐."

거싸얼은 당장 청혼 사절단이 떠나지 못하도록 하겠으며, 자신은 여러 왕비들을 떠나 신성한 구러 산으로 가 동굴에서 폐관 수행을 하겠다고 말했다.

"그럼, 메이싸 왕비를 데려가거라."

"주무가 아니고요?"

"난 하늘 위 신들의 뜻을 전하는 것이니 잘 들어두거라. 반드시 스무하루 동안 수행해야 한다!"

거싸얼은 알지 못했지만, 천모는 일이 생겨 내려온 것이었다. 북쪽에는 야얼캉이라 불리는 요마의 나라가 있었는데, 그곳의 마왕 루짠이 거싸얼의 아름다운 열두 왕비에 대해 전해 들었다. 그래서 구름을 타고 링 국을 돌아보러 왔다가 그만 링 국 왕비 메이싸에게 반해 그녀를 잊을 수 없게 된 것이다. 이때문에 랑만다무가 거싸얼의 꿈속으로 찾아왔던 것이다. 거싸얼이 메이싸를 데리고 산속 동굴로 수행을 하러 가 잠시 자리를 피하면, 이 마왕의 마음이 가라앉은 뒤에 다시 이 문제를 처리하려는 계획이었다. 루짠은 몸집이 거대하고 초인적인 힘을 가지고 있었다. 그래서 하늘은 거싸얼에게 특별히 분노대력지법忿怒大力之法을 수행하라고 일렀다. 하지만 천모는 거싸얼에게 이러한 사정까지 말해주진 않았다.

꿈에서 깨어나니 방안 가득 기이한 향기가 아직 남아 있었다. 아무것도 모르는 주무는 향료사가 또 새로운 향을 발명했느냐고 물었다. 그러나 거싸얼은 그저 메이싸를 데리고 출궁해 구러 산의 동굴에서 폐관하고 분노대력지법을 수련할 것이라고만 말했다. 주무는 기분이 무척 상하고 말았다.

"열두 자매 가운데 제가 맏이인데 왜 메이싸가 대왕의 수행에 따라가야 합니까?"

거싸얼은 이것은 하늘의 뜻이라고 말했다.

주무는 곧 메이싸에게 가서 말했다. "대왕께서는 산속으로 가서 폐관 수련을 하려 하신다. 그분은 너를 데리고 가실 생각이지만, 내 생각에는 네가 여러 자매들 가운데서도 가장 세심하니 가지 않고 남아 메이뒤나쩌 어머니를 돌봐드리게 하고 싶구나."

메이싸는 고개를 끄덕이며 그러마고 했다. 메이싸는 열두 자매 가운데서도 가장 온화했지만 남자를 다루는 데는 주무의 적수가 되지 못했다. 주무는 메이싸가 왕을 따라가기 보다 남아서 태후를 보살펴드리길 원한다고 말했고, 그래서 거싸얼은 주무를 데리고 수행을 하러 떠났다.

순식간에 첫번째 이레가 지나갔다. 일곱째 날 밤, 메이싸는 악몽을 꾸었다. 잠에서 깨어난 뒤에도 몹시 불안했다. 메이싸는 직접 거싸얼을 만나러 산으로 올라갔다. 신들이 국왕을 보호해주고 있으니 자신에게 어떤 요마도 접근하지 못할 것이라 생각했다.

메이싸가 거싸얼이 수행하고 있는 동굴 앞의 샘물에 막

이르렀을 때 마침 물을 길으러 온 주무를 만나게 됐다. "주무 언니, 제가 불길한 꿈을 꾸었어요. 부탁이니 저를 대왕 곁으로 데려다주세요."

그러나 주무는 이렇게 말했다. "대왕께서는 지금 수행에서 가장 중요한 시기에 계셔서 누구도 방해하면 안 된단다. 그러나 네가 왔으니 내가 가서 말씀은 드려보마." 잠시 후 주무가 돌아와서 불안에 떨고 있는 메이싸에게 말했다. "대왕께서는 꿈이란, 특히 여인의 꿈이란 마음이 어지러워 꾸게 되는 거라 하시는 구나. 아무래도 너는 그냥 산을 내려가는 것이 좋겠다!"

메이싸는 하릴없이 산을 내려가는 수밖에 없었다. 직접 만들어 온 달콤한 간식은 주무에게 주어 국왕에게 대신 올리도록 했다. 주무는 메이싸의 말은 국왕에게 전하지 않고 솜씨 좋게 만든 먹을거리만 바쳤다.

"어?" 거싸얼이 말했다. "이 간식은 메이싸라야 만들어 낼 수 있는 맛인데, 그녀가 산에 올라왔소? 궁정에 무슨 일이라도 일어난 것이오?"

"대왕께서는 저 주무는 이러한 맛을 만들어내지 못한단 말씀이십니까?"

거싸얼은 주무가 뭔가를 속이고 있다는 것을 느꼈지만 끝까지 캐묻지는 않았다. 그저 이렇게 물었다. "그대들은 그렇게 서로 가까우면서 어째서 아웅다웅하는가? 그대들이 여인들이기 때문에 그럴 수밖에 없는 것이오?"

"만약 대왕께서 저만을 원하셨다면 우리 자매가 이렇게 다투지는 않았을 것입니다."

"그렇다면 모두 내 잘못이란 말이오?"

주무는 고개를 떨구며 서글픈 표정으로 말했다. "아닙니다."

주무의 표정에 거싸얼은 마음이 무척 아팠다. 열두 왕비 가운데 그는 언제나 주무를 가장 아꼈던 것이다.

수행이 계속되면서 거싸얼은 시간이 얼마나 흘렀는지조차 잊었다. 거싸얼은 주무에게 시간이 다 된 것이 아니라면, 동굴로 들어와 방해하지 말아달라고 말해두었다. 그러던 어느 날 동굴 입구가 훤해지더니 주무가 들어와서는 며칠 전에 메이싸가 북쪽의 마왕 루쩐에게 납치되었다고 말했다. 거싸얼은 그제야 천모가 꿈에 나타나 메이싸를 데리고 수행을 가라고 했던 말의 뜻을 알게 되었다. 스스로를 탓해야 할지 주무를 탓해야 할지 알 수 없었다. 차오퉁이 또 뒤에서 손을 썼다는 사실은 더더욱 몰랐다. 차오퉁은 거싸얼이 말 달리기 시합으로 왕위에 올라 승리의 상으로 주어진 주무를 차지한 것은 그렇다 쳐도, 링가에서 가장 아름다운 열두 여인을 모두 왕비로 맞았다는 사실은 분해서 견딜 수가 없었다. 그래서 이번에 거싸얼이 폐관 수행을 하는 것을 보고 마왕 루짠에게 까마귀를 사신으로 보내 소식을 전했던 것이다.

"나는 메이싸를 데리고 수행을 오려 했는데, 그대가 절대 그녀를 데려가지 못하게 했지!" 거싸얼이 말했다.

"당신이 메이싸를 데려왔다면, 마왕은 저를 납치했을 거예요!"

거싸얼이 메이싸의 소식을 들었을 때 그의 형 자차셰가도 소식을 듣고 병사들을 데리고 거싸얼을 도우러 왔다.

거싸얼이 말했다 "루짠이라는 자는 병사 하나 없이 혼자 와서 사랑하는 내 왕비를 빼앗아갔습니다. 저도 홀로 메이싸를 구하러 갈 것입니다. 형님은 군사를 데리고 병영으로 돌아가십시오. 제가 나라를 비운 동안 수석대신을 도와 나라를 잘 다스리는 데 힘써주십시오!" 그러고선 거싸얼은 장가페이부를 찾아오라고 분부했다.

주무는 배웅을 위한 술자리를 차려놓고 대왕에게 들기를 청했다. 거싸얼은 갈 길에 힘을 보태는 술로 여기고 연달아 마셨다. 주무가 대왕과 헤어지기 싫어 술에 망각의 약을 탄 사실은 전혀 알지 못했다. 산에서 돌아온 장가페이부는 궁전 문 앞에서 사람들의 도움을 받아 출정을 위한 안장을 채비했으나, 그러고도 오래도록 주인의 모습이 보이지 않자 길게 울었다. 거싸얼은 그 소리에 깨어나 자신이 무엇인가를 하려 했다는 느낌을 받았다. "내가 멀리 떠나려고 했었소?" 거싸얼이 물었다.

주무가 대답했다. "대왕께서는 마음 놓으시고 편히 주무십시오. 꿈을 꾸셨나봅니다."

거싸얼은 피곤을 이기지 못해 또 머리를 떨구고 잠이 들었다. 천모가 다시 꿈속에 나타나 준엄한 표정을 지었다. "알고 보니 네가 요마를 없애겠다고 소원을 빈 것은 거짓이었구나. 속으로는 인간세상에 와서 주색에 빠지고자 했나보구나!"

거싸얼은 크게 놀라 깨어났지만 여전히 아무것도 생각이 나지 않아 걱정이 가득한 채 왕궁 밖으로 나갔다. 그러다 장가페이부가 마구를 온전히 갖추고 서 있는 것을 보고는 자신을 기다리고 있다는 것을 깨달았다. 그는 바로 몸을 날려 말 위에 올라 고삐를 들었지만 어디로 가야 할지 알 수 없었다. 이때 주무가 궁중에서 쫓아 나와 떠나기 전에 송별주 한 잔을 더 마시라고 청했다. 거싸얼이 술을 땅 위로 엎자, 술에 들어 있던 망각의 기운 때문에 풀꽃들이 태양을 따라 움직이는 것을 바로 잊어버렸다.

주무는 너무도 부끄러워 대왕이 메이싸를 구하러 가야 한다고 말해주었다. 거싸얼은 곧바로 말을 다그쳐 출발했다. 순식간에 링 국의 변경을 벗어나 마왕 루짠의 영지에 들어섰다. 날이 저물려고 할 때 심장 모양의 산 앞에 도착했다. 시체들이 성 주위를 커다란 막처럼 가득 덮고 있었다. 거싸얼은 요마의 땅이라면 당연히 이러한 분위기일 것이라고 생각했다. 성문 앞에 이르러 말에서 내리자 작은 요마들이 무리를 지어 화살을 쏘아댔다. 거싸얼은 웃으며 손을 들어 구리로 대문을 두드렸다. 소리가 어찌나 컸던지 작은 요마들이 쏜 화살들이 우수수 땅바닥에 떨어졌다. 그리고 문이 열리자 눈부시도록 아름다운 여인이 침착하게 걸어나왔다. 여인은 링 국의 열두 왕비와는 또다른 야성적인 분위기를 풍겼다.

여인은 거싸얼의 널찍한 어깨를 향해 손을 뻗으며 말했다. "보아하니 장군 같은데 사병 하나 거느리지 않으셨군요. 이토록 영준한 모습의 장군이라니, 당신에게 나를 맡기지요!"

모두가 루짠의 힘이 무한히 세다고 말했지만, 이런 변신을 하리라고는 생각지 못했다. 거싸얼은 손을 내리쳐 여자를 바닥에 쓰러뜨린 뒤 한 발짝 다가가 손에 든 수정 보검으로 여인의 가슴을 겨누었다. "사람이냐, 요마냐?"

"제게 당신의 이름을 말해주시오. 죽은 뒤에도 당신의 얼굴을 기억하고 싶습니다."

거싸얼은 자신의 이름을 말해주었다.

"내 이름은 아다나무입니다. 마왕 루쨘의 여동생으로 여기서 변경을 지키고 있지요." 여인은 감미로운 목소리로 말을 이었다. "우리가 링 국과 가까이 살게 된 이후로 쭉 대왕의 명성을 들어왔습니다. 아름다운 공작은 진정한 용을 사랑하기 마련이라 하지요. 대왕이여, 당신의 칼이 아직 내 가슴을 찌르지 않았으나 당신은 이미 내 심장을 앗아갔습니다!"

"그대가 나를 도와 마왕 루쨘을 멸한다면 그대를 살려줄 수 있다!"

"대왕의 분부라면 다 따르겠습니다!"

"나는 그대의 오빠를 멸할 것이다!"

아다나무는 거싸얼을 궁중으로 맞아들이고 부하들을 불러모아 계단 아래 늘어서게 했다. 그러고는 입을 뗐다. "대왕이여, 저는 환생할 때 길을 잘못 들어 이런 곳에서 태어나게 되었습니다. 이 나라에는 온통 기괴하게 생긴 자들만 있는데, 제 오라비는 기어이 나를 개구리 머리 대장에게 시집 보내려 합니다. 대왕이시여, 나는 이 생을 마칠 때까지 당신을 따르고자 하니 원하시는 대로 당신께서 이 성의 주인이 되어주시기를 청합니다! 목이 마르시면 제게 좋은 차와 술이 있고 더우시다면 흰 비단 장막으로 그늘을 만들어드리겠습니다. 마음이 초조하시다면 제가 그 마음을 풀어드리겠습니다!"

거싸얼은 진작 아다나무의 미모에 마음이 흔들렸는데, 이제는 그녀의 진심과 성의에 감동하여 그날 밤 바로 아다나무와 운우지정을 나누고 부부가 되었다. 이 여인은 링 국의 열두 왕비와 비교하면 온화하고 순종적인 가운데서도 야성적인 매력을 뿜어내 거싸얼에게 커다란 즐거움을 주었다. 그녀의 곁에 있으니 마치 전쟁터에서 목숨을 걸고 죽기 살기로 싸우다가 승리를 거두고 병영으로 돌아온 것과 비슷한 기분이 들었다. 다음날, 거싸얼은 낮에는 그녀와 함께 말을 달리며 비바람을 호령하고, 산신에게 명령해 맹수들을 불러 들이게 한 뒤 그것들을 산 위에서 죽였다.

그러나 기쁨을 즐기는 중에도 거싸얼의 미간에는 걱정의 기운이 가시지 않았다. 거싸얼이 언제나 눈썹을 찌푸리고 있는 모습을 보니 아다나무는 이제 오빠를 구하기는 이미 늦었다는 생각이 들었다. 그래서 아다나무는 부하들에게 전에 없이 성대한 만찬을 벌이라고 명령했다. 거싸얼이 무슨 일이 있어 이와 같은 만찬을 차리느냐고 물었다.

"내 지아비를 위한 송별연입니다."

"송별연이라고? 그대는 나를 따라 링 국으로 간다고 하지 않았는가?"

"대왕이시여, 제 오빠를 죽이고 메이싸를 구하기 전에는 절대 링 국으로 돌아가시지 않으실 것을 압니다. 그러니 대왕께서는 내일 바로 길을 떠나십시오. 저는 여기서 대왕이 이기고 돌아오기를 기다리겠습니다!"

만찬이 끝난 후, 흰 비단 장막 뒤에서 아다나무가 손에서 반지를 빼어 거싸얼에게 주었다. 그러고는 길을 어떻게 통과하는지와 같은 여러 일을 상세하게 말해주었다. "대왕이시여, 내 오라비를 죽이러 가는 길에 제가 차마 함께할 수는 없습니다. 루짠의 궁전 앞까지 가는 길만 알려드릴 뿐, 마왕을 어떻게 상대할 것인지에 대해서도 도저히 말해드릴 수 없습니다."

아다나무가 이처럼 솔직히 말하자 거싸얼은 그녀를 귀히 여기는 마음이 더욱 커졌다. 만약 아다나무가 사정했다면 마왕을 놓아주었을지도 모른다.

다른 평범한 말들이 반년은 달릴 거리를 천마 장가페이부는 하루만에 충분히 갈 수 있었다. 한나절을 달리니, 아다나무가 이야기한 것처럼 흰 코끼리가 옆으로 누워 있는 듯한 모양의 산이 눈앞에 나타났다. 산 앞의 강에는 검은 뱀이 똬리를 틀고 있는 것 같은 다리가 놓여 있었다. 다리를 건너는데, 강물이 마치 우유처럼 뽀얀 빛깔이었다. 거싸얼과 장가페이부는 그 물을 모두 들이마셨다. 다시 앞으로 가니 멧돼지가 뻣뻣한 털을 세운 것처럼 흉악하게 생긴 돌산이 있고, 산 앞에는 어두운 밤처럼 새카만 물살이 넘실댔다. 말발굽 소리가 호숫가에 닿자마자 호수 한가운데서 곰만한 덩치의 까만 개가 튀어나왔다. 이 모든 상황이 아다나무가 미리 말해준 것과 같았다. 거싸얼이 아다나무에게서 받은 반지를 꺼내자 개는 익숙한 물건을 보고는 몸을 돌려 다시 호수 안으로 모습을 숨겼다.

거기에서 더 나아가니 마왕이 벌여놓은 미혼 진이 있었다. 매번 두 갈래 길이 앞에 나타났는데, 흰색 길로 가면 살고, 검은 길로 가면 죽어서 마귀의 입으로 들어간다고 했다. 흰색 길 끝에는 성이 있었다. 붉은 삼각형 성이었다. 성의 건물마다 해골로 장식한 처마가 있었다. 머리 셋 달린 요마가 여섯 개의 눈으로 죽음의 빛을 쏘았지만, 거싸얼은 피하지 않고 자신 역시 날카로운 눈빛을 쏘아내며 요마를 맞았다. 그러고는 단칼에 머리 세 개를 베고 나서 뒤도 돌아보지 않고 급히 말을 몰았다. 뒤를 돌아보면 그 머리들이 끊임없이 되살아날 것이라고 아다나무가 미리 경고해주었기 때문이다.

거싸얼은 그제야 마 국에 온 뒤로 줄곧 두 가지 색깔만 보았다는 사실을 인식했다. 검은색 아니면 흰색이었다. 산과 물, 풀과 나무 모두가 그랬다. 아다나무가 이 나라를 싫어할 만도 했다. 긴말할 것 없이 거싸얼은 아다나무가 미리 알려준 방법대로 다섯 머리 요마를 굴복시켰다. 그 요마는 원래 룽 국에서 안분지족하며 살아가던 친언이라는 이름의 농부였는데, 고향의 수많은 친지들과 함께 루짠에게 잡혀와 그의 신하가 되었다고 했다. 약간의 신력을 지니고 있었기에 마왕의 눈에 들어 머리를 더 얻고 여기에서 관문을 지키는 임무를 맡았던 것이다. 만약 거싸얼이 신력을 써서 사람의 모습으로 되돌려준다면 링 국에 가서 모범적으로 사는 농부가 되고 싶다고 했다.

"그러면 그대가 먼저 가서 한번 살펴보고 오라. 그 마왕이 어디에 있으며, 나의 왕비 메이싸는 무엇을 하고 있는지 말이다."

친언은 명을 받들고 아홉 개의 높은 첨탑이 있는 루짠의 왕궁으로 갔다. 루짠은 그의 몸에서 나는 이상한 냄새를 맡았다. "이방인을 만난 모양이구나."

"아, 흰 양 한 마리가 병이 나서 그놈을 죽였습니다. 아마도 피가 튀었나봅니다. 제게서 피비린내를 맡으셨지요?"

루짠은 반신반의했다. "왕비 메이싸에게 너의 식사를 준비하도록 하마. 나는 아무래도 순찰을 한번 해야겠다."

루짠은 말을 마치자마자 구름을 타고 궁전을 빠져나갔다. 친언은 메이싸와 단둘이 있을 수 있는 기회를 얻었다.

"대왕의 코는 정말 영험하군요. 아, 어제 제가 인도 상인을 만났는데, 링 국을 지나 우리 마 국으로 왔다고 하대요."

메이싸는 루짠의 부하이자 머리가 다섯이나 달린 괴물과 이야기를 하고 싶지 않았지만, 그가 링 국의 이야기를 꺼내자 관심이 생겼다. 메이싸가 눈을 반짝이며 물었다. "그 사람이 링 국 이야기를 들려주던가요?"

마왕 루짠은 그녀에게 어디에도 비할 바 없는 사랑을 베풀어왔다. 하지만 비단옷과 맛있는 음식, 노래와 춤, 화려한 연회 그 어느 것도 그녀의 찌푸린 눈썹을 펴지 못했다. 마 국 사람들 모두 그녀가 링 국을 그리워한다는 사실을 알았다.

"나중에 그 사람을 데려올 테니, 왕비께서 직접 물어보시지요."

"내일 그 사람을 후궁으로 데려오세요. 절대 대왕이 보면 안 된다는 걸 명심하고요."

다음날, 친언은 인도 상인으로 변장한 거싸얼을 메이싸 앞으로 데려갔다.

메이싸는 어디서 본 듯한 얼굴이라고 생각했지만, 그 얼굴과 자신이 밤낮으로 그리워했던 이름을 감히 연관 짓지는 못했다. 거싸얼은 마음속의 격정을 감추지 못하고 메이싸에게 시선을 고정한 채 그녀를 응시했다. 화려한 머리 장식조차 그녀의 슬픔과 아픔을 가리지 못했다. 아름다운 의복 아래, 예전의 풍만했던 몸은 간데없이 여위어 있었다. 메이싸가 떨리는 목소리로 물었다. "그대는 정말 링 국에서 왔나요? 궁중에서 거싸얼 대왕을 뵌 적이 있나요?"

거싸얼은 메이싸가 어쩔 수 없이 마왕의 왕비가 되었지만 마음속으로는 자신을 잊지 못하고 있다는 것을 알게 됐다. 그래서 아무 말 없이 인도 상인의 옷을 벗어던지고 그 안의 갑옷을 드러냈다. 메이싸도 마 국 왕비의 옷을 벗어던졌다. 링 국에서 거싸얼을 모실 때 입었던 순백의 긴 치마가 드러냈다. 메이싸가 눈물을 주르륵 흘리자 거싸얼은 마음이 뜨거워져 사랑하는 여인을 품에 안았다.

"대왕이시여, 빨리 저를 데리고 링 국으로 돌아가주셔요!"

"내 아내를 빼앗아간 마왕을 멸한 뒤에 돌아가겠소!"

메이싸는 거싸얼을 데리고 가서 루짠의 밥그릇과 침대, 루짠이 무기로 쓰는 무쇠 탄환과 화살을 보여주었다. 거싸얼이 그 침대에 누워보니 마치 갓난아기처럼 작아 보였다. 밥그릇은 아무리 들어보려 해도 들 수가 없었고 무쇠 탄환과 화살은 더더욱 무거웠다. 그러고 보니 하늘의 어머니가 분노대력지법을 수련하라고 이른 것은 이를 예견했기 때문인 듯했다. 그러나 거싸얼은 결국 수행을 완벽히 끝내지 못했다. 메이싸는 어서 가자고 재촉했다.

"그 요마를 죽이기 전에는 돌아가지 않을 거요!"

"마왕의 황소를 먹으면 몸집이 커진다고 들은 적이 있어요."

거싸얼은 곧 황소를 잡아 순식간에 먹어치웠다. 그러자 몸집이 커다랗게 변했다. 메이싸는 마왕이 자신의 혼백을 숨겨놓은 몇몇 장소들도 알려주었다. 우선 비밀 창고 안에 숨겨놓은 대접에 기혼해寄魂海가 담겨 있었고, 황금 도끼라야 벨 수 있는 나무 기혼수寄魂樹가 있었으며 황금 화살로 맞혀야만 죽일 수 있는 소인 기혼우寄魂牛가 있었다.

거싸얼은 즉시 궁전을 나가 기혼해를 말려버리고, 기혼수를 베고 기혼우를 쏘아 죽였다. 그런 뒤 다시 궁전으로 돌아와 이미 혼백을 잃은 마왕에게 도전했다. 마왕 루짠은 이미 마음이 크게 어지러워져, 거싸얼이 쏜 화살을 이마 중앙에 맞고 단박에 목숨을 잃었다.

승리를 거둔 거싸얼은 링 국으로 바로 돌아가지 않고 흑백 두 색으로 나뉜 마 국이 제 모습을 되찾을 때까지 더 머물렀다. 물과 산이 푸르러지고 갖가지 꽃들이 사방의 벌판에 흐드러지게 피어나며, 소와 말, 숲속의 새들까지 모두 알록달록 아름다운 빛깔로 변할 때까지, 두 해 하고도 석 달이 걸렸다. 거싸얼은 그제야 메이싸와 새로운 왕비 아다나무와 함께 링 국으로 돌아가기로 했다. 친언은 물결이 잠잠한 호숫가까지 자신의 새로운 주인을 배웅했다. 그러고는 거싸얼이 한참 멀어졌을 때 크게 소리를 질렀다. "대왕이시여, 제게 달린 요괴의 머리를 베어주시는 것을 잊으셨나이다."

거싸얼이 고개도 돌리지 않았는데, 그의 목소리가 친언의 귓가에 울렸다. "호수에 그대의 모습을 비춰 보라."

친언은 호수의 물에 자신의 모습을 비춰 보았다. 머리 다섯 달린 요괴는 보이지 않고 룽 국의 농부로 살던 때의 얼굴로 돌아가 있었다. 머리 위에는 링 국 대신大臣의 깃털 관이 씌어 있었다.

거싸얼 일행 셋은 어느새 아다나무가 지키던 변경의 성채에 이르렀다. 아다나무는 이미 그곳에서 사흘 동안 큰 잔치를 열도록 준비해놓은 상태였다. 자신의 결혼 잔치라면서 말이다. 아다나무는 링 국 사람들이 자신을 맞으며 국왕이 또 왕비를 얻었다고 말하는 게 다일 테니, 링 국이 아닌 이곳에서 스스로를 위한 성대한 잔치를 준비했다고 말했다. 그러나 잔치는 사흘에 그치지 않고 꼬박 삼 년 동안 열렸다. 성안에서는 매일 노래와 춤이 끊이지 않았고 고기 냄새가 십 리 밖까지 퍼졌으며 술냄새는 삼사십 리 밖까지 퍼져나갔다. 원래 아다나무가 마 국을 싫어한 가장 큰 이유가 나라 안이 온통 검은색과 흰색뿐이었기 때문인데, 이제 이곳에서도 알록달록한 꽃들이 만발하게 되었으니 떠나고 싶지 않다는 마음이 들었다. 메이싸도 링 국으로 서둘러 돌아가고 싶지 않았다. 마왕의 아내가 되었던 일이 부끄러웠고, 링 국에는 거싸얼의 사랑을 기다리는 자매들이 많이 있기 때문이었다. 그러나 이곳에서는 시원시원하고 솔직한 성격의 아다나무와 자신만이 그 사랑을 누릴 수 있었다. 두 여인은 겉으로 말하지 않아도 마음으로 통했다. 그래서 이 성채에 쭉 머물게 된 것이다. 그렇게 꼬박 삼 년이 흘렀다.

이야기꾼: 연애

학자는 진메이를 성省*의 티베트어 방송국으로 데려갔다. 진메이는 방송국에서 행복한 날들을 보냈다.

행복. 이는 진메이의 진솔한 감정이었다. 방송국 스튜디오의 어두운 조명 아래에서 행복했다. 프로그램의 진행자 아상은 방송만 시작하면 갑자기 부드러운 목소리로 말했다. 스튜디오 밖에서는 그를 쳐다보지도 않는데 말이다. 진메이는 문득 주무 왕비의 목소리가 틀림없이 이랬을 것이라고 생각했다. 애교 넘치고 매혹적이면서도 위엄 있는 목소리.

"오늘은 이야기 공연을 시작하기 전에 우리 진메이 선생님께 두 가지 질문을 드리려 합니다."

진메이는 감전된 것 같던 몸에 재빨리 힘을 주고 의자에 꼿꼿이 앉았다.

"진메이 선생님, 방송을 통해 이 서사시를 노래하게 되셨는데요, 느낌이 어떠신지요?"

우렁차던 목소리가 쉬어버렸다. "행복하네요."

아상이 웃었다. "이 일을 영광으로 여기신다는 뜻이겠

---

* 한국의 도에 해당하는 중국의 행정단위.

지요."

"무척 행복합니다."

"네, 알겠습니다. 다음으로, 청취자 여러분께 이 도시와 방송국에 대해서도 들려주시겠어요?"

죽일 놈의 목에서 여전히 쉰 목소리가 나왔다. "무척 행복합니다."

진행자는 점점 평정심을 잃는 듯했다. "무척 즐겁게 지내고 계시다는 뜻이겠지요! 이제 선생님의 이야기 공연을 듣겠습니다."

진행자가 밖으로 나갔다. 진메이는 유리창 너머로 그녀가 프로그램 녹음 기사와 다른 여러 사람들과 함께 농담을 주고받으며 시시덕거리는 모습을 보았다. 진메이는 노래를 부르기 시작했다. 노래할 때의 그는 역시 진메이였다. 눈앞의 유리창이 사라지고, 사방의 꽉 막힌 벽들도 사라진다. 그리고 설산 아래, 초원의 광활한 공간 안에, 하늘과 땅 사이, 그 광대한 신력을 지닌 신과 사람과 요마들이 끊임없이 오가며 계략을 쓰고, 기도를 하며 전쟁을 벌였다. 그의 이야기 속 아름다운 여인들은 정말이지 이상했다. 시골 아낙들처럼 울고 사랑을 다투었으며, 작은 음모들을 꾸미며 신력을 가진 사람과 요마 사이에 끼어들어 이야기 속에서 중요한 역할을 담당했다. 이날, 진메이는 주무와 메이싸가 나오는 대목을 노래했다.

노래가 끝나자 진행자가 돌아왔다. "청취자 여러분, 밤 열시가 되었습니다. 잊지 마세요. 내일 밤 아홉시에도 영웅서사시 거싸얼 이야기 공연이 이어집니다. 내일 뵙겠습니다."

그런 뒤 그녀는 진메이 뒤에 서서 그에게로 몸을 기울였다. 진메이는 하늘에서 내려오는 거대한 새가 그 커다란 그림자로 땅 위의 가엾은 생물들을 덮는 것 같은 느낌을 받았다. 그는 몸을 떨었다. 이 여인에게선 진한 향기가 났고, 그녀의 입술은 그의 목에 거의 닿을 것 같았다. 그녀가 말했다. "오늘 노래 정말 대단했어요. 선생님이 여자를 그처럼 잘 아시지는 않겠죠?"

진메이는 현기증이 날 것 같았다.

정신이 들었을 때, 스튜디오 안에는 자신뿐이었다. 밖으로 나오다가 미궁과 같은 복도에서 길을 잘못 들어 더 넓고 복잡한 한어漢語 방송부로 들어가버렸다. 진메이는 마주치는 사람마다 붙잡고 자신이 이상을 찾고 있다고 말했다. 하지만 그곳엔 이상을 아는 사람이 없었다. 결국 진메이는 어떻게 그 건물을 빠져나왔는지도 모르게 어느샌가 눈부신 햇빛 아래에 서 있었다.

숙소로 돌아와 침대에 누웠다. 몸이 차가웠다가 뜨거웠다가를 반복했다. 비몽사몽간에, 그는 이상이 주무의 화려한 옷을 입고 얼굴엔 걱정이 가득해서는 푸르른 산꼭대기를 서성이며 북쪽을 바라보고 있는 모습을 보았다. 진메이는 그녀에게 빨리 달아나라고, 위험이 닥치고 있다고 외쳤다. 그러나 목소리가 나오지 않았다.

오후가 되자 학자가 연구소에서 그를 보려고 왔다. 식당에서 보내준 밥이 그대로 있는 것을 보고 학자가 말했다. "병이 났군."

진메이는 생각했다. '내가 병이 났나?' 그러고는 다시 생각해보다가 깜짝 놀라고 말았다. 자신이 계속 그 진행자 아가씨를 생각하고 있었던 것이다! 진메이는 덜컥 겁이 나 말했다. "집에 가고 싶어요."

학자의 표정이 엄숙해졌다. "진정한 이야기꾼, 진정한 중컨이라면 세상 모든 곳을 집으로 여길 줄 알아야지!"

"초원으로 돌아가고 싶어요."

"노래를 가장 잘한 사람에게는 국가가 돈도 주고 집도 지어줄 거요. 국가가 당신을 부양할 거란 말이오!"

진메이는 반박하고 싶었다. 그 집과 이 집은 다르다고. 중컨은 세상을 떠돌아다닐 운명인데 집이 무슨 소용이란 말인가? 그러나 그는 진메이였다. 그는 반박할 줄을 몰랐다. 그저 이렇게 말했다. "저는 두렵습니다."

학자가 웃었다. "아마도 당신이 예술가라 이렇게 예민한 것일 수 있어. 사람들의 예술가지."

다음날, 새로운 이야기꾼이 왔다. 중년 여성이었다. 그녀는 소를 치다가 번개를 맞았는데, 깨어나보니 스승도 없이 혼자서 거싸얼을 노래할 수 있게 되었다고 했다. 말투가 거칠고 목청이 좋은 여자였다. 그날 오후, 두 사람은 숙소 복도에서 마주쳤다. 진메이는 식당에서 식사를 받아서 돌아오는 중이었다. 여자가 그를 붙잡아 세웠다. "사람들이 당신 노래가 훌륭하다고 하더군요."

진메이가 고개를 끄덕였다. 여자가 수줍은 표정을 지으며 말했다. "난 양진쥐마라고 해요."

진메이가 웃었다. 쥐마는 선녀라는 뜻이었다. 이 여자는 거친 말투에 목청도 큰데다 눈빛이 험악해서 전혀 '쥐마' 같지 않았다.

양진쥐마가 말했다. "어디 봐요. 이 사람들이 당신한테 뭘 먹으라고 줬는지? 쳇, 탕과 만두로군. 지난번에 내가 왔을 때도 내내 이런 것만 주더군요. 거기 질려서 그만두겠다고 했죠!"

"하지만 이렇게 또 왔잖아요."

양진줘마가 그의 손을 잡아당겼다. "이리 와요." 두 사람은 그녀의 방으로 들어갔다. "내가 직접 밥을 해서 먹는데 동의해줬거든요. 여기서는 군불을 때지 못하고 전기를 쓰지만요." 과연 양진줘마가 묵는 숙소는 두 칸짜리 방이었다. 안쪽 방에서는 잠을 잤고 바깥쪽 공간에서는 밥을 하고 차를 마실 수 있었다. 전기난로가 방 한가운데 놓여 있었다. 그녀는 그의 어깨를 눌러 카뎬* 위에 앉혔다. "내가 차를 대접하죠."

전기난로 위의 찻주전자가 금세 끓기 시작했다. 양진줘마는 주전자 안에 분유를 타서 향긋한 밀크티를 만들었다. 양진줘마는 진메이에게 차를 따라주고 치즈도 놓아주었다. 그녀는 진메이가 받아 온 채소가 몇 조각 떠 있는 그 멀건 탕을 따라버린 뒤 아이 같은 미소를 지으며 말했다. "자, 당신 만두도 같이 먹어요."

진메이는 무척 맛있게 먹었다. 세끼는 먹을 양의 치즈를 순식간에 해치웠다. 양진줘마의 얼굴에 만족스러운 표정이 떠올랐다.

---

* 수공예로 제작한 티베트 카펫.

다음날, 노래를 부르러 가는 진메이에게 양진줘마가 보온병 하나를 찔러주며 말했다. "차예요. 노래하다가 목마르면 마셔요."

"노래할 때는 물을 마실 수 없어요."

"쳇, 다른 사람들은 어떻게 마신데요."

"그 사람들은 밖에서 마시죠."

"그럼 당신도 밖에 나가서 마셔요."

"그녀가 못 하게 해요."

"누가요?"

"그, 아상이요."

양진줘마가 그를 매섭게 노려보았다. "노래하는 돈은 국가가 주는 거예요. 뭐든지 그녀의 말에 따를 필요는 없어요."

그는 결국 차를 마실 수 없었다. 마시고 싶지 않아서가 아니라, 아상이 허락하지 않아서였다. 아상 아가씨가 말했다. "이제야 당신한테서 나는 목장 냄새를 없앴는데, 어떻게 또 그 냄새를 달고 왔어요?"

진메이는 보온병을 스튜디오 밖에 내놓았다가 그대로 숙소로 가지고 돌아왔다.

백일몽을 꾸던 시골뜨기가 세련된 여자 진행자를 사랑

하게 됐다는 소문이 들기 시작했다. 아상은 계속 프로그램을 진행했지만, 굳은 얼굴을 하고 진메이에겐 말도 걸지 않았다. 진메이는 몇 번이나 그녀에게 말하고 싶었다. "그 소문은 모두 거짓이에요. 내 주제에 어떻게 감히 당신을 사랑하겠어요." 그러나 스튜디오 안의 조명이 어두워지고 기계의 불빛이 반짝이면 그녀는 너무도 친절한 목소리로 돌변했다. 그러면 모든 것이 황홀하고 아득해졌다. 그녀의 목소리가 자석처럼 자신을 끌어당기는 것 같았고, 그녀의 몸에서는 짙은 향기가 뿜어져나왔다.

결국 어느 날 아상이 말했다. "계속 노래하고 싶다면, 소문을 지어내는 사람들한테 가서 당신은 그렇게 생각한 적이 없다고 말해요."

"무슨 생각을 한 적이 없다고요?"

아상이 울음을 터뜨렸다. "이 더럽고 못생긴 게, 당신이 날 사랑한 적이 없다고 말하라고!"

진메이는 고개를 떨구었다. 하지만 진실은 숨길 수 없었다. "밤마다 꿈에 당신을 보는걸요!"

아상은 소리를 빽 내지르고는 울면서 스튜디오 밖으로 뛰쳐나갔다. 밖에 있던 사람들이 모두 뛰어들어왔다. "말해! 당신 무슨 짓을 한 거야!"

진메이는 아무 짓도 하지 않았다. 설마 자신이 무슨 주술 사처럼 말에 독침이라도 숨겼단 말인가? 진메이는 양진줴마에게도 상처를 준 모양이었다. 양진줴마는 진메이의 그림자만 보여도 "쳇!"하며 돌아섰다. 방송국에 드나들 때 사람들 모두 이 두 이야기꾼이 함께 있으면 하늘이 빚어낸 한 쌍 같다고 농담을 했고, 양진줴마는 그 말을 들으면 언제나 얼굴에 달콤한 미소를 띠었다. 그러나 이제는 이렇게 틀어진 것이다.

양진줴마가 토라지기 며칠 전에는 두 사람이 토론을 하기도 했다.

"거싸얼이 오래도록 링 국으로 돌아가지 않은 것이 아다나무와 메이싸 때문만은 아니지. 거싸얼이 새로운 사람을 볼 때마다 사랑에 빠지지 않고 주무 한 사람만 사랑했다면, 세상 어디에 그런 풍파가 있었겠어!" 양진줴마의 주장이었다.

진메이의 의견은 이러했다. "신에게 받은 이야기를 우리가 어떻게 함부로 판단하겠어요?"

양진줴마가 말했다. "이야기는 남신이 전수한 거니까. 여신이 전수한 거라면 이렇지 않았을 거야."

진메이는 이 말에 깜짝 놀라 신상이 수놓아진 깃발을 펼치고 꿇어앉아 끊임없이 절을 올렸다. 양진줴마도 두려워져 그와 함께 신상 앞에 꿇어앉아 진심으로 용서를 빌었다.

그러나 이제는 진메이가 부끄러워 어디로 숨어야 할지 모를 지경이었다. 이번에는 정말로 병이 났다. 끼익 소리가 나더니 양진쥐마가 문을 열고 들어왔다.

진메이의 목소리에는 힘이 없었다. "뭐하러 또 왔어요?"

"이제 누가 정말 당신한테 잘해주는지 알겠지. 누가 당신과 어울리는지 말이야."

양진쥐마가 몸을 굽혀 진메이의 이마와 손에 입을 맞추며 온통 뜨거운 눈물을 묻혔다. 그러나 이 눈물의 뜨거움도 진메이의 마음까지는 스며들지 못했다.

진메이가 말했다. "돌아가서 쉬세요. 내일 차 마시러 갈게요."

양진쥐마는 다시 진메이에게 입을 맞추었다. "내 가엾은 사람, 내 불쌍한 사람"

그녀가 방문을 닫은 뒤, 진메이는 그녀가 자신의 얼굴에 남긴 눈물을 닦았다. 마음속에는 여전히 스튜디오의 그 매혹적인 여인만 떠올랐다. 진메이는 작별인사도 하지 않고 떠났다. 방송국에서, 이 도시에서 사라졌다. 그가 어디로 갔는지 아는 사람은 아무도 없었다.

이야기: 병장기 부족

자차셰가는 마음속으로 오래도록 계획한 일이 있었다. 국왕이 마 국을 정복하고 돌아오면 그 계획했던 일을 비준해달라 청하려 했다. 그러나 거싸얼은 한번 떠난 뒤로 삼 년 동안 돌아오지 않았다. 거싸얼이 왕비 메이싸와 새로운 왕비 아다나무와 함께 북쪽 마왕의 땅에서 밤낮으로 음주가무를 즐기느라 돌아올 생각을 하지 않는다는 소문이 돌 정도였다. 아무리 신력이 광대하다지만 이렇게 제멋대로 구는 사람이 정말 링가의 국왕으로 어울리는 것일까 의심하는 사람들도 생겼다. 메이둬나쩌는 거싸얼이 하늘에서 내려보낸 국왕이라고만 했다. 그가 아니면, 누가 어울리겠는가? 수석대신 룽차차건도 같은 생각이었다.

그러나 걱정이 많아진 자차셰가가 수석대신에게 진언했다. "제 어머님께서 말씀하시기를, 가 국에서는 황제가 연회의 즐거움에만 빠져 조정을 돌보지 않을 경우에는 백성들도 더이상 그를 황제로 모시지 않는답니다."

수석대신은 정색을 하고 엄숙하게 말했다. "우리의 국왕은 하늘에서 온 신의 아들이다!"

자차셰가가 말했다. "제 어머님께서 말씀하시기를, 가 국의 황제도 천자라 불린다고 했습니다. 마찬가지로 하늘의 아들이라는 뜻이지요."

"그대는 거싸얼의 형이며, 국왕이 사랑하는 장수인데, 말투가 어찌 음험하고 이기적인 차오퉁과 같은가? 새로 정한 법률에 따라 조정에서 이처럼 터무니없는 말을 하는 것이 어떤 죄명인지 그대가 알지 못하는가?"

"저는 그저 대신께서 사람을 보내 국왕이 하루빨리 궁으로 돌아오시기를 재차 청해주십사 바랄 뿐입니다."

수석대신은 한숨을 쉬며 말했다. "국왕은 떠나시면서 평소와 다름없이 착실히 세금을 걷고 송사를 그치게 하라는 분부만 내리셨다. 그대에게는 변경을 잘 지키라고만 하셨고."

"바로 변경을 더 잘 지키기 위해 이렇게 국왕께 보고를 드리려고 하는 것입니다. 그렇게 기다린 것이 벌써 꼬박 삼 년입니다!"

"일단 변경으로 돌아가 있게. 이렇게 링가가 하나의 나라가 된 이상, 국왕의 권위가 흔들려서는 안 되네. 국왕을 의심하는 일이 있어서는 더더욱 안 되고. 어서 병영으로 돌아가 명령에 따라 일을 하게나."

자차셰가는 하릴없이 어머니에게 작별인사를 하고, 저도 모르게 불만을 털어놓았다.

어머니가 말했다. "링가가 나라의 꼴을 갖추긴 했지만, 아직은 완벽하지 않단다. 아직 많은 부분이 진정한 국가라고 보기 어렵지. 명령에 따라 일을 하는 것이 나라의 모양새를 갖추게 되는 데 도움이 된다면 응당 그리해야지."

자차셰가는 어머니에게 차오퉁 숙부가 연회에 참석하라고 초대를 했는데 어쩌면 좋을지 여쭈었다.

어머니는 몸서리를 치며 말했다. "아들아, 당장 준마에 올라 변경으로 돌아가거라."

자차셰가는 그렇게 달도 없는 밤에 말을 달려 변경의 군영으로 출발했다. 가는 동안 자차셰가는 별빛 아래, 누군가를 기다리는 듯한 어슴푸레한 사람의 모습을 보게 됐다. 주무 같았다. 망루 꼭대기에 서서 북쪽을 바라보고 있었다. 링가의 수많은 사람들이 갖가지 기괴한 신력을 부릴 수 있는 것과는 달리 자차셰가의 능력은 고된 훈련을 통해 얻어진 것이어서 이렇게 멀리 떨어진 곳의 상황은 확인할 방법이 없었다. 하지만 주무는 약간의 신력을 가지고 있었기에 그를 볼 수 있었다. 주무는 곧 올빼미 한 마리를 날려 보내 그의 어깨 위에 내려앉도록 했다. 올빼미가 입을 열자 주무의 목소리가 흘러나왔다. "그대가 돌아왔다는 소식을 듣고 내일 그대가 입궁하면 뵈려 했습니다."

자차셰가는 말에서 내려 공손하게 왕궁 쪽을 향해 말했다. "왕비께 아룁니다. 국왕께 보고드릴 일이 있어 간 것이었는데, 국왕께서 멀리 마 국으로 원정을 가신 뒤 아직 돌아오지 않으셨으니, 저도 하는 수 없이 다시 변경으로 돌아갑니다. 수석대신께서는 법도를 엄수하시는 분이라 감히 국왕을 재촉하는 사신을 보내지 못하십니다. 왕비께서 나서서 국왕께 하루빨리 돌아오시길 청해주실 수 있으실까요?"

하지만 주무가 할 수 있는 일이란 한숨을 쉬는 것 뿐이었다. 마 국의 이야기에 얽힌 우여곡절은 본디 주무의 사심 때문에 일어난 일인지라, 고충이 있어도 말을 하기 어려운 상황이었다. 자차셰가가 어디 이러한 깊은 내막을 알 수 있으랴. 그저 그녀의 태도가 애매하고 분명하지 않으니 몸을 돌려 말에 올라 떠날 준비를 서두를 수 밖에 없었다. 주무가 갑자기 자차셰가를 멈춰 세웠다.

"요즘 내 마음이 평안하지 못하니, 정말 무슨 재앙이 일어날 것만 같습니다!"

"왕비께서는 궁궐에서 인내심을 가지고 국왕이 돌아오시기를 기다리시면 됩니다. 설마 무슨 재앙이 내리겠습니까!"

"점성사가 밤에 하늘을 보더니 사악한 기운이 내 운명의 별을 침범했다고 합니다. 때가 되면……"

"왕비께 정말 어려움이 생긴다면 이 자차셰가가 반드시 달려와 보호해드리겠습니다." 자차셰가는 말을 마치고 곧 말을 몰아 밤의 어둠 속으로 사라졌다. 올빼미는 날개를 퍼덕여 그의 어깨 위에서 날아올랐지만, 그의 귓가에는 여전히 주무의 깊고 긴 한숨 소리가 들려왔다. 그 한숨 소리가 그의 마음속에 불길한 예감을 가득 채웠다. 링 국의 평안을 영원히 지키기 위해서라도 자신의 계획을, 국왕이 돌아와서 허락해주기만을 기다리고 있을 수는 없었다. 국왕이 언제 돌아올지 모르며, 국왕이 돌아오지 않을지도 모른다는 생각 또한 들었기 때문이다.

링 국이 아직 나라가 아니던 시절, 부족 간의 전쟁은 주로 장수들의 개인적인 능력에 따라 승패가 결정됐다. 링 국의 삼십 영웅 모두가 나름의 신력이 있었을 뿐만 아니라 당시 싸움에는 신과 요마까지 끼어들었기 때문에, 일반 병사는 거의 아무런 역할도 해내지 못했다. 자차셰가가 듣기로는 지상에서 내려온 신들은 사람들이 각각 나라를 세우도록 도와준 뒤에는 모두 하늘 위로 돌아가고 사람들도 신력을 잃어버린다 했다. 링 국에는 이제 신의 그림자는 사라지고 없는 것 같았다. 이제 자차셰가는 자신의 부하들을 신력에 의지하지 않는 군대로 훈련시키고자 하였다. 어머니가 그에게 준 병서에 따라 훈련을 시작했다. 자차셰가는 궁에서 돌아온 후에 한 부족 전체를 이끌고 황허 강가의 초원을 떠나 남쪽의 깊은 산속으로 옮겨갔다. 물론, 그때에는 이미 부족이 아니라 만호萬戶라 불렸다. 자차셰가는 사람들에게 남쪽으로, 과거에 링가 사람들이 폭설에 쫓겨 도망쳐나온 고향으로 이동하자고 말했다. 그곳에서 고향의 강물을 만나면 강물이 흐르는 방향에 따라 또다시 계속 남쪽으로 가자고 했다. 그러면 깊은 산골짜기에서, 혹은 험준한 강 언덕에서, 구리와 무쇠를 제련할 수 있는 곳을 만나 멈추는 것이다.

만호장이 말했다. "사흘 안에 출발할 수 있습니다. 다만, 저는 사람들이 고향을 등지고 떠날 때의 울음소리가 두렵습니다."

자차셰가는 그럼 사람들이 울음을 대신할 수 있는 노래를 한 곡 만들자고 제안했고, 부족은 정말로 노래를 부르며 길을 떠났다. 자차셰가는 그의 사병들을 데리고 선봉에 섰다. 빽빽히 우거져 바람도 뚫고 지나기 어려운 숲을 만나자 자차셰가가 사병들에게 말했다. 이는 우리가 검술을 연마하고 팔심을 기를 기회다. 사병들은 숲속에서 칼을 휘둘러 널찍한 길을 냈다. 길을 가로막는 커다란 바윗돌을 만나면 수하의 장수가 병사들에게 말했다. "덤벼라, 이는 거인과 씨

름할 좋은 기회니라!" 그들은 길을 가로막는 커다란 바윗돌
들을 모두 계곡 속에 밀어넣었다. 호랑이나 이리를 만나면
사병들이 앞을 향해 돌진하며 말했다. "우리가 궁술을 연마
하기에 좋은 기회다." 그리하여 궁술이 가장 좋은 사병들은
얼룩무늬가 찬란하게 빛나는 호랑이 가죽을 걸치게 됐다.

그들은 마침내 거센 물살이 힘차게 넘쳐흐르는 진사 강변
에 도착했다. 골짜기는 마치 하늘을 향해 피어난 연꽃 같았
고 사방을 둘러싼 산봉우리들은 칼을 차고 곧게 서 있는 용
사의 모습 같았다. 초원은 삼월인데 아직도 눈발이 나부끼
는 추운 날씨였지만, 동남쪽을 향해 열린 골짜기의 땅에는
따뜻하고 부드러운 바람이 불었고, 야생 밤나무와 복숭아나
무에는 꽃이 가득 피어 있었다. 봄비가 내린 어느 날, 아침
일찍 일어난 노인들은 이곳에 도착했을 때 손이 가는 대로
땅에 꽂았던 버드나무 지팡이에도 새로운 싹이 돋은 것을
발견했다.

이곳의 또다른 좋은 점은 서둘러 집을 지을 필요가 없다
는 것이었다. 사람들은 모두 임시로 산속 동굴에 머물렀다.
몇몇 사람들이 밭을 일구어 곡식의 푸른 싹들을 길러내는
동안, 다른 사람들은 산으로 들어가 광석을 캐냈다. 광석들
은 마치 스스로 변화의 주술을 아는 것처럼 보였다. 제련하

는 화로 앞의 공터에 쌓아두면 바람과 빗물에 씻겨서 어떤 것들은 붉은빛을 띠었고 어떤 것들은 푸른빛을 띠었다. 그렇게 구리가 생기고 무쇠가 생겼다. 링 국 사람들은 스스로 구리와 무쇠를 제련해냈다. 그래서 이 부족은 훗날 병장기 부족이라 불렸으며 채석 장인, 제련하는 화로를 빚는 장인, 광석을 녹일 때 불길을 조절하는 장인, 구리와 무쇠로 각종 병장기를 만들어내는 장인 등 수많은 장인이 이 부족에서 배출되었다. 칼과 검, 창과 화살, 마구, 마름쇠와 갑옷 등이 생산되어, 태양이 자차셰가의 대군을 비췄다 하면 모든 무쇠 병기가 푸르스름한 빛을 반사해 삼엄한 기상이 돋보였다. 이러한 대군이 진세를 갖추고 공격하면 아무리 강대한 적이라도 당해내지 못할 것이라 자차셰가는 믿었다.

가을이 되어 더 남쪽에 있는 부족들이 이들의 풍성한 식량을 훔치러 왔다는 보고를 받았지만 자차셰가는 사병들에게 전투를 벌이지 말라고 명령했다. 대신에 자차셰가는 수확이 끝난 밭에서 군대를 훈련시켰고, 야만인 부족은 숲속에서 사흘을 엿보다가 고개를 수그리고 나와 신하가 되겠다고 자청했다. 자차셰가는 그들을 왕궁으로 보냈다. 수석대신은 이들의 이야기를 접하곤 지금껏 이런 곳이 있다는 얘기를 들어본 적이 없다고 하며, 몸을 굽히고 북쪽을 향해 절을 드렸다. "거싸얼 대왕이여, 늙은 신하가 경하드립니다. 대왕께서 멀리 명성을 떨치셨기에 남쪽의 미개한 부족까지도 그들의 광활한 토지를 가지고 귀순하게 되었습니다!"

이야기: 귀환을 잊어버린 국왕

링 국의 동북쪽, 사막과 초원, 소금 호수에 이르는 광활한 지대는 훠얼 국이 점령하고 있었다. 나라의 주인인 즈얼허투는 스스로를 천제라 칭하고 세 아들에게는 왕의 칭호를 하사했다. 세 아들이 사는 장막의 색이 서로 달랐기 때문에, 그들은 각각 흑장 왕, 백장 왕, 황장 왕이라 불렸다. 그 가운데 백장 왕의 무예가 가장 고강했다. 백장 왕의 부하 장군인 신바마이루쩌는 더더욱 흉폭하고 거침이 없었으며 용맹함으로는 당할 자가 없었다.

대왕의 귀환을 기다리다 못한 자차셰가가 백성들 몇몇을 이끌고 진사 강가로 옮겨가 철을 제련해낸 그해에, 훠얼 국의 백장 왕이 너무도 총애하던 한비漢妃가 세상을 떠났다. 백장 왕은 이민족의 여인만이 자신의 슬픔과 상처를 달래줄 수 있다고 여겨 앵무새, 비둘기, 공작, 까마귀에게 이민족의 아름다운 여인을 찾아오라고 명령했다.

하필이면 이 새들이 링 국 쪽으로 날아갔다.

링 국과 휘얼 국의 변경을 지날 때쯤 앵무새가 말했다. "우리는 백장 왕이 쏜 화살인 거야. 나오기는 쉬웠어도 돌아가기는 어렵지. 왕이 찾는 미녀는 정말 찾기 어려워. 설령 찾는다 해도 왕은 무력을 사용해 그녀를 데려오려 할 테고 그러면 얼마나 많은 생명이 도탄에 빠질지 몰라. 그러기 전에, 우리 도망가자."

"어디로?"

"비둘기는 한비를 따라 이곳에 왔으니 가 국으로 돌아가고, 공작은 인도로 돌아가면 되지. 나는 남쪽의 먼위로 돌아갈 거야. 까마귀는 더 쉽지 않아? 이 세상 어디든 까마귀는 있으니 가고 싶은 곳이면 어디든 가면 되잖아."

세 마리 새는 날개를 퍼덕이며 구름 속으로 날아갔지만, 까마귀는 여전히 나뭇가지에 앉아 있었다. 지금껏 줄곧 까마귀는 미녀를 찾아낸다면 그 공로는 누가 차지하게 될지 생각해왔다. 이건 기회였다. 자신이 미녀를 찾는다면 자신의 공을 빼앗아갈 이는 없었다. 이런 생각을 하면 링 국의 하늘을 빙빙 도느라 허기지는 것도 참을 수 있었다. 벌써 사십구 일째 링 국의 하늘을 날았다. 하지만 백장 왕의 마음에 들 만한 미녀를 발견하지 못했다. 링 국에 아름다운 여인이 없어서가 아니었다. 링 국의 평안을 지키는 거싸얼 왕은 오래도록 돌아오지 않고, 백장 왕이 마침 백방으로 미녀를 찾는다는 소식이 벌써 사방팔방 전해졌기 때문에, 아름다운 여인들이 얼굴을 드러내고 밖으로 나다니는 일이 거의 없었던 것이다. 까마귀가 이리저리 날아다닐 때, 링 국의 모든 사람들이 불안에 떨었다. 오직 주무 왕비만이 맑은 날이면 언제나 높은 곳에 올라가 먼 곳을 내다보았다. 까마귀가 무사들의 화살을 두려워한 탓에, 몇 번이나 왕궁을 지나치면서도 그녀를 보지 못했을 뿐이다.

거싸얼이 왕이 된 뒤, 차오퉁의 마음은 시시때때로 답답했다. 이날도 마음이 답답해 신력을 써서 매로 변신해 하늘을 날고 있었다. 매는 뇌가 작아서 사람처럼 많은 걱정을 할 수 없었기 때문이다. 이때, 까마귀가 나타났다. 매는 맹렬히 까마귀를 덮쳤다. 날카로운 발톱으로 까마귀의 날개를 갈기갈기 찢으려는데 까마귀가 큰 소리를 내질렀다. "살려주십시오. 저는 백장 왕의 부하입니다."

"백장 왕의 부하라면, 미녀를 찾아오라고 보낸 것이냐?"

"그렇습니다."

차오퉁은 뭔가 좋은 생각이 떠오를 듯도 했지만, 뇌가 작아서 생각이 나지 않았다. 산모퉁이를 돌아 나무에 내려앉은 뒤 사람으로 변해 생각해보고는 다시 하늘로 날아올라 황급히 도망치려는 까마귀에게 말했다. "두려워 마라. 링국에서 가장 아름다운 여인이 바로 왕궁 꼭대기에 있다!"

까마귀는 과연 왕궁 꼭대기에서 주무를 발견했다. 그녀의 아름다움은 더 말할 필요도 없었다. 가볍게 찌푸린 눈썹 사이로 옅은 슬픔이 고여 있는 모습만 보더라도 세상을 떠난 한비와 무척 닮아 있었다. 까마귀는 공중에서 그대로 하강해 주무의 터키석 머리쓰개를 물어가버렸다. 그러고는 힘차게 날갯짓을 하며 날아올랐다. "기다리고 계시면 우리 휘얼 국의 영웅이신 백장 왕께서 곧 아내로 맞으러 오실 겁니다!"

까마귀는 그 길로 백장 왕 곁으로 돌아갔다. 먼저 다른 새들이 휘얼 국을 배반한 죄상을 낱낱이 고했다. 백장 왕은 조급함을 누르지 못하고 외쳤다. "내 마음에 들 만큼 아름다운 아가씨는 찾았느냐?" 까마귀는 득의양양해서 왕좌 앞으로 날아가 주무의 터키석 머리쓰개를 바쳤다. "마 국을 정복하고 승리를 거둔 거싸얼이 새로운 왕비에게 사로잡혀 즐거움을 누리느라 왕궁으로 돌아오지 않으니, 왕비 주무는 지금 널따란 왕궁에서 홀로 빈방을 지키고 있습니다!"

"그럼 내가 곧 군대를 보내 데리고 오리라!"

대장 신바마이루쩌가 출정 명령을 받고는 진언했다. "대왕이시여, 링 국이 비록 작은 나라라고 해도 주무는 왕비라는 귀한 신분입니다. 어찌 우리가 마음대로 가서 맞아올 수 있겠습니까? 분명 두 나라 사이에 전쟁이 일어날 것이고 모든 생명이 도탄에 빠질 것입니다!"

백장 왕이 어디 대신의 권고를 귀담아듣겠는가. 왕은 신바마이루쩌가 다시는 반대 의견을 내세우지 못하도록 지준이시 공주를 불러와 점을 치게 했다.

지준이시 공주는 훠얼 국 한 왕자의 딸로, 훠얼 여인들 가운데 가장 아름다운 편에 속했다. 한비가 죽은 뒤, 조정에서 상의하여 백장 왕에게 이 여인을 아내로 맞으라고 주청했다. 그러나 백장 왕은 여러 번 거절했다. 사실 이 여인은 아름다울 뿐 아니라 총명한데다, 술법에 뛰어난 기인의 가르침을 받아 점을 칠 줄 알았으며 그 결과가 상당히 영험했다. 왕이라면 속마음을 감추어 곁에 있는 사람이 추측하기 어려워야 왕좌에 앉았을 때 절로 위엄이 생기는 법이다. 백장 왕은 자신의 생각들을 그녀가 다 꿰뚫으면 자신이 어떻게 사방에 위풍을 떨칠 수 있을까 생각했다. 그래서 그녀의 미모에 넘어가려는 것을 억지로 참고 이민족 아내를 맞기로 한 것이다.

지준이시가 말했다. "점괘가 흉하니 대왕께서는 까닭없이 군사를 일으키지 마십시오!"

백장 왕은 냉소를 지었다. "내 보기에 너는 내가 링 국의 미녀를 아내로 맞는 것을 바라지 않는 듯하구나. 너의 젊음과 미모를 가여이 여기지 않았다면, 사람을 시켜 네 목을 베어 밤마다 산 위에서 우짖어 사람의 밤잠을 설치게 만드는 저 배고픈 이리들에게 네 시신을 던져주었을 것이다!"

지준이시는 놀라거나 당황하지 않고 처연한 미소를 지으며 자리에서 물러났다.

대왕의 뜻이 이처럼 완고한 것을 보고 신바마이루쩌는 곧 군사를 일으켜 백장 왕과 함께 출정했다.

동북쪽 국경까지 대군이 몰아닥친 것도 모르고 링 국에서는 다들 국왕이 돌아오기만을 기다리고 있었다. 훠얼의 대군이 침범해온다는 것을 알고 있는 것은 오직 차오퉁뿐이었으나 그는 아무런 말도 하지 않았다. 그는 자차셰가가 남쪽에서 무언가 도모하고 있다는 것을 알고서 나무 솔개를 타고 날아갔다. 차오퉁이 말했다. "조카여, 링 국에 이미 삼년 동안이나 주인이 없고 수석대신은 하는 일이 없으니, 아무래도 네가 나서서 왕을 대신해 섭정하는 게 어떻겠느냐."

자차셰가는 서둘러 그의 말을 막았다. "작은아버지께서 저를 해치시려는 게 아니라면, 그런 말은 절대 아무에게도 하지 마십시오!"

"네가 병장기를 주조하고 군사를 훈련하니, 사람들이 네 계획이 무엇일지 의론이 분분하다."

"제가 이렇게 한 이유는 오직 링 국이 진정으로 강대해지기를 바랐기 때문입니다. 국왕이 돌아오시기만 하면 저는 병부를 드린 뒤 어머니를 모시고 가 국으로 돌아가 그간의 향수를 달래드릴 생각입니다." 그러고는 편지를 써서 수석대신에게도 이러한 생각을 전했다. 자차셰가는 사신을 통해 편지를 보내고도 불안하여 시종 두 사람을 이끌고 수석대신을 알현하러 갔다.

수석대신이 말했다. "이런 일들은 모두 좋은 일이긴 하나 국왕이 돌아온 뒤에 다시 처리하도록 하자."

"만약 지금이라도 누군가 공격한다면요?"

"현명한 조카여, 감히 어느 누가 오만하게 나서서 멸망을 자초하겠는가! 또한 우리 왕은 지혜가 바다와 같아서 모든 것을 알고 있는데, 변경에서 일어나는 전쟁을 왕께서 내버려두겠는가!" 수석대신은 화제를 돌렸다. "그대가 무쇠를 녹여 성채의 토대를 주조한다는 말을 들었는데, 그게 사실인가?"

"변경의 성채는 굳건해서 무너지지 않아야 마땅합니다."

"신하의 거소가 어찌 왕궁을 넘어서는가?"

"대신께서는 예전의 그 노총관이 아니신 것 같습니다."

"조카여, 우리 모두 국가를 바라지 않았는가? 이것이 바로 국가라는 것이다. 잠시 변경으로 돌아가지 말고 궁중을 지킨다면 내 마음이 놓이겠다!"

이렇게 자차셰가는 변경으로 돌아가지 않고 머물게 되었다. 주무는 이런 상황을 보고 무척이나 기뻐했다. 백장 왕이 구혼한 일을 대놓고 말하기는 어려워 이렇게만 말했다. "요즘 저는 밤마다 악몽을 꿉니다. 아무래도 링가에 사달이 날 것 같았는데 그대가 왕궁을 지켜준다면 마음이 훨씬 놓일 것입니다."

링 국의 변경까지 군대를 이끌어온 백장 왕이 사신을 보내 주무를 아내로 맞겠다는 뜻을 밝혔다. 주무는 드디어 악운이 닥친 것을 깨닫고 주룩주룩 눈물을 흘렸다. 자차셰가는 자신이 직접 마 국으로 가서 국왕을 모셔오겠다고 했지만 모두가 반대했다. 첫째, 자차셰가는 신력이 없으니 한번 가면 산도 높고 물도 긴 길에 시간이 얼마나 걸릴지 알 수 없었다. 둘째, 나라 안에 사람이 없으니 전쟁을 앞두고 그처럼 용감한 대장이 자리를 비워서는 안 된다는 것이다.

다함께 상의한 끝에, 링 국의 기혼조寄魂鳥인 백선학白仙鶴을 북쪽으로 보내 거싸얼에게 어서 돌아와 구원해달라고 청하기로 했다. 백선학은 거싸얼에게 날아갔다. 그러나 두 왕비와 더불어 밤낮으로 음주에 빠져 있던 거싸얼은 이미 이성을 잃은 상태였다. 거싸얼이 말했다. "이 새, 내가 아는 것 같은데."

백선학이 말했다. "저는 링 국의 기혼조이니 링 국의 왕께서는 물론 저를 보셨겠지요! 링 국에 오랫동안 군주가 자리를 비워 훠얼 국이 이를 틈타 대군을 이끌고 침범해 와서 주무 왕비를 억지로 취하려 합니다. 링 국 사람들 모두 대왕이 속히 돌아오기만을 기다리고 있습니다!"

백선학의 전언에 거싸얼은 너무 놀라 온몸에서 식은땀이 흘렀다. 그는 곧 사람을 불러 다음날 아침 일찍 돌아갈 수 있도록 준비를 서두르라고 일렀다. 그러나 이튿날 아침 해가 떠오르자 두 왕비 역시 먼길을 배웅하고자 술을 준비해두었고 그는 이번에도 취해 링 국으로 돌아가기로 한 일을 까맣게 잊고 말았다. 거싸얼은 메이싸에게 무엇 때문에 이처럼 많은 사람이 늘어서 있느냐고 물었다. 메이싸는 주무의 질투 때문에 자신이 마왕의 땅까지 납치되어 온 일을 떠올리며 거짓을 고했다. 메이싸는 이들이 대규모 연극을 연습하는 중이라고 둘러댔다. 그렇게 또 꼬박 일 년이 지나갔다.

위기에 처한 링 국에서는 이번에는 까치를 보내 소식을 알렸다. 까치는 성문 주위에 머무르며 초조하게 깍깍 울어댔다. 새가 떠나기 전에 주무가 이르기를, 국왕은 신력이 광대하여 까치의 말을 알아들을 수 있을 것이라고 했다. 그러나 여전히 주색에 빠져 있던 거싸얼은 메이싸에게 물었다. "저 새가 저리도 조급하게 우는 걸 보니, 무슨 일이 있는 것 같소?"

메이싸는 이 새를 주무가 보냈다는 것을 눈치채고 말했다. "대왕께서 마침 즐거우신데 저 새가 소란스럽게 울어대니, 오랜만에 활쏘기 연습을 하시면 어떻겠습니까?"

거싸얼은 소식을 전하러 온 까치를 쏘아 죽였다.

그렇게 또 일 년이 흘렀다.

주무는 사람을 보내 국왕을 모셔오자고 수석대신에게 건의했다. 그러나 룽차차건은 말했다. "두 번이나 사신을 보냈으니, 국왕께서 틀림없이 소식을 아실 겁니다. 만약 돌아오시지 않는다면 그럴 만한 이유가 있겠지요!"

사람들 사이에서는 이미 지금의 수석대신이 예전의 영명

하고 통찰력 강한 노총관이 아니라는 원망이 떠돌았다. 수석대신이 말했다. "그대들이 나에게 불만을 품을 수는 있다. 하지만 국왕의 영명함을 의심해서는 안 된다!"

수석대신이 이렇게까지 말하니, 사람들은 그저 입을 다물고 말을 삼켰다.

주무는 하는 수 없이 여우를 시켜 편지를 보냈다. 여우는 말을 할 수 없으니 손가락에서 반지를 빼 내주었다. 국왕이 반지를 본다면 틀림없이 자신을 떠올려주리라 믿었다. 여우는 두 왕비의 눈을 피해 주무의 반지를 거싸얼 앞에 토해 냈다. 반지를 본 거싸얼은 무언가 생각에 잠겼다. 성에 올라가 하늘을 바라보며, 무슨 중요한 일이 있다면 천모가 틀림없이 가르쳐줄 것이라 기대했다. 그러나 바람이 불고 구름이 흐를 뿐 하늘은 평화로운 바다처럼 하염없이 푸르기만 했다. 거싸얼은 자신에게 보배로운 수정 거울이 있음을 떠올리고 꺼내어 비춰 보다가 깜짝 놀라고 말았다. 링 국 변경에 휘얼 국의 군대가 정연하고 엄숙하게 대열을 이루고 있는 장면이 보였다. 언제라도 쳐들어올 수 있도록 공격 태세를 갖추고 있는 모습이었다. 또한 링 국 궁중에서 초췌한 얼굴로 지내고 있는 주무도 보았다. 그는 즉시 달이 뜨기 전에 대오를 정렬하여 출발한다는 명을 내렸다. 그러나 말 위에 오른 뒤 이번에도 출발을 위한 술을 두 잔이나 마신 후 다시 기억을 잃고 말았다.

거싸얼은 마 국의 모든 술이 기억을 잃게 만든다는 사실을 몰랐다. 원래 마 국에는 백성이 없었다. 마왕 루짠이 사방에서 사람들을 잡아와 마 국 각지에 두고 백성으로 삼았는데, 이렇게 잡혀와 백성이 된 사람들 모두 마 국의 술을 마시고 나서 자신들의 고향에 대한 기억을 완전히 잊어버렸던 것이다.

이야기: 자차셰가의 죽음

북쪽 변경은 대장 단마가 맡아 지키고 있었다. 단마는 친위대를 이끌고 높은 언덕에 올라갔다. 휘얼 국의 강성한 군대가 빽빽이 정렬해 있는 것이 보였다. 황장 왕이 직접 중앙에서 군대를 지휘하고 있었고 그 왼쪽으로 매의 날개처럼 흑장 왕의 군대가 펼쳐져 있었으며, 오른쪽에도 같은 모양으로 백장 왕의 군대가 진열해 있었다. 그뒤로 후발대가 빈틈없이 들어서 있었다. 이 모든 진영 앞에는 신바마이루쪄가 직접 이끄는 선봉대가 준엄한 기상으로 자리했다.

요마의 기운이 소탕되어 평화의 노랫소리가 높던 링 국이었다. 단마는 변경을 순찰하기 위한 병사 몇 십 명만 거느렸다. 또한 정찰만 하라는 명령을 받았으므로 경거망동을 할 수 없었다. 단마는 거싸얼이 왕위에 오르기 전부터 자신이 그에게 충성을 맹세한 사실을 떠올렸다. 나라에 위기가 닥친 이때에 사력을 다하지 않는다면 나라의 미래는 보장하기 어려울 듯했다. 그래서 곁에 거느린 병사들을 보내 속히 상황을 보고하도록 하고, 혼자 힘으로 휘얼 국의 군대와 대전투를 벌이기로 마음먹었다.

그때였다. 단마가 타고 있던 말이 갑자기 말을 했다. "휘얼 국의 병마는 쇠털처럼 많으니 우리 둘만으로는 메뚜기 떼처럼 날아드는 화살을 뚫고 군진 앞까지 가기 힘들 것입니다. 이기기 위해서라면 이런 방법을……" 말은 단마에게 계획을 이야기했다.

군마의 말에 일리가 있다고 생각한 단마는 말에서 내려 절름발이 시늉을 하면서 혼자 휘얼의 군영까지 걸어갔다. 군마도 다리를 구부린 채 절룩거리면서 천천히 그뒤를 따랐다. 그렇게 휘얼의 군진 앞까지 간 단마는 몸을 날려 말에 올라탄 뒤, 그대로 중앙으로 뛰어들어 적군을 죽이고 큰 막사 몇 곳을 발칵 뒤집었다. 해질녘의 빛을 빌려 계속 적군을 무찌르다가, 마지막에는 선봉대의 병영에까지 나아갔다. 그러고는 혼란을 틈타 휘얼의 기병들이 산골짜기에서 방목하던 군마를 모두 링 국 쪽으로 몰았다.

출병을 탐탁치 않아했던 신바마이루쩌는 마침 좋은 기회라 여기고 백장 왕에게 진언했다. "링 국의 절름발이와 절름발이 말조차 저리 대단하니, 거싸얼이 대장군을 이끌고 습격해온다면 더욱 당해내기 어려울 것입니다."

이미 마음을 정한 백장 왕은 받아들이지 않았다. "전투를 앞두고 군심을 흔드는 것은 마땅히 죄가 된다. 만약 그대가 과거에 세웠던 공을 생각지 않았다면 채찍질을 한바탕 상으로 주었을 것이다!"

이런 모멸의 말을 들으며 참고만 있는 장수는 없을 것이다. 화가 끓어오른 신바마이루쩌는 그 자리에서 휘하의 선봉대 이만 명을 이끌고 링 국을 향하여 돌진했다. 그러다 마침 단마를 도우러 오던 자차셰가의 군대와 맞닥뜨렸다. 곧 피가 강물을 이루고 흙먼지가 휘몰아쳐 온 천지가 어두컴컴해졌다. 휘얼의 병력이 열세에 몰리고 휘얼의 변경까지 물러났다. 링 군도 참담할 정도로 피해를 입었기에 더 추격하지 않았다. 만약 휘얼 군이 전 병력으로 공격해왔다면 자차셰가는 국경을 지키지 못했을 것이다. 양국은 국경을 유지한 채 상대방의 허실을 탐색한 후 협상을 하는 척했다. 수석대신 룽차차건은 화려한 옷을 입고 점잖은 태도로 적군을 맞았다. 사실과 거짓이 혼재한 메시지를 서로 주고받으며 상대를 교란시키며 일 년을 끌었다. 백장 왕이 수석대신 룽차차건의 전략에 속아넘어가는 듯하자 링 국 사람들은 온 링가를 이끌던 노총관 시절의 위풍당당한 룽차차건이 돌아온 것 같다며 안심했다. 차오퉁만이 초조해졌다.

어느 날, 룽차차건은 백장 왕에게 또 한 통의 편지를 보내 추운 겨울이 다가오고 있으니 각자 군사를 물리고 쉬었다가 내년에 다시 담판을 내자고 제안했다. 백장 왕은 여기서 멈추기는 아쉬웠기에 다시 한번 병력을 집중해 링 국을 향한 대규모 공격을 감행하기로 결심했다. 만약 성공하지 못하더라도 그때 다시 협상을 벌이고 군대를 퇴각시켜도 늦지 않다고 여긴 것이다.

계획에 없던 공격을 하며 삼십 리를 나아갔지만 막아서는 군대가 없었다. 다시 삼십 리를 가서야 저항다운 저항을 만났다. 며칠 동안 기습과 돌격이 계속되자, 링 국 군대는 막아낼 힘을 점차 잃고 큰 패배를 눈앞에 두게 되었다. 그제야 수석대신은 자차셰가에게 남쪽으로 옮겨가서 훈련중인 정예부대를 불러도 좋다는 허락을 내렸지만 때는 이미 늦은 뒤였다.

상황이 이렇게 되자 주무는 더욱 자책이 심해졌다. 주무는 자신이 이 전쟁의 직접적인 원인이며, 거싸얼이 멀리 마국에서 몇 년째 돌아오지 않는 것도 자신 때문임을 알았다. 결자해지라 했다. 링 국의 평화를 지키기 위해 이 고통을 감내해야 했다. 국왕이 소식을 전해듣고도 돌아오지 않는 것은 아마도 자신이 싫어졌기 때문이리라. 어쩔 수 없다. 주무는 백장 왕을 따라가기로 결심했다. 그녀는 백장 왕에게 서신을 보내 그를 따르겠다며 휴전을 청했다.

백장 왕은 신바마이루쩌에게 그녀를 데려오라 했다. 주무가 말했다. "사흘만 기다려주십시오."

"사흘이 왜 필요합니까?"

"존귀한 왕비로서 시비를 가리지 못하고 촌부처럼 질투했던 것을 참회할 시간이 필요합니다."

사흘이 지나고 신바마이루쩌가 와서 출발을 재촉하자 주무가 말했다. "신의 아들의 사랑을 잃은 것을 슬퍼하기 위해 사흘 더 통곡해야겠습니다."

또 사흘이 지났다. 신바마이루쩌가 다시 찾아왔다. "대왕의 성정이 급하니 왕비께서 이번에도 움직이지 않으면 곧 군대를 일으켜 공격하실 겁니다!"

"백장 왕께 다시 한번 넓은 마음으로 사흘간의 시간을 더 주십사 청해주세요." 주무는 최근 일련의 일들을 겪으며 이미 현숙하고 위엄 있는 왕비란 어떻게 행동해야 하는 것인지를 배웠다. 그러나 거싸얼은 아직도 어떻게 해야 바다와 같은 지혜를 얻고 모든 것을 꿰뚫어 보는 만민의 왕이 될 수 있는지 배우지 못했기에 그녀는 이를 애석해하기 위한 사흘이 더 필요했다. 주무는 루비 하나를 눈앞에 놓고 바라보면서 몹시 가슴 아파했다. 그런데 갑자기 그 단단한 루비에 별안간 금이 가더니 산산이 부서지는 것이었다. 주무가 시녀에게 말했다. "보아라, 하늘도 내가 아프게 참회하는 마음을 아는데 대왕께서만 알지 못하시는구나. 그분이 돌아오시면 말씀드리거라. 내가 이 땅을 떠날지언정 마음만은 이 땅에서 산산조각 났노라고."

시녀가 주무 앞에 무릎을 꿇고는 말했다. "왕비님, 떠올려보십시오. 제가 어떻게 왕비님의 시녀가 되었습니까."

그 시녀는 원래 양을 치던 아가씨였는데, 아름다운 얼굴과 자태가 주무와 어딘지 닮은 것이 눈에 띄어 입궁하여 주무의 측근 시녀가 되었다.

"네가 날 닮아서이지."

"제가 어찌 왕비님처럼 위엄 있는 태도를 갖추었겠습니

까만, 백장 왕은 왕비님을 본 적이 없으니 제가 대신 백장 왕의 왕비로 가도록 해주십시오!"

주무가 눈물을 흘렸다. "내가 네게 몹쓸 짓을 하는구나! 대왕께서 돌아오시면, 내 반드시 대왕께 청해 널 구하러 가도록 하마!"

사흘이 지나고, 주무는 궁궐 깊숙이 몸을 숨겼다. 시녀는 왕비의 옷으로 단장하고 떠날 채비를 차린 뒤 신바마이루쩌가 와서 가자고 재촉할 때에야 그 아름다운 모습을 드러내며 사뿐사뿐 궁 밖으로 나갔다. 말에 올라탄 시녀는 말 위에서 하염없이 눈물만 흘렸다. 신바마이루쩌는 의심이 들기 시작했다. 이 여인은 겉모습을 보면 분명 주무가 맞는데 그 행동에선 왕비의 고귀함과 위엄이 느껴지지 않았다. 그러나 그는 백장 왕이 여자 하나 때문에 군대를 일으킨 것에 불만을 품고 있었기에, 일의 진상까지 밝히기 위해 나서고 싶지 않았다.

백장 왕은 곧 전쟁을 멈추고 썰물이 빠져나가듯 대군을 물렸다. 그러고는 자신의 궁에서 결혼식을 올렸다. 하지만 백장 왕은 영 만족스럽지가 않았다. 새 왕비가 이미 세상을 떠난 한비와 마찬가지로 유순하기는 했지만, 한비처럼 불같은 열정이 없었던 것이다. 그저 작은 불만을 드러내기만 해도 새 왕비는 계속해서 눈물을 흘렸다. 그녀는 주무의 그 산산조각 난 보석을 생각하며 말했다. "제 마음은 이미 한 남자 때문에 산산이 부서졌는데, 대왕께서는 그 상처를 치유할 시간조차 주실 수 없는 건지요?"

이 말에 감동을 받은 백장 왕은 가짜 주무를 보석처럼 아끼게 됐다.

자차셰가는 남쪽의 군대를 데리고 돌아와 궁전을 호위할 수 있게 해달라고 수석대신에게 청했다. 하지만 룽차차건은 이번에도 허락하지 않았다. "국왕이 자리에 없는데 그대가 무장한 군대를 데리고 궁에 온다면 다른 사람들은 그대가 국왕이 되려 한다고 생각할 것이오." 공연히 의심을 받은 자차셰가는 가슴 가득 근심을 품은 채 자신이 지키는 남쪽 변경으로 돌아갔다.

차오퉁은 휘얼의 대군이 물러난 이후의 모든 상황들이 달갑지 않았다. 그는 링 국과 휘얼 국이 한바탕 대전을 벌이기를 바랐다. 거싸얼이 없으니 링 국의 여러 영웅들도 휘얼 국의 세 왕과 신바마이루쩌의 적수가 될 수 없었을 것이다. 차오퉁은 적국의 힘을 빌려 거싸얼을 추대한 세력을 제거하고 싶었다. 그렇게 되면 자신이 링 국의 왕위에 오를 기회가 생길 것이다. 결국 차오퉁은 시녀가 왕비로 변장했다는 사실을 백장 왕에게 알리기로 결심했다. 차오퉁은 매로 변해 틀림없이 휘얼 국에서 온 비밀을 엿듣기 좋아하는 까마귀를 만날 수 있으리라 생각하며 변경을 날아다녔다. 주무를 발견했던 그 까마귀는 백장 왕에게 큰 상을 받고 모든 새들의 왕이 되었다. 반면 비둘기와 앵무새, 공작은 모두 죽임을 당했다. 그래서 이에 고무된 까마귀들이 이웃한 여러 나라의 변경을 날아다니며 각 국의 비밀을 염탐해 백장 왕에게 상을 받고자 요란을 떨었다.

처음에 까마귀들은 맹금인 매가 나타난 것을 보고 겁이 나 뿔뿔이 흩어졌다가 용기를 내 모여들기 시작했다. "모든 새들의 왕을 불러주시오."

모든 새들의 왕은 링 국에서 매가 왔다는 말을 듣고, 자신에게 주무 왕비에 대해 일러주었던 새 역시 매였다는 사실이 생각나 바로 길을 떠났다. 그러나 모든 새들의 왕은 과거에 비해 나는 속도가 한참 느렸다. 모든 새들의 왕이 되었기 때문에 목에는 보석 목걸이를 걸고, 발톱에도 금가락지를 끼어 몸이 너무 무거웠던 것이다. "오랜 친구여!"

"내가……"

"모두 물러가라, 내 눈에 띄지 않을 만큼 멀리 물러가! 자, 이제 할말이 있거든 해보시게."

"백장 왕이 신부로 맞은 이는 주무가 아닐세. 주무를 닮은 시녀라고!"

"무엇을 바라고 이런 이야기를 알려주는가?"

"대왕께서 다시 군사를 일으키기를 바랄 뿐이네!" 차오퉁은 거싸얼이 마 국을 정복하러 가서 오랫동안 돌아오지 않는다는 소식도 전했다.

백장 왕은 이 소식을 듣고 반신반의하면서 까마귀를 보내 더 정확한 정보를 얻어오라고 했다. 까마귀는 마침 휘얼의 대군이 국경을 넘기를 고대하면서 여전히 변경 위를 맴돌고 있던 매를 발견했다.

"우리 대왕이 그대의 진짜 신분을 알지 못하므로 정보가 진짜인지 확신할 수 없다고 하셨네. 대왕은 이익을 얻기 위해서가 아니라면 당신이 왜 배반을 하느냐고도 물으셨지!"

차오퉁은 이를 갈았다. "거싸얼이 없었더라면, 말달리기 시합에서 다룽 부족의 수장인 내가 링 국의 왕이 되었을 것이다. 너희 대왕에게 가서 전해라. 나를 링 국의 왕으로 만들어준다면 해마다 미녀를 바치겠다고 말이다!"

소식이 휘얼 국 궁중으로 전해지자 백장 왕이 화를 내기도 전에 주무로 변장했던 시녀가 그 자리에서 자결해버렸다. 진노한 백장 왕은 당장 대군을 동원해 홍수처럼 링 국의 국경을 넘었고 이내 링 국 왕궁의 둥근 황금 천정이 보였다. 수석대신은 곳곳으로 사신을 보내 구원을 청했으나 때는 이미 늦었다. 휘얼 국의 대군이 왕궁을 철통같이 포위한 것이다.

백장 왕이 마지막 공격을 준비하자 신바마이루쩌가 말렸다. "대왕이시여, 만약 주무를 왕비로 맞으시면, 링 국은 아내의 나라, 바로 장인 같은 나라가 됩니다. 함부로 군대를 움직이시면 절대 안 됩니다. 지난번에는 대왕이 마음에 두신 여인의 미모가 너무 눈부셔 제가 감히 자세히 살피지 못했으니, 오늘 다시 한번 저를 보내주십시오!"

백장 왕은 그 말을 듣고 크게 웃었다. "그래. 내가 이 왕궁을 부순다면 나중에 어떻게 친척이 되겠는가! 그대가 먼저 가봐라!"

신바마이루쩌는 궁 안으로 들어가 주무를 보고 말했다. "이번에는 못 피하실 것 같습니다."

"여기서 바로 죽고 말겠소!"

신바마이루쩌가 비웃었다. "왕비께서 죽지 않으시면 링 국 사람, 누구도 죽지 않을 것입니다. 하지만 왕비께서 죽으면 링 국의 천만 사람이 모두 우리 대군의 말발굽에 짓밟히고 말 겁니다. 게다가 거싸얼 왕도 돌아오지 않는다면……"

주무의 눈에서 선명한 피 두 방울이 흘러내렸다. 그녀가 말했다. "알겠소! 그대들이 내 백성을 죽이지 않고 내 왕궁을 보전하겠다고 약속하면 그대들을 따라가겠소!"

나중에 사람들은 주무가 왕궁을 떠날 때 뒤를 돌아보았는지를 두고 논쟁을 벌였다. 수석대신은 왕비가 여러 번 고개를 돌렸다고 했지만, 백성들은 왕비가 고개를 돌리지 않았다고 했다.

남쪽 변경에서 구원병이 도착했을 때, 주무는 이미 성을 떠나고 없었다.

자차셰가는 비분강개하며 곧장 병사 수천 명을 이끌고 쫓아갔다. 하지만 걸어서 이동해야 하는 보병들은 금세 처졌다. 분노한 자차셰가가 계속해서 채찍을 휘두르며 준마를 몰았기에 기병들마저 이내 뒤처지고 말았다. 몇 개의 초원과 산언덕을 가득 메운 휘얼의 대군을 막 따라잡았을 때는 자차셰가와 그의 말뿐이었다. 그는 잠시도 주저하지 않고 커다란 칼을 휘둘렀지만 휘얼의 병사는 다 베어 죽이려면 사십구 일은 꼬박 걸릴 만큼 많았다. 게다가 천하의 어느 영웅이 무기도 없는 병사들을 그렇게 풀 베듯 마구 죽일 수 있겠는가? 자차셰가는 결국 어느 산꼭대기에 말을 세우고 큰 소리로 백장 왕에게 나와서 겨루자고 외쳤다. 날은 이미 저물었고 달은 아직 떠오르지 않았으나 그 빛은 지평선에 걸려 인간세상을 비추었다. 그 빛이 자차세가의 그림자를 더욱 크고 위엄 있게 그려냈다.

이때 휘얼 국의 여덟 왕자가 나와 도전에 응했다. 달이 하늘 꼭대기에 걸릴 무렵, 여덟 왕자 가운데 이미 일곱이 자차세가의 칼과 창, 화살에 목숨을 잃었고, 가장 어린 왕자만이 달빛 아래 서 있게 됐다. 왕자의 낯빛이 달빛보다도 창백했다. "너는 겁쟁이냐? 왜 감히 칼을 들지 못하느냐!"

"나는 형제를 죽일 수 없을 뿐입니다!"

"너와 내가 어떻게 형제일 수 있는가? 나는 무기를 들지 않은 자를 죽이지 않는다. 어서 칼을 들고 나와 맞서라!"

"그대의 어머님이 당신의 여동생 이야기를 들려주지 않으셨소? 나는 휘얼 왕의 한비 아들입니다. 내 어머니는 헤어진 지 오래된 언니가 있다는 말씀을 자주 하셨습니다. 언니의 아들이 바로 링 국의 대영웅 자차세가라고 말입니다!"

자차세가는 들었던 칼을 내렸다. "나에게 형제가 있단 말인가?"

"내가 바로 그대의 동생입니다!"

자차세가는 어린 왕자의 눈에 눈물이 반짝이는 것을 보

왔다.

"그러나 내 어머니는 아무런 말씀도 없었다!"

"돌아가서 여쭤보시죠!"

"그럼 너는 도망갈 수 있고, 네 아버지는 거싸얼 왕의 왕비를 납치해갈 수 있겠구나!"

이때, 왕자의 뒤에서 더 많은 군사들이 밤의 어둠을 틈타 달려왔다. 대지를 울리는 말발굽 소리가 마치 전투를 재촉하는 북소리 같았다. "싸우려거든 칼을 들고, 항복을 하려거든 내 뒤에 숨어 내가 어떻게 휘얼의 군사들을 죽이는지 나 보아라!"

"형님! 어서 돌아가십시오! 그대의 용기와 무예는 이미 모든 사람들이 보았습니다. 형님이 내 일곱 형제를 죽였으니, 아버지는 절대 형님을 놓아주지 않을 겁니다!"

"죽는 게 두려워 내 형제라고 거짓말을 하는구나!"

달빛 아래 창백했던 어린 왕자의 얼굴이 서서히 검게 변했다. 왕자가 쉬어버린 목소리로 말했다. "내가 설사 그대를 이기지 못한다 해도, 그대가 비록 내 형이라 해도, 나를 이렇게 모욕할 수는 없다!" 어린 왕자는 긴 창을 들고 말 등에 올라타며 말했다. "자차셰가여. 그대를 이길 수는 없을 것입니다. 그러나 내 말 뒤에는 내 나라가 있습니다. 죽기 전에 한 가지 맹세를 하겠습니다. 내가 진짜 동생이 맞다면 내가 흘리는 피는 흰색일 것이고, 그렇지 않다면 검은색일 것입니다!"

어린 왕자는 자차세가를 향해 돌진했다. 자차세가는 창을 피하고 몸을 날려 검으로 반격해 어린 왕자를 찔러 말에서 떨어뜨렸다. 그는 어린 왕자가 웃으며 말하는 것을 보았다. "형님은 과연 대단한 무사군요."

왕자의 입에서 우유처럼 흰 피가 용솟음쳤다.

자차세가는 몸을 일으켜 하늘을 향해 크게 울부짖었다. 갑옷과 투구를 벗어던진 자차세가의 모습이 휘얼 군대의 눈에 들어왔다. 자차세가는 달빛 아래 누워 있는 동생에게 말했다. "나는 돌아갈 길이 없겠구나. 네 영혼은 나를 기다리고 있겠지. 저 세상에서 우리 좋은 형제가 되자!"

자차세가는 말을 몰아 휘얼 군의 진중으로 뛰어들어 적을 베었다.

이때, 신바마이루쩌가 말을 몰아 앞으로 나섰지만 감히 바짝 다가서지는 못하고 화살 하나 거리만큼 떨어진 곳에서 말을 멈추었다.

"백장 왕을 부르시오!"

신바마이루쩌가 대답했다. "오늘은 마침 만월입니다. 매달 이날이면 우리 대왕께서는 흰 비단으로 손을 감싼 채 싸우지도 죽이지도 않으며 선한 인연을 쌓고자 하십니다."

"한가한 소리 그만하고, 백장 왕은 나오라!"

"나 신바도 시시한 소리나 하는 사람은 아닙니다. 내가 영웅과 무예를 겨루지도 못할 성싶습니까?"

"만약 네가 진다면 백장 왕더러 당장 나오라고 해야 할 것이다!"

"내가 진다면 곧 가서 아뢰지요."

"그대가 정하라. 칼로 겨루겠는가, 활로 겨루겠는가?"

"그대의 검술은 우리 훠얼 국 병사들의 머리로 이미 증명했으니, 활로 겨루도록 하지요."

자차셰가는 당장 달을 쏘아 떨어뜨릴 기세로 활시위를 당겼다. "네 투구 위의 붉은 술을 맞추겠다!"

신바마이루쩌가 미처 피할 사이도 없이 머리 위로 바람이 빠르게 스쳐지났다. 고개를 돌려 보니, 화살이 붉은 술을 꿴 채 뒤에 있던 측백나무에 깊숙이 박혀 있었다. 신바마이루쩌는 서둘러 화살을 시위에 메기고 한마디 말도 없이 시위를 당겼다. 화살은 놀랍게도 곧바로 자차셰가의 얼굴을 향해 날아갔다! 화살은 아무런 방비도 하지 않았던 자차셰가의 이마 한가운데 박히고 그는 이내 외마디소리를 지르며 말에서 떨어졌다! 정직하고 용감한 자차세가는 이렇게 흉계에 넘어가 죽고 말았다.

휘얼의 대군은 새로운 왕비 주무를 데리고 승리의 뿔피리를 불고 북을 울리며 휘얼 국으로 돌아갔다. 링 국의 대군이 도착했을 때, 자차세가의 정직한 심장은 더이상 뛰지 않았다. 이제 다시는 링 국의 군진 가운데서 위풍당당하게 말 위에 오르던 그의 모습을 볼 수 없는 것이다.

링 국에서 가장 밝은 달이 지고 말았다.

병사들이 자차세가의 주검을 들고 산언덕을 내려오자, 수석대신은 마음이 칼로 난도질당한 듯 아팠다. 수석대신은 땅 위에 무릎을 꿇고 마 국이 있는 북쪽을 향해 피눈물을 흘리며 소리쳤다. "대왕이시여! 저는 당신께 충성을 다하고자 한 것 뿐인데 자차세가를 해친 것이 됐습니다! 대왕이시여, 아직 링 국을 기억하고 계십니까? 여전히 우리가 당신께 바치는 충성을 필요로 하십니까?"

슬픔과 분노에 찬 외침 속, 하늘에 떠오른 보름달은 엷은 노란색으로 온화하게 빛났던 낯빛을 얼음처럼 창백하게 바꾸었다.

이야기: 국왕이 돌아오다

슬픔과 분노가 극에 달한 그 외침의 힘은 몹시도 어마어마하여 마 국의 하늘까지 울려퍼졌고, 그에 놀란 별 몇 개가 아다나무의 성채 앞에 떨어졌다.

거싸얼이 물었다. "하늘의 별이 떨어졌소?"

대신大臣 친언이 대답했다. "별들이 떨어졌습니다."

거싸얼의 흐릿한 눈동자에 밝은 빛이 돌았다. "가슴이 먹먹하게 아프더라니. 링 국에 재난이 있는 것이다. 채비를 하라. 집으로 돌아가야겠다."

"대왕이시여, 존귀한 국왕께서는 해가 막 떠오를 때 길을 떠나셔야 합니다! 남몰래 사악한 짓을 꾀하는 마귀들이나 한밤중에 움직입니다."

거싸얼이 웃었다. "그 말도 맞구려. 하지만 내일…… 만약 내가 잊거든, 그대들이 기억하고 있다가 나를 일깨워주시오!"

두 왕비는 이번에도 알겠다고 했다.

거싸얼이 또 물었다. "내가 마 국에 온 지 벌써 일 년이 다 되어가지?"

왕비들은 서로 얼굴만 쳐다볼 뿐 대답하지 않았다. 어느 시종이 술을 바치자 거싸얼이 거절했다. "내가 처음 메이싸를 구하려 할 때도 주무가 내게 술을 주어 출발해야 한다는 것을 잊게 했지. 술을 마시지 않겠다."

아다나무와 메이싸가 말했다. "그럼 대왕께서는 차를 드시지요."

차는 술과 반대로 사람의 정신을 맑게 하는 것이다. 그러나 다음날 아침 거싸얼은 전날 저녁에 했던 말을 모두 잊었다. 또한 이번에도 그가 떠나야 한다는 것을 알려주는 이는 아무도 없었다. 마 국에는 망천忘泉이라는 샘이 있었다. 거싸얼이 마신 것이 바로 망천의 물이었다. 그리하여 그는 이번에도 별이 떨어지는 분명한 하늘의 계시와 의무마저 잊은 것이다. 이렇게 기억을 잊은 채 또 꼬박 삼 년이 지났다.

그 세번째 해에 주무는 이미 백장 왕과의 사이에서 건강한 아들을 낳았다.

그사이 자차세가 같은 대영웅마저 죽어버린 링국의 민심은 날로 흩어지고 있었다. 수석대신은 더이상 거싸얼의 이름을 빌려 사방을 호령하며 나라를 보호하고 백성을 편안하게 할 수 없었다. 차오퉁은 어지러운 틈을 타 스스로를 링국의 왕이라 칭하고 자차세가와 거싸얼의 아버지이자 자신의 형제인 썬룬을 불러 나날이 화려해지는 자신의 성채에서

총관직을 맡도록 했다. 대영웅 자차셰가와 거싸얼의 아버지는 말 한마디 못하고 이 굴욕적인 제안을 받아들였다. 썬룬은 해마다 차오퉁이 전국에서 거둬들인 공물을 훠얼 국의 변방으로 공손히 가져다 바쳤다.

한편, 천마 장가페이부도 마 국의 망천수를 마셔 온몸이 나른해지고 세상만사가 귀찮게만 느껴졌다. 거싸얼이 두 왕비와 즐거움에 취해 있을 때 천마는 가장 젊고 아름다운 수말들에 둘러싸여 있었다. 그러나 장가페이부는 종종 답답함을 느꼈다. 산골짜기에서 산마루까지 달려가 먼 곳을 내다보곤 했지만 줄곧 답답한 이유를 알 수 없었다.

산마루를 두 개 넘고 세 개를 넘어도 답을 얻지 못했다. 어쨌거나 말의 머리를 가지고 있었고, 국왕과 같은 사람의 머리가 아니었다. 때때로 국왕이 천마를 보러 왔다. 국왕은 무슨 생각에 잠긴 듯 천마의 머리를 쓰다듬고 허리를 두드렸다. 그 또한 틀림없이 뭔가를 생각해내려고 애쓰는 것 같았지만, 끝내 아무것도 생각해내지 못했다.

결국엔 장가페이부도 더이상 괴롭게 고민하지 않게 되었다. 대신에 모든 정력을 야생마 무리의 가장 아름다운 수말들을 정복하는 데 쏟았다. 장가페이부의 명성은 말들 사이에서 멀리멀리 전해졌다.

휘얼 국의 신바마이루쩌는 내내 불안했다. 그는 도무지 자차셰가와 싸워 이길 수 없었기 때문에 그러한 하책을 쓰고 말았던 것이다. 링 국 사람들이 그에게 가슴 가득 원한을 품은 것은 말할 것도 없고, 휘얼 국의 그 아름다운 지준이시 공주 또한 대놓고 그를 모욕했다. "휘얼 국 제일의 용사 아니시오? 가장 뛰어난 능력이라면 비겁한 방법으로 화살을 쏘는 것이고! 그대는 사실 백장 왕의 맹견에 불과할 뿐이오!"

지준이시 공주의 말은 언제나 신바마이루쩌의 폐부를 아프게 찔렀다. "공주여, 어떻게 하면 제가 이 치욕을 씻을 수 있겠습니까!"

"그대의 도움으로 빼앗아 온 왕비가 이미 그대에게 새로운 주인을 낳아주었는데, 어서 가서 시녀 노릇을 하는 건 어떨까요?"

"세 치 혀로 독을 뿌리는군요. 제가 어찌해야 이 죄명을 씻을 수 있는지 알려주십시오. 어찌해야 이 치욕을 씻을 수 있을지!"

"거싸얼을 깨어나게 하시오!"

"제가 감히 어찌 가겠습니까?"

"그대가 직접 말을 타고 나설 필요 없소. 염천 가에 있는 야생마들을 마 국으로 쫓아 보내기만 하면 되니까!"

신바마이루쩌는 까닭을 알지도 못한 채 즉시 그 명령에 따랐다. 병사들을 이끌고 북쪽 사막으로 가 염천에서 야생 마들을 쫓아 마 국으로 몰았다. 야생마 무리는 아흐레 밤낮 을 쉼 없이 달려서야 마 국 땅에 도착했다. 신바마이루쩌는 떠날 때 지준이시 공주가 준 비단 주머니를 열어보았다. 주 머니에는 다시 그 말떼를 사흘 밤낮 동안 마 국 한가운데로 몰라는 명령이 들어 있었다. 그 명령대로 일을 마치고서야 신바마이루쩌는 훠얼로 돌아왔다. 공주가 말했다. "이제 그 대가 저지른 불의의 죄가 반은 씻겼소!"

"그러면 남은 반은요?"

공주는 대답하지 않았다.

그 야생마의 무리 가운데도 매우 아름다운 수말이 몇 마 리 있었다. 이 말들은 마 국에 도착해서 며칠 지나지 않아 곧 장가페이부의 시선을 끌었다. 장가페이부는 그 말들과 하루종일 떨어질 줄 모르고 붙어 있었다. 훠얼의 말들은 마 국 땅에 머문 지 얼마 되지 않아 고향인 염천으로 돌아가고 싶어했고, 이들 무리에 섞인 장가페이부 또한 마 국의 중심지를 벗어나 변경으로 가게 됐다. 이 말들은 아침 태양이 떠오르기 전에 푸른 풀잎 위에 맺힌 이슬만 마시고 마 국 땅 곳곳에서 솟아나는 맑은 샘물은 전혀 마시지 않았다. 이를 이상하게 여긴 장가페이부가 그 이유를 물었으나 입을 다물었다. 변경의 모래땅에 도착하자 이곳에는 더이상 샘이 솟지 않아 장가페이부는 점점 정신이 들기 시작했다. 불현듯 자신이 주인과 멀어지고 있다는 사실을 깨달았다.

"왜 그대의 주인 곁으로 돌아가려는가?"

"주인을 도와 요마를 없애고 적을 죽여야 하니까!"

"생각해보라. 그대의 주인이 마지막으로 그대의 몸에 안장을 얹은 게 언제였나?"

이때 사막의 깊은 곳에서 맑은 바람이 불어와 장가페이부의 머릿속이 맑아졌다. 장가페이부는 저도 모르게 소리를 내질렀다. "링 국을 떠난 지 벌써 육 년이 되었구나!"

야생마 무리는 곧 장가페이부에게 작별 인사를 건네며 자신들은 이 땅에 더이상 머무를 수 없다고 했다. 염천의 냄새에 고향 생각이 간절해지니 여기서 작별해야 한다고 말이다. 야생마 무리는 멀어져갔다. 가장 아름답고 눈부신 수말이 고개를 돌려 말했다. "링 국으로 돌아갈 때가 되었다!"

장가페이부가 링 국으로 돌아가니 보이는 것마다 그의 마음을 아프게 했다.

장가페이부는 다시 마 국으로 돌아가 휘얼의 야생마들에게 배운 대로 꽃과 풀 위에 맺힌 이슬만 먹었다. 샘물의 청량한 물소리가 들려왔지만 장가페이부는 모르는 척했다. 지금껏 주인 앞에서 입을 열어 말을 한 적이 한 번도 없었지만, 이제는 걸음을 내디딜 때마다 한바탕 말을 쏟아내고 싶은 마음이 커졌다. 무엇을 위해 아랫세상으로 내려왔단 말인가? 망천의 힘은 어째서 이리도 대단한가? 주인은 분명 모든 독물과 저주를 막아내는 주문을 알고 있으면서 왜 스스로 망천에 상처를 입은 것인가? 하늘이 대왕에게 아무 계시도 주지 않았는가? 그는 묻고 싶었다.

천마가 지나가면서 흘린 눈물이 떨어진 곳마다 샘물이 솟았다. 이 샘물이 솟아오를 때, 마 국에 원래부터 있던 망천들은 곧 말라버렸다. 그래서 장가페이부가 무쇠로 만든 성에 도착하기도 전에 거싸얼은 벌써 정신을 차렸다. 참담한 어둠의 그림자가 다시 링 국을 뒤덮은 것을 보았고, 차오퉁이 득의양양해서 권력을 남용하고 사람들은 그에 공손히 따르는 것도 보았으며, 썬룬이 차오퉁을 대신해 공물을 모으는 모습을 보았다. 더욱이 오래도록 찌푸린 이맛살을 펴지 못했던 주무가 백장 왕의 궁전에서 새로 낳은 아이를 보며 미소짓는 모습까지도 보았다.

장가페이부는 가슴 가득 원망을 품은 채 주인을 쳐다보았다. 뭐라 입을 열기도 전에 주인이 이미 뜨거운 눈물을 쏟는 것을 보고 자신도 눈물을 주룩주룩 흘리며 아무 말도 하지 못했다. 아다나무와 메이싸가 또 나타났다.

거싸얼이 물었다. "설마 그대들은 이번에도 날 붙잡고자 하는가?"

두 왕비는 얼른 앞으로 달려나가 그를 도와 말 위에 오르도록 했다.

마 국을 떠난 거싸얼은 링 국으로 돌아가기 전에 먼저 휘얼 국으로 달려갔다. 그러고는 지준이시와 신바마이루쩌의 도움을 얻어 남몰래 백장 왕을 죽이고 그의 두 형제인 황장 왕과 흑장 왕도 죽였다. 지준이시는 거싸얼의 왕비가 되었고, 신바마이루쩌는 휘얼 국의 옛 땅을 관리하는 링 국의 대신이 되었다. 마지막으로, 거싸얼은 백장 왕과 주무 사이에 태어난 아이의 목숨도 단칼에 빼앗았다.

주무는 거싸얼에게 이끌려 그의 말 잔등에 올라타면서 소리를 내질렀다. "대왕이시여, 그 죄 없는 어린것은 백장 왕의 혈육이기도 하지만, 제게도 눈에 넣어도 아프지 않은 아이였습니다!"

하지만 거싸얼에게는 연민의 정이라는 것이 전혀 없었다. 그는 서둘러 링 국으로 돌아가 흑심을 품고 있는 차오퉁을 처단할 생각이었다.

하지만 만약 단칼에 이 은원을 해결하고자 차오퉁의 생명을 빼앗는다면 반드시 다룽 부족의 적의를 살 것 같았다. 아버지 썬룬조차 그에게 와서 권했다. "부디 차오퉁을 용서해야 한다. 그러지 않으면 다룽 부족에서 반란을 일으킬 것이고, 링 국은 적국에게 정벌되기 전에 내부에서 먼저 큰 소란을 겪을 것이야." 차오퉁도 자기 분수를 알고 땅바닥에 꿇어앉아 용서를 구했다. 그러자 거싸얼의 분노는 혐오의 마음으로 바뀌어 차오퉁에게서 다룽 부족의 수장직을 빼앗고 변경으로 유배 보내기로 결정했다. 지금 차오퉁을 죽이지 않는다면, 일이 년 후에는 다시 그에게 원래의 관직을 돌려주게 될 것이다.

추방령이 내려졌다. 차오퉁이 아직 유배지에 당도하기 전에 아버지 썬룬이 또 차오퉁을 대신해 사정했다. "장계와 중계가 모두 곁에서 보고 있는데 유계 내부에서 이런 일이 벌어진다면 그때는 내분을 불러일으키게 될 것입니다!"

아직 아랫세상에 내려오기 전, 신의 아들은 인간세상의 일에 대해 너무 단순하게 생각했다. 요마를 베어 없애고 영토를 개척하면 되는 일이라 여겼다. 국왕이라는 자리에서 맞닥뜨리는 일들이 이처럼 번잡하리라고는 생각도 못했다. 앞서는 왕비들 사이의 다툼이 그를 움쭉달싹 못하게 만들더니, 이제는 혈육 간의 친소 때문에 상벌을 분명하게 할 수 없는 지경에 이르렀다. 거싸얼은 수석대신이 의견을 표해주기를 바랐다. 룽차차건과 썬룬, 차오퉁은 유계에 속하는 세 장로였지만, 수석대신이 이런 이유 때문에 고개를 끄덕이지는 않기를 바랐다. 그러나 결국 수석대신 또한 고개를 끄덕이며 그 의견에 동의했다.

젊은 국왕은 냉소를 지었다. "그대들의 말은, 만약 내가 없다면 링 국의 유계가 일치단결할 수 있다는 뜻인가? 내가 링 국에 온 것은 천하를 안정시키기 위해서였다. 그런데 그대들은 도리어 이토록 복잡한 일들을 만들고 있구나. 내가 하루빨리 하늘로 돌아가야 할 것 같다!"

두 노인은 당장 그 앞에 무릎을 꿇었다. "대왕이시여!"

이야기꾼: 길 위에서

이야기꾼은 서둘러 방송국을 떠나며 내내 혼잣말을 중얼

거렸다. "부끄럽다. 못난 꼴을 보였어."

진메이는 자신이 그 스튜디오의 여인을 정말로 사랑한 것이라고는 생각지 않았다. 다른 길을 가는 두 사람이 어떻게 서로 사랑할 수 있을까? 다정하고 친밀한 목소리와 그녀의 몸에서 뿜어져나오는 기이한 향기가 자신을 헷갈리게 만든 것 뿐이다. 그것이 진메이를 약에 취한 것처럼 만들었다.

천천히 오랫동안 길을 걸으며, 진메이는 양진줘마가 자신을 사랑한 것도 생각했다. 그녀가 자신보다 더 거친 손으로 그를 방안으로 데려가 차를 마시게 한 일을 떠올렸다. "쳇!" 그녀의 원망 섞인 말투도 흉내내보았다. 나중에는 걷다가 지쳐 시냇가 풀밭에 멍하니 드러누워 있었다. 점심때쯤 지프차 두 대가 시냇가에 멈춰 섰다. 차는 그대로 시냇물까지 들어가더니 차에서 잘 차려입은 남녀 몇이 내려 서로 물을 뿌리며 놀았다. 근처에서 죽은 사람처럼 누워 있던 진메이는 즐겁게 떠드는 그 소리에 자신이 세상 밖에 있는 것처럼 느껴졌다. 서로 물을 뿌리며 노느라 흠뻑 젖어버린 그들은 마침내 지쳤는지 조용해졌다. 앉아서 옷을 말리기 시작했다. 분명 진메이를 보았을 터인데, 마치 보지 못한 것처럼 굴었다. 진메이는 일어나서 자리를 뜰까도 생각했지만, 결국 그대로 드러누운 채 꼼짝도 하지 않았다. 이때, 누군가

기사에게 차 안의 라디오를 틀라고 말하는 소리가 들렸다. 기사가 무슨 테이프를 듣고 싶으냐고 묻자 누군가가 대답했다. "거싸얼."

진메이는 그들의 말을 똑똑히 들었다. "진메이가 라디오에서 노래했던 그 거싸얼이요. 내가 막 새로운 대목을 녹음해왔어요. 장 국 북쪽에서 소금 호수를 빼앗는 대목이에요."

노래가 흘러나오기 시작했다. 거싸얼과 장 국의 마왕 싸단이 서로 군대를 이끌고 대치하는 장면이었다. 거싸얼과 싸단은 군진 앞에서 말고삐를 쥔 채 수수께끼를 내어 서로 묻고 답하며 멀거나 가까이 있는 산들을 찬미했다. 이 산을 형용하고 저 산을 수식하며 산들의 내력에 대해 자세히 읊는 단락이었다. 진메이마저 들으면서 빠져들었다. 다른 목소리로 역할을 바꿔가며 상대방을 난처하게 만드는 질문자 역할을 했다가 다음에는 또 득의양양하게 대답하는 사람의 역할을 했다.

"옴—
가장 가까운 곳에 있는 저 산으로,
마치 사미승이 향을 들고 탁자 앞에 있는 것처럼 보이는
이 산은 무어라 불리는 산인가?"

"옴—

사미승이 향을 들고 있는 것은 인도의 탄샹 산이지!"

"옴—

평평한 암석이 하늘을 향해 흘립해

마치 깃발이 바람에 날리는 것 같은

이 산은 무어라 불리는 산인가?

깃발이 층을 이뤄 춤추는 것은 와이웨이거라마 산이지!"

"옴—

선녀가 머리에 살구색 모자를 쓰고

오색 노을을 겉옷 삼아 걸친 채 구름 가운데 서 있는

이 산은 무어라 불리는 산인가?"

"옴—

선녀가 모자를 쓴 것은 하늘에 닿을 듯 높은 초모룽마 산*

이지!"

"옴—

험한 산인데 뒤쪽은 경사가 완만해서

국왕이 막 즉위하면서

---

* 티베트에서 에베레스트 산을 칭하는 말. '세계의 성모'라는 뜻을 담고
있다.

계단을 하나씩 밟아 올라가는 듯한

이 산은 무어라 불리는 산인가?"

"옴—

그것은 동서를 가르는 녠칭탕구라 산이지!"

"옴—

산과 산 사이에 많은 강들이 흐르고,

험한 봉우리가 우뚝하니 구름을 뚫고 하늘 위에 닿으며

마치 큰 코끼리가 평원에 있는 듯 보이는

이 산은 무어라 불리는 산인가?"

"옴—

코끼리가 강을 걷는 것 같은, 그것은 가 국의 어메이 산이

지!"

진메이는 웃었다. 이 대목에서 거싸얼과 싸단은 막 결전을 앞둔 대장군이라기보다는 학문을 뽐내려는 라마승 같았다. 비범한 사람만이 이 이야기를 잘 전달할 수 있다. 그러면 마치 영화를 보는 것처럼 이야기가 들린다. 진메이는 이런 생각에 잠겨 들었다.

이때, 지프차가 다시 길에 올랐고, 노랫소리도 점점 작아졌다. 가없는 적막이 다시 찾아왔다. 진메이는 이야기의 그

생생한 장면들이 계속 이어지기를 바랐지만, 영화의 한 장면 같던 이야기는 서서히 빛깔과 윤곽을 잃어갔다. 두려움에 질린 자신의 목소리가 귓가에 들려왔다. "안 돼. 안 돼."

결국 마지막으로 있던 장면조차 머릿속에서 사라지고 말았다. 혼란스러운 가운데 자신에게 가르침을 전했던 그 활불의 말을 떠올렸다. "바깥을 보려 하지 말고, 그대 자신의 내면을 들여다보시오. 이야기가 나오는 곳이 있을 것이니, 그것이 샘이라고 상상하면, 샘물이 끊임없이 솟아날 것이오."

진메이는 모든 의식을 집중해 내면의 어둠을 지워나가기 시작했다. 하지만 안갯속을 걷는 여행자가 아무것도 볼 수 없는 것처럼 눈앞은 흐릿하고 또 흐릿하기만 했다.

진메이는 굳어버린 머리로 계속해서 생각했다. 검은 장국의 싸단이 소금 호수를 훔쳤다, 검은 장국의 싸단이 소금 호수를 훔쳤다. 이것이 떠오르는 전부였다. 진메이는 자신이 풀어놓았던 이야기들을 기억해내지 못하고 있었다.

진메이는 길 위에서 온화한 표정의 노인을 만났다. 노인은 안경알이 흐려졌는지 길에 앉아 인내심을 가지고 세심하게 닦고 있었다. 노인이 진메이에게 말을 걸었다. "뭔가 고민이 깊구먼?"

"저는 끝났어요."

노인이 몸을 일으키며 말했다. "끝났다니. 끝날 수 없을 텐데."

노인이 진메이를 큰길 옆 암벽으로 데려갔다. "안경을 쓰지 않으면 앞이 잘 안 보여서, 자네 시력이 괜찮다면 저게 뭘 닮았는지 보게나." 단단한 암벽에 팔뚝만큼 굵은 원기둥 모양이 움푹 패여 있었다.

그 흔적은 마치 남성의 생식기 모양처럼 보였다. 그러나 진메이는 직접적으로는 말하지 않고 다만 이렇게 말했다. "말하기에는 너무 비속한데요."

노인이 크게 웃으며 말했다. "비속하다라. 신들은 매일같이 세련되고 우아한 말만 들으니 비속한 말도 듣고 싶어할 거야. 보게, 커다란 남근이 남긴 것이네! 아주 큰 남근이지!"

노인은 그러고는 진메이에게 이야기를 하나 들려주었다. 마 국에 여러 해 동안 머문 거싸얼이 링 국으로 돌아가는 길이었다. 그동안 낮이면 가무를 즐기고 밤이면 주색에 빠져 있었기 때문에 거싸얼은 이제 그 일에서 더이상 위력을 발휘하지 못하겠다는 생각이 들었다. 그래서 즉시 물건을 꺼내 시험해보다가 암벽에 선명한 흔적을 남기게 되었다는 것이다. 노인은 진메이의 손을 잡고 그 희미해진 흔적을 찬찬히 더듬었다. 사람들의 손이 수천, 수만 번 어루만진 까닭에

반들반들 매끄러웠다.

노인이 말했다. "이제 집으로 돌아가면, 자네는 종마처럼 위력이 대단해질 거야." 말을 마치자, 노인은 뒤도 안 돌아보고 바로 샘가로 돌아가 다시 안경알을 닦았다. 진메이는 쓴웃음을 지었다. 그는 아래쪽이 아니라 위쪽 머리에 문제가 생긴 것이었다. 진메이는 다시 노인 곁으로 다가갔다. "어르신, 저는 소금 호수에 가고 싶습니다."

"소금을 파는 사람들은 언제나 무리를 지어 다니는데, 자네 혼자 소금 호수에는 가서 뭘 하려고? 또, 그 많은 소금 호수 중 어느 소금 호수에 가고 싶다는 겐가?"

진메이의 목소리가 낮아졌다. "장 국 마왕 싸단이 링 국에게서 빼앗으려 했던 그 소금 호수입니다."

눈은 좋지 않았지만 노인은 귀가 무척 밝아 작은 목소리까지 모두 놓치지 않았다. 노인은 진메이에게 이곳이 예전에 자차셰가 지키던 땅이며, 소금이 나는 그 호수는 링가의 가장 북쪽에 있다고, 즉 여기서 무척 멀다고 말해주었다. 그곳에는 소금 호수가 하늘의 별처럼 여기저기 흩어져 있어서 장 국 마왕이 빼앗으려고 했던 것이 어느 호수인지는 아무도 정확히 알지 못한다고 했다. 노인은 길게 한숨을 쉬며 말을 이었다. "자차셰가 죽지 않았다면 그 장 국 마왕이 어찌 감히 링 국의 소금 호수를 빼앗으려고 했겠는가?"

"어르신은 거싸얼의 이야기를 많이 알고 계시네요. 혹시 중컨이십니까?"

노인은 대답하지 않고 몸을 일으켜 앞으로 걸어갔다. 그렇게 어느 작은 산언덕까지 걸어갔다. 진사 강 지류가 협곡 사이로 내달리는 곳이었다. 성채가 있던 자리였다. 예전에는 견고했겠지만 이제는 금방이라도 무너질 것 같은 흙담 몇 무더기뿐이었다. 자차세가가 링 국의 남쪽 변경에 세웠던 성채의 유적이었다. 단단한 적갈색 덩어리들이 잔뜩 있었는데, 돌덩이처럼 무거워 보였다. 노인이 말하길 성채의 기초였다는 그것은 제련한 철광석이었다. 성채를 건축할 때, 제철 기술에 정통한 병장기 부족은 뜨거운 쇳물과 반쯤 녹인 광석을 담장의 기초를 세우기 위해 파둔 구덩이에 부었다. 이것이 응고되고 나면 담장의 기초는 더할 나위 없이 견고해지는 것이다. 기다란 장벽은 진메이와 노인이 서 있는 작은 산언덕부터 단단한 나무로 일궈진 숲을 지나 구불구불 저지대까지 내려갔다. 그런 뒤에 반대편의 더 높은 산언덕으로 이어졌다. 그 산언덕 꼭대기에는 더 높다랗게 솟은 성채의 폐허가 있었다. 산언덕 위의 바람은 거셌고, 두 산언덕 사이의 커다란 분지에는 도로가 가로지르고 있었을 것이다. 지금은 이미 오래전부터 농경지로 쓰이고 있었다. 노인은 이 산언덕과 저 산언덕의 유적이 자차세가 성채의 두 날개였다고 말했다. 가운데 분지가 바로 성채의 중심이었지만, 예전의 돌 하나, 나무 한 조각도 남아 있지 않았다. 노인은 다시 바닥에 앉았다. 그러고는 자신의 안경알은 물로 씻어낸 뒤 또 바람으로 갈아내야 한다고 말했다. "난 자네가 중컨이라는 것을 아네. 그래서 자네를 이리로 데려와 진짜를 보여준 것이야. 젊은이, 느낌이 어떤가?"

"이야기 속 링 국은 마치 이 세계의 전부인 듯 거대했는데, 링 국이 그리 크지 않았다는 것을 이제 알았습니다." 진메이는 그간 거싸얼이 태어난 아쉬 초원에서 마니간거까지, 설산을 넘어 더거까지, 그리고 다시 이곳까지 가다가 멈추기를 반복하면서 열흘 가까이를 걸어왔다.

노인은 정색을 하고 말했다. "이야기는 링 국 초창기 때니까. 나중에는 무척 광대해졌지. 링 국의 대군은 여기서 출발해 진사 강 양쪽 기슭을 타고 쭉 내려가면서 남쪽의 마왕 싸단이 이끄는 장 국을 정복했어. 그러니 당시 남쪽의 경계는 여기에서 아주아주 멀리 떨어져 있다네. 거긴 겨울에도 초원에 꽃들이 만발하지."

"그때 자차세가는 이미 죽고 없었지요."

"그렇지. 링 국에서 가장 책략이 뛰어나고 충성심도 강한 대장이었는데."

"그럼, 장 국을 정벌할 때는 누가 군대를 이끌었나요?"

노인이 진메이를 쏘아보았다. "자네는 라디오에서 노래한 그 중컨이 아닌가? 훌륭한 이야기꾼말일세!"

"하지만, 제 머릿속이 맑지 않습니다."

노인은 깨끗이 닦아낸 안경을 쓰며 말했다. "오, 그렇군. 신이 자네를 떠나려는 것인가? 뭔가 신께서 불만스러워하실 만한 일을 했는가?"

"모르겠습니다."

"자네가 뭘 물어봤었지? 장 국을 정벌할 때 누가 군대를 이끌었느냐고? 이야기해줌세. 장 국 사람들은 우리 대영웅 자차셰가를 두려워했지. 만약 자차셰가가 있었다면, 그들이 어떻게 감히 링 국의 소금 호수를 훔치려 했겠나."

"그런데 소금 호수는 어디에 있죠?"

노인은 지리가 아니라, 링 국에서 누가 더 충성스러웠는지만 관심이 있는 것 같았다. "자차셰가 다음으로는 단마가 충성스러웠지. 장 국을 원정하는 데는 그의 공로가 가장 컸어! 단마가 장 국의 마지막 대장 차이마커제를 죽였지."

노인은 진메이를 데리고 산골짜기의 한 마을로 향했다.

그곳의 집들은 모두 성채처럼 생겼다. 노인의 집도 이 마을에 있었다. 창밖의 절벽 아래로는 진사 강이 내달렸고 집 주위 농경지에는 감자와 잠두가 막 꽃을 피우고 있었다. 노인의 식구들이 마침 밖에 나와 있었다. 얼굴은 더럽지만 눈동자만은 맑게 빛나는 세 아이와 진중한 중년 남자, 약간 초췌해 보이는 중년 여자가 있었다.

"여기는 내 아우라네. 이쪽은 우리 형제의 아내이고, 우리의 아이들이지. 큰아들은 출가해서 라마가 되었다네." 노인이 말했다. "아, 자네도 티벳 사람이면서 뭘 놀라는가?"

진메이는 겸연쩍었다. 자신이 태어난 마을에도 이렇게 형제가 한 아내와 함께 사는 집들이 있었음에도 놀란 표정을 드러내고 말았다. 다행히 노인은 이 일을 화제 삼지 않았다. 노인이 문을 하나 열자 철기를 만드는 작업실이 눈앞에 펼쳐졌다. 철을 녹이는 가마, 양가죽으로 만든 풀무, 두껍고 무거운 나무 탁자, 집게, 망치, 끌. 방안에는 성형한 철기를 담금질할 때 피어오른 수증기 냄새와 연삭숫돌에 도검의 날을 갈 때 사방으로 튀어 날았을 불똥 냄새가 가득했다. 아직 형태가 잡히지 않은 무쇠, 만들다 만 무쇠 제품들이 온 데에 널려 있었다. 창을 마주하고 있는 나무 탁자 위에는 이미 만들어진 도검이 큰 것부터 작은 것까지 크기대로 놓여 차가운 빛을 발하며 반짝이고 있었다. 노인은 진메이의 마음을 꿰뚫어본 듯 말을 꺼냈다.

"우리는 거싸얼의 시대부터 대대손손 이 일을 생업으로 삼아왔지. 우리집만이 아니라 온 마을 사람이, 우리 마을만이 아니라 강기슭을 따라 존재하는 모든 마을이 말이야." 노인의 눈에 뭔가를 잃은 듯한 기운이 떠올랐다. "그러나 이제 우리는 화살을 만들지 않고, 전쟁터에서는 더 이상 칼을 쓰지 않지. 위대한 병장기 부족이 농민과 양치기를 위한 대장장이로 변해버린 거야. 우리는 관광부에서 지정한 상품들을 만들어내는 대장장이지." 노인은 그에게 단도 하나를 건네주었다. 손잡이는 약간 둥글게 휘고, 몸체는 사람의 중지보다 조금 긴 정도였다. 거싸얼의 수정 보도를 본뜬 것이라 했다.

진메이가 말했다. "거싸얼은 수정으로 만든 칼을 쓸 줄 알았어요."

노인이 웃었다. "난 자네라는 중컨이 좋아졌네. 자네는 자신이 들려준 이야기에 의문을 품을 줄 아는군. 뭐든지 아는 척하지 않고 말이야."

"어르신도 그저 대장장이 같지는 않으십니다."

이날 밤 진메이는 대장장이 집에 묵었다. 창밖으로 들리는 호탕한 강물 소리를 들으며 그는 또 꿈을 꾸었다. 꿈에서 만나고 싶던 자차셰가 대신 거싸얼 왕을 보았다. 투항한 휘얼 국 장군 신바마이루쩌가 북쪽의 소금 호수를 침범해온 장 국의 대군을 격파하고 장 국의 용맹한 위라퉈쥐 왕자를 사로잡았다.

호수의 물결이 밀려들 때마다 맑고 투명한 소금 알갱이들이 호숫가로 밀려왔다. 포박당한 위라퉈쥐가 이 모습을 보고 탄식하며 말했다. "우리 장 국에서는 진귀한 물건이 어째서 여기서는 모래와도 같이 흔한가?"

신바마이루쩌가 말했다. "소금은 링 국 사람들에게 무궁한 힘을 줄 뿐 아니라 무궁한 지혜 또한 더해준다. 왕자여, 투항하라. 장 국도 링 국으로 만들어라. 그러면 전쟁을 일으키지 않아도 장 국 백성들도 원하는 만큼 소금을 얻을 것이다."

왕자가 물었다. "그 또한 거싸얼 대왕의 뜻인가?"

거싸얼이 곧바로 모습을 드러냈다. "나의 뜻이다."

그렇게 왕자는 투항했지만 그의 부왕은 투항하지 않았다. 링 국의 대군이 구름처럼 남쪽 경계로 모여들어, 자차셰가의 성채 사방에서 집결한 뒤 출발했다. 옥 대접을 든 주무가 여러 왕비를 이끌고 와서 거싸얼에게 승리를 기원하는 술을 바치자, 거싸얼은 자신이 주색에 빠져 마 국에 머물다가 형을 잃고 만 일을 떠올렸다. 이번에도 술에 무언가가 들어 있어서 또 큰일을 잊어버리게 되지 않을까 의심이 들며 저도 모르게 화가 치밀어 곁에 있던 암벽에 술을 내던졌다.

이튿날 아침, 진메이는 지난밤 꿈속의 일을 노인에게 들려주었다. 노인은 경이로운 표정을 지으며 말했다. "정말 신이 자네에게 그 오래된 이야기를 노래하게 하는 모양이군." 노인은 그를 배웅하며 말했다. "이곳이 거싸얼이 배웅 나온 왕비들과 작별인사를 나눈 곳이라네. 우리도 여기서 작별하세나. 헤어지기 전에, 아마도 자네는 계속 자네의 꿈속 장면을 이어갈 수 있을 걸세."

이곳은 진사 강의 또다른 지류가 뚫고 지나는 협곡으로, 도로 하나가 강물과 암벽 사이로 구불구불 이어져 있었다. 노인은 길가의 암벽에 난 구멍을 가리켰다. 어르신이 말하길, 이곳에서 전해오기로는 거싸얼이 그때 술이 담긴 옥 대접을 던져 생긴 구멍이라고 했다.

다시 큰 강가에서 갈림길을 앞에 두고 진메이는 망설였다. 한 길은 북쪽에 있던 휘얼을 향해 있고, 다른 길은 남쪽의 장 국을 향해 있었다. 그는 멈춰 서서 강물에 거대한 소용돌이들이 일어났다가 사라지는 장면을 바라보았다. 머릿속에서도 이야기들이 생겨났다가 사라지고 사라졌다가 떠올랐다. 그랬다. 사라졌던 이야기들이 되살아났다.

그는 큰 소리를 내질렀다. "생각났어요!" 진메이가 돌아섰을 때, 어르신은 이미 인사도 없이 떠나버린 뒤였다.

길 위에 강렬한 햇빛이 쏟아져내렸다. 길에 흩어져 있는 부서진 석영 알갱이들이 맑고 투명하게 반짝여 마치 이야기 속에서 호수 기슭에 쌓여 반짝이던 소금 알갱이들 같았다.

이야기: 고독

장 국을 항복시킨 뒤, 링 국의 영토와 백성, 보물들이 예전보다 배로 늘어났다. 링 국의 강성함과 거싸얼 왕의 명성과 위세를 두려워한 이웃나라들은 서로 평화롭게 지내며 교역을 하고자 하였다. 그래서 링 국은 더더욱 부유하고 강성해졌다. 백성들은 그렇게 전쟁도 없고 요마의 침입도 없는 전대미문의 환경 속에서 무려 십 년을 살았다! 거싸얼의 왕궁은 세계 각지에서 온 진기한 보물들로 웅장하고 화려하게 장식되었다. 왕궁 주변으로는 사원과 백성들의 거주지, 장인들의 작업실, 점포 등이 우후죽순으로 생겨났다. 링 국의 도읍은 다쯔 성이라는 이름으로 불리며 유명해졌다. 소녀들은 어머니를 따라 방직과 자수를 배웠고, 소년들은 자홍색 가사袈裟를 걸치고 석판을 들고 사원 안에서 선생님을 따라 글을 쓰고 낭송하는 것을 배우고 익혔다. 학자들은 이런 일련의 상황을 '번영'이라 일컬었다.

물론 거싸얼도 이리가 양을 먹지 못하게 하거나, 사람들 사이에 미움과 질시가 생기는 것까지 막을 수는 없었다. 부처님처럼 그렇게 길에서 생로병사의 질곡을 만난 뒤 세상을 벗어나야겠다는 생각을 할 수도 없었다. 본디 세상 밖에서 온 사람인데 어떻게 세상 밖으로 나가려는 생각을 하겠는가? 승려들은 궁중 깊숙한 곳까지 들어와 자신들의 교리와 불법을 전했다. 심지어 한 나라의 지존인 왕에게 권하기도 했다. 국왕에게 권유할 필요가 없다는 것을 분명히 알면서도 권유하는 까닭은 승려들이 세속에 섞이고자 하는 야심을 품었기 때문이다. 그러나 이러한 일들을 다스리는 것은 하늘이 신의 아들을 아랫세상에 내려보낸 계획에 들어 있지 않았다. 왕비들이 궁중에서 승려들을 따라 수행할 때, 거싸얼은 장가페이부를 데리고 궁 밖으로 나가 순시했다. 때때로 그는 어쩌면 하늘이 자신을 데려갈 때가 이르지 않았는지 생각하기도 했다. 또한 자신이 이런 생각을 하는 것은 할 일이 없어서인데, 하늘로 돌아가면 더 할 일이 없는 것은 아닐까 생각하기도 했다.

하늘이 그를 아랫세상에 내려보낸 임무는 완성된 것 같았다.

물론 하늘에선 거싸얼이 이러한 생각을 한다는 걸 알고 있었다. 위대한 신은, 인간이란 문제 하나를 해결하면 또다른 문제를 끝없이 만들어낸다고 했다. 추이바가와도 인간의 버릇에 물든 것 같다고도 했다.

누군가가 아뢰었다. "그럼 그를 돌아오게 하지요."

위대한 신이 말했다. "내가 보기에는 아직 더 단련해야 할 것 같다. 그가 평안하여 아무 일도 없는 것을 싫증내니, 그에게 다시 할 일을 찾아주어야겠다. 랑만다무에게 다시 한번 아랫세상에 다녀오도록 청하라."

그날 밤, 거싸얼이 여러 왕비와 연회를 즐기다가 잠이 든 뒤, 천모 랑만다무가 거싸얼의 꿈속에 나타나 새로운 임무를 맡겼다.

예전 장 국의 서쪽에 있던, 그러니까 지금은 링 국의 서남쪽에 먼위라는 나라가 있는데, 국왕은 신츠라 불리는 요마였다. 쉰네 살의 그는 이미 세상에 없는 루짠, 백장 왕, 그리고 장 국의 국왕 싸단과 함께 네 요마로 불렸다. 그에게는 일곱 살 먹은 요사한 말 魔馬 미썬마부가 있었다. 신츠는 이 말과 쉬지 않고 수련중이었다. 이듬해에 그들이 수련을 마치고 나면 인간세상에서는 그를 정복하기가 어려워질 것이었다.

거싸얼은 천상의 어머니에게 물었다. "신츠가 링 국에 어떤 죄를 저질렀나요?"

"네가 아직 세상에 내려오기 전, 네 형 자차셰가 아직 어릴 때였다. 먼위 국의 군대가 링가 깊숙이 쳐들어와 다룽 부족을 약탈했단다. 많은 백성을 죽이고 헤아릴 수 없이 많은 말과 소와 양을 빼앗아 갔지."

천모는 말을 마치고는 곧 몸을 돌려 하늘로 돌아가려 했다. 하지만 거싸얼이 법력으로 그녀가 하늘세계로 돌아갈 때 타고 갈 무지개를 사라지게 했다. 천모는 당황했다. "설마 위대한 신께서 나를 돌아오지 못하게 하시는 건가?"

거싸얼이 웃으며 말했다. "어머님이 그리 바삐 다녀가시지 않는다면, 무지개 다리는 자연히 나타날 것입니다."

"네가 장난을 친 게로구나." 천모는 긴장을 풀었다. "신의 아들아, 안색이 좋지 않구나. 마음에 들지 않는 일이라도 있느냐?"

거싸얼이 답했다. "저는 링가 사람들을 위해 요마를 소탕하러 왔습니다. 하지만……"

"그들이 네 은혜에 전혀 감사할 줄 모르더냐?"

거싸얼은 대답하지 않았다. 이는 링 국 사람들에 대해 느끼던 모종의 실망감을 인정한 것이나 마찬가지였다. 거싸얼은 화제를 바꿔 대화를 이어갔다. "저는 이미 링 국의 요마들을 깨끗이 소탕했습니다. 그런데 어째서 제가 들어본 적도 없는 마왕이 아직 있는 건가요?"

"너는 궁에서 무료해하고 있지 않았더냐. 승려들이 요마는 사람의 마음속에서 생겨나는 것이라고 네게 말해주지 않더냐?" 천모는 말을 더 이어가려다 잠시 숨을 골랐다. "신의 아들아, 말을 너무 많이 했구나. 이만 내 무지개 다리를 나타나게 해주렴."

거싸얼은 무지개 다리를 다시 나타나게 하고 천모가 하늘 세계로 돌아갈 수 있게 해주었다.

이른 새벽, 거싸얼이 잠에서 깬 뒤에도 꿈속 장면은 생생했다. 그는 곁에서 깊이 잠든 왕비를 바라보았다. 아무리 어여쁜 여인이라도 깊이 잠든 동안에는 얼굴에 어떤 어리석은 모습이 드러나기도 한다. 순간 거싸얼은 황허 강가로 추방당했을 때보다 몇 배나 더한 고독을 느꼈다. 비록 왕궁은 어둠 속에서도 커다란 보석처럼 찬란한 빛을 뿌리고, 그의 곁에서는 깊이 잠든 왕비가 달콤한 향내를 풍기고 있었지만 말이다.

거싸얼은 다시 잠들지 못했다. 옷을 걸치고 일어나 왕궁의 옥상으로 향했다. 달은 이미 보이지 않고, 반짝이는 샛별이 지평선 위로 떠올라 있었다. 왕비들도 잇달아 잠에서 깨어 그의 곁으로 왔다. 거싸얼이 왕비들에게 말했다. "하늘의 위대한 신이 내게 전쟁을 일으키라 하셨소."

주무는 이제 그를 붙잡지 않았다. "대왕께서 출병하시면, 저는 매일 사원에 가서 대왕이 승리하고 돌아오시기를 빌겠습니다."

메이싸는 걱정이 가득했다. "싸움 없는 좋은 날들이 끝나려는 건가요?"

아다나무는 용맹함을 드러냈다. "저는 대왕을 위해 선봉에 서겠습니다!"

거싸얼이 왕비들에게 남쪽 먼위 국의 마왕 신츠에 대해 들어본 적이 있는지 물었지만, 그에 대해 들어보았다는 왕비는 없었다. 지준이시가 말했다. "대왕께서 말씀하시는 것을 듣자니, 먼위 국과 링 국 사이의 원한은 모두 다룽 부족이 연관된 윗대의 일인 듯합니다. 역시 차오퉁 숙부께 여쭤 보시지요."

이야기: 소년 자라

대규모 조회가 열리는 날, 거싸얼은 다룽 부족의 수장 직위를 회복한 차오퉁을 앞으로 나오게 해 물었다. "과거에 다룽 부족과 먼위 국 사이에 갈등이 있었는가?"

차오퉁이 앞으로 나서서 아뢰었다. "먼위 국의 왕 신츠는 부족 사람들을 살육했을 뿐 아니라, 우리 유계의 힘을 상징하는 운금보의雲錦寶衣도 빼앗아갔습니다!"

"어찌 지금껏 그 일에 대해 말하는 이가 아무도 없었는가?"

수석대신 룽차차건이 아뢰었다. "대왕께서 링가에 오신 뒤로 사방이 그 위엄에 복종하니 마왕 신츠도 다시는 감히 전쟁을 일으키지 않았습니다. 또한, 그 운금보의가 있을 때는 민심이 하나로 모이지 않고, 세 계파의 내분이 끊이지 않았습니다. 이제 대왕이 우리를 이끌고 새로운 땅을 개척하게 하셨으니, 그 보의는 쓸모가 없어졌던 것입니다."

차오퉁이 눈알을 굴리며 말했다. "신츠 왕은 감히 전쟁을 일으키지 못할 뿐 아니라, 지난 몇 년 동안 자신의 딸 메이 둬줘마를 우리 다룽 부족에 시집보내 화친을 맺고자 한다는 뜻을 전했습다만, 저도 감히 아뢰지 못하고 있었습니다. 메이둬줘마 공주는 올해 벌써 스물다섯이지만 미모는 한창 때에 뒤지지 않는다고 합니다!"

차오퉁이 미녀 이야기를 하며 군침 흘리는 모습에 모두들 참지 못하고 큰 소리로 웃음을 터뜨렸다.

대장 단마가 말했다. "말씀을 듣자 하니 공주가 스물다섯이나 되었다고 탐탁지 않아 하시는 듯한데, 장관께서는 벌써 예순둘이십니다!"

차오퉁이 흥분한 나머지 분수 넘치는 행동을 하는 모습을 보자 거싸얼은 이렇게 빨리 그의 관직을 회복시켜준 것이 잘못이었다는 생각이 들었다. "이번에 링은 먼위 국을 토벌해 그 죄를 물을 생각이오. 다룽 부족은 피의 원한을 갚아야 하니 선봉에 설 수 있소."

"대왕께서 명을 내리신다면 따라야지요!" 차오퉁이 하릴없이 답했다.

거싸얼은 신츠 왕이 그토록 요술에 정통하다면 역시 신력을 지닌 차오퉁이 다룽의 군대를 이끌고 선봉에 서야 한다고 생각했던 것이다. 그러나 형 자차세가의 아들 자라를 본 뒤 생각이 바뀌었다. 막 열여섯 살이 된 소년은 기상이 뛰어나고 눈이 맑았으며 잘생긴데다 용맹스러웠다. 대규모 조회가 열리기 하루 전에 변경에서 나는 듯 말을 달려 왕성으로 온 자라는 그날 밤 대장 단마의 안내로 국왕을 알현했다. 거싸얼은 조카를 보자 오래전에 죽은 형이 눈앞에 서 있는 듯하여 몇 번이나 가슴이 뜨거워졌고 눈물이 날 것 같았다.

자신은 왕이 된 뒤로 주무와 메이싸 등 꽃같이 아름다운 비빈들을 거느렸고, 나중에는 마 국의 아다나무와 휘얼의 공주 지준이시까지 얻었지만 아직 자식이 없었다. 왕비들은 그의 혈육을 낳아 왕궁에서 흔들리지 않는 지위를 얻고자 했고, 아버지 썬룬과 수석대신도 거싸얼이 어서 후사를 보아 링 국의 왕위를 계승할 후계자를 세우기 바랐다. 그러나 거싸얼은 줄곧 망설이며 결심을 굳히지 못했다. 인간세상을 구제하고자 하늘에서 내려와 국왕이 되었지만, 자신의 아들을 남겨 그 아이가 링 국의 왕이 되도록 해야 하는지는 알 수 없었다. 하늘의 위대한 신과 그의 천모, 천부도 아직 그 점에 대해 아무런 언질을 주지 않았다. 왕비들과 한침대를 쓰고 한베개를 베면서 십여 년을 보냈는데도 자식이 없는 것이 바로 하늘의 뜻이리라 생각했다.

애초에 거싸얼은 자신이 사명을 완수하고 나면 왕위를 충성스러운 형 자차세가에게 넘겨주려고 했다. 그러나 형은 이 풍진 세상에서의 생명을 일찍이 마치고 불국 정토로 가버렸다. 그리고 이제 그의 조카가 눈앞에 서 있었다.

거싸얼의 마음에서 자상함과 함께 안쓰러운 감정이 솟구쳤다. "내 너를 보니 형님 생각이 나는구나."

국왕이 아버지를 언급하자 자라의 눈에도 수정처럼 맑은 눈물이 반짝였다.

거싸얼이 말했다. "내가 아버지처럼 너를 사랑할 것이다. 내 너를 내 아들로 여길 것이야."

소년은 국왕 앞에 무릎을 꿇었다. "먼위 국 토벌대의 선봉에 제가 서는 것을 윤허해주십사 이렇게 오게 됐습니다."

국왕은 마음이 흔들렸다. 아마도 이 소년이 장래 링 국의 국왕이 될 것 같았다. 하지만 감정을 드러내지 않고 그저 목구멍 깊은 곳에서 약간의 의혹을 품은 목소리로 되물었다. "응?"

왕자는 대장 단마가 보내주는 응원의 시선 속에서 천천히 입을 열었다. 링 국에 비록 천군만마가 있으나 전쟁이 시작되면 여전히 야만시대처럼 장수들이 신력에 의지해 혼자서 싸우는 전법을 쓰고 있다. 그러나 다른 강대한 국가들은 그렇지 않다. 예를 들어, 인도의 군대에서는 수천 마리의 코끼리들조차 진세를 갖추고 전투에 임할 줄 알며, 서로 다른 성씨를 가진 가 국의 왕조들에서는 철갑을 두른 준마들이 전차를 이끌고 이미 제대로 구축되어 있는 진지를 나는 듯이 내달린다. 수레에 탄 무사 수만 명은 동시에 청봉검을 쳐든 채 북소리가 울리면 함께 나아가고 함께 물러나기를 마치 바람이 눈을 몰아오듯, 물결이 모래를 밀어오듯 하니, 군사가 향하는 곳마다 적들이 바람 맞은 풀처럼 스러지지 않는 곳이 없다. 그래서 선친은 링 국이 세워진 뒤 이와 같은 군대를 세우는 데 모든 노력을 쏟아 수천수만의 용맹한 군사들이 함께 나아가고 물러가며 천 개의 칼을 하나의 칼처럼, 만 개의 화살을 하나의 화살처럼 쓸 수 있도록 훈련시켰다. 자라는 이어 말했다. "저는 선친의 방법을 따라 매일같이 쉬지 않고 군대를 훈련시켰습니다. 이번 출정에서 새로운 전법을 시험하고자 합니다!"

거싸얼은 그 자리에서 뜻을 밝히지 않았다. "물러가라. 너의 제안은 내가 잘 생각해보겠다."

자라가 물러나려 할 때, 대장군 단마가 국왕 앞에 무릎을 꿇었다. "존경하는 국왕이시여, 이 단마가 국왕께 모든 충성을 다해 맹세합니다. 저는 반드시 온 마음을 다해 자라를 도울 것입니다."

두 사람이 물러난 뒤, 거싸얼은 궁중을 한참이나 배회했다. 소금 호수 전쟁에서 항복한 장 국의 왕자 위라뒤쥐 또한 심성이 바르고 정직한 소년 영웅이므로 큰 임무를 맡길 만하다는 생각이 들었다. 이번에 먼위 국을 정복하는 전쟁에서 이러한 후배 영웅들에게 그 능력을 펼쳐 보일 기회를 주는 것이 옳을 것이다. 다음날 조회에서 거싸얼은 과거 자차세가가 훈련시켰고 지금은 자라가 이끄는 대군에게 선봉을 맡기라는 명령을 내렸다. 또한 다쯔 왕궁에 사신을 보내 위라뒤쥐에게 먼저 군대를 이끌고 변경으로 가서 상황을 탐색하라는 명을 전했다.

며칠 후, 거싸얼은 대군을 이끌고 왕성에서 남쪽을 향해 출발했다. 가는 동안에 신바마이루쩌가 이끄는 휘얼 군, 아다나무가 이끄는 마 국의 군대가 합류했다. 먼위 국과 링 국의 경계는 산이 높고 골짜기가 깊었지만, 자라의 선봉대가 미리 좁은 길과 구름다리를 수리해놓아서 대군은 마치 평지를 걷는 것처럼 행진할 수 있었다.

링 국 군대는 하늘이 보이지 않을 정도로 빽빽한 숲으로 들어서게 됐다. 짙은 안개가 넘실거려 수많은 병사와 말들이 안개 속에서 정신을 잃고 깊은 잠을 자는 것처럼 길가에 쓰러졌다. 거싸얼이 천마 장가페이부를 타고 공중으로 날아올라 사방을 둘러보니 설산에 쌓인 눈이 거대한 거울처럼 남쪽에 빛을 반사하고 있었다. 하지만 골짜기에는 빛이 전혀 들지 않았다. 링 국의 병사들과 말들은 하늘까지 높이 솟아오른 고목 아래, 부드러운 이끼 위에서 잠에 빠져들었다. 이윽고 그들의 얼굴과 몸이 점점 파랗게 변했다. 몸이 빠르게 썩어들어가면서 버섯이 피어나기 시작했다. 여전히 천마에 올라타 있는 거싸얼이 산신들을 소환했다. 하지만 이 낯선 땅의 산신들은 이에 대해 별일 아니라는 듯 심드렁했다. 그 모습을 보면서 거싸얼은 욱하는 성질을 억누르며 이 깊고 습한 산골짜기에는 어째서 햇빛이 들지 않느냐고 물었다. 산신들은 이 산골짜기에는 햇빛이 든 적이 아예 없다고 대답했다. 거싸얼이 말했다. "이 산골짜기에도 햇빛을 비추라. 그리하여 독이 있는 짙은 안개를 쫓아내고 질퍽거리는 도로를 마르게 해주기 바란다!"

산신들은 여전히 전혀 신경쓰지 않는 태도로 손을 펼쳐보이며 어깨를 으쓱거렸다. "햇빛을 골짜기까지 비추라고? 우리가 왜 그래야 하지?"

거싸얼이 웃으며 손으로 벼락 두 개를 연달아 날리자, 으쓱한 어깨처럼 솟아 있던 두 설산의 허리께가 갈라졌다. 산신들도 덩달아 벼락을 맞고 귀와 코에서 피를 흘렸다. 곧 햇빛이 깊은 골짜기 일부까지 들이쳤다. 안개 속에서 헤매던 대군은 하늘을 뒤흔들 것 같은 환호성을 내질렀다. 만년 동안 어둑했던 산골짜기에 빛이 비쳤다. 짙은 안개가 서서히 걷히고 음습하게 엉켜 있던 덩굴들도 흩어졌다. 질퍽했던 길도 단단하게 말랐다. 쓰러져 있던 병사들이 벌떡 일어나 대군의 행군이 재개되었다.

한편 자라의 선봉대는 이미 남쪽 기슭으로 건너가 진세를 갖추고 먼위 국의 대군과 대치했다. 거싸얼이 군대를 이끌고 도착했을 때, 자라는 이미 대군이 각기 주둔할 수 있는 군영의 기반을 갖추고 있었다. 신바마이루쩌가 이끄는 훠얼 군이 남쪽 기슭 앞으로 나가 자라의 선봉대를 받쳐주고, 썬룬과 차오퉁은 군영의 중앙에서 호위했다. 장계와 중계의 대군은 매가 날개를 펼친 것처럼 흩어져 정렬했다. 아다나무는 마 국의 군대를 이끌고 후군에 섰는데, 먼위 국 국경 안의 산과 물의 요마들이 모두 신츠의 지휘를 받아 배후에서 기습할 가능성이 높기 때문이었다. 실제로 링 국 대군이 지나온 길 위에서 은밀히 일어난 요마들이 아다나무의 군영을 기습했다. 아다나무는 마 국 군대를 이끌고 요마들과 하룻밤 내내 고전했다. 곧 붉은 태양이 떠오르자 빛이 요마들을 쓸어냈다. 거싸얼이 그런 아다나무를 보고 웃으며 말했다. "여장군께서 매우 피곤하신 것 같소. 어젯밤에 잠을 못 자 그런가보오."

아다나무의 얼굴에 득의한 표정이 떠올랐다. "요마 몇이 수작을 부렸으나 저희 군이 잘 막아냈습니다!"

거싸얼은 사랑하는 왕비를 불러 곁에 앉혔다. "우리가 여기에 이렇게 온 이유는 그저 한 나라를 정복하는 데 있는 것이 아니라 요마를 소탕해 천하의 백성들에게 안전하고 평안한 삶의 터전을 만들어주는 데 있소. 이런 우리의 목표를 달성하는 데 그대가 적지 않은 공로를 세웠구려!"

"대왕께서 좋은 진법을 펼치신 덕분이지요. 우리 마 국 대군도 그래서 장기를 발휘할 수 있었습니다!"

"이 진법은 내가 구상한 것이 아니오!" 거싸얼은 자라를 가리키며 말했다. "이번에는 자라의 작전에 따라 움직였소!"

먼위 국의 영토는 무척이나 광대했다. 커다란 강이 흐르는 골짜기가 열세 개, 백성들만 해도 수백만 명이었다. 또한 하늘의 은혜를 입어 비가 많이 내리는 습윤한 환경에 겨울이 짧고 여름이 긴데다 토지가 비옥하니 꽃과 열매가 온 산에 가득했다. 하지만 이처럼 복 받은 좋은 땅에서 백성들의 생활은 전혀 행복하지 않았다. 먼위 국의 국왕은 물론 수석대신인 구라뭐제도 마귀의 화신이었기에, 이 둘은 어떻게 나라를 다스릴지는 생각지 않고 온종일 사람 고기를 먹고 사람의 피를 마셨다. 그래서 이 나라 백성들은 자신들이 언제 그들의 쟁반 위에 오르게 될지 몰라 늘 전전긍긍했다.

거싸얼이 말했다. "신츠 왕은 마 국의 루짠, 훠얼의 백장왕, 장 국의 싸단 왕과 더불어 사대 마왕으로 불리며 천하의 재앙이 되었소. 다른 세 마왕은 일찍이 링 국이 소멸시켰지만, 먼위 국은 상대적으로 멀리 떨어져 있었고, 마왕이 오랫동안 특별한 풍파를 일으키지 않았기에 오늘까지 살아 있었던 것이오!"

위라뭐쥐가 아뢰었다. "마왕 신츠는 마침 비법을 수련하는 마지막 단계여서 엄밀히 부하들을 단속하고 행동을 조심하고 있습니다. 올해를 무사히 넘기고 대공을 이루면 천하를 제패할 생각인 것입니다! 이 때문에 우리 대군이 국경 안으로 깊숙이 들어갔는데도, 그가 나와서 응전하지 않는 것입니다. 이제 강 두 개만 더 건너면 왕궁입니다. 저들도 우리 대군과 일전을 벌이기 위해 반대편 기슭에 진세를 갖추고 있을 것입니다!"

거싸얼은 자라를 앞으로 나오게 하고 소년 영웅의 어깨에 손을 얹고 말했다. "내일, 모든 군대가 너의 결정에 따라 움직일 것이다! 네 아버지의 진법을 마음껏 펼쳐보아라!"

다음날, 자라는 위엄 있고 웅장하게 진세를 펼쳤으나 먼위 국의 대군은 높은 곳에 위치한 채 아무런 소식이 없었다. 정오가 되어서야 말에 올라탄 사람이 홀로 대군영에서 달려나와 자라 앞에 섰다.

"말 위에서 군대를 통솔하는 이는 누구인가? 나는 먼위 국의 수석대신 구라퉈제라고 한다." 구라퉈제는 이어 이 강가의 아름다운 초원이 국왕이 노니는 땅이자 왕비들이 야생화를 따고 아름다운 풍경을 구경하는 곳일 뿐 아니라 대신들이 법술과 마술을 시험하는 광장으로, 늘 꽃들이 만발하고 골짜기마다 새들의 노랫소리가 평온한 합창처럼 들리는 복된 땅이라고 했다. 어째서 이처럼 많은 이국의 군대가 여기에서 살기등등하게 진세를 펼치고 있는 것이냐고 물었다.

자라가 웃음을 터뜨렸다. "우리 링 국 대군은 요마가 횡행하는 모든 땅을 바로 그대가 말한 것처럼 상서로운 땅으로 바꾸고자 하는 바이다! 말귀를 알아들었다면 어서 말에서 내려 투항하라!"

구라퉈제는 침착하게 대답했다. "나 구라퉈제는 친구들에게는 온화하고 유순하기가 가 국의 비단과 같지만, 적을 제압할 때는 날카로운 화살과 벼락같이 움직이지! 경고한다! 내일 해뜨기 전까지 모든 군대를 큰 강의 양쪽 기슭에서 사라지게 하라!" 말을 마친 구라퉈제는 말머리를 돌려 여유 있게 자리를 떠났다.

"일단 적의 기세를 늦추는 것이 좋을 듯합니다." 구라퉈제가 왕에게 아뢰었다. "예전에 다룽 부족에서 납치하고 약탈해 온 사람과 가축들을 배로 물어주고, 그들의 운금보의를 돌려주심이 어떠실지요. 국왕께서 대법을 연성하신 다음 다시 출병해 링 국을 소탕하고 우리가 지불한 대가에 대해 백 배의 보상을 받아내시지요!"

신츠 왕은 표정 하나 흐트러뜨리지 않고 되물었다. "설마 거싸얼에게 군대를 물리면 대가를 지불하겠다고 한 것이냐?"

구라퉈제는 서둘러 대답했다. "미천한 신이 감히 어찌 그러겠사옵니까. 그저 링 국의 군세를 정탐하고 대왕께 고하러 왔을 뿐입니다. 게다가 거싸얼은 마음을 단단히 먹고 온 모양인데, 어찌 저와 담판을 벌이겠습니까!"

"그럼 또 무슨 말이 필요하단 말이냐!"

"예전에 제가 다룽 부족의 장관 차오퉁과 이야기를 나눈 적이 있는데 그 또한 우리가 대단하다는 것을 알고 있었습니다."

"그 늙은 것이 우리 먼위 국의 어여쁜 공주를 탐내고 있다는 말은 들었는데, 설마 네가 공주를 그에게 시집 보내겠다고 승낙이라도 한 것이냐?"

구라퉈제는 서둘러 무릎을 꿇고 말했다. "곧 돌아가 군영의 진세를 갖추고, 내일 링 국 군대와 대전을 벌이겠습니다!"

신츠 왕은 그제야 환하게 웃으며 왕좌에서 일어나 구라퉈제를 부축해 일으켰다. "담판을 하더라도 적군에게 크게 일격을 입힌 후라야 원하는 결과를 얻을 수 있느니. 일단 한바탕 전투를 벌여보자꾸나! 내 그들을 죽여 피로 강을 이룰 것이다. 그때는 네가 말을 하는 수고를 덜 수 있으리."

이야기: 먼링대전

다음날 새벽, 구라퉈제와 신츠 왕은 말을 타고 산언덕에 올랐다. 구라퉈제는 링 국 대군의 군세를 조망하며 저도 모르게 업신여기는 표정을 지었다.

신츠 왕은 그에게 승산이 있는 것이냐고 물었다.

"대왕, 제가 링 국 군대의 진세를 보건대 저들은 틀림없이 패할 것이옵니다! 링 국에 영웅이 많다고 들었습니다만,

지금 보니 겁쟁이들이 퍼뜨린 소문인 듯합니다. 우리가 다룽 부족을 약탈했을 때, 그들에겐 반격할 힘이 전혀 없었습니다. 지금 저 진세를 보십시오. 저렇게 많은 사람들이 바짝 붙어서 한데 모여 있습니다. 저렇게 모여 서로에게 용기를 주는 종족이 어디 있겠습니까. 양이나 그렇게 하지요! 용맹한 호랑이나 표범이라면, 혼자 나선다 할지라도 당당한 위풍으로 사방을 숙연하게 할 것입니다!"

하지만 신츠 왕은 오히려 불길한 예감이 들었다. "허나 천만 명이 움직이는 모양이 마치 한 사람이 움직이는 것처럼 딱딱 맞는 것을 좀 보아라. 역시 유의할 필요가 있겠다."

이때, 자라의 군영 가운데서 영기令旗가 솟아오르고 뿔피리 소리가 우우 울렸다. 보병들은 사방형의 진세를 펼치고, 기병들은 장사진長蛇陣과 응격진鷹擊陣의 태세를 갖추어 다리를 건너 양군 사이의 탁 트인 땅으로 한 발 한 발 전진했다! 두 소년 영웅 자라와 위라튀쥐는 각각 창과 활을 들고 말 위에 올라타 앞장섰다. 선봉장 자라는 등뒤에 서로 다른 빛깔의 깃발을 여러 개 꽂고 달렸다. 녹색 깃발을 휘두르자 투구에 녹색 술을 단 보병들이 방패와 긴 창, 또는 활과 화살을 들고 양군 사이의 탁 트인 땅에 있는 산언덕으로 재빨리 파고들었다. 보병들이 활시위를 메기는 것을 확인한 후,

자라는 또 노란 영기와 흰 영기를 휘둘렀다. 그러자 머리에 노란 술과 흰 술을 단 양 날개의 기병들이 매가 날개를 펼치 듯이 앞을 향해 무섭게 돌진하다가 녹색 술을 단 보병들 뒤에 멈춰섰다. 자라가 붉은 영기를 휘두르며 말을 달려 앞으로 나섰고 붉은 술을 단 군대도 함께 내달렸다. 천만 짝의 군화가 동시에 움직이고, 천만 필 전마의 말발굽이 동시에 대지를 울렸다. 그러니 본격적인 전투가 시작되기도 전에 먼 위 국의 대지가 어마어마한 힘에 의해 동시에 흔들렸다! 자라의 통솔에 따라 중앙군이 움직이는 것과 함께, 녹색 술을 단 군대 또한 정연하게 앞으로 행군했다. 이들의 칼과 창에서 반사되는 서늘한 빛이 사람을 압도했다. 붉은 술을 단 중앙군이 넓은 땅에 있는 높은 산언덕에 올라섰을 때, 녹색 술의 군대는 이미 먼위 국 군영의 바로 앞까지 다가가 있었다.

이처럼 엄밀하고 정연한 군세의 대군이 행군을 멈추자 산과 강, 사람들조차 숨을 죽였다. 일찍이 없었던 위협이 느껴졌다.

"이제 보니, 저들은 양이 아니군." 신츠 왕이 말했다.

구라퉈제가 활을 쏘라고 명령하자 화살들이 무더기로 날아갔다. 하지만 녹색 술의 군대가 정연하게 방패를 들어 빗줄기처럼 쏟아지는 화살들을 막았다. 그들이 방패를 내리고 칼과 창을 드는데 한 사람도 다친 이가 없었다. 속에서 화가 치밀어오른 구라퉈제가 활시위를 당겨 화살을 날렸다. 화살은 앞머리에선 번개를 내뿜고, 화살 꼬리에서는 천둥소리를 내면서 녹색 술을 단 군진 사이로 날아갔다. 화살 하나에 방패 열세 개가 부서지면서 링 국 사병 열세 명이 순식간에 목숨을 잃었다. 마치 소가 쟁기질로 땅을 뒤엎은 것처럼 군대 가운데로 피 고랑이 생겼다. 훈련받지 않은 병사들이었다면 혼비백산하여 대장군의 말궁둥이 뒤로 도망갔을 것이다. 그러나 대군의 진세 속에서는 작은 소동이 있었을 뿐이다. 진형은 방패를 세우고 날카로운 칼날을 드러냈다. 사방형의 진세를 갖춘 보병대는 침착하게 앞으로 움직였다. 구라퉈제의 화살로 생겨났던 틈도 금세 메워졌다. 구라퉈제는 큰 소리로 호령하며 진두로 돌진해갔다. 그러고는 신력을 이용해 비로소 그 군진에 작은 틈새를 만들어낼 수 있었다. 그러나 뒤쪽의 병정들이 전진하자 다시금 그 틈이 메워지고 말았다. 자라가 깃발을 휘두르니 보병들은 정연하게 산언덕에서 앞으로 전진했고, 양쪽의 기병들도 커다란 파도가 기슭을 덮치듯이 밀려오기 시작했다! 이런 전투에서 그저 화살을 날리고 소리를 지르며 홀로 싸우는 법밖에 모르던 면위 국 병정들은 홍수에 휩쓸려 터진 제방처럼 떠밀려갔고, 대장들조차 이 흐름에 휩쓸려 내로라하는 자신들의 무공을 전혀 펼치지 못했다.

이날, 링 국 군대의 신비한 위력에 먼위 국 군사는 수도 없이 죽거나 다쳤다. 또한 삼사십 리를 후퇴해 해질 무렵이 되어서야 평평한 광야 가운데 열 지어 솟아 있는 산언덕에 기대 가까스로 안정을 취할 수 있었다.

다음날, 먼위 국 진영에서는 같은 전법을 썼다. 신츠 왕이 직접 말을 타고 나서서 신력으로 링 군 군진에 벼락을 때리자 수백 명의 링 국 병사들이 단번에 목숨을 잃고 진형이 흐트러지기 시작했다. 신츠 왕은 높은 산언덕 위에 서서 그의 장수들에게 말했다. "거싸얼이 중생을 아낀다는 말을 듣고 나도 그를 존경해왔다. 그러나 그대들도 보아라. 거싸얼이 그토록 많은 나라를 정복한 것은 힘과 신력 덕분이 아니라 사병들의 피로 그 나라들을 잠기게 한 것이었다. 내가 다시 몇 번의 벼락을 내려치면 이 개미 같은 사병들은 저희끼리 서로 밟고 밟힐 것이다. 그러면 우리 영웅들이여, 그대들은 마음대로 가서 죽이라!"

신츠 왕은 주문을 외워 검은 구름을 부르고 하늘 위로 날아올랐다. 그러나 이번에는 벼락을 내려치지 못할 것 같았다. 신마 장가페이부 위에 올라탄 거싸얼이 벌써 구름 위에서 그를 기다리고 있었기 때문이다. 그러고는 번개를 말채 찍 휘두르듯 흔들었다.

거싸얼이 차가운 미소를 지으며 말했다. "그대가 비웃는 말을 바람이 내 귀에까지 다 전해주더군. 지금은 어떤가? 창피한가?" 거싸얼이 번개 채찍을 힘주어 휘두르자, 벼락이 한바탕 먼위 국의 대본영 안으로 떨어졌고, 군영 안에서 날리던 큰 깃발은 한 줌 불씨로 변했다. 이렇게 되자, 흐트러졌던 링 군 진형은 곧 정연한 원래 모습으로 돌아왔다. 거싸얼이 말했다. "어디 한번 그대가 어떤 신력이 있는지 보여주시오."

신츠 왕은 활시위를 당겨 링 군 진영 한가운데로 화살을 날리려 했다. 거싸얼이 그를 말리며 말했다. "사병들은 저들끼리 싸우게 두고, 우리 둘이 활솜씨를 겨루도록 하지. 멀리 있는 저 붉은 암석 산봉우리를 과녁으로 삼아서." 거싸얼은 그 붉은 바위산의 동굴이 바로 마왕 신츠가 마법을 수련하는 곳이라는 걸 진작 꿰뚫어보았다. 활솜씨를 겨룬다는 핑계로 먼저 그가 수련하는 곳을 훼손하고자 한 것이다.

신츠 왕은 거싸얼을 무시하고 활시위에서 손을 놓았다. 평지에서 회오리바람이 일더니 화살이 천둥과 번개를 일으키며 링 군의 진영으로 날아갔다.

자라의 신변을 보호하던 대장군 단마가 신츠 왕의 화살에 맞서 연달아 세 발의 화살을 쏘았다. 단마의 화살이 그 번개를 띤 화살을 명중시켜 허공중에서 떨어뜨렸다. 링 군의 진영에서는 환호성이 일었지만 단마는 말에서 떨어졌다. 단마는 그 자리에서 피를 토했다. 여러 사병들의 호위를 받으며 막사로 옮겨진 단마는 전투 전에 거싸얼에게 남몰래 전수받은 호신 주술을 외워 심신을 회복하고 천천히 숨을 쉬기 시작했다.

신츠 왕이 말했다. "우리 군대의 대장들이 죽음을 두려워하는 무리라고 비웃더니, 당신이야말로 저 많은 평범한 인간들이 연약한 육신으로 날카로운 칼과 창을 막게 내버려두는군!"

거싸얼이 말했다. "사람들이 스스로를 구하는 방법을 찾길 바라기 때문이오."

"인간들에겐 신력이란 것이 없으니 스스로를 구할 수 없다." 신츠 왕이 크게 웃었다.

이때, 구름 아래서는 진형을 바꾼 링 국 대군이 자라가 깃발을 지휘하는 대로 전진했다. 병사들이 각자 홀로 요마들로 이루어진 상대편에 필적할 방법은 없었지만, 이 연약한 육체들이 함께 나아가고 함께 물러나면서 무쇠와 같이 단단한 전체가 되었으므로, 어떠한 힘도 그들의 전진을 막기 어려웠다. 그들은 먼위 국 군대가 지키고 있는 산언덕으로 홍수처럼 몰아쳐 올라갔다.

거싸얼이 말했다. "보이나? 저들은 물과 같다. 하지만 낮은 곳에서 높은 곳으로 흐를 수 있는 물은 없지! 이것이 바로 저들의 힘이다!"

거싸얼은 말을 하는 도중에 화살 세 발을 저멀리 신츠 왕이 수련하는 비밀 동굴로 쏘았다. 산봉우리가 깨끗하게 잘려나갔다. 신츠 왕의 신비한 힘도 즉시 사그라들기 시작했다. 거싸얼이 하하 웃었다. "집으로 돌아가 쉬시오. 내일 다시 싸웁시다. 그대가 말한 그 연약한 사람들이 어떻게 싸우는지 똑똑히 보게 될 것이오!"

이후 진세를 펼쳐 진공하기를 여러 날 계속하니, 대군은 이미 먼위 국 내지 깊숙한 곳까지 진입하게 됐다. 처음에 강을 건널 때만 해도 이 강은 서쪽에서 동쪽으로 흘렀는데 나중에는 강물과 산맥이 모두 방향을 돌려 북에서 남으로 굽이쳐 흘렀다. 강은 빨라졌고, 산도 험해졌다. 보이는 모든 산이 수사자가 엎드려 사방을 응시하거나 고개를 쳐들고 내달리는 듯한 형상이었는데, 이 또한 변했다. 습하고 더운 이곳의 산은 코끼리의 형상을 닮아 있었다.

사병들은 겁을 내기 시작했다. 코끼리를 겁내는 것이 아니라 고향에서 너무 멀리 떠나와버린 것 같았기 때문이다. 만약 자신이 전사하면 그 영혼이 고향을 찾지 못할까 걱정이었다. 그럼에도 전투에서 이기고자 하는 열망만은 수그러들지 않았다.

이야기: 먼링대전, 그 두번째 이야기

이른 아침, 구름 위로 우뚝 솟은 설봉에 태양이 눈부신 금빛으로 수를 놓을 때 거싸얼이 여러 장수들을 불러모아놓고 말했다.

"태양이 완전히 떠오르지 않았다. 하지만 빛을 보면 곧 해가 뜨리란 것을 알 수 있지. 마찬가지로 먼위 국으로 진군한 이래 자라와 위라뭐줘가 잇달아 승리를 거둔 것을 보면, 링 국이 앞으로 강성하여 설산처럼 우뚝 솟을 것임을 보여주는 길조가 보인다 할 수 있지 않겠소."

장수들은 거싸얼의 말을 듣고 소년 영웅 자라가 언젠가 링 국의 왕이 되리라 확신했다. 신바마이루쩌가 곧 나서서 아뢰었다. "국왕께 경하드립니다. 링 국의 대업을 이을 계승자가 생겼군요!"

이 광경을 보며 차오퉁은 전혀 유쾌하지 않았다. "비록 이 지역을 점령하고 몇몇 잔당들을 죽여 없애기는 했지만 먼위 국의 왕성이 아직 무너지지 않았고, 마력이 고강한 저 장수들도 털끝 하나 다치지 않았습니다! 오늘 제가 혼자의 힘으로 저들과 맞서 그들의 머리통을 가져다 대왕께 바치겠습니다!"

거싸얼은 화를 참으며 말했다. "요망한 검은 안개가 아직 흩어지지 않았소. 또한 태양도 아직 나오지 않았습니다. 먼위 국을 소탕하는 것은 아직은 시기상조요. 오늘, 내가 그대들을 부른 것은 경거망동하지 말라고 당부하려 함이오. 태양이 풀 위의 이슬을 산뜻하게 말리고 먼위 국 사람들이 앞으로 나와 도전할 때, 다시 느긋하게 대응하면 되오. 요 며칠 전투를 지켜보면서 이 무더운 나라에 흐르는 물에서 신성한 샘을 찾아냈소. 또한 천모에게 호신을 위한 부적을 받았으니, 그대들이 다시 전쟁터에 나설 때는 더이상 대적할 자가 없을 것이오!"

이후 몇몇 장수들이 출전했지만 양쪽이 팽팽히 대치하면서 승부를 가리지 못했다.

차오퉁은 상황을 지켜보다가 자라를 찾아갔다. "항렬을

따지자면, 너도 내 손자뻘이지. 내 조언 몇 마디만 하겠다. 네가 들을지 모르겠구나." 차오퉁은 미래의 국왕인 자라가 승리를 거둔다면 자신은 지금 친분을 쌓는 셈이라고 생각했다. 물론 자라가 패하여 거싸얼이 이 녀석에게 링 국의 왕좌를 물려주겠다는 생각을 못하게 되기를 더욱 바랐다.

자라가 예의 바르게 말했다. "어른들의 지혜는 바다보다도 깊고 넓다고 합니다. 신력이 광대하신 다롱 부족의 장관께서 가르침을 주신다니 영광입니다."

"네가 대오를 이끄는 동안 많은 장수들이 대왕께 불만을 쏟아냈단다. 그래서 대왕께서도 너를 선봉에서 후위로 돌리셨지. 지금, 그 장수들이 전투에 나서고 있는데 결과가 어떤지는 너도 모두 보았을 것이다. 나는 지금이야말로 너 같은 소년 영웅이 공을 세우고 이름을 떨칠 좋은 기회라 생각한다. 대왕께 가서 출전을 청하는 것이 좋을 것 같구나!"

"저의 병사들은 이미 무척 지쳐 있습니다. 또한, 국왕의 명령을 따르는 것이 옳을 듯싶습니다. 아버님도 생전에 지금 국왕의 영명하심을 믿으라 제게 당부하셨습니다."

차오퉁이 발 밑의 흙을 짓이기며 말했다. "너도 네 아비처럼 꽉 막혔구나. 네가 직접 지휘한 군대가 먼위 국의 왕성까지 들어가는 것이 무슨 의미인지나 아느냐?"

자라가 고개를 저으며 말했다. "모릅니다."

"바로 네가 링 국의 왕위 계승자가 된다는 뜻이다!"

자라는 자리에서 일어서더니 부하에게 분부했다. "차오퉁 장관님께서 본영으로 돌아가시니 배웅하라."

자신의 본영으로 돌아온 차오퉁은 한참이나 화를 삭이지 못했다. 끝내 그는 머리에서 발끝까지 전투복을 갖춰 입고 거싸얼을 찾아가 출전을 청했다. "링 국의 여러 영웅들이 돌아가며 출전했지만, 누구도 구라뭐제 한 놈을 이기지 못했습니다. 링 국의 영예를 안타깝게 여기는 이 늙은이가 놈에게 본때를 보여주어야 하겠습니다!"

거싸얼은 표정 하나 흐트러지지 않고 침착하게 물었다. "누가 차오퉁과 함께 가서 싸울텐가?"

다들 침묵을 지켰다. 공을 세우고 싶은 마음들은 있었으나, 단마가 어떤 전법을 보여주었던지를 생각하면 자신들은 한참이나 뒤처져 있다는 생각이 들었다. 결국 차오퉁은 득의양양해서 군진의 제일 앞으로 나서서 말 한마디 없이 구라뭐제와 싸우기 시작했다. 두 사람은 세 차례에 걸쳐 맞부딪쳐 싸웠다. 구라뭐제가 마침내 검을 내리치자 큰 산이 쏟아지는 듯 엄청난 힘이 밀려와 차오퉁의 손에 들린 보검을 날려버렸고, 몸을 보호하던 갑옷도 갈라졌다. 차오퉁은 칼

끝이 자신을 향하자 서늘한 기운이 골수까지 미치는 것을 느끼고 공포에 질린 채 말머리를 돌려 군영을 향해 죽기살기로 달아났다. 구라퉈제가 쫓아가려 했지만 단마가 연달아 쏘아댄 화살 두 대에 가로막혔다.

차오퉁이 링 국의 진영으로 돌아왔을 때 그를 반긴 것은 다른 장수들의 떠들썩한 웃음소리였다.

"이제 그만들 하시오. 우리가 요마를 항복시킬 날은 곧 이를 것이오!"

요마를 항복시킬 최후의 날이 왔다.

천모가 꿈에서 계시하신 대로 거싸얼은 구니 평원의 위쪽에 있는 위 산의 남쪽 기슭으로 갔다. 준마처럼 생긴 거대한 바위가 있었다. 그 위에는 하늘에서 내려준 들소 모양 철광석이 있었는데, 누군가가 흉악한 해골로 들소 위를 장식하고 아직 신선한 사람의 내장으로 그것을 묶어두었다. 거싸얼이 이 철 조각상을 가볍게 한 번 두드리니, 작은 문이 소리를 내면서 열렸다. 문 안은 모든 칠흑 같은 밤의 어둠보다도 더 어두웠다. 정신을 집중해서 보니 오른쪽에 머리가 아홉 개인 전갈이 또렷하게 보였다. 전갈은 신츠 왕의 혼백이 깃든 기혼물이었다. 왼쪽에는 머리가 아홉인 요괴가 있었는데, 그것은 구라퉈제의 기혼물이었다. 거싸얼은 전갈은 활을 쏘아 죽이고 요괴는 머리 아홉 개를 모두 베어버렸다. 밖으로 돌아 나가며 천모가 꿈속에서 일러준 대로 절대 뒤돌아보지 않았다.

먼위 국을 통치하던 두 요마의 기혼물이 사라지자, 곧 먼위 국 땅에서 이상한 현상들이 나타났다. 강의 골짜기와 절벽 위에 피어났던 사람 얼굴 모양의 꽃들이 사라졌다. 그 꽃들은 모두 요마에게 잡아먹혔거나 사악한 신령에게 희생된 젊은 여인들의 영혼이 변한 것이었다. 환생을 할 수 없었기에 낮에는 벼랑 위에 피었고, 밤에는 영혼이 요마들에게 바쳐져 짓밟혔다. 이제 요마의 마력이 약해지자 그 여인들은 모두 해탈하게 되었다. 줄곧 피어 있느라 지쳤던 꽃들이 긴 한숨을 내쉬며 머리를 떨어뜨리고 순식간에 시들었다. 꽃송이에 깃들었던 영혼들은 하늘하늘 날아서 윤회의 여정에 들어섰다. 그 순간 하늘세상에서는 영혼들이 붐비는 현상이 나타났다. 여명이 되어서야 윤회의 길은 비로소 붐비지 않게 됐다.

신츠와 구라퉈제는 하룻밤 내내 꿈을 꾸었다. 자신들의 몸에서 힘이 빠져나가는 꿈이었다. 신츠는 꿈에서 벌레에 물려 작은 구멍이 난 풀무가 되었다. 어떻게 해도 생명의 불꽃을 태울 충분한 바람을 모을 수 없었다. 구라퇴제가 꿈에 본 것은 먹을 것이 가득 담긴 주머니였다. 주머니에 아무리 해도 막을 수 없는 구멍이 나버려 먹을 것이 밤새도록 주룩 주룩 빠져나갔기 때문에 그의 마음이 절망으로 가득찼다. 이튿날, 잠에서 깨어나니 먼위 국의 대지 위에 갖가지 불길 한 현상이 펼쳐지고 있었다. 부엉이가 한낮에 하하 큰 웃음 을 웃었다. 숲속에서는 까닭 없이 큰불이 일어났다. 부뚜막 위의 구리 도끼가 산산조각 났다. 사당의 가운데 기둥을 거 대한 이무기가 친친 감고 있었다. 깊고 깊은 신성한 호수가 커다란 얼음으로 변해 있었다.

차오퉁이 탐내던 메이둬줘마 공주도 꿈을 꾸었다. 남쪽 하늘에 태양이 네 개나 나타나 모든 설산을 녹여버리는 꿈이 었다. 여인들은 철갑옷을 입은 대군에게 이끌려 북쪽으로 갔다. 그러는 동안 먼위 국의 한가운데 탁 트인 지대에 난들풀들은 꼭 한숨을 쉬는 것 같았다. 마치 사람들이 시합에 서 패한 무사를 보며 조롱하는 듯한 소리였다. 꿈에서 깬 그 녀가 불안해하고 있을 때, 까마귀 한 마리가 그녀의 머리 위 에서 세 바퀴를 맴돌더니 밀랍으로 봉해진 서신을 떨어뜨렸 다. 그것은 차오퉁이 보낸 구애의 편지였다.

메이둬줘마는 그 편지를 가지고 가서 아버지에게 보여주

었다. "만약 제가 가서 차오퉁과 결혼해 먼위 국을 재난에서 구할 수 있다면, 저는 기꺼이……"

혼백이 약해진 신츠 왕이었지만 딸 앞에서는 억지로라도 기운을 냈다. "내 절대로 너를 링 국에 시집보내지 않을 것이야!"

메이둬줴마는 아버지가 평소처럼 비범한 기상을 유지하지 못하는 것을 보고 먼위 국의 기세가 이미 다하였음을 알았다. 그러나 아버지의 명령을 어길 수 없었으므로 하는 수 없이 혼자서 남몰래 슬퍼할 뿐이었다.

바로 이때, 링 국의 대군은 이미 먼위 국의 도성 앞까지 몰려와 최후의 공격을 준비했다.

신츠 왕이 구라튀제에게 물었다. "저들이 사병의 전법을 쓸까, 장수의 전법을 쓸까?"

구라튀제가 대답했다. "저들이 어떤 전법을 쓰든 저는 한 가지 전법뿐입니다!"

신츠 왕이 말했다. "며칠 동안 그대를 고생시켰으니, 이제 내가 힘을 보일 때로구나." 그러면서 신츠 왕은 환술을 써서 맑은 하늘에 짙고 어두운 안개를 뒤덮으니 전진하던 링 국 대군은 방향을 잃었다.

거싸얼이 신력으로 검은 안개를 흩뜨리니 링 국 대군 앞에 먼위 국의 군진이 나타났다. 이 군진은 바로 며칠 전 자라가 이끌었던 군진을 그대로 베낀 것 같았고, 군사의 수는 링 국보다 몇 배나 많았다. 눈길이 닿는 평원과 산언덕, 심지어 강물 위까지도 전부 갑옷 입은 병사들이 질서정연하게 늘어서 뒤덮고 있었다. 먼위 국 병사의 발아래에 있는 땅은 힘겹게 숨을 쉬듯 오르내렸다. 산봉우리의 눈이 녹고 호수들은 엉겨들었다. 땅 위에는 무장한 채 전장에 임한 군사들 외에는 아무것도 보이지 않았다. 마을도, 소떼도, 광산도, 수행지도, 설봉도, 비도 없었다. 어두운 하늘에 뱀이 꿈틀대는 것처럼 번개가 번득였다. 먼위 국 군사들에 포위돼 링 국의 대군이 갇힌 형국이었다. 그러다 갑자기 군사들과 말이 모두 사라져 보이지 않았다.

거싸얼은 모두에게 틀림없이 마왕의 환술이니 놀라거나 당황할 필요가 없다고 말했다. 그는 바람을 일으켜 모든 것을 불어버렸다. 먼위 국의 군진이 마치 휘장처럼 나부꼈다. 링 국의 군사들이 일제히 외쳤다. "바람이다! 더 센 바람을요!"

과연 흐릿한 군진은 향 한 대가 타는 시간도 버티지 못하고 막 떠오른 햇빛 아래서 서서히 엷어지더니 마지막에는 희미한 안개로 변해 흩어지고 말았다. 먼위 국의 군진으로 돌격했던 링 국의 장수들은 아무런 부상도 입지 않고 다시 들판 위에 모습을 나타냈다.

링 국의 대군은 곧 홍수처럼 적군을 에워쌌다.

한바탕 격렬한 전투가 지나가자 구라퉈제와 몇몇 친위대만이 말 위에 남아 있었다. 신바마이루쩌는 말을 몰아 앞으로 나와 구라퉈제에게 말했다.

"대왕은 그대가 위풍당당한 영웅임을 알아보셨다. 그대의 무예 실력을 높이 사시어 그대가 귀순하기만 하면……"

"꺼져라!" 구라퉈제가 그를 욕했다. "네 놈이 주인을 버렸다고, 내게도 네 더러운 뒤를 밟으라 하느냐. 내 화살이나 조심하라!"

구라퉈제가 화살을 쏘았지만, 화살에 담긴 힘은 예전에 미치지 못했다. 구라퉈제의 말에 화가 난 신바마이루쩌가 그의 화살을 맞받아 쏘아 그의 갑옷을 박살냈다. 구라퉈제는 하늘을 올려다보곤 길게 탄식하고 고함쳤다. "네! 좋습니다!" 구라퉈제는 검을 들어 자결하려 했지만 방패를 들고 포위한 병사들이 그가 타고 있던 말을 긴 창으로 찌르는 바람에 땅 위로 떨어졌다.

신바마이루쩌가 다시 소리쳤다. "이래도 항복하지 않겠느냐!"

"항복하지 않는다!"

말이 끝나기도 전에 십여 개의 장창이 일제히 구라튀제를 향했다. 그는 더이상 저항도 하지 않고 얼음처럼 차가운 창들이 가슴팍을 찔러오도록 놔두었다.

한편, 신츠 왕은 왕궁에서 구라튀제와 남은 병마들이 링국의 군진 가운데서 무너지는 광경을 보았다. 자라의 군대가 소용돌이처럼 모든 병사들을 빨아들였다. 신츠 왕은 구라튀제의 혼백이 자신을 향해 날아오는 것을 보았다. 왕은 이 작은 숨결을 자신이 지니고 있는 주머니 속에 담은 뒤 말했다. "모든 것이 연기처럼 사라지고 말았구나. 내가 그대를 데리고 다른 세계로 가겠다. 우리 다시 수련하여 함께 돌아오자!"

말이 떨어지자마자 온 왕궁이 푸른 화염에 휩싸였다. 불바다 속에서 사다리 하나가 불쑥 치솟더니, 점점 높이 올라갔다. 신츠 왕이 사다리 맨 꼭대기에 있었다. 치솟은 불꽃이 그가 이 세계에 남긴 흔적을 깨끗이 태워 없앨 수 있다면 왕은 다른 세계로 날아가는 데 성공할 것이다. 그후 아주아주 오랜 세월이 흐른 뒤에 원한과 야심을 품고 다시 돌아올 것이다.

거싸얼이 부근에 있는 호수 하나를 전부 왕궁에 쏟아부었지만 불꽃은 꺼지지 않았다.

신츠 왕이 크게 하하 웃었다. "내 보기에 너도 무슨 특별한 재주는 없는 것 같구나. 하늘에서도 도우러 오지 않고 말야."

그때 하늘에서 우레가 치며 으르렁댔다. 그 소리가 마치 이렇게 말하는 듯했다. "우리가 바로 그를 도우러 왔느니라!"

그러나 하늘에서 떨어진 것은 비가 아니라 붉은 불이었다. 붉은 불이 푸른 불꽃을 꺼뜨렸다.

상황이 이렇게 되자 신츠 왕은 서둘러 사다리 꼭대기로 기어올랐다. 이때, 거싸얼이 일월신전日月神箭을 꺼내서 화살 하나로 사다리의 한 단을 끊어냈다. 화살 세 대가 지나자, 신츠 왕은 도로 왕궁 꼭대기로 떨어졌다. 거싸얼이 또 화살 하나를 꺼내자, 신츠 왕이 크게 소리쳤다. "나는 네 화살에 죽을 수 없다!"

그는 몸을 날렸다. 위가 아니라 아래를 향해서였다. 그는 자신의 모든 공력을 끌어모아 단단한 돌바닥에 떨어져 스스로를 파괴시켰다.

이야기꾼: 소금 호수

이야기꾼 진메이는 길 위에 있었다. 그는 고원으로 돌아갔다. 높고 낮은 풀밭 사이로 소와 양들이 보이자, 버스에서 내려 걸었다. 진메이는 걸으면서 이야기의 처음부터 노래하기 시작했다. 그런데도 아직까지 소금 호수를 보지 못하고 있었다. 그의 고향이나 그가 가보았던 곳에서, 설산 아래 모든 호수는 마실 수 있는 물이었다. 그래서 줄곧 호수가 눈물처럼 쓰고 짤 수 있다는 것을 의심하고 있었다. 하지만 분명 그러한 호수가 있을 것이라 믿었다.

진메이는 그렇게 계속 갔다. 장 국과 링 국의 대전을 노래하며 북쪽을 향해 이동했다. 처음으로 도착한 소금 호수는 이미 말라붙어 있었다. 양치기들이 말하길, 십여 년 전부터 호수가 조금씩 줄어들기 시작하더니 올해 여름에는 결국 완전히 사라졌다고 했다. 마지막 한 방울까지도 햇빛에 말라붙었다. 진메이는 호수 바닥으로 내려가 회백색의 결정들을 긁어내서 혀끝으로 가져갔다. 소금이었다.

이 호수가 장 국이 빼앗으려 했던 그 소금 호수일까? 진메이는 호숫가에 살고 있는 사람들에게 물었다. 이들은 고원에 쌀보리를 키우고 소와 양을 방목했다.

그들은 그렇다고 대답했다.

그들은 진메이에게 호수 가운데에, 일찍이 반도였을 바위 곳을 가리켜 보였다. 곳에는 영웅의 말발굽 자국이 남아 있으며 날카로운 칼에 갈라진 커다란 바위도 있다는 것이었다. 진메이는 호수 바닥 가운데를 향해 걸어갔다. 하지만 그곳까지 가기도 전에 그의 장화 바닥이 염분이 있는 흙 때문에 곧 문드러지고 말았다. 그럼에도 조금 더 걸어갔지만, 결국 발바닥까지 다치고 말았다. 그는 마을 근처의 가까운 기슭으로 후퇴했다. 호수가 아직 말라붙지 않았을 때 이곳에서 소금을 모았던 사람들이 사는 마을이었다.

마을의 어떤 집에서 그에게 새 장화를 주고, 그의 발바닥에 동물성 유지를 섞은 연고도 발라주었다. 타는 듯이 뜨겁던 발바닥이 서서히 시원해졌다.

이 마을 사람들이 바로 거싸얼에게 항복하고, 호수 근처에 살며 소금을 얻게 된 장 국 사람들의 후예였다. 그들에겐 호수 남쪽 기슭과 동쪽 기슭 사람들처럼 농사를 지을 수 있는 땅이 없었고, 북쪽 기슭과 서쪽 기슭의 사람들처럼 널찍한 목장도 없었다. 그들은 대대손손 호수 서남쪽 한 귀퉁이에서 소금을 캤고, 그 소금을 남쪽으로 운반했다. 다른 마을 사람들이 말하기를, 그들의 조상은 대대로 물속에서 일을 했기 때문에 그들의 손가락과 발가락 사이에는 들오리 같은 물갈퀴가 있다고 했다. 또한 소금을 캐는 그 사람들의 눈동자는 검은색이 아니라고 했다. 날이 가고 달이 지나는 동안 쌓인 슬픔이 그들의 눈동자를 어둑한 잿빛으로 바꾸었다는 것이다. 하지만 마을에는 사실 손가락 사이에 물갈퀴가 달린 사람은 없었다. 허나 그들의 눈동자는 분명 잿빛이었다. 슬픔의 빛, 잿빛이었다.

이제는 호수도 말라붙고 주변의 땅도 사막화가 진행중이었다.

호수 주위에서 살아온 사람들은 모든 상황이 소금 캐는 마을의 잘못이라며 탓을 했다. 그들이 호수의 물은 물론 원기까지 남김없이 써버렸다는 것이다. 링 국을 깊이 사랑한 거싸얼이 만약 그때 오늘과 같은 결과를 예견했더라면 절대 장 국 사람들에게 여기서 소금을 캐도록 하지 않았을 것이라고도 했다. 거싸얼은 알지 못했다. 심지어 자신이 세운 링 국이 다른 사람에게 정복당하리라는 것도 알지 못했다. 링 국이 사라지고 난 후 수천 년 뒤에 이 호수도 사라졌다. 일찍이 요마들이 제멋대로 날뛰던 초원은 거싸얼의 시대에 사람들의 땅이 되었으나, 이제 사람들은 이 땅을 떠나 새로운 삶의 터전을 찾을 준비를 해야 했다.

바람이 불어 한바탕 모래 먼지를 일으켰다. 바람은 마치 우는 것처럼 웅웅 소리를 냈다. 소금 캐는 마을 사람들의 잿빛 눈에서 눈물이 흘렀다. 그들이 말했다. "우리는 어디로 갈 수 있을까?"

이야기꾼이 말했다. "원래 장 국이 있던 곳으로 돌아가세요."

이 말에 한 젊은이가 몹시 화를 내며 소리쳤다. "천여 년 전의 고향으로 돌아갈 수 있는 사람을 본 적이 있소?"

어리석은 질문에 무시를 당한 진메이는 마을을, 이 말라붙은 호수를 떠났다.

북쪽으로 갈수록 모래 먼지 냄새가 점점 더 짙어졌다. 그러면서 풀과, 풀이 심겨 있던 흙들도 사라졌다. 이제는 바람이 거세게 불어오면 돌맹이들만 구르는 황량한 곳까지 오게 됐다. 진메이는 바로 이런 곳에서 두번째 소금 호수를 만났다.

진메이는 바람을 피할 수 있는 곳을 찾던 참이었다. 마침 커다란 바위를 발견해 그뒤에 숨어 바람을 피했다. 날카롭게 우는 바람이 모래 먼지를 휩쓸고 사라진 뒤, 반짝이는 호수를 발견하게 된 것이다. 그는 자기 마음속의 소리를 들었다. "거싸얼이여, 제가 지금 그대가 부리는 환술을 보고 있나요?"

그것은 진짜 호수였다. 믿기지 않을 정도의 푸른빛이 눈앞에서 너울댔다. 호수의 한가운데에선 거대한 철선이 소도

들어올릴 수 있을 것 같은 큰 철제 가래를 달고 소금을 길어 올리고 있었다. 진메이는 온통 소금 부스러기로 뒤덮인 쑥대 덤불 옆에 자리를 잡았다. 양쪽으로 깊이 팬 자동차 바퀴 자국 사이에 앉아서 기다리노라니 마침내 배가 기슭에 닿았다. 진메이는 무척 실망했다. 거무튀튀한 소금이 녹슨 배의 무쇠 갑판 위에 쌓여 있었다. 소금 냄새가 아니라 썩은 생선의 악취가 났다. 배에 타고 있던 사람들은 진메이에게 질문할 기회도 주지 않았다. 두 나라가 호수의 소금을 두고 싸웠는지 묻고 싶었지만 그 사람들은 손을 내저어 진메이를 쫓았다.

소금을 실을 트럭 가까이에 가서 말을 이었다.

"저기, 저기요……"

사람들은 아주 무뚝뚝했다. "꺼져!"

그래서 진메이는 멀리까지 가서 호수를 돌아보았다. 호수 위에 아직 많은 배가 떠 있고, 호숫가에는 그보다 더 많은 자동차가 있다는 것을 알았다. 호숫가에는 풀과 나무가 없었다. 그런데 호수에는 소금이 많은 것 같았다. 그는 생각했다. 아마 옛날에는 이 호숫가에 사람이 살지 않았을 것이다. 그러면 풀은? 진메이는 금세 결론을 얻었다. 풀은 모두 거센 바람에 뽑혀버렸을 것이다. 거싸얼은 분명 이곳에 온 적이 없었다. 그렇지 않다면, 바람이 이처럼 미친듯이 몰아칠 리 없다.

진메이는 서남쪽으로 방향을 바꾸었다. 그가 가려는 곳은 거싸얼이 갔던 곳, 더 정확히 말하자면, 누군가는 거싸얼이 왔었다고 믿고 있는 곳이었다. 서남쪽으로 방향을 튼 것은 그쪽에서 희미하게 반짝이는 설산의 빛이 보였기 때문이다. 그 빛에 오랜만에 상쾌한 기분이 들었다. 요 며칠 황량한 들판을 지나며 아무도 만나지 못했다. 그래서 노래할 일도 없었다. 그는 조금만 더 가면, 아마도 이야기를 따라잡을 것이라 생각했다.

장화 바닥이 또 녹아 없어졌을 즈음 진메이는 설산의 작은 언덕에 다다라 있었다. 발아래에는 설산 꼭대기에서 내달려온 물을 머금은 초원을 밟게 되었다. 큰 마을은 보이지 않았고, 산골짜기에서 외로운 양치기 움막을 한두 채 발견했다. 그리고 하룻밤 신세를 졌다. 그들은 우유와 양 다리 하나를 통째로 주었다. 그들이 물었다. "보아하니 유랑하는 이야기꾼 같은데, 거싸얼을 부를 줄 아시오?"

진메이는 입안 가득 양고기를 물고 있어서 대답을 할 수 없었다. 더구나 이제 이야기가 그의 가슴속에 있어서, 예전처럼 그렇게 이야기하려는 충동으로 안절부절하지 않았다.

그는 스스로 이야기의 흐름을 장악하고자 했으며, 이야기가 너무 멀리까지 앞서가지 않게 했다. 한편으론 이야기가 사라질까봐 두렵고 조심스러웠다. 왜냐하면 이야기는 처음 노래할 때 가장 생동감 넘치며, 두세 번 반복할 때는 눈앞에 생생하게 펼쳐졌던 장면들이 그 선명한 빛깔을 잃고 점차 어두워지는 것을 느꼈기 때문이다. 그래서 그는 침묵을 지켰다.

그는 다시 초원을 걸어갔다. 풀은 키가 낮고 성글었지만, 그래도 마음이 편안했다. 어느 날, 눈앞의 초록빛이 한층 짙어졌다. 그는 자신이 드디어 진정으로 초원이라 부를 수 있는 초원과 만났다고 생각했다. 그러나 앞으로 더 걸어가 보니, 그것은 매우 큰 호수였다.

얼른 호숫가로 다가갔다. 성기게 자랐던 풀들은 사라지고 모래와 자갈이 대신하고 있었다. 호수는 폭이 좁고 길었다. 남쪽 기슭에서 불빛이 보였다. 은은한 피리 소리도 들렸다. 진메이는 소리를 따라 호수의 남쪽 기슭으로 향했다.

남쪽 기슭의 호숫물은 짙은 푸른 빛이었다. 그처럼 푸른 물이 한 물결, 한 물결 밀려오며 맑고 투명한 소금들을 기슭으로 밀어내고 있었다. 그는 이틀을 걸어서야 호수의 남쪽 기슭에 도착했고 그곳에서 소금 캐는 사람들을 만났다. 진메이가 물었다. "당신들 고향이 장 국입니까?"

사람들이 진메이를 빤히 보았다.

"무슨 나라요?"

"장 국이오. 남쪽에 있는 나라."

"남쪽에 있는 나라? 남쪽은 인도이고, 네팔이지요. 다른 나라는 없소."

소금 캐는 사람들 가운데 한 노인이 걸어나왔다. "이 사람이 뭘 묻고 있는지 내가 알아들을 수 있을 것 같군."

진메이는 같은 질문을 다시 한번 던졌다.

노인이 웃었다. "아니, 우리는 아니오." 노인은 자신들은 장 국 사람이 아니라고 말했다. 고대에 링 국 사람이었는지 아닌지도 모르겠다고 했다. 노인이 말했다. "우리 양치기들은 이곳저곳을 떠도니 천여 년 전 우리 조상이 어디 살았는지 누가 알겠소?"

"하지만 이곳은 링 국의 땅이 아닙니까?"

노인이 웃으며 말했다. "우리는 그저 여기에 소금이 있다는 것만 알지."

이 사람들은 매년 이 계절에 모두 호수에 와서 소금을 캔다고 했다. 이번에는 노인이 물었다. "당신도 소금을 캐러 온 거요?"

진메이는 고개를 저었다.

"그럼 여기에는 뭘 하러 왔소?"

"저는 장 국 사람들이 링 국에서 빼앗으려 했던 소금 호수를 찾고 있습니다."

"우리도 그런 전설을 듣기는 했소. 하지만 이 호수인지는 모르겠구려."

"저는 이 호수가 맞다고 생각합니다. 누군가 이쪽에서 피리를 불어서 이렇게 오게 됐습니다."

그들은 숫기 없는 소년을 불렀다. 소년이 바로 피리를 분 사람이라고 했다. 그러나 진메이에게 피리를 불어줄 수는 없다고 했다. 그 음악은 소금을 캐기 전날 밤 호수의 신에게 바치는 것이었기 때문이다. 신이 음악을 듣고 기분이 좋아지면 소금 캐는 사람들에게 무척 호의를 보인다고 했다. 그들이 이야기를 나누는 동안, 호수의 물결은 사사삭 소리를 내면서 소금을 기슭까지 몰고 왔다. 마치 바람이 풀밭을 훑고 지나갈 때 풀들이 속삭이는 소리 같았다.

진메이는 사흘 동안 머무르며 사람들과 소금을 캤다. 소금을 물속에서 걸러내 햇볕에 말리고 야크 털로 짠 주머니에 담았다. 사람들은 모두들 매우 늦게 일어나 소금을 캐고 저녁에는 야한 농담을 나누었다. 호수의 신이 여자를 좋아하기 때문에 이런 이야기로 신을 기쁘게 할 수 있다고 했다. 신이 기분이 좋아야 호수 깊은 곳에 있는 가장 좋은 소금 결정을 기슭으로 날라다준다는 것이다. 그러나 진메이는 이런 이야기를 좋아하지 않았다. 그 이야기들은 방송국에서의 일들을 떠오르게 했다.

이들이 소금을 충분히 캐고 나서 떠나려던 전날 밤, 소년이 피리를 불어 호수의 신에게 감사를 드렸다. 진메이는 마지막으로 장링대전 이야기를 사람들에게 들려주었다.

링 국 남쪽의 장 국은 기후가 따뜻하고 습윤하며 산물이 풍부한 곳이었는데, 소금이 부족했다. 그래서 장 국 국왕 싸단은 아들 위라튀쥐에게 군대를 일으켜 북쪽으로 올라가 링 국에 있는 별처럼 흩뿌려진 소금 호수 가운데 하나를 차지하라고 했다.

대군을 이끌고 북쪽으로 가는 동안, 위라튀쥐는 잠이 오지 않을 때면 소금이 나지 않는 호수 근처를 거닐었다. 풀잎 위에서 별빛을 받아 반짝이는 이슬방울들이 그의 장화를 적셨다. 그는 호수 기슭에 앉아서, 이 호수나 장 국의 호수들은 왜 소금을 만들어내지 못하는지 모르겠다고 생각했다. 이슬처럼 반짝이는 하늘의 별들은 그에게 답을 줄 것 같지 않았다. 그는 호수 기슭에 한참 동안 앉아 있다 자리를 떴다. 풀잎 위의 이슬이 서리로 변했다. 그는 풀을 뜯어 장막으로 돌아갔다. 등불 아래서, 물이 엉겨 만들어진 결정을 들여다보았다. 그토록 투명하고, 날카로운 결정은 마치 그에게 무어라 속삭이는 것 같았다. 그는 군대를 따르는 주술사를 불러 결정의 신비한 언어를 해석할 수 있는지 물어보려 했다. 그러나 서리꽃은 등불 아래 녹아 맑고 투명한 물방울이 되었다. 가늘고 긴 이파리에서 땅바닥으로 굴러 떨어져 사라졌다.

마침내 위라튀쥐 대군은 소금 호수를 발견하게 됐다. 그 많은 병사들이 소금 호수로 뛰어들어 닥치는 대로 소금을 입안에 채워넣었다. 그래서 다음날 링 국 대군과 맞서 싸울 때, 그들의 군대는 그럴싸한 함성을 지를 수 없었다.

위라튀쥐 왕자는 갑옷을 두른 채 계속 호숫가에 앉아 호수 위에 부는 바람을 따라 소금 결정을 기슭으로 밀어내는 파도를 보고 있었다. 소금은 햇빛 아래서, 저녁노을 아래서, 달빛 아래서 각각 다른 색으로 빛났다. 바람이 멎고 물도 잠잠해지는 한밤중에도 그의 귓속에는 소금 결정들의 소리가 가득했다.

다음날 전투에서 위라튀쥐는 몇 차례나 적군 대장 신바마이루쩌를 말에서 떨어뜨릴 뻔했다. 마땅히 그의 목숨을 거둘 수 있었으나 번번이 신령이 나타나 이 노장을 보호했다. 위라뤄쥐는 이것이 소금 호수를 얻기 위해 무력을 사용해서는 안 된다는 신의 뜻일지 궁금했다. 그는 이 문제를 부왕에게 묻고 싶었으나 부왕은 곁에 없었다. 그래서 위라뤄쥐는 주술사에게 물을 수밖에 없었다.

"전쟁 외에, 어떤 방법으로 이 소금들을 얻을 수 있겠소?"

"교역이 있지요." 주술사는 말을 하면서 흥분하기 시작했다. "하지만 불공평한 교역이 될 겁니다. 이 나라에서는 소금이 아무런 가치도 없습니다. 하지만 우리는 수많은 보배로운 물건들과 맞바꾸어야 하지요. 깊은 산속에 있는 희귀한 보석, 여인들이 힘들게 짠 직물, 십여 년 동안 성장한 코끼리에게서 얻을 수 있는 상아! 소금은 하늘과 땅이 저절로 만들어내는 것입니다. 링 국 사람들이 아무런 힘도 들이지 않고 얻는 것을, 우리는 그토록 많은 물건과 바꿔야 한단 말입니다!" 여기까지 말하고 난 주술사는 더더욱 흥분해 두 손을 높이 쳐들고 하늘을 향해 소리쳤다. "하늘이시여, 어찌 이리 불공평하십니까!"

이 말을 듣고 왕자는 두려움을 느꼈다. 하늘이 흔들리는 것 같았는데, 자세히 보니 아무런 변화도 없었다.

주술사가 웃으며 말했다. "왕자님, 두려워하시는군요."

주술사의 외침은 여전히 호수 위에서 메아리쳤고, 구름 한 점 없던 하늘에서 갑자기 벼락이 떨어져 주술사에게 꽂혔다. 쓰러지는 주술사의 입에는 소금이 가득 들어 있었다.

이제 왕자는 진심으로 두려워졌다. 그는 생각했다. 보아 하니 하늘은 정말 어떤 사람은 돕고, 어떤 사람은 돕지 않는 듯했다. 그는 이 문제를 계속 생각할 엄두가 나지 않았다. 무소불능한 하늘이 그의 생각을 읽을까 두려웠기 때문이다. 그러나 이 생각은 끊임없이 그의 머릿속 깊은 곳에서 튀어나왔다. 어둑한 늪에서 계속해서 기포가 솟아나듯이. 왕자는 불쑥불쑥 고개를 드는 생각들과 싸우느라 잠을 이루지 못했다. 다음날, 갑옷을 두르고 무장을 마친 뒤에도 이 생각들은 여전히 머릿속에서 떨쳐지지 않았다. 그래서 적과 싸우는 동안에도 하늘을 쳐다보게 되었다.

"하늘을 볼 필요 없다." 왕자 앞으로 도전해온 신바마이루쩌가 말했다. "신은 그대를 돕지 않고, 링 국의 편에 서 계신다."

이 말에 왕자는 화가 치밀어 신바마이루쩌를 죽이려고 그대로 칼을 휘두르며 말을 달렸다. 그러나 노장은 말을 몰아 그를 피했다.

노장이 말했다. "나는 거싸얼 대왕의 명을 그대에게 전하려는 것이다."

"거싸얼은 그대의 대왕이 아니잖소!"

"지금은 나의 대왕이시다!"

"이 배신자!" 왕자는 또 말을 몰아 신바마이루쩌에게 달려들었다.

이번에는 신바마이루쩌도 피하지 않았다. "하늘이 널 돕는지 나를 돕는지 보자!"

하늘에선 신바마이루쩌가 위라튀쥐 왕자를 이기지 못하리라는 걸 내다보았다. 그래서 두 산신이 산을 날라왔지만 위라튀쥐 왕자를 누르지는 못했다. 결국 세 산신이 합류해 산 다섯 개의 힘으로 왕자를 억눌러 꼼짝 못하게 만들었다. 신바마이루쩌는 팔뚝만큼 굵고 양의 창자만큼 긴 밧줄로 왕자를 꽁꽁 묶으며 누그러진 어조로 말했다. "그대는 멋진 소년 영웅이니 내 해치지 않을 것이오. 그대를 데리고 거싸얼 대왕을 만나러 갈 것입니다."

왕자가 하늘을 향해 소리쳤다. "맴돌고 있는 수매야, 남쪽으로 날아가 내 부왕께 말해다오. 아들 위라튀쥐가 장 국 백성을 위해 소금을 얻지 못하고, 링 국 사람의 손에서 죽을 것이라고 말이다!"

거싸얼은 위라튀쥐를 보자마자 그를 마음에 들어했다. 그러나 거싸얼은 위라튀쥐가 충분히 용감한지 시험하고자 했다. 거싸얼이 "고귀한 왕자가 나라 안에 가만히 머물지 않고 감히 내 소금 호수를 가로채러 오다니, 그대를 제물 삼아 하늘에 제사를 지내야겠다!"

"나는 왕자이기 때문에 내 생명은 내 것이 아니오. 장 국 백성을 위해서라면, 죽어도 여한이 없소!"

거싸얼은 이 말을 듣더니 환하게 웃었다. "이처럼 영명하고 용맹한 왕자가 있다니, 장 국 사람들의 복이로구나. 그대 같은 왕자가 있으니 장 국 백성들은 장차 더 많은 복을 누릴 것이다!"

거싸얼은 왕자의 몸에 묶인 밧줄을 몸소 풀어주었다.

왕자가 물었다. "장 국 백성에게 소금을 줄 수 있습니까?"

"그대가 군대를 이끌고 북쪽으로 올라와 개척한 길은 앞으로 소금의 길이 될 것이다." 거싸얼이 말했다. "그뿐만 아니라, 나는 영명하고 용맹하며 정직한 왕자를 그들의 우두머리로 삼을 것이다."

왕자가 물었다. "제 아버지는요?"

"그는 왕좌에서 물러나 백성들에게 사죄해야 한다."

이야기꾼: 소금의 길

진메이가 이야기를 마칠 즈음엔 이미 밤이 깊어 있었다. 조금 전까지 하늘 가운데 걸려 있던 별자리들은 이미 하늘 끝으로 가라앉아 호수의 잔물결 위에 가까워졌다.

젊은 사람들은 더 듣고 싶어했다. "싸단 왕이 항복했나요?"

진메이는 모닥불 곁에 누워 담요를 턱 아래까지 끌어올렸다. 더이상은 이야기하지 않겠다는 표시였다.

노인이 말했다. "자거라, 내일은 길을 떠나야 하니까."

"이 소금 호수가 그들이 차지하려 했던 것일까요?"

모닥불이 꺼지자, 불더미 위의 잣나무 장작에서 은은한 향이 피어올랐다.

날이 밝자, 소금 캐는 사람들이 길을 떠났다. 이 길을, 이 사람들은 오랜 세월 걸어왔다. 그러나 오늘은 이전과 달랐다. 검은 머리의 티베트 사람 중에 누가 거싸얼의 이야기를 들어보지 않았을까? 그러나 그들 가운데 소금 호숫가에서 진짜 '중컨'이 노래하는 것을 들어본 사람은 거의 없었다. 게다가 중컨이 노래한 대목도 마침 소금 호수 이야기였다. 이것은 이야기꾼에게도 신선한 경험이었다. 지금껏 한 번도 이야기 속의 소재가 이렇게까지 분명하게 눈앞에 나타난 것을 본 적이 없었다. 고향에선 사람들이 호수까지 소금을 캐러 가지 않았다. 그들은 더이상 먼 곳까지 가서 소금을 날라올 필요가 없었다. 정부가 소금을 날라다주었다. 다른 말로 하면 정부는 사람들이 소금으로 장사를 하지 못하게 했다. 국가의 소금은 정말 좋았다. 땅속에서 얻은 것이어서 호수의 소금 같은 떫은맛이 없었다. 눈처럼 하얘서, 호수의 소금처럼 거무죽죽한 색하고는 달랐다.

소금 캐는 사람과 중컨은 다시 길을 떠났다. 그들은 모두 신기해했다. 이 길이 바로 이야기 속의 그 '소금의 길'인가? 광활한 황무지 위의 길은 참으로 멀기도 멀었다. 여러 날씨를 다 지나는 것 같았다. 하염없이 내리쬐는 햇빛, 이어서 우레가 섞여 있는 엄청난 빗발, 그러고 나면 다시 타는 듯한 햇빛. 그런 뒤에 또 우박을 몰고 온 회오리바람. 이처럼 서로 다른 날씨는 큰길의 저쪽에서도 볼 수 있었다. 그들이 벼락 맞은 지역을 걸어갈 때, 큰길 저쪽은 이미 구름이 걷히고 안개가 흩어진 뒤였다. 또 거센 바람이 불어와 비가 올 것처럼 짙고 무거운 구름을 새로운 곳에 모았다. 소금을 지고 있는 양떼는 부드러운 풀이 나 있는 들판을 따라 구불구불 기다란 곡선을 이루었다. 양들은 소금이 가득한 주머니를 몸양쪽에 메고 있었다. 주머니가 크지는 않았지만, 양들이 지기엔 무거워 보였다.

진메이가 말했다. "양들이 너무 가엾네요." 하지만 아무도 그의 말에 대꾸하지 않았다.

사흘 후, 사방을 돌아다니며 신성한 산과 호수에 절을 하는 라마가 그들의 행렬에 끼게 되었다.

진메이는 또 말했다. "보세요. 양들이 너무 가여워요."

"아, 당신은 저들의 짐을 마음에 담아두고 있군요." 라마가 말했다. "그렇다 해도 저 짐의 무게를 마음으로 질 수 있을 뿐, 몸으로는 질 수 없지요."

라마들이 하는 말이란 언제나 이처럼 심오하게 들리지만 하나마나한 소리였다. 호수의 소금을 지고 비틀거리며 걷고 있는 양들을 보니 진메이는 계속 가슴이 아팠다.

라마가 이를 눈치채고 진메이에게 말을 건네 그의 마음을 다른 곳으로 돌리려 했다.

"저 사람들이 당신더러 중컨이라고 하더군요."

"예전에는 아니었지만, 지금은 그리되었지요."

라마가 웃었다. "저도 예전에는 라마가 아니었어요."

"어떤 활불이 당신께 가르침을 준 뒤에 라마가 되신 거죠?"

"하하. 당신은 어떤 활불께서 가르침을 준 뒤에 중컨이 된 모양이군요."

진메이는 화제를 돌렸다. "당신은 학문이 깊으실 테죠. 이 길이 줄곧 소금을 운반하는 길이었나요?"

라마는 이 대열의 사람들이 무척 존경하는 노인에게 문제의 대답을 미루었다.

노인이 한숨을 내쉬었다. "아마도 이번이 마지막이겠지."

"그러면, 이 길이 링 국에서 장 국까지 소금을 운반한 길인가요?"

자신들은 지세가 비교적 낮은 남쪽 초원에 사는 양치기들이라고 노인이 말했다. 그들의 조상은 대대로 해마다 이곳에 와서 소금을 캐 멀리 남쪽에 있는 농경 지역으로 가져갔다. 목축 지역에서 모자란 양식과 도기들을 그곳에서 소금과 바꾼다고 했다. 그러나 그 지역들에도 정부가 비행기와 자동차로 더 먼 곳에서 더 좋은 소금을, 눈처럼 희고 밀가루처럼 가는 소금을 날라다주기 시작했다. 그들은 점차 양치기들이 양에 지고 나르는 호수의 소금을 원치 않게 되었다. 노인이 말했다. "이야기 속의 장 국은 아마도 우리가 가는 곳보다 더 남쪽에 있었을 것이네. 그 농경 지역의 끝은 구름까지 솟은 설산들이 줄지어 서 있는 곳이지. 장 국은 그 설산 뒤쪽이었을 거야."

"먼위 국도 그 설산 뒤쪽에 있었다고 들었습니다."

"나는 모르네. 난 그저 앞으로 다시는 우리가 호수에서 소금을 가져오지 않으리라는 것을 알 뿐이야. 우리 일행이 소금의 길을 걷는 마지막 사람들이겠지. 하늘은 우리에게 소금을 주셨지만, 이제 우리는 소금이 필요하지 않게 되었네."

"이건 안 좋은 일 아닌가요?"

"아마도 앞으로는 하늘이 우리에게 무엇을 내주고자 하지 않겠지."

라마가 미간을 찡그렸다. "하늘의 뜻은 그렇게 예측할 수 있는 게 아닙니다."

겁이 난 노인은 서둘러 두 손을 가슴 앞에 모으고 합장을 하면서 부처의 이름을 외웠다. "저는 그저 하늘께서 호수의 소금을 거둬 가셔서, 훗날 우리가 원할 때는 아무것도 없을까 걱정했을 뿐입니다."

라마는 통탄했다. "아이고, 이 어리석은 인간들. 자신이 헤아리지 못한 것을 의심해야지, 감히 하늘의 뜻을 의심합니까!"

책망을 받은 노인은 걸음이 느려지더니 뒤로 처졌다. 반면 라마는 득의양양해져 행렬의 앞에 섰다. 진메이가 말했다. "저들은 소금 때문에 불행해졌군요."

"저들을 대신해 변명하는 건가요?"

"소금 캐는 사람이 어찌 하늘의 뜻을 알겠습니까?"

"그러면," 라마는 걸음을 멈추고 돌아보았다. "당신은 안다는 말입니까?"

"그런 뜻이 아니라……"

"당신도 알지 못하죠!" 라마가 난데없이 버럭 화를 냈다. "거싸얼 노래를 할 줄 안다고 해서 하늘의 뜻을 안다고 생각합니까? 잘 들어요. 당신은 알지 못해! 심지어 그 이야기도 이해하지 못하고. 하늘은 당신에게 노래만 하게 할 뿐 이해하진 못하게 하신다고. 가능하다면, 노래는 앵무새가 할수도 있었을 겁니다!"

"저는 그저 이 이야기가 진짜인지 알고 싶을 뿐입니다. 소금 호수는 정말 있는지, 소금의 길이 정말 있는지 보고 싶어서요."

"맙소사, 당신은 이야기가 사실이길 바랍니까? 이야기속 일들이 실재했다고 생각해요?"

"제가 틀렸나요?"

"계속 이런 식이면, 신께서 당신을 말 못하는 자로 만드실 겁니다. 하늘은 당신 같은 이야기꾼을 필요로 하지 않아요."

진메이는 이야기를 더 나누고 싶었지만, 라마는 소금 행렬을 떠나 앞쪽의 붉은 암석 봉우리 위에 있는 성지에 절을 드리러 가려 했다. 라마는 산 위에서 며칠간 머무를 것이라고 했다.

진메이가 말했다. "그럼 저는 라마께 가르침을 청하지 못하겠네요."

"내가 이 행렬을 따라가겠다고 마음먹으면 바로 따라잡을 수 있어요."

얼마 지나지 않아, 과연 라마는 일행을 따라잡았다. 라마는 성승이 면벽 수행을 한 적이 있는 동굴에서 닷새쯤 머물렀다고 했다. 진메이는 무심결에 불쑥 내뱉었다. "라마께서 떠나시고 저희 겨우 사흘 걸었는데요!"

길은 내리막이 되어 깊은 산골짜기로 이어졌다. 골짜기에 밭과 농가들이 보였다. 소금 행렬이 농가들로 들어가기도 전에 날이 어두워졌다. 그들은 마을의 불빛이 바라다보이는 산허리께에서 노숙을 했다.

피리 부는 소년이 진메이에게 그 이야기를 끝까지 들려달라고 청했다. 하지만 라마가 앞에 있으니, 진메이는 입이 떨어지지 않았다. 사실, 피리 부는 소년도 진메이가 노래하는 이야기를 듣고 싶은 것은 아니었다. 다만 이야기의 끝이 어떻게 되는지 궁금했다. "왕자가 항복하고 나서, 싸단 왕도 항복했나요?"

"싸단 왕은 마 국의 루짠 왕, 휘얼의 백장 왕, 먼위 국의
신츠 왕과 함께 사대 마왕이었고, 거싸얼이 인간세상에 내려
온 것은 바로 그들을 완전히 없애기 위해서였지. 거싸얼은
싸단에게 항복하라 할 수 없었고, 싸단도 항복하지 않았어."

"그럼 싸단 왕은 어떻게 죽었나요?"

진메이는 육현금 주머니에서 악기를 꺼내들고, 모닥불 주
위에 둘러앉아 있는 사람들에게 노래를 불러주었다.

장 국의 싸단 왕 이야기라네.

이 세상을 어지럽히는 마왕은 신력이 대단해,

입을 벌려 소리를 지르면 우레와 같고,

키는 하늘에 닿을 듯 컸다지.

정수리의 혈에서는 독이 든 불꽃이 피어나고,

땋은 머리는 독사가 똬리를 튼 것이었지.

천군만마로도 항복시키지 못해서

거싸얼이 갑옷을 두르고 몸소 앞장섰네.

천마는 단향나무로 변했고,

수리의 깃털을 단 화살 삼백 대는

십만 개의 키 작은 관목이 되었네.

투구와 갑옷과 보물 활은 나뭇잎이 되었고,

숲으로 변하여 산골짜기를 덮었네.

적을 맞은 싸단은 아름다운 풍경을 보고,

나는 듯 준마를 달려 호숫가에 당도해

무기를 내려놓고 목욕을 했네.

거싸얼은 황금 눈의 물고기로 변해,

마왕의 오장을 파고들었지.

천 폭짜리 바퀴로 변신하여

신력으로 바람처럼 돌리니,

가련하구나, 그 싸단 왕,

심장과 간장과 허파가 문드러졌네!

노래가 끝나자 모두들 말이 없었다. 그러나 이 침묵은 이야기꾼이 기대하고 있던, 이야기를 곱씹어보는 침묵이 아니었다. 이 침묵은 실망을 의미했다. 과연 피리 부는 소년이 입을 열었다. "싸단 왕이 그렇게 죽은 거예요? 그게 다예요?"

"그래. 그렇게 죽었어."

"거싸얼은 왜 싸단 왕과 일전을 벌이지 않았죠?"

진메이는 조금 화가 났다. "중컨에게 그런 질문을 한 사람은 아무도 없어."

피리 부는 소년이 혼잣말로 중얼댔다. "하늘과 땅을 오가며 여러 무기로 한바탕 싸움을 벌였을 거라고 생각했는데."

진메이는 육현금 주머니를 정리하며 중얼거렸다. "지금
까지 나한테 그런 질문을 한 사람은 아무도 없었다고."

"하지만 당신도 계속해서 물어서는 안 되는 문제를 묻고
있지 않습니까?" 라마가 말했다. "당신은 이 길이 링 국에
서 장 국까지 이어지는 소금의 길인지 물어서는 안 된다는
말이에요. 계속 묻는다면, 하늘이 그대를 질책할 겁니다."

진메이는 그 말에 조금 겁이 났지만, 당당하게 맞섰다.
"어떻게 질책하시는데요?"

"이야기를 거두어가시겠죠. 원래 무슨 일을 했습니까?"

"양을 쳤지요."

"그럼 당신은 돌아가 양을 치게 되겠죠."

"나는 그저 내가 하는 이야기가 진짜여야 한다고 생각할
뿐입니다."

"그 말은, 지금 이 이야기가 가짜일지 모른다고 의심한다
는 겁니까?"

진메이는 감히 대답하지 못했다. 그는 그저 궁금했을 뿐
이다. 처음에는 소금 호수가 보고 싶었고, 호수를 보니 소금
의 길을 보고 싶었다. 길을 걷다보니, 장과 면위라고 불렸던
옛날의 왕국들을 찾고 싶어졌다. 이제 그는 조금 겁이 났다.

이날 밤, 잠들기 전 진메이는 신이 꿈속에 찾아와 그에게 경고를 보낼지도 모른다고 생각했다. 하지만 이날 밤에는 꿈을 꾸지 않았다. 아침에 일어나니 라마는 이미 작별인사도 없이 떠난 뒤였다. 풀 위에 어렴풋하게 사람 흔적이 남았을 뿐이었다.

진메이는 소금 캐는 사람들의 행렬에 끼어 골짜기의 마을로 들어갔다. 마을 입구에서 만난 첫번째 사람이 말했다. "올해는 닷새 늦게 왔네요."

"무슨 물건을 바꾸시려오?"

"요새 소금이 부족한 마을은 없죠. 하지만 나한테 남는 무쇠솥이 있으니 소금 조금하고 바꾸죠."

피리 부는 소년이 말했다. "우리도 무쇠솥은 직접 구할 수 있어요. 식량으로 바꾸고 싶어요."

마을 사람들은 모두 천리 길을 걸어 소금을 운반해 온 초원의 양치기들에게 무척 미안해했다. 그래서 한두 가지 쓰지 않는 물건들을 내놓고 자신들에게는 이미 필요 없는 불순물 섞인 호수의 소금과 바꾸었다. 콩 몇 되, 항아리 하나, 보리, 말린 채소, 등잔불(마을에는 이미 수도와 전기가 들어와 있었다), 마로 꼰 밧줄……

소금 행렬은 계속 남쪽으로 걸어가면서 하루에 마을 세

군데를 지났다. 그들은 농부들이 이미 필요로 하지 않는 소금을 주고, 자신들도 이제는 집 앞에서 얻을 수 있는 물건으로 바꿨다. 호두, 말린 사과, 밀가루, 회향, 집에서 담근 청과주와 공장에서 만든 맥주 등이었다. 그들은 술들을 모두 마셔버릴 생각이었다.

소금 행렬이 방문하는 마을의 사람들은 몇 세대 동안 서로 물건을 바꿔온 양치기들을 초대해 집에서 한 끼 식사를 대접하거나 하룻밤을 재워주기도 했다. "내년에는 당신들 오기 힘들겠지요."

"원래는 올해도 오면 안 되는 거였지." 노인은 피리 부는 소년을 여러 사람 앞으로 밀었다. "그냥 젊은 애들한테 길을 알려주려고, 기억하게 하려고 온 걸세. 나중에 소금이 필요하게 되면 편지를 보내주게. 이 애들이 소금을 날라올 수 있을 테니."

저녁에 그들은 또 마을 밖에서 노숙을 했다. 마을에서 먹을 것을 많이 보내주어 며칠 뒤에는 그들이 얻은 것이 소금의 가치를 훨씬 넘어설 정도였다. 심지어 물건이 너무 많아 전부 싣고 갈 수도 없었다. 새벽에 길을 떠날 때, 그들은 그 물건들을 차곡차곡 마을 입구의 호두나무 아래 쌓아두었다. 마을은 아직 옅은 안개에 덮여 깨어나기 전이었다. 이렇게 계속 남쪽으로 가면서, 지세는 갈수록 낮아졌고 골짜기는 갈수록 넓어졌으며 지나는 마을들에는 사람들이 더 많아졌다. 진메이는 입을 닫고 말하지 않은 지 벌써 며칠째였다. 나중에는 결국 참지 못하고 소금을 바꾸러 온 농부를 붙잡고 한쪽으로 가서는 또 묻고 말았다. "여기가 옛날에 장 국이었습니까?"

농부는 진메이의 지나치게 진지한 표정에 겁이 나서 대답은 않고, 소금 파는 노인에게 물었다. "이 사람이 나한테 왜 이런 걸 묻소?"

노인이 말했다. "이 지역에서 계속 북쪽 호수의 소금을 받아왔는지 묻는 거요."

"예전에는 그랬지. 지금은 아니고."

양떼에 싣고 왔던 소금을 이날 전부 바꿀 수 있을 터였다. 그래서 진메이는 마음속에 든 질문을 참지 못하고 노인에게 물었다. "예전에도 늘 여기까지만 왔나요?"

노인은 예전에는 더 멀리까지도 갔었다고 말해주었다. 평탄하게 아래로 내려가는 골짜기가 사라지고 지세가 다시 높아지는 곳, 지평선에 다시 삐죽삐죽한 설봉들이 나타나는 곳까지 가서야 돌아왔다고. 하지만 이번은 고별 여행이어서 그렇게 많은 소금을 싣고 오지 않은 것이라 했다.

"어르신은 틀림없이 예전에 장 국이었던 곳에 가보셨겠군요."

"내 이 나이가 될 때까지 수많은 중컨이 노래하는 것을 들었지만, 듣는 사람들에게 이런 질문을 하는 사람은 없었네. 이야기는 이야기일 뿐이지. 우리는 여기서 초원으로 돌아가려고 하네. 이제 헤어져야 할 때가 됐군."

소금 행렬의 양치기들이 시선에서 점점 멀어지자, 진메이의 마음속에서 뭔가 처량한 감정이 솟아났다. 진메이는 그래도 남쪽으로 계속 가볼 생각이었다. 갈 수 있을 때까지 소금의 길을 따라가보고 싶었다.

진메이는 걸음을 재촉했다. 이야기가 그의 앞으로 달려나가고 있었기 때문이다.

이야기꾼: 책망

진메이는 혼자서 탁 트인 골짜기를 가로질러 남쪽 설산을 오르기 시작했다. 설산들 사이에 틀림없이 과거의 장 국과 면위 국의 근거지가 있을 것이라 생각했다. 진메이는 북방의 양치기들과 헤어지고 나서, 그들이 준 작은 소금 주머니를 허리춤에 매달고 있었다.

　오래 길을 걷다보니 지친 진메이는 샘이 있는 곳에서 한 껏 물을 마셨다. 그런 뒤 고개를 들어 지평선 위로 점점 더 높아지는 설산을 바라보았다. 북쪽의 설봉들보다 훨씬 더 가파르고 훨씬 더 우뚝했으며 훨씬 더 투명하고 맑았다. 그 산들을 보면서 진메이는 주머니에서 소금을 꺼내 혀끝에 올 려보았다. 입안에서 엷게 쓴맛이 퍼졌다. 그는 자신이 이야 기 너머의 진상을 생각하고 추적하고 있음을 깨달았다. 자 신을 방송국으로 데려갔던 학자와 닮았다는 생각도 들었다.

　진메이는 길을 걷다가 농부들이 베어낸 푸른 풀들을 봄 파종 때 밭을 가는 소의 사료로 쓰기 위해 나무 위에 올려두 는 것을 보았다. 진메이는 나무로 기어올라가 그 마른 풀더 미 속에 몸을 묻고 밤을 보냈다. 산으로 들어가기 전의 마지 막 밤이었다. 꿈에 학자를 보았다. 그러나 이 설산으로 들 어가면 과거의 장 국이나 먼위 국 땅에 들어가는 것인지 물 어보기도 전에 잠에서 깨어났다. 진메이는 문득 자신이 방 송국을 떠난 뒤, 그 학자가 자신을 찾고 있을까 궁금해졌다. 이 문제를 계속 생각하다가 샛별이 지평선에 떠오를 때까지 도 다시 잠이 들지 못했다. 아침이 되자 진메이는 학자가 자 신을 찾은 적이 없을 것이라 결론내렸다. 이 고원에서는 거싸얼의 사적을 노래하는 이야기꾼에 대해 알아보는 것이 그리 어렵지 않은 일이기 때문이다. 학자를 떠올린 것은 자신이 이렇게 길을 헤매고 다니는 것에 대해 회의감을 느끼기 시작해서인지도 몰랐다. 사람들이 많이 모이는 곳으로 돌아가고 싶었다.

하지만 그는 계속해서 산으로 들어갔다.

세차게 흐르는 시내가 산꼭대기에서 달려나왔다. 물줄기는 흰 거품을 내뿜으며 내달려 지난밤 진메이가 잠을 잤던 거대한 가문비나무에서 멀지 않은 곳으로 흘러가 아무렇지도 않게 큰 강물에 합류했다. 시냇물의 원천까지 그는 이틀을 걸었다. 그런 그의 앞에는 더욱 삐죽삐죽한 산봉우리들이 펼쳐졌다. 그는 여전히 설선 위에 있었다. 설선 아래 협곡은 숲의 푸름으로 가득 차 있었다.

그는 동굴에서 밤을 지냈다.

그리고 그곳에서 신의 책망을 받았다.

한밤중에 깨어난 진메이는 마음이 텅 비어버린 듯한 느낌을 채우기 위해, 또 약간의 소금을 혀 위에 올렸다. 그제야 그는 자신이 얼음 동굴에 있다는 사실을 깨달았다. 달빛이 위쪽의 틈으로 뚫고 들어와, 얼음 벽에 반사돼 빛나고 있었다. 그 빛 속에서 신이 나타났다. 몸을 반듯하게 세우고 위풍당당한 모습이었다. 진메이는 얼른 몸을 일으키려 했으나, 신의 두 눈에서 뿜어져나온 빛이 그의 몸을 내리눌러 움쭉달싹 할 수 없었다.

"당신은……"

신은 아무 말도 하지 않았다.

"당신이죠!"

신이 말했다. "중컨이라면 사람들 사이에, 청중들 사이에 있어야 하거늘."

"제 청중들은 소금 호수가 도대체 어디에 있는지, 장 국과 면위 국의 왕성은 또 어디였는지 알고 싶어합니다. 제가 그곳들을 찾아낸다면, 그들은 제 이야기를 믿을 것입니다."

"그들은 이미 믿고 있다."

"이 이야기들이 전부 진짜라는 말씀이십니까?"

"믿기를 원하면 이야기가 진짜인지 가짜인지는 묻지 않는다. 너는 왜 굳이 이 문제를 묻는 것이냐?"

"하지만 저는 이미 이렇게 먼길을 왔습니다."

"그럴 필요가 없었다." 신이 말했다. "네가 선택된 것은 세상일을 잘 알지 못하기 때문이었다. 너는 무엇이든 아는 인간이 되고 싶은 것이냐?"

"제가 바보로 있어야 합니까?"

신은 차갑게 웃었다. "지금 신의 영역에 들어오려는 것이냐?"

이 말은 진메이를 두렵게 만들었다. 진메이의 몸이 무섭게 떨리기 시작했다. 허리춤에 달아두었던 소금들이 사그락대며 땅으로 흘러내렸다.

신은 그 작은 소리도 놓치지 않았다. "무슨 소리냐?"

그는 오줌을 싼 것이 아니라 소금이라고 말하고 싶었다. 하지만 그가 입을 열기도 전에 신이 온몸에서 빛을 뿜으며 활시위를 당기더니 그를 들어올려 화살 위에 얹고 날려보냈다. 화살에 실려 날아간 그의 몸이 얼음 벽을 부수고 구름을 찢었다. 별들 가까이, 쪽빛 하늘을 쉭쉭 날아갈 때 진메이는 의식을 잃었다. 의식을 잃기 직전에, 신의 목소리가 들렸다. 진메이가 깨어났을 때도 목소리는 계속 메아리쳤다. "네가 입을 열기만 하면 이야기들은 나올 것이다. 머리를 쓸 필요가 없단 말이다!"

진메이는 눈을 꼭 감고 말했다. "생각하지 않을 테니 화내지 마세요. 정말 생각하지 않겠습니다." 진메이가 연달아 여러 번 말했지만, 신은 답이 없었다.

파리 한 마리가 얼굴로 기어올라 날개를 떨면서 웅웅 소리를 냈다. 눈을 뜬 진메이는 자신이 축사에 있다는 사실을 알았다. 돼지 몇 마리가 냄새나는 똥물 사이로 걷고 있었다. 축사에서 아주 멀리 걸어나온 뒤에도, 몸에 붙은 빈대들을 깨끗이 떨어낼 수 없었다. 불어오는 바람도 몸에서 나는 구린내와 마음속의 화를 깨끗이 떨어내지 못했다. 진메이는 고개를 들고 하늘을 바라보며 소리쳤다. "저한테 어떻게 이러실 수가 있습니까!"

하늘은 텅 비어 있었다. 바람에 찢긴 구름 몇 조각만이 지나갈 뿐이었다.

진메이는 바쁘게 걸음을 재촉하며 앞으로 나아가다가 길에서 방랑하는 두 고행승을 만났다. 나이든 승려와 젊은 승려였다. 두 승려는 호숫가에서 쉬고 있었다. 승려들이 어디로 가느냐고 물었다.

진메이가 대답했다. "기억이 나지 않습니다."

젊은 승려가 말했다. "농담도 잘하시네요."

진메이는 매우 엄숙하게 말했다. "저는 농담이라고는 해본 적이 없어요. 저는 어떤 곳을 찾고자 했지만 잊어버렸어요." 진메이는 아주 진지하게 손가락으로 하늘을 가리켰다. "저분이 기뻐하지 않아서, 모든 것을 잊게 하셨죠."

"농담을 할 줄 아는 사람들은 모두 자기가 농담을 못한다고 말하죠. 다른 사람을 웃기면서도 자신은 웃지 않고요."

나이 많은 엄숙한 승려가 살짝 미소를 띠었다. "어디로 가는지 모른다면, 어디서 오셨는지를 여쭤도 되겠소?"

진메이는 몸을 굽혀 승려의 귀에 가까이 다가갔다. "저는 원래 기억하고 있었는데, 어젯밤에 자고 일어나니 아무것도 생각나지 않습니다!"

늙은 승려가 하하 크게 웃었다. "자네는 정말 유머가 있는 사람이군. 아구둔바처럼 말일세!"

아구둔바! 진메이는 많은 사람들의 입에서 이 이름을 들었다. 아구둔바라는 사람은 지위도 없었고, 재산도 없었으며, 학문도 없었다. 그런데도 이 사람은 무수한 이야기 속에서 기지와 유머가 있는 주인공이 되었다. 진메이가 늙은 승려의 손을 붙잡았다. "스님은 그를 아시지요. 저를 그에게 데려가주십시오!"

늙은 승려는 자리에서 일어나며 그의 손을 뿌리쳤다. "아구둔바를 아는 사람은 아무도 없소."

하늘의 구름이 획획 흘러가는 소리, 샘물이 콸콸 솟는 소리가 들렸다. 마치 무슨 일이 벌어질 것만 같았다. 그러나 아무 일도 일어나지 않았다. 젊은 승려는 차를 끓이던 솥과 차를 마시던 그릇을 순식간에 갈무리해 배낭에 넣었다.

진메이가 말했다. "아구둔바에 대해 알아야만 합니다."

젊은 승려는 배낭을 어깨에 둘러맸다. "계속 그렇게 말하면 유머도 없고 헛소리를 지껄이는 사람이 됩니다. 그만합시다. 사부님이 이미 떠나셨으니, 당신과 더 시답잖은 얘기를 나누다가는 사부님 걸음을 따라갈 수 없을 거요."

늙은 승려는 어느새 굽이진 길목에서 사라져버렸다. 젊은 승려도 바람처럼 재빨리 떠나버렸다. 사람과 길 모두 그 덤불에 가려 사라졌다.

진메이는 그제야 아구둔바는 만날 수 없는 사람이라는 것을, 그저 이야기 속에 살아 있는 보통 사람임을 깨달았다. 진메이가 노래하는 그 이야기 속의 신과는 달랐다. 아구둔바는 다른 사람에게 자기 이야기를 하라고 요구할 수 없는 것이다. 그는 신도, 왕족도 아니었으니 자격이 없었다. 그러나 거의 모든 보통 백성들이 그에 관한 이야기를 듣는 걸 좋아했다.

진메이는 호숫가로 걸어가 물에 비친 자신을 들여다보았다. 아직 양치기 노릇을 하던 시절, 설봉 아래 호수에 자신의 모습을 이리저리 비춰본 적이 있었다. 그때 자신의 얼굴은 까무잡잡하고 통통했으며 평화로운 표정이었다는 사실이 어렴풋이 떠올랐다. 그런데 지금은 달랐다. 어느새 깡마르고 엄숙한데다가 아래턱에는 성긴 턱수염이 난 얼굴이 물속에 있었다. 진메이는 세상에 분노하고 세속을 미워하는 표정이 배어 있는 자신의 얼굴에 놀랐다. 물에 비친 이 사람은 마치 자신이 알고 있는 자신, 자신이 생각하는 자신이 아닌 듯했다. 진메이는 오랫동안 작은 호숫가에 앉아 호수의 물이 물풀을 넘어 도랑으로 흘러들어가는 소리를 듣고 있었다. 나중에는 우울하던 눈 속에 희미한 웃음이 떠올랐다. 진메이는 그제야 만족했다. 해가 산으로 떨어지자 사방에서 한기가 덮쳐왔다. 비록 어제 어디서 왔는지 기억할 수 없었지만, 내일 또 어디로 가야하는지 기억해내지 못했지만 그래도 길을 떠났다.

그날 밤, 진메이는 어떤 집에서 하룻밤 신세를 졌다. 그집 사람들은 진메이가 떠도는 이야기꾼이라는 것을 한눈에 알아보고 이야기 한 단락을 불러달라고 청했다. 진메이는 거절할 방법이 없었다. 사람들의 실망한 표정을 보지 않아도 진메이는 자신의 이야기가 완전히 형편없었다는 사실을 알았다. 신이 기뻐하지 않기 때문이라는 것 또한 알았다. 어떤 이야기꾼이 갑자기 노래할 수 없게 되었다면, 신이 이야기를 가져가버렸기 때문이다. 그러나 진메이는 여전히 노래할 수 있었다. 비록 실력은 심각하게 떨어졌지만. 신은 진메이에게 이야기를 남겨두되, 풍부하게 넘쳐흐르던 어휘와 사람의 마음을 움직이게 만들던 운치는 가져가버렸다. 이야기의 틀만 남겨둔 것이다. 진메이는 미안한 마음이 들어서 그 집 사람들에게 아구둔바 이야기를 해주려고 했다. 주인이 말했다. "피곤할 테니 일찍 쉬시오. 아구둔바 이야기는 누구나 다 하는 것이니, 거싸얼 이야기처럼 전문가에게 노래를 청할 필요는 없다오."

진메이는 개운치 않은 마음으로 몸을 일으켜 여주인을 따라 침대로 갔다. 이때 주인집 어린 아들이 갑자기 말했다. "아, 이 아저씨 아구둔바 닮았어."

"말도 안 돼."

"그런 것 같은데."

진메이는 침대에 누워 생각했다. 아구둔바가 이렇게 깡마르고 넋이 나간 것 같으며 성긴 턱수염을 달고 있는 모습일까. 진메이는 잠들기 전에 자신이 스스로를 비웃는 소리를 들을 수 있었다.

이야기: 아구둔바

먼위 국과 싸워 승리한 뒤, 링 국 안팎에서 거싸얼의 명성

은 정점에 달했다. 만찬과 가무, 축하 행렬과 수렵 여행 등
이 이어졌다. 링 국 영토 안에서 왕의 순행 무리가 일으킨
먼지가 하늘로 이는 곳마다 이미 소를 삶고 양을 잡아 성대
한 잔치를 준비하고 있었다. 수석대신은 국왕이 매일같이
말을 달리는 것이 힘들진 않을까 염려하여 장인들에게 가마
를 만들게 하고 장사들을 시켜 돌아가며 가마를 들도록 했
다. 또한 왕 곁에는 잘생긴 시종들을 두어 거대한 보물 양산
을 펼쳐들게 했다. 그 화려한 행차가 지나는 곳마다 사람들
은 땅바닥에 무릎을 꿇으며, 감히 고개를 들어 국왕을 바로
보지 못하고 그저 보산寶傘이 땅바닥에 던지는 그림자에 열
심히 입을 맞추었다.

거싸얼은 이를 의아하게 생각했다. "저들은 왜 나를, 자
신들의 왕을 보지 않는가? 나라면 볼 터인데."

"저들은 자신의 비천한 시선이 존귀한 대왕께 무례를 범
할까 두려워합니다."

사실은 거싸얼의 신하들이 백성들에게 감히 고개를 들어
왕을 보지 못하도록 법도를 만들어두었기에 백성들이 애써
호기심을 누르고 있다는 사실을 거싸얼은 미처 알지 못했
다. 거싸얼이 말했다. "만약 내가 백성이라면 틀림없이 자
신들의 왕이 어떤 모습인지 보고 싶을 것 같구나."

"모든 백성이 대왕의 멋지고 위풍당당한 모습을 알고 있습니다."

"보지도 않고 그들이 어찌 아는가."

"그림으로 그려지고, 노래로 불려지며, 이야기로 전해지니까요."

"정말 그러한가?"

"대왕이시여, 생각해보시옵소서. 대왕께서는 위대한 링국을 세우셨고, 사대 마왕을 토벌하셨습니다. 이로써 사람들이 행복하고 편안해졌으니, 찬양할 만한 가치가 있는 일 아니겠사옵니까?"

"그럼, 이야기를 잘하는 사람을 찾아오라. 사람들이 어떻게 내 이야기를 하는지 듣고 싶구나."

"아무리 이야기를 잘하는 사람이라도 대왕 앞에서는 이야기를 할 수 없을 것입니다."

사실이 그러했다. 그날 밤, 신하들이 이야기꾼 여남은 명을 왕 앞에 데리고 왔다. 그러나 그들은 비틀거리며 들어와서는 곧바로 땅에 무릎을 꿇고 이마를 왕의 신발에 갖다 댔다. 왕은 온화한 얼굴을 하고 다정한 목소리로 말했다. "내가 했던 일들을 그대들이 어떻게 이야기하는지 듣고자 하는 것이다."

그러나 아무도 감히 왕에게 사방으로 떠도는 이야기들을 전하지 못했다. 그의 출생, 그의 사랑, 그의 천마, 그의 활과 화살, 그의 영명함, 그의 용감함…… 물론, 그가 일찍이 방황했던 일들까지도.

자라 왕자가 진언했다. "하늘의 위대한 신께서 대왕을 아랫세상으로 내려보내셨으니, 사람들에게도 자연히 왕에 대해 이야기하도록 두셨을 겁니다."

"백성들은 모름지기 나를 사랑해야지, 두려워해서는 안 된다."

왕자는 직접적으로 답하지 않고 에둘러 했던 말을 다시 꺼냈다. "대왕이시여, 하늘의 위대한 신께서 대왕을 아랫세상에 내려보내셨으니, 저들이 왕의 이야기를 하지 못하도록 두시진 않을 겁니다."

"저들이 나를 두려워하는 게 내가 인간세상의 사람이 아니라 하늘에서 왔기 때문인가?"

"아마도…… 그럴 것이옵니다."

"그러면 네가 가서 들어라. 듣고 와서 내게 말해다오."

자라 왕자가 명을 받들어 떠났다. 그리고 며칠이 지나 돌아와 왕에게 고했다. "백성들이 대왕 이야기를 하는 것은 듣지 못했고, 다른 이야기만 들었습니다."

"다른 사람에게도 이야기가 있다는 말이냐?"

"아구둔바라는 사람의 이야기입니다. 사방에서 모두가 그 사람 이야기를 했습니다." 왕자는 곧 아구둔바의 이야기를 시작했다.

재물도 많고 세력도 강한 어느 귀족이 있었다. 그는 자신이 링가에서 가장 많은 쌀보리 씨앗을 창고에 가지고 있다는 소식을 퍼뜨렸다. 땅을 잃고 떠도는 모든 링가 백성이 다 그를 찾아갔다. 전쟁으로 땅을 잃은 장 국과 먼위 국의 백성들도 모두 그에게 가서 충성을 맹세했다. 그에게 곡식 씨앗을 빌릴 수 있었기 때문이다. 가을이 오면 이 귀족은 씨앗을 빌려갔던 이들에게 사람을 보내 곡식을 돌려달라고 재촉했으며, 열 배나 되는 양을 돌려받았다. 아구둔바도 하는 수 없이 그에게 씨앗을 빌렸던 사람이다. 새로 개간한 황무지는 몇 년째 수확이 좋지 않았다. 열 배를 돌려주자면 일 년 동안 수확한 것이 거의 남지 않을 판이었다. 그래서 아구둔바는 열 배를 돌려주되 쌀보리를 잘 볶아 익혀서 귀족에게 보냈다. 이듬해 봄, 사람들은 이 쌀보리 씨앗을 빌려갔다. 결과는 예상대로였다. 볶은 씨앗은 당연히 곡식을 맺지 못했다. 아구둔바는 그 사람들을 이끌고 떠나 자비로운 다른 귀족에게 가서 의탁했다.

국왕은 웃었다. "정말이지 총명한 사람이구나!"

자라는 국왕이 그 귀족은 누구인지 따져 물으리라 여겼다. 그러나 국왕은 화통하게 웃기만 했다. 귀족을 조롱한 백성의 총명한 기지에 웃을 뿐, 물어주길 바라는 내용은 묻지 않았다. 이야기 속의 조롱당한 그 귀족은 바로 차오퉁이었다. 그러나 이런 귀족이 광대한 링 국 안에 차오퉁 한 사람만은 아니었다. 국왕이 웃고 있을 때 왕자는 웃지 않았고, 대신들도 엄숙한 표정이었다. 국왕이 말했다. "그 사람을 만나보고 싶구나."

차오퉁이 곧 만류했다. "비천한 백성을 만나서 무엇을 하시렵니까? 국왕께서 신경쓰실 일은 그것 말고도 많습니다."

"그런데 정작 내가 하고 있는 일은 없구려."

이후에 국왕은 또 북쪽을 순시하다가, 신바마이루쩌의 영지에서 아구둔바를 만났다. 깡마른 몸으로 길을 걷는 모습이 마치 바람 속에서 작은 나무가 끊임없이 흔들리는 것 같았다. 국왕은 무척 놀랐다. "그대는 어찌 이리 깡말랐는가?"

"저는 밥도 먹지 않고, 우유도 마시지 않는 연습을 하는 중입니다."

"어찌하여?"

"그래야 백성들도 신선처럼 배를 곯을까 마음 쓰지 않고, 자신이 행복한 나라에서 산다고 생각하지요."

국왕은 가볍게 유머를 즐기는 사람일 것이라 기대했던 아구둔바가 사실은 세상에 분노하고 회의하는 사람이라는 것을 알아차렸다. 국왕은 자신이 이런 기품을 지닌 사람을 좋아하는지 확신이 서지 않아 이렇게만 말했다. "내가 긴 여행을 해와서 지금 좀 지쳤으니, 다음에 또 기회가 되면 이야기 나누도록 하지."

아구둔바는 무관심한 표정으로 허리를 가볍게 굽히고 물러갔다.

신바마이루쩌는 아구둔바가 언제라도 국왕을 알현할 수 있도록 궁 안에 머무르게 하려 했다. 하지만 아구둔바는 생각이 달랐다. "저는 집으로 가겠습니다. 모자를 여기 두고 갈 테니, 만약 국왕께서 부르시면, 모자에게 한마디만 하십시오. 그럼 제가 바로 알 수 있습니다."

신바마이루쩌는 그를 궁문까지 배웅하며 말했다. "알고 보니 그대도 신력을 가진 사람이구려!"

아구둔바가 말했다. "그렇게 볼 수 있겠지요." 사실 아구둔바에게 신력이라고는 없었다. 다만 국왕이 자신과 이야기를 다시 나누고 싶어하지 않는다는 걸 느꼈을 뿐이다. 과연 국왕은 떠났고, 주랑에 걸린 모자에는 서서히 먼지가 쌓였다. 하루는 그 모자가 보이지 않았다. 쥐들이 몰래 바닥 밑으로 훔쳐가 은신처로 삼은 것이다. 궁의 주인 신바마이루쩌는 그제야 오랫동안 아구둔바를 만나지 못했다는 것을 기억해냈다. 국왕은 그가 사라졌다는 소식을 듣고 곧바로 아구둔바를 궁 안으로 불러들이라는 명을 내렸다. 풍자를 전담하는 대신으로 삼겠다는 것이었다. 그러나 아무도 아구둔바를 찾지 못했다.

차오퉁은 권세와 재산과 학문이 있는 사람들에 대적하는 이 작자를 당장 잡아들여 옥에 가두어야 한다고 국왕에게 주청했다. 국왕이 말했다. "그는 이미 죽지 않는 사람이 되었소. 이야기 속에 살고 있는 사람을 어찌 잡아들이겠소."

차오퉁은 국왕의 말에 동의하지 않고 신통한 나무 솔개를 사방으로 날려 찾아보았지만, 아구둔바는 찾지 못하고 도리어 새롭게 유행하기 시작한 이야기를 듣게 되었다.

국왕이 말했다. "이야기 속에 있는 사람을 찾아내려 한다니, 그야말로 새로운 발상이구려. 산언덕 위로 가서 천천히 생각해보시오."

차오퉁은 산언덕 하나를 찾아갔고, 또 산언덕 하나를 찾아갔지만, 모두 마음에 들지 않았다. 머릿속에서 마침 한 가지 방법이 떠올랐는데, 바람이 불어와 날려버렸다. 할 수 없이 차오퉁은 궁으로 돌아가 국왕에게 신력으로 자신이 생각할 수 있는 환경을 만들어달라고, 바람이 없는 산언덕을 달라고 부탁했다. 차오퉁에게 지친 국왕이 말했다. "이야기는 모든 사람의 입과 머릿속에 있는 것이오. 아구둔바 그 사람은 이야기를 전하는 모든 사람의 입과 머릿속에 살고 있는 셈인데, 이런 사람을 어찌 잡을 수 있겠소. 더이상 시간 낭비하지 마시오."

차오퉁은 지주, 귀족, 승려 등을 공경하지 않는 아구둔바를 잡아들임으로써 국왕과 좀더 가까워질 수 있으리라 생각했다. 그러나 지혜로운 아구둔바는 이야기라는 그럴싸한 은신처를 찾아내어, 스스로 두 다리를 움직일 필요도 없이 온 세상을 돌아다니며, 누구도 그를 어쩌지 못하게 만들어버렸다. 차오퉁은 하릴없이 포기하고 자신의 영지로 돌아갔다.

돌아가는 길에 차오퉁 일행은 무역을 하러 링 국에 온 페르시아 상인들과 맞닥뜨렸다. 상인들은 좋은 말과 야광 구슬, 안식향나무, 그리고 산의 보물 창고를 열 수 있는 열쇠와 비밀 주문을 가지고 있었다. 이들은 오랫동안 길을 걸어왔다. 밤에는 야광 구슬 두 알로 불을 밝혀 밥을 짓고 술을 마셨으며, 자신들이 온 방향을 향해 저녁 예배를 드렸다. 그러고 나서 피곤에 지친 몸을 이끌고 깊이 잠들었다. 이들은 구슬조차 갈무리하지 않았다. 차오퉁은 구슬의 빛이 어룽대 며 비치는 가운데 인마人馬를 이끌고 닥치는 대로 사람을 죽 였다. 페르시아의 두 우두머리는 잠에서 깨어나서야 말 잔 등에 단단하게 포박을 당했다는 걸 알게 됐다. 사대 마왕을 정복한 뒤 링 국에 평화가 찾아온 지 벌써 몇 년이 흐른 지 금, 거싸얼은 무역상들을 보호하기 위해 페르시아의 대규모 군대가 서쪽 변경에 나타났다는 보고를 받았다. 거싸얼은 직접 명령을 하나하나 내리며, 각 부의 병마를 소집해 응전 준비를 했다.

자라 왕자가 진언했다. 이번 전쟁은 전적으로 차오퉁의 탐 욕이 불러온 재앙이니 아예 그의 무리를 페르시아 군대 앞 에 묶어다놓고, 다룽 부족의 재산으로 열 배쯤 페르시아 상 인들에게 보상해주는 것이 좋겠다고 했다.

"그렇게 하면 어떤 점이 좋으냐?" 왕이 물었다.

수석대신이 앞으로 나와 아뢰었다. "왕자님의 이 계책은 매우 좋습니다. 첫째는 그 간신을 없앨 수 있고, 둘째는 전쟁 을 하지 않아도 되니 국왕과 백성들이 안심하고 평화를 누 릴 수 있습니다."

그러나 거싸얼은 말했다. "우리 링 국을 생각해보오. 동쪽으로는 가 국을 접하고 있지만, 높은 산과 큰 강이 있어 이미 그들과의 국경은 정해졌소. 북쪽과 남쪽의 변경은 사대 마왕과 싸워 이긴 뒤 분명해졌으나, 오직 이 서쪽의 산천에 대해서만은 나도 계속 혼란스러웠소. 마침 이번 기회에 대군을 출정시켜 변경을 확정하여야 링 국의 영토가 비로소 완전해질 것이오. 더이상 다른 말들은 하지 마시오. 모두들 명령에 따라 군사를 이끌고 출발할 준비를 하시오."

이 출정에서 대군들이 길을 오가는 데 걸린 시간만해도 일 년이었다. 거싸얼은 몇 번의 전투에서 연달아 승리를 거두었고, 계속해서 서쪽을 향해 군사를 지휘해 쫓아갔다. 결국 더 높은 설산이 대군 앞을 가로막았고, 페르시아 군대 잔병은 산 입구를 지나 어두운 산골짜기 속으로 사라졌다.

거싸얼은 여러 장수들에게 둘러싸인 채 산 입구에서 말고삐를 당겨 섰다. 수천수만의 봉우리가 파도처럼 서쪽을 향해 내달리고 있었다. 누군가가 여러 산신들조차 링 국 대군의 위엄을 겁내서 서쪽으로 달아나는 것이라고 말했다.

거싸얼은 등에서 화살 하나를 뽑아 발아래 암석에 깊이 꽂았다. 달아나던 산봉우리들이 멈춰 서며, 서쪽으로 쏠리던 몸을 서서히 바르게 세웠다. 페르시아 병마의 검은 그림자가 여러 봉우리들 사이사이로 달아나고 있었다. 차오퉁은 계속 추격하겠다고 청했다. 자신이 비밀 주문을 알고 있는 보물 창고가 이 봉우리들 가운데 있다는 것이다.

하지만 거싸얼이 말했다. "여기까지 합시다! 이제 동서남북을 막론하고, 링 국은 높이 솟은 설봉으로 경계를 삼은 것이오."

이에 한 수행원이 창제된 지 얼마 되지 않은 문자로 시를 한 편 적었다. 그 가운데 링 국 사방의 설산을 울타리로 비유한 구절이 있었다. 거싸얼은 한참을 생각하다가 말했다. "울타리라? 물론 울타리를 닮았지. 하지만 링 국 사람들이 울타리 안에 갇히는 건 좋지 않은 것 같소. 수사자처럼 위엄 있는 설산을 어찌 울타리로 형용합니까?"

자라 왕자가 말했다. "우리는 갇히지 않을 것입니다. 우리의 준마는 언제든 이 산어귀를 폭풍처럼 내달릴 수 있습니다."

"지금은 그렇지만 앞으로도 그럴까?"

왕자가 웃었다. "링 국 대군은 무적입니다. 국왕께서는 미래의 일로 너무 걱정하지 마십시오."

"너도 국왕이 되면 나처럼 이리 될 것이다."

왕자가 말했다. "소신은 감히 그런 생각을 할 수 없습니다. 국왕께서는 우리의 영원한 국왕이십니다."

"영원한 국왕은 없느니라."

"그러면 국왕께서는 언제……"

거싸얼은 자라 왕자를 매섭게 쏘아보며 말했다. "그 문제는 아구둔바에게 가서 물어보라."

"이야기 속의 그 사람 말씀이십니까?"

"나는 단 한 번 그를 보았는데, 그뒤로 그는 숨어버렸지. 아마 내 어떤 점이 그의 마음에 들지 않았던 모양이다. 네가 그의 이야기 속에 등장해 풍자나 희롱의 대상이 되지 않는다면, 네가 좋은 국왕이라는 뜻이다. 그러니 너는 나를 걱정할 게 아니라 그를 두려워해야 할 것이다."

"국왕께서도 이야기에 나오실까요?"

"많은 사람들이 내 이야기를 수천 년 동안 하게 될 것이야. 내 말이 믿어지느냐?"

"믿습니다. 왕께서는 신이시니까요. 신은 미래를 내다보실 수 있지요."

"이야기하는 사람을 모두 내가 뽑지는 않지만, 나 스스로도 몇몇을 가려 뽑겠다. 나는 아구둔바를 닮은 사람을 뽑을 것 같구나." 그러고는 국왕이 웃었다. 키가 크고 깡마른 그 모습이 눈앞에 떠올랐기 때문이다. "그 사람은 말이다, 마치 이 세계가 자기에게 뭔가를 빚졌다는 듯한 표정을 하고 있을 게다. 억울한 것 같은데 무엇 때문에 억울한지 모르는 그런 표정이지."

국왕은 이런 생각에 기분이 좋아졌다. 그가 말했다. "물러가거라. 좀 자야겠다. 꿈에서 그 사람을 만날 수 있을지도 모르겠구나."

"아구둔바 말씀이신지요?"

"아니, 천 년 후의 사람 말이다. 아구둔바를 닮은 사람."

이야기: 꿈을 꾸다

거싸얼은 정말 꿈을 꾸었다. 꿈에서 천여 년 후의 링 국 초원을 보았다.

초원의 지형은 익숙한 그대로였다. 산맥의 위치도, 강물의 흐름도. 그러나 초원 위에는 새로운 나무들이 자라나 있었다. 열매를 맺는 것도, 맺지 않는 것도 있었다. 열매를 맺는 나무들은 과수원에 모여 있었고, 열매를 맺지 않는 나무들은 새로 트인 길 양쪽으로 줄지어선 병사들처럼 서 있었다. 길에는 불가사의한 힘을 지닌 탈것들이 맑은 하늘 아래 흙먼지를 피워올리며 내달렸다. 집들도 변했으며, 집안에는 새로운 물건들이 가득 놓여 있었다. 그러나 초원 위의 사람들이 집을 나서서 하늘을 보며 입으로 뭔가를 중얼거릴 때의 표정은 천 년 전과 여전히 똑같았다. 사람들이 탈것을 세우고 시냇가에서 물을 뜰 때, 먼저 손으로 한 움큼 떠서 입안 가득 머금었다가 허공에 뿜으면 강렬한 햇빛 아래 자그만 무지개가 잠시 나타났다. 천 년 전 전사들이 말 잔등에서 내려 물가로 내려가 장난을 치는 모습과 완전히 똑같았다.

더 중요한 사실은, 초원 위를 사방으로 돌아다니는 이야기꾼 진메이가 거싸얼의 상상과 똑같았다는 점이다. 이 사람은 이야기 속으로 사라진 아구둔바를 쏙 빼닮았다. 보이는 모습이 당장이라도 사라져버릴 듯 희미했다. 거싸얼은 서둘러 말했다. "이리 들어오시오."

그 사람이 말했다. "집도 없고, 장막도 없고, 문도 없는데, 어떻게 들어오라는 말씀입니까?"

"내 꿈속으로 들어오라는 것이오."

"당신은 제 꿈에 마음대로 왔다갔다하지만, 저는 당신의 꿈속으로 들어간다는 생각을 해본 적이 없습니다. 감히 그러지 못합니다."

"앞으로 나는 자주 오게 될 것이오. 전에는 그러지 않았지만. 방금 이런 생각을 해냈으니까." 거싸얼이 웃으며 말을 이었다. "내가 하늘로 돌아간 후에 당신 꿈에 나타났나 보군. 어디, 말해보시오. 그 거싸얼이 그대 꿈에서 무엇을 했소?"

"그분은 당신이 링 국에 있을 때의 이야기를 내 뱃속에 채워넣었습니다."

"어떻게 말이오?"

진메이는 황금 갑옷을 입은 신이 어떻게 자신의 배를 갈라 이야기가 쓰인 책을 한 권씩 밀어넣었는지 이야기했다.

거싸얼이 웃었다. "맙소사. 사원에 있는 라마들이 보살 안에 보물을 감추는 것처럼 말이지. 하지만 그대는 멀쩡하게 살아 있지 않은가!"

"그게, 전혀 아프지 않았습니다. 깨어났을 때는 링 국의 수사자 왕 거싸얼의 이야기를 할 수 있게 되었지요."

"두려웠소?"

"두렵지 않았습니다. 그분은 그저 자신의 이야기를 할 사람을 찾으신 것뿐이니까요."

"그럼 지금은 두렵소?"

"무엇을 두려워하죠?"

"그대가 지금 내 꿈속에 있으니까. 내가 그대를 못 나가게 할까 두렵지 않소?"

진메이는 배짱이 두둑한 사람이 아니었다. 그러나 지금은 전혀 두렵지 않았다. 진메이가 웃었다. "제가 당신께 무례를 범했었습니다. 저는 이야기 속의 장 국과 먼위 국이 정말 있었는지 알고 싶었을 뿐이었는데, 제가 사방으로 그 장소들을 찾으러 다닌 것에 기분 나빠하셨죠. 그래서 더이상 그 나라들을 찾아다니지 못하도록 화살 한 대로 저를 먼 곳까지 날려버리셨고요." 진메이는 허리춤을 쓰다듬었다. 허리께를 지난 무쇠 화살이 등줄기를 타고 목깃 뒤쪽으로 튀어나온 것이 느껴졌다. 진메이는 몸을 돌려서 꿈의 주인에게 그 화살을 보여주려고 했다. 동시에 자신의 머릿속에 존재하는 화살을 어떻게 거싸얼이 자신의 꿈속에서 볼 수 있겠나, 하는 생각이 들었다.

그러나 거싸얼은 태연히 화살을 어루만지며 말했다. "아, 정말 내 화살이군. 하지만 나는 지금 그대가 말한 그런 일들을 한 적이 없는데."

"그러면 지금은 무엇을 하고 계십니까?"

"이제 막 페르시아 군대를 쫓아보내고 링 국의 서쪽 국경을 정했지. 하지만 이제 전쟁이 없으니 할 일이 없어서, 이 일들을 기록할 사람이 있어야겠다고 생각했고. 내가 만났던 어떤 사람하고 비슷한 사람을 찾아야겠다고 생각했소."

"제가 그 사람과 닮았나요?

"닮았지. 무척 닮았소."

"그게 누구죠?"

"아구둔바."

"아구둔바! 그 사람이 그때에도 있었나요?"

"그 사람이 지금도 있소?"

"있습니다!"

"그대는 그 사람을 보았는가?"

"보지 못했습니다. 그는 이야기 속에 있지요."

"이야기 속에 살고 있다, 그렇지. 내 이야기를 할 사람을 찾기로 한 생각이 옳았던 것 같군."

"저는 이미 이야기를 하고 있습니다. 왕께서 아직 하지 않은 일까지도 모두 이야기했지요. 링 국에서 하늘세계로 돌아간 부분까지요."

거싸얼이 진메이의 팔뚝을 잡았다. "내게 말해주게. 하늘로 돌아가기 전에 내가 또 무슨 대단한 일을 하는가? 자라 왕자가 새 국왕이 되는가?"

"저는 말할 수 없습니다."

"말하시오!"

"할 수 없습니다!"

"이거 이 꿈에서 그대를 못 나가게 해야 할 것 같군."

진메이는 눈을 감고 몸의 긴장을 푼 채 바닥에 앉으며 말했다. "그럼 나가지 말죠. 더이상 바람이나 서리, 비와 눈에 시달리며 동분서주하지 않아도 되고요."

"그냥 이만 나가시오."

"그 생각 바꾸지 않으실 거죠?"

거싸얼은 기분이 상했다. "나를 존대하라. 나는 왕이다! 수석대신이 있었다면 사람을 시켜 그대의 따귀를 때려버렸을 텐데!"

"당신은 링 국의 왕이지, 제 왕이 아닙니다!"

"그대는 링 국의 땅에 사는 백성이 아닌가?"

"땅은 그대로지만 링 국은 없지요."

"뭐라고? 링 국이 없다니?"

"없어졌어요." 국왕의 얼굴에 지극히 실망스러운 표정이 떠오르는 것을 보고 이야기꾼은 생각했다. 모든 국왕은 자신이 세운 기반이 천년만년 계속되리라 믿는구나. 거싸얼의 이야기를 연구하는 학자들은 심지어 캉바라 불리는 고원 위에 정말 '링'이라는 나라가 세워진 적이 있는가 하는 문제로 논쟁하고 있었지만, 진메이는 거싸얼에게 이 사실까진 알리고 싶지 않았다. 그것은 바로 역사상 거싸얼이라는 불리는 반신반인의 영명한 국왕이 있었느냐를 의심하는 것과 같은 말이었기 때문이다. 진메이는 그저 허리를 굽혀 인사하고 그의 꿈속에서 물러나왔다. 그리고 마지막에, 진메이는 국왕이 꿈에서 말하는 소리를 들었다. "그래서 그대가 내 꿈속에서 모자도 벗지 않았군."

꿈에서 완전히 빠져나온 뒤, 빠르게 질주하던 세계가 진메이의 사방에서 멈춰 섰다. 주위의 들판은 텅 비어 있었다. 진메이는 모자를 벗어 가슴 앞에 갖다대면서 말했다. "죄송합니다. 제가 모자를 쓰고 있었다는 것을 잊었네요."

이 말을 마치고, 진메이는 또 길을 떠났다. 국왕 스스로도 아직 모르는 이야기를 자신이 안다고 생각하자 왠지 뿌듯했다. 교만한 마음은 아니었다. 자신은 모든 이야기를 이미 다 알고 있는데, 이리저리 돌아다니며 노래를 하고 그 대가를 받거나 좋은 소리라고 사람들의 칭찬을 받는 것이 전부라는 생각을 하니, 쓸쓸한 기분이 들었다. 거싸얼도 자신의 꿈을 떠나며 천여 년 후에 자신의 이야기를 노래할 사람이 하는 말을 들었다. "죄송합니다. 제가 모자를 쓰고 있었다는 것을 잊었네요." 그 말을 끝으로 거싸얼은 이 이상한 꿈에서 벗어났다. 아주 먼 미래에 정말 누군가 자신의 이야기를 하고 있다는 것을 생각하면서, 거싸얼은 만족스러운 표정으로 잠들었다.

그러나 아침에 일어났을 때, 그는 기분이 나빠졌다. 아주 오랜 시간이 지난 뒤에는 더이상 링 국이 없다는 말이 떠오른 것이다.

조회 때, 대신들이 또 좋은 소식들을 보고했다. 새로운 부족이 귀순해왔다. 링 국 밖의 작은 나라 왕들이 사신을 보내 공물을 바치며 친교를 청해왔다. 학자들이 링 국의 위대함은 필연적이라는 내용을 담은 글을 썼다. 경전과 도리를 어긴 라마를 잡아들여 링 국의 충성스러운 불법 수호자가 되겠다는 맹세를 들었다, 등등. 한마디로 바람도 비도 순조롭고, 나라는 태평하고 백성은 편안했으며, 국왕은 영명하여 사방을 호령하고 있다는 말이었다. 그러나 국왕은 낙담하여 낮은 목소리로 기운 없이 물었다. "이 모든 것이 언제까지 유지될 수 있겠는가?"

이에 신하들이 일제히 대답했다. "천추만세千秋萬歲!"

국왕은 조회를 해산한다는 선포도 하지 않고 황금 보좌에서 일어나 홀로 궁 밖으로 나갔다. 사람들은 멀리서 그 뒤를 따랐다. 왕을 따라 함께 성채를 나서, 높은 산언덕에 올랐다. 왕은 생각했다. 다음번에 다시 그런 꿈속으로 가면, 이 왕궁은 어떤 모습으로 변했는지, 이 강물은 여전히 서남쪽으로 흘러 다른 큰 강에 합류하는지, 그러고는 더 많은 물과 함께 동남쪽으로 흐르며 저 산들을 쪼개놓고 그 협곡 사이로 우렁찬 소리를 내고 있는지 물어봐야겠다고. 사람들은 왕이 혼자 중얼대는 소리를 들었다. "만약 모든 것이 사라진다면, 지금 이 시간은 무슨 의미가 있는가?"

이러한 질문은 강물이 산골짜기에서 우렁대는 것처럼 별다른 의미가 없었다. 물론 지나치게 총명한 몇몇 사람들은 강물의 우렁대는 소리에도 특별한 의미가 있다고 생각했다. 그들은 이런 생각 때문에 스스로를 편안하게 두지 못한다. 절대 편해질 수 없다.

국왕은 산을 내려와 자신을 맞이하는 사람들 앞을 지나갔다. 그의 대신들, 장수들, 왕비들, 그의 시위, 시녀들, 그의 독경사를 스쳐지나는데도 마치 아무도 없는 들판을 지나가는 것 같았다. 국왕의 이러한 행동에 승려들은 국왕이 깨달음을 얻었다고 말했다. 왕은 세속 사람들의 눈에 실재하는 모든 것을 '공空'으로 보게 되었으며, 이는 불법의 승리라고 했다. 많은 사람들은 그저 왕을 걱정할 뿐이었다.

다행히 국왕은 이런 상황에 그리 오래 머물지 않았다. 한 나라의 국왕은, 생각의 수렁에 오래 빠져 있을 수 없는 법이다. 곧이어 새로운 사건이 일어났다. 거싸얼이 군대를 이끌고 동서남북 사방으로 정복을 하러 다녔어도, 링 국의 그 높고 험한 산으로 경계를 지은 영토 안에는 여전히 몇몇 작은 나라들이 남아 있었다. 이 작은 나라들은 해마다 링 국에 공물을 바치며 예의와 공경을 더했으므로 거싸얼도 굳이 정벌하지 않았다. 그러나 이 작은 나라들 사이에 시시때때로 전투가 발생했고, 사방에 감도는 전운은 링 국의 평화로운 분위기를 해쳤다. 거싸얼은 이를 용납할 수 없었다.

그러니까 이날, 거싸얼은 높고 험한 산이 빽빽하게 들어선 동남쪽에서 살기가 피어오르는 것을 보고 바로 그 현묘한 생각들에서 벗어났다. 거싸얼은 자라 왕자에게 군사를 정비해 출정을 준비하라고 남몰래 일러두었다. 과연 며칠 지나지 않아, 구제라 불리는 작은 나라가 사자를 보내와 구원을 청했다. 구제는 주구라 불리는 또다른 작은 나라의 공격을 받고 있었다. 거싸얼이 말했다. "주구가 그대들 나라를 정벌하려는 이유는 무엇인가? 그대들의 아름다운 공주를 아내로 맞겠다는 것인가? 아니면 그대들에게 무슨 희귀한 보물이 있는가?"

사자는 무릎을 꿇었다. "저희에게 아름다운 공주가 있었다면 틀림없이 링 국에 바쳤을 것이며, 희귀한 보물이 있었다면 우리들 작은 나라에 어울리지 않으니 일찍이 대왕의 왕좌 앞에 바쳤을 것입니다!"

거싸얼은 고개를 끄덕이며 그 말에 동의했다. "그렇다면 주구는 아무 이유 없이 군사를 일으킨 것이구나. 돌아가 그대들 국왕에게 고하라. 우리 링 국이 틀림없이 나서서 정의를 주재하겠다고!"

이야기꾼: 앵두 축제

이제 진메이의 마음속에는 두 명의 거싸얼 왕이 있었다. 한 명은 진메이가 노래하는 영웅 이야기의 주인공이었다. 다른 한 명은 자신이 꿈속에 들어가 만났던, 여전히 링 국의 국왕인 거싸얼, 인간세계에서의 임무를 수행중인 거싸얼이었다. 꿈은 사실적이지도 않았고, 기억 속에서 그 색깔마저 사라지고 없었다. 그저 끊임없이 흔들리는, 흐릿하고 모호한 영상일 뿐이었다. 그러나 진메이는 왠지 이 꿈속의 거싸얼이 더 좋았다.

그날, 꿈에서 깨어난 진메이가 가장 먼저 떠올린 것은 자신의 등뒤에 정말 화살 한 대가 있다는 것이었다. 그러나 현실에서는 옷을 다 벗고 위아래로 자세히 더듬어보아도 화살의 흔적조차 없었다.

다시 한번 그 꿈속으로 돌아갈 수 있다면 거싸얼에게 화살을 빼달라고 해서 기념으로 가져야겠다고 생각했다. 그러나 그 꿈속으로 다시 들어갈 수 있다고는 생각지 않았다. 다행히 진메이는 불가능한 일에 억지를 부리는 사람이 아니었다. 그는 마음속으로 되뇌었다. 그렇다면, 좋아, 화살이 남아서 등뼈의 일부분이 됐다고 생각하자.

진메이는 이런 생각을 하면서 노래를 부르기 위해 또다른 진을 방문했다. 이 진에선 지역에서 많이 나는 과일 이름을 딴 새로운 축제를 하나 만들었다. 앵두 축제였다. 원래 이 지역에서는 앵두가 나지 않았다. 이 지역의 독특한 기후와 특별한 토양을 눈여겨본 과일나무 전문가들이 지방 정부에 건의했다. 밀을 심기에는 너무 척박한 이 골짜기의 비탈에 농민들을 조직해 앵두를 심도록 하자고. 그 결과 정말 품질이 좋은 앵두가 수확된 것이었다.

작은 마을에 정말 적지 않은 사람들이 모여들었다. 앵두를 사려는 상인, 기자, 게다가 고위직 공무원들까지 왔다. 그럼에도 사람들은 진메이에게 일인실 숙소를 내주었다. 숙소에 비치된 홍보 자료에는 그가 복장을 완전히 갖추고 노래할 때 찍힌 컬러사진이 실려 있었다. 진메이는 이 모든 것이 만족스러웠다. 낮에 광장에서 개막식이 끝나고 문화 행사가 열렸다. 진메이는 거기에서 짧은 단락 하나만 노래했다. 목청이 채 트이지도 않았는데, 무대에서 내려가길 바라는 듯한 박수소리가 들렸다. 그리고 진메이가 무대에서 내려가기도 전에 붉은 앵두꽃으로 분장한 아가씨들이 경쾌한 음악과 함께 무대 위로 뛰어올라왔다. 진메이는 몸을 무대 한쪽으로 바짝 붙인 채 그 앵두꽃 아가씨들이 무대 위로 오르기를 기다렸다가 무대에서 내려왔다. 저녁에는 만찬이 열리고 있는 강가 과수원 장막으로 가서 노래했다. 진 장이 말했다. "이번에는 좀 길게 노래하셔도 됩니다. 참, 오늘은 뭘 부르십니까?"

"거싸얼이 구제를 도와 주구에 승리를 거둔 대목입니다."

진 장은 얼굴을 활짝 펴고 웃었다. "좋습니다. 그 전쟁에서 거싸얼은 주구 국 산중에 있던 보물 창고를 열어젖히고 승리하여 돌아오지요. 우리 앵두 축제도 그러한 결과를 얻기 바랍니다. 모두 건배합시다!"

앵두 축제가 끝나기 전에 진메이는 마을을 떠났다. 길에서 만나는 사람마다 진메이에게 어디서 와서 어디로 가느냐고 물었다. 진메이는 앵두 축제에서 왔지만 어디로 갈지는 모른다고 답했다. 사람들은 웃으며 앵두 축제가 끝났으니 살구 축제나 자두 축제에 가면 되겠다고 말했다. 약간의 비웃음이 섞인 말이었다. 그러나 이런 축제가 너무 많아졌다는 것을 비웃는 것인지, 아니면 진메이가 이런 축제에서 노래하는 것을 비웃는 것인지 알 수 없었다. 또한 진메이는 막 이길에 들어섰을 때와 달리 사람들에게 쉽게 화를 내지 않았다. 그는 걸음을 멈추지도 않고 말했다. "당신들이 내 노래를 듣고 싶지 않다면, 나는 다음 사과 축제로 가면 되지요!"

그들이 말했다. "혹시 새로운 대목을 노래할 수 있소?"

이 오래된 이야기에는 새로운 대목이랄 것이 없었다. 어떤 중컨들이 노래하는 대목은 좀더 많고, 어떤 중컨들이 노래하는 대목은 좀더 적을 뿐이다. 그리고 진메이는 모든 대목을 노래할 수 있었다. 시대마다 모든 대목을 노래할 수 있는 사람은 오직 한두 명뿐이었다. 진메이는 자신이 이 시대의 유일한 그 사람이라고 믿었다.

사람들이 말했다. 예전에는 그들도 그렇게 생각했다고, 예전 같았으면 벌써 진메이를 멈춰 세우고 노래를 들었을 거라고 했다. 그러나 이제는 실제로 새로운 대목을 써내는 사람이 나타났다고 했다.

진메이는 그들이 '노래한다'가 아니라 '쓴다'고 말한 것에 주의를 기울였다.

노래를 하는 것이 아니라 정말 '써내'기만 하는 사람이 있었다. 쿤타라고 불리는 라마였다. 쿤타 라마가 있는 사원에 가서 공양하는 주위의 몇몇 마을과 목장은 자부심을 갖고 있었다. 그래서 가장 유명한 중컨인 진메이에게 노래해달라고 요청하지 않았던 것이다.

진메이가 말했다. "그 사람을 만나보고 싶소."

그들의 라마가 거싸얼 이야기를 '써내'고 있기 때문에, 이 사원에서 공양드리는 사람들 또한 단어 선택에 무척 신중한 편이었다. 그들이 말했다. "만난다고 하면 안 됩니다. 뵙는다고 해야지요."

다른 이가 말했다. "뵙는다고 해도 안 됩니다. 가르침을 청한다고 해야지요."

"그럼 일단 가서 그 사람을 뵙도록 하죠."

사람들이 말을 고쳐주었다. "아, 그 사람이 아닙니다. 쿤타 라마 상사이십니다."

"아, 라마였지. 이름이 뭐라고요? 그래, 쿤타 라마."

진메이는 일부러 말에 빈틈을 남겨 이 사람들이 열심히 고치도록 만들었다. 라마는 '법호'로 불리는 것을 알면서도 고의적으로 '이름'을 불렀던 것이다. 이 사람들도 이런 용어들을 터득한 지 얼마 되지 않은 듯, 아무래도 어휘에 한계가 있어서 놀랍게도 이번의 허점은 발견하지 못했다. 진메이는 마치 대단한 인물이라도 된 양 말했다. "좋소. 누가 나를 좀 데려다주시오."

그중 한 사람이 정말 진메이를 데리고 마을 밖으로 나갔다. 탁 트인 목장 하나를 지나며 거기서 요구르트와 구운 밀가루 떡으로 점심을 해결했다. 그런 뒤 강 골짜기 아래 또다른 마을로 내려갔다. 큰 강 하나가 숲으로 덮인 협곡 사이를 호탕하게 내달렸다. 협곡의 이쪽은 꽤 넓고 평평했고, 강 한가운데서는 큰 물결이 솟아오르지 않는데도 수많은 소용돌이가 나타났다 사라지고 사라졌다가 나타났다. 낡은 옷을 여러 벌 겹쳐 입은 허수아비들이 보리밭에서 바람을 맞으며 흔들리고 있었다.

길을 안내해준 사람이 사원은 구름다리 저쪽의 산비탈에 있다고 말했다. 진메이는 고개를 들어보았지만 사원은 어디에도 보이지 않았다. 눈에 들어오는 것은 석양 속에 우뚝 솟아 있는 잣나무와 가문비나무뿐이었다. 다리를 건넌 뒤 매우 가파른 산길을 올라가니 작지만 정교하게 지어진 사원이 잣나무와 가문비나무 사이로 불쑥 모습을 드러냈다. 사원 앞 공터에는 색깔이 화려한 야생벌이 흐드러지게 핀 엉겅퀴에서 날아올라 집으로 돌아가려는 중이었다. 사원 안은 사람이 없는 것처럼 조용했다. 창문마다 노란색 비단 커튼이 쳐져 있었다. 이때, 일고여덟 살쯤 되어 보이는 동자승이 문틈으로 비집고 나오더니 맨발로 이들 앞에 섰다. 이들이 뭐라고 말을 꺼내기도 전에, 아이는 손가락을 입술 앞에 세웠다. 그러고는 이들을 데리고 승방과 대전에서 그리 멀지 않은 나무 아래로 갔다. 마찬가지로 말을 하지 않는 늙은 승려가 차를 가지고 오니, 동자승이 작은 소리로 말했다. "열흘 후에 다시 오셔요. 쿤타 라마께서는 폐관중이십니다. 열흘 후에 폐관이 끝납니다."

"폐관?"

"거싸얼 대왕의 새로운 이야기를 쓰고 계셔요."

"정말 쓴다고?"

"오랫동안 쓰지 않으셨는데, 이번에는 공행모空行母로부터 계시를 얻어 새로운 이야기가 끊임없이 머릿속에서 흘러나온다고 하십니다."

"공행모?"

동자승은 어른스럽게 웃으며 승방의 창문 하나를 가리켰다. 커튼이 걷힌 창문으로 동그란 얼굴의 여인이 그들을 내다보고 있었다.

"저 여인 말인가?"

동자승은 고개를 끄덕이며 대답했다. "저분입니다."

진메이가 다시 고개를 돌려 보았을 때, 여인은 창문 뒤로 사라지고 없었다.

이야기꾼: 경전 발굴

진메이는 하는 수 없이 산 아래로 내려와 강가 마을에 숙소를 잡았다. 고요하게 보였던 큰 강은 밤이 되니 큰 소리로 울었다. 아침에 일어난 진메이는 숙소 주인에게 강물 소리가 너무 크다고 불평을 했다. 방바닥을 파서 만든 화로 반대편 어두운 그늘에 앉아 있던 누군가가 말했다. "강물 소리가 너무 큰 게 아니라, 이 마을이 너무 조용한 거요."

창문으로 들어온 아침 햇살이 진메이의 몸 위로 떨어졌다. 창문 반대편 화롯가에 있던 사람은 자연히 어두운 그늘 속에 있게 됐다. 그 사람은 진메이를 볼 수 있는데, 진메이는 그 사람을 볼 수 없었다. 진메이는 마음이 편치 않았다. 낯선 사람의 시선이 자신에게 꽂히니, 꼭 개미가 살그머니 깨무는 기분이 들었다. 반대편 사람도 그것을 느꼈는지 웃으며 말했다. "불빛 아래서 노래하는 셈 치시오. 그때는 사람들이 모두 당신만 보는데 당신은 그들을 보지 못하지 않소."

"그럴 수밖에 없겠네요." 진메이는 아무 생각 없이 답을 하다가 갑자기 물었다. "방금 하신 말씀에 다른 뜻이 있는 것 같습니다만?"

그러나 반대편에서는 아무 소리가 없었다. 방금 전까지 있던 사람이 사라졌다. 계속 이상한 일과 만나다보니 이 정도는 이상하게 느껴지지 않았다. 진메이는 주인에게 좀 전에 자신과 이야기를 한 사람은 누구냐고 물었다. 주인은 진메이처럼 쿤타 라마를 만나러 온 사람이라고 말했다.

"쿤타 라마를 만나러 사람들이 많이 옵니까?"

"아주 많지는 않아요. 그래도 당신처럼 유명한 중컨까지 오지 않았습니까?"

"내가 중컨이라는 것을 어떻게 아시오?"

"당신이 오기 전부터 다들 알고 있었어요. 가장 유명한 중컨이 마을에 온다고. 쿤타 라마가 새로 쓰는 이야기를 기다렸다가 노래할 거라고들 하더군요."

이 황당무계한 말을 듣고, 진메이는 울상이 되어 말했다. "나는 이야기를 기다리는 것이 아니오. 나는 신이 내게 노래하라고 한 것만 노래합니다."

이곳은 조용한 마을이었다. 누군가는 가축 우리를 수리하고, 어느 집에서는 바람에 비뚤어진 태양열 전지판을 고치고 있었다. 마을 입구에 있는 방앗간에서 돌방아가 웅웅 소리를 냈다. 둥지에서 새가 알을 깨고 나오는 소리까지 들릴 정도로 고요한 마을이었다. 나뭇잎은 바람에게 소리를 낮추라며 "가만, 가만, 가만"이라고 속삭였고, 바람은 스쳐지나며 나뭇잎에게 말했다. "들어, 들어, 들어봐."

이 마을의 고요함은 이러했다. 무언가 벌어질 것 같은 고요함. 말을 참지 못하고 하려다가 다시 멈추는 그런 고요함.

그래서 진메이는 사람들에게 작정한 듯 말을 건네보기로 했다. 지붕 위에서 태양열 전지판을 고쳐 설치하는 남자에게 말했다. "텔레비전이 무슨 중요한 소문이라도 퍼뜨릴까봐 겁납니까?"

방앗간에서 톱니에 새로운 이를 끼워넣고 있는 노인에게는 이렇게 말했다. "아이고, 조용히 좀 하세요. 그렇게 소리가 커서야, 막 부화한 아기 새가 놀라 떨어지겠습니다."

그들은 모두 웃기만 하고 대꾸는 하지 않았다. 진메이가 누구인지 알면서도 노래를 청하지 않았으며, 말을 건네지도 않았다. 진메이는 모욕을 당한 기분이었다. 그래서 우뚝 서 있는 말뚝 앞에 가서 말했다. "이 마을에서 말할 줄 아는 사람은 모두 말을 하지 않는 모양이니, 너처럼 말을 할 줄 모르는 물건이라면 입을 열겠구나." 말뚝은 입을 열지는 않았으나, 마치 누군가 커다란 손으로 세게 민 것처럼 흔들리다가 서서히 쓰러졌다. 진메이는 놀라서 숙소로 달려갔다. 그러고는 나가지 않았다. 밤에 잠들기 전, 진메이는 거싸얼에게 한바탕 기도를 올리며 꿈에서 서로 만나는 은혜를 베푸십사 기원했다. 그러나 아주 깊은 잠에 빠져 꿈의 희미한 잿빛 언저리도 보지 못했다. 아침밥을 먹을 때, 전날과 마찬가지로 창문 밖에서 비스듬히 들어오는 햇빛이 진메이와 방안을 반쯤 밝혔고, 방의 다른 한쪽은 어둠 속에 잠겨 있었다. 시선을 가로막는 그 빛의 장막 뒤쪽에 가려져 있던 손 하나가 뻗어나오며 말했다.

"우리 서로 소개할까요."

진메이는 주저했다. "나는 당신을 볼 수 없는걸요."

빛의 장막 뒤쪽에서 웃음소리가 났다. 한 사람이 아니라 세 사람의 웃음소리였다. 남자 둘과 여자의 목소리였다.

한 명이 어둠 밖으로 모습을 드러냈다. "날세. 모르겠나?"

진메이를 방송국으로 데리고 갔던 학자였다.

"자, 악수하세. 우리 얼마나 못 본 건가."

진메이가 말했다. "찾아뵈려 했지만 찾을 수가 없었습니다. 어디 계신지 몰라서요."

"나는 자주 자네 소식을 들었다네. 이제 자네 유명하잖나."

학자는 학생 둘을 그에게 소개시켜주었다. 여자는 석사, 남자는 박사였다. 마을을 걸어다닐 때 석사는 녹음기를 들고, 박사는 방송국 기자처럼 카메라를 멨다. 그들도 거싸얼의 이야기를 쓰는 라마를 만나러 온 것이었다. 석사가 녹음기를 켜고 진메이에게 이 일을 어떻게 생각하는지 물었다. 진메이는 화가 난 듯 말했다. "이 이야기들은 거싸얼 대왕이 아주 오래전에 만들어낸 것이지, 일개 라마가 써내는 것이 아니오."

학자가 웃으며 대꾸했다. "라마가 잘못하고 있다고 보는 구만."

박사가 말했다. "써내는 것이 아니라 발굴한 겁니다. 새로 찾아낸 거죠."

진메이도 발굴이 무슨 뜻인지 알았다. 바로 과거의 대사들이 숨겨놓은 것―아마도 지하에 숨겨두었던 경전들―을 꺼내어 다시 빛을 보게 하고 세상에 전하는 것이다. 박사는 라마가 써내는 것도 일종의 발굴이라고 했다. 지하에서 파내는 것은 아니고, 라마의 마음속에서, 라마의 머릿속에서 파내는 것이라고.

진메이는 학자에게 물었다. "그럼 선생님도 책을 쓰실 때 마음에서 발굴하시는 건가요?"

"나는 그저 책을 쓰지."

"쿤타 라마하고는 어떤 차이가 있는 것입니까?"

학자는 대답하지 않고 진메이를 물끄러미 보았다. 진메이에게 계속 말해보라는 의미였다. 진메이는 거싸얼의 이야기는 수천 년 동안 전해왔고, 거기에 무슨 새로운 대목은 없다고 말하고 싶었다. 그러나 진메이는 도리어 이렇게 말했다. "그 새로운 이야기는 뭔가요? 거싸얼이 토벌한 나라들 외에 또 새로운 국가가 나타나기라도 합니까?"

학자가 나직이 말했다. "그럴지도 모르지."

"한 나라가 생기는 것이 들판에서 버섯 자라듯 쉬운 줄 아십니까? 제 이야기 속에서 링 국에 대항한 나라들은 모두 소멸되었단 말입니다!" 진메이는 목소리를 높였다.

세 사람 모두 웃기 시작했다. 이런 태도에 진메이는 화가 났다. 그래서 성큼성큼 걸어 그 마을을 떠났다. 진메이는 단숨에 산언덕 두 개를 넘었다. 이틀치 길을 이날 모두 걸었다. 두번째 산의 허리께에 이르렀을 때, 한창 공사중인 커다란 사원이 눈앞에 나타났다. 진메이는 쿤타 라마가 본디 이절의 주지 가운데 한 명이며, 다른 라마들과 함께 각각 수행원을 하나씩 관리하고 있다는 사실을 알게 되었다. 또 이 사원 안에서는 쿤타 라마가 그 마을들에서처럼 그렇게 존경받지는 못한다는 사실에도 주의를 기울였다. 여기 승려들은 쿤타 라마에 대해 함부로 말하는 경향이 있었다.

"아, 쿤타 라마는 좀 이상한 사람이죠."

"쿤타 라마 본인의 수행은 꽤 깊은 편인데, 그를 따르는 사람에게는 좋은 점이 없어요. 여기서는 말하기 좀 그렇군요." 이 라마는 근시 안경을 끼고 있는 걸 보니 열심히 독경을 하는 젊은이 같았다. 그는 얼굴에 수줍은 미소를 띠고 말했다. "나중에 저는 지금의 상사를 따르게 되었어요."

그가 지금 모시는 상사는 매우 유명해 신도들도 국내외에 널리 퍼져 있었으며, 한번 여정을 나서면 매우 큰 액수의 공양을 갖고 돌아온다고 했다. 곧 완공되는 이 수행원에도 이미 수천만 위안을 들였다.

"그러면 쿤타 라마는……"

"그분 상황이 참 곤란했죠. 마음을 수행하는 데만 관심을 쏟고, 밖으로 나가 술법을 행하거나 액운을 쫓지도 않으니 그분을 아는 사람도 얼마 안 되고, 그리 많은 돈을 모으지도 못하고요. 여기가 너무 시끄럽다고 떠나버리셨죠. 아주 작은 수행 암자를 지을 거라면서요."

"그러고는 다시 돌아오지 않았습니까?"

"열쇠를 보내겠다고는 하셨는데, 아직 돌려주지 않으셨어요."

"수행원 열쇠인가요?"

"그분 수행원에는 열쇠가 없어요. 사원의 보물이 있는 방 열쇠죠."

사원에 있는 보물은 고대의 갑옷으로, 거싸얼이 인간세상에 남긴 것이라고 했다. 진메이는 그 보물을 보고 싶다고 청했다. 작은 창을 통해서만 방안에 있는 갑옷의 모습을 어렴풋이 볼 수 있었다. 문에는 자물쇠가 여러 개 걸려 있었다. 열쇠는 각 수행원의 주지 라마들이 하나씩 갖고 있으며, 모두 다 모여야만 열 수 있다고 했다. 그러나 주지들은 몇 년 동안이나 모이지 않았다.

거싸얼의 갑옷이라는 것을 보았는데도, 진메이는 전혀 흥분되지 않았다. 구불구불한 복도 끝에 있는 어두운 방을 떠나면서 진메이는 허공에 대고 기도했다. "신이시여, 이 갑옷이 당신이 입으시던 것이라면, 당신이 출정할 때 그 몸에서 번쩍번쩍 빛을 발했겠지요. 제게 알려주십시오."

곧 저녁노을이 하늘을 붉게 태웠다. 이내 별들이 하나씩 하늘로 뛰쳐나왔지만 신의 기적은 전혀 기미가 없었다. 진메이는 꿈을 꾸지 못했다.

새로운 태양이 떠오르자 진메이는 발길 닿는 대로 사원 반대편 산비탈로 올라가 사원을 짓는 모습을 바라보았다. 장인들이 거의 완공되어가는 수행원에 크고도 눈부신 황금 천장을 장식하고 있었다. 사실 그 황금 천장이 얼마나 아름다운지 열심히 들여다본 것이 아니라 쿤타 라마를 생각했다. 자신의 머릿속에서 거싸얼의 이야기를 발굴하는 쿤타 라마. 공사중인 사원을 보면서 이런 생각을 하다가 진메이는 갑자기 발걸음을 재촉해 왔던 길을 되돌아갔다. 쿤타 라마가 쓴 새로운 이야기를 얻을 수 있을지는 모르겠지만, 갈수록 더 휘황찬란해지는 사원에 실망한 그 라마는 반드시 만나봐야겠다고 혼잣말을 하면서.

진메이가 마을로 돌아갔을 때, 쿤타 라마는 이미 폐관을 마친 뒤였다. 진메이는 사람들을 앞세워 쿤타 라마를 보러 갔다. 라마는 작은 건물에서 지냈다. 방이 세 개 있었는데, 그 가운데 하나는 전체 면적의 삼분의 일이 계단이었고, 계단을 오르면 작은 방이 하나 있었다. 진메이는 건물 앞에 섰다. 어떤 사람이 위쪽의 작은 방에 말을 전해주었다. "떠났던 그 중컨이 돌아왔습니다."

위에서 말했다. "들게 하세요."

진메이는 계단 앞에 쌓인 장화와 신발 사이에 장화를 벗어놓고 계단을 올라 방으로 들어갔다. 천장이 너무 낮아서 저절로 몸을 굽히게 되었다. 벌써 적지 않은 사람이 안에 비좁게 앉아 있었다. 진메이는 학자와 그의 학생들을 보았다. 학자는 노트북 컴퓨터를 펼치고, 석사는 녹음기를 들고, 박사는 카메라를 들었다. 전에는 본 적 없는, 간부처럼 보이는 사람들도 있었다.

"저분을 앞으로 오게 하세요." 사람들이 몸을 움직여 진메이가 앞으로 가도록 자리를 내주었다. 그제야 진메이는 쿤타 라마를 보게 됐다.

방에는 작은 천창 하나만 나 있었는데, 고원의 강렬한 햇빛이 그대로 들이쳐 진메이와 쿤타 라마의 몸, 그리고 둘 사이에 놓인 작은 탁자 위로 떨어졌다. 쿤타 라마는 창백하고 야윈 얼굴로, 탁자 뒤의 선상禪牀에 가부좌를 틀고 있었다. 라마가 진메이를 보고 웃었다. 그러나 그 미소는 순식간에 스쳐지났다. 이어 라마가 입을 열었다. "바깥은 봄이겠지요?" 목소리에는 힘이 없었고, 약간 쉰 듯했다.

진메이가 말했다. "여름이 곧 끝날 겁니다. 엉겅퀴도 곧 질 테고요."

라마가 말했다. "아, 그리 오래되었군요. 내가 폐관을 시작할 때 막 겨울이 됐었는데. 어느 밤에는 강물의 얼음 깨지는 소리가 들렸죠. 이제 막 봄이 되었겠다고 생각했는데, 여름이 끝나가는군요."

"그렇습니다."

"아⋯⋯" 라마가 기나긴 한숨을 쉬고 눈을 감더니 깊은 침묵에 빠졌다. 사람들이 모두 숨을 멈추었고, 방안에는 카메라 돌아가는 소리만 울렸다.

라마가 다시 눈을 뜨자 진메이가 말했다. "당신의 사원에 갔었습니다. 새로 짓는 수행원이 곧 완공된다고 하더군요. 방에 들어가 거싸얼의 갑옷을 만져보고 싶었습니다. 하지만 열쇠 하나가 모자라더군요. 정말 그 방 열쇠를 가지고 계신가요?"

쿤타는 마치 그의 말을 듣지 못한 것 같았다. 새끼손가락을 내밀어 긴 손톱으로 부처께 공양하는 등잔의 기름을 살짝 찍어 갈라진 입술에 바른 뒤 말했다. "보살께서 공행모의 가르침을 통해 내 마음속의 보물을 이미 여셨습니다. 어젯밤에 꿈을 꾸었는데, 인연이 있는 사람이 이 마음속에서 열린 보배를 온 세상에 알릴 것이라고 하셨어요. 그 사람이 바로 당신인 것 같습니다."

진메이는 신에게 받은 노래 대목들을 자신이 마음대로 늘릴 수는 없다고 말하고 싶었으나, 라마가 손가락을 입술 위로 세우며 말하지 못하게 신호를 보냈다. 그러고는 몸을 돌려 신상을 모셔두는 장에 향을 한 대 사르고, 장 아래쪽에서 노란 비단으로 싼 물건을 꺼내 탁자 위에 놓았다. 비단을 한 겹 한 겹 벗기니 안에서 패엽경貝葉經*처럼 생긴, 손으로 쓴 원고가 나타났다. 플래시가 한바탕 터지며 카메라 여러 대가 찰칵찰칵 울리기 시작했다.

진메이가 물었다. "이것은 어떤 이야기입니까?"

"거싸얼이 또 새로운 나라를 정복하고, 마귀가 감추었던 보물 창고를 열어 링 국에 새로운 재산과 복을 줍니다." 쿤타 라마는 그 원고의 첫 페이지를 뜯어 진메이의 손에 건넸다. "나는 꿈에 당신을 보았어요. 내 생각에는, 내가 발굴한 보배를 당신에게 주어 사방으로 전하라는 보살의 뜻입니다."

진메이는 손가락 끝으로 그 종이를 건드려보다가 황급히 손을 움츠렸다.

쿤타 라마는 순간 당황하여 멈칫하였다.

학자가 하하 웃으며 이 난감한 상황을 깨뜨렸다. "라마여, 저 사람은 글자를 전혀 모르니 당신께서 쓴 이야기를 읽

---

* 야자수 잎에 바늘로 새긴 불경.

지 못합니다. 저에게 보여주시지요."

라마의 손이 빠르게 움츠러들고, 학자가 뻗은 손은 공중에 멎었다. 이번에는 학자가 당황했다. 라마가 말했다. "죄송합니다. 만약 이 중컨이 인연이 있는 사람이 아니라면, 저는 다시 보살의 가르침을 기다리겠습니다." 유머 감각이라고는 조금도 없어 보이는 쿤타 라마가 농담 삼아 말했다. "만약 보살께서 저에게 직접 노래하라고 하시면, 제가 노래를 해야겠지요." 라마는 안 그래도 쉰 듯한 목소리를 일부러 더 낮게 깔며 말했다. "어느 날 새로운 이야기를 노래하는 '라마 중컨'이 나타났다는 소리를 들으시게 되면 그게 저인 줄 생각하세요."

이 말에 웃는 사람은 아무도 없었다.

라마의 얼굴에는 도리어 미소가 떠올랐다. "정말입니다. 보살께서 제게 직접 노래하라고 하시면, 저는 노래를 할 겁니다."

방 어두운 구석에서 어떤 여인이 낮은 소리로 흐느끼는 소리가 들렸다. 모두의 시선에 들어온 것은 검붉은 얼굴의 중년 여인이었다.

라마가 말했다. "제 아내입니다."

진메이는 학자가 여학생에게 낮은 소리로 설명하는 소리

를 들었다. 쿤타 라마는 홍교紅敎에 속하며, 이 교파에서는 승려들이 아내를 맞고 자식을 가질 수 있다고 했다.

박사가 여인을 향해 있던 카메라를 라마 쪽으로 돌리며 물었다. "저분이 라마의 공행모이십니까?"

라마는 그렇다고 답했다. "내가 이야기에 들어가 있을 때, 그러니까 하늘의 보살이 내게 가르침을 주실 때 저 사람이 바로 내 공행모였습니다. 저 사람은 내가 정말 중컨처럼 사방으로 유랑하게 될까봐 걱정이 되는 모양이네요. 그래서 우는 것이겠지요. 나는 중컨이 아니라 이야기를 발굴하는 라마라고 아무리 말해도 믿지 않지요." 그는 근엄한 목소리로 말했으나 사람들은 도리어 나직하게 웃었다. 엄숙한 분위기가 풀어지기 시작했다.

진메이는 무릎을 꿇고 거싸얼 이야기를 새로 쓴 그 종이 뭉치를 이마로 건드렸다.

라마가 쉰 목소리로 물었다. "이 이야기를 노래하고 싶습니까?"

"하지만 저는 글을 모릅니다."

사람들은 모두 소리를 낮춰 웃었다. 라마도 웃으며 말했다. "저 역시 당신이 이 이야기와 인연이 있는 사람인지 모르겠으니 신의 가르침을 다시 한번 받아야 할 것 같습니다.

먼 곳에서 오셨으니 아마 이 이야기와 인연이 있지 않을까 싶습니다. 하지만 신께서 아직 가르침을 주시지 않아 당신께 드릴 수 없군요."

진메이가 말했다. "제 이야기는 신께 받은 것입니다. 누가 가르친 것이 아닙니다."

라마는 경청하는 모습이었다. 라마가 말했다. "잠깐, 움직이지 마세요. 당신 몸에 뭔가 기이한 게 있는 것 같습니다."

"뭐가요?"

"저도 모릅니다. 제가 느낄 수 있게 해주세요." 라마는 햇빛이 쏟아지는 천창을 올려다보더니 두 눈을 감았다. 한참이 지나도록 움직임이 없었다. 학자, 학자의 학생, 그리고 간부들은 라마가 지나치게 신비한 척한다고 생각하며 가부좌를 틀었던 다리를 폈다. 그러고는 고개를 숙이고 귀엣말을 주고받기 시작했다. 목구멍에서 가래를 끌어올리는 낮은 기침 소리가 들렸고 누군가 그것을 벽 쪽에 뱉었다. 마침내 라마가 눈을 뜨고 말했다. "여러분이 믿지 않으면, 나도 방법이 없습니다."

사람들이 웃으며 말했다. "믿습니다." 그러나 그 웃음 속에는 분명 그리 믿지 않는다는 뜻이 담겨 있었다.

학자와 그의 학생, 그 지역의 관련 공무원들이 라마와 이야기를 나눌 때, 진메이는 혼자서 방을 빠져나와 바깥 산비탈로 갔다. 풀밭 위에 눕자 주변의 꽃들이 흔들렸다. 한쪽에서는 꽃들이 지려 하는데, 다른 쪽에서는 막 피어나고 있었다. 진메이는 라마가 어떻게 공행모의 몸에서 신비한 계시를 받는지 그 모습을 계속 상상했다. 계시가 내려오는 모습은 그려지지 않고, 남자와 여자가 성교하는 장면만 떠올랐다. 진메이의 마음이 어지러워졌다. 스스로에게 화가 난 진메이는 그대로 몸을 일으켜 새로운 거싸얼의 이야기가 태어난 이곳을 떠났다.

진메이는 길을 가면서 억울한 마음에 하늘을 향해 외쳤다. "신이시여, 정말 저에게 전해주시지 않은 이야기가 있는 겁니까?"

이때, 라마가 선상에 반듯이 앉아 정색을 하고 카메라를 향해 말했다. "나는 그 중컨과 다시 만나게 될 겁니다."

학자가 말했다. "곧 돌아올 겁니다."

"아니요. 그는 이미 떠났습니다."

3부

수사자가
하늘로
돌아가다

이야기: 곤혹

거싸얼은 또 오랫동안 아무 하는 일 없이 지냈다.

국왕은 여러 왕비들에게 물었다. "한 나라의 군주로서 내가 또 무엇을 해야겠소?"

여러 왕비들은 모두 주무를 쳐다보며 그녀의 말을 기다렸다.

주무가 말했다. "국왕은 모름지기 신하들을 두루 살펴야 하옵니다. 수석대신이 오랫동안 보고를 올리러 오지 않으니 병이 나지 않았나 생각합니다. 국왕께서 가셔서 그를 살피시옵소서."

국왕은 곧 수석대신을 방문했다. 진귀한 보석들을 하사품으로 준비했을 뿐 아니라 어의까지 대동했다. 수석대신은 하사품은 기꺼이 받았으나, 어의를 보는 것은 거부했다. 수석대신이 말했다. "저는 아픈 것이 아닙니다. 다만 늙은 탓에 하루하루 약해질 따름입니다."

"그럼 나중엔 어찌되는 건가?" 국왕이 물었다.

"존경하는 국왕이시여, 그 찬란한 업적을 성취하시도록 영원히 보좌하고 싶으나, 저는 결국 죽고 말 것입니다. 침상에 들고는 다시는 깨어나지 못할 날이 올 것입니다." 수석대신이 손을 내밀었다. "제 손은 나무뿌리처럼 메말랐습니다." 이번엔 눈을 크게 떠 보였다. "제 눈은 더이상 샘물처럼 맑게 빛나지 않습니다."

"왜 이렇게 되어야만 하오?"

"저희는 신이 아니라 평범한 사람입니다. 인간은 모두 죽습니다. 국왕께서도 죽음을 보지 못하신 것은 아닐 겁니다."

"그대는 영웅이오! 영웅은 보통 사람과 다르다고 생각하오. 영웅은 자차세가처럼 그렇게 전쟁터에서 장렬한 죽음을 맞아야 하는 거요!"

"전쟁터에서 장렬하게 죽는 것은 영웅의 가장 훌륭한 최후입니다. 그러나 모든 사람이 그런 행운을 누리는 것은 아니지요. 국왕의 귀하신 왕비들께서도 마찬가지입니다. 그분들 또한 조금씩 나이가 들어가겠지요. 세상을 뜨기 전에 아름다운 미모를 잃게 될 것입니다."

이 말을 들은 주무는 슬픈 마음에 눈물을 주르륵 흘리며 얼굴을 가린 채 물러갔다.

수석대신이 말했다. "모두 물러가라. 앞으로 내게 더 힘이 있을지 모르겠구나. 국왕께 드릴 말씀이 있느니라." 시종들이 모두 물러나고 국왕과 남게 되자 수석대신이 똑바로 몸을 세우고 앉았다. "하늘이 국왕을 내리신 것은 링 국 사람들의 비할 바 없는 복이옵니다. 그러나 국왕께서는 이처럼 많은 영웅이 모두 당신에 앞서 죽어가는 것을, 여러 왕비들이 당신 앞에서 나이들어가는 것을 차마 견디지 못하실 것입니다. 게다가 링 국도 이미 굳건히 기반을 다졌으니, 대왕께서는 언젠가는 하늘로 돌아가시겠지요."

"이제 내가 이곳에서 할 수 있는 일이 더 없는 것입니까?"

"아직 한 가지 있사옵니다만, 제가 말씀을 드려도 될지 모르겠습니다."

"말해보시오!"

"차오퉁을 죽이셔야 합니다. 그리해야 링 국의 기업이 만세토록 보장될 것입니다. 그 사람을 없애지 않으면 국왕이 돌아가신 뒤 반드시 내란이 일어날 것입니다!"

"차오퉁은 이미 개과천선한 것 같아 보였소만."

"국왕께서 심지가 바르고 선량하시어 그러한 마음으로 사람을 헤아리시니 차오퉁의 사악함을 상상하지 못하시는 겁니다. 부디 제 청을 들어주십시오. 차오퉁이 죽기 전에는 하늘로 돌아가지 말아주십시오."

"인간의 삶이 무상하다는 것을 뼈저리게 느끼게 하는구려."

궁으로 돌아오는 길에 거싸얼은 슬픔에 사로잡혔다. 그는 보물 우산이나 찻주전자와 찻잔을 들고, 혹은 갈아입을 옷을 들고 수행하는 이들을 아주 멀리서 뒤따르게 했다. 주무는 여전히 울고 있었다. 수석대신이 왕비들 역시 언젠가 죽을 것이며, 죽기 전에 미모 또한 시들 것이라는 사실을 콕 짚어 말했기 때문이다. 주무는 비통해하며 말했다. "대왕께서 하늘로 돌아가실 때가 온 것인지 모르겠습니다. 남아 계시면 영웅들은 늙어서 죽고, 여인들은 미모를 잃으니, 국왕께서 아픔과 괴로움을 느끼실 겁니다."

이 말에 거싸얼의 가슴에도 슬픔이 솟아올랐으나, 겉으로는 도리어 차가운 말을 내뱉었다. "이 모든 것이 하늘의 뜻이라면, 왜 내가 굳이 슬퍼하고 아파해야 하는가?"

주무가 말했다. "당신의 지혜와 힘은 신의 것이나, 인간세상에 온 이상, 당신의 마음은 사람의 것이니까요. 그래서 인간의 생로병사를 보시며 아프고 괴로우실 것입니다."

주무의 말은 마치 불길한 예언처럼 들렸다. 거싸얼이 낮은 소리로 말했다. "주무, 정말이지 내 마음이 아프오!"

그날 밤, 여러 왕비들의 애틋한 행동들에 거싸얼은 그녀들의 청춘이 스러져가고 있다는 사실만 도드라져 보였고, 우울한 마음에 홀로 널따란 침대에 올랐다. 문득 하늘 위의 어머니가 보고 싶어져 홀로 읊조렸다. "랑만다무, 내 어머니여."

사실 이때 거싸얼은 꿈을 꾸고 있었다. 꿈속에서 천모 랑만다무가 보석처럼 반짝이는 별들 사이에 나타났다. 천모의 차디찬 손가락이 거싸얼의 이마를 가볍게 쓸었다. 거싸얼은 인간세상의 삶과 죽음에 대해 묻고 싶었다. 하지만 천모의 차가운 손가락이 그의 입술 위로 미끄러졌다. 입을 열지 말라는 뜻이었다. 천모가 먼저 입을 열었다. "그런 질문으로 스스로를 곤경에 빠뜨리지 말거라. 그것은 인간의 문제이니라. 너는 인간세상에서 국왕이 된 신이니, 링 국에 대해서만 관여하면 될 것이다."

"언제 하늘로 돌아가야 합니까?"

"링 국을 천국 같은 나라로 만들면 돌아올 수 있다."

"하지만 천국이 어떤 모습이었는지 전혀 기억하지 못하는데, 어떻게 그런 나라를 만들 수 있죠?"

"내 아들이 오늘은 어찌된 것이냐? 어디 아프기라도 한 것이냐?"

"제가 하늘로 돌아갈 때는 저들을 모두 버리지 않으면 안 되겠지요?"

"저들?"

"수석대신, 인간세상의 부모님, 주무와 여러 왕비들 말입니다."

"아, 아들아, 어쩌다 네 머릿속에 그런 생각들이 가득찼느냐? 나는 위대한 신의 명령을 받고 네게 또 전쟁이 일어날 것임을 알려주러 왔단다. 조심해야 한다!"

천모는 말을 더 하고 싶었지만, 하늘로 돌아갈 시간이 다가왔다. 어느 틈에 옷자락이 나부끼기 시작했고 가벼운 그녀의 몸은 무언가에 떠받들린 듯이 하늘 위로 떠올랐다. 하늘 위로 떠오른 천모는 마지막 한마디를 남겼다. "누군가 적과 내통해 반역을 꾀하고 있다!"

누가 침입할 것인가? 누가 적과 내통하는가? 누가 반역을 꾀하는가? 꿈속에서 얻은 현실적인 고민이 삶과 죽음, 그리고 시들어가는 아름다움에 대한 설움 따위를 깨끗이 쫓아냈다. 이러한 문제들을 안고, 거싸얼은 몸져누워 있는 수석대신을 다시 만나러 갔다. 수석대신을 위해 기도를 올리고 있던 승려들이 국왕이 온 것을 보고 모두 물러갔다. 거싸얼은 조금 흥분한 상태로 수석대신에게 곧 전쟁이 일어날 것 같다고 말했다.

"대왕께서 할 일이 생겨서 기쁘신가 봅니다."

거싸얼은 수석대신의 말에서 비난의 뜻을 읽을 수 있었다. 사람들은 평화와 안녕을 바라지만, 이 신은 공을 세우고 위업을 이루는 것을 갈망하고 있으니 말이다. 거싸얼이 말했다. "내가 싸움을 다 마치고 적국을 모두 깨끗이 멸망시킨다면, 앞으로 링 국 사람들은 평안한 세월을 누릴 수 있을 것이오."

"그럴까요?" 수석대신이 말을 이었다. "대왕이시여, 당신께서 선량한 마음으로 하시는 말씀인 것을 잘 압니다. 그러나 그런 세상은 올 수 없을 것입니다."

수석대신이 육신이 괴로운 가운데 시름이 많아지고 감상적으로 변했을 거라 여기며 거싸얼은 대신의 불경함을 용서하였다.

하지만 수석대신이 말했다. "대왕이시여, 저를 용서하지 않으셔도 좋습니다. 그러나 제가 병고 때문에 나약해졌다고는 여기지 말아주십시오. 대왕께서는 신이십니다. 그래서 인간의 괴로움을 진정으로는 이해하지 못하시지요."

거싸얼이 말했다. "나는 그대들을 도와 요마와 그들의 나라를 멸하려 이 세상에 온 것이오."

승려들이 무겁게 드리워진 휘장 뒤에서 걸어나와 국왕 앞에 고개를 숙이고 시선을 낮춘 채 말했다. "대왕께서 말씀하신 요마 말고도 다른 요마가 있습니다. 그 요마는 사람의 마음에서 저절로 자라납니다. 그것은 어떻게 처치하시렵니까?"

난처해진 국왕은 그들에게 반문했다. "그러면 그대들에게는 무슨 방법이 있는가?"

"불가에서는 사람이 스스로 마음의 요마와 싸워 이기는 방법을 가르치고 있습니다."

거싸얼이 웃었다. "나는 이미 사람의 마음 밖에 있는 마귀들을 수도 없이 소멸시켰고, 하늘나라로 돌아가기 전에 모두 깨끗하게 소멸시키려고 한다. 그대들은 언제쯤 사람 마음속의 요마를 깨끗하게 소멸시킬 수 있는가?"

"사람이란 존재는 소멸되지 않을 것입니다."

"맙소사! 그렇다면 사람의 마음속에 깃든 요마도 소멸되지 않겠구나."

"사람들에게 그렇게 말할 수는 없습니다. 저희는 그래도 사람들이 계속 희망을 품고 있게 하려고 애쓸 것입니다."

거싸얼은 화제를 돌리려 수석대신을 향해 돌아섰다. "각 부족의 병사들을 소집해 전쟁을 준비할 필요가 있을 것 같소."

수석대신이 몸을 일으켰다. "어느 나라가 감히 우리 링국을 쳐들어온답니까?"

"말할 수 없소. 허나 그들은 곧 공격해올 것이오. 우리 내부의 반역자에게 도움을 받아서 말이오."

수석대신은 그 반역자의 이름을 말할 뻔했다. 그러나 거싸얼이 손을 들어 막았으므로, 대신은 그 이름을 다시 뱃속으로 삼키고 말았다. 거싸얼이 말했다. "적과 내통한 반역자라면 마음속에서 요마를 키운 사람이 아니겠소? 고승들이 틀림없이 찾아낼 수 있을 것이오."

승려들이 항의했다. "국왕이라 해도 지고무상한 불법을 전파하는 승려들에게 그러한 일을 시키실 수는 없습니다!"

거싸얼의 표정이 위에서부터 아래까지 준엄한 표정으로 확 바뀌었다.

항의하던 승려들은 즉시 입을 다물었다.

국왕이 수석대신에게 말했다. "아무튼 서둘러 궁으로 들어오시오. 적을 물리치는 일을 상의합시다. 오기 전에 츠단이라는 이름의 국왕이 다스리는 나라가 어디에 있는지 조사해보시오."

수석대신은 즉시 맑은 정신으로 돌아와 사람을 시켜 성채 꼭대기에 붉은 깃발을 올리라고 명령을 내렸다. 사방으로 흩어져 있던 정탐병들이 돌아와 이구동성으로 보고를 올렸다. "카치 국의 츠단 왕이 링 국을 공격하려 합니다!"

"카치라면 나도 안다. 서쪽 지역의 작은 나라가 아니냐."

정찰병들은 그에게 츠단이라는 이름의 왕이 국정을 맡은 뒤 카치 국의 상황이 매우 달라졌다고 말했다. 츠단 왕은 나찰의 화신이라고 전하는데, 왕위를 계승한 지 얼마 되지 않아 니포뤄 국을 정복했고, 만 열여덟 살이 되었을 때에는 웨이카 국을 항복시켰으며, 이어서 무카 국과도 싸워 승리를 거두었다. 이후 동쪽과 서쪽의 나라들을 토벌하면서 주변의 작은 나라들을 모두 그의 휘하로 끌어들였다. 이제 이 국왕은 중년에 접어들었으며, 백성과 재물이 늘어남에 따라 야심도 나날이 늘고 있었다. 자신보다 지위가 높은 것은 하늘의 해와 달뿐이라고 큰소리쳤다. 세상에 널리 명성을 떨친 거싸얼이 있다는 말을 듣고는, 링 국을 토벌하여 자신이 진정한 천하제일의 군왕임을 보이겠다고 떠벌린 것이다.

보고를 듣고 나서, 늙은 영웅은 크게 소리를 내질렀다. "좋다, 링 국의 여러 영웅들이 오래도록 움직이지 않아 몸에 있는 관절들이 모두 녹슬 지경이었지! 여봐라! 옷을 갈아입어야겠다. 바로 국왕에게 보고를 드리러 갈 것이다!

안은 붉고 겉은 검은 외투를 걸친 수석대신의 창백한 얼굴에 화색이 돌았다. 수석대신은 기운차게 왕궁으로 달려갔다.

이야기: 자차세가의 현신

이즈음 거싸얼은 자주 꿈을 꾸어서 아침에 일어나면 언제나 견디기 힘들 정도로 피곤했다. 왕비들은 왕이 자신들에게 관심이 없어진 것이라 생각했다. 주무가 말했다. "우리 낭군님께서는 속세에선 할 일이 없다고 싫증이 나신 모양이다."

여러 왕비들은 어리둥절해하며 인간세상에서 할 수 있는 많은 일들을 늘어놓았다.

"사냥을 하면 되죠."

"무상요가를 수행할 수도 있지요."

"약초 공부도 있고요."

"가난하고 병든 노인들을 찾아보는 일도 있어요."

"땅속에 파묻힌 보물과 광맥을 찾아내는 일도 있고요."

"그림을 배울 수도 있죠."

"자라 왕자님께 변신술을 전수하셔야 하고요."

"도공에게 새로운 무늬로 자기를 구워 오라고 할 수도 있어요."

"병장기 부족에게 더 단단한 무쇠를 제련하라고 해야 하고요."

이때, 깊이 드리워진 휘장 뒤에서 국왕의 웃음소리가 전해져왔다. 그는 벌써 한참 동안이나 그 말들을 귀기울여 듣고 있었다. 왕이 말했다. "꿈을 꾸는 것만도 피곤한데, 그대들은 내게 그토록 많은 일을 하게 할 생각이군."

"그렇다면, 꿈풀이를 배우실 수도 있겠네요."

대왕이 말했다. "방금 또 잠깐 꿈을 꾸었소. 꿈에 우리 병장기 부족이 제련해낸 무쇠보다 훨씬 더 날카로운 무기들을 보았소." 그때 마침 수석대신이 걸어들어왔다. 국왕은 수석대신이 기운차고 또렷한 기상을 보이는 것을 보고도 놀란 기색을 하지 않았다. 국왕이 말했다. "앉아서 이야기하십시다. 왕비들에게 내가 얼마나 많은 무쇠를 보았는지 이야기하고 있었소."

"그것은 대왕의 영명한 통찰력을 보여주는 것입니다."

"무슨 뜻이오?"

"정탐병들이 새로운 소식을 가지고 왔습니다."

수석대신은 카치라는 나라가 있다고 보고했다. 국왕은 왜 이전에는 이러한 나라가 있다는 말을 들어본 적이 없느냐고 물었다. 수석대신이 답하기를, 링 국과의 사이에 검은 철로 된 산이 가로막고 있으며 그뒤로는 또 붉은 철의 산이 있기 때문이라고 했다. 그 산길을 가면 한나절도 못 되어 말발굽이 모두 닳아 없어지며, 벼락이 이 산에 떨어지면 산의 힘이 백 배로 커지기 때문에 산에 들어선 사람들은 살아 돌아오기 어렵다고도 했다. 그렇다면 그 츠단이라는 왕은 어떻게 감히 군대를 이끌고 산을 넘어 링 국을 침범하느냐고 국왕이 물었다. 수석대신은 카치 국의 군대는 그 산의 무쇠로 말발굽을 만들기 때문에 그 산길에서도 말발굽이 닳지 않는다고 답했다. 또한 츠단 왕은 나찰의 화신이어서 신력이 뛰어나므로 법술을 써서 번개를 다른 곳에 떨어지도록 한다고 했다. 카치 국의 군대는 그래서 어려움 없이 공격해올 수 있다는 것이다.

거싸얼은 웃었다. "이제야 꿈이 이해가 되는구려. 내가 카치라는 나라를 정복하고 나면 그 무쇠산과 철을 제련하는 장인들도 모두 내 소유가 될 것이니 링 국은 더욱 무적이 되겠소." 거싸얼은 즉시 명령을 내려 병사들을 소집했다.

도착한 병사들은 다들 전의를 내보이며 들떠 있었다. 차오퉁만이 이들의 전의를 꺾는 말을 했다. 카치 국은 다른 나라처럼 보물이 없다고 했다. 카치 국은 그저 무쇠산 때문에 강해진 것이라 했다.

거싸얼이 말했다. "이번에 여러분을 불러모은 것은 군대를 출동시켜 원정을 가려는 목적에서만은 아니었소. 이제 링 국의 영토가 광활해 그대들을 자주 보지 못하지 않소? 그래서 츠단이 소란을 피운 것을 핑계로 그대들을 불러 함께 만나고자 한 것이오!"

영웅들은 국왕의 말을 듣고는 왕이 곧 링 국을 떠나려 한다고 확신하게 되었다. 신바마이루쩌와 그의 동년배들은 참지 못하고 주룩주룩 눈물을 흘렸다. 자라 왕자를 비롯한 청년들은 우우 소리를 지르며 얼른 전쟁을 벌이자고 들고 일어섰다. 거싸얼은 신력으로 영웅들의 술잔에 저절로 술이 가득 차오르게 했다. 그러고는 모두에게 오늘밤엔 안심하고 술을 마시며 군신이 함께 즐기자고 말했다. 카치 국의 대군이 안하무인으로 이미 링 국을 향해 공격을 개시했지만, 거싸얼이 하늘의 여러 신들에게 도움을 청해 대설을 내리게 했으므로, 카치 국의 병마는 산에 발이 묶여서 얼마간 다시 공격을 감행할 수 없었다.

덕분에 대신들과 왕은 마음껏 즐길 수 있었다.

주무와 다른 젊은 여인들은 예전보다 더더욱 정교하고 아름다워진 가무를 선보였다. 이들의 춤은 더이상 전쟁이나 사랑, 일하는 모습을 형상화한 것이 아니라, 불어오는 바람이나 흘러가는 물 등을 표현했다. 이 모습을 본 사람들은 모두 따뜻한 기운이 머리부터 등골을 타고 뱃속까지 흘러내리는 것을 느낄 수 있었다. 주무가 노래할 때, 누군가는 설산이 허리 굽혀 절하는 것을 보았다고 했고, 누군가는 강물이 빙글빙글 맴도는 것을 보았다고 했다. 흐르는 시간은 저마다의 몸에 나름의 흔적을 남겼다. 하늘에서 내려온 신의 아들 거싸얼 또한 예외가 아니었다. 그러나 주무는 여전히 링 국의 왕비가 되었을 당시의 그 아름다운 모습을 유지하고 있었다. 마치 링 국의 파란만장한 역사를 경험하지 않기라도 한 것처럼 말이다. 주무의 표정은 천진하고 다정하여, 왕비가 되기 전에 거싸얼이 변장한 인도 왕자에게 마음을 빼앗긴 적이 없는 것 같았고, 휘얼 국에 잡혀가 백장 왕과의 사이에서 태어난 아이를 키운 적도 없는 것 같았다. 그녀의 매혹적인 노랫소리는 모든 이의 마음을 뒤흔들어 놓았다. 주무는 하늘의 선녀가 아니면 요마는 아닌지 의심하게 될 만큼 아름다웠다. 그녀는 순결한 이를 더욱 순결하게 만들 수 있었고, 비천한 자를 더욱 비천하게 만들 수 있었다.

차오퉁이 국왕을 꿈꾸던 시절, 국왕의 황금 보좌 다음으로 꿈에서 가장 많이 보았던 것이 바로 주무였다. 차오퉁은 적어도 자신이 다스리는 다룽 부족에서는 모두가 자신 앞에 엎드려 절하는 존엄과 영예를 누리고 있었다. 그러나 주무 왕비의 이처럼 아름다운 모습을 다시 마주하니, 그는 진정한 국왕만이 비로소 그녀를 얻을 수 있고 소유할 수 있다는 것을 절감하게 되었다. 차오퉁의 마음속에서 꺼지지 않고 있던 야심의 불꽃이 다시 타올라 그를 초조하고 불안하게 만들었다.

차오퉁은 자신의 장막으로 돌아와 제단을 설치하고 기도를 올렸다. 카치 국의 왕이여, 무적의 신력을 발휘하라. 어서 빨리 군대를 몰고 오라. 그는 또 말했다. 당신의 신력이 정말 광대하다면, 내 바람을 알 수 있으리라.

흑철산에서 큰 눈 때문에 발목이 묶여 있던 츠단 왕은 차오퉁의 기도를 감지했다. 그는 군대를 따라온 주술사에게 산양같이 턱수염이 말려 올라간 늙은이가 왕의 차림을 하고서 자신의 꿈속에 들어왔다고 말했다.

"왕께서는 그의 눈을 보셨습니까?"

"그의 눈빛은 교활한 빛을 띠고 있었소."

"우리 국왕께 경하드립니다. 이번 원정은 틀림없이 시작하자마자 승리를 얻을 것입니다. 꿈에서 보신 그 사람은 거싸얼이 하늘에서 내려오지 않았더라면, 링 국의 왕이 되었을 사람입니다."

차오퉁은 하늘에 물이 떨어져 눈이 오래 내리지 못할 것이라고 꿈속에서 츠단에게 말해주었다. 과연 보름 동안 눈이 펑펑 내리고 나니 날이 정말 맑게 갰다. 카치 국의 대군이 산 아래로 물밀듯 내려와 링 국의 광활한 평원을 가득 메웠다. 링 국 대군은 이미 낮은 산을 등지고 진세를 갖추어 늘어서 있었다. 자라 왕자와 차오퉁의 아들 둥찬, 둥궈 등 젊은 장수들과, 신바마이루쩌와 단마 등 노장들이 진두에 섰다. 앞서거니 뒤서거니 큰 전투가 사흘이나 이어졌지만 승부를 가릴 수 없었다. 거싸얼은 장막 가운데 평온하게 앉아 수석대신과 함께 주사위를 던지며 시간을 보내고 있었다. 초조해지기 시작한 츠단 왕은 꿈속에 나타났던 그 사람이 왜 다시 꿈에 나타나 묘안을 주지 않을까 생각했다.

차오퉁도 전혀 한가하지 않았다. 그동안 몸을 보이지 않게 하는 은신술을 수련해왔는데, 이참에 시험해봐야겠다고 생각했다. 차오퉁은 은신술을 쓴 후 다룽 부족의 군진으로 걸어갔다. 두 아들 둥찬과 둥궈가 협력하여 적의 장수와 맞서고 있었다. 여러 차례 치고받았지만 승부가 나지 않았다. 차오퉁은 새가 날개를 펼치듯 보이지 않게 하는 투명 망토를 공중으로 던졌다. 그 즉시 두 아들은 물론, 뒤쪽에서 끊임없이 북을 두드리고 함성을 외치던 군진까지 자취도 없이 사라졌다. 적군 장수는 손에 들린 커다란 칼을 눈부시게 휘두르며 방향을 틀어 다른 군진으로 뛰어들었다. 장수는 링 국의 천호장 두 명을 단숨에 베었다. 노장 단마가 앞으로 나선 뒤에야 전세가 안정되었다.

차오퉁은 크게 기뻐하며 몸을 날려 위자마에 올라타고는 그대로 지휘 막사를 향해 달려갔다.

거싸얼이 웃었다. "우리 장수들이 적을 당해내지 못할까 봐 나까지 환술로 감춰주려는 게요?"

"은신술을 써서 적의 진영으로 잠입하게 해달라고 청하려는 것입니다. 츠단 왕을 죽이면 우두머리를 잃은 카치의 대군은 링 국에서 물러날 것입니다."

"카치 국의 왕은 안하무인으로 이 전쟁을 일으켰소. 그를 멸할 것이오!"

"요 며칠 여러 뛰어난 장수들이 돌아가며 싸웠는데도 승리를 거둘 수 없었습니다. 국왕께서 그를 멸하고 싶으시다면 더더욱 저를 보내주십시오!"

수석대신은 국왕에게 차오퉁의 청을 거절하라는 신호를 보냈지만 거싸얼은 이를 받아들이지 않고 말했다. "그대가 원한다면야."

차오퉁은 신이 나서 자신의 나무 솔개에 올라탄 뒤 적의 진영으로 날아갔다.

수석대신은 발을 구르며 탄식했다. "대왕께서는 그가 정말 츠단 왕을 죽일 것이라 믿으십니까?"

거싸얼이 말했다. "그는 츠단에게 항복하러 간 것이오. 나는 그의 계책을 역이용할 방법을 생각하고 있지."

"진작에 차오퉁을 죽이셨어야 합니다."

"내가 세상에 온 것은 요마들을 없애기 위해서이지, 사람을 죽이기 위해서 온 것이 아니라오."

"그러면 우리는 이 사람을 그냥 둡니까?"

"그것은 그대들 세상 사람들이 해야 할 일이지."

수석대신은 너무 놀라 왕을 쳐다보았다. 하늘에서 내려온 신의 아들이 어쩐지 이 일을 논하면서는 평소의 친밀하고 다정하던 표정을 차갑고 딱딱하게 바꾸고 있었다.

"요마들은 없앨 수 있으나, 이런 패륜의 무리와는 함께하는 수밖에 없다는 말씀입니까?"

거싸얼은 고개를 흔들었다. "몸이 이제 막 좋아졌는데, 얼굴에 또 병색이 가득하구려. 다시는 그러한 문제를 고민하지 마시오."

"이 모든 게 전적으로 인간의 문제라면, 몸이 좋아지는 게 무슨 의미가 있습니까? 오래 사는 것이 도리어 벌을 받는 일일 텐데. 왕의 그 말씀을 장수들이 듣는다면, 아마 그들도 적과 싸우려는 마음이 없어지고 말 것입니다."

"그래서 그대에게만 말한 것이오." 방금까지 차가웠던 거싸얼의 표정이 다시 다정하게 바뀌었다. "어쨌거나 차오퉁의 계책을 어떻게 이용해 복병을 매복시킬지 상의해봅시다. 만약 차오퉁이 아니었다면 승리할 기회가 이처럼 빨리 찾아오지는 않았을 것이오!"

두 사람은 한참 상의를 한 끝에 그날 밤 대군을 다른 곳으로 옮겼다.

차오퉁의 나무 솔개가 막 땅으로 내려서자 츠단 왕이 앞으로 나와 맞으며 말했다. "꿈에서 본 사람과 만나기는 처음이오."

"왕께서 승리를 거둔 뒤 나를 링가의 왕으로 만들어주겠다 하시면 계책을 바치겠습니다. 이를 원치 않으시면 지금 이 자리에서 나를 죽여주십시오."

"꿈에서 그대를 본 뒤 알아본 바로는 그대는 전혀 용감한 사람이 아니라 하였는데, 죽음을 무릅쓰고 여기까지 온 걸 보니, 국왕이 되기 위해 무엇이든 다 할 수 있다는 뜻이겠지. 좋소. 약속하겠소."

"하늘에 대고 맹세해주십시오."

"내가 바로 하늘인데, 어찌 스스로에 대고 맹세를 하겠소? 그대의 계책을 말해보시오."

"내일 대왕께서는 군진 앞에 소수의 병마만 남겨 눈속임을 하십시오. 저는 은신술을 써서 정예병과 강력한 장수들의 몸을 숨겨 그들을 데리고 직접 링 국 왕궁으로 가겠습니다."

"은신술을 쓴다고? 하지만 수천만 대군이 움직이려면 밥도 해 먹어야 하고 대소변도 봐야 하니 어찌해도 흔적이 남기 마련이오. 그 은신술로 얼마나 오래 숨을 수 있겠소?"

"안심하십시오. 이틀 후엔 승리를 거두실 겁니다."

이튿날, 양쪽은 모두 싸움에 나아가지 않았다. 카치의 정예병과 강력한 장수들은 차오퉁의 은신술로 보호를 받으며 조용히 출발했다. 남은 군대들은 깃발을 내리고 북을 멈춘 채 진을 치기만 했을 뿐 출전하지는 않았다. 링 국 본영 쪽도 깃발만 펄럭이고 병마의 환영은 링의 진영 안에서만 오갔다. 한낮이 되어 햇빛이 강렬해지고 습기가 강해지자 환영들이 아지랑이처럼 아른거리며 위쪽으로 날아올랐다. 남아 있던 카치 군은 그 광경을 보고 당황하기 시작했는데, 거싸얼이 하늘의 병사들을 불러왔다고 생각했던 것이다. 카치 군의 주술사만이 거싸얼의 수법을 알아보고 크게 소리를 질렀다. 큰일이다. 맞은편에 진짜 병사들은 없다! 츠단 왕께서 계략에 빠지셨다! 그래서 남아 있는 병사들을 여럿으로 나누어 사방으로 먼저 출발한 정예병들을 찾아다니기 시작했다. 그러나 초원은 망망하고 대군은 차오통의 은신술 아래 꼭꼭 감추어져 있었으므로 전혀 종적을 찾을 수 없었다. 정예병들을 찾아나선 병사들 가운데 어떤 부대는 늪에 빠져 죽음을 맞이했고, 어떤 부대는 들소 무리에 휩쓸려 다시 돌아오지 못했다. 그렇게 닷새가 지난 밤에야 동쪽 하늘에 검붉은 전운이 기둥처럼 하늘 한가운데까지 솟아오르는 모습이 보였다. 카치 군의 주술사는 지쳐버린 군사들을 재촉해 계속 진군하여 츠단 왕에게 그 사실을 경고하려고 했다.

거싸얼은 일찍부터 이 모든 상황을 예견했다. "환술을 조금 써볼까." 그날 밤 츠단 왕의 주술사가 이끄는 부대는 건

널 수 없을 만큼 커다란 호수를 만나 길을 쭉 돌아가야 했다. 달이 떠오르고, 달빛이 호수에 닿는 순간 병사들이 똑똑히 보고 있는 앞에서 호수가 사라졌다. 샛별이 떠오를 무렵에는 아귀들이 점령하고 있는 절벽에 닿았다. 그러자 병사들은 바닥에 주저앉아 누구도 앞으로 나서려 하지 않았다. 주술사는 바닥에 주저앉아 목을 놓아 울기 시작했다. "나의 대왕이시여, 당신의 경솔함에 온 카치 국이 죽게 되었나이다!"

병사들을 이끌던 카치 군의 장수는 주술사가 국왕을 비난하는 말을 듣고 칼로 주술사의 목을 쳐서 절벽 아래로 떨어뜨렸다. 바로 이때 해가 떠올랐고, 절벽이 무너져내리기 시작했다. 무너져내린 바위의 환영에 아무도 다치지 않았지만, 카치 국 병사의 반은 놀라서 죽고 나머지 반은 카치 국 방향으로 정신없이 도망쳤다. 그 장수만이 홀로 남았다. 장수의 눈앞엔 모든 환영이 사라지고 풀밭만 남았다. 바람이 불어와 풀들이 나부꼈고 상쾌하게 지저귀는 새소리 속에서 장화 위로 떨어지는 이슬방울이 보였다. 장수는 절망에 빠져 츠단 왕의 존귀한 이름을 외쳐 부른 뒤 칼을 휘둘러 스스로 목숨을 끊었다.

한편 카치의 정예군은 이미 은신 상태에서 벗어나 막 떠오른 태양 아래 다시 전진하려는 참이었다. 카치 국의 왕은 아침에 잠에서 깨어날 때부터 불안을 느껴, 차오퉁에게 왕궁이 있다는 다쯔 왕성이 가까이에 있는지 물었다. 차오퉁은 이곳은 자신이 다스리는 다룽의 영지이니 마음놓고 전진해달라고 부탁했다. 앞으로 이틀 정도만 더 가면 왕궁의 황금 지붕을 볼 수 있을 것이라 장담했다. 카치 국의 왕은 이미 전쟁의 기운을 느꼈기 때문에 큰 소리를 내질렀다. "이자를 묶어라!" 올가미 몇 개가 동시에 날아들더니 차오퉁을 말 잔등에서 끌어내려 단단히 묶었다. 카치 국의 왕은 차오퉁의 계책이 성공한다면 그를 링 국의 왕으로 만들어주겠지만, 실패한다면 죽이겠다 했다.

한 시진도 채 행군하지 않았는데 앞쪽으로 낮은 언덕이 나타났다. 언덕 위에는 야수 모양의 암석들이 잡초 위에 쭈그리고 앉아 있는 것처럼 놓여 있었다. 카치 국 군대는 서쪽에서 동쪽으로 올라갔다. 언덕 위에서 비껴드는 햇빛에 그들은 언덕의 모습을 또렷이 볼 수 없었다. 그래서 병사들은 마구잡이로 잇달아 화살을 쏘아댔다. 하지만 주위는 고요했다. 바람이 풀잎 위를 사사삭 스치는 소리만 들렸다. 국왕이 손짓하자 카치 대군은 언덕을 오르기 시작했다. 그러자 폭풍이 몰아치는 듯한 소리가 울리더니 메뚜기떼가 날아드는 것처럼 화살이 빗발쳤다. 카치 국의 장병들은 처참한 비명을 내지르며 그 자리에 우수수 쓰러졌다. 카치 국의 왕도 화살 두 대를 맞았는데, 그중 한 대는 갑옷에 맞아 부서졌지만 한 대는 그의 목에 명중했다. 화살깃이 웅웅대는 소리가 귓가에 울렸다. 왕이 큰 소리를 내지르며 목에서 화살을 뽑아내자 핏물이 솟구쳤다.

"함정이다!" 그가 크게 소리를 질렀다. "차오퉁을 죽여라!" 그러나 차오퉁은 역시 목숨이 끈질겼다. 마침 화살을 맞고 쓰러진 말 아래 몸이 깔려 보이지 않았던 것이다. 카치 국의 왕이 사방으로 차오퉁을 찾아다니고 있는데 또다시 화살이 쉭쉭 소리를 내며 날아왔다. 카치 국의 병마는 하릴없이 퇴각해 언덕을 내려갔다. 사방에서 링 국의 깃발이 그들을 에워쌌을 땐 카치 국의 병사들이 반 이상 죽거나 다친 뒤였다. 링 국의 대군은 언덕에서 홍수처럼 밀려올라오며 가차없이 적을 죽여나갔다. 차오퉁의 두 아들 둥찬과 둥귀는 요 며칠 아버지가 적을 찾아가 항복했다는 굴욕적인 소식을 견디고 있던 터라, 이 치욕을 씻어내기 위해 말을 채찍질하여 선봉에 섰다. 길을 반쯤 달렸을 때, 둥찬은 아버지의 비명을 듣고 말에서 내려 말 아래 깔려 있는 아버지를 구해냈다. 차오퉁은 고함을 쳤다. "오랏줄을 풀어버리면 나는 목숨을 보전하기 어려워진다. 너는 이대로 나를 데려가 거짜

얼을 알현하도록 해라!" 둥찬은 어지러운 전쟁터 가운데서 아버지를 호위했다. 아우 둥귀는 칼을 휘두르며 기슭으로 달려 내려가, 용맹하게 무위를 떨치는 츠단 왕을 덮치고 있었다. 가엾은 둥귀는 소년다운 혈기로 치욕을 씻겠다는 마음만 앞서 그저 칼을 휘두르며 달려들기에 바빴다. 연달아 세 번이나 내리쳤으나 번번이 허공만 그었다. 츠단이 허리춤에서 단도를 뽑아들었다. 이미 너무 앞으로 나서 피할 길이 없었던 둥귀는 칼에 찔려 큰 소리를 내지르며 땅으로 쓰러졌다. 노장 단마와 자라 왕자가 앞으로 나와 맞서 싸운 덕에 츠단의 손에 들린 창이 둥귀의 가슴을 꿰뚫는 것은 막을 수 있었다.

출정을 하기 전, 신바마이루쩌는 흉한 점괘를 얻었기 때문에 이번에 절망적인 일이 생길 것임을 알고 있었다. 거싸얼도 서신을 보내와 이번에는 출정할 필요가 없다고 말렸지만 그는 권고를 듣지 않았다. 휘얼의 장군이던 시절에 링 국의 대영웅 자차셰가를 비겁한 방법으로 죽인 그 죄를 씻기 위해서라도 자신이 링 국의 대업을 위한 전쟁에 목숨을 바쳐야 한다고 생각했다. 카치 국 왕의 형이자 맹장 루야와 맹렬히 맞서 싸우게 된 신바마이루쩌는 마음속으로 이렇게 말했다. "영웅 자차셰가여, 이 자리에서 지난날의 과오를 씻을 수 있다면 하늘에선 그대와 형제가 되기를 바라오!"

말이 막 떨어지자마자 시간이 멈추기라도 한 듯 광활한 대지가 소용돌이치기 시작했다. 맑은 하늘에 무지개가 나타났다. 그리고 무지개 위에, 이미 오래전에 죽은 자차세가가 있었다. 자차세가는 팔을 들어 손바닥 한가운데서 벼락을 쏘아 마침 칼을 들어 신바마이루쩌를 내리치려던 루야를 말 아래로 떨어뜨렸다. 벼락이 친 뒤, 신바마이루쩌는 자신이 이미 죽어 서천에 이르렀다 생각하고는 고개를 들어보았으나 자신은 터럭 하나 다치지 않고 루야가 벼락을 맞아 타 죽은 모습이 보였다. 루야가 걸쳤던 갑옷은 산산이 부서졌고 타버린 머리칼에서는 푸른 연기가 모락모락 피어오르고 있었다. 하늘을 보니 자차세가는 무지개와 함께 푸른 하늘로 녹아들어가고 있었다.

자라 왕자는 장병들이 환호성 속에서 아버지의 이름을 외쳐 부르는 것을 들었다. 고개를 들어 하늘을 우러러보는 순간, 무지개 위의 아버지가 마침 푸른 하늘 속으로 녹아들어가는 모습이 보였다. 자라는 저도 모르게 뜨거운 눈물을 흘리며 아버지의 영광스런 이름을 부르면서 말을 몰아 언덕 위로 달려 올라갔다. 자라가 연달아 아버지를 부르자 자차세가의 모습이 다시 나타났다. 자차세가가 말했다. "이리

오거라."

자라는 타고 있던 말과 함께 하늘로 들어올려졌다. 아들이 아버지의 가슴에 머리를 기대는 것을, 아버지가 아들의 투구 위에 달린 붉은 술을 어루만지는 모습을 모든 사람들이 보았다. 자차셰가는 아들의 귓가에 세 가지 말을 남겼다.

첫째는 "신바마이루쩨는 링 국의 영웅책에 들어갈 것이다"였고,

둘째는 "내 아우 거싸얼 왕이 링 국을 강성하게 이끌어준 것에 감사한다!"였으며,

마지막은 "내 아들이 올곧은 영웅이라 하늘에 있는 내 영혼에 위로가 되는구나!"였다.

그러고 나서 자차셰가의 모습은 다시 서서히 사라졌다.

자차셰가의 영혼이 현신하면서 링 국 군대의 사기는 배로 높아졌고 자라 왕자는 비할 바 없이 강력한 힘을 느꼈다. 그는 눈물을 흘리며 부르짖었다. "영웅이신 내 아버지가 힘을 주셨으니, 자차셰가의 아들을 가로막는 자는 죽으리라!"

스스로 하늘 아래 적이 없다고 생각하며 세계의 영웅이라 자칭했던 가엾은 츠단은 이 우레와도 같은 소리에 반쯤 넋을 잃어 자라의 창에 그대로 가슴을 찔리고 말았다. 츠단은 그렇게 자신의 꿈이 실현되는 것을 보지 못하고, 텅 비어 파

란 하늘이 눈앞을 빙빙 돌면서 서서히 영원한 어둠으로 덮이는 것을 보며 눈을 감았다. 카치 군은 국왕과 그의 형이 잇달아 목숨을 잃는 모습을 목격하고 전의를 잃은 채 하나둘 투항했다.

승리를 거둔 링 국의 영웅들은 지휘 막사로 몰려갔다. 마침 둥궈의 상처를 살피고 있던 거싸얼이 한숨을 내쉬더니 둥찬의 어깨를 쓰다듬으며 말했다. "네 아버지의 오랏줄을 풀어주거라."

단마는 분노했다. "대왕이시여, 이 반역자를 또 풀어주시렵니까?

거싸얼의 표정이 굳었다. "차오퉁은 방금 아들을 잃었소. 그것으로 충분한 벌이 되지 않소?"

오랏줄에서 풀려난 차오퉁이 거싸얼 앞으로 달려갔다. "제발 제 아들을 살려주십시오!"

거싸얼은 고개를 저으며 막사 밖으로 걸어나갔다. 그러고는 뒤를 따르는 여러 장수들을 향해 말했다. "자차셰가 형을 보지 못했소. 이제 정말 하늘에서야 형을 뵙겠구려."

차오퉁은 벌레처럼 몸을 움츠린 채 땅바닥에서 목놓아 울었다.

이야기꾼: 거싸얼의 초상

거싸얼이 또다시 이야기꾼의 꿈에 나타났다. 하늘나라로 돌아간 뒤의 신으로서가 아니라, 인간의 육신을 가지고 태어난 링 국 국왕이었다.

진메이가 그동안 많은 곳을 돌아다녔지만, 하늘나라의 추이바가와가 어떤 모습일지에 대해 궁금해하는 사람은 없었다. 추이바가와의 그림을 우연히 한두 폭씩 마주치긴 했지만, 대부분의 신들과 별반 다르지 않은 모습이었다. 사람들은 그를 거싸얼로 기억했다. 거싸얼은 줄곧 완전무장을 하고 천마에 올라타 굳센 기상으로 먼 곳을 응시하는 모습이었다. 거싸얼이 전투를 치른 적이 있는 곳에는 정부가 조각가를 고용해 진흙과 바위, 검정 무쇠, 반짝반짝 빛나는 스테인리스강으로 거싸얼의 조각상을 주조해 세웠다. 박물관과 소도시의 광장, 심지어는 새로 문을 연 호텔 로비에도 손에 보도를 들고 허리에 활과 화살을 찬 채 위풍당당하게 말 위에 올라앉은 거싸얼 조각상이 있었다.

진메이는 최근 새로 개장한 호텔에 초대되어 거싸얼 조각상 제막식에서 노래를 불렀다. 호텔 주인은 얼굴이 검붉은 사람이었는데 조각상과 닮은 듯 윤기 흐르는 수염이 나 있었다. 그가 말했다. "제막식에 참석하는 귀빈들은 모두 매우 바쁘시니 너무 길게 하지 마시고 가장 멋진 부분 한 대목만 불러주세요."

진메이는 당신이 보기에는 어떤 대목이 가장 멋지냐고 묻고 싶었다. 그러나 묻지 않고 말을 삼켰다. 대신 내로라하는 사람들이 조각상의 몸에서 붉은 비단을 벗겨낼 때, 임의로 한 대목을 노래했다. 노래는 변변치 못했다. 이런 형식적인 자리에서 노래를 하는 데 익숙하지 않았고, 온몸이 금빛으로 반짝이는 조각상이 마음에 들지도 않았기 때문이다. 그러나 사장이 찔러준 봉투 속에 들어 있던 두터운 돈뭉치는 마음에 들었다.

식이 끝난 뒤, 진메이는 이 고원의 떠들썩한 소도시 이곳저곳을 어슬렁거리며 돌아다녔다. 서점에서는 자신이 부른 거싸얼 노래 CD가 진열대에 놓여 있는 것을 보았다. CD 표지에는 머리에 중컨 모자를 쓰고 손에 육현금을 든 진메이가 초원에 자리를 깔고 앉아 노래를 부르는 데 심취한 사진이 인쇄되어 있었다. 그는 점원에게 일부러 이런저런 질문을 던지며 그녀가 자신을 알아봐주기를 바랐다. 하지만 점원은 그를 알아보지 못했고 턱만 계속 움직였다. 결국 진메이는 마지막으로 이렇게 물었다. "아가씨, 도대체 뭘 그렇게 쉬지 않고 씹는 거죠? 맛있는 거라도 먹는 거예요?"

점원은 껌으로 커다란 풍선을 불어 진메이의 얼굴 앞에 대고 터뜨리고는 가버렸다.

결국 곁에서 책력을 뒤적이고 있던 한 노인이 그의 여러 질문 가운데 하나에 답을 해주었다. 밖으로 나가면 길 끝에 건물이 하나 있을 텐데 그 건물 이층에 회화 작업실이 하나 있다. 젊은 화가 몇이 매일 거기서 그림을 그린다고 했다. 진메이는 그곳을 찾아갔다. 일층은 기념품 가게였다. 완성된 초상화들을 이 상점에 걸어놓는 것이다. 진메이는 거싸얼의 초상화도 있는지 물었다. 점원은 위층으로 향하는 사다리를 가리키면서 남아 있던 마지막 그림은 팔렸고 새로 그리는 중이라고 했다. 진메이는 곧 위층으로 올라가보았다. 화가 몇 명이 탁 트인 커다란 방에서 그림을 그리는 가운데, 한 청년이 융단 위에 꿇어앉아 화폭에 세밀하게 붓을 놀리고 있었다. 진메이는 멀리서도 자기 이야기 속 주인공을 알아보았다. 그의 말, 그의 갑옷, 그의 칼과 화살. 가까이 가서 보니 화가는 마침 보검에 색을 입히는 중이었다. 거싸얼의 얼굴은 아직 둥근 동그라미의 형태로 남아 있고, 바탕색만 칠해져 있어 화폭의 섬유질이 만들어내는 결이 또렷하게 비쳤다. 진메이는 조심스럽게 말을 꺼냈다. "왜 얼굴은 그리지 않는 건가요?"

청년은 칼날의 빛을 한줄기 한줄기 그려낸 다음에야 참고 있던 숨을 길게 내쉬며 말했다. "내일 그리려고요. 얼굴을 그려넣기 전에 제사를 드려야 하거든요."

말을 마친 청년은 붓을 바꿔 들고 또다른 색을 묻힌 뒤 활시위에 걸린 화살 깃을 그리기 시작했다.

"당신도 그의 이야기를 압니까?" 진메이가 물었다. 화가는 얼굴을 돌려 진메이의 얼굴을 바라보았지만 대답은 하지 않았다. 진메이는 아래층으로 내려와서 가게 안을 한 바퀴 돌다가 다른 방법으로 표현된 거싸얼을 발견했다. 돌에 새겨진 거싸얼이었다. 푸른색 석판에 그리 깊지 않은 선들이 패여 있었다. 역시나 말을 타고 칼을 휘두르는 모습이었다. 진메이는 석판 위의 모습이 더 좋았다. 그래서 점원에게 물었다. "이것도 위층에서 만든 건가요?"

"산에서요."

"산에 누가 있는데요?"

"이 초상들은 산에 쌓여 있는 것들이예요. 누가 석판에 새긴 건지는 몰라요."

가게를 나선 진메이는 도시 밖으로 나가 트랙터를 빌렸다. 거싸얼의 초상이 있다는 산으로 가기 위해서였다. 트랙터

운전사는 처음엔 가지 않으려 했다. 그가 말했다. "또 석판을 훔치러 가는 사람이군."

"석판을 새기는 사람을 만나보고 싶을 뿐입니다." 언제부터인지 모르겠지만, 진메이는 거싸얼과 연관이 있는 모든 사람을 자신의 친척처럼 여기게 됐다. 물론, 좋은 친척도 있고 그리 좋지 않은 친척도 있다. CD를 팔던 아가씨는 좋지 않은 편이었고, 젊은 화가는 일에는 열심이지만 사람을 대할 때는 오만한 편이었다. 진메이는 산에서 석판을 조각하는 사람이라면 마땅히 좋은 친척일 거라 생각했다. 과연 그는 실망하지 않았다. 전나무들이 줄지어 우뚝 솟아 있는 초원 끝자락에 오르니 먼 곳에서 탕탕 두드리는 소리가 들려왔다. 바람이 부는 대로 흐트러지는 머리칼을 내버려둔 사람이 석판을 새기는 중이었다. 그가 새기고 있는 것은 바로 거싸얼의 초상이었다. 완성된 초상들은 산등성이에 기다란 띠처럼 낮은 담장을 이루고 있었다. 진메이는 단 한 가지 질문을 던졌다. "도시에 팔기 위해서 이것들을 새긴 건가요?"

바람에 맞아 벌겋게 달아오른 얼굴을 한 그 남자가 겹겹이 줄지어 선 초상들을 가리켰다. "우리는 대대로 이 링 국 영웅의 초상을 조각해왔소. 나는 조상님들과 마찬가지로 이 일을 하는 거요." 이번엔 석공이 진메이에게 질문을 던졌다. "이 석상들을 옮겨가서 돈을 받고 파는 사람은 아닌 것 같아 보이는데. 그렇소?"

진메이는 기쁜 마음으로 산을 내려왔다. 좋은 친척을 찾았다고 생각했기 때문이다. 진메이는 호텔로 돌아왔다. 보수만 받은 것이 아니라 무상으로 이틀 밤낮을 호텔에서 먹고 잘 수 있었다. 그의 생애에서 가장 깨끗하고 가장 푹신한 침대였다. 이 침대에서 잠들었을 때, 링 국의 왕 거싸얼이 진메이의 꿈에 나타났다. 거싸얼은 어쩐지 당혹스러운 기색이었다. "요마의 나라를 모두 깨끗하게 없앴다고 생각했는데, 카치라는 나라는 어디서 나타난 것인가?"

진메이가 대답할 수 없는 문제였다.

거싸얼은 다시 중얼거렸다. "앞으로 또 어떤 나라가 불쑥 나타나 나와 적이 되려 할까?"

진메이가 말했다. "나는 그저 이야기를 전하는 사람입니다. 당신께서 이야기하시면 나는 가서 노래할 뿐이죠."

"다음엔 얼마나 많은 일들이 있을지 모른다. 그대가 내 모든 이야기를 알고 있다고 했지. 내가 다음엔 무슨 일을 하는가?"

"그걸 알려드리면 하늘에 계신 당신께서 저를 벌하실 겁니다. 아니면 마침 당신에 대한 새로운 이야기를 쓴다는 사람이 있으니 그 사람을 찾아가보세요."

"어떻게 그러겠나? 그대의 꿈에 어떻게 왔는지도 모르는데. 그대가 가서 물어보면 어떤가? 그러고선 내가 다시 그대 꿈에 오는 날, 그때 내게 말해주면 되지."

이렇게 흥미로운 거래가 진행되려는 참에, 머리맡의 전화벨이 울리면서 꿈속의 진메이를 깨우기 시작했다. 진메이는 링 국 왕의 얼굴이 어린아이처럼 호기심 가득한 표정으로 변하는 것을 보았다. 거싸얼이 물었다. "이건 무슨 소린가?"

그 순간 진메이는 잠에서 깨어났다. 그러고는 바로 말했다. "아직 제 말을 들으실 수 있는 거죠? 언제쯤 제 등에서 화살을 뽑아 가실 건가요?"

하지만 아무 소리도 들리지 않았다. 벽에 걸린 유리 액자속의 미인도만 창문으로 비껴드는 빛줄기에 반짝 빛을 발할 뿐이었다.

진메이는 눈을 감고 다시 물었다. "가신 겁니까?"

아무것도 없었다. 거싸얼은 꿈을 통해서만 찾아들 수 있는 모양이었다. 진메이가 웃으며 말했다. "나중에 어찌되는지 알고 싶으셨군요? 말해드리죠. 아직도 더 많은 나라들을 정복하고 링 국을 위해 보물 창고들을 하나하나 열어야 합니다. 거싸얼 대왕이여, 나는 당신이 했던 말들을 알고 있습니다. 당신은 이렇게 말하셨죠. '뛰어난 말일지라도 그 힘이 언제까지나 계속되지 않는 법이거늘, 하나의 적을 굴복시키면 다시 하나가 나오니 참으로 한도 끝도 없구나.'" 진메이는 푹신한 침대에 누워 정복당한 나라들의 이름을 하나하나 불러보았다. 그러나 어디까지나 진메이가 알고 있는 이야기 속에서 전해지는 내용일 뿐이었다. 이제는, 새로운 이야기를 써내는 사람이 있다.

"듣고 계십니까?"

진메이는 눈을 뜨고 침대 맞은편에 걸려 있는 어여쁜 여인의 초상화를 바라보았다. 그림 속 여인의 눈을 보니, 마치 진메이에게 뭔가 하고 싶은 말이 있는데 참는 것처럼 보였다. 만약 그녀가 말을 한다면 틀림없이 방송국의 그 여자 사회자처럼 부드럽고 매혹적인 목소리일 것 같았다. 유쾌하지 않은 기억을 떠올리면서 진메이는 곧 침대에서 일어나 옷을 입고 그림 속 여인을 향해 말했다. "흥!"

진메이는 안락한 방에서 하루만 머물고 또 서둘러 길을 떠났다.

이어져 있는 아름다운 풍경 속 두 개의 산을 훌쩍 넘어, 사람들의 생활은 무척 신산한 산골짜기로 들어갔다. 그는 지금까지 어떤 이야기꾼도 생각한 적이 없는 문제, 특히 한

번도 입 밖에 낸 적이 없는 문제를 생각해냈다. 다음 꿈에서 자신이 정복한 나라들로부터 거두어들인 진귀한 보배들이 지금 어디에 있는지 거싸얼이 물어온다면, 어떻게 대답할 수 있을까. 진메이는 만나는 모든 사람을 붙들고 그 질문을 던졌다. "거싸얼의 진귀한 보배들이 어디 있는지 아시나요? 보물들을 본 적이 있나요?"

길을 가는 내내 진메이가 계속 이런 질문을 던지자 모든 사람들이 진메이를 보며 탄식하기 시작했다. "안된 일이야. 그 중컨이 미쳐버렸어. 그 옛날 링 국의 진귀한 보배들이 어디로 갔는지 묻고 다닌단 말이야."

사실 진메이는 풍요로웠던 링 국의 옛 땅이라 알려진 이곳에서 왜 아직도 이렇게 많은 사람들이 이토록 가난하고 고단하게 살아가는지 알고 싶었을 뿐이다. 그러나 사람들은 그가 거싸얼의 진귀한 보배를 찾아내려 한다고 생각했다.

이야기: 순례 또는 작별인사

국왕이 깨어나자 곁에 누워 있던 주무도 잠에서 깨어났다.
"꿈을 꾸었소."

아직 완전히 깨지 않은 주무의 웃음소리는 나직하게 잠겨 있었지만, 산속을 흐르는 시냇물 소리처럼 맑고 깨끗했다. "이상한 꿈이었나요?"

"다른 사람의 꿈으로 들어가는 꿈을 꾸었소."

주무가 몸을 일으키며 말했다. "자세히 말씀해주세요." 그녀의 반쯤 벗은 몸이 밤의 어둠 속에서 진주처럼 은은하게 빛났다.

"또렷하게 볼 수가 없었소. 안개가 짙게 깔린 산골짜기에 있는 것 같았지."

주무는 가느다란 손가락으로 왕의 가슴을 가볍게 쓸어내렸다. "그럼 무엇을 보셨는지 말씀해주실 수 없겠네요?"

"이상한 사람의 꿈속이었소. 그 사람은 내가 링 국에서 한 모든 일들을 알고 있는 것만 같았지. 아직 하지 않은 일들에 대해서도 다 알고 있었소."

주무는 부드러운 팔로 국왕의 목을 감았다. "그럼 저와 대왕은 계속해서 이렇게 서로 사랑한다던가요?"

주무가 너무 꽉 끌어안는 바람에 국왕은 몸을 약간 뒤로 뺐다. "그에게 얼마나 많은 나라를 더 정복해야 하는지, 어째서 여기서 하나, 저기서 하나씩 비온 뒤 풀밭에 버섯들이 자라듯 또다른 나라들이 계속 나타나는지 물어보았소. 또 어째서 하나같이 악인이 다스리는 나라여서 내가 정복하지 않을 수 없도록 만드는 건지 말이오."

주무는 원하던 대답을 얻지 못하자 몸을 돌리고 짐짓 화가 난 척했다. 국왕은 눈치채지 못하고 말을 이어나갔다. "알고는 있지만 내게 말해줄 수 없다더군. 하늘로 돌아간 뒤의 내가 인간세상에 있는 지금의 나에게 말하는 걸 허락하지 않을 거라면서."

주무는 그 말을 듣고 다시 몸을 돌려 말했다. "그럼 저는 대왕과 함께 하늘로 돌아가는 건가요?"

거싸얼은 왕비가 듣고 싶어하는 말이 무엇인지 알았다. "그대도 함께 가지."

"그러면 국왕께서는 무슨 걱정이셔요?"

"해야 할 일이 도대체 얼마나 더 남은 것인지 알고 싶단 말이오."

주무가 마치 어머니 같은 말투로 말했다. "아아, 링 국의 일로 대왕이 이토록 시름겨워 하시니 이 주무의 마음이 다 아프네요." 주무는 국왕을 자기 품안에 꼭 끌어안았다. 거싸얼은 여인의 뜨거운 몸, 이 세상에서 가장 아름다운 몸, 완전히 성장한 이후 더이상 늙지 않은 그 몸을 안고서 아직은 나타나지 않은 미래의 적국들에 대한 생각을 떨쳐버릴 수 있었다. 주무는 국왕의 몸에 다시 불을 붙였다. 주무가 말했다. "자라 왕자에게 영웅들을 이끌고 전투를 하러 가라 하시고, 제가 매일 대왕 곁에 함께 있게 해주세요."

몸이 불처럼 뜨거워진 국왕은 대답하지 않았다.

날이 밝자, 간밤의 뜨거웠던 광란의 세계에서 다시 보통 때와 같은 얼굴로 돌아왔다. 거싸얼은 시녀의 시중을 받으며 의관을 정제한 뒤 창을 앞에 두고 서서 말했다. "한동안 나가서 돌아봐야 할 것 같소. 병장기 부족이 카치 장인들의 제철 기술을 모두 배웠는지 살펴봐야지. 신바마이루쩌도 들여다봐야겠소. 가엾게도 영지로 돌아오자마자 병이 들었지. 다릉 부족도 한번 돌아보려 하오. 아들을 잃어버린 차오퉁도 위로가 필요할 테니. 아마도 둥궈의 죽음이 그를 변하게 만들었을 거요."

주무는 국왕과 함께 가게 해달라고 부탁했다. 그러나 국왕은 말했다. "아무래도 메이싸와 가는 것이 좋겠소. 메이싸는 사람들을 안정시키지만 그대는 남자들의 가슴에 불을 지를 수 있으니 말이야."

주무는 기분이 상했지만 국왕은 이를 모르는 체하며 담담하게 궁정의 일을 부탁했다. "어마마마께서 편찮으시니 내가 없을 때 그대가 자주 가서 뵙도록 하시오."

대왕은 정말 그길로 출발해 영지들을 순행했다.

그는 자신이 세운 이 광활한 국가를 그리 자주 순행하지 않았다. 대왕이 지나는 대부분의 지역에서 백성들은 왕을 알아보지 못했다. 백성들은 그저 신분이 고귀한 귀족일 거라고만 생각했다. 그의 행렬을 알리는 알록달록한 깃발이 지평선에 나타나면 백성들은 서둘러 소와 양을 몰아 모습을 감추었다. 보기 좋게 살진 소와 양을 보면 그 자리에서 잡아 잔치라도 열까 두려워했던 것이다. 늙거나 약하거나 병이 들었거나 장애가 있는 이들만이 길가에 남아 엄지손가락을 쳐들며 귀인에게 구걸했다. 거싸얼은 말 잔등 위에 실린 먹을거리를 그들에게 나눠주도록 했고, 흥이 날 때는 시종들을 시켜 산호나 터키옥 같은 보석들을 나눠주기도 했다. 땅바닥에서 보석을 주운 남루한 차림의 아이들은 미친듯이 기뻐하며 망아지처럼 통통 뛰었다. 온 얼굴에 주름이 얽은 노인도 놀라고 기쁘기 그지없는 표정으로 하늘을 바라보며 땅바닥에 엎드렸다. 어떤 사람은 앞으로 달려나와 눈물을 흘리며 이 자애로운 관리의 장화에 입을 맞추기도 했다. 거싸얼이 메이싸에게 물었다. "보석 한 알이 저들을 이렇게나 기쁘게 할 수 있는 것이냐?"

메이싸는 고개를 숙이며 답했다. "대왕이시여, 단지 보석이어서가 아니라 그것이 저들에겐 행운을 뜻하기 때문입니다. 이 사람들은 평생 행운과는 인연이 없었으니까요."

거싸얼은 그동안 정복한 나라들에서 저주로 묶여 있던 보물 창고의 봉인을 풀어 그 무거운 돌문을 열 때마다 금은과 수정, 루비, 사파이어, 거거硨磲 등 수많은 보석이 홍수처럼 쏟아져나왔던 일을 떠올렸다. "그렇게 많은 보석을 하사했는데 어째서 백성들에게는 보석이 없단 말인가?"

메이싸는 주저하며 말했다. "대왕께서 수석대신께 하시는 말씀을 들었는데, 대왕께서는 아랫세상에 내려와 오직 요마를 제거하실 뿐 인간들의 일에는 개입하고 싶지 않다 하셨지요."

"인간세상은 이미 오랫동안 이랬던 것이냐?"

"저는 학식이 깊은 사람이 아니지만 제가 태어난 이후로 세계는 줄곧 이런 모습이었습니다."

국왕은 하루종일 깊은 우울에 사로잡혀 기분이 나아지지 않았다.

국왕과 말머리를 나란히 하고 동행하는 메이싸도 우울에 잠겼다. "존귀한 나의 남편이시여, 모두가 당신께는 불가능한 일이 없다고 말합니다. 하지만 저는 이 세계가 그대에게 너무도 많은 의문을 안겨주는 곳이라는 걸 잘 압니다."

거싸얼은 마음속으로 생각했다. '이 사람은 내 마음을 잘 아는 여인이구나.' 거싸얼은 이번에 메이싸를 데리고 나오기로 한 것이 정확한 판단이었다고 생각했다.

며칠 지나지 않아, 옛 휘얼 국과 링 국의 경계 지역에 도착했다. 그때 두 나라 군영이 막사를 세울 때 썼던 나무 기둥들은 몇 십 년 세월에 이미 다 썩어 있었다. 국왕의 기분은 무겁게 가라앉았다. 그 오래된 전쟁터에 자차셰가 순국한 자리가 있었다. 사람들이 그 자리에 돌로 제단을 쌓아놓았다. 거싸얼은 말에서 내려 제단 주위를 이리저리 서성였다. 풀숲에서 썩어가는 말의 뼈와 녹슨 화살촉이 끊임없이 밟혔다. 풀숲에는 벌써 누군가의 발길이 닿아 생긴 희미한 길이 나 있었다. 거싸얼이 말했다. "나처럼 이곳을 서성대는 사람이 누구인지 알겠구나. 이리 나오시오."

오래된 측백나무 뒤에서 신바마이루쩌가 허리를 굽힌 채 돌아나왔다. 초췌해진 그의 모습에 국왕은 깜짝 놀랐다. "어찌하여 이런 모습이 되었소?"

"회한이 독충처럼 제 마음을 계속 갉아먹고 있습니다. 이제 국왕의 대업이 이루어졌으니 저는 더이상 그놈들을 억누르고 싶지 않습니다. 그놈들이 이 죄인의 몸을 삼켜버리도록 내맡기고 있지요."

그때 갑자기 맑은 하늘이 흐느끼듯 세찬 비가 쏟아지기 시작했다.

거싸얼은 신바마이루쩌의 어깨를 움켜쥐었다. "링 국에 대한 그대의 충성심을 모두가 알고 있소. 그대가 이토록 자신의 마음을 괴롭히니 하늘에서도 감동의 눈물을 흘리시는 거요."

"저는 죄인입니다. 자차셰가의 영령은 왜 저를 구했을까요? 그의 고상함이 저를 더욱 보잘것없게 만듭니다."

거싸얼이 말했다. "자차셰가는 정직한 사람이었소. 그래서 자신처럼 정직한 누군가를 돕고자 했던 거요. 그대가 나를 도와 대업을 이어, 기초가 견고해 만세까지 전해질 강대한 링 국을 만들기를 바라는 것이지."

신바마이루쩌의 얼굴에 빗물과 섞인 눈물이 주룩주룩 흘러내렸다. 그는 얼굴을 쳐들고 하늘을 향해 소리쳤다. "그런 것입니까? 전쟁의 신 자차셰가여!"

하늘에서 우릉우릉 우레가 울었다. 이어 비가 그치고 날이 맑아지더니 파란 하늘에 선명한 무지개가 나타났다.

신바마이루쩌가 하늘을 우러르며 눈물을 흘렸다. "내 죄를 사하여주시는 겁니까?"

맑은 하늘에서 또 한번 우레 소리가 울렸다.

신바마이루쩌가 말했다. "그러면 이제 저는 안심하고 죽을 수 있겠습니다. 국왕께서 저의 영지를 방문하시어 휘얼 백성들의 환호와 경애를 받으신다면 저는 안심하고 하늘로 돌아갈 수 있겠나이다."

메이싸가 말했다. "국왕의 이번 행차가 바로 휘얼로 가서 그대와 그 백성들을 돌아보시기 위한 것입니다.

거싸얼이 미간을 찡그리며 물었다. "백성들이 정말 나를 향해 환호할 것이라 생각하는가?"

"백성들은 분명히 환호할 것이옵니다!"

"내가 길에서 만난 사람들은 나를 피해 숨었는데?"

"그들은 당신께서 위대한 거싸얼 왕인 줄 몰랐기 때문입니다!"

"가진 것이 아무것도 없는 사람들이 남에게 구걸하는 것도 보았다. 그들은 길에 뿌려진 보석을 줍고는 얼마나 기뻐했는지 모른다. 어찌된 일인가? 우리가 정복한 적국의 보물들을 그들에게는 나눠주지 않은 것인가?"

"국왕께 아룁니다. 보물을 하사받은 것은 군대를 따라 출정했던 군인들입니다."

"그러면 아직도 많이 남아 있는가?"

"많지 않습니다. 적어도 이곳, 휘얼에는 남은 것이 없습니다. 전쟁에서 얻은 보물들은 또다른 새로운 전쟁에 쓰였지요."

"길에서 구걸하던 그 아녀자들과 어린아이들은……"

"전사한 병사들의 어머니와 아이들이지요."

"왜 그들을 돕지 않는가?"

"다시는 전쟁을 하지 않는 날이 오면 그 사람들을 도울 수 있을 것입니다. 적어도 저는 그들을 도울 겁니다. 지위가 높고 권세가 강한 모든 장수들과 대신들이 다 대왕처럼 그렇게 백성들을 아끼는 마음을 갖고 있지는 않습니다."

휘얼에 도착한 왕은 가는 길마다 백성들의 열렬한 환호를 받았다. 이들은 자신이 이 위대한 군왕이 세운 나라에 태어났다는 사실에 행복과 자부심을 느꼈으며, 거싸얼에게도 그 마음이 고스란히 전해졌다. 휘얼을 떠나기 전날 밤, 잔치가 끝나고 사랑하는 왕비와 아낌없이 사랑을 나눈 뒤 거싸얼이 말했다. "보아하니, 나는 하늘로 돌아가야 할 것 같소."

메이싸는 국왕의 가슴에 얼굴을 묻었다. "왕께서는 정말로 모질게 저희를 버리실 수 있나요?"

"내가 떠나지 않으면 전쟁이 멈추지 않을 것 같소."

"왕께서 없애신 것은 모두 사람을 해치는 요마였습니다."

"그래도 결국 내 전사들은 죽었고, 그들의 어머니와 아이들은 들개처럼 사방을 떠돌고 있잖소."

휘얼을 떠나, 국왕은 자라 왕자의 영지로 갔다. 별이 찬란하게 빛나는 밤, 국왕은 성채 꼭대기에 올라 동쪽에서 서쪽까지 가로지르는 산맥을 보았고, 북쪽에서 남쪽을 향해 큰 강이 깊은 골짜기를 가로질러 흐르는 것도 보았다. 또한 철을 제련하는 병장기 부족의 가마에서 이글이글 타오르는 불빛도 보았다. 자라는 내일은 국왕을 모시고 새로운 제련 기술을 습득한 장인들이 어떻게 새로운 병기를 만드는지 보러 가겠다고 보고했다.

국왕이 말했다. "그럴 필요 없다. 여기서 보면 된다."

"그러나 대왕께서 몸소 현장에 납신다면 장인들이 크나큰 영광으로 알 것입니다."

이글이글 타오르는 불을 바라보며 국왕이 물었다. "이 병장기들을 만들려면 틀림없이 적지 않은 돈이 들겠지?"

자라가 말했다. "국왕의 복에 힘입어 여러 차례 전쟁에서 얻은 보물로 유지할 수 있습니다."

국왕은 자라의 성채에서 사흘을 묵었다. 그는 두 번 다시 병장기와 관련한 일을 묻지 않았다. 홀로 침묵을 지키거나, 자라에게 노인을 공경하고 가난한 이를 긍휼히 여기는 국왕이 되라고 가르쳤다. 자신이 되고자 했으나 사실은 되지 못한 그런 국왕 말이다. 국왕이 말했다. "네 몸에는 자차세가의 뼈와 피가 있으니 네가 링 국의 왕이 된다면 그와 마찬가지로 넓은 마음을 지니도록 하여라."

자라는 왕의 말에 깜짝 놀라 얼굴이 하얘지더니 얼른 국왕 앞에 엎드렸다. 왕자의 조신들이 언제나 그에게 조언하기를, 국왕 앞에서 그가 하루 빨리 국왕이 되고자하는 것처럼 보여서는 안 된다고 했기 때문이다. 국왕은 자라를 부축해 일으켰다. "너는 정직하고 당당한 자차세가의 아들이니, 비열한 생각이 독충처럼 네 심장을 갉아먹는 일이 결코 없도록 해야 한다!"

병장기 부족을 떠나면서 거싸얼은 메이싸에게 속내를 털어놓았다. "내가 왕자의 마음에 풀기 어려운 수수께끼를 남기고 말았소. 백성을 위해 보물들을 써야 할지, 날카로운 병장기를 계속 제련해야 할지 고민이 될 거요."

"그렇게 고민하면서 어떻게 하면 위대한 국왕이 될 수 있을지 배워나가게 될 것입니다."

거싸얼이 웃었다. "근심 걱정이 가득한 국왕 말이지."

"만약 국왕이 그토록 즐겁지 않은 자리라면, 차오퉁 숙부님은 왜 그렇게 국왕이 되고자 하실까요?"

국왕은 다룽 부족의 영지에 가서 그에게 직접 물어보자고 대답했다.

　다룽 부족의 호화로운 연회 자리에서 메이싸는 감히 이 문제를 꺼낼 수 없었다. 차오퉁이 여전히 사랑하는 아들을 잃은 비통함에 잠겨 있었기 때문이다. 국왕은 온 마음을 다해 그를 위로했다. 그러자 차오퉁이 옛 모습을 서서히 찾으면서 슬픔도 옅어지는 것 같았다. 연회가 파한 뒤, 차오퉁은 메이싸에게 아홉 자 높이의 산호수와 구리산에서 자연적으로 만들어진 불상을 건네며 국왕에게 바쳐달라고 했다.

　메이싸는 그에게 무슨 부탁할 일이 있는 것인지 물었다.

　"대왕의 행차 소식은 진작 사방으로 퍼졌다오. 다들 국왕이 우리를 떠나 하늘세계로 돌아가려는 것이라고 말하고 있소. 온 링 국에서 국왕을 제외하고 광대한 신력을 가진 이라면 바로 나 차오퉁을 꼽지 않던가……"

　"그럼 숙부의 뜻은……"

　"왕께서도 나 차오퉁만이 그의 대업을 계승할 자격이 있다는 것을 잘 아실 거라 생각하오."

　메이싸는 국왕이 이런 과한 예물을 거절할 것이라 생각했지만, 국왕은 거절하지 않았다. 그녀는 정직한 국왕이라면 이래서는 안 된다고 생각했으나, 국왕은 도리어 이렇게 말했다. "만약 우리가 어떤 이야기 속에 살고 있는 것이라면, 모든 것이 일찍부터 정해진 대로일 것이오. 그렇다면, 그가 이런 예물을 보낸들 무슨 소용이 있겠소?" 그는 메이싸에게 사람을 시켜 세상을 돌아다니며 진귀한 보물을 수집하는 페르시아와 가 국의 상인에게 이 보배들을 팔라고 일렀다. 그러고 얻은 은화는 거리에서 만났던 가난하고 고단한 백성들에게 나눠주라 했다. "며칠 안에 다쯔 왕궁으로 돌아가게 될 것이오. 집이 없는 사람을 만나면 그에게 집을 주고, 곧 시집을 가는데 목걸이 한 줄 없는 아가씨를 만나면 산호 목걸이를 주어 행복하게 해주고 싶소. 병든 사람에게는 약을 주고 맨발인 사람을 보면 튼튼한 장화를 주고 말이오. 도움을 받을 길 없는 사람에게 한 번이라도 놀라움과 기쁨을 주고 싶소."

이어 거싸얼은 한숨을 내쉬고 화제를 돌렸다. "또 그 사람의 꿈에 갔었소. 그 사람 꿈속으로 들어가 그의 몸 안에 있었는데, 희한하게도 그의 모습을 분명하게 알 수 있었소." 국왕은 이야기꾼 진메이의 모습을 메이싸에게 설명해주었다. 키가 크고 말랐으며 갖은 풍상을 다 겪은 얼굴이다. 장화에는 흙먼지가 묻어 있고 항상 육현금을 들고 다닌다. 두 눈에는 어두운 기색이 서려 있다. "하늘세계의 내가 그

에게 링 국에서 내가 한 일들을 찬송하도록 하였는데, 왜 그
는 고귀한 자가 아니란 말이더냐?"

이야기꾼: 거절

진메이는 어떤 마을에서 공연을 했다. 공연이 끝난 뒤, 작
은 말다툼이 있었다. 관례에 따라 이야기꾼에게 줘야 하는
보수를 사람들이 가져오지 않았던 것이다. 약간의 먹을거리
와 잔돈푼 말이다. 마을 사람들은 촌장이 마련한 공연이니
마땅히 마을 공금으로 보수를 지불해야 한다고 생각했다.
이들은 감사 나오는 공무원들을 접대하는 데만 공금을 쓸
게 아니라 이러한 공연에도 써야 한다고 주장했다. 촌장은
이처럼 전통적인 활동은 전통적인 방식에 따라 처리해야 한
다는 주장을 굽히지 않았다. "좋은 말은 주인을 태우고 길
을 나설 때 가장 익숙한 길을 골라 가는 법입니다." 쌍방이
타협의 기미 없이 서로 맞서고 있는데 한 젊은이가 진메이
에게 백 위안을 주었다. 그러고는 그를 따라다니며 스승으
로 모시고 싶다고 했다. 진메이는 자신의 이야기는 신이 준
것이기 때문에 다른 사람에게 가르칠 수 있는 것이 아니라

고 말했다. 젊은이는 자신도 알고 있다고 하면서 자신이 배우고 싶은 것은 육현금 탄주법과 곡조이지 이야기가 아니라고 했다. 젊은이는 자신의 육현금 주머니에서 악기를 꺼내 가슴 앞에 안고 잠시 망설이다 현을 울려 소리를 냈다.

"이 육현금으로 선생님의 곡을 연주하고 싶습니다." 진메이는 젊은이를 가르치려면 오래 걸리리라 생각했지만, 젊은이는 단 사흘 동안 그를 따라다녔다. 허허벌판을 걷다 지치면 두 사람은 자리에 앉아 한동안 연주를 했다. 진메이가 한 음을 타면 젊은이도 따라서 한 음을 탔고, 진메이가 한 소절을 연주하면 젊은이도 한 소절을 연주했다. 영웅의 이야기를 노래할 때 중요한 것은 이야기 자체였다. 그래서 곡조는 사실 몇 가지 되지 않았다. 젊은이는 금세 곡조들을 익혔다. 두 사람은 일찍이 링 국의 영토였다고 전하는 다른 자치구에 도착했다. 산기슭을 내려갈 때, 땅바닥까지 내려앉은 바람이 등 뒤에서 그들을 밀어준 덕에, 먼길을 걸어왔어도 발걸음은 여전히 경쾌했다. 바람은 북쪽에서 불어왔는데, 하늘에 가볍게 떠도는 옅은 구름은 되레 동쪽으로 흘러갔다. 이 도시는 광장이 무척 넓었다. 두 사람은 광장에 있는 분수 앞에 앉아 사람들과 차들이 오가는 모습을 지켜보았다.

젊은이가 말했다. "선생님, 저희는 여기서 이만 헤어져야 겠네요." 젊은이가 또 돈을 주려 해 진메이는 거절했다. "곡은 이야기에 맞춘 것인데 자네는 왜 이야기는 원하지 않나?" 어느새 진메이는 생각을 바꾸었다. 이 유쾌한 젊은이에게 그 하염없이 긴 이야기를 가르쳐주고 싶었다.

젊은이가 말했다. "저는 이 곡들에 새로운 가사를 붙이려고요."

젊은이는 육현금을 타며 노래를 불렀다. 그가 노래하는 것은 사랑이었다. 진메이는 젊은이의 눈에 우울한 빛이 떠도는 것을 보았다. 처음에 젊은이는 낮은 목소리로 노래를 읊조렸지만, 나중에는 연주가 점점 격렬해졌다. 진메이가 가르쳐준 곡조였지만, 조금 달랐다. 그래서 진메이의 마음속은 광장보다 더욱 텅 비어버렸다. 노랫소리를 들은 사람들이 모여들어 젊은이의 연주와 노래를 들었다. 구경하는 사람들이 갈수록 많아졌다. 아가씨들은 꺅꺅 소리를 내질렀고 청년들은 휘파람을 불었다. 그들은 젊은이를 알아보았다. 진메이는 그제야 젊은이가 무척이나 유명한 가수라는 사실을 알았다. 젊은이는 환호성 속에서 자신의 스승을 모두에게 소개했다. 그러나 예의상 치는 박수 소리만 들려왔다. 사람들은 모자와 두건을 공중으로 던지며 다른 노래도

574 거싸얼 왕

청했다. 젊은이는 또 연주하고 노래했다. 진메이는 몸을 일으켰다. 노래를 멈출 수 없었던 젊은이는 눈빛으로 진메이를 배웅했다. 그 눈빛을 보니 젊은이는 부르는 노래 속의 사랑과 완전히 하나가 되어 있었다. 쓸쓸하고도 감성적인 눈빛이었다. 광장과 사람들을 뒤로하고 돌아섰을 때 진메이는 눈물을 흘리고 말았다.

"망할 바람 같으니, 눈이 다 아프네."

그런 다음 진메이는 중얼거렸다. "내가 울고 있는 거구나." 그러자 더 많은 눈물이 솟아나기 시작했다.

이날 밤, 진메이는 자신의 고향과 무척이나 닮은 목장에서 하룻밤을 묵었다. 천막 가운데 불꽃 속에서 새빨간 쇠똥이 어둑한 빛을 발하는 동안 그는 잠이 들었다. 그러다가 양떼 냄새와 싱싱한 풀냄새를 풍기는 여인이 담요 속으로 파고드는 바람에 깨어났다. 여인을 품에 안은 채 그는 신음 소리를 냈다.

"이건 중컨이 노래하는 소리 같지는 않네요."

"오! 오오!"

담요 속에는 또다시 진메이 혼자 남게 되었다.

진메이는 방금 그를 떠난 여인이 아이에게 젖을 빨리는 소리와 별빛이 쨍하고 풀포기의 이슬 위로 떨어지는 소리를 들으며 잠에 빠져들었다.

거싸얼이 다시 그의 꿈에 나타났다. "그대는 내게 아무 말도 해주지 않을 테니까, 그대의 얼굴이나 보고 있기로 하지." 거싸얼이 말했다. "그대는 내가 생각했던 모습이 아니군."

"어떤 모습이어야 하는데요?"

"잘생긴 건 아니잖나."

"신이 당신의 이야기를 내 뱃속에 밀어넣기 전까지 일자무식의 양치기에 불과했으니까요."

"요즘 잘 지내고 있나?"

"잘 모르겠네요. 때로는 잘 지내고 때로는 그렇지 않죠."

"집은 있나?"

"고향에 있었죠. 그런데 온데를 돌아다니며 당신의 이야기를 노래하기 시작한 뒤로는 없어졌고요. 우리 같은 이야기꾼들은 온 세상을 집으로 삼죠."

"우리? 노래하는 사람이 또 있나?"

"네. 꽤 많죠. 하지만 사람들이 제가 가장 잘 부른다고 하더군요."

"아내는?"

"전 아내가 없어요."

"돈도 없는 것 같은데?"

"며칠 전에 목돈을 좀 벌었어요. 천 위안이라고요!"

"난 어째서 본 적이 없지?"

진메이는 주머니 속에 든 지폐를 손가락으로 가리켜보였다.

"그건 그냥 종이가 아닌가."

"은행에서 써준 글자가 있는 종이가 바로 돈이죠."

"글자의 마력이 더욱 커진 게로군. 그대도 알겠지만 우리가 있는 이곳에서 글은 종이 위의 말일 뿐이야. 나는 지금 차오퉁의 영지에 있네."

"차오퉁이 당신에게 선물을 바쳤다는 걸 알고 있어요. 국왕이 되고 싶어서죠."

"그가 국왕이 되는가? 아, 그대는 나한테 말해주지 않지. 그러나 내가 그를 왕위에 앉히지는 않았을 거라고 생각해. 링 국의 각 부족 수령들도, 수석대신도 동의하지 않을 거고. 순행을 다니면서 많은 사람들이 고통받고 있는 것을 보았네. 내가 왕으로 있는데, 왜 아직도 그토록 많은 사람이 배불리 먹지 못하고 고향을 떠나 떠돌이 생활을 하는 거지? 그대가 사는 곳에도 고통받는 사람들이 많은가?"

"아주 많죠." 진메이는 자신도 그 가운데 하나라고 말하고 싶었지만 하지 않았다. 대신 이렇게 말했을 뿐이다. "높은 관직에 오른 귀인들도 물론 많아요. 돈이 많은 사람들도 많이 있죠."

"그렇다면 세상의 이치는 전혀 변하지 않았다는 말이로군."

"변하지 않은 것 같아요."

"아직도 전쟁이 있는가?"

"텔레비전에서는 전 세계 많은 국가에서 전쟁이 벌어지고 있다고 하더군요. 하지만 이제 요마와 신 사이의 전쟁 같은 건 존재하지 않아요. 사람들끼리 싸우는 거죠. 검은 피부의 사람들도 싸우고, 흰 피부의 사람들도 싸우고, 우리 같은 피부색의 사람들도 싸우죠."

"그럼 이만 돌아가보겠네."

거싸얼은 그렇게 종적도 없이 사라졌다. 잠에서 깬 진메이는 순간 어디로 가야 할지 알 수 없었다. 문득 마음속에서 새로운 비밀을 발굴해 거싸얼의 이야기를 쓰고 있는 라마가 떠올라, 그를 찾으러 나섰다. 그리고 보름 동안 걸어서 라마가 있는 곳에 도착했다. 진메이는 숲에서 나무들이 바람에 버석거리는 소리를 들으며 라마가 참선을 끝내고 나오기를 기다렸다.

진메이를 본 라마가 말했다. "그 사람들에게 당신이 반드시 돌아올 거라고 말했어요."

"저를 기다리셨나요?"

"네. 제가 마음속에서 발굴해낸 새로운 이야기를 당신에게 주려고 합니다."

진메이는 꿈속의 국왕이 떠올라 고개를 떨구며 아무런 말도 하지 않았다.

"거절할 건가요?"

진메이는 말을 돌리지 않고 곧바로 물었다. "무슨 이야기를 썼나요?"

라마가 말했다. "중컨들이 그토록 많은데, 거싸얼의 이야기를 완전히 하는 중컨은 없죠. 내가 천신의 뜻을 받아 그의 영웅적인 자취를 쫓아다니며 모든 이야기를 발굴해낸 것입니다."

"당신의 이야기 속에서 그는 또 무슨 일을 하나요?"

"예전에는 아무도 들어본 적 없는 또다른 요마의 나라들을 정복하고 새로운 보물 창고를 열어 수많은 진귀한 보물들을 얻지요."

진메이는 한참 동안 말이 없다가 결국 입을 열었다. "거절하겠습니다. 그 이야기들을 더이상 쓰시지 말라고 부탁드리고 싶네요. 거싸얼 왕은 이미 하늘로 돌아가고 싶어합니다. 그는 너무 지쳤어요."

라마는 깜짝 놀랐다. "허허…… 세속의 사람이 라마를

가르치려 들다니."

"그게 아니라 부탁드리는 겁니다. 거싸얼은 이미 끝없는 정복 전쟁에 지치고 신물이 나 있죠."

"전쟁에 지치고 신물이 나 있다고! 전쟁이야말로 그에게 그토록 대단한 영광을 가져다주었는데! 신께서 당신을 중 컨으로 만드는 조화를 부리셨는데, 그대가 감히 이야기를 비판하려 들고 있어요. 우리는 신의 선택을 받은 사람들이 오. 그의 뜻에 복종하는 비천한 하인이란 말이오!"

"나는…… 그가 하늘로 올라간 뒤에는 인간세상에서 겪은 모든 곤혹을 잊었다고 생각합니다."

"신이시여, 이 미치광이가 은덕을 잊고 무슨 망령된 소리를 하는지 들으소서!"

"부탁드립니다……"

"집사! 당장 이자를 끌어내시오!"

"내가 틀리기라도 한 건가요?"

"틀렸소!"

"틀리지 않을걸요."

"집사!"

이야기: 가 국의 소식

국왕이 영지를 순행하고 있을 때, 아득하게 먼 가 국에서 비둘기 세 마리가 날아올랐다.

황금 궁궐 내에 가 국 공주가 홀로 머무르고 있는 난향각에서 날아오른 것이었다. 한 마리는 공주가 링 국 국왕에게 쓴 친필 서신을 지니고 있었고, 나머지 두 마리는 국왕에게 보내는 예물을 지니고 있었다. 아름다운 옥 한 덩어리와, 공주의 화원에서 자라는 신비한 꽃과 풀의 씨앗이었다.

비둘기들은 가 국과 링 국 사이에 있는 산속의 무야 국을 지나게 되었다. 링 국이 휘얼을 정복할 때, 무야 국은 군사를 일으켜 링 국을 도왔었다. 전쟁이 끝난 뒤에 링 국은 무야 국과 형제의 나라가 되기로 맹세했다. 하지만 후에 무야 국의 법왕 위쩌둔바가 링 국을 형님 나라로 섬기는 데 불만을 품고 무야 국을 통해 링 국으로 가는 대상들에게 무거운 세금을 물렸다. 그후에는 아예 국경을 봉쇄해 다시는 링 국과 서로 소통하지 않게 되었다.

법왕은 보통 산속 깊은 곳에서 수련하며 가지를 폭발시켜 마력이 센 여러 법기를 만드는 데 열중하느라 일상적인 나라의 정사는 아우인 위앙둔바에게 맡겼다. 비둘기 세 마리가 무야로 넘어올 때 위쩌둔바는 마침 높은 산 위에서 수행을 하면서 자신의 그 보배로운 법기에 더 큰 공력을 부여하기 위해 바람과 비를 부르고 있었다. 마침 무야 국으로 넘어오는 비둘기들을 본 그는 비둘기의 초조한 감정을 읽어냈다. 그는 채찍 같은 번개를 품은 먹구름을 하늘 가득 드리우고 자기 머리 위에만 맑은 하늘을 한 조각 남겨두었다. 그러고는 작은 막대를 들더니 하늘을 찌를 듯 높이 선 커다란 나무로 바꾸어 놓았다. 피곤에 지친 비둘기 세 마리가 탐스러운 열매들이 주렁주렁 매달린 이 나무에 내려앉자마자, 나무는 곧 거대한 자루로 변해 비둘기를 모두 안으로 삼켜버렸다. 위쩌둔바는 큰 소리로 하하 웃었다. "가 국에서 온 사신들이여, 우리 무야 국은 아무래도 그대들의 목적지가 아닌 듯하군! 이토록 급하게 어디로 가는 것인가?"

비둘기들이 말했다. "이제 더이상 사신의 사명을 완수할 수 없을 것 같으니 차라리 우리를 죽이라!"

"너희는 이렇게 작은데다 오랜 시간 날아와 그 몸의 기름과 살도 다 말랐는데, 이 당당한 국왕의 신분으로 너희들을 죽여 살 한 점 없는 뼈다귀나 핥으라는 말인가? 안심하라. 나는 너희를 죽이지 않을 것이다."

무야 국의 왕은 사람을 시켜 비둘기의 몸에서 편지를 풀어오도록 했다. 편지를 펼쳐보니 모든 것을 분명히 알 수 있었다. "가 국 공주의 충성스러운 비둘기들이여, 임무를 수행해야 하지 않겠나! 링 국의 거싸얼에게 편지를 전하러 가거라. 그가 어떻게 우리 무야 국을 통하지 않고 그대들의 공주를 구하러 가는지 내가 지켜볼 것이다!"

무야 국의 왕은 비둘기들을 배불리 먹여 체력을 보충해주었다. "계속 날아가거라. 나 대신 거싸얼에게 물어보아라. 우리 무야가 길을 빌려주지 않는다면 그가 어떻게 군대를 이끌고 그대들의 나라로 갈 것인지? 그때는 그대들의 공주가 내게 달려와 구해달라고 하겠지."

비둘기가 물었다. "왕께서 우리 공주를 도와주실 수 있습니까?"

"할 수 있지. 공주가 내게 시집을 온다면!"

비둘기들은 다시금 날개를 펼치고 날아올라 링 국으로 향했다. 그리고 며칠 지나지 않아 다쯔 성 왕궁 꼭대기에 내려앉았다. 그러나 질투심으로 괴로워하고 있는 주무 왕비밖에 보이지 않았다. 국왕은 메이싸 왕비를 데리고 영지를 순행하러 갔다고 주무가 말해주었다. 비둘기들은 이어 휘얼로 날아갔지만 국왕은 이미 그곳을 떠난 지 오래였다. 몸이 쇠약해진 신바마이루쩌가 한스럽다는 듯 말했다. "이처럼 큰

일이 있는데 이 늙은이는 이제 더이상 대왕을 따라 출정하여 앞장서서 적을 죽일 수 없겠구나!" 비둘기들은 자라 왕자의 영지에서 마침 화살을 시험하고 있던 병장기 부족의 장인들이 쏜 화살에 하마터면 맞아 죽을 뻔했다. 자라 왕자는 비둘기들을 안심시키고 손가락으로 다룽 부족 쪽을 가리켜 보였다. 비둘기들이 하늘 끝으로 채 사라지기도 전에 왕자는 이미 병마를 정비하도록 명하고 언제라도 국왕을 따라가 국으로 원정할 수 있도록 준비를 마쳤다.

비둘기들이 다룽에 도착했을 때도 국왕은 이미 떠난 뒤였다. 그런데 차오퉁이 비둘기들을 정성껏 환대하며 자신이 바로 멀리까지 명성을 떨치고 있는 그 링 국의 왕이라고 말했다. 비둘기 사신은 공주의 편지와 함께 가지고 온 예물을 바쳤다. 차오퉁이 말했다. "그대들은 안심하고 돌아가 임무를 완수했다고 보고해도 좋다. 공주께 고하라. 조만간 거싸얼이 링 국의 대군을 이끌고 가 국으로 출발할 것이라고." 차오퉁은 말을 마치고선 정말로 대군을 불러모아 가 국으로 출발했다.

거싸얼이 순행에서 돌아오자 주무는 국왕이 또다시 그녀를 두고 원정을 떠날까 걱정하여 가 국의 사신이 찾아와 도움을 구했다는 사실을 말해주지 않았다. 며칠이 지났다. 날이 맑았으므로 거싸얼은 온갖 꽃이 흐드러지게 피어난 들판에 큰 천막을 치고 여러 대신들과 흥겹게 술을 마시면서 한창 유행하는 새로운 노래를 부르고 있었다. 이때 수십 리 밖의 푸른 하늘 아래서 누런 먼지가 뭉게뭉게 일어났다.

국왕이 놀라서 말했다. "출정 명령을 내린 적이 없는데."

수석대신이 한번 보고는 말했다. "먼지가 일어나는 저곳은 다룽 부족의 땅으로 통하는 관도인데 설마 차오퉁이……"

국왕은 노장 단마에게 왕성을 경비하는 군대를 몰아 서둘러 가서 살펴보라고 명령을 내렸다. 단마는 명을 받들고 황급히 수천의 병마를 소집했다.

단마의 군대가 차오퉁의 군대를 따라잡고는 가는 길을 막아섰다. "존경하는 다룽 부족의 수장께서 영지는 지키시지 않고 이렇듯 기세등등하게 서둘러 어디를 가시는지요?"

이 두 사람은 평소에도 물과 불처럼 서로를 용납하지 못했는데, 이런 상황에서 만나니 당겨진 활시위처럼 더욱 팽팽한 긴장감이 맴돌았다.

"내가 국왕께 아뢸 일이 있는데, 큰일을 그르칠 참인가! 단마 그대에게도 머리통은 하나뿐이렸다!"

"명령을 받지도 않고 대군을 이끌어 오시다니요."

이 말이 산들바람처럼 잠들어 있던 불씨를 일깨웠다. 한 줄기 뜨거운 불꽃이 차오퉁의 마음속에서 활활 타오르기 시작했다. "길을 터주는 게 좋을 게다. 그깟 몇천 기병으로 어찌 우리 다룽의 수만 장군을 대적하겠느냐!"

"링 국의 왕좌를 얻기 위해 반란을 일으키시려는 모양이군요!"

이때 차오퉁 마음속의 그 뜨거운 불꽃은 이미 훨훨 타오르는 큰 불이 되었다. 이번 행군은 본디 소식을 전하고 국왕을 따라 가 국을 원정하러 나서기 위함이었다. 그러나 이들이 반란을 꾀한다고 생각했다니, 그렇다면 못할 건 뭔가. 여기까지 생각이 미치자 곧 입에서 망언이 쏟아져나왔다. "내가 반란을 일으키겠다면, 어쩔 셈이냐?"

단마는 그 모습에 격분했다. 대답 대신 그대로 말을 달려 차오퉁 앞으로 돌진했다.

두 사람은 몇십 차례나 맞부딪치며 크게 싸웠지만 승부를 가릴 수 없었다. 하늘에 이미 어스름이 깔렸는데도 싸움은 멈추지 않았다. 차오퉁의 아들 둥찬이 말을 몰고 나와 아버지를 단마와 갈라놓고 다룽 군대의 진중으로 데리고 돌아갔다. 둥찬이 아버지에게 권하였다. "제가 보기에는 단마가 일방적으로 길을 막은 것이 아니고 국왕이 아버님에 대해 마음을 놓지 못하시는 것 같습니다. 우리 군대를 왕성에 가까이 가지 못하도록 하는 것이지요. 아버님께서는 굳이 길을 지나가려 하십니까? 차라리 이 아들이 국왕의 손에 서신을 전하도록 하는 것이 낫겠습니다."

차오퉁이 이를 갈았다. "거싸얼! 내가 좋은 마음으로 군대를 이끌고 너를 도우러 왔건만! 훌륭한 술과 차로 나를 후하게 대접하지는 못할망정, 도리어 심복 대장을 보내 앞길을 가로막다니! 나더러 반역을 한다고 했겠다? 좋다, 내 오늘 반란을 일으켜주마!"

둥찬이 애써 아버지를 달랬다. "설사 지금 왕성의 군사가 약하고 장수들이 적다 하더라도, 모두가 알다시피 거싸얼은 땅으로 내려 온 천신이고, 그의 신력은 더할 나위 없이 넓고 크며……"

"그에게만 신력이 있다더냐? 나 차오퉁에게는 신력이 없더란 말이냐? 너는 내 아들이건만 어찌 나더러 다른 이에게 굴복하라는 말을 하느냐!"

둥찬은 더이상 아무 말 하지 않았다. 차오퉁이 천천히 입을 열었다. "설령 옳지 않다 해도 이대로 밀고 나가야겠다. 성공한다면 이는 하늘이 내린 좋은 기회이며, 실패하더라도 단마가 먼저 길을 막고 죽기 살기로 덤벼들었으니 내게도 명분이 있다. 내일 아침 일찍 큰 전투를 벌일 수 있도록 전군을 준비시켜라. 계획대로 된다면 곧바로 왕궁으로 쳐들어가고, 실패했을 때 네가 가 국에서 온 서신을 거싸얼에게 가지고 가더라도 늦지 않는다."

그러나 깊은 밤중에 온 하늘 가득 안개가 피어오르기 시작해 아침에는 다룽의 진영 전체가 짙은 안개에 싸여 있었다. 다룽 부족의 대군은 안개 속에서도 가지런히 대오를 갖추고, 붉은 해가 떠올라 안개가 흩어지기만 하면 출격해 예봉을 다툴 수 있도록 대기했다. 어찌할 수 없는 상황에 놓인 거싸얼이 하늘을 가리는 대법을 시행하였기에 짙은 안개는 오래도록 흩어지지 않았고, 한낮까지도 해질 무렵처럼 어둑했다. 양측은 그저 진을 치고 자리를 잡은 채 작은 소동들을 일으켰을 뿐, 본격적인 공격은 감행할 방법이 없었다. 차오퉁은 안개를 쫓아내고자 단을 설치하고 거싸얼과 법력을 다투었지만, 사방의 산신과 물속의 용왕까지 모두 거싸얼에게 힘을 빌려주었기 때문에, 차오퉁은 가엾게도 헛되이 큰 힘만 낭비하고 아무런 성과를 거두지 못했다.

다음날, 거싸얼은 술법을 바꾸어 바람 신과 우레 신, 우박 신의 힘을 빌려 맑은 하늘 아래 우박을 떨어뜨렸다. 이제 막 대오를 정비한 다룽의 병마들이 흩어졌다. 셋째 날, 후방에서 비밀리에 첩보가 도착했는데, 자라 왕자가 대군을 이끌고 길에 올랐으며, 밤낮으로 달리면 사흘 안에 도착한다는 소식이었다. 차오퉁은 사흘 동안 기껏해야 단마를 이길 수 있을지는 몰라도, 왕궁을 공격해 점령할 방법은 전혀 없다는 데 생각이 미쳤다. 그래서 자신은 전투를 피해 뒤로 빠지고, 둥찬에게 가 국에서 온 서신을 가지고 단마에게 길을 비켜달라고 청한 뒤 혼자 국왕을 보러 가라고 명령했다.

둥찬을 만난 국왕은 그를 난처하게 만들지 않고 서신을 받은 뒤 포상하며 말했다. "각 부족의 군대가 머지않아 왕성에 모두 모일 터이니 시비를 가리는 일은 그들에게 맡기겠네."

둥찬은 아버지를 위해 계속 변명을 늘어놓았다.

"단마가 위협을 하였기로……"

거싸얼이 말했다. "내가 그대를 난처하게 하지 않은 것은 그 전말을 모두 알기 때문이다. 그대는 일단 돌아갔다가 사흘 뒤 그대 부친과 함께 오라."

사흘 뒤, 각 부족의 병마가 잇달아 도착했다. 차오퉁은 스스로 몸을 묶고 앞으로 나아가 벌을 청하며 거듭 변명했다.

거싸얼이 말했다. "만약 단마가 힘을 다해 싸우지 않았다면, 내가 환술로 변화를 일으키지 않았다면, 각 부족의 군대가 명령을 받자마자 번갯불처럼 빠르게 달려오지 않았다면,

그대는 이미 이 황금 왕좌에 앉아 있었겠지! 그대가 국왕이 된다면 나를 어찌할 셈인가? 머리를 베어 죽일 텐가? 검은 감옥에 쳐넣을 텐가? 아니면 예전처럼 나를 황야로 쫓아내기라도 할 참인가?"

차오퉁은 이마를 땅에 대고 목청을 높여 말했다. "왕께서는 가 국의 서신을 보고 나서 저를 처단하시지요! 이번 출정에 왕께서 저를 쓸 필요가 없다면 저를 죽이시든 토막내시든 아무런 원망의 말을 하지 않겠습니다!"

국왕은 차갑게 웃으며 사람을 불러 서신을 펼쳐 읽도록 했다.

서신을 펼쳐보니 서너 줄 짜리가 아니었다. 빽빽한 글자가 얇은 비단 세 장을 가득 채웠는데 궁전의 모든 대신부터 술사에 이르기까지 어느 하나 이 다른 나라의 글자를 읽을 줄 아는 이가 없었다. 국왕은 사람을 불러 일단 차오퉁을 지하 감옥에 잡아넣고, 서신을 번역하고 난 뒤에 다시 그를 처리하라고 일렀다. 수석대신이 말했다. "자차셰가의 어머니가 살아 계셨다면 이 글자를 알아보는 건 일도 아니었을 텐데 말입니다."

국왕은 이맛살을 찌푸렸다. "설마 링 국과 가 국이 무역을 하고 있는데, 하나의 혀로 두 가지 말을 하는, 두 눈으로 두

가지 문자를 읽을 줄 아는 사람이 하나도 없다는 말인가?"

노장 단마가 앞으로 한 걸음 나섰다가 다시 뒤로 물러났다.

국왕의 시선이 단마를 향했다.

단마는 아무 말 하지 않고 자라 왕자를 국왕 앞으로 밀어냈다.

국왕이 웃었다. "설마 네가 벌써 다른 나라의 언어를 익혔더란 말이냐."

자라 왕자가 말했다. "누가 이러한 능력을 지녔는지 알고 있을 뿐입니다. 사원에서 온 힘을 다해 불경을 번역하는 라마와 두 나라 사이를 왕래하는 상인이 있습니다."

거싸얼이 말했다. "바로 그렇다. 한 곳의 땅과 사람을 다스리는 사람이 이런 능력을 모두 갖출 필요는 없지만, 누가 이러한 능력을 가졌는지는 알고 있어야 할 것이다. 서둘러 그들을 궁으로 불러들이라."

지혜로운 라마와 영리한 상인이 궁중으로 들어와 서로 다른 문체로 이 서신 하나를 번역해냈다. 라마의 번역은 사용하는 어휘가 우아하고 수식이 많았으며, 상인의 번역은 단순하고 직접적이어서 말하는 이가 곁에 있는 것처럼 분명하게 다가왔다. 그러나 옮긴 문체가 어떠하든 간에 모두 서신에 쓰인 말을 정확하게 전달하고 있었다.

수석대신은 황급히 사람들을 이끌고 왕궁으로 달려가 국왕에게 보고를 올렸다. 궁중의 어둡고 구불구불한 복도를 지나갈 때, 수석대신은 서쪽을 향해 나 있는 창문으로 다가가 밖을 내다보았다. 새빨간 노을이 산꼭대기와 딱 말 한 마리만큼 거리를 두고 지고 있었다.

이야기: 요망한 왕비가 난을 일으키다

서신을 쓴 사람은 가 국 공주였다.

"위대한 가 국의 공주가 하늘에서 내려오신 영웅, 수사자 왕 거싸얼 왕좌 앞에 눈물로 엎드려 절합니다…… 청하는 일이 무엇인지 사건의 전말을 삼가 낱낱이 아뢰려 합니다."

가 국의 황제 가라경궁은 광활하고 사람 많은 땅을 다스리고 있었다. 나라 안으로는 대신이 천만 명에 이르고 변경에서 유목민을 다스리는 신하들은 수를 헤아릴 수 없이 많았다. 궁중에는 후궁이 천오백 명이나 있었지만 황제는 그 가운데 완벽하게 마음에 드는 사람이 한 명도 없었기에 계속 황후를 책봉하지 않고 있었다. 황궁 안에 있는 수많은 후

궁들은 이미 이 나라 안의 아름다운 여성을 모두 모아 들인 것이라, 대신들은 황제를 위해 어찌할 수 없이 다른 방법으로 황후를 찾아야만 했다. 이제 용궁까지 내려가야 출신이 고귀하고 아름다우며 총명한 미인을 찾을 수 있으리라 생각했다. 그렇게 결정을 내리고 사람을 보내 수소문하니 동해 용왕의 딸 니마츠지 공주가 있는데 마침 혼사를 논할 나이가 되었다고 했다. 그 미모는 말과 글로 이루 다 형용할 수 없으니 그녀를 맞아들인다면 황제도 틀림없이 마음에 들어 할 것이라 했다. 대신들은 이 일에 대한 논의를 마친 뒤 아예 황제에게는 보고도 올리지 않고 신부를 맞을 친영 사절을 갖추어 금은보석과 구리 그릇, 단향목, 코끼리와 공작, 비룡과 봉황을 큰 배에 싣고 동해로 갔다.

하지만 사실 용궁에 결혼 적령기의 공주는 없었다. 그들이 들은 소식은 가 국에 들어가 인간세상을 어지럽히려는 요마들이 꾸며낸 계책이었다. 일은 이렇게 된 것이었다. 바다 위를 아흐레나 항해한 뒤에야 배는 요마들이 만들어둔 가짜 용궁에 도착했다. 용왕은 흔쾌히 가 국의 구혼을 허락하고 니마츠지 공주 편에 깊은 바다에서 난 수많은 보물들을 혼수품으로 딸려 보냈다. 큰 잔치를 사흘 동안 치른 뒤, 가 국의 구혼 사절은 가짜 공주와 시녀들, 그리고 바다 밑의 기이하고 희귀한 보배들을 싣고서 바다 위로 올라왔다. 순풍이 불어 사흘이 채 지나지 않아 해안으로 돌아올 수 있었다.

공주의 피부는 희고도 매끄러운 것이 막 물에서 나온 소라껍데기 같았고 얼굴은 갓 봉오리를 터뜨린 꽃송이에 비길 만했다. 길을 걸을 때의 자태는 마치 산들바람에 가벼운 잔물결이 이는 듯했다. 이처럼 다시 없이 아름다운 미인이다 보니 공주는 곧 황제의 마음을 사로잡게 되었다.

어느새 바람이 황궁 담장 밖의 버드나무를 푸르게 물들이는 봄이 왔다. 토지신과 오곡신께 제사를 올리는 때가 온 것이다. 그러나 황후 니마츠지는 궐 밖으로 나가려 하지 않았다.

그녀가 황제에게 물었다. "제가 예쁜가요?"

"예쁘다는 말로는 그대의 자태와 용모를 형용하기가 힘들구려."

니마츠지가 눈물을 떨구었다. "서방님, 저의 이런 아름다움은 하늘께서 당신 홀로 누리시라고 주신 것입니다. 당신의 백성들을 위해서가 아니라요." 그녀는 이어 이 세상의 아름다운 것들은 모두 깨지기 쉽고 연약한 것이니, 낯선 이가 보내는 놀라움이나 부러움의 눈빛, 찬미하는 말도 자신에게는 치명적인 상처가 될 수 있다고 말했다. "서방님, 그들의 시선이 저에게는 안마眼魔이고 그들의 말은 구마口魔이니, 제가 그들의 눈과 입 앞에 모습을 드러내는 것은 한 떨기 꽃이 찬바람과 된서리를 맞는 것과 같습니다!"

황제는 할 수 없이 혼자서 제사에 참석했다. 그뒤로 황제는 더이상 이와 같은 행사에 참여하지 않는 것은 물론 황후와 함께 후궁에 칩거하며 조정의 일을 돌보지 않았다. 심지어 공주의 시중을 들기 위해 용궁에서 함께 온 용녀 몇 명이 황제의 뜻을 대신들에게 전달하기까지 했다. 용녀들은 모두 멋대로 말을 지어내 전했다. 그리고 기이한 재난들이 벌어지기 시작했다. 호수의 물은 말랐고, 청아한 목소리를 뽐내던 학들은 다른 곳으로 옮겨갔다. 심지어는 궁정의 화가들이 비단 위에 그린 학들조차 날개를 퍼덕여 떠나버렸다. 웅장하게 치솟았던 산은 허리가 꺾인 듯 무너져내렸고 강물은 물길을 바꾸었다. 이 때문에 어떤 곳의 백성들은 삶을 의존했던 수원지를 잃었고, 또 어떤 곳에서는 길과 마을, 도시 전체가 물에 잠기고 말았다.

황제와 요마 황후 사이에 태어난 공주 아군춰가 열세 살이 되었을 무렵, 결국 이 나라의 재난은 몹시 심각한 상황에 이르렀다. 그리고 대신들도 결국 이 재난이 모두 요마가 후궁에서 수작을 벌인 결과라는 사실을 차츰 알게 되었다. 그

제야 황후 니마츠지가 용궁에서 온 것이 아니라 아홉 마녀
의 기운과 피로 만들어진 존재임이 드러났다. 그래서 아군
취 공주가 열다섯이 되어 성인례를 올리는 기회를 틈타, 가
국의 조정 대신들은 성대한 축전을 벌이고 하늘에 구원의
기도를 올렸다.

그 결과 각각 절름발이와 맹인, 벙어리로 모습을 바꾼 세
신이 소 한 마리와 당나귀 한 마리를 몰고 도움을 주려 나타
났다. 그리고 왕궁 앞 광장에 이르러서는 소와 나귀의 꼬리
를 함께 묶고 공연을 하기 시작했다. 벙어리는 활갯짓을 하
면서 춤을 추고, 맹인은 목청을 높여 노래를 부르고, 절름발
이는 연기를 했다. 사람들이 일찍이 들은 적도 본 적도 없는
공연이었기에 온 도성 안이 들썩였다. 광장의 환호는 그대
로 황궁까지 전해졌다. 그렇게 사흘 밤낮이 지나자 황후 니
마츠지도 호기심을 참지 못해 얼굴과 머리에 비단을 두른
채 으스름을 틈타 광장이 굽어보이는 성의 망루 위로 올라
갔다. 이때 한줄기 바람이 불어와 시선을 피하려 니마츠지
가 둘렀던 얇은 비단을 날려버렸다. 이미 지평선으로 거의
넘어가던 햇빛이 마지막 찬란한 빛줄기를 내쏘며 망루를 비
추자 그 무엇에도 비할 수 없는 니마츠지의 아름다움이 수
천수만의 사람들 앞에 그대로 드러났다. 수많은 시선이 그

녀의 몸에 꽂히고 탄성과 찬미하는 말들이 많은 이들의 입에서 동시에 쏟아져나왔다. 이 미모의 요마는 이렇게 여러 사람의 구마와 안마에 속절없이 당하고 말았다.

황궁으로 돌아온 니마츠지는 그때부터 병이 들어 일어나지 못하게 되었다. 몸져누운 황후는 다시는 사람을 만나지 않았다. 공주조차도 정해진 날에만 어머니를 볼 수 있었다. 그날은 마침 공주가 어머니를 만나는 날이었다. 침궁에 들어서니 깊이 드리워진 휘장만 보이고 달큰한 약재 냄새가 그득했다. 몇 겹이나 되는 휘장을 사이에 두고 아버지가 어머니에게 묻는 소리가 들렸다. "그대가 건강을 되찾을 수 있도록 전국의 명의들을 모두 모았고, 금은보화를 그들에게 포상으로 내렸소. 그런데 그대의 병은 어째서 호전되지 않는가!"

황후가 울음을 삼키는 소리가 들렸다. "나라 안의 모든 재물을 다 써버린다고 해도 제 병은 낫지 않을 것입니다."

"그렇다면 전혀 방법이 없는 것이오?"

"이미 백성들의 안마와 구마에 당해버려 죽을 수밖에 없습니다. 황제께서 진정으로 저를 포기하지 않으시겠다면, 제가 죽은 뒤에 말씀드리는 방법에 따라주십시오. 저는 틀림없이 죽었다가 다시 살아나 또 한번 군왕의 배필이 될 것입니다!"

"그대를 가까이한 뒤로 이제 나는 다른 어떤 여인도 사랑할 수 없게 됐소. 그대가 정말 죽었다가 다시 살아나서 우리부부의 사랑을 이어가도록 할 수 있단 말이오?"

황후는 황제에게 자신이 부탁하는 대로 행하기만 하면 자신은 반드시 죽었다가 살아날 수 있다고 말했다. 자신이 죽으면 시신을 비단으로 잘 싸서 빛이 전혀 들어갈 수 없는 밀실에 두라고 했다. "명령을 내리시어 태양을 황금 창고로 보내시고 달을 백은 창고에, 별들은 자개 창고에 보내십시오. 하늘에서는 나는 새를 볼 수 없고, 물속에서는 헤엄치는 물고기를 볼 수 없으며, 공기중에는 바람도 지나지 못하게 하십시오." 그녀는 자신의 시신을 꼬박 구 년 동안 캄캄한 어둠 속, 죽음같이 조용한 곳에 두어야 한다고 말했다. 그러면 다시 살아나 더욱 아름답게 영원한 삶을 얻어 황제와 함께 끝없는 즐거움을 누리게 될 것이라고 했다.

황제가 물었다. "그대는 영원한 생명을 얻고 나는 죽게 되겠지."

"제가 돕겠습니다. 서방님께서 영원한 생명을 얻을 수 있도록." 황후의 목소리엔 힘이 없었다.

황제는 그것이 불가능함을 알고 있었기에 마음 깊은 곳에서 슬픔이 차올랐다. 하지만 목숨이 경각에 달린 황후는 속절없이 계속해서 그에게 당부하기만 했다. "제가 죽은 뒤, 가 국은 링 국과의 통로를 막아야 합니다. 링 국으로 향하는 모든 다리를 도끼로 끊고 관문을 막으십시오. 제가 죽었다는 소식도 철저히 비밀에 부치셔야 합니다. 이 소식이 절대로 링 국에 퍼져서는 안 됩니다."

"어째서?"

"이 소식을 거싸얼이 알게 되면 제 시신을 불사를 것입니다. 그러면 저는 다시 살아날 수 없습니다. 부디, 부디 기억해주십시오!"

아군취 공주는 이 모든 내용을 똑똑히 들었다.

며칠이 지나지 않아 황후가 세상을 떠났다. 공주는 비할 바 없는 슬픔에 잠겼다. 그러나 황제의 슬픔은 공주보다 백 배 천 배 더한 것이었다. 매일 밤, 그는 그 밀실에서 지내며 황후 곁에서 잠들었고, 황후의 시신이 얼음처럼 차가워지지 않도록 자신의 체온을 나눠주었다.

이때부터 가 국은 해를 잃고 달을 잃었다. 밤하늘에 희미하게 빛나던 별들조차 사라지고 말았다. 온 나라 안이 이처럼 어둠 속에 잠겨들게 되었다. 새도 더이상 울지 않고 꽃도 더이상 피지 않았으며 사람들도 더이상 노래 부르지 않았다. 마침내 공주는 자신의 생모가 인간세상을 해치는 요마라는 사실을 비로소 알게 되었다. 만약 그대로 부활하게 둔다면 이 나라가 앞으로 또 어떤 재난을 입게 될지 알 수 없으리라! 이 착한 아가씨는 생각을 거듭한 끝에 요마의 시체를 없애 백성들을 구하기로 결심하고, 그러기 위해선 가 국에 빛이 필요하다고 결론내렸다. 결국 공주는 어릴 때부터 같이 자란 소녀들과 상의 끝에 비둘기를 이용해 서신을 보내는 방법을 생각해냈고, 링 국의 왕 거싸얼에게 도움을 청하게 된 것이었다.

그리하여 어둠 속에서 검은 비단에 금실로 수놓아 적은 이 서신이 거싸얼 앞까지 오게 되었다. 서신에 적힌 내용 중 가장 처리하기 어려운 부분은 이러했다. 요마의 시체를 없애기 위해서는 초록, 하양, 빨강, 노랑, 파랑 등 갖가지 색 터키석으로 땋은 머리 타래가 필요한데, 이 땋은 머리 타래는 아싸이라 불리는 나찰의 정수리에 얹혀 있다고 했다. 많은 사람들이 이 나찰의 존재를 알았지만, 어디로 가면 그를 찾을 수 있는지는 아무도 알지 못했다.

이때 차오퉁이 감옥 안에서 득의양양하게 노래 부르는 소리가 들렸다. "비가 언제 내리는지 알려면 하늘의 구름에게 물어보면 된다네. 구름은 독수리보다 더 높이 날지. 아싸이의 소식을 아는 이도 국왕의 지하 감옥에 갇혀 있다네!"

차오통이 노래하는 소리를 듣고는 모두가 냉소를 금치 못했지만, 국왕이 따져묻는 시선으로 대신들을 바라보자 그들의 얼굴에 떠올랐던 웃음은 곧 난처한 표정으로 변했다. 차오통은 계속해서 노래를 불렀다.

거싸얼이 웃었다. "죽어 마땅한 이 죄인을 여지껏 죽이지 않은 게 쓸모가 있었군." 거싸얼은 곧 사람을 보내 어두운 감옥에 갇힌 그 죄인을 끌고 오도록 했다.

"죄인은 들으라. 그 나찰의 정수리에 정말 터키석으로 땋은 머리 타래가 있는가? 지금 그가 은거하고 있는 곳은 어디인가?"

"존경하는 국왕이시여, 두 손이 밧줄로 꽁꽁 묶여 있으니, 제 혀도 긴장하는가 봅니다."

"죽음이 눈앞에 있는데 아직도 입은 살아 있구나. 그대는 겁쟁이가 아니던가? 어째서 이런 때에 도리어 겁이 없어진 겐가?"

"죽음이 정말로 눈앞에 있으니 두려워해도 아무 소용이 없습니다. 더욱이 조카가 가 국에 가서 요마를 없앨 때 나를 쓸 곳이 있을테니 더더욱 두려워할 이유가 없지요."

"저자의 밧줄을 풀어주어라!"

밧줄에서 풀려난 차오퉁은 그대로 땅에 엎드렸다. "다시 살게 해주신 국왕의 은혜에 감사드립니다!"

이야기꾼: 화살을 만드는 가마, 다젠루

다젠루打箭爐라는 지명은 오래됐다. 옛날, 조정의 대군은 이역땅으로 진군할 때 이곳을 후방으로 삼았었다. 이곳 역시 원래 이역땅이었지만, 조정의 군대가 점령한 뒤 이곳은 가마를 열고 화살을 만드는 곳이라는 뜻의 이런 이름을 얻었다. 이후 땅은 또 새로운 이름을 얻었다. '캉바 지역을 안정시키다'라는 뜻의 캉딩이었다. 그뒤로 또 백여 년이 흐른 지금 이곳은 꽤 번창한 변방의 도시로 탈바꿈했다. 여행자들은 이 도시를 횡단하고, 등산객들은 아웃도어 용품점에서 마지막으로 장비를 마련한다. 시장에서 농부들은 손수 채집한 버섯과 약재를 팔고 양치기들은 치즈와 요구르트를 판다. 시내 중심부의 가장 큰 호텔에는 이런 글귀가 쓰인 붉은 천이 걸려 있었다. '축 거싸얼 학술토론회 개최!'

바로 이 토론회 때문에 사람들은 초원을 유랑하던 진메이를 오지에서 찾아내어 지프차에 태워 이 호텔로 데려온 것이다.

진메이는 토론회에서 다시 한번 맨 처음 그를 발굴했던 학자를 만났다.

그날 저녁, 만찬 자리에서 진메이는 학자들을 위해 거싸얼이 가 국으로 가서 요마를 처단하는 내용 가운데 첫 대목 '메이싸 왕비가 무야에서 지혜로 법물을 취하다'를 노래했다. 진메이를 발굴했던 그 학자가 곧 중국어와 영어로 통역하여 내용을 전달했다.

다음날 진메이는 오전 내내 학회에 참석했지만 그들이 하는 말을 쉽게 이해할 수 없었다. 오찬 때에는 머리 위에 매달린 거대한 샹들리에만 내내 바라보았다. 그러다 문득 사람들이 그런 자신을 보고 있다는 걸 느끼고는 쑥스러워서 고개를 떨구었다.

학자가 물었다. "왜 그것만 계속 보고 있나?"

진메이가 말했다. "유리가 이렇게 많이 매달려 있으니…… 떨어질까봐 겁이 나네요."

"사람 참, 유리가 아니라 수정이라네."

진메이는 두 눈을 커다랗게 떴다. "이렇게 많은데 이게 다요?"

"이 정도로 놀라나? 자네 노래 속에서 거싸얼이 적국을 정복하고 보물 창고를 열 때마다 이런 것들이 홍수처럼 쏟아져나오지 않던가?"

"그것은 이야기 속의 일이지요. 하지만 이건 진짜⋯⋯"

진메이가 여기까지 말했을 때, 식탁에 둘러앉아 있던 전문가들이 흥미를 보이기 시작했다. "중컨이 이야기 속에서나 그토록 많은 수정이나 보물이 있을 수 있다고 생각하네요?"

"실제로는 그렇게 많은 보물이 존재할 수 없다는 건가요?"

"이야기가 사실이 아니라고 생각한다는 뜻 아닙니까?"

다른 식탁에 앉아 있던 교수 한 사람은 아예 자리를 옮겨 왔다. "이제 보니 나만 이야기의 진실성에 의문을 품고 있는 것이 아니었군. 이렇게 유명한 중컨도 이야기가 진실은 아니라고 생각하고 있었어!" 그는 진메이의 어깨를 붙들었다. "이보시오, 위대한 중컨. 왜 이야기가 진실이 아니라고 생각하는지 말해주시겠소!"

진메이는 얼굴을 붉혔다. "저는 이야기가 진실이 아니라고 생각한 적이 없어요!"

"하지만 당신이 조금 전에 그 일들은 이야기 속에서나 일어나는 거라 말하는 것 같았는데!"

"저는 이야기를 말한 게 아니에요. 제 말은⋯⋯" 진메이는 더이상 말을 이을 엄두가 나지 않아 고개를 들어 샹들리에에 목걸이처럼 줄줄이 늘어진 수정들을 바라보았다. 그러고는 말을 더듬기 시작했다. "저, 저는, 이야기가 아니라……"

그래도 역시 옛친구가 나서서 진메이를 난처한 상황에서 구해주었다. "복잡한 토론이라면 우리끼리 실컷 하고, 이 사람은 그냥 노래만 부르도록 놔둡시다."

노학자는 그를 데리고 식탁에서 일어나 넓은 계단을 내려갔다. 그러고선 도시 한가운데를 가로지르며 콸콸 흐르는 강가로 향했다. 맑고 시원한 강바람에 적잖이 정신이 든 진메이가 말했다. "난 저 사람들이 싫어요."

학자는 웃었다. "우리가 거싸얼 학회를 개최하면서 이 이야기가 진실인지 아닌지 따질 줄은 몰랐지?"

진메이는 목구멍 깊은 곳에서 흥 하는 소리를 울리며 그의 말에 동의를 표했다.

"자네를 이런 일에 끌어들여서는 안 되는 건데 그랬군. 자네가 부르는 노래를 전문가들에게 한번 들려주고 싶어서 제안했을 뿐이라네."

"돌아가고 싶어요."

진메이는 이내 콸콸 흐르는 강물이 달려온 곳으로 따라가 서쪽을 바라보았다. 협곡 끝 산봉우리 너머에 바로 광활한 캉바의 대지가 펼쳐져 있다는 걸 그는 알고 있었다. 널따란 초원과 높다랗게 치솟은 설산, 보석처럼 푸른 호수가 있었다. 큰길은 산어귀를 가로지른 뒤 커다란 나뭇가지처럼 수많은 길로 갈라져 제각각 골짜기 가운데에 있는 마을들과 높은 지대의 목장으로 향했다. 이야기꾼은 하늘을 나는 새가 서로 다른 가지들 사이를 오고가는 것처럼 떠돈다. 그러다 어느 가지에 내려앉으면 아름다운 노래를 부른다. 이야기는 이렇게 해서 오랜 세월동안 사람들이 사는 곳 어디에나 대를 이어 전해지는 것이다.

진메이가 학자에게 말했다. "저 지역들을 아시지요. 산을 넘어가면 무야고 다시 서쪽으로 계속 가면 널따랗게 펼쳐진 아쉬 초원이 나오죠. 거기가 바로 거싸얼이 태어난 곳이고 주무가 목욕을 했던 호수가 있지요. 그뒤로는 병장기 부족의 마을이 있고 북쪽으로는 소금 호수가 있어 큰 강을 따라 흘러내려오지요. 바로 먼위 국의 험준한 고개와 높은 산들이 있는 곳이에요."

"우리가 만난 지 십 년도 훌쩍 넘었네. 나는 늙었어. 자네도 이제 안착을 해야지."

학자가 이번에 진메이를 초대한 목적은 진메이의 노래를 듣기 위해서만이 아니라 그와 같은 민간 예술인도 국가의 보배이니만큼 이번 회의에서 전문위원회들이 그를 민간 예술 대사로 인정하게 하는 것이라고 했다. 일단 민간 예술 대사로 인정되면 정부가 집과 월급을 줄 뿐 아니라 국비로 병원 치료도 지원해준다고 했다. "거의 간부나 마찬가지지."

"제가요? 간부와 같은 대우를 받는다고요?"

"국가에서는 무형문화유산을 중시하니까. 자네와 같은 사람들을 보배로 여기는 거야."

학자는 조금 더 격앙돼서 말했다. "우리가 하루종일 회의만 하는 것은 아니고, 회의에서도 자네가 싫어하는 그런 문제들만 다루는 것은 아닐세. 됐네. 이 문제는 더 말하지 않겠네. 더 나가면 자네가 모르는 이야기뿐일 거야. 그래도 오랜 세월 동안 자네가 마음에 걸렸다는 걸 알아두게나."

"저를 방송국에 데려다주셨죠. 제 목소리를 녹음해서 스스로 들을 수 있게 해주셨고요."

학자가 웃었다. "하지만 자네는 도망가버렸지."

진메이는 당시의 당혹스러웠던 일을 떠올리고 한참 동안 말이 없었다. "그 아가씨는 왜 스튜디오에만 들어가면 그런 목소리로 말했던 걸까요? 생각해보니 주무의 목소리가 그랬을 것 같더라고요."

"자네가 이렇게 말했다는 것을 그 아가씨가 안다면 기뻐

할걸세."

"그 사람은 저를 미워하지요. 비천한 제가 고귀한 아가씨를 넘봤으니까요."

"그 사람도 무척 후회했어. 자네를 다시 만나거든 꼭 자기를 대신해서 미안하다고 전해달라 했지."

"정말 그렇게 말했나요?"

"관두지. 모두 지난 일이니까. 나는 나이를 먹었고, 곧 퇴임하게 될 거야. 그래서 자네를 떠올렸네. 사방을 떠돌아다니던 사람이 두 다리에 점점 힘을 잃어갈 테니 안착해야 한다는 생각이 들더군. 자네 정말 안착하고 싶지 않은가?"

"모르겠어요."

"가세나. 자네를 데리고 누굴 좀 만나러 갈 생각이네."

그들은 다리를 건너고 구불구불한 거리를 지나 잿빛 시멘트 빌딩의 어두운 계단 앞에 당도해 초인종을 눌렀다. 문을 연 사람은 손에 염주를 들고 있는 노부인이었다. 노부인은 학자를 보고 만면에 미소를 지었다. 진메이는 어두운 현관 앞에서 그녀의 번쩍이는 금니를 보았다. 노부인이 고개를 돌리고 큰 소리로 말했다. "귀한 손님이 오셨네. 차를 끓여야겠어요!"

응접실 불빛 아래로 걸어가서야 진메이는 노부인이 바로

방송국에서 자신과 함께 노래를 불렀던 양진쥐마임을 알아보았다. 그녀는 이미 얼굴이 편안하고 살이 두둑하게 붙은 노부인이 되었다. 양진쥐마도 곧 진메이를 알아보았다. 그러고는 이내 안색이 어두워지더니 입술을 앙다물어 반짝이는 금니를 꼭꼭 감추었다. 하지만 곧 크게 웃으면서 마침 차를 끓이고 있던 남편을 불렀다. "와보세요, 방송국에서 도망친 그 사람이에요."

노부인이 고개를 돌려 진메이에게 말했다. "당신에 대해 저이에게 말했었죠. 진메이."

그 말에 긴장감이 사라졌다.

"얼마나 훌륭한 중컨인지, 당신이 사방을 돌아다니며 노래한다는 소식을 언제나 듣고 있답니다." 노인은 허리를 굽혀 존경하는 마음을 담아 진메이가 늘 몸에 지니고 다니는 육현금에 이마를 갖다 댔다. "여전히 계속 영웅 이야기를 노래한다니, 신이 정말 당신을 사랑하시는가봅니다!"

"신은 모든 사람을 사랑하시지요."

"녹음기를 통해서만 아내가 노래하는 걸 들어봤죠. 저 사람이 직접 노래하는 건 한 번도 들어보지 못했어요."

남편의 말에 양진쥐마가 대꾸했다. "저번에 한번 노래해줬잖아요."

"그건 한 단락이었지. 완전한 이야기가 아니었다고. 신은 이미 당신 머릿속에서 이야기들을 거둬간 거야."

진메이는 분명히 알고 있었다. 신이 모든 이야기꾼에게 완전한 이야기를 주지 않는다는 것을. 설령 누군가에게 완전한 이야기를 주었다 하더라도 오직 한동안만 그 노래를 전할 수 있게 했다. 그 시간들이 지나고 나면 이 사람들은 결국 이야기를 서서히 잊어버리고 마는 것이다. 진메이는 양진줘마에게 그런 상황이 벌어진 것인지 물었다. 양진줘마가 말했다. "처음부터 끝까지 이야기를 할 수 있었죠. 그 이야기를 녹음하는 데 꽤 많은 테이프가 들었지. 하나는 망가졌는데 고양이가 선반에 있던 테이프를 바닥으로 떨어뜨리고 테이프줄을 잡아당겨서 가지고 논 거예요. 테이프줄은 그대로 고양이 발톱에 이끌려 화로에서 타고 말았죠. 이야기를 녹음했던 사람들은 결국 이 망가진 단락을 처음부터 다시 녹음해 보완하기로 했는데, 갑자기 머릿속이 텅 비어버린 것처럼 이야기가 더이상 떠오르지 않는 거예요. 머릿속이 사흘 내내 흐린 날의 하늘처럼 온통 잿빛이었죠. 사람, 말, 산, 호수. 어느 것 하나 떠오르지 않고요. 신이 모든 이야기를 되가져가버린 거죠. 석 달 뒤, 이야기를 녹음하는 사람들이 다시 왔지만 결국 빈손으로 돌아갈 수밖에 없었어요. 그리고 일 년 후, 이 년 후, 그들은 다시 왔지만 실망만 안고 돌아갔죠.

양진쥐마가 입속의 금니를 드러내며 웃었다. "신께서 나를 사랑하긴 하신 거죠. 그러지 않았다면 한낱 농부의 딸이 어떻게 아무것도 하지 않으면서 국가의 돈을 받고 집안에 편안히 앉아 뜨거운 차나 끓여 마실 수 있었겠어요. 진메이, 봐요. 내가 얼마나 살이 쪘는지! 입고 먹는 데 걱정이 없고, 아무것도 하지를 않으니 어떻게 살이 찌지 않겠어요? 의사는 나더러 좀더 많이 걷고 등산도 하라고 하지만 나는 그 말을 듣지 않아요. 그렇게 할 거라면 차라리 시골에 남아 밭을 갈고 씨를 뿌리며 가축들이나 기르는 게 나았겠죠. 신께서 내게 복을 누리라고 하신 거예요. 신이 나를 사랑하시는 거죠." 여기까지 이야기를 하고 난 뒤 노부인은 피로를 느꼈는지 부드러운 의자에 앉아서 이렇게 말했다. "차를 좀 들고 계세요. 좀 쉬어야겠어요." 그러고선 그녀는 잠이 들었다.

진메이와 학자는 잠시 앉아 쉬다가 일어날 준비를 했다.

두 사람이 막 일어서려는데, 노부인이 갑자기 눈을 반짝 떴다. "진메이, 정식으로 작별인사도 하지 않고, 또 슬그머니 떠나려고 하는 건가요? 입맞춤 한번 해줘요. 이런 노파에게 입맞춤 해준다고 부끄러워할 필요는 없으니까."

두 사람은 이마를 맞댔다.

화로 위에서 물이 끓어 짙은 차 향기가 넓지 않은 방안을 가득 채웠다.

노부인이 진메이의 귓가에 속삭였다. "신은 아직 당신 곁에 있어요. 신의 향기가 다시 나네요."

다시 학회에서 이틀 동안 멍하니 있다가 진메이는 학자에게 물었다. "나도 나중에는 양진줘마처럼 그렇게 변할까요?"

"나야 모르지."

"그렇게 되고 싶지는 않아요. 그렇게 되지 않을 거예요. 거싸얼이 몇 번이나 내 꿈속으로 찾아온걸요."

"많은 중컨들이 모두 그렇게 말을 하지."

"신이 아니라, 국왕이었던 거싸얼이요."

학자는 한동안 침묵을 지켰다. "그래서 자네는 이야기가 영원히 자네를 떠나지 않으리라 믿는군."

"거싸얼이 꿈에서 자신이 다음엔 무엇을 어떻게 하느냐고 제게 묻더라니까요."

"그래서 자네는 득의양양한 거고."

"그에게 말해주지 않았어요. 이야기도 일종의 비밀이니까."

"내가 보기에는, 자네가 겪은 그런 일들이야말로 더 풀기 어려운 비밀 같군."

"여하튼 그렇게 됐습니다."

"하지만 왜 그런 식으로 일어났을까?"

"신은 제가 자신의 이야기를 알기를 바랐어요."

"하지만 왜 이런 식으로? 이 세상 사람 대부분은 자네가 겪은 일을 불가사의하다고, 심지어 터무니없다고 여길 걸세."

"그렇게 말씀하시면 안 되죠."

"우리는 오랜 친구니까 내 마음속 의문들을 털어놓는 걸세."

진메이는 계속 이런 식으로 말을 이으면 위험하다는 생각이 들었다. 그러다 이야기에게 불경을 범할 수도 있고, 불경한 대우를 받은 이야기가 자신을 떠날 수도 있는 일이었다. 진메이는 이야기가 자신을 떠나려 하는 것을 느꼈다. 진메이가 말했다. "죄송합니다. 가야겠어요. 이야기가 화가 났네요." 진메이는 발길을 옮기며 말했다. 이렇게 움직이자 머릿속의 이야기가 다시 자리를 잡고 차분해졌다. 진메이가 긴 한숨을 내쉬고 그제야 고개를 돌려 보니 정수리가 반백으로 빛나는 학자가 자신을 보고 있었다. 진메이는 혼잣말을 했다. "좋은 분이신데 이런 식으로 헤어지게 됐네요. 어찌됐든 좋아요. 당신이 나를 떠나지 않는다면 내가 하늘 끝까지라도 가는 수밖에요. 이야기도 없이 방안에 앉아 매일 같이 차를 끓이고만 있을 수는 없어요."

학자가 뒤에서 소리쳤다. "어디로 가려는 건가?"

"무야요!"

진메이는 산 너머 저쪽에 무야의 옛 땅이 있다는 말만 들었을 뿐, 실제로 무야가 어디에 있는지는 알지 못했다.

국도를 따라 한동안 걷다가 구불구불 이어진 진달래 수풀 사이로 보일 듯 말 듯하게 나 있는 오솔길로 들어갔다. 고개를 돌려 걸어온 길을 바라보니 변경 도시의 빽빽히 들어선 빌딩들은 어느새 보이지 않았다. 나무의 맑고 신선한 기운과 나무 아래 쌓인 마른 가지와 낙엽들이 썩는 내음이 한데 뒤엉켜 있었다. 진메이는 자신이 또다른 세계, 샹들리에가 눈부시게 빛나며 흔들리던 그곳과는 또다른 세계에 들어섰다는 사실을 실감했다. 어떤 세계가 진짜일까? 알 수 없었다. 그러나 나무와 나무가 서로 이어지며 구불구불한 오솔길을 에워싸고 있는 이 세계가 분명 더 익숙하게 느껴지긴 했다.

길가 나무에 둥지를 틀고 있던 종다리가 진메이의 등장에 놀라 그의 눈앞에서 마치 돌팔매에 날아가는 돌멩이처럼 하늘 높이 날아가버렸다. 바람이 불어왔다. 바람은 나무를 흔들고 풀을 흔들었다. 초록빛이 끊임없이 반짝이며 물결처럼 먼 곳으로 밀려갔다.

이야기: 무야 또는 메이싸

차오퉁은 마침내 입을 열었다. "국왕께 아룁니다. 법력이 깃든 터키석 머리 타래는 아싸이라는 나찰 몸에 붙어 있습니다. 이 나찰은 무야 국에 은거하고 있지요."

"무야? 어디 멀리에 있는 나라인가보군."

단마가 말했다. "전혀 멀지 않습니다. 바로 링 국과 가 국 사이에 있습니다. 우리나라 동쪽에 오래전부터 있던 이웃입니다."

거싸얼은 깜짝 놀랐다. "어째서 나는 이런 나라가 있다는 것을 모르고 있었던가."

수석대신이 숨을 고르고 말했다. "제가 국왕께는 아뢰지 말라 일렀습니다. 이 수석대신만이 국왕께 전해지는 소식을 막을 수 있지요."

거싸얼은 분노했다. "국왕이 모르는 것이 있다면 그건 이

나라를 완전히 파악하지 못한다는 뜻이 아니오! 몇 해 전에
는 그토록 많은 적국의 보물 창고를 열고도 막상 수많은 백
성이 살 곳을 잃은 채 떠돌아다니고 있다는 걸 몰랐지 않
소! 이번에는 코앞에 무야라는 나라가 있다는 걸 이제야 알
았구려!"

"그것도 아주 큰 나라이지요!" 차오퉁이 기회를 놓치지
않고 불난 집에 부채질을 했다.

국왕은 사람들을 시켜 양가죽 두루마리 지도를 펴게 했
다. 지도에도 무야라 불리는 그 나라는 없었다.

수석대신은 바닥에 꿇어앉아 손가락으로 링 국과 가 국
사이에 가로놓인, 흐리게 표시된 지역을 가리키며 그곳이
무야 국이라고 말했다. 거싸얼은 지금껏 그 지도를 수없이
보았다. 전쟁에서 승리를 거둘 때마다 사람을 시켜 원래의
국경을 지우고 날카로운 칼로 새롭게 먹선을 그려 링 국의
경계를 확대했던 것이다. 거싸얼이 손가락 끝으로 링 국과
가 국 사이 북쪽에서 남쪽으로 구불구불하게 이어진 먹선을
내려치자 손에 낀 반지의 붉은 산호가 산산이 부서졌다. 거
싸얼은 애써 분노를 억누르며 말했다. "이게 무엇이오?"

수석대신이 말했다. "그것은 강입니다. 강의 북쪽은 링
국과 가 국 사이의 진짜 경계이고, 남쪽은…… 국왕께서도

이제 아시겠지요. 소신이 죄를 지었습니다. 무야로 흘러드는 강물을 국경인 것처럼 눈속임을 했습니다."

지도의 흐릿한 선에서 자욱한 안개가 피어올라 그의 눈앞에서 퍼졌다. "말해보시오. 내게 고의로 감춘 것이 또 있는가?"

차오퉁이 크게 고함을 쳤다. "과연 국왕께서는 영명하십니다! 그들은 이 나라를 속이고 안팎으로 연합하여 왕위를 찬탈하려는 겁니다!"

"그렇다면 그대는 왜 저들의 계획을 애초에 보고하지 않았는가?"

산산조각 난 반지에 국왕의 손가락이 베여 피가 흘러 무야 국이 있다는 지도의 자리를 물들였다. "내 눈 아래 숨어 있던 나라를 정예 기병으로 쓸어버릴 것이다!"

"국왕께서 그리하시길 원하신다면, 저 차오퉁은 선봉에 나서겠습니다!"

수석대신이 절규했다. "국왕이시여, 절대로 경솔히 군대를 일으키셔서는 안 됩니다. 링 국과 무야 국은 일찍이 영원히 우방이 되어 서로 침범하지 않기로 맹세를 하였나이다!"

"설마 그대는 내가 차오퉁의 말을 믿도록 하려는 것인가! 그대들이 나 모르게 무야 국과 사적으로 동맹을 맺었다는 것이야?"

"왕께서 아직 모르시는 것이 있으니 소신이 해명하는 바를 자세히 들으시고 난 뒤에 다시 판단을 하셔도 늦지 않으실 것이옵니다!"

수석대신의 해명 내용은 이러했다. 링 국이 막 발흥했을 때, 거싸얼이 마 국을 정복한 뒤 오랫동안 돌아오지 않자 휘얼 국의 대군이 국경까지 쳐들어왔다. 이때, 동쪽에 있던 무야 국에서도 정예병들을 대대적으로 변경에 주둔시키고 링국을 침범하고자 했다. 무야 국은 원래 법왕 위쩌둔바와 세속왕 위앙둔바 두 형제가 함께 권력을 쥐고 있었다. 법왕의 마음은 무쇠와 같이 단단했고, 세속왕의 마음은 백옥처럼 부드러웠다. 법왕은 독단적인 성격이었다. 오직 그가 폐관 수행을 할 때만 위앙둔바가 잠깐 전권을 맡았다. 휘얼 국과 링 국 사이에 대전이 벌어졌을 때, 법왕 위쩌둔바가 아우에게 말했다. 만약 지금 휘얼 국과 함께 링 국을 멸망시키지 않는다면 앞으로 틀림없이 베갯머리에 앉은 호랑이처럼 큰 우환이 되어 나를 먹지도 자지도 못할 정도로 불안하게 만들 것이다! 지금 링 국의 젊은 국왕이 주색에 빠져 돌아오지 않고 있으니 링 국에 비록 장군 서른 명이 있다 하더라도 오합지졸이다. 휘얼 국의 군대와 함께 그 나라를 멸하도록 하자! 세속왕은 섣불리 전쟁을 일으킬 마음이 없었기에 건의했다. "그 거싸얼이란 자는 중생을 구제하기 위해 아랫세상에 내려온 천신이라고 말들을 하니, 이 선량한 나라를 없애서 극악무도한 나라들이 다시 설치는 꼴을 보고 싶지 않습니다." 그러나 결국 법왕의 의견에 따라 서쪽을 겨냥하여 대군을 변경에 주둔시키고, 기회가 되면 곧 진격할 수 있도록 만반의 태세를 갖추었다.

수석대신은 머리를 조아리며 말을 이었다. "그때, 왕께서는 오래도록 마 국에 머물며 돌아오지 않으셨고, 안에서는 차오퉁이 적국과 남몰래 내통하며 기회를 엿보아 반란을 일으키려 했으며, 자차셰가는 북쪽 변경에서 적을 막고 있었으니, 제가 직접 동쪽 변경으로 가서 무야 국과 담판을 짓는 수밖에 없었습니다. 다행히 세속왕 위앙둔바는 성정이 선량하였고 우리 왕께서 중생에게 복을 주기 위해 아랫세상으로 내려온 천신인 줄도 알았으므로 법왕을 설득하기 위해 노력했지요. 그렇게 해서 양국이 서로 평화를 유지하며 대대로 침략하지 않기로 맹세한 것입니다."

수석대신의 말을 듣고 국왕은 부끄러움을 금할 길이 없었다. 하지만 여전히 화가 가시지 않아 이렇게 말했다. "그렇다면 내가 돌아온 뒤에는 어찌하여 사실대로 고하지 않았는가!"

"대왕께서 아랫세상으로 내려오신 것은 요마를 제거하기 위함인데 이웃나라에 이런 일을 행하는 국왕이 있다는 것을 아신다면 당연히 용납하지 않으실 테니 지금까지 숨길 수밖에 없었습니다. 왕께서는 면밀히 살펴주시옵소서!"

이렇게 한바탕 해명을 듣고 나니 국왕은 한숨을 내쉴 밖에 다른 도리가 없었다. "사람이라는 건 참으로 복잡하구나. 제아무리 하늘과 통하는 신력이 있다 해도 무엇이 옳고 그른지 완전하게 구별할 수 없다니." 후궁으로 돌아간 국왕은 깊이 자책하며 탄식을 그치지 못했다. 메이싸는 그 모습을 보고 당시 국왕이 마 국에 오래 머무는 바람에 결과적으로 백장 왕에게 사랑하는 왕비를 빼앗아갈 기회를 준 셈이 되었고 자차세가 또한 그 일로 인해 상처를 입고 전쟁터에서 죽어가게 되었다는 것을, 그리고 이 모든 일의 계기를 자신이 제공했다는 사실을 떠올렸다. 그런데 국왕이 나라를 비웠던 그 시기에 수석대신이 국경의 평안을 지키기 위해 국왕을 등지고 무야 국과 이러한 맹세를 맺었던 탓에 이제 와 국왕의 꾸지람을 입는 걸 보고 있자니 더더욱 자괴감이 커졌다. 메이싸는 국왕의 시중을 들지도 않고 홀로 밤을 지새우다가 샛별이 떠오를 때쯤 자신이 무야로 가서 그 머리 타래를 가지고 돌아와야겠다고 마음먹었다. 일단 결심을 하고 나니 마음이 훨씬 편안해져 그 자리서 떠날 채비를 했다.

그 밤에는 주무 또한 국왕을 시중들지 못했다. 주무 역시 걱정에 빠져 있었다. 가 국까지 가는 길이 아득히 먼데 높은 산과 긴 강에 번번이 발목이 잡히지는 않을까 싶었고, 그러다가 가 국의 아름다운 공주에까지 생각이 미쳤다. 왕이 그녀에게 반해 또 돌아오지 않는 일이 벌어지면 어쩌나 두려웠다. 그러자 마음속에서 질투의 불길이 타올라 견딜 수 없었다. 주무는 옷을 걸치고 일어나 희미한 달빛 가운데 왕궁의 뜰 안을 이리저리 배회했다. 그러다 마침 몰래 궁을 나서는 메이싸와 마주쳐 그녀를 불러세웠다. "메이싸 동생이 어디를 가려는지 내가 물어도 될까?"

메이싸는 눈물을 주르르 흘렸다. "무야로 가서 그 타래를 구해 돌아와 제 죄를 씻으려 합니다."

메이싸의 말에 주무가 차갑게 웃었다. "예전엔 마 국에서 국왕을 독차지하더니, 이제는 국왕이 무야를 정복하려는 줄 알고 아예 먼저 가서 기다리려는 게요?"

메이싸는 주무 앞에 무릎을 꿇었다. "그때 제멋대로 국왕의 사랑을 받고자 한 것이 이처럼 심각한 결과를 초래할 줄은 몰랐습니다. 이미 수없이 보살 앞에서 참회하였지만 이번 기회에 제 죄를 완전히 씻어내고자 합니다! 부디 저를 보내주세요! 이번에 무사히 돌아올 수 있다면 저는 머리를 깎고 비구니가 되어 속세를 떠나겠습니다. 다시는 국왕 앞에서 총애를 다투며 아름다움을 뽐내지 않을 것입니다. 만약 평안히 돌아올 수 없다면 그 또한 인과응보이니, 국왕께 링 국의 국운을 무겁게 여기시고 천첩 때문에 마음 쓰실 필요 없다고 전해주십시오!" 말을 마친 메이싸는 검정 옷자락을 휘날리며 날개를 편 학처럼 무야 국으로 날아가려 했다.

진정이 담긴 간절한 말에 주무는 끊임없이 눈물을 흘렸다. 마음속에 타오르던 질투의 불길도 꺼졌다. 주무는 메이싸를 붙잡았다. "나도 함께 가겠네. 나에게도 신력이 있으니 도움이 될 거야. 만에 하나 자네가 거기서 국왕을 기다리려는 것이라면 혼자 그런 즐거움을 누리게 놔둘 순 없지!" 주무는 곧 편지를 써서 국왕의 베개맡에 살그머니 가져다놓았다. 만약 두 왕비가 열흘 내에 돌아오지 않으면 군대를 일으켜 구해달라는 내용이었다. 두 왕비는 몸에 걸친 망토를 날개로 변하게 한 후 날이 밝기 전 무야 국을 향해 날아갔다.

해가 떠오를 무렵, 눈앞에 높다란 산이 나타났다. 메이싸는 주무에게 이 산을 넘으면 곧 무야라고 알려주었다. 그런데 그때 키 큰 거싸얼이 눈부신 태양빛을 등지고 서 있는 모습이 보였다. 거싸얼이 공중으로 우렁찬 목소리를 퍼뜨리며 말했다. "사랑하는 두 왕비가 이처럼 바삐 어디를 가시는가?"

두 왕비는 서둘러 날개를 접고 내려가 국왕 앞에 무릎을 꿇었다.

거싸얼은 원래의 모습으로 돌아와 산꼭대기에서 두 왕비를 부축해 일으켰다. "그대들의 마음은 내가 이미 알고 있소. 내가 그대들의 행동을 허락하리다!"

두 왕비는 머리를 조아리며 감사를 표했다.

"하지만 이처럼 경거망동해서는 아니 되오. 무야로 가려거든 마땅히 준비를 더 해야지."

세 사람은 높은 산 정상에서 그대로 날아 내려왔다. 산 아래 숲속에는 이미 커다란 군막이 마련되어 있었다. 변방을 지키는 아다나무 외에 링 국의 열두 왕비도 모두 거기 있었다. 연회를 열어 다함께 즐기는 가운데, 거싸얼은 남몰래 주무와 메이싸에게 신통한 환술과 변신술을 전수했다. 그리고 며칠 지나지 않아, 수석대신이 전열을 가다듬은 군대를 이끌고 와 합류했다. 나찰 아싸이의 몸에서 그 독보적인 법력을 지닌 터키석 머리 타래를 가져오기 위한 방법을 차오퉁이 설명했다. 천연적으로 사람의 손 모양으로 자란 대나무

뿌리가 필요하다고 했다. 특히 줄기가 사람의 손가락처럼 세 마디로 되어 있어 주문을 외면 마치 손가락처럼 마음대로 접고 펼 수 있는 것이어야 했다. 이 물건이 있어야만 터키석 머리 타래를 가져올 수 있다는 것이었다.

이날, 두 왕비는 새하얀 학의 날개옷을 입고 무야 국을 향해 날갯짓을 하며 날아갔다. 무야의 상공까지 날아가자 마침 법왕 위쩌둔바가 산속에서 수행을 하느라 짙은 안개가 하늘을 덮고 있어 도무지 아무것도 보이지 않았다. 주무와 메이싸가 이제 막 익힌 신력을 이용해 주문을 외자 둘의 날개가 하염없이 넓어졌다. 있는 힘껏 날개를 퍼덕이자 이내 구름과 안개가 사라지며 그 아래 풍경이 눈에 들어왔다. 많은 산들이 에워싼 낮고 탁 트인 땅으로 강물이 굽이쳐 흐르고, 기슭 위 숲 언저리에는 집들이 가지런히 들어서 있었다.

두 왕비는 하늘 위에서 그리 오래 맴돌지 않고도 과연 세 산이 만나고 두 강이 어우러지는 곳에서 푸르게 빛나고 있는 대나무밭을 발견했다. 둘은 맑은 바람을 타고 서서히 내려앉은 뒤 곧 사람 손처럼 움직인다는 대나무 갈고리를 손에 넣었다.

주문을 외면서 "변해라!" 하고 외치자 대나무 갈고리가 진짜 사람 손처럼 자유자재로 움직였다.

두 사람은 다시 날개를 펼쳐 하늘 위로 날아올랐다. 주무가 웃었다. "만약 국왕께서 몸소 오셔서 이 물건을 가져가려 하셨다면 얼마나 많은 장애가 있었을지, 얼마나 많은 군인과 장수를 베어야 했을지 모를 일이야!"

그러나 조심성이 많은 메이싸는 이렇게 말했다. "이상해요. 무야의 왕은 법력이 고강하다고 했는데, 어째서 우리가 이렇게 쉽게 그의 보물을 가져갈 수 있는 거죠?"

두 사람 아래에는 어느덧 푸른 숲으로 에워싸인 호수가 나타났다. 호수 위에는 갖가지 빛깔의 새들이 날갯짓을 하며 모여 있었고 호수 기슭에 핀 싱그러운 꽃들이 하늘의 구름 위까지 향기를 내뿜었다.

주무가 제안했다. "오래 날아다니다보니 조금 피곤하구나. 저 호숫가에서 잠시 쉬어가야겠네."

두 사람은 꽃을 꺾어 화환을 만들어 몸에 걸기도 하고 호숫가에서 물장난을 치기도 했다. 높은 지대에 있는 링 국에는 이처럼 따뜻한 호수가 없었던 것이다. 눈 깜짝할 사이 주무는 몸에 걸친 날개옷을 벗어던지고 호수 한가운데까지 걸어들어가 있었다. 메이싸 역시 막 날개옷을 벗고 두 발을 호수에 담그려는 순간, 호숫가의 큰 나무가 갑자기 검푸른 낯빛을 한 사나운 젊은 장수로 변했다.

"하하, 우리 영명하신 법왕이 여기서 당신들을 기다리라 명하셨지. 순순히 잡히시지!"

메이싸는 황급히 날개옷을 걸치고 하늘로 날아오르려 했지만, 주무는 호수 한가운데서 얼굴이 하얗게 질린 채 머뭇거리다가 젊은 장수가 던진 올가미에 사로잡히고 말았다.

메이싸가 큰 소리로 외쳤다. "경망하게 굴지 말라. 우리는 인간세상의 여인이 아니라 하늘에서 내려온 선녀이니 무례를 범하지 말라!"

젊은 장수가 씨익 웃었다. "두 분의 미모는 선녀를 이기고도 남지만, 인간세상의 여인이신 걸 알고 있습니다. 우리 법왕이 말씀하시길 그대들이 순순히 나를 따라가 훔쳐간 보배를 돌려준다면 거싸얼 왕보다 더 그대들을 사랑할 것이라 합니다!"

주무가 물속에서 애걸했다. "메이싸, 도와주시오!" 주무는 물장난을 할 때 날개옷을 벗어던진 바람에 얇은 옷 한 장밖에 걸치지 않은 채였다. 왕후라는 고귀한 몸이나 부들부들 떨면서 기슭에 올랐을 때는 흠뻑 젖은 얇은 깁이 몸에 찰싹 붙어 있으니, 아무것도 걸치지 않은 것이나 매한가지였다! 부끄러움에 예쁜 얼굴이 하얗게 질렸다.

메이싸는 날개옷을 벗어 주무에게 입혀주며 눈물을 떨구

었다. "제가 장수를 잡아둘 테니, 보배를 가지고 어서 날아 가세요!"

젊은 장수가 몸을 돌려 큰 소리로 물었다. "누가 거싸얼 이 가장 아낀다는 주무 왕비인가?"

메이싸가 주무에게 눈짓을 하더니 젊은 장수 앞으로 선뜻 나서며 함박웃음을 지었다. "내가 바로 그 유명한 주무 왕비요. 내가 그대를 따라가서 무야 왕을 뵈올 테니 내 언니는 돌아가 모두에게 내가 안전하다고 전할 수 있게 해주시오."

젊은 장수는 두 사람을 한번 훑어보았으나 순간 판단을 내릴 수가 없었다.

메이싸가 곧 말했다. "저이를 보시오. 물에 들어가 장난을 치느라 온몸을 드러냈을 뿐 아니라, 이런 상황에 처했다고 놀라 당황해 어쩔 줄 모르니 어디 왕후의 위엄이 있단 말이오?"

젊은 장수는 메이싸의 말을 그대로 믿고 말했다. "좋소. 내 말을 잘 듣고 함께 가기만 하면 나도 그대를 난처하게 하지 않을 것이오."

그런데 뜻밖에도 메이싸가 둘러대는 소리를 듣고 주무의 질투심이 다시 타올랐다. 주무는 놀람과 당황을 억누르며 말했다. "앞으로 한 발짝 나서면 발 빠른 말 백 필의 가치가 있고, 뒤로 한 발짝 물러서면 야크 백 마리의 가치가 있으며, 백 명의 남자가 나를 보면 모두 눈이 휘둥그레지며, 백 명의 여자가 나를 보면 하나같이 운명의 얄궂음을 탄식하지. 나야말로 거싸얼의 사랑하는 아내, 멀리까지 이름을 떨친 링 국의 왕후 주무요!" 주무는 아름다운 눈망울로 젊은 장수를 바라보며 그의 마음을 어지럽혔다. 젊은 장수는 법왕에게 받아 사람 피부로 만든 자루를 서둘러 열어젖혔다. 자루가 열리자 한바탕 회오리 바람이 일더니 두 왕비를 안으로 빨아들였다. 젊은 장수는 그제야 정신을 가다듬고는 자루를 걸머지고 왕성으로 향했다. 두 왕비는 어두운 자루 안에 함께 답답하게 갇히고 말았다. 서로를 원망한대도 이미 늦은 일이었다.

자루가 열렸다. 두 왕비는 서로 부대끼면서 떠밀려 나왔다. 메이싸는 주무가 참새로 변한 것을 보았다. 주무의 눈에도 메이싸가 참새로 보였다. 누군가의 목소리가 우레처럼 들려 고개를 들고 우러러보니 산처럼 높은 왕좌 위에 무야의 두 국왕이 앉아 있었다. 거기서 법왕 위쩌둔바가 세속왕 위앙둔바에게 득의양양하게 말했다. "그저 작은 법술일 뿐이네. 이 방법이 아니면 어떻게 멀쩡하게 살아 있는 두 사람을 사람 가죽으로 만든 자루 속에 담을 수 있었겠나."

그제야 주무는 자신 또한 메이싸와 마찬가지로 못생긴 참새로 변한 것을 알아차리고 조급하고 화가 나 지지배배 떠들어대기 시작했다. 미모를 잃어버린 슬픔이 커서 생명을 잃을지도 모른다는 두려움은 잊은 듯했다. 그러고는 곧 날개를 퍼덕이며 법왕의 눈을 쪼으려는 듯 날아올랐지만 법왕이 손에 든 구리 방울을 흔들자 딸랑이는 맑은 소리와 함께 황금 빛줄기가 뻗어나와 주무를 맞혀 땅에 떨어뜨렸다. 법왕이 외쳤다. "변해라!"

두 왕비는 곧 사람의 모습으로 돌아왔다.

"어느 분이 주무 왕비신가?"

"내가 주무요!" 주무는 메이싸가 왕후인 척 하는 꼴을 다시 볼 수 없어 재빨리 대답했다.

"밧줄로 묶어 기둥에 못박으라!"

세속왕이 말리려 했지만 법왕이 먼저 입을 열었다. "날 믿어봐." 그러고는 얼굴에 갑자기 미소를 드러내며 말했다. "그러면 당신이 바로 메이싸겠군."

메이싸는 고개를 돌리고 말이 없었다.

"일찍이 우리가 한번 만난 인연이 있는데 그대는 잊었소? 나는 옛정을 잊지 않는 사람이라 그대는 못박지 않은 것이오. 그대가 마 국 왕비였을 때, 내가 마 국에 가서 국왕과 공력을 겨루고 그대가 직접 올린 맛좋은 술을 마신 적이 있소. 그래서 그대에게는 자비를 베푸는 것이오."

메이싸가 말했다. "국왕께서 옛정을 잊지 않는 사람이라면, 링 국과의 맹세도 잊지 않으셔야 마땅하지요!"

메이싸의 말에 법왕 위쩌둔바의 안색이 싹 변했다. "일찍이 인자한 우리 형제는 링 국의 위기를 이용해 공격하는 짓 따위는 하지 않았지. 그런데 링 국은 지금껏 무야라는 이 나라를 아예 존재하지도 않는 것처럼 움직이는군. 아무런 감사의 예도 표하지 않고 바람결에 소식을 전하는 이조차 없었소. 그러더니 이제 링 국이 강대해졌다고 옛정을 잊는 것만이 아니라 내 보물을 훔치러 오다니. 그대가 앞에서 보배를 훔치면 뒤에선 거싸얼이 군대를 이끌고 올 테지. 은혜를 원수로 갚아 우리 무야를 없앨 생각인가!"

메이싸가 말했다. "나귀한테 쓰는 채찍을 휘두르면서 스스로를 좋은 기수라 부를 수 있겠습니까. 왕후를 잘 대해준다면 저 또한 이야기를 잘 나눠볼 생각이 있습니다."

"좋다. 내 법술이 무척 높으니 왕후가 변해서 도망가는 일 따위는 두렵지 않지!" 법왕은 명령을 내려 주무를 풀어주었다. 세속왕은 직접 어의를 불러 주무에게 약을 발라주고 잘 치료하라고 당부했다. 메이싸는 이러한 세속왕 위앙둔바의 모습에서 선량한 마음을 읽고, 만약 흉악한 법왕만 떼어놓을 수 있다면 국왕을 위해 큰 공을 세울 수 있을 뿐 아니라 주무의 생명 또한 구할 수 있겠다고 생각했다. 그래서 얼굴 가득 미소를 지으며 따뜻한 목소리와 부드러운 말투로 법왕에게 말을 건넸다. "제가 마 국에 있을 때 마왕께서 제게 얼마나 큰 은혜를 베푸셨는데 어찌 그분을 잊었겠습니까! 저는 대신 친언과 함께 반드시 마왕을 위해 복수하겠다고 맹세했었지요. 지금 마 국의 옛 땅은 모두 대신 친언이 다스리고 있습니다. 만약 그와 연락하여 무야와 마 국의 옛 부족들이 연합한다면 틀림없이 링 국과 일전을 벌일 수 있을 겁니다!"

"좋다. 내 아우를 옛 마 국에 보내 친언과 계책을 논하게 하지."

"세속왕께서 일을 매끄럽게 처리하지 못할까 걱정이 됩니다……"

"그럴 수도 있겠군. 내 아우는 언제나 마음이 약하고 선량했으니까. 그렇다면 위앙둔바, 너는 나를 대신해 메이싸 곁에서 주무를 잘 감시하고 있어라. 내가 마 국에 가서 친언을 만나겠다. 며칠 안으로 좋은 소식을 가지고 돌아오마!" 법왕은 곧 커다란 새를 타고 북쪽으로 날아갔다.

위쩌둔바가 떠나자 주무와 메이싸는 세속왕 위앙둔바를 유혹하려 했다. 위앙둔바는 잠시 동안 주무의 미모에 반한 듯 그녀와 이야기를 나누다가 곧 질려버렸고, 자신을 진심으로 대하는 메이싸와 술을 마시며 이야기를 이어갔다. 그사이 메이싸는 거싸얼이 이미 여러 번 하늘로 돌아가겠다는 뜻을 밝혔다는 걸 떠올리곤 했다. 그래서 위앙둔바에게 물었다. "당신은 내가 하늘로 올라가 신이 될 수 있을 것 같나요?"

위앙둔바가 말했다. "신이 되려면 우리 형님처럼 고된 수행을 통해 법술을 익혀야 한다고도 하고, 그 사람의 복에 달렸다고 말하기도 하더군요. 당신이 어떨지는……"

별 같은 눈동자에 잔물결이 이는 듯하더니 메이싸가 이내 눈물을 흘렸다. "결국 이 몸은 인간세상에서 소멸해 연기가 되고 말겠지요!"

위앙둔바는 메이싸에게 연민의 정을 느끼며 그녀의 두 손을 맞잡았다. "거싸얼은 결국 하늘나라로 돌아갈 것이오. 만약 그대가 무야에 머물기 원한다면 우리 두 사람은 인간세상에서 백년해로할 수 있소!"

"왕이시여, 거싸얼께서는 당신의 사랑하는 왕비가 다른 사람의 아내가 되게 두시지 않을 거예요!"

"그러면 거싸얼이 하늘로 돌아간 뒤에 그대를 맞아들이

겠소!"

메이싸가 말했다. "사실 법왕께서 생각하시는 것처럼 무야를 멸망시키려는 계획은 애초에 없습니다! 만약 왕께서 저를 도와주신다면, 거싸얼 왕도 제가 무야에 머물며 당신과 평생 함께할 수 있도록 해주실 것입니다!"

그날 밤 두 사람은 부부의 정을 나누었고 위앙둔바는 주문을 외워 비밀 동굴을 연 뒤 열쇠 꾸러미 하나를 꺼내 메이싸에게 내주었다. 위앙둔바가 관리하는 열여덟 개 창고를 열 수 있는 열쇠였다. 메이싸는 서둘러 창고를 열고 세세히 찾아보았다. 드디어 검은 무쇠 상자 속에서 사심단향목蛇心檀香木 한 도막을 찾았다. 위앙둔바의 말에 따르면 습한 지역의 독기를 막아줄 수 있는 물건으로, 이 법물이 없으면 가국의 무더운 수풀을 건너갈 방법이 없다고 했다. 한밤중이 되어 세속왕이 깊이 잠들자 메이싸는 몰래 몸을 일으켜 주무를 감시하고 있는 밀실을 찾아냈다. 그녀는 주무에게 다시 날개옷을 입힌 뒤 세 마디 갈고리 대나무와 사심단향목, 이 두 가지 법물을 가지고 서둘러 링 국으로 돌아가라고 했다. 자신은 계책을 이용해 무야의 두 왕을 속여야 하니 계속 이 땅에 머물러야 한다고 거싸얼에게 전해달라고 했다. 달아날 기회가 생기자 주무는 기뻐하며 여러 말 않고 날개를 떨쳐 밤하늘로 날아올라 달빛을 받으며 링 국으로 가버렸다.

한편 위쩌둔바는 메이싸의 말을 믿고 마 국의 옛 땅으로
날아가 친언을 만났다. 두 사람은 오랫동안 알고 지낸 사이
였다. 그렇다보니 성채 안에 있던 친언은 공중에서 전해져오
는 웃음소리만 듣고도 무야의 법왕이 왔다는 사실을 알아차
렸다. 메이싸와 주무가 무야에 법물을 가지러 가서 며칠째
돌아오지 않고 있어서 마침 두 왕비의 소식을 알아보려던
참이었기에 친언은 곧 문밖으로 나가 그를 맞았다. 무야의
법왕은 메이싸의 계책을 친언에게 전하며 마 국의 옛 부족
들을 결집해 한날한시에 링 국을 향해 진격하자고 말했다.

친언이 말했다. "메이싸의 편지를 봐야겠소."

위쩌둔바는 발을 구르며 말했다. "급히 출발해 오느라 메
이싸가 편지를 쓸 겨를이 없었소."

친언은 이미 메이싸의 뜻을 이해했다. 메이싸와 주무가
무야에 잡혀 있으니 거싸얼에게 이 소식을 전해달라는 게
분명했다. 친언이 말했다. "그렇다면, 대왕께서는 메이싸
왕비의 신물이라도 주시면 됩니다."

위쩌둔바에게는 아무것도 없었다.

"저 친언과 메이싸 왕비는 모두 대왕을 잊은 적이 없지

만, 왕비의 편지나 신물 없이는 제가 진위를 가릴 수 없으니, 대왕의 명령에 따를 수 없겠습니다."

위쩌둔바는 하는 수 없이 다시 무야로 돌아가 메이싸의 신물을 가져와야 했다. 이렇게 해서 친언은 거싸얼에게 소식을 보낼 시간을 벌었다. 위쩌둔바가 신물을 가지고 오자 친언은 기꺼이 그의 요청에 응했다. 삼 주 뒤에 마 국의 옛 부족을 무야로 보내 무야의 정예병과 함께 링 국을 향해 진격하기로 약속했다.

마 국에서 돌아온 위쩌둔바는 무척 기뻤다. 여독을 씻으려 사람들을 불러 술상을 차리게 하고 메이싸에게 와서 시중을 들도록 했다. 메이싸는 술병을 들고 축하의 말을 했지만 마음속으로는 계속 안절부절못했다. 위쩌둔바가 주무의 행방을 물을까 두려웠다. 그래서 메이싸는 법왕의 잔을 쉬지 않고 계속 채웠다. 결국 법왕은 거나하게 취하여 곧 깊은 잠에 빠지고 말았다.

마 국에서는 친언이 부하들에게 출정 준비를 명한 뒤 곧 국왕을 배알하러 갔다. 거싸얼은 친언의 말을 모두 듣고 대답했다. "그대의 계획을 들어보고 싶소."

친언이 말했다. "마 국의 군대를 이끌고 무야의 왕이 정하는 곳으로 가겠습니다. 마 국 군대는 붉은 깃발을 표식으로 삼고 무야 국 군대는 검은 깃발을 표식으로 삼을 것입니다. 링 국 군대가 매복한 곳에 이르러 우리가 안팎으로 공격하면 한번에 무야 국 군대를 소탕하게 될 것입니다!"

거싸얼은 곁에 있던 자라에게 말했다. "친언이 이토록 충성스럽고 용맹하며 지혜가 있으니 앞으로 무슨 일이 있으면 너는 저 사람에게 의지하도록 해라."

자라가 국왕을 일깨웠다. "마 국에서 무야로 가려면 열여덟 개의 험한 설산이 장애가 될 것이라 보병 대군은 저들이 약속한 날까지 닿기 어렵습니다."

거싸얼은 사람들에게 명하여 녹색 말꼬리 몇 개를 가져오도록 했다. 그러고는 친언에게 설산과 빙하를 지날 때 이 말꼬리를 허리에 매고 있으면 대군이 신마의 능력을 빌려 난관을 쉽게 넘을 수 있을 것이라고 했다.

친언은 약속한 날짜에 맞추어 무야에 도착할 수 있었다. 위쩌둔바는 기뻐서 술자리를 마련하라 명하며 친언과 그 수하의 장수들을 대접했다. 위앙둔바는 형이 링 국을 침략하리라 굳게 마음 먹은 것을 보고 불안해져 말했다. "이 세상에서 무력으로 거싸얼과 다툴 수 있는 사람은 없습니다."

친언은 이를 듣고 서둘러 말했다. "대왕이시여, 눈을 감아도 재앙은 내릴 것이며 귀를 막아도 우레는 내려칠 것입니다. 링 국을 두려워한들 소용없는 일입니다. 결국 거싸얼이 나라에 쳐들어올 것입니다."

다음날 아침, 무야 군대는 곧 마 국 군대와 한곳에 모여 링 국을 향해 진격을 시작했다. 여남은 날 뒤, 친언은 무야 대군을 이끌고 링 국의 군대가 매복한 영역으로 들어섰다. 무야 군은 처음에는 목숨을 걸고 공격하다가, 갑자기 마 국 군대가 깃발을 흔들고 소리를 지르며 자신들을 공격하는 것을 마주하게 됐다. 해질 무렵이 되자 무야 군의 검은 깃발은 이미 절반 이상이 쓰러지고 말았다. 거싸얼은 날이 어두워지기 전에 말을 달려 군진 가운데로 뛰어들더니 친언과 대적하던 무야 법왕을 단번에 말 잔등에서 잡아챘다. 무야의 왕은 긴 한숨을 내쉬며 두 눈을 감은 채 몸을 꼿꼿이 세우고 목을 쭉 빼며 죽음을 기다렸다.

거싸얼이 소리쳤다. "잠깐! 이 경거망동한 자의 한숨 속에 깊은 후회가 담겨 있다. 위쩌둔바, 할말이 있다면 무엇이든 해보라."

"거싸얼 왕이여, 당신의 법력에 마음 깊이 감복하였소. 내 죄를 용서해달라고 빌지 않겠소. 다만 무야와 링 국이 맹세했던 일을 기억해서 내 백성들을 고달프게 하지 말아주시오. 또한 내 아우 위앙둔바는 마음이 선량하며 링 국에도 한결같이 충성을 지켜왔으니 그를 해치지 말아주시오."

거싸얼이 말했다. "그대가 죽음을 앞두고 이처럼 선한 말을 한 것을 기억하겠다. 그대의 죄는 지옥에서 벌을 받아 마땅하나 그만두기로 하지. 그대의 영혼이 청정한 부처의 나라로 갈 수 있도록 이끌어주겠다. 가라!" 말이 떨어지기도 전에 손바닥 한가운데서 한줄기 강한 빛이 뻗어나가더니 위쩌둔바의 육신을 맞혀 쓰러뜨렸다. 위쩌둔바의 육신에서 빠져나온 영혼은 열반에 들어 시름도 즐거움도 없고, 욕망도 집념도 없는 정토로 갔다.

이야기: 차오퉁이 하늘로 돌아가다

무야 법왕이 거싸얼에게 목숨을 잃고 열반에 드는 것을 본 차오퉁이 외쳤다. "대왕, 지금이야말로 대군을 출격시켜 무야를 소탕해야 합니다!"

친언은 의견이 달랐다. "대왕, 법왕도 죽음을 앞두고 선으로 마음을 돌렸습니다. 저 세속왕 위앙둔바는 그보다 더욱 선량한 사람이오니 군대를 동원해 공격해서는 절대 안 됩니다!"

거싸얼은 미소를 지었다. "친언의 말이 지극히 옳도다. 나는 이제 무야로 군신 몇만 거느리고 갈 것이다. 요마를 제압할 법보를 취하고 사랑하는 메이싸 왕비만 되찾을 수 있다면 큰 공적이 이루어진 것이라 할 수 있다." 말을 마친 국왕은 몸을 날려 천마 장가페이부에 올라탔다. 바람처럼 번개처럼 달리는 가운데, 천마가 사람의 말로 노래를 지어 불렀다. "나는 새매처럼 빠르게 날고 내 꼬리는 폭포처럼 천리까지 쓸어낸다네. 나는 하늘의 여러 신들에게 우리가 무야 설산의 문을 모두 열어젖히도록 도와달라 부르짖네!" 과연 하늘 끝에 맞닿을 정도로 높이 솟은 설산들이 모두 몸을 움직이는가싶더니 한줄기 협곡이 눈앞에 펼쳐졌다. 링 국의 군신들은 말을 채찍질해 그 어둑하고 깊은 골짜기를 내달렸다. 설산의 병풍에 가로막혀 꽁꽁 숨겨졌던 무야는 이렇게 세상을 향해 활짝 열리게 됐다.

친언이 거싸얼 일행을 안내해 무야 왕궁으로 가자 위앙둔바와 메이싸가 왕궁의 높은 계단에서 내려와 거싸얼 왕을 환영했다. 위앙둔바가 거싸얼에게 하다를 바쳤다. "존귀한 수사자 대왕 거싸얼이여, 형을 지옥으로 보내 벌주지 않은 그 인자함에 감사드립니다. 수사자 대왕께서 더욱 큰 자비를 베푸사 내 백성들이 전쟁의 괴로움을 겪지 않도록 해주시기를 바라노니, 나는 무야의 모든 것을 당신께 기꺼이 바칩니다!"

거싸얼은 위앙둔바를 따뜻한 말로 위로했다. "나는 이번에 병사들을 하나도 거느리지 않고 무야에 왔소. 링 국은 요마를 제압하는 법물 외에는 무야의 이슬 한 방울도 바라지 않고 들판에 핀 꽃향기조차 빼앗지 않을 것이니, 그대는 마음껏 그대 나라에서 왕 노릇을 하시오!"

메이싸도 고급 하다를 바쳤다. "존귀한 국왕이시여, 저는 링 국에서 태어나 일찍이 부모의 사랑받는 딸이었고 또 국왕의 사랑하는 왕비가 되었는데, 이역땅으로 끌려갔을 때는 본의 아니게 마 국 왕의 시중을 들었습니다. 그 맺힌 원한을 풀려다가 국왕께서는 링 국의 위대한 영웅이자 사랑하는 형 자차셰가를 잃으셨지요. 이번에는 또다른 이역의 왕인 위앙둔바의 왕비가 되었습니다. 대왕이시여, 저는 더이상 남자들 사이를 떠돌고 싶지 않습니다. 부디 제가 무야에 머물며 이 생을 마칠 수 있도록 허락해주십시오!"

거싸얼은 자신의 앞에 꿇어앉은 메이싸를 몸소 일으켰다. "메이싸여, 그 사건들의 근본적인 원인은 모두 그대로 인한

게 아니었소! 그 진짜 연유는 링 국의 백성들이 모두 알고 하늘 위의 신들도 알고 있으니, 그대는 서둘러 채비하여 나와 함께 링 국으로 돌아가 우리 사이의 아직 다하지 못한 인연을 이어가도록 하오!"

거싸얼이 손을 휘두르자 날개옷 하나가 메이싸의 몸을 감쌌고, 다시 한번 휘두르자 메이싸가 구름 위 하늘로 날아올랐다. 메이싸는 뭔가 더 말하려고 했지만 이미 때늦은 상황이라 여겨 어지러워진 마음으로 무야 왕성을 세 바퀴쯤 맴돌았다. 그러고는 희비가 엇갈리는 학 울음소리를 내며 위앙둔바가 준 보물 창고 열쇠를 떨어뜨리고는 날개를 퍼덕이며 날아갔다.

위앙둔바는 가슴을 칼로 도려내는 듯 괴로웠지만 거싸얼 앞에서 슬프고 서러운 기색을 보일 수 없었으므로 눈물을 삼켰다. 위앙둔바는 가까스로 정신을 차려 거싸얼과 그 신하들을 궁중으로 맞아들이고 술잔치를 베풀었다. 그러고는 거싸얼에게 무야에서 또 가져갈 것이 있는지 조심스럽게 물었다. 거싸얼은 아싸이 나찰의 터키석 머리 타래가 필요하다고 말했다.

이 말에 위앙둔바의 얼굴에는 난처한 기색이 떠올랐다. 나라 안에 그런 사람이 있고, 그 사람이 형 위쩌둔바와 가까운 친구라는 사실은 알았지만, 그가 어디에 숨어서 수행을 하고 있는지는 몰랐기 때문이다. 위앙둔바는 메이싸가 남긴 보물 창고 열쇠를 거싸얼에게 건넸다. "타래를 찾는 건 도 와드리지 못하지만, 이 나라의 창고에 있는 보물이나 법기 가 필요하시다면 무엇이든 가져가 쓰십시오."

보물 창고를 열자 이미 메이싸가 링 국으로 보낸 사심단 향목 외에 운석으로 만든 항아리가 눈에 띄었는데, 그 안에 는 사향노루의 심장으로 만든 기름이 들어 있었다. 위앙둔 바가 이르길 이 기름은 몸을 보호하는 데 무척 좋은 보물이 라고 했다. 가 국에 가려면 나무가 무성하고 맹독성 뱀과 개 미가 가득한 수풀을 지나야 하는데 이 기름을 조금씩 바르 면 온갖 독으로부터 몸을 지킬 수 있다는 것이다.

거싸얼은 위앙둔바에게 감사를 표한 뒤 신하들을 거느리 고 링 국으로 돌아갔다.

국왕이 돌아온다는 소식에 주무는 옷을 차려입고 단장한 뒤 왕궁 밖까지 나가 국왕을 영접했다. 그녀의 둥근 얼굴은 막 떠오른 밝은 달과 같았고 굽어진 눈썹은 쌓인 눈이 녹은 먼 산의 풍경과도 같았다. 국왕을 바라보는 눈빛은 가벼운 바람이 스쳐지나간 호수처럼 몽환적으로 반짝였다. 주무는 직접 무야에서 가져온 보물을 들어 바쳤다.

거싸얼이 말했다. "그대와 메이싸의 공로를 우리 모두가 기억할 것이오."

주무는 약간 불쾌했지만 거싸얼은 벌써 화제를 바꾸어 누가 아싸이 나찰을 찾을 수 있을지 물었다. 그러나 궁전 안은 쥐죽은듯 고요했다. 거싸얼이 목소리를 높였다. "설마 이 세상에 아싸이 나찰은 존재하지 않는 건가?"

이 말에 대신들은 모두 속으로 부끄러워하며 고개를 깊이 숙였다. 오직 차오퉁의 얼굴에만 득의양양한 기색이 떠올랐다. 며칠 전까지만 해도 감옥 안에서 생사를 가늠할 수 없어 얼굴에 어둑한 기운이 가득하더니, 지금은 그 자리에 앉아 세심하게 다듬은 턱수염에 기름기가 번들거리는 얼굴로 큰 소리로 외쳤다. "수석대신은 모르는 것이 없는 분이고, 또한 수석대신이라면 마땅히 알아야 할 일이지요!"

하지만 수석대신은 고개를 숙이고 말이 없었다.

차오퉁은 그제야 입을 열었다. "만약 국왕께서 제 목숨을 거두셨다면 오늘 이 자리에서 아싸이 나찰이 있는 곳을 알려줄 사람이 없었을 것입니다. 아싸이 나찰의 행방을 알지 못한다면 가 국의 요마 왕비를 없앨 방법은 없겠지요. 만약 그 요마 왕비가 부활한다면, 가 국이 어둠 속에 묻히는 것은 물론이고 링 국 또한……" 거싸얼의 냉소를 눈치챈 뒤에야 차오퉁은 말투를 바꾸었다. "저는 국왕께 아싸이 나찰이 은 거하고 있는 곳을 말씀드리려던 것뿐입니다. 링 국과 무야의 경계 사이에 구릿빛 큰 산이 있는데 바로 그곳입니다. 훠얼 국과 링 국이 싸웠을 때, 야생마 무리를 쫓다가 부주의로 국경을 넘은 적이 있는데 거기서 아싸이 나찰을 만났습니다. 우리 둘은 산꼭대기에서 산기슭까지 한나절을 싸웠는데도 승부를 가리지 못했습니다. 결판이 나지 않았던 것은 각자의 실력이 출중했기 때문이라 생각한 저희는 서로의 재주를 아껴 향을 피우고 이 세상에 있는 한 환난과 생사를 같이하기로 맹세했습니다. 저희 둘이 이러한 인연이 있음에도 국왕께서는 다른 사람들과 마찬가지로 제가 그에게서 터키석 머리 타래를 얻을 수 있으리라 믿지 않으시겠지요."

수석대신이 말했다. "만약 그대가 그 법물을 가져온다면, 사람들은 자연히 그대의 말을 믿을 것이야."

차오퉁은 뒤룩뒤룩 눈망울을 굴리며 말했다. "당신이 이 차오퉁을 뭐라고 생각하든 중요하지 않소. 오직 국왕만이 ……"

국왕 거싸얼이 낭랑한 소리로 크게 웃었다. "나는 그대가 왕좌를 찬탈하려 한 죄를 여지껏 묻지 않았건만 그대는 계속 원망을 품고 있구려. 생각해보시오. 내가 말달리기 경주로 왕이 되었을 때에도 나는 그대가 우리 모자를 황야로 내쫓은 죄를 묻지 않았고, 휘얼 국과 링 국이 대전을 벌였을 때도 그대가 적과 내통한 죄를 다스리지 않았소. 이리했거늘 내가 어찌하여 그대를 믿지 않을 거라 생각하오? 말해보시오, 그 나찰의 손에서 어떻게 터키석 머리 타래를 가져올 수 있소?"

국왕이 그의 죄목을 줄줄이 늘어놓자 차오퉁의 이마에서 식은땀이 배어났다. "살려주신 은혜 망극하옵니다. 국왕께서 요마를 제압할 법물을 취하도록 반드시 진심을 다해 돕겠습니다. 헌데 그 나찰은 정해진 시간에만 만날 수 있습니다. 그리고 저는 지하 감옥에 갇혀 있느라 아직 몸이 완전히 회복되지 않았습니다. 먼길을 가기엔 무리일 듯싶습니다."

"그럼 언제 떠날 수 있겠나?"

"다음달 보름에 출발하겠습니다."

"그렇다면 그대의 말대로 다음달 보름달이 뜰 때까지 기다리겠소! 다룽 부족의 수장이여, 기억하시오! 이것이 내가 그대를 믿고 주는 마지막 중임이요."

차오퉁은 자신의 성채에 도착하기도 전에 후회가 되기 시작했다. 거싸얼은 이미 여러 번 그의 죄를 사하여주었으니,

이번에는 정말 차오퉁 스스로 사지로 들어간 셈이었다. 그 나찰과 서로 알고 지낸 인연이 있긴 했지만, 떵떵거리며 한 말처럼 생사를 함께하는 우정을 나눈 것은 아니었다. 게다가 이미 오래전 일이어서 아싸이 나찰은 자기 손에 패한 차오퉁을 기억하지 못할 가능성이 컸다. 당시에 두 사람은 구릿빛 산봉우리에서 법술을 다투다가 협곡 아래까지 내려갔지만 결국 차오퉁이 패했었다. 아싸이 나찰은 그대로 한바탕 크게 웃더니 외투를 떨치며 산꼭대기로 날아가버렸다. 그 터키석 머리 타래는 나찰의 호신 법물인데 어떻게 쉽게 남에게 주겠는가! 차오퉁은 이미 왕위를 찬탈하고자 한 전과가 있는데다 이제 군왕을 속인 죄까지 더해지니 링 국에서 자신이 살 길은 없는 듯했다. 이런 생각을 하니 정말이지 먹고 자는 일도 제대로 할 수가 없었다. 한밤중에 일어나 앉아 자신의 두 뺨을 세게 올려붙이기 일쑤였다. "누가 국왕의 자리를 노리라더냐!"

차오퉁은 어렸을 때 가족들이 지나치게 거칠고 용맹한 자신의 성격을 고쳐주려 요사한 법술을 이용해 겁과 의심은 많으면서도 야심을 억누르지 못하는 사람으로 만들어놓은 것을 떠올렸다. 거기에 생각이 미치자 차오퉁은 울음을 터뜨렸다. "나 자신 때문에 우는 것이 아니다. 나는 이미 늙었고, 죽을 날이 멀지 않았으니까. 아들 둥궈 때문에 우는 것이야. 내 야심이 아니었다면, 아들은 틀림없이 아직 멀쩡하게 살아 있었을 텐데. 강대한 다룽 부족 때문에라도 울지 않을 수 없구나. 이제 다룽 부족은 멸시를 받게 되겠지."

거싸얼이 왕이 된 뒤, 특히 부처의 법이 전해진 뒤로 링국 사람들은 더이상 갖가지 요사한 신들을 모시지 않았다. 그러나 차오퉁은 침궁 안에 밀실을 마련하고 요사한 신들의 우상을 모시고 있었다. 한밤중, 차오퉁은 밀실에 들어가 요사한 신들 앞에 무릎을 꿇고 말했다. "제게 특별한 능력을 주실 수 있지요? 부디 제게 모든 고난과 역경을 이겨낼 수 있는 힘을 주십시오!"

하지만 신상의 흉포한 눈동자에는 한줄기 빛도 어른대지 않았다. 몇십번째 기도를 올릴 때, 손에 든 등잔의 기름이 모두 타버려 희미한 불꽃이 몇 번 흔들리다가 꺼지고 말았다. 마지막 눈길에 차오퉁은 신상의 커다란 두 눈이 서서히 감기는 것을 본 듯했다. 차오퉁은 어둠 속에서 꿇어앉으며 말했다. "저를 도와주실 수 없다면 차라리 큰 병을 앓도록 해주십시오. 정월 보름에 달이 꽉 차오를 때까지 회복될 수 없도록 말입니다!"

차오퉁은 밀실을 나와 침대에 누웠다. 그러자 갑자기 정말 쇠약해져 몸을 가눌 수 없는 것처럼 느껴졌다. 신이 병을 내려주신 것이라 생각했다. 다음날 아침, 차오퉁은 일어나자마자 고통에 찬 신음을 내뱉었다. 그러나 두번째 신음을 내뱉을 때, 차오퉁은 아무런 병의 징후가 없음을 깨달았다. 심장은 평소처럼 쿵쿵 뛰었고, 혈관에 피가 용솟음쳤다. 허벅지 사이에 있는 물건도 창날처럼 불룩 솟아올라 있었다.

아내가 아침 문안을 왔을 때 차오퉁이 말했다. "병이 든 것 같소."

혈색 좋은 얼굴에 예리하게 반짝이는 눈빛까지, 이런 차오퉁을 보고 아내는 웃으며 입을 헹굴 향기로운 차 한 대접을 받쳐올렸다.

차오퉁은 대접을 벽에 내던지며 소리를 질렀다. "내가 병에 걸렸다는 사실을 왜 믿지 않는 것이오?"

차오퉁은 이렇게 줄곧 침대에 누워 있었다. 점심 때에는 아들 둥찬에게 자신을 보러 오라고 했다.

차오퉁은 건장하고 듬직한 아들의 모습을 보고는 목놓아 울기 시작했다. 그가 말했다. "너를 보니 전쟁터에서 죽은 네 형이 생각나는구나."

이 말에 둥찬 또한 울적해졌다.

차오퉁이 슬픔에 휩싸인 채 아들에게 말했다. "이 아비가 병이 났단다. 곧 죽을 것 같구나."

"아버님 얼굴에는 전혀 병색이 없습니다. 지난밤에 악몽이라도 꾸셨는지요?"

"마음의 병이 나를 죽일 것 같단 말이다!" 분노의 고함을 내지르는 차오퉁의 목소리는 여인네의 음성처럼 날카로웠다. "거싸얼이 나를 죽이는구나!"

등찬은 이맛살을 찌푸렸다. "아버님, 국왕께서 얼마 전에 죄를 사면하셨는데, 아버님은 또 왕과 대적하려 하십니까?"

"썩 물러가라!"

"아버님……"

"물러가래도!"

곧 정월 보름이 됐다.

거싸얼은 차오퉁이 제 발로 찾아오지는 않을 것이라 여기고 사람들을 보내 차오퉁을 데려오게 했다. 그런데 이들이 도착해보니 다룽 부족의 침궁 앞에 기석忌石 한 무더기가 문을 막고 있었다. 링 국의 관습에서 돌을 이런 방식으로 문 앞에 쌓아두는 것은 집안에 중병을 앓는 사람이 있으니 방문을 사절한다는 뜻이었다. 이들은 곧 왕성으로 돌아가 국왕에게 보고했다. 국왕은 차오퉁이 또 수작을 부리는 것이라 여겨 다시 단마와 의술에 정통한 미충을 함께 보냈다.

차오퉁은 방문객들이 문 앞의 기석을 보고 돌아가자 자신의 계획이 성공했다고 득의만만하여 침대에서 내려와 맛좋은 음식을 먹고 있었다. 그때 하인이 와서 단마와 미충이 대문 밖에 와 있다는 소식을 전했다. 차오퉁은 서둘러 침대로 올라가 눕고는 아내에게 서둘러 차를 준비해 손님을 대접하라고 일렀다.

차오퉁의 아내는 찾아온 사람들에게 차를 올리며 극진히 대접하고, 차오퉁이 지난번에 왕성에서 돌아온 뒤 병이 나일어나지 못한다고 말했다. 병의 기운이 두 귀빈에게 미칠까 두려워 만나지 못하니, 돌아가 국왕께 차오퉁은 국왕을 따라 가 국으로 가지 못할 것이라는 말을 전해달라고 했다.

단마가 말했다. "국왕께서는 다룽 부족의 장관이 병으로 일어나지 못할 것을 미리 아셨습니다. 그래서 의술이 고명한 미충을 보내셨지요!"

차오퉁은 이제 더더욱 두 사람을 만날 수 없었다.

미충이 말했다. "실을 묶어서 진맥하도록 하지요."

내실의 문틈 사이로 붉은 실이 전해졌고 미충은 희미한 진동에 의지해 환자의 맥을 읽었다. 차오퉁은 붉은 실을 앵무새의 목에 걸었다. 짧고도 급한 진동에 미충은 차오퉁이 잔꾀를 부리고 있다는 것을 알아챘다. 그러자 낌새를 느낀 차오퉁이 붉은 실을 다시 고양이의 몸에 걸었지만 이번에도 미충에게 들통나고 말았다. 차오퉁은 결국 하릴없이 제 몸에 실을 걸었다. 그러나 끝내 포기할 수 없어서 일반적으로 진맥하는 곳이 아닌 새끼손가락에 실을 걸었다. 미충은 크게 웃었다. "이런 맥은 도무지 말이 되지 않습니다. 진맥을 할 만한 병이 없으니, 꾀병이 아니겠습니까!"

아내도 차오퉁이 꾀병을 부린다는 사실을 알고 있었으므로 그의 잔꾀가 모두 들통나자 부끄러움을 금치 못하여 내실로 들어가 남편에게 일어나라고 했다. 차오퉁은 이제 재난을 피해 달아날 길이 없다는 것을 알았다. 하지만 끝내 일어나지 않고 아내에게 계속 거짓말을 시켰다. 단마와 미충에게 가서 상반신은 불덩이처럼 뜨거우며 하반신은 얼음처럼 차가우니 생명이 경각에 달려 있다고 전하라고 했다. 아내는 남편이 한사코 버티는 것을 보고 어쩔 수 없이 차오퉁을 좀더 아픈 사람처럼 보이도록 꾸몄다. 거짓말을 사실처럼 만들기 위해 그를 햇볕과 그늘이 모두 있는 곳으로 옮겨 상반신은 뜨거운 태양에 볕을 쪼이도록 하고 하반신은 그늘져 차가운 곳에 두었다. 단마와 미충은 더이상 참지 못하고 내실로 뛰어들었다. 그들은 차오퉁이 이처럼 스스로를 괴롭히고 있는 모습을 보니 화가 나기도 하고 우습기도 했다. 차오퉁은 두 사람이 내실로 뛰어들자 숨을 멈추고 눈을 뒤집으며 두 발을 쭉 펴고는 죽은 척을 했다.

단마는 순박한 사람이라 차오퉁이 정말 죽은 줄 알았다. 그러나 의술에 정통한 미충은 차오퉁이 죽은 척하고 있다는 사실을 단박에 알아채고 눈짓을 했다. 단마도 눈치를 채고 차오퉁을 끌어내 말의 잔등 위에 실은 뒤 미충과 함께 그대로 왕성으로 달려갔다. 차오퉁도 미충이 틀림없이 자신의 잔꾀를 알아챘다고 생각했다. 자신이 정말 죽었다고 하면 굳이 그 시신을 거싸얼에게 데려갈 필요가 없을 것이다. 이렇게 되었으니 결국 진짜 죽어야만 남다른 법안을 지닌 거싸얼을 속일 수 있을 것이라는 생각이 들었다. 그래서 차오퉁은 몸에서 숨이 통하는 모든 문을 막고 피를 차갑게 얼려 흐름이 멈추도록 했다. 그런 뒤에 자신의 영혼을 말 잔등위에 드리운 육신에서 떼어놓았다. 영혼이 막 육체를 떠나자마자 저승사자가 다가왔다. 그는 두 저승사자에게 산속에숨긴 보물을 뇌물로 주고는 저승에 가기 전까지 사흘의 시간을 얻었다. 차오퉁의 영혼은 계속해서 단마와 미충을 따라갔다. 거싸얼이 싸늘한 주검을 받을 이유가 없으며, 다릉 부족 사람들이 자신의 시신을 거두어갈 것이라 생각했다.

그때 영혼을 되돌려놓아도 늦지 않으리라.

그날, 왕성의 모든 사람들이 단마와 미충이 차오퉁의 주검을 데려왔다는 사실을 알았다. 그중 절반 이상의 사람들이 왕성 서쪽의 네모난 반석 위에 놓인 차오퉁의 시신을 보았다. 거싸얼도 그 반석 앞으로 나가 이미 얼음처럼 차갑게 식은 손발을 만져보았다. 그러고는 허리를 굽혀 입술을 차오퉁의 귓가에 갖다대고 하늘을 바라보며 말했다. "정말 죽은 것이오?"

차오퉁은 대답하지 않았다.

"내가 보기엔 죽은 것 같지 않소이다만."

허공에 떠돌던 차오퉁의 영혼이 움찔했지만 여전히 아무런 소리도 내지 않았다. 거싸얼은 음한한 바람이 가볍게 불어오는 것을 느끼고 다시 한번 눈을 들어 하늘을 보았다. 그러고는 큰 소리로 말했다. "작은아버지께서 정말로 우리를 떠나신 것 같소!"

독경하는 승려들 서른 명이 와서 반석을 에워싸고 죽은 영혼이 열반에 들도록 했다. 서른 개의 망호蟒號와 서른 개의 흰 소라고둥이 동시에 울렸고 거대한 나뭇단이 세워지기 시작했다. 거싸얼은 내일 태양이 떠오르기 전에 죽은 자가 살아 돌아오지 않으면 화장을 집행하라고 명령을 내렸다.

거싸얼이 말했다. "차오퉁 작은아버지는 법력이 고강하신 분이니 어쩌면 다리가 불편한 늙은 몸을 버려두고 아싸이 나찰의 터키석 머리 타래를 가지러 가셨을지 모르는 일이다. 만약 그렇다면 내일 아침 일찍 돌아오시겠지." 거싸얼은 차오퉁이 죽은 척하고 있다는 사실을 알았기에 이런 분부를 내리며 그에게 죄를 뉘우칠 시간을 준 것이었다. 차오퉁은 물론 후회하고 있었다. 그러나 모든 사람들이 눈을 부릅뜨고 바라보고 있는 가운데 자기 몸으로 돌아가 아싸이 나찰에게 가겠다고 나설 수는 없었다.

차오퉁은 예전에 아싸이 나찰을 만났던 구릿빛 산봉우리 위로 날아가보았다. 얼음처럼 차가운 별빛이 산봉우리로 흘러내리는 것 외에 산 위에는 어떤 살아 있는 존재도 보이지 않았다. 곧 날이 밝았고, 차오퉁의 영혼은 다시 왕성으로 돌아갔다. 높이 쌓인 장작더미 위로 사람들이 이미 그의 육신을 올려놓고 있었다. 몇몇 여인이 구슬픈 노래를 부르며 그의 주검 위에 향기로운 꽃잎들을 흩뿌렸다.

거싸얼이 말했다. "보아하니 작은아버지가 정말 돌아오지 않으시려나보군." 말이 떨어지자마자 그의 눈앞에서 횃불이 솟아올랐다. 이 삼매진화三昧眞火는 세상의 모든 파괴할 수 없는 것들을 불사를 수 있으며, 동시에 그 사물들이 이 세상에 쌓아두었던 모든 시비와 은원 또한 소멸시킬 수 있었다. 거싸얼이 말했다. "범띠인 사람이 와서 불을 붙이도록 하지."

단마가 바로 범띠였기에 앞으로 나서서 횃불을 받았다. 국왕은 단마에게 화문은 동쪽에서 열리니 동쪽에서 불을 붙여야 한다고 일러주었다. 이때, 차오퉁은 이미 아무것도 돌아볼 여유가 없었다. 그리하여 차오퉁의 영혼이 나는 듯 내려와 불을 덮쳐 꺼뜨리려고 했다. 그 순간 모여 있던 사람들 모두 한줄기 차가운 기운이 온몸을 덮치는 느낌을 받았다. 그러나 삼매진화의 꺼지지 않는 불씨는 아무렇지 않게 훨훨 타올랐다. 다급한 가운데 차오퉁은 그대로 제 몸에 영혼을 욱여넣었다. 차갑게 굳어버린 육신이 차오퉁을 단단히 옭아맸다. 차오퉁은 단마를 향해 손을 멈추라고, 국왕을 향해 살려달라고 소리를 지르고 싶었지만, 차갑게 굳어버린 입술은 움쭉달싹하지 않았다. 눈을 뜨고 싶었지만 무겁게 내려앉은 눈꺼풀은 이미 단단히 굳어버린 상태였다. 동쪽의 화문이 열리고 높이 쌓인 나뭇더미에 불씨가 옮겨붙었다. 단마는 서쪽으로 향하는 연문도 열었다. 한줄기로 쭉 뻗어나가던 짙은 연기가 비스듬히 하늘 위로 올라갔다. 이어 불더미가 와르르 무너져내렸다. 사람들은 외마디 비명을 들은 것

같았다. 그러나 아무것도 보이지 않았고 한덩어리 불꽃만이
맹렬히 타올랐다.

거싸얼은 단정히 앉아서 두 눈을 감고 합장한 채 불더미
속에 몸을 묻은 이가 열반할 수 있도록 경문을 외웠다.

거싸얼은 차오퉁의 영혼이 한 마리 새처럼 맴돌며 지저귀
는 소리를 들었다.

거싸얼이 말했다. "이제, 정말 해탈하셨겠습니다."

한 마리 새가 거싸얼의 어깨에 머물며 사람의 소리를 냈
다. 그 소리는 누군가의 이름이었다. "줘줘단쩡."

"압니다. 천모께서 이미 어젯밤 꿈에 나타나셨어요. 하지
만 그래도 작은아버지께서 직접 말씀하시는 것을 듣고 싶었
습니다. 원래는 지옥으로 떨어질 만한 죄를 지으셨지만, 죽
기 전에 회개의 뜻을 보이셨으니 영혼은 정토로 갈 겁니다.
욕심도 추구도 시름도 걱정도 없는 서방정토로요!"

차오퉁의 영혼은 화장이 끝난 잿더미 위를 한 바퀴 돌았
다. 이후 사람들이 뼛조각들을 집어 항아리 안에 넣는 모습
을 보았다. 항아리의 뚜껑을 닫을 때, 사람들이 축복의 기도
를 해주었다. 아들 둥찬이 사람들을 이끌고 와서 다룽 부족
의 조상들을 모신 높은 산으로 항아리를 가지고 갔다.

이야기꾼: 무야에서

진메이는 교사가 한 명밖에 없는 작은 초등학교에 도착했다. 학생들은 교사 곁에 없었다. 학교의 작은 운동장에는 맑은 물웅덩이가 몇 개 있었고, 물웅덩이 주변의 진흙에는 푸른 물풀이 자라나 있었다. 교사는 차양이 넓은 모자를 쓰고 계단에 앉아 책을 보는 중이었다. 마침 국가가 법률로 지정한 두 번의 방학 외에 산골 학교에만 있는 또다른 방학이었다. 아이들은 이 농번기 동안 집에서 어른들을 도왔다. 농사를 짓는 집의 아이들은 농지와 보리밭에 무성하게 자라난 잡초를 뽑고, 가축을 치는 집의 아이들은 높은 산에 있는 여름 목장으로 가서 일을 도왔다.

교사는 발소리를 듣고 모자를 벗으며 그를 쳐다보더니 뜨거운 차 한 잔을 내주었다.

진메이는 교사에게 무슨 책을 보느냐고 물었다. 교사는 이백여 개의 서로 다른 국가들에 대한 책이라고 대답했다. "중컨이여, 이 많은 나라들에는 당신이 아는 것보다 훨씬 더 많은 이야기들이 있다오!"

진메이는 교사를 무척 슬프게 만드는 말을 했다. "선생님은 이 세상에 그토록 많은 일들이 있다는 것을 알지만, 그들

가운데 누가 선생님이 있는 이 작은 곳을 알까요?"

교사는 다시 모자를 써서 눈을 가렸다. 진메이는 화제를 바꾸었다. "무야라는 곳을 찾고 있는데요."

"전설 속의 땅이잖아요." 교사는 그를 교실로 데려갔다. 그러고는 학생들에게 글자를 가르칠 때 쓰는 막대기로 지도 위에 쓰인 지명들을 하나하나 짚으며 말했다. "이런 것들이 진짜로 존재하는 곳이죠. 여기에 무야라는 곳은 없어요."

진메이는 학교를 떠나 그 아래쪽에 있는 마을로 갔다.

마침 새로 집을 짓고 있는 사람들을 만났다. 장인들은 돌로 담장을 손질하고 있었으며 주인은 그 곁의 호두나무 아래에 큰 솥을 걸어놓고 먹을 것을 끓이고 있었다. 주인이 진메이에게 잠시 머물다 가라고 청했다. "중컨이 노래를 해준다면 새집에 정말 좋은 축복을 내리는 셈이 될 겁니다."

장인들은 일손을 멈추고 진메이가 웅장하고 아름다운 성채를 찬미하는 단락을 노래하는 것을 들었다. 그가 노래를 마치자, 사람들은 서로를 위해 복을 빌어주었다. 진메이가 말했다. "무야를 찾으려 합니다. 무야의 땅을 한 바퀴 돌아보려고요." 사람들이 웃으며 말했다. "당신이 좀 전에 지나온 곳하고 곧 지나게 될 곳이 바로 고대의 무야예요."

"정말인가요?"

사람들이 진메이에게 얼굴을 가까이 들이밀며 말했다. "보세요. 다른 곳 사람들과는 얼굴이 좀 다르지 않나요."

과연 그들의 얼굴에는 남다른 데가 있었다. 날카롭고 끝이 약간 굽은 코에 갈색 눈동자가 빛났다.

"우리가 말하는 것도 들어보세요. 다른 지방과 좀 다르지요?" 과연 후두 위쪽에서 터져나오는 듯한 발성이었다. 이모든 것들이 고대 무야가 남긴 흔적이었다. 옛날 무야가 있던 곳, 넓고 탁 트인 협곡은 개간된 지 벌써 여러 해가 지났고, 숲속과 물가의 땅에는 밀과 쌀보리가 경작되었으며, 돌로 쌓은 산성의 누각 벽에는 행운을 비는 큰 그림이 시멘트로 그려져 있었다. 그리고 마을은 호두나무와 사과나무로 둘러싸여 있었다. 외양간은 텅 비어 있었는데 여름이라 산의 설선이 끊임없이 아래로 내려가고 있어서 소떼 또한 눈이 녹은 고산 목장으로 옮겨간 것이다. 가을이 아직 오지 않아 보리밭 근처에는 엉겅퀴가 무성히 자라고 있었다. 하늘 위에 긴 띠처럼 드리운 흰 구름은 바람에 밀려 널따랗게 펼쳐진 협곡 위쪽으로 넘어가는 중이었다. 이 저녁에 진메이는 보리밭에서 사람들을 위해 노래를 불렀다. 밤에는 새집을 짓는 그 장인들과 함께 장막 안에서 하룻밤을 묵었다.

잠들기 전, 진메이는 이렇게 중얼거렸다. "무야, 무야."

그 말을 되뇌며 진메이는 또다시 꿈으로 빠져들었다.

그리고 그 사람이 또 꿈으로 찾아왔다. 위엄 있는 국왕의 모습으로 꿈에 들어온 그는 진메이의 머릿속 한가운데에 가부좌를 틀었다. 그러나 거기 앉아서 예전과 달리 아무 말도 하지 않고 있었다.

진메이가 가만히 물었다. "국왕이신가요?"

"날세." 거싸얼의 목소리는 낮게 가라앉아 있었다. 그는 잠깐 멈추었다가 말을 이었다. "오늘, 차오퉁 그 죽어 마땅한 자를 처리했네."

진메이는 깜짝 놀라서 나지막이 소리를 냈다.

"내가 아랫세상으로 내려온 것은 요마를 없애기 위함이었는데, 이번에는 사람을 죽이고 말았어."

진메이는 아무 말도 하지 않았다.

거싸얼이 다소 흥분하여 말했다. "놀라서 소리낸 것을 들었네. 왜 놀란 것인가?"

"당신이 이야기를 바꿨어요!"

"내가 이야기를 바꿨다고? 차오퉁이 이렇게 죽지 않는단 말인가?"

진메이는 다시 입을 다물었다.

거싸얼이 비아냥거리듯 말했다. "천기는 누설할 수 없다이거지? 그의 육신은 이미 다 타서 재가 되었고, 영혼도 서천의 정토로 날아가 열반에 들었다네. 설마 그가 다시 살아돌아온다는 건가?"

"그는 그저 죽은 시늉을 했을 뿐이에요!"

"나도 그가 죽은 시늉을 했다는 건 알아. 육신과 분리된 그의 영혼이 여전히 음모를 꾸미며 나와 대적하려 한다는 것을 알았지. 차오퉁은 자신의 육신을 나뭇단 위로 던져넣을 때까지도 잘못을 인정하며 용서해달라고 빌지 않았어!"

"단마가 막 장작더미에 불을 붙였을 때 살려달라고 빌었었어요!"

"안타깝게도 그러지 않았어."

"불더미 속에서 뛰어나와 죄를 용서해달라고……"

"그는 다 타서 재가 되었어. 그의 영혼이 작은 새처럼 내어깨 위에 앉아 지저귀더군!"

진메이는 혼잣말로 중얼댔다. "당신이 이야기를 바꿔버렸어요. 천 년 동안 전해져 내려온 이야기를."

거싸얼이 말했다. "곧 날이 밝아올 테니 돌아가야겠네. 차오퉁이 죽어서 무척 괴롭다는 것을 말하고 싶었어. 내 사명은 아랫세상에서 요마를 없애는 일이었지 인간세상에서 사람의 생명을 뺏는 일이 아니었으니까."

진메이는 그를 위로할 수밖에 없었다. "차오퉁은 나쁜 사람이었어요."

"사실 그는 줄곧 나를 죽이려 했었지."

"……"

"난 신이니까 사람을 죽여서는 안 되는 거야."

"당신도 사람이에요. 그래서 괴로움을 느끼는 거죠."

"사람은 왜 다른 사람을 괴롭히는 거지? 때로는 주무와 메이싸마저도 나를 힘들게 하고, 수석대신 또한 나를 괴롭게 하지. 내 인간세상의 어머니도 마찬가지야……"

마을의 수탉이 날이 밝는 것을 알렸다. 거싸얼이 말했다. "그대의 이야기가 이와 다르다면 차오퉁이 아직 죽지 않았을 수도 있겠군. 어쩌면 내가 꿈을 꾸었는지도."

진메이는 꿈속에서 무릎을 꿇었다. "모르겠습니다. 이제 더이상 제발 제 꿈에 찾아오지 마세요."

계속해서 자신의 행위에 의문을 품었던 거싸얼이 몸을 일으켰다. 그러고는 어두침침한 여명을 몸에 걸치고 확신에 차 말했다. "어쨌거나 이야기는 이미 바뀌었어."

진메이는 꿈에서 깨어나 바깥으로 달려나가보았지만, 강물이 흐르는 골짜기에서 피어난 안개가 서서히 산언덕으로 기어오르는 모습밖에 보이지 않았다. 안개는 마치 발걸음을 옮기는 거대한 생물처럼 순식간에 온 마을을 집어삼켰다. 그러나 진메이의 귓가에는 여전히 그 확신에 찬 말소리가 맴돌며 울려퍼졌다. "어쨌거나 이야기는 이미 바뀌었어." 차오퉁은 과거의 이야기와 다른 방식으로 죽었고, 그의 영혼은 열반에 들어 서천 정토로 인도되었다. 그런데…… 차오퉁이 원래 어떤 최후를 맞았더라? 진메이는 자신이 원래의 이야기를 기억하지 못한다는 사실을 그제야 깨달았다. 이 사실에 그는 순간 놀라고 당황했다. 축축한 안개 속에 못박힌 듯 서서 자신이 이 완전한 이야기의 결말을 잃어버린 것이 분명하다고 생각했다. 그러나 이야기의 결말은 여전히 아주 분명하게 그의 눈앞에 나타났다.

진메이는 머리를 낮추어 커다란 바위 위에 가져다대고 그 차가운 감각이 자신의 온몸을 흘러다니도록 놔두었다.

이야기: 보물과 맹세

차오퉁을 열반에 들게 한 후, 거싸얼이 수석대신에게 말했다. "이제 나는 잔혹한 국왕이 되었군."

수석대신이 말했다. "당신은 공정한 국왕이십니다."

"쥐귀단쩡은 누구인가?"

"링 국와 무야 사이에 있는 땅에서 모시는 토지신입니다."

"과연 수석대신답군. 그대가 모르는 일은 거의 없는 것 같소."

수석대신은 국왕의 말투에서 조소의 뜻을 읽고 말했다. "국왕께서는 왜 제가 아싸이 나찰이 살고 있는 곳은 모르는지 물으시는 건지요? 저는 정말로 그가 어디 있는지 모릅니다. 세상에 그런 이름이 있다는 것도 들어본 적이 없습니다."

"바로 거싸얼처럼 말이야. 링 국 국왕이라는 그이도 이제까지 자기 눈 아래 무야라는 나라가 있다는 것을 들어본 적이 없다지."

"존귀한 국왕이시여, 차오퉁을 처치한 일로 국왕의 심사가 어지러우신 것을 압니다. 만약 국왕께서 그 때문에 누군가를 벌해야 한다면 이 늙은 신하를 파면하십시오."

거싸얼은 대답하지 않았다. 이후 궁전으로 돌아간 지 한 시진이 채 되지 않아 거싸얼은 사람들을 데리고 쥐귀단쩡이라는 토지신을 찾아가겠으니 수석대신이 왕성에 남아서 지키라는 명령을 전해왔다.

수석대신은 웃으며 말했다. "국왕께서 이처럼 빨리 마음이 풀리셨다니 기쁘구나. 국왕께서는 부디 안심하고 다녀오시라고 전하라."

거싸얼은 국경에 도착했다. 사방이 모두 붉은 산봉우리인 곳에 이르러 거싸얼이 발을 구르자 토지신이 거싸얼의 눈앞에 나타났다. 단마가 이 신에게 어째서 국왕 앞에 무릎을 꿇지 않느냐고 꾸짖자 토지신이 흰 눈썹을 찌푸리며 말했다. "나는 내가 어느 나라에 속하는지 알지 못한다." 토지신은 다소 오만하게 말했다. "신은 국가가 없으니까." 그는 링 국과 무야의 경계가 정해지기도 전인 천 년 전부터 이미 자신이 이 땅의 신이었다고 말했다.

단마가 더이상 참지 못하고 앞으로 나서며 그를 억지로 국왕 앞에 무릎 꿇리려 했다. 단마가 힘을 주자 늙은이의 몸이 땅으로 쑥 들어가더니 눈 깜짝할 사이에 또다른 곳에서 튀어나왔다. 그는 여전히 국왕 앞에 무릎을 꿇지 않았다. 토지신이 말했다. "국왕은 사람, 소와 양과 곡식을 다스린다. 나는 대지의 정기, 자라나는 광맥과 당신네 보통 사람들의 눈에는 보이지 않는 정령을 다스린다." 차오퉁을 처치한 뒤 거싸얼은 줄곧 기분이 좋지 않았는데 이제는 토지신의 놀림감마저 됐다. 단마가 활을 들어 쏘려 하자, 거싸얼이 토지신과 완전히 같은 모습으로 변해 그 흰머리 노인과 나란히 섰다. 단마는 활을 내려놓을 수밖에 없었다.

토지신이 거싸얼의 신력을 보고 말했다. "알고 보니 인간 세상의 보통 사람이 아니었군."

"저분은 하늘이 링 국에 내려주신 국왕이오!"

이때 하늘에서 이 말에 부응하듯 아름다운 무지개가 한줄기 나타났다. 토지신이 말했다. "정말로 아랫세상에 내려온 천신이십니까?"

거싸얼은 웃기만 할 뿐 대답은 하지 않고 허리춤에 찬 단검을 뽑아 공중을 향해 내리그었다. 맞은편 산기슭에서 한줄기 은색 광맥이 모습을 드러냈다. 그것은 토지신이 몇 년 동안 돌보며 기른, 한창 성장중인 광맥이었다.

토지신은 그제야 무릎을 꿇으려 했다.

토지신의 모습으로 변한 거싸얼이 말했다. "됐소. 무릎 꿇을 필요 없소! 결국 그대가 그대 자신에게 무릎을 꿇는 셈이니! 내게 아싸이 나찰의 행방이나 알려주시오."

"저는 그럴 수 없습……"

토지신이 말을 채 끝맺기도 전에 거싸얼이 손을 한번 휘두르자 평지 위에 한바탕 광풍이 일었다. 그 바람에 토지신은 팽이처럼 뱅뱅 돌다가 지구의 끝, 얼음만 가득한 어딘가로 보내지게 됐다. 그곳은 시작도 끝도 없는 것 같았다. 그

감각은 세상 그 어느 것보다도 무시무시한 느낌이었다. 다시 이쪽 땅으로 데려다놓자 토지신은 목놓아 울었다.

"말하라."

"두 개의 붉은 산을 넘고 한줄기 검은 산등성을 넘으면 그곳에 바로 아싸이 나찰의 근거지가 있습니다. 지금껏 그를 찾으러 갔던 사람은 모두 돌아오지 못했습니다. 그 산 위에 있는 모든 풀과 나무, 그 사이를 흐르는 물에 전부 맹독이 있지요. 누구라도 살짝 건드리기만 하면 죽고 맙니다. 그 검은 산등성이에는 거대한 나무도 한 그루 있는데, 나무 아래에는 하늘과 땅이 열릴 때부터 존재한 반석이 하나 있습니다. 아싸이는 거기를 중심으로 삼고 사방을 떠돌아다니지요. 제발 그를 해치지 말아주십시오."

말이 막 떨어지자마자 맑은 하늘에서 벼락이 내리치더니 아싸이 나찰이 스스로 모습을 드러냈다. 아싸이 나찰이 산봉우리에 서자 큰 키가 하늘에 닿을 듯했고, 뒤엉킨 검은 머리 사이로 과연 갖가지 빛깔 터키석이 얽힌 머리 타래가 보였다. 그는 산봉우리에 서서 흐느꼈다. 거대한 눈물이 발아래 구릿빛 산비탈 위로 한 방울 한 방울 튀면서 녹슨 쇠 냄새가 코를 찔러왔다.

거싸얼이 말했다. "그대의 목숨을 해치려는 것이 아니니

겁내지 마시오."

이 말에 나찰이 고개를 저었다. 그러자 나찰의 눈물이 맞은편 산골짜기까지 날아가 호수를 만들었다. "거싸얼 왕, 그대는 모른다. 나는 수백 년 동안 수행을 하면서 세상에 나쁜 짓을 하지 않았다. 이는 모두 내 행방을 아는 사람들이 비밀의 맹세를 지켰기 때문이다. 내 터키석 머리 타래의 모든 매듭은 사람들이 비밀의 맹세를 지켜준 힘으로 만들어진 것이다. 이토록 오랜 세월 사방의 백성들이 비밀을 지켜주었고, 하늘을 나는 새도 비밀을 지켜주었으며, 무야의 국왕 또한 비밀을 지켜주었다. 이제 줘궈단쩡이 입을 열었으니 내 머리타래는 느슨해질 것이다."

아싸이 나찰은 한 걸음씩 비틀비틀 산 아래로 걸어내려왔다. "내 몸과 힘은 기가 모여서 만들어진 것이다. 그래서 나는 먹지도 마시지도 않고 백성들의 생령을 해치지도 않았다. 내가 여기 있기에 다른 요마들이나 사악한 우상들이 감히 이 땅에서 나쁜 짓을 하지 못했지. 줘궈단쩡, 그대가 사실인지 아닌지 말해보라."

토지신이 말했다. "저들은 단지 당신의 보배를 빌리려는 것이지, 당신의 목숨이나 기반을 취하려는 것이 아닙니다."

아싸이 나찰이 분노했다. "당신이 맹세를 지키지 않았어!

그대가 비밀을 말한 순간부터 내 힘은 더이상 모이지 않으며 내 몸까지 흩어지고 있다! 맹세를 지키고자 하는 사람들의 의지가 나를 존재하게 했던 것이니까!" 아싸이 나찰의 몸과 얼굴이 정말 흐릿해지기 시작했다. 마지막에는 목소리마저도 희미해졌다. "거싸얼, 앞으로는 이 세상에서 단지 법술을 좋아한다는 이유로 그것을 수련하는 이는 없을 것이다. 앞으로 다시는 맹세를 지키는 사람이……"

단마가 터키석 머리 타래를 취하기 위해 준비한 세 마디 갈고리를 꺼내자 아싸이 나찰이 목을 놓아 울었다. "어리석은 자들, 맹세가 힘을 잃으면 그 법물 또한 소용없어진다." 그의 거대한 모습과 목소리가 사라지자 구리산의 빛깔이 조금 더 짙어졌고 붉은빛은 더이상 예전처럼 선명한 빛을 발하지 못했다. 머리 위의 터키석 머리 타래도 흩어져 땅바닥에 떨어지더니 한데 모여 근원 모를 물줄기처럼 산기슭에서 꿈틀대며 흘러내려 그대로 거싸얼의 발밑까지 밀려왔다. 터키석이 신선한 치즈처럼 반짝이며 출렁이다가 처음 이 세상에 왔을 때처럼 차갑게 식어 엉겨붙고 있었다. 사람들은 한바탕 손발을 바삐 움직이며 풀과 말꼬리, 실 등을 이용해, 심지어는 자신의 머리에서 긴 머리칼을 뽑아서 차갑게 식어가고 있는 보석들에 구멍을 뚫어 하나로 꿰었다. 그럼에도 일부 터키석들은 단단하게 하나로 엉겨붙었다. 보물을 얻은 링 국의 군신 일행이 떠나려고 하자, 토지신이 구멍을 뚫지 못한 보석들은 남겨놓아달라고 사정했다. 그 보석들을 산봉우리가 처음에 생겨난 곳에 묻어 다시 자라게 하겠다고 했다. 이 땅의 지맥을 다시 풍요롭고 윤택하게 만들어 다시는 지금처럼 민둥산으로 내버려두지 않고 숲속 깊은 곳까지 빽빽하게 나무가 자라며 맑은 샘이 흐르도록 하겠다고 말이다.

단마는 토지신이 더이상 말을 하지 못하게 막았다. 거싸얼이 누구에게도 해를 끼치지 않았던 나찰을 사라지게 만든 것 때문에 다시 마음 아파할까 두려웠던 것이다. 거싸얼은 차오퉁을 처치한 이후로 자신의 모든 행위를 의심하고 있었기 때문이다. 단마가 말했다. "늙은이여, 그 입 다물라. 가서 그대가 할 일을 하라. 이렇게 시끄럽게 굴다니 포상이라도 바라는 것인가?"

거싸얼이 말했다. "줘궈단쩡에게 정말 포상을 내리긴 해야겠지."

"대왕께서 상을 주시겠다면 제게 주지 마시고 이 땅에 주십시오."

"포상을 내린다면 그대는 이 대지를 방금 말한 것처럼 바꿀 수 있는가?"

토지신이 손사래를 쳤다. "대왕께서 제게 앞으로 다시는 어떤 맹세의 말도 하지 말라고 하신다면, 저와 저의 대지는 어떤 상도 필요로 하지 않을 겁니다."

거싸얼이 웃으며 말했다. "이 땅에 많은 산과 맑은 물이 흘렀으면 한다!" 곧 하늘에 알록달록한 오색 새떼가 나타났다. 새들은 세계 각지에서 물어 온 씨앗을 공중에서 떨어뜨렸다. 새떼가 날아간 뒤, 거싸얼이 토지신에게 말했다. "한바탕 비가 오기만 하면 많은 나무와 풀이 싹을 틔우고 꽃을 피울 것이다."

"하지만 불처럼 뜨거운 이 산은 하늘의 구름마저 말려버렸습니다."

"그대의 대지는 비를 맞을 것이다. 비를 갈망하는 대지에는 비가 내리도록 할 것이다." 말을 마친 뒤, 거싸얼은 단마 일행을 거느리고 떠났다.

이레 후, 그들은 왕성으로 돌아왔다. 거싸얼은 수석대신과 자라 왕자에게 링 국을 지키도록 하고, 특히 자라에게는 진짜 국왕처럼 나라를 다스리라고 분부했다. 수석대신은 국왕에게 서둘러 돌아와달라고 부탁했다. 이미 연로한 자신이 다시는 국왕의 얼굴을 보지 못할까 두려웠기 때문이다. 어떤 때보다 더 노쇠해 보이는 신바마이루쩌 역시 국왕이 하루빨리 돌아오기를 바랐다.

주무와 메이써는 국왕을 배웅하면서 맛좋은 술 대신 날카로운 화살 두 대를 바쳤다. 두 왕비는 한마음으로 자신들의 남편이 하루빨리 돌아오기를 기도했다.

거싸얼은 이렇게 단마와 친언, 미충과 대신들을 거느리고 링 국을 떠났다. 링 국과 무야의 경계에 있는 붉은 구리산을 다시 한번 지나면서 거싸얼은 비의 신에게 청해 풀포기 하나 나지 않는 그 붉은 산에 비를 내리도록 했다.

이야기: 가 국에서 요마를 멸하다

거싸얼 일행은 하늘에 해가 없어 어둑한 가 국에 들어섰다. 이곳은 낮 동안은 약간 옅은 잿빛이었고 밤에는 보다 깊은 잿빛이었다. 가 국의 중심부에 가까이 갈수록 빛은 더 미약해졌다. 마지막 날에는 무성한 대나무 숲에서 야영을 했는데, 비할 바 없이 깊고 캄캄한 밤이었다.

일행이 대나무숲에 막 천막을 치자 궁중에 있던 요마 왕비의 시신이 꿈틀댔다. 곧이어 천막 주변의 대나무들이 독사로 변하더니 링 국 군신을 물샐틈없이 에워쌌다. 거싸얼은 무야의 보물 창고에서 가져온 사향노루 심장으로 만든 기름을 꺼내 등불 위에서 서서히 녹였다. 녹아내린 기름이 이상한 향기를 내뿜자 뱀떼가 물러갔다. 더운 지방의 독기가 자욱한 안개처럼 사방에서 몰려들 때도 거싸얼이 기름을 꺼내니 독기가 사라졌다.

거싸얼이 말했다. "이제 모두들 안심하고 쉬도록 하오. 내일은 가 국의 왕성으로 들어갈 것이오."

단마가 물었다. "이렇게 어두운데 어떻게 아침이 왔다는 걸 알죠?"

"새가 먹이를 찾아 나서고 꽃송이가 꽃잎을 펼치면 우리도 자연히 깨어나겠지. 그게 아침이 됐다는 신호일 테니."

친언이 물었다. "빛이 없는데 어떻게 꽃이 피지요?"

거싸얼은 대답이 없었다.

다시 길을 떠나며 그들은 길가 양쪽에서 별들이 반짝이는 것 같은 희미한 빛을 보았다. 자세히 들여다보니 막 피어난 꽃송이가 내뿜는 빛이었다. 짙은 어둠 속에서 그들은 흰 대리석으로 만들어진 다리를 보았다. 돌들의 희미한 빛 덕에 다리를 알아볼 수 있었다. 일행은 그 다리의 가장 높은 곳에서 자신들을 영접하기 위해 나와 있던 가 국 공주를 만났다. 공주는 길을 밝히는 등잔을 들었고 시녀들이 공주 주위를 에워싼 채 검은 천으로 등잔 빛이 가운데 머물도록 감싸고 있었다.

공주가 사뿐사뿐 거싸얼 앞으로 걸어왔다. "소녀는 여기로 매일 마중나와 있었습니다. 하루만 더 있었다면 꼭 삼백일이 되었을 겁니다!"

거싸얼이 말했다. "당신의 어머니를 죽이기 위해 이곳에 왔다는 걸 알고 있지요?"

"저는 황제의 딸입니다. 천하의 백성들을 걱정해야 하는 몸이지요."

가 국의 도성으로 들어가는 여정은 마치 꿈을 꾸고 있는 것 같았다. 도시의 집, 도로, 우물, 저잣거리에 늘어놓은 물건들은 희미한 윤곽만 드러나 있었다. 구멍처럼 캄캄하며 움직이는 그림자는 바로 사람이었다. 이들은 공주처럼 두터운 검은 천으로 길을 비추는 등불을 가리고 다녔다. 이 희미한 등불 그림자 아래서 이들은 물건을 사고팔고, 대화를 나누고, 입을 맞추고, 책을 보고, 젖을 먹였…… 은밀한 어둠이 성안의 사람들에게 특별한 즐거움을 주는 것 같았다.

공주는 일행을 왕성 안에 있는 가장 좋은 손님방으로 안

내했다. 이야기를 나누는 동안 그들 주위로 검은 그림자들이 오고갔다. 사람의 모습을 볼 수는 없었지만 그들 앞에 뜨거운 차와 맛좋은 음식들이 차려지는 것을 알 수 있었다. 공주는 일행을 떠나 황제에게 링 국의 군신들이 가 국에 왔다는 소식을 보고했다.

그러자 황제가 말했다. "어째서 짐의 윤허도 받지 않고 멋대로 왔다는 말이냐?"

이에 거싸얼은 특사 자격으로 친언을 궁으로 보냈다. 가국 황제는 링 국의 특사가 알현하러 왔다는 소식을 듣고 어쩔 수 없이 명성이 뛰어난 대신들을 궁 밖으로 내보내고 친언을 영접했다. 친언은 황제의 음성을 들었으나, 사람의 모습은 잘 보이지 않고 금빛 용좌만 보였다. 용좌 한가운데서 나른하고 귀찮아하는 목소리가 들려왔다. "그러면 왕궁 앞광장에서 그대의 국왕과 만나도록 하지." 그렇게 두 왕은 목요와 귀수, 두 상서로운 별이 서로 만나는 오월 보름에 만나기로 했다.

그날을 위해 가 국 황제는 특별히 하늘 한구석의 틈을 열어 빛이 조금 새어들게 하고 백성들이 그 성대한 장면을 볼 수 있도록 윤허했다.

그리고 사람들에게 명하여 요마 왕후의 주검이 놓인 방에는 아홉 겹의 검은 장막을 덧씌우게 했다.

거싸얼은 마침내 가 국 왕궁 앞 광장에서 황제와 만났다.

이때, 구름 틈 사이로 약간의 빛이 광장을 밝게 비추었다. 광장을 가득 메우고 있던 가 국 백성들은 하늘을 뒤흔들 듯한 환호성을 내질렀다.

"백성들이 이처럼 열렬히 나를 사랑하므로 내가 자주 궁 밖으로 나서지 않는 것이오. 이렇게 환호성을 지를까봐." 가 국 황제가 말했다.

"저들이 환호하는 것은 날씨 때문이 아닙니까?"

"내 백성들은 언제나 내가 준비한 날씨를 기꺼이 받아들이지. 이렇게 해서 저들의 걱정이 줄어드는 것이오."

"하지만 너무 어둡지 않습니까?"

"하나 그 덕분에 광풍도 없고 우박과 홍수도 없으며 태양도 땅 위의 수분을 다 말려 없애지 못하는 것 아니겠소. 와중에 사람들은 앞을 볼 수 있고 말이오."

"남몰래 등불을 사용하니까요."

그 말에 가 국 황제는 기분이 언짢았다. "앞에 차려진 과일과 향기로운 차를 좀 맛보도록 하오."

"햇빛을 받지 못해서 과일과 차도 맛이 없습니다."

가 국 황제는 그대로 몸을 일으켰다. "그대는 나를 모욕하러 온 것인가?"

"저는 하늘의 명을 받고 귀국에서 다시 해를 볼 수 있게 하려고 온 것입니다."

가 국 황제의 손이 허리께에 찬 검으로 향하자 성 위에 매복하고 있던 수많은 궁수들이 자리에서 일어나 활에 화살을 걸었다.

그러자 거싸얼은 술법을 써서 환상으로 성 안팎에 수천 수만의 군대를 일으켜세웠다. 백성들이 놀라 당황하자 거싸얼이 낭랑한 목소리로 말했다. "모두들 두려워하지 마시오. 오늘 이 상서로운 날을 위해 링 국과 가 국의 용사들이 무술 시합을 벌이려는 것뿐이다!"

소란스럽던 사람들이 곧 안정을 되찾았다.

가 국 황제가 말했다. "그러면 그 무술 시합을 시작해볼까."

먼저 말달리기 시합으로 시작하기로 정했다. 출발지는 눈앞에 있는 이 광장이었고 도착지는 부처의 승지인 우타이 산이었다. 가 국 장수는 바람을 쫓아 달리는 추풍마에 올라타고, 링 국 장수는 겉푸른 옥조마에 올라타 번개처럼 광장을 달려나갔다. 국왕과 황제는 계속 술과 차를 마시며 조용히 이야기를 나누었다. 얼마 지나지 않아 말발굽 소리가 들려오더니 링 국 장수가 우타이 산의 꼭대기에 피어나는 사라수 꽃을 들고 돌아왔다. 가 국 장수는 오래도록 돌아오지 않았다. 나중에 역참에서 소식을 전해왔다. 원래는 추풍마가 앞서 달리고 있었으나 날이 맑고 햇빛 밝은 우타이 산 아래 이르자 오랫동안 어둠에 익숙해 있던 눈이 햇빛을 이기지 못하고 발을 헛디뎌 깊은 구렁에 빠지고 말았다는 것이다. 말과 장군 모두 부상을 입었고, 장군은 패배의 치욕을 이기지 못해 자결했다.

가 국 황제는 화가 나서 넓은 소맷자락을 휘두르며 좀 전에 열어놓았던 하늘 한구석을 굳게 닫았다. 그러자 대지는 또 캄캄한 어둠 속에 잠기고 말았다.

황금 갑옷을 입은 단마가 활을 들고 출장했다. 황금 갑옷은 모든 사람의 눈길을 끌었다. 미약한 빛들이 모여들기 시작하더니 단마의 온몸이 눈부신 빛으로 반짝였다. 그가 활을 당겨 쏘았다. 화살이 날아가는 모습이 마치 한줄기 번개가 지나는 듯했다. 화살은 그대로 사람들이 볼 수 없는 검은 마법의 문에 적중했다. 사람들 주위에 모여 있던 잿빛 안개가 사라졌다. 하늘이 푸른빛으로 변하고 햇빛은 강산을 비추었다. 빛이 갑자기 쏟아지자 수면 위에 드러누웠던 물고기떼가 놀라 깊은 못 속으로 숨어들었다. 새들은 날개로 제 눈을 덮었다. 가 국 황제 또한 그의 신하나 백성들과 마찬가지였다. 황제 역시 오랫동안 캄캄한 어둠에 익숙해졌기 때문에 밝은 빛이 다시 비추었을 때 두 눈을 가릴 수밖에 없었다. 대지 위는 온통 죽은 듯 적막이 흘렀고, 오직 빛줄기만이 꿀벌의 날갯짓 같은 소리를 내며 구석구석 날아갔다.

거싸얼은 가 국 황제와 신하, 백성들이 눈을 가리고 있을 때, 커다란 황금빛 붕새로 변해 친언과 미충을 태우고 가 국 궁성으로 날아갔다. 검은 천으로 여러 겹 둘러싸인 궁전이 보였다. 궁전 깊숙한 곳까지 구불구불 들어간 그들은 열여덟 겹 깊은 궁궐 가장 안쪽 밀실에서 요마 왕후의 시신을 찾아냈다.

거싸얼이 명했다. "시신을 무쇠로 만든 상자 안에 옮기고 도중에 절대로 열지 말아라!"

친언과 미충이 주검을 무쇠 상자 안에 넣으려 하자 요마 왕비가 놀랍게도 추위에 떠는 듯한 소리를 냈다. 아싸이 나찰에게서 얻은 터키석 머리 타래를 꺼내 주검을 세 번 감싸자 주검은 곧 차디차게 식어 침묵을 지켰다. 거싸얼은 그들을 태우고 하늘과 땅이 맞닿은 곳, 이 세상의 끝으로 날아갔다. 그리고 그곳에서 무쇠 상자를 좁은 삼각형 공간에 두고 불을 들어 요마 왕후의 주검과 무쇠 상자를 함께 불태웠다.

요마 왕후의 시체가 불타던 그 순간, 가 국 황제와 그 백성들도 바람이 이는 소리를 들었다. 바람은 풀과 나무에, 호숫가에 멈춰 있던 물 위에 불어왔다. 사람들은 두 눈을 떴다. 새가 하늘로 날아오르는 모습을 보았으며 꽃들이 태양을 향해 얼굴을 돌리는 모습도 보았다. 축축했던 대지에서 짙은 향기가 피어나기 시작했다. 사람들은 다시 서로를 볼수 있게 되었다. 모두들 집으로 달려가 세수를 하고 머리를 빗고 단장한 뒤 알록달록 화려한 옷으로 갈아입었다.

가 국 황제는 아득히 먼 곳에서 전해져오는 처량한 외침을 들은 듯했다. 그는 놀라 외마디소리를 질렀다. "황후여!" 이때 커다란 붕새 한 마리가 그의 눈앞에서 날개를 접자 거싸얼이 그 앞에 미소를 지으며 서 있었다. "황후는 요괴였습니다."

가 국 황제는 혼절하고 말았다.

황제가 다시 깨어났을 때는 이미 어스름이었다. 황제는 침궁의 침대 위에서 명령을 내렸다. "거싸얼을 잡아서 그놈의 주검을 만 조각으로 갈가리 찢도록 해라!"

눈을 뜨니 거싸얼이 빙글빙글 웃으며 자신을 굽어보고 있었다. "나를 어떻게 하든 저항하지 않을 것입니다. 하늘의 뜻을 믿고 부디 깨달음을 얻어 백성들을 아끼는 좋은 황제가 되시길 바랍니다."

"저놈을 목매달아 죽여라!"

거싸얼은 그렇게 왕성의 망루 위에 높이 매달리게 되었다. 사흘 뒤, 대신들이 와서 보고하기를 기이한 새가 밤낮으로 거싸얼 왕에게 날아와 옥으로 만든 신선들의 음료를 마시게 하므로 그의 안색이 전혀 변하지 않고 정신 또한 더욱 또렷해졌다고 했다. 황제는 거싸얼을 전갈이 우글대는 지하 감옥에 처넣으라고 했다. 하지만 전갈들은 그를 해치기는커녕 도리어 그를 존중하며 예를 지켰다. 황제는 사람들을 시켜 거싸얼을 만 길 높이 벼랑에서 떨어뜨리라고 했다. 이번에는 큰 바다에서 날아오른 새떼가 그를 공중에서 받아 왕성으로 데리고 돌아왔다. 거싸얼을 불에 태웠더니, 큰 불이 이레 밤낮을 타고 난 뒤 불 탄 자리가 아름다운 호수로 변했다. 호수 한가운데에는 여의주가 열리는 보배로운 나무가 자라났는데, 거싸얼이 구름 위에 앉듯 그 나무 꼭대기 위에 앉아 신선들의 음악을 듣고 있었다. 이렇게 해서 가 국 황제는 결국 모든 것을 깨달았다. 그는 여러 대신들을 이끌고 와 사죄하고, 연회를 베풀었다. 거싸얼이 말했다. "가 국의 요사한 기운이 다 흩어졌으니 황제께서는 여러 백성들과 함께 영원히 안락을 누리소서!"

요마 황후의 마력에서 벗어난 가 국 황제는 완전히 정신을 차렸다. 황제가 거싸얼에게 말했다. "그대의 나라는 높고 추운 곳에 있지만 내 나라는 산물이 풍족하오. 내 나이가 이미 많고 슬하에 아들이 없으며 공주는 연약하여 국정을 장악할 수 없으니, 돌아가지 마시고 여기 남아 나와 함께 왕위를 나눠가지는 건 어떨지요."

거싸얼은 가 국의 공주가 연약하면서도 강인하고 지혜와 책략이 뛰어난 데다 나라와 백성을 위하는 마음을 지녔으므로, 여인이라 할지라도 좋은 황제가 되지 말라는 법이 없다고 말했다. 가 국 황제는 할 수 없이 거싸얼 일행을 며칠 더 머물게 하면서 나라 안팎의 아름다운 경치를 두루 구경시켜주었다. 거싸얼 일행이 돌아갈 날이 되자, 가 국 황제는 헤어짐이 아쉬워, 링 국 국왕과 신하들과 작별을 한 뒤 공주에게 사람들을 딸려보내며 그들을 가 국 국경까지 배웅하도록 했다.

이야기: 신바가 하늘로 돌아가다

초봄, 거싸얼 일행이 드디어 링 국 국경으로 돌아왔다. 먼저 산신들이 나와 영접하며 산속의 진귀한 보배들을 바쳤다. 그런 뒤에 국왕을 영접하기 위해 국경까지 마중나온 장수와 대신들이 도착했다. 그들이 말했다. "자라 왕자와 주무 왕후께서 일찍부터 눈이 빠지도록 기다리고 계십니다."

"기분 좋은 소식이로다."

"수석대신께서도 여전히 강녕하십니다."

"그 또한 좋은 소식이로다."

"자라 왕자님께서는 모든 일을 온당하고 신중하게 처리하셨습니다."

"정말 마음이 놓이는 소식이오. 나쁜 소식은 없는가?"

"하늘이 보우하시어 국왕이 나라를 떠나 계신 삼 년 동안 천재지변은 물론, 해충으로 인한 재난도 없었습니다."

"그래서 나쁜 소식은?"

"수석대신께서 국왕을 뵙자마자 나쁜 소식을 아뢰지 말라 하셨습니다."

"무슨 일일지 벌써부터 걱정이 되는군."

"국왕께 아룁니다. 노장 신바마이루쩌님께서 더 버티기 어려울 것 같습니다. 자라 왕자님이 그를 휘얼에서 왕성으로 데리고 와 병을 치료하고 있으나 호전되지 않고 있습니다. 그 역시 국왕께서 하루빨리 돌아오시어 죽기 전에 한 번만 국왕을 뵙고 싶다고 입버릇처럼 말하고 있습니다."

이때, 하늘에서 학이 나타나 영지 한가운데 내려앉더니 서글프게 울었다. 대신들은 학의 목에 걸린 서신을 풀어 국왕 앞에 바쳤다. 신바마이루쩌의 서신이었다. 국왕이 링 국으로 돌아왔다는 소식을 들었으나, 국왕이 왕성으로 돌아올 때까지 버티지 못할 듯하니, 자신이 왕성에서 나와 중도에 국왕을 만나 마지막 작별을 할 수 있도록 해달라고 윤허를 구하고 있었다. 거싸얼은 곧바로 답신을 썼다. 자라 왕자가 노장군을 모시고 관도를 따라와서 군신이 중간에서 만날 수 있도록 하라는 내용이었다.

자라 왕자가 가쁜 숨을 몰아쉬는 신바마이루쩌를 호위하며 길을 떠났다. 노장군은 선혈을 토하면서도 자라 왕자를 칭찬했다. "영민하고 용맹한 자라 왕자의 호위를 받다니, 영광입니다!"

길에서 펄럭이는 깃발과 국왕의 모습을 발견한 신바마이루쩌는 또다시 선혈을 토하면서도 사람들에게 국왕이 달려오기 전에 핏자국을 깨끗하게 없애고 생명력과 윤기를 잃어 눈에 띄게 메말라버린 은빛 수염을 정리해달라고 했다. 그러고는 온 힘을 그러모아 몸을 일으켜 앉았다. 국왕이 말 잔등에서 몸을 날려 뛰어내리며 다급한 걸음으로 그의 앞으로 달려왔다. 신바마이루쩌는 희비가 교차했다. "존경하옵는 국왕이시여, 저는 링 국의 죄인이건만 국왕께서는 그래도 소신이 죽기 전 마지막 소원을 들어주시는군요. 하오나 저는 일어나 예를 행할 힘조차 없습니다."

거싸얼은 신바마이루쩌의 말에 마음이 칼로 도려내는 듯 아파왔다. "신바여, 그대는 처음에 링 국에 죄를 지었으나 그뒤로는 링 국의 업적을 위해 언제나 충성을 다하였으니 하늘의 해와 달이 굽어살피실 것이오!"

이 말을 들으며 신바는 희미하게 웃었다. 그러고는 국왕에게서 끝까지 눈을 떼지 않다가 서서히 숨을 거두었다. 국왕은 그의 두 눈을 가볍게 쓸어 감겨주었다.

자라 왕자와 수석대신, 여러 왕비들은 무리를 이끌고 왕성에서 몇 십 리 밖까지 나와 장막을 치고 귀환하는 국왕을 영접했다. 주연에서 축하주를 너무 많이 마신 거싸얼은 머리가 어지러워 잠시 눈을 감고 정신을 차리고 싶었다. 하지만 수석대신이 어느새 몸소 앞으로 나와 그를 장막 가운데 높다랗게 놓인 보좌 위로 안내하며 사람들의 축하를 받도록 했다. 이제 링 국은 무척 강대해져 장막 밖에 구름처럼 모여든 백성들은 말할 것도 없고 유명한 대신과 장군, 만호장, 천호장, 품급 있는 궁 안의 시종들까지 모두 보좌 앞으로 나아와 예를 올리며 동시에 왕의 축복을 구하니, 서너 시진이 꼬박 걸렸다. 이 광경에 거싸얼은 크나큰 기쁨을 느꼈다. 그러나 서서히 슬픔이 그 마음을 덮쳐왔다. 그리고 곧 주무가 국왕의 미간에 주름이 잡혀 있다는 것을 알아챘다.

거싸얼은 술 때문에 몽롱해진 머리를 가볍게 두드리며 말했다. "어떤 친숙한 얼굴을 아직 보지 못했다는 생각을 하고 있었소. 그렇소, 내 용감한 왕비 아다나무를 아직 보지 못했소. 주무여, 그대는 링 국의 여러 왕비들 가운데서도 우두머리가 되는 사람이오. 아다나무는 링 국을 위해 사방으로 정벌을 다니며 홀로 군진을 이끌어 변경의 관문을 지키고 있는데, 그녀를 빠뜨린 거요?"

주무는 고개를 숙이고 말이 없었다.

"여인이여, 그대 마음속에서 질투의 불꽃이 이미 꺼졌다고 생각했는데."

"아다나무가 서신을 보내와 이르길, 자신은 과거에 저지른 살겁이 너무 무거워 아득히 먼 변방의 성에서 중병으로 앓아누웠다 하였습니다. 그래서 그녀에게는 왕께서 귀환하셨다는 소식을 알리지 않았습니다."

거싸얼은 외마디 탄식과 함께 수석대신을 찾아서 그에게 아다나무의 소식을 보고하라고 했다. 수석대신은 곧 아다나무의 부하로 일하는 사람을 찾아 들였다. "아다나무 장군의 부하는 들라."

거싸얼이 수석대신에게 말했다. "그대는 아다나무를 왕비가 아니라 장수라 부르는군."

"국왕이시여, 이는 제가 비할 바 없는 존경을 표하는 방식입니다. 왕비의 아름다움을 지녔지만 그보다 더한 장군의 정직함과 용감함을 지닌 분이시기 때문이죠."

거싸얼은 수석대신이 찾아 들인 사람에게 물었다. 그는 얼굴이 하얗고 두 눈에 총기가 가득했다. "그대는 아다나무 왕비의 부하로서 어떤 일을 하는가?"

"통역을 하고 변경 지역 산천의 지형을 그립니다. 아다나무 장군께서 편지 한 통을 국왕께 드리라고 했습니다."

"서신을 올리라."

"국왕께서도 아시듯이 장군은 글자를 모릅니다. 떠나기 전에 장군이 한 자 한 자 말한 것을 소신이 모두 마음에 기억하고 있습니다."

아다나무의 편지는 글자마다 깊은 정이 스며 있었다. 아다나무는 백성들의 행복한 삶을 위해 자신의 오라비인 마국 국왕을 배반한 일을 후회하지 않는다고 했다. 비록 국왕과 서로 만나는 날은 적고 헤어져 있는 괴로움이 많았지만 남자와 여자가 서로 좋아하는 것은 짧은 시간마저도 천금과 같은 것이니 평생의 행운으로 여길 가치가 있다고 말했다. 더욱이 자신이 비록 여인의 몸이나 무예를 익혀 말을 타고 전쟁터를 누빌 수 있었던 덕에, 오늘날 링 국이 멀리까지 이름을 떨치고 큰 공적을 세운 데 있어서 자신이 국왕을 따라 작은 공이나마 보탤 수 있었으니 이 또한 영광과 행운으로 여긴다고 했다. 안타까운 일은 자신이 마 국 출신이라 왕에게 귀의하기 전에 일찍이 고기를 먹고 가죽 위에서 자며 나쁜 짓을 수없이 많이 했기에 가장 좋은 나이에 중병에 걸린 점이라 했다. 병에 걸리니 더더욱 지아비가 그립고 그 사랑을 목마르게 구하나 국왕이 요마를 제거하기 위해 다른 나라로 떠난 것을 자신도 알고 있다. 산이 높고 강물은 길지만 이승에서 자신의 생명은 이미 남은 날을 헤아릴 수 있을 정도이니, 만약 다시 지아비를 만나지 못한다면 이 편지로 피눈물을 흘리며 작별을 고한다는 내용이었다.

흰 얼굴의 젊은 신하가 편지를 한 글자씩 읊는 것을 들으며 수석대신과 국왕의 눈에 눈물이 방울방울 솟아나기 시작했다. 주무도 부끄러워 고개를 숙이고 눈물로 옷자락을 적셨다.

거싸얼이 한마디를 크게 외쳤다. "장가페이부!"

천마가 안장과 마구를 완벽히 갖춘 채 번개처럼 나는 듯 주인 앞으로 달려왔다.

거싸얼이 몸을 날려 말 위에 오르자 천마는 곧 공중으로 뛰어오르더니 구름 위에 올라 아다나무가 지키고 있는 변방의 관문으로 달려갔다. 그러나 거싸얼은 늦었다. 아다나무는 이미 며칠 전에 숨을 거두었던 것이다. 거싸얼을 보고선 아다나무 휘하의 사람들이 모두 꿇어앉았다. 그러고선 목놓아 울기 시작했다.

거싸얼이 의아해하며 물었다. "어째서 아다나무를 위해 열반으로 드는 법사를 행하지 않는가?"

"장군께서 임종을 앞두고 법사를 행하지 말라고 당부하시었습니다."

라마들이 와서 그녀의 병을 물리치기 위해 염불을 하려 했으나 "경을 읽는 것은 귀신을 숭배하는 것 같다"며 거절했다고 했다. 승려들은 거싸얼이 아다나무의 본성, 바로 그녀의 마성을 완전히 없애지는 못했다며 고개를 저었다.

아다나무는 임종에 이르러 부하를 왕성으로 보내 변방 관문의 지형도와 자신의 편지를 말로 전하게 하고, 곁의 사람들에게 뒷일을 당부했다. "지금 불승을 내 베개맡의 상사로 삼지 않는 것은 그가 입으로는 열반으로 인도하는 경을 읽으면서도 마음으로는 말과 은을 생각하기 때문이다. 그는 죽은 자의 영혼을 열반으로 인도한다고 하지만, 아무것도 알지 못하고 보고 들은 것도 없는 공론에 지나지 않는다. 수 사자 대왕께서 가 국에서 돌아오시면 내가 몸에 지니고 있 던 몇 가지 물건을 그분께 보내드리도록 하라!"

이야기꾼: 지옥에서 아내를 구하다

바닥에 가부좌를 틀고 앉아 있던 이야기꾼이 자리에서 일 어났다. 그러고선 가슴 앞으로 흘러내려온 이야기꾼 모자의 알록달록한 띠를 등뒤로 넘긴 뒤 노래를 시작했다.

그녀가 머리에 금과 은으로 꾸민 장신구를 걸치니,
하늘에 빛나는 별 무리와 같은데,
그것을 국왕의 손에 바치나이다.

그녀의 목에는 산호와 마노 목걸이를 거니,
초원의 온갖 꽃보다 고운데,
그것을 국왕의 손에 바치나이다.

몸에는 온갖 무늬 비단옷을 걸치니,

하늘에 알록달록 무지개가 뜬 것 같은데,

그것을 국왕의 손에 바치나이다.

그녀가 머리에 쓴 이 흰 투구는,

원래 마 국의 불로 정련한 것인데,

그것을 국왕의 손에 바치나이다.

그녀의 허리춤 주머니 속 세 대의 화살은,

원래 국왕께서 친히 하사하신 것인데,

그것을 국왕의 손에 바치나이다.

아다나무는 마 국에서 태어났으나,

국왕의 명을 따르니,

링 국의 기업이여 만만 년까지 이어지길 바랐도다!

　　진메이의 노래에 청중은 눈물을 흘렸다. 그런데 한 젊은
라마가 갑자기 몸을 일으키더니 높은 소리로 그의 노래를
중단시켰다. 그러고는 그의 노래 속에 상사와 불법을 비난

하는 내용이 있다고 질책했다. "감히 불법의 보호를 거부하는 것이오?"

진메이는 이야기 밖에서 벌어지는 모든 일에는 서툴고 느린 사람이었다. "나는 그저 이야기를 전하는 것뿐입니다. 당신도 알고 있듯이…… 나는 그저…… 중컨일 뿐이오. 그러니까……"

진메이가 말을 마치기도 전에 팔을 드러낸 라마가 두 손을 마주쳐 짝 소리를 내며 말했다. "상사를 비난하고 불법에 무례를 범하는 이는 요사한 사람이로다!"

좀 전까지 이야기 속의 감정에 취해 감동을 받았던 청중이 이제는 야유를 보내기 시작했다. 진메이는 자리에서 상황을 판단하려 애썼다. "여러분도 알고 있는 것처럼, 난 그저 전하는……"

라마가 다시 한번 큰 소리로 손뼉을 치자, 진메이는 하는 수 없이 짐을 챙겨 그 자리를 떠났다. 진메이는 무척 두려웠다. 그처럼 많은 사람들이 혐오스럽다는 표정을 사납게 짓고 있으니 두려울 수밖에. 길을 걸으면서도 온몸이 부들부들 떨렸다. 그러나 그는 두려워하지 말자고 스스로에게 다짐했다. 이것이 신에게 받은 이야기이고, 신이 그에게 노래하라 한 것임을 떠올리며 자신은 두려움을 느낄 필요가 없다고 생각했다. 그곳으로 돌아가 이야기를 마쳐야 한다는 생각도 들었다. 그러나 몸을 돌려 꿋꿋하게 발걸음을 내디딜 용기는 여전히 부족했다. 그는 자신이 겁쟁이라는 사실을 증오하며 걸음을 늦추지 않고 그곳을 떠났다. 걷다가 너무 지쳐버렸을 때에야 커다란 소나무 아래서 발걸음을 멈추고, 굵직한 나무에 몸을 기댄 채 가쁜 숨을 몰아쉬었다. 그리고 곧 스르르 잠이 들었다.

깨어나보니 사방이 적막했다. 소나무 잎이 하나둘 땅으로 떨어지는 소리가 들릴 정도였다. 이제 그의 마음은 고요하게 가라앉아 있었다. 이야기를 하는 것이 자신의 운명이라면 두려워한들 무슨 소용이 있을까? 이야기꾼이 쫓겨나거나 손가락질당했다는 이야기를 들은 적이 있었다. 이유는 모두 같았다. 이야기 속 인물들의 언행이 불법에 반한다는 것이었다. 그러나 그것은 진메이보다 윗세대의 이야기꾼들이 경험한 일이었다. 그때는 많은 사원에서 거싸얼의 이야기를 하지 못하도록 금지령을 내리기도 했다.

진메이는 계속해서 길을 걸었다. 다음 마을에서는 자신을 에워싼 여남은 사람들에게 아다나무의 이야기를 끝까지 들려주었다.

링 국의 여장군은 죽은 뒤 그 영혼이 하늘을 떠돌다가, 사십구일 뒤에 작은 귀신에게 이끌려 염라대왕 앞으로 갔다.

염라대왕은 이상하게 여기며 말했다. "너는 반은 남자고, 반은 여자이구나. 입에선 죽음의 악취가 나고, 손에는 아직 피가 마르지도 않았어."

아다나무는 몹시 놀랐다. 스스로의 존재는 느낄 수 있었지만 몸에 대한 감각이 전혀 느껴지지 않았기 때문이다.

염라대왕이 꾸짖어 말했다. "너는 누구냐? 어서 이름을 말하라."

"아다나무입니다. 링 국의 왕비이자 변경을 지키는 대장이었지요."

염라대왕이 크게 웃었다. "아다나무였구나! 보아하니 인간세상에서 선한 일을 별로 하지 않은 모양이구나. 그러니 죽은 뒤에 이렇게 요마의 몸을 드러냈지!"

"요마를 없애는 것은 선한 일이 아닙니까?"

"사원을 짓거나 보수하고 다리를 고치는 일이야말로 더 큰 업적이지."

"변방의 관문을 지키면서 백성을 보호하는 것은 선한 일이 아닙니까?"

"너는 살육을 일삼았다. 어찌하여 살아 있을 때 좀더 많은 불법을 듣고 상사를 모시지 않았더냐?"

이때, 아다나무의 오른쪽 어깨 위에 하얗고 엄지손가락 만한 사람이 나타나 말했다. "위엄을 갖추신 염라대왕이여, 선악을 구분하시는 법왕이시여, 저는 이 여인의 동래신同來 神입니다. 이 여인의 상황은 제가 압니다. 이 여인은 링 국의 여자 영웅이고 매의 화신이며 거싸얼 신왕의 왕비로서 수없 이 많은 선한 일을 행했사옵니다. 부디 이 여인을 극락세계 로 이끄소서."

그러자 이번에는 아다나무의 왼쪽 어깨에 검은색 사람이 나타났다. "저 또한 이 여인의 동래신입니다. 모든 비밀을 다 알고 있지요. 이 여인은 머리가 아홉 달린 요마의 후예로 세 살 때부터 살심을 품어 수많은 새들과 가축들을 죽였고, 권세 있고 숭고한 인품의 장관들을 죽였으며, 영웅들, 말 위 의 위대한 사내대장부들을 죽였고, 긴 머리칼의 여인들도 죽였습니다. 이런 마녀가 어떻게 열반으로 인도를 받겠습니 까! 마땅히 지옥에 떨어져 합당한 대가를 치러야 합니다!"

두 사람의 말에 염라대왕은 잠시 판단을 내리지 못해 작은 귀신에게 선악을 재는 천칭을 가져오라고 했다. 작은 귀신 은 천칭을 가져오며 아다나무의 귓가에 대고 뇌물을 가져왔 는지 물었다. 아다나무는 자기 육신마저 이미 잃어버린 뒤

혼만 빠져나와 돌아다니는 중인데 어찌 뇌물을 가져올 수 있었겠느냐고 말했다. 결국, 열여덟 번을 연달아 천칭으로 잰 후 귀신은 여인의 악행이 선행보다 무겁다고 보고했다.

아다나무의 혼은 지옥으로 떨어지게 되었다.

이야기: 지옥에서 아내를 구하다

거싸얼은 북쪽 변경의 산꼭대기에서 아다나무를 화장했다. 그런 뒤에 스스로 폐관하고 법술을 사용해 그녀의 영혼을 열반으로 인도하여 서천 정도로 보내려 했다. 거싸얼은 하늘을 순행하는 야차에게 아다나무의 행방을 물었다. 야차는 그 영혼이 아주 오랫동안 변경의 성채 사방을 배회하다가 국왕이 오기 하루 전에 염라대왕의 부름을 받아 망령을 이끄는 작은 귀신에게 이끌려갔다고 답했다.

거싸얼은 큰일났다고 외치더니 천마 장가페이부에 올라타고 내달렸다. 염라국 앞까지 다다르자 아다나무는 벌써 지옥으로 떨어져 고난을 겪고 있었다. 거싸얼은 적막한 염라국 입구에서 염라대왕에게 나와서 만나달라고 큰 소리로 외쳤다.

염라대왕이 말했다. "여봐라, 저 사람이 소리를 지르니 하늘에 무지개가 떠오르고 꽃비가 내리는구나. 틀림없이 위대한 구세주 아니면 위대한 수행자가 온 것 같은데, 어서 나가보지 않고 뭘하고 있는가!"

거싸얼이 다시 한번 외쳤다. "염라대왕은 나와라. 물을 말이 있다!"

염라대왕은 그 소리를 듣고는 거싸얼이 아다나무의 망령을 위해 왔음을 알고는 일부러 시간을 끌었다. 거싸얼은 조급한 마음에 벼락 화살 한 대를 염라대왕 보좌 쪽으로 날리고, 이어 수정검을 꺼내들고 무섭게 휘둘러댔다. 지옥으로 향하는 무쇠 성문이 금방이라도 무너질 듯 흔들렸다. 그제야 염라대왕이 모습을 나타냈다. "그대는 아직 죽을 때가 되지 않았다. 그대가 어디서 왔든, 그곳으로 돌아가라."

거싸얼은 염라대왕이 자신에게 신분을 묻고 예를 차릴 줄 알았다. 그러나 염라대왕은 이름도 묻지 않고 다시 한번 이렇게 말했다. "돌아가 그대가 이승에서 누릴 삶을 다하라. 그대가 왔던 곳으로 돌아가라. 그러지 않으면, 그대가 살고 싶어하지 않는 것으로 여기겠다. 그대의 얼굴을 보니 이승에서 비록 선한 업적을 쌓았어도 살겁의 죄가 너무 무겁구나. 다른 사람들처럼 그대도 지옥으로 떨어뜨려 고통당하게 할 수 있다!"

"어찌 감히! 내가 아랫세상에 내려와 요마를 처치한 것은 천신들의 뜻이었다!"

염라대왕이 웃었다. "그러니까 네가 바로 천신의 아들 추이바가와이자 링 국의 거싸얼 왕이로구나. 국왕의 존귀한 몸으로 이처럼 누추한 곳까지 이를 줄은 생각지도 못했다. 거싸얼, 그대에 대해 많은 것을 알고 있다. 그러나 그대 또한 알아야 할 것이 있다. 나 염라대왕의 궁전에서는 영웅도 무예를 뽐낼 곳이 없고 달변가도 말을 할 여지가 없다. 고개를 들어보라. 위쪽에 푸른 하늘이 펼쳐져 있지만 아무도 그대를 도우러 내려오지 않는다. 앞쪽에는 적막한 큰길이 있지만 아무도 그대를 안내하러 오지 않는다! 위대한 신들이 나를 보내 이 세계를 관리하도록 하였으며, 나는 하늘과 땅이 열렸을 때부터 여기에 있었노라."

"그대는 공정하지 않다. 아다나무는 지옥으로 가서는 안 되는 사람이다."

"이미 늦었다. 아다나무는 이미 지옥에 가는 것으로 판결받았다. 고난의 바다 속에서 오백 년 동안 고통받지 않으면 절대로 열반에 들 수 없다."

"부탁이오, 염라대왕!"

"돌아가라. 만약 오백 년 후에도 그 마음 변치 않고 그녀를 사랑한다면 여기로 와서 그녀를 맞으라."

거싸얼이 다시 한번 검을 빼들어 손에 쥐었다. 염라대왕은 커다란 옷소매를 휘둘러 거싸얼이 베어 기울어뜨렸던 무쇠 문을 원래의 모습으로 돌려놨다. 염라대왕이 웃으며 말했다. "이곳으로 끌려오는 혼백들은 질감도 없고 형태도 없으니, 내 궁전 안의 모든 것은 환영에 불과하다. 그대가 어찌 실체를 가진 무기로 그것들을 해치겠는가! 그대는 역시 돌아가는 편이 좋으리라."

"아다나무가 정말 지옥에서 오백 년 동안 수난을 겪어야 한다는 말인가?"

염라대왕은 대답하지 않고 그를 부축해 안개 속에서 꽤 멀리까지 배웅했다. 거싸얼은 그제야 염라대왕이 관할하고 있는 곳이 수많은 깊은 구렁들로 이루어진 것을 눈치챘다. 길이라는 것은 이 구렁들을 다리로 이은 것에 지나지 않았다. 염라대왕은 멀리 햇빛이 비치는 곳까지 거싸얼을 배웅했다. 햇빛은 먼 곳에 걸려 있는 거대한 장막처럼 희미하게 흔들렸다. 염라대왕이 말했다. "여기까지 배웅하겠다. 거싸얼이여, 인연이 있다면 아마도 우리는 다시 만날 것이다."

"혹시 아다나무를 구할 다른 방법은 없는가?"

염라대왕은 어떤 말을 꺼내려다가 다시 감추는 듯한 표정을 지었다. 그런 뒤에 그의 모습은 사라졌다. 다리들 또한 잿빛으로 어둑한 구렁들과 함께 사라져 더이상 보이지 않았다. 거싸얼과 천마 장가페이부는 밝고 빛나는 햇빛 아래 서 있게 됐다. 염라국의 죽은 듯한 고요 속에 있었다가 나오니, 햇빛이 흐르는 소리마저 들리는 것 같았다. 다시 초원 위를 걷다가, 거싸얼이 갑자기 장가페이부에게 말했다. "내가 느끼기에 저승은 인간세상의 나라와는 달리 실재하는 곳이 아닌 것 같구나."

천마가 말했다. "그럼 그것은 어디에 있는 거지요?"

"인간세상 안에 있는 거지."

"그렇다면 국왕께서 왕비를 구하실 수 있을까요?"

거싸얼은 한없이 기분이 가라앉았다. "그저 그렇게 느낀다는 것 뿐이다."

이때, 공중에서 맑고 그윽한 목소리가 전해져왔다. "신의 아들 추이바가와는 음양의 숨겨져 있는 도리와 실제와 환상의 의미를 깨달았구나. 그 지혜의 눈이 그대를 진실로 인도하리라!"

거싸얼이 고개를 들어보니 오색빛 영롱한 상서로운 구름이 하늘가에서 서서히 다가오고 있었다. 관세음보살이 손에 보배로운 병을 들고 구름 위에 단정히 앉아 있었다. 거싸얼은 말에서 뛰어내리려고 했지만 엉덩이가 말안장에 들러붙은 것처럼 꼼짝도 할 수 없었다. "관세음보살이여!"

보살이 미소를 머금고 말했다. "어째서 염라대왕에게 가서 소란을 피웠나요?"

"제 왕비를 구하고자 갔습니다."

"마 국에서 온 그 왕비는 너무 많은 살육을 했어요."

"그렇지만 제게 귀순한 뒤로는……"

"염라대왕의 일에 간섭하기가 쉽지 않아요. 아무래도 연화생 대사를 찾아보는 것이 좋겠어요. 일단 돌아가서 잠시 쉬도록 해요. 염라대왕을 건드렸으니 며칠은 병을 앓을 겁니다. 병이 나은 뒤에 다시 대사를 찾아뵙도록 해요."

말을 하는 사이, 공중에 나타났던 보살의 모습이 사라졌다.

왕성으로 돌아온 거싸얼은 정말로 병을 앓았다. 몸에 열과 오한이 나면서 온몸이 쑤시고 나른했다. 왕은 하늘을 향해 기도했다. "위대한 신이시여, 바라옵건대 저를 제발 보통 사람들처럼 병들어 죽게 하지 마십시오. 위엄을 지키면서 하늘로 돌아가고 싶습니다."

공기가 가볍게 부르르 떨리더니 용이 신음하는 듯한 우레 소리가 전해졌다. 마치 하늘 위의 위대한 신이 그의 기도에

응답하는 듯했다.

한 달이 되지 않아 거싸얼의 병은 완전히 나았다. 거싸얼은 주무에게 연화생 대사를 만나러 가야겠다고 말했다.

거싸얼이 인간세상의 여러 곳을 다니며 요마를 제압하러 떠날 때마다 주무는 언제나 그를 잡아두고 싶어했다. 또다시 떠나겠다는 말에 주무는 번개를 맞은 듯 극심한 고통이 머리부터 발끝까지 꿰뚫는 것 같았다. 그녀는 그대로 바닥에 드러누워 말했다. "국왕께서는 떠나시려거든 주무를 데려가십시오. 그러지 않으시면 저는 심장이 산산조각 나 죽을 것입니다."

거싸얼은 조금 언짢았다. "그대는 왜 내가 궁을 떠날 때마다 막아서는 거요?"

주무는 비오듯 눈물을 떨구기 시작했다. "남편이여, 과거에 연모하는 마음으로 당신을 막았던 것은 제 잘못입니다. 그러나 이번에는 당신이 떠난 뒤 돌아오지 않을까봐, 저 혼자 이 세상에 내버려두실까봐 두렵습니다."

"이번 여행에는 시간이 얼마나 걸릴지 모르겠소. 하지만 분명 하늘로 돌아가진 않을 것이오."

주무는 더이상 말을 하지 않았다.

거싸얼은 수석대신과 여러 장군, 대신들을 불러모았다.

"나는 연화생 대사에게 가르침을 청할 생각이오. 내가 떠나 있는 동안은 평화를 지켜주길 바라오. 사냥꾼들은 활과 화살을 거두고, 어부들도 그물을 볕에 말려두시오. 반드시 기억하시오, 반드시!"

거싸얼은 말을 마친 뒤 곧 한줄기 노을빛으로 변하여 서쪽 하늘로 날아갔다.

연화생 대사는 나찰국에 살고 있었다. 그곳에는 깊고 어둑한 골짜기가 있으며 모든 나무와 풀에는 날카로운 가시가 자랐고 바위에서는 독즙이 흘렀다. 세상 곳곳에서 제압당한 나찰들이 모두 여기 모여 있었다. 이곳에 도착한 거싸얼은 연화생 대사가 이토록 흉폭하고 무서운 땅을 다스리고 있다는 데 다소 놀랐다. 그런데 궁궐은 이 땅과 사뭇 다른 모습이었다. 사방의 벽이 밝고 맑은 것이 투명하게 비칠 정도여서 수정 같기도 하고 밝은 빛 같기도 했다. 뭔가가 궁궐 안을 흐르는 듯했는데 음악 같기도 하고 좋은 향기 같기도 했다. 이러한 풍경 속에서 거싸얼 왕은 자신의 몸에서 나는 한줄기 악취를 맡았다. 온 들판에 시체가 널부러져 있고 피가 강을 이루어 흐르는 전쟁터의 냄새였다. 흰 옷을 입은 공행모가 맑은 병을 들고 와 자비로운 축복수를 거싸얼의 머리에서부터 부어주었다. 한바탕 맑고 시원한 기운이 지나간 뒤, 거싸얼의 몸에서 한 그루 단향목처럼 기이한 향기가 났다.

연화생 대사가 그의 눈앞에 나타났다. "내 이 작은 무량궁을 제외하면, 그대가 보고 있는 광경은 예전 링가의 모습보다 더하지 않은가?"

"제가 막 링가에 태어났을 때, 대사가 이미 많은 요마들을 제압하셨지요. 그래서……"

"과연 링의 국왕이라기에 부끄럽지 않도다." 연화생 대사가 웃었다. "그때 내가 그 일에 질리지 않았더라면, 지금 그대가 하는 일들을 덜어줄 수 있었을 텐데 말이오."

"관세음보살께서는 대사께서 올바른 방향을 알려주실 것이라 하셨습니다."

"관세음보살께서는 언제나 내가 쉬고 있을까 걱정이신가 보오. 말해보시오. 어찌하여 나를 찾아왔는지?"

"염라대왕의 판결이 불공평합니다. 저는 제 왕비를 구할 방법을 배우고자 왔습니다."

연화생 대사가 말했다. "그대는 다시 생각해보시오. 다른 이유는 없는지. 단지 마 국 공주를 구하기 위해 이렇게 멀리까지 오지 않았을 것 같소만. 생각해보시오. 곰곰이 생각해보시오……" 대사의 음성이 낮아지고 또 낮아졌다. 그러더니 공행모의 손에서 맑은 병을 받아들고 병에 든 물을 손가락에 묻혀 거싸얼의 얼굴에 튕겼다.

거싸얼은 자신이 입을 열고 말하는 소리를 들었다. "제가 링 국에 얼마나 더 머물러야 하는지 가르침을 청합니다. 제가 떠난 뒤, 링 국의 백성들은 어떻게 해야 편안하고 태평하게 지낼 수 있을까요?"

연화생 대사가 법술을 일으키자 그의 몸에서 갖가지 색깔 빛이 일어나더니 곳곳의 보살들이 그 빛을 따라 하나둘 도착했다. 많은 보살들이 자신의 몸에서 나오는 서로 다른 빛을 거싸얼의 이마와 가슴, 배꼽과 음부를 통해 그의 몸으로 흘려넣었다. 그는 몸이 가볍게 떠오르는 것을 느꼈고, 동시에 거대하고 평온한 힘이 가득차는 것을 느꼈다. 연화생 대사는 보좌에서 몸을 일으켜 금강처럼 위엄 있게 춤을 추며 불교 시가를 하나 지었다.

정진하는 말은 언제나 달리는 법,
지혜의 무기는 손에서 갈고 닦아야 하는 법.
인과의 투구와 갑옷으로 몸을 보호하니,
이로써 링가는 안녕을 얻으리라!

말을 마치자, 여러 보살과 대사의 모습이 곧 사라졌다. 뒤

이어 궁전과 나찰국도 사라지고 보이지 않았다. 올 때는 순식간에 왔던 길인데, 돌아가는 길은 걸어서 꼬박 사흘이 걸렸다.

거싸얼이 링 국으로 돌아왔을 때, 사람들은 그를 기다리느라 눈이 멀 지경이었다. 한 달만 더 있으면 그가 떠난 지 삼 년이 되기 때문이다. 링 국의 신하와 백성들은 모두 그들의 영명한 국왕이 일찍이 하늘나라로 돌아가버린 것이라고 생각했다.

국왕은 영접하러 나온 사람들 가운데 수석대신 룽차차건의 모습이 보이지 않는다는 사실을 알아채고는 친히 그를 만나러 갔다.

"소신이 몸소 영접하지 못한 죄를 국왕께서는 용서하소서."

거싸얼이 말했다. "그대가 병에 걸린 게 틀림없다고 생각했소. 어의를 불러보았는가?"

"국왕이시여, 소신은 아무런 병도 없습니다. 그저 이제 더이상 힘이 없을 뿐입니다. 저는 벌써 백 살이 한참 넘었습니다. 링 국이 탄생하는 것과 강성해지는 것을 모두 보았지요. 링 국을 떠나고 싶지 않지만 그래야만 하겠지요."

몇 마디 말에 거싸얼은 눈두덩이 뜨거워지는 것을 느꼈

다. 그는 룽차차건의 손을 꼭 붙잡고 놓으려 하지 않았다.

룽차차건이 웃었다. "왕께서 돌아오실 때는 다른 길로 오셨던 모양입니다. 사람들에게 왕께서 돌아오실 날을 계산하도록 했는데, 꼬박 석 달을 늦으셨습니다. 하늘에서의 하루는 인간세상에서의 일 년이지요. 땅에서의 그 석 달 동안 저는 국왕께서 또 어느 곳에 가셨는지 궁금했습니다."

수석대신에게서 떠나오며 국왕은 천마 장가페이부에게 물었다. "돌아오는 길에 우리가 또 어느 곳을 갔던가?"

"왕께서는 제 등 위에서 잠꼬대를 하셨지요. 미래에 가신다고 하셨습니다."

이야기꾼: 미래

진메이는 계속되는 유랑이 점점 힘에 부친다고 느꼈다. 그럼에도 오랜 시간을 걸어 무야의 옛 땅을 벗어나 사람들이 거싸얼을 유난히 떠받드는 캉바에 도착했다.

그날, 진메이는 한 진에 도착해서 우체국으로 갔다. 직원은 전화를 사용할 수 있다고 했고 진메이가 전화 거는 법을 모른다고 하자 깜짝 놀랐다. 진메이는 꾸깃꾸깃한 명함 한 장을 꺼내 직원에게 건넸다. 직원이 대신 전화를 걸어주었고 수화기를 돌려받은 진메이는 웅웅대는 전류 소리를 먼저 들었다. 그러고 나서야 노학자의 목소리가 전해져 왔다. "여보세요?"

진메이는 얼굴이 보이지 않는 사람에게 말을 하는 것은 무척 어려운 일이라는 생각이 들었다.

저쪽에서 또 말했다. "여보세요?"

진메이는 그제야 입을 열었다. "저예요."

노학자가 웃었다. "이렇게 빨리 나를 찾을 줄 몰랐네."

"길을 걷는 일이 갈수록 힘들어지네요. 권태나 피로 때문이 아니라 허리와 등이 딱딱하게 굳어서요."

"정말 몸만 불편한 것뿐인가? 그럼 의사에게 가보게." 노학자는 마지막으로 그에게 이 전화번호를 잊지 말라고 당부했다. 진메이는 진에 있는 보건소로 갔다. 의사는 그에게 어떤 기계 앞에 서보라고 하더니 그의 등을 살펴보았다. 그러더니 뼈는 무척 건강하다고 말했다. 진메이가 물었다. "내 등에 뼈 말고 다른 것은 없나요?"

의사가 진메이에게 되물었다. "등에 또다른 뭔가가 있어야 하나요?"

"화살이 있는 것 같아요." 진메이는 꿈속에서 거싸얼이 화살 한 대로 자신의 몸을 꿰뚫어 자신이 원치 않았던 곳으로 쏘아 보냈던 일을 떠올렸다. 그때, 거싸얼이 그에게 말했었다. "그대가 받은 이야기를 잘 전하고, 그대가 전하는 이야기를 믿으며, 이야기의 진실과 허구를 캐묻지 말라."

다시 길에 올랐을 때, 진메이는 정말로 그 화살이 등에 있는 것 같다고 느꼈다. 화살이 목과 등을 뻣뻣하게 만들 뿐 아니라 그 끝이 가랑이 사이로 비집고 나와 두 다리를 움직일 때마다 무척이나 힘들었다. 진메이는 왜 그토록 오랫동안 이 화살의 존재를 느끼지 못하다가 이제 와서 느끼게 된 것일까 생각했다. 하늘을 올려다보았지만 아무것도 보이지 않았다. 그는 이야기 속의 염라대왕이 거싸얼에게 했던 말을 떠올렸다. "올려다보라. 푸른 하늘은 텅 비어 있다." 그는 마음속으로 생각했다. 신이여, 당신의 화살을 거두기 위해 오실 겁니까? 생각이 여기까지 이르자, 그의 마음은 우울한 기운으로 가득찼다. 신이여, 화살을 거두어 가실 때, 당신의 이야기도 거두어 가시렵니까? 진메이는 생각하면 할수록 점점 더 이것이 확실한 전조라고 믿게 되었다. 신이 그의 사명을 끝내려는 것이다.

생각을 이어가다 그는 세 갈래 길 앞에 서게 됐다. 오고가는 트럭들이 흙먼지를 이리저리 날렸다. 진메이는 사람들에게 세 갈래 길이 각각 어디로 향하는지 물었다.

누군가 가장 외진 길을 가리켜 보였다. "중컨, 이 길이 당신이 갈 길이오. 이 길은 아쉬 초원으로 통한다오."

아쉬 초원, 전설 속의 거싸얼 왕이 태어난 곳. 진메이는 다시 한번 고개를 들어 하늘을 보았다. 아직 아무런 준비도 못했는데 이곳에 와버린 것이다. 그는 생각했다. 이것은 자신의 몸을 꿰뚫고 있는 화살과 마찬가지로 운명이 정한 것이지 우연이 아니라고. 그는 휘청이며 길에 올랐고, 영웅이 태어난 그 땅으로 걸어갔다. 걷기가 너무 힘들었기 때문에, 초원에서 하룻밤 노숙을 했다. 야룽 강물이 귓가에서 내달리는 소리를 듣고 하늘 가득 반짝이는 별들을 보면서, 아마도 오늘 밤 꿈속에 누군가가 나타날 거라고 생각했다.

이튿날 아침, 잠에서 깨어난 진메이는 자신이 어떤 꿈도 꾸지 않았다는 것을 깨달았다. 진메이가 다시 발걸음을 옮기자, 만질 수도 없고 보이지도 않는 화살이 여전히 그의 몸을 괴롭혔다. 발을 들어 옮기는 것조차 힘들었다.

진메이는 해가 서산으로 기울 때쯤 아쉬 초원에 도착했다. 사원 주위의 풀밭에서 라마들이 활불의 가르침에 따라 티베트의 연극 〈거싸얼 왕〉을 준비하고 있었다. 젊은 라마가 화려한 옷으로 갈아입고 색연필로 얼굴에 그림을 그린 뒤 리드미컬한 북소리가 울리는 가운데 등장했다. 신선으로 분장한 사람들이 날개를 떨치듯 춤을 추었고, 거싸얼은 황금 투구와 갑옷을 입고 많은 이들 사이에 둘러싸여 있었다. 진메이가 물었다. "이것은 어떤 장면인가요? 국왕이 하늘로 돌아가는 장면인가요?"

활불이 말했다. "이곳은 영웅이 탄생한 곳이라오. 사람들은 모두 영웅이 탄생하는 장면을 가장 좋아하지. 거싸얼이 하늘에서 아랫세상의 고난을 굽어보고 인간세상으로 내려오려고 준비하는 장면 말이오. 그러나 그대가 국왕의 승천 장면을 노래하고자 한다면, 그대를 위해 다른 장면으로 바꿀 수 있소."

"활불께서는 어찌 아셨는지요……"

활불은 짙은 색 안경을 쓰고 있었지만, 진메이는 활불의 예리한 시선이 자신의 몸에 떨어지는 것을 느낄 수 있었다. "중컨이여, 그대의 몸에서 어떤 냄새가 풍기는구려."

"어떤 냄새라뇨?"

"끝맺음의 냄새."

"제가 죽는 겁니까?"

"이야기의 끝맺음이 느껴지는구려. 여기서 이야기의 마

지막 장을 노래하길 원하오?"

"보아하니 바로 이곳인 듯합니다."

해가 서산에 지고 첫 별이 하늘 위로 떠오를 때까지 연극
은 끝나지 않았다. 저녁이 되자 활불은 사람들을 시켜 진메
이에게 먹을 것을 챙겨주었고, 차를 마시며 이야기를 나누
자고 청했다. 진메이는 활불에게 이야기 속의 아다나무가
죽기 전에 승려에게 불경을 저지른 단락을 노래했다가 그곳
라마에게 쫓겨났던 일을 들려주었다. 활불은 웃기만 할 뿐
아무런 말도 하지 않았다. 잠시 후 활불이 물었다. "정말 그
마지막 장을 노래하려고 하는 것인가?"

진메이가 대답했다. "더이상 길을 걸을 수가 없어요."

두 사람은 좀더 이야기를 나누면서 많은 중컨들이 영웅
이야기의 마지막 장을 쉽게 노래하지 않는다는 말도 했다.
이야기의 마지막 장을 노래한 중컨들에게서는 이야기가 떠
나갔기 때문이다. 마치 신에게서 받은 사명을 이미 완성한
것처럼 말이다. 진메이는 만약 자신이 지금 노래하지 않고
이야기를 지닌 채 도시로 가서 모든 것을 녹음한다면 국가
가 입고 먹는 것에 걱정이 없는 삶을 제공해줄 것이라고, 주
저하며 활불에게 털어놓았다. 방송국에서 알게 되어 얼마
전에 다시 만난 그 여자 이야기꾼의 일에 대해서도 들려주

었다. 심지어 그녀의 금니, 그리고 작별인사를 할 때 노부인이 어떻게 자신에게 입을 맞추었는지에 대해서도 말했다. 말을 이으며 진메이가 웃었다. "그 사람이 녹음한 테이프 속 이야기도 완전하지 않다네요. 고양이가 테이프 하나를 긁어서 망가뜨렸대요. 하지만 이야기가 다시 돌아오지 않아 그녀는 빠진 부분을 다시는 메꿀 수 없었죠."

이내 두 사람은 침묵에 잠겼다. 널찍한 노천 무대 위에 앉아 동쪽 하늘에서 구름을 뚫고 나오는 달빛을 바라볼 뿐이었다.

이날 밤에도 진메이는 아무런 꿈을 꾸지 않았다.

다음날 정오가 다 되어가는데도 여전히 노래를 할 것인지 말 것인지 마음을 정하지 못했다. 라마들이 계속해서 연극 연습을 하고 있을 때, 활불이 진메이에게 사원 안에 새로 지은 거싸얼 전을 보러가자고 청했다. 활불은 그를 데리고 위층부터 구경시켜주었다. 안에는 수많은 거싸얼 상들이 진열되어 있었다. 화폭에 그림으로 그려진 것, 돌에 새겨진 것, 말을 타고 달리는 것, 활을 당겨 화살을 쏘는 것, 칼을 휘두르며 요마를 베는 것, 미인과 즐기는 것. 말안장, 투구와 갑옷, 화살통, 무쇠 활, 구리 칼, 법기 같은 실물들도 있었다.

모두 활불이 여러 곳에서 수집해온 것이었다. 활불은 이 물건들이 모두 거싸얼이 인간세상에서 사용했던 실물이라고 했다. 진메이는 눈이 좋지 않았기 때문에, 이 물건들을 만져보게 해달라고 부탁했다. 활불은 허락했다. 얼음처럼 차갑고 단단한 그 물건들은 진위를 판단할 수 있는 어떤 정보도 주지 않았다.

이번에는 아래층으로 내려갔다. 대전大殿이었다. 대전은 어둑했지만 진메이는 정면 중앙에 거싸얼의 황금 조각과 그를 보좌해 대업을 성취한 부하들, 링 국의 여러 영웅들이 나란히 서 있는 두 개의 방이 있는 것을 볼 수 있었다. 진메이는 그들의 이름을 하나씩 불러보았다. 룽차차건, 자라 왕자, 대장 단마, 노장 신바, 장 국 왕자 위라뛰쥐, 마 국 공주 아다나무, 그리고 영웅적인 일생을 일찍이 마감한 자차셰가······ 이 이름들을 부를 때, 진메이는 대전이 진동하는 것 같은 느낌을 받았다. 다시 이름들을 불러보았지만 어떤 움직임도 느껴지지 않았다.

마지막에 진메이는 거싸얼 앞에 섰다. 이 금빛 찬란하게 빛나는 조각의 거싸얼은 신이었고, 그가 아는 이야기의 주인공이었으며, 더욱이 그 자신의 운명이었다. 조각상을 앞에 두고 진메이는 마음이 심란해져 외마디소리를 내질렀다.

"대왕이여!"

이때 마침 거싸얼은 장가페이부를 타고 왕성으로 돌아가는 길 위에 있었다. 그는 마치 이 소리를 들은 것만 같았다. 거싸얼은 말 잔등 위에서 몸을 곧게 폈다. 이때 더욱더 진실하고 간절한 소리가 들려왔다. "내 운명, 내 왕이여!"

거싸얼은 자신의 이야기를 노래하는 그 사람의 목소리라는 걸 알아챘다. 그리하여 온 정신을 기울여 소리를 듣고 있는데 갑자기 몸이 하늘 높이 떠올랐다. 장가페이부는 그 사실을 알지 못한 채 계속해서 앞으로 나아갔다. 거싸얼은 진메이가 말하는 소리를 들었다. "당신은 줄곧 이야기의 마지막 결말을 알고자 하지 않았습니까? 지금이 그때입니다."

거싸얼은 잠깐 사이에 천여 년 뒤의 아셔 초원으로, 그의 미래로 갔다. 허공중에는 어떤 길도 없었다. 신통 광대한 국왕도 어떻게 해서 이 낯선 시간과 지점으로 오게 됐는지 알 수 없었다. 그러나 그는 익숙한 강산을 보았다. 자신이 태어난 땅, 링 국이 처음 기업을 세운 아셔 초원이었다. 이 초원에서 붉은 옷을 입은 라마들이 힘껏 북을 치고 구리 나팔을 불어대며 그가 하늘에서 아랫세상으로 내려오는 장면을 연기하고 있었다. 이어서 거싸얼은 새로 지은 사원 지붕 아래서 자신의 조각상을 보았다. 아마도 하늘로 돌아간 뒤의 모습일 것이라 생각했다. 그 이야기꾼이 이마를 조각의 가죽 장화에 대고 있는 모습도 보았다.

진메이가 마침 거싸얼에게 묻고 있었다. "제가 이야기를 끝맺기를 바라십니까? 그럼 내 몸에 있는 물건을 가져가주십시오. 나는 늙었습니다. 더이상 신의 물건을 옮길 수 없습니다."

거싸얼은 참지 못하고 물었다. "무슨 물건 말인가?"

"신이여, 당신이 내 몸에 화살을 꽂은 일을 기억하지 못하십니까?"

"화살?"

"화살 말입니다."

활불이 의아해하며 물었다. "뭐라고 하는 건지 알아들을 수가 없군."

진메이는 고개를 돌리고 웃었다. "신께 저를 가여이 여겨 달라고 빌었습니다."

나중에, 활불은 신상이 손을 들어 중컨 진메이의 목과 등을 가볍게 쓸어내리는 것을 직접 보았다고 사람들에게 말했다. 달그랑 소리가 나면서 무쇠 화살 하나가 바닥에 떨어졌다고. 훗날 이 화살은 위층 방에 진열된 물건들 가운데 가장 중요한 보물이 되었다. 진메이는 이야기가 떠나기 시작했음을 알았다. 한바탕 바람이 불어왔고, 바람이 모래를 쓸어가는 것처럼 이야기도 그렇게 하늘로 날아가버렸다. 진메이는 자신이 반드시 끝까지 노래해야 한다는 사실을 알았다. 진메이는 중컨의 복장을 단정하게 갖춰입은 뒤 육현금을 들고 무대로 올라가 영웅이 하늘로 돌아가는 이야기를 노래하기 시작했다. 연기하던 사람들은 물러나 청중들 사이에 섞여 앉았다. 그러고는 숨을 죽이고 전설적인 이야기의 마지막 장을 귀기울여 듣기 시작했다.

진메이는 이야기가 모두 날아가기 전에 마지막 단락을 노래해냈다. 활불은 사람을 시켜 진메이가 마지막으로 노래하는 내용을 녹음했다. 노래의 마지막 한 구절을 불렀을 때, 진메이의 머릿속은 이미 백짓장처럼 텅 비어 있었다. 모든 것을 잊어버리고 하늘을 우러러보았다. 인간세상의 국왕이 아직도 자신의 곁을 맴돌고 있는지 바라보았다.

이야기를 잃어버린 애꾸눈 중컨은 이후 이곳에 머물게 되었다. 링 국 군신들의 조각이 진열된 대전을 더듬어 쓸고 닦으며 하루하루 늙어갔다. 관람객이 있으면 사원에서는 진메이가 마지막으로 노래한 단락을 틀어주었다. 그럴 때마다 진메이는 고개를 들고 정신을 집중해 귀기울여 들으며 망연한 미소를 짓곤 했다. 사람이 없을 때면 그 화살을 어루만지기도 했다. 진짜 무쇠 화살이었다. 얼음처럼 차가웠고, 거칠고 무거운 무쇠의 질감을 가지고 있었다.

이야기: 수사자가 하늘로 돌아가다

거싸얼이 떠나 있던 삼 년 사이에 거싸얼의 인간세상의 어머니 또한 세상을 떠났다.

거싸얼이 궁으로 돌아오자 주무는 그의 앞에서 목놓아 울며 어머니가 세상을 떠난 소식을 전했다. 거싸얼이 탄식하며 말했다. "어머니의 영혼이 어디로 갔는지만이라도 알고 싶구려."

연화생 대사의 가르침을 받고 여러 보살들의 가지를 받은 뒤 그의 신력은 더욱 범상해졌다. 이제는 생각하는 것만으로도 염라대왕이 부리는 저승사자를 불러낼 수 있었다. 그는 어머니 또한 지옥에 갇혔다는 사실을 알았다.

거싸얼은 또다시 염라대왕의 궁전으로 갔다. "시비 분간도 못하는 염라대왕아, 내 어머니는 평생 자비와 연민으로 사셨는데, 그런 분까지 지옥으로 떨어뜨렸단 말이냐!"

염라대왕은 보좌에서 걸어내려왔다. "위엄으로 인간세상을 뒤흔드는 수사자 대왕이여, 비록 그대가 하늘의 명을 받고 아랫세상으로 내려와 요마를 제압했다고 하지만 그로 인해 살육의 죄업이 사라지지는 않는다. 어느 전쟁에서든 중생들을 잘못 해치고 그들을 유랑하게 했으며……"

"그것은 나의 죄이지 내 어머니의 죄가 아니다!"

"그러나 누가 그대를 지옥에 떨어뜨리겠는가. 인과는 돌고 도는 것이니 그대 어머니가 대신 벌을 받을 수밖에!"

거싸얼은 분노를 이기지 못해 다시 한번 보검을 이리저리 휘둘렀다. 그러나 날카로운 검날이 아무리 지나가도 염라대왕 전의 물건이든 그가 부리는 귀졸이든 해를 입지 않았다. 이때 불현듯 연화생 대사를 만났을 때 받은 비밀 주문이 떠올랐다. 거싸얼은 곧 검을 거두고 주문을 읊조렸다. 그러자 염라대왕이 숨어버렸다. 지옥으로 향하는 무쇠 대문이 쿵하며 열렸고, 염라대왕을 돕는 판관들이 거싸얼을 따르며 지옥에서 어머니와 아다나무를 찾기 시작했다. 겹겹이 둘러싸인 지옥 가운데서 거싸얼은 온갖 고통에 시달리는 수천수만의 영혼을 보았다. 그러나 그의 어머니와 아다나무는 보이지 않았다. 지옥으로 떨어진 영혼이 너무 많아서 층층이 겹쳐진 채로 모든 공간을 꽉 채우고 있었다. 아래층으로 내려가는 통로들조차 물샐틈없이 꽉 막혔다. 초조한 마음에 화까지 난 거싸얼은 다시 한번 보검을 빼들었다.

판관이 말했다. "그대는 이미 이승의 칼날이 여기서는 아무 소용도 없다는 것을 알 텐데."

"하지만 어떻게 해야 길을 뚫고 내 어머니를 구할 수 있단 말이오!"

"어렵지 않다. 그대가 저들을 모두 열반으로 이끌면 된다."

"어머니조차 나를 위해 지옥으로 가셨는데, 내가 어찌 저들을 열반으로 이끌 수 있단 말이오."

"대왕이 모르는 것이 있군. 비록 그대에게 죄업이 있으나, 선량한 덕이 더욱 많아 저들 모두를 열반으로 이끌기에 충분하오."

거싸얼은 지옥에서 영혼들이 겪는 괴로움이 인간세상에서 지은 죄의 백배, 천배에 이르는 것을 보자 연민의 마음이 생겼다. 그래서 곧 연화생 대사와 관세음보살, 서천의 여러 부처들에게 열렬히 기도를 올리며 육도윤회六道輪廻에서 고통당하는 중생들이 해탈하여 서방정토로 가게 해달라고 빌었다.

기도가 끝나자마자 영혼들이 암담한 지옥을 벗어나 가볍게 위로 올라가더니 서방정토로 날아가기 시작했다. 거싸얼은 이 영혼들 가운데서 어머니와 아다나무를 발견했다. 두 사람의 영혼도 육도를 벗어나 서서히 승천하는 모습을 보고 마음이 진정되었다. 이렇게 거싸얼은 두 사람을 알아보았지만, 두 사람은 그를 알아보지 못했다. 두 사람은 위로 쭉 올라가더니 한조각 하늘빛 속으로 사라져 보이지 않았다.

염라대왕이 다시 나타났다.

"나는 그대에게 특별히 감사 인사를 하러 왔다. 아주 오랜 세월 덕을 많이 쌓은 이가 나타나지 않아 중생을 열반으로 인도해줄 수 없었다. 그래서 지옥은 사람들로 가득차 골머리를 앓았다. 적어도 앞으로 천 년 동안은 새로 온 영혼들을 받을 곳이 없을까 마음 졸이지 않아도 되겠군."

거싸얼은 지난번에는 자신의 왕비조차 구할 수 없었는데 어떻게 이번에는 지옥 안에 가득찬 영혼을 다 구해낼 수 있었는지 물었다.

염라대왕이 손을 내저으며 말했다. "그 문제는 연화생 대사에게 가서 물어보라."

거싸얼은 곧 천마를 타고 링 국으로 돌아갔다. 왕성에 이르러 국왕이 몸을 날려 말에서 내리자마자, 몸에 걸친 안장과 마구를 풀기도 전에 천마는 산 위의 말떼들 사이로 달려갔다. 그리고 말에서 내린 거싸얼은 수석대신이 보낸 사람으로부터 구두로 서신을 받았다. "꿈에 링 국의 신성한 산 위에서 새매의 깃털이 바람에 날리는 것을 보았습니다. 만약 깃털이 떨어져내린다면, 부디 황금 날개를 지닌 새가 지켜주기를 바랍니다."

국왕은 룽차차건이 이승에서 보낼 마지막 날이 다가왔음을 알았다. 그는 곧 수석대신의 병상 앞으로 달려갔다. 링가의 여러 영웅들과 자라 왕자도 수석대신 곁으로 모여들었다. 룽차차건은 국왕이 온 것을 보고 어둑한 눈동자를 다시 한번 빛냈다. "거싸얼, 그대를 국왕이라 부르지 않고 사랑하는 조카라고 부르도록 윤허해주시오."

"작은아버지, 무슨 말씀이시든 분부만 하십시오."

"네가 하늘 위에서 어떤 신이든 간에, 인간세상에서는 언제나 내 사랑하는 조카였다. 링가의 장, 중, 유 세 계파가 대대로 이어지는 동안, 내가 누린 행운과 영광을 넘어서는 사람은 없었으니, 그것은 모두 너, 링 국의 위대한 국왕을 따랐기 때문이다! 내 마지막 소원은 링 국의 위대한 업적이 오래도록 전해지는 것이요, 링 국의 백성이 영원히 평안과 강녕을 누리는 것이다!"

이 말을 마치고 수석대신은 곧 정신을 잃었다. 거싸얼과 사람들은 병상을 에워싸고 그가 인간세상을 떠나는 마지막 순간을 함께하고자 했다. 하늘빛이 밝아오기 시작할 때, 수석대신은 다시 깨어났다. 그는 아쉬워하면서도 안도하는 눈빛으로 아침저녁으로 마주했던 사람들의 얼굴을 하나하나 훑었다. 수정 같은 눈이 쌓인 신성한 산의 꼭대기를 태양이 비출 때 그의 얼굴에 한줄기 미소가 떠올랐고, 수석대신은 인간세상에서의 마지막 숨을 내뱉었다. 그러자 하늘에 무지개가 내뿜는 빛줄기가 가득찼다. 무지갯빛 속에서 백마 한 마리가 나타나 맴을 돌더니 곧 무지개를 따라 함께 사라졌다. 사람들이 다시 고개를 돌려 병상을 보았을 때, 수석대신 룽차차건의 육신은 이미 사라지고 보이지 않았다. 그저 몸에 걸쳤던 옷만이 희미한 온기와 함께 남아 있었다.

거싸얼은 손가락을 꼽으며 자신이 아랫세상에 내려온 지 벌써 여든한 해가 지났음을 헤아렸다. 인간세상에서 세워야 할 공적은 이미 완성되었으니 자신도 하늘세계로 돌아가야 할 때인 것이다. 그래서 왕궁 안의 갖은 재물들을 내놓고 전국 각지의 백성과 장관들을 불러모아 크게 잔치를 벌이며 즐겼다. 왕성 사방에서도 수백 명의 백성들을 불러모아 맛좋은 음식을 베풀고 가무를 마음껏 즐기도록 했다. 이처럼 큰 잔치를 사흘 동안 열고서야 자라 왕자에게 자신을 만나러 오라는 명령을 내렸다. 왕자는 장수를 기원하는 하다를 바치며 왕에게 부탁의 말을 올렸다. "국왕께서는 아랫세상에 내려온 천신이시니 우리와 같은 보통 사람이 이승에서의 삶에 제한을 받는 것과는 다릅니다. 이제 링 국의 대업이 이루어졌으니 국왕께서 오래도록 인간세상에 머무시기를 바라옵니다."

위아래를 막론하고 링 국의 모든 장관과 백성들이 입을 모아 만류하며 국왕이 계속해서 인간세상에 머무르며 백성들을 보호해줄 것을 간청하였다.

거싸얼은 노래를 지어 불렀다.

나이든 큰 붕새가 높이 날아가고자 하니,
어린 붕새의 두 날개가 이미 강건해졌기 때문이라.
설산의 늙은 사자가 멀리 떠나려 하니,
어린 사자의 발톱과 이빨이 예리해졌기 때문이라.
보름의 달빛이 서쪽으로 잠기는 것은
동쪽의 태양이 떠오르기 때문이라.

국왕은 또한 자신이 하늘로 돌아간 뒤에는 자차세가의 아들이자 거싸얼의 조카인 자라 왕자가 링 국의 왕이 될 것이라고 선포했다.

거싸얼은 자라 왕자를 제 손으로 부축해 보좌에 앉혔다.

"자라, 내 사랑하는 조카여, 링 국의 과거는 내가 이뤄놓은 바가 있으니, 링 국의 미래는 걱정하지 말거라. 링가를 위협하던 여러 요마들은 이미 제압되어 링가의 수호신이 되었다." 거싸얼은 마지막으로 차오퉁의 아들 둥찬을 불러 자라와 둥찬을 마주보며 당부했다. "차오퉁 작은아버지의 영혼은 이미 서방정토로 인도되었으니 그가 인간세상에서 쌓은 시비 또한 매듭지어진 셈이다. 게다가 다룽 부족에서는 둥궈 또한 링 국의 대업을 위해 제 목숨을 바쳤지. 자라여, 그대는 아우 둥찬을 잘 대해주어라. 둥찬이여, 그대는 형인 자라를 존중하여라!"

두 형제는 손을 맞잡고 서로 껴안았다. 둘이 가까이 지내며 존경하고 생사를 함께하겠다는 뜻이었다.

이와 동시에 천마 장가페이부가 말 무리 속에서 긴 울음을 세 번 울고 눈물을 흘렸다. 천마는 자신과 주인이 하늘세계로 돌아갈 때가 다가왔음을 알았다. 사방으로 내달리며 전쟁터를 드나들었던 보마들이 모두 모여들었다. 아름다운 백제마白蹄馬, 흰 털의 보주마寶珠馬, 불꽃같은 적치마赤熾馬, 천리를 달리는 야행마夜行馬, 붉은 갈기의 응안마鷹眼馬, 푸른 털의 사요마_{蛇腰馬} 모두.

장가페이부는 눈물을 거두고 말했다. "함께 수없이 많은 길을 달렸던 동료들이여, 어깨를 나란히 하면서 선봉에 섰던 친구들이여, 내 주인이 하늘세계로 돌아가니 나 장가페이부도 주인을 쫓아갈 것이다. 오늘, 내 몸 위의 안장과 등자를 자라 왕자의 말에게 넘겨주겠다. 바라건대 모두들 영웅적인 주인들과 함께 아름다운 이름을 전하라!" 장가페이부는 말을 마치고 긴 울음을 한 번 울더니 하늘로 올라갔다.

그리고 거싸얼의 화살통 속에서 불꽃같은 화살 하나가 몸을 쑥 일으키며 여러 화살들에게 작별을 고했다. "나는 대왕을 따라 하늘세상으로 돌아갈 것이다. 여러 형제 화살들이여, 링 국에 남아 적을 진압하라. 만약 또 봉화 연기가 솟아오른다면 내가 다시 내려와 여러 형제들과 만나리라!"

말을 마친 뒤, 화살은 활시위의 힘을 빌리지도 않고 하늘 위로 날아갔다.

거싸얼과 함께 아랫세상으로 내려온 칼 또한 칼집을 벗고 여러 병장기들과 작별인사를 나누었다. "나와 같은 날카로운 병기들이여, 밖으로는 서늘한 칼날 빛을 뻗치고 안으로는 소리 없이 침묵하다가 어느 날 링 국이 침략을 받으면 날카로운 칼날을 드러내고 맞서 싸우라!"

말을 마치자, 보도는 한줄기 붉은 빛을 번득이며 모든 병장기들을 한바퀴 돈 뒤 역시 하늘로 날아갔다.

그때 누군가 거싸얼에게 그의 보마와 보전, 그리고 보도가 이미 하늘로 날아올라갔다고 전했다. 거싸얼은 여러 사람들과 함께 눈을 들어 하늘을 우러르다가 그 보전과 보도, 보마가 그를 기다리는 듯 하늘을 맴도는 모습을 보았다. 거싸얼은 마지막으로 링 국의 대지와 중생들에게 축복을 내렸다.

이때, 봄철의 우레 같은 소리가 우릉우릉 울리고 하늘 문이 열렸다. 거싸얼의 하늘 위 아버지와 어머니, 그리고 십만 천신들이 모두 나타났다. 모두들 큰 공을 세우고 하늘세계로 돌아오는 신의 아들 추이바가와를 맞으러 온 것이다. 여러 신들이 모습을 나타내는 것과 동시에, 귀를 즐겁게 하는 하늘의 음악이 사방으로 울려퍼졌으며 신기한 향기가 세상에 가득찼다. 눈처럼 흰 하다가 하늘에서 땅까지 길처럼 쭉 드리웠고 거싸얼은 그 길을 향해 서서히 걸어갔다. 주무와 메이싸도 그의 양옆에 함께했다. 그들은 마지막으로 고개를 돌려 비할 바 없는 연민과 사랑의 시선으로 링 국의 산맥과 강물을, 링 국의 중생들을 돌아보았다. 그런 뒤 오색구름에 감싸인 채 위로, 위로 올라갔다. 그들의 몸이 하늘 궁전에 이르자 하늘에서는 뚝뚝 꽃비가 내렸다.

거싸얼은 하늘세계로 돌아가고 나서 다시는 인간세상에 내려오지 않았다. 하지만 영웅의 이야기는 지금까지 전해오고 있다.

옮긴이의 말

이야기꾼과 소설가

　　고대 그리스 신화에서 시인들은 학문과 예술 등 지적 활동을 관장하는 아홉 여신 무사이Mousai의 선택을 받은 사람이었다. 여신들이 선택해 예술적인 재능을 불어넣어준 이들이 시인, 작가, 음악가 등 예술가가 되었다는 것이다. 시인 역시 이처럼 아홉 여신의 '영감'을 받아 탄생했기에 시인 스스로의 의지가 아니라 신의 의지에 의해 노래한다. 어린 시절 헬리콘 계곡에서 양을 몰았던 헤시오도스도 무사이의 선택을 받고 신들의 계보를 노래하는 시인이 되었다. 아라이의 장편소설 『거싸얼 왕』의 주인공 진메이도 마찬가지로 신의 선택을 받은 인물이다. 그를 선택한 신은 티베트의 전설적인 왕이자 신화 속의 영웅인 거싸얼이다.

평범한 양치기였던 진메이는 거싸얼 왕의 이야기를 꿈꾸면서 그 이야기를 전하는 '중컨'의 소명을 받아들이게 된다. 세상에는 거싸얼 왕의 이야기를 전하는 수많은 이야기꾼이 존재하지만, 신으로부터 처음부터 끝까지 모든 이야기를 전수받은 중컨은 많지 않다. 뛰어난 이야기꾼이 되고자 하였으나 결국 정교한 손재주의 경문 조각가가 되고 만 진메이의 숙부는 그에게 손수 지은 중컨의 모자를 씌워주고 감격의 눈물을 흘린다.

신에게 선택받은 이야기꾼의 소명은 신의 이야기를 세상에 전하는 것이다. 진메이는 이 소명에 충실하기 위해 양치기로서의 자신을 버리고 중컨의 길을 걷기로 한다. 자신을 낳고 길러준 산골짜기의 집을 떠나 중컨이 되었지만 중컨에게는 집이 없다. 온 세상이 그의 집이기 때문이다. 거싸얼 왕의 노래를 듣고 싶어하는 이들이 모인 곳이라면 어디든 그의 집이다. 진메이는 끊임없이 걷고 또 걸으며 노래한다. 그가 육현금의 줄을 고르며 노래하기 시작하면 청중은 숨소리조차 내지 않고 숙연해진다. 청중이 모여든 모닥불 가에는 타닥타닥하는 소리만 들릴 정도의 고요함이 내려앉는다. 그러면 그의 입에서는 "설산 위의 영웅"이자 "하늘에서 내려온 신" 거싸얼에 대한 이야기가 비로소 흘러나온다. 진메이는 끊임없이 자신에게 주어진 소명을 따라, 거싸얼이 살아온 길을 따라 걷는다. 그러나 그 길 위에서 진메이가 얻은 것은 신에 대한 흔들림 없는 믿음이 아니라, 자유의지를 가진 인간으로서 진메이라는 예술가가 추구할 목표이다. 이야기꾼의 마음속에서 마침내 회의가 일어난다.

신에게 선택받은 시인은 진정으로 자유로운가? 그리스 신화에 따르면, 시인은 자신의 의지가 아닌, 아홉 여신 무사이의 선택에 따라 노래할 따름이다. 칼리오페의 선택을 받으면 서사시에 뛰어난 재능을 보이고, 에우테르페의 선택을 받으면 서정시에 뛰어난 재능을 보인다. 탈레이아의 선택을 받으면 희극에, 멜포메네의 선택을 받으면 비극에 뛰어난 재능을 보인다. 시인 혹은 이야기꾼은 신의 의지를 벗어날 수 없다. 그러나 다른 한편으로 시인은 '아무도 노래하지 않은 나만의 것'을 노래하고자 한다. 신의 의지가 아니라 인간의 자유의지를 믿기 때문이다. 시인은 언제나 '경이롭고 거의 신적인 어떤 조화', 즉 신으로부터 받은 영감을 숙명으로 받아들이고 노래하는 존재와 '자연 속에서는 결코 찾아볼 수 없는 형태를 전혀 새롭게' 만들어내는 자유로운 존재

사이를 오가는 것이다. 전자가 전통적인 이야기꾼의 입장을 설명한다면, 후자는 현대적인 소설가의 입장을 설명한다. 전통적인 이야기꾼은 '신을 노래'하고 현대적인 소설가는 '인간의 이야기에 천착'한다. 진메이의 방황은 하늘에서 부여받은 모든 소명을 마치고 다시 하늘로 돌아가 신이 된 신화적인 영웅 거싸얼과 링가라는 땅에 속하는 인간세상으로 내려와 수많은 고난과 시련을 겪으며 성장해가는 인간 거싸얼의 방황과 닮아있다. 신의 의지와 인간의 자유의지 사이를 오고가는 진메이의 방황은 또한 이 소설 『거싸얼 왕』을 지은 작가 아라이의 고뇌와 맞닿아 있다.

『거싸얼 왕』의 작가 아라이는 티베트계 중국 작가이다. 1959년생인 그는 1950년대에 출생한 다른 중국 작가들과 마찬가지로 전근대적인 아시아의 농촌에서부터 우주 시대를 꿈꾸는 21세기의 글로벌 시티까지, 가장 짧은 시간 동안 가장 극적인 사회의 변화를 경험한 세대에 속한다. 아라이는 티베트계 어머니와 회족 상인 아버지 사이의 혼혈로 전통 촌락에서 태어났다. 반농반목牛農牛牧을 영위하던 조상들의 업을 물려받은 그는 대여섯 살 나이에 벌써 양치기가 되어 산비탈로 양떼를 몰고 다녔다. 변방 중의 변방에서 소수

민족으로 태어난 아라이는 문화대혁명이 발발하고 난 뒤에야 학교에 다니면서 표준어인 보통화를 배울 수 있었다. 학업을 마친 그는 기차도 고속도로도 닿지 않아 산길을 한나절이나 걸어야 도착하는 쓰촨의 산간벽지에서 교편을 잡았다. 근무하던 학교는 해발 4천 미터가 넘는 아득한 설산으로 둘러싸인 곳이었다. 날이 궂으면 등교하는 학생조차 거의 없는 그런 곳. 『거싸얼 왕』의 화자이자 또다른 주인공인 진메이의 이력은 이처럼 작가 자신의 경험과 아스라이 겹친다. 1980년대에 20대의 아라이는 아득한 설산 아래서 시를 쓰기 시작했고, 서른 살이 되어서는 소설을 쓰기 시작했으며, 서른여섯에야 자신을 낳고 키워서 어른으로 만든 아바고원을 떠나 도시로 나왔다. 쓰촨 성의 중심지인 청두에서 그는 잡지 「SF 판타지 세계科幻世界」의 편집을 맡았다. 편집장이자 사장인 아라이의 손에서 「SF 판타지 세계」는 전 세계에서 가장 많은 독자가 읽는 SF 잡지로 변모했고, 중국에서 가장 성공한 문화콘텐츠 및 중국 문화산업의 표준이 되었다. 2013년 9월에 중국 최대의 인터넷 서비스 기업 텐센트tencent, 騰訊와 계약을 맺은 그는 인터넷을 포함한 뉴미디어를 아우르는 새로운 인프라를 통해 중국 문학의 패러다임을 바꾸는 데 앞장서고 있다. 신의 의지가 관철되는 세계에서 인간의 의지로 변화되는 세계까지, 아라이는 시인의 정체성으로 이 놀라운 시대적 변화의 길을 걸어왔다. 중국 사회의 변화와 문학적 장場의 변혁이라는 관점에서 아라이의 문학 활동은 그 자체로 신화적인 셈이다.

소설 『거싸얼 왕』은 이러한 아라이의 문학적 이력과 그의 풍부한 시적 감수성, 다양한 문학적 시도 등을 한 번에 경험할 수 있는 탁월한 텍스트이다. 아라이는 이 소설에서 진메이라는 중컨과 인간세계를 구원하겠다는 소명을 띠고 하늘에서 내려온 신의 아들 거싸얼이라는 두 주인공을 내세운다. 소설은 두 주인공의 이야기를 서로 다른 빛깔의 털실처럼 교차시키면서 한 장의 무늬 천을 짜듯 엮어낸다. 장가르, 마나스, 게사르(거싸얼은 게사르의 중국식 발음이다)와 같은 중국 서북 민족의 신화들은 여전히 전통적인 방식에 따라, 정해진 시간과 공간에서, '장가르치' '마나스치' '게사르치' 등으로 불리는 특별한 이야기 전수자에 의해 구연된다. 전수자들은 신의 선택을 받은 이들로서 이야기에 신성을 부여하며, 이야기를 듣는 공동체가 그 이야기를 '사실'로 받아들이게 하는 권위를 지닌다. 『거싸얼 왕』의 한 축은 신의 아들이 지상에 내려와 티베트 민족의 나라인 링 국을 건설하는 장대한 서사시로 이루어지고, 다른 한 축은 이 신성한 게

사르치 진메이가 신의 선택을 받아 각성하고, 이야기를 전하고, 탐구해 완성해나가는 성장 과정을 그린다. 거싸얼이 하늘과 땅을 매개하는 소명을 완수함으로써 영웅이 되었듯이, 주인공 진메이는 신과 인간을 매개하는 소명을 완수하기 위해 길을 걷는 것이다.

문제는 그가 걷는 길이 이미 천 년 전과는 다르다는 데 있다. 초원 위의 산맥과 강의 흐름은 천 년 전과 마찬가지이지만, 이제 길 위를 달리는 것은 전사들을 태운 준마들이 아니라 운전기사들이 몰고 달리는 불가사의한 자동차들이다. 위대한 영웅이자 신의 아들인 왕이, 흔적도 없이 사라져버린 자신의 왕국에 서 있던 길 위에서 망연해지는 것처럼, 이야기꾼 또한 신에게서 받은 자신의 이야기가 그저 이야기로만 치부된다는 사실에 차츰 지쳐간다. 중컨의 이야기가 진실이 아니라고 생각하는 학자들 앞에서 자신의 믿음을 논리로 해명할 수 없는 진메이는 그저 얼굴을 붉힐 뿐이다. 진메이는 이야기 속의 진실을 찾기 위해 더 많은 길을 걷지만, 그 길 끝에서 그가 마주하는 것은 신격화된 이야기 속의 거싸얼이 아니라, 천 년 뒤에는 사라져버릴 부질없는 왕국을 세우고 지키기 위해 분투하는 '인간 거싸얼'이다. 이야기꾼은 신보다 인간에게 더욱 깊은 애정을 느낀다. 자신을 선택한 신이 아니라 자신과 마찬가지로 번뇌하는 인간 거싸얼을 바라보게 되면서 진메이는 자신이 붙들고 있는 이야기가 사라질지도 모른다는 또다른 문제와 맞닥뜨린다. "신이 모든 이야기꾼에게 완전한 이야기를 주지 않는다는 것을." 그리고 "설령 누군가에게 완전한 이야기를 주었다 하더라도 오직 한동안만 그 노래를 전할 수 있게 했다"는 것을. "그 시간들이 지나고 나면 이 사람들은 결국 그 이야기를 서서히 잊어버리고 마는 것"이기 때문이다. 진메이는 그렇게 되고 싶지 않았다. 이제 무조건 신의 의지를 따르고 싶은 마음과 진실을 알고 싶다는 호기심은 시인의 마음을 갈기갈기 찢어놓는다. 그는 자신이 "이야기에 불경을 범하"고 있음을 느꼈다. "그는 이야기가 몸을 일으켜서는 그를 떠나려고 하는 것을 느꼈다." 이야기를 잃지 않기 위해 '필사적으로' 그는 다시 길을 떠난다. 이야기를 쫓아간다. "수풀 사이로 보일 듯 말 듯하게 나 있는 오솔길"로. 시인의 길은 여전히 멀고도 험하다.

신화가 믿음을 유도하는 고대적 이야기 양식이라면, 소설은 회의를 유도하는 근대적 이야기 양식이다. 고대의 신화가 신들의 이야기라면 근대의 소설은 인간들의 이야기이다. 『거싸얼 왕』은 필연적으로 이 두 서사의 충돌과 길항을 보여준다. 롤랑 바르트의 표현을 빌리자면, 자연화하는 신화naturalizing myth와 인위적인 신화artificial myth 사이의 대결이라 할 것이다. 그에 따르면, 자연화는 신화의 본질적인 기능이다. 자연화는 신념을 형성한다. 게사르 신화는 게사르와 그가 한 일, 그가 세운 국가에 대한 믿음, 그 믿음을 공유하는 공동체의 정체성을 재확인한다. 반면에 소설은 우리가 자연화한 것들, 원래부터 그러한 것이라고 믿는 것들을 다시 보게 하고 '낯설게 하는defamiliarizing' 이야기이다. 『거싸얼 왕』은 한편으로 티베트 민족의 영웅인 게사르의 삶을 믿게 하고, 다른 한편으로 이를 믿게 하는 게사르 신화의 의도를 회의하게 만든다. 신에게 선택받은 이야기꾼 진메이는 거싸얼을 신화로서 전달해 이를 '사실'로서 믿게 하지만, 이 시대를 살아가는 사람으로서 진메이는 이 이야기를 '신화'로서 의심하고 회의하며 이야기의 진실을 추구한다. 『거싸얼 왕』은 인간의 관점에서 다시 읽은 게사르 신화인 셈이다.

소설 속에서 진메이를 찾아온 거싸얼은 이렇게 말한다. "그대의 이야기를 잘 전하고, 그대의 이야기를 믿으며, 이야기의 진실과 허구를 캐묻지 말라." 고대의 시인들은 이 소명을 충실히 완수했다. 그것이 그들의 소명이었기 때문이다. 이 소명을 완수함으로써 그들은 신화 속의 또다른 영웅이 되었다. 호메로스나 헤시오도스처럼, 그들은 모든 신들을 위한 신전 판테온과 더불어 영원한 생명을 누린다. 그러나 신화와는 다른 이야기를 전하는 또다른 예술가들이 존재한다. 아구둔바! 그는 "이야기 속에 살아 있는 보통 사람"이다. 그는 신을 이야기하는 중컨의 운명을 받아들이는 대신 사람들의 세상 속으로 숨어버렸다. 신의 전당에 이름을 올리지 않고, 대신에 언제나 새로워지는 이야기의 주인공으로 살아남은 것이다. 이미 하늘로 돌아가 신의 신분을 되찾은 거싸얼과 인간세상의 국왕 사이에서 균형점을 찾느라 애를 썼던 것처럼, 진메이는 신에게 선택받은 중컨의 운명과 끝까지 사람의 길을 걸어나간 아구둔바 사이에서 중심을 잡으며, 길을 걸을 수 없을 때까지 기나긴 여정을 이어나갔다. 자신을 찾아온 신의 선택을 기뻐하고 두려워하면서 말이다. '이야기'는 신이 그에게 내린 은총이자 저주였다. 그리고 마침내, "이야기의 끝맺음"이 다가온다. 더이상 감당할 수 없는 무게의 무쇠 화살이 그의 몸에서 떨어져나갈 때, 신의 이야기 또한 이 시대의 중컨에게서 떠나간다.

인간은 살아나가기 위해서 이야기를 필요로 한다. 무한한 우주 속에서 인간은 필연적으로 유한한 존재이기에, 삶에서 경험되는 세계는 언제나 찰나적이고 단편적이다. 이야기는 이 파편화된 삶을 봉합하고 의미를 부여한다. 그래서 인간은 이야기를 창조한다. 신화는 곧 고대의 인류가 세계를 이해하고 그 자신의 삶을 의미화하기 위해 지어내고 전해온 이야기이다.

신화와 인간은 대략 세 가지 관계를 맺는다. 거싸얼의 명령처럼 의심 없이 그 이야기를 받아들이거나, 아구둔바처럼 끊임없이 그 이야기를 의심하거나, 진메이처럼 믿음과 회의 사이에서 끝이 보이지 않는 길을 걷거나. 진메이처럼 작가 아라이도 신과 인간, 믿음과 회의, 신화와 소설 사이의 경계에 서서 『거싸얼 왕』을 이야기한다. 이런 방식으로 들려주는 이야기가 자연화하는 신화냐, 아니면 인위적인 신화이냐를 결정하는 것은 결국 독자의 몫이다. 카렌 암스트롱이 지적한 것처럼, 신화는 "우리의 생각과 마음을 바꾸도록 요구하고, 새로운 희망을 주고, 더 알찬 삶을 살게 만드는" 데 '유효한' 이야기인 까닭에.

문현선

지은이 **아라이**

티베트계 중국 작가. 1959년 쓰촨 성 서북부의 장족 자치구 마얼캉 현에서 태어났다. 1982년부터 본격적인 창작활동을 시작, 36세에 잡지「SF 판타지 세계」를 창간해 전 세계에서 가장 많은 독자를 보유한 SF 잡지로 변모시킨다. 소설집『지난날의 혈흔』(1989)으로 중국작가협회 제4회 소수민족문학상을 받았고, 41세가 되던 해에 장편소설『색에 물들다』로 제5회 마오둔 문학상을 수상해 최연소 마오둔 문학상 수상자로 이름을 올린다. 그 외 작품으로 시집『쒜모허』, 장편소설『소년은 자란다』, 대하장편소설『공산』등이 있다.

옮긴이 **문현선**

이화여대 사학과와 중문과를 졸업하고, 동 대학원 중문과에서 석·박사 학위를 받았다. 옮긴 책으로『마사지사』『다리 위 미친 여자』『나, 제왕의 생애』『나는 남편을 죽이지 않았다』등이 있으며, 말/글/문화를 생각하는 모임 문이원을 통해 고전의 대중화를 위한 작업에 매진중이다.

세계신화총서12

거싸얼 왕

초판인쇄 2016년 1월 20일 | 초판발행 2016년 1월 29일

지은이 아라이 | 옮긴이 문현선 | 펴낸이 염현숙
책임편집 박인숙 | 편집 이원주 이현정
디자인 김이정 이원경 | 저작권 한문숙 박혜연 김지영
마케팅 정민호 이미진 정진아 전효선 | 홍보 김희숙 김상만 한수진 이천희
제작 강신은 김동욱 임현식 | 제작처 한영문화사(인쇄) 경일제책사(제본)

펴낸곳 (주)문학동네
출판등록 1993년 10월 22일 제406-2003-000045호
주소 10881 경기도 파주시 회동길 210
전자우편 editor@munhak.com | 대표전화 031) 955-8888 | 팩스 031) 955-8855
문의전화 031) 955-1927(마케팅) 031) 955-2699(편집)
문학동네카페 http://cafe.naver.com/mhdn | 트위터 @munhakdongne

ISBN 978-89-546-3942-2 04820
    978-89-546-0048-4 (세트)

www.munhak.com

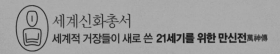

세계신화총서
세계적 거장들이 새로 쓴 **21세기를 위한 만신전**萬神傳

신화의 역사

카렌 암스트롱 지음 | 이다희 옮김

문명과 역사와 종교에 대한 해박한 지식을 바탕으로 쓴 신화 역사 개론서. 신화가 어떻게 진화해왔는지, 그리고 왜 우리가 아직도 신화를 간절히 필요로 하는지를 간결하고도 명쾌한 문장으로 설명한다.

페넬로피아드

마거릿 애트우드 장편소설 | 김진준 옮김

페미니즘 문학의 세계적 거장 마거릿 애트우드가 다시 쓴 21세기의 『오디세이아』. 오디세우스의 아내인 페넬로페에게 새로운 삶과 리얼리티를 불어넣고, 고대 미스터리에 대한 답을 내놓는다.

무게

재닛 윈터슨 장편소설 | 송경아 옮김

20세기의 가장 촉망받는 작가로 옥스퍼드 영문학사에 등재된 소설가 재닛 윈터슨에 의해 고대 그리스의 두 영웅 아틀라스와 헤라클레스가 다시 태어난다. 세계의 무게를 들어올린 자, 아틀라스에게 바치는 가장 현대적이고 가장 미래적이며 가장 눈물겨운 신화.

공포의 헬멧

빅토르 펠레빈 장편소설 | 송은주 옮김

러시아를 대표하는 신세대 작가 빅토르 펠레빈이 가장 대담하고 혁신적인 기법으로 그려낸 '미노타우로스의 미궁' 이야기. 시대를 초월하는 인간 정신의 원형이 현대에 어떤 식으로 해석되고 표현될 수 있는지를 극명하게 보여준다.

사자의 꿀

데이비드 그로스먼 지음 | 정영목 옮김

이스라엘 현대문학의 거장 데이비드 그로스먼이 성경의 행간을 읽어가며 새롭게 써내려간 삼손 이야기. 삼손에게 씌워져 있던 '영웅'이라는 장막을 과감히 걷어내고, 그 안에 감춰진 한 불온한 영혼의 고통스러운 삶으로 우리를 이끈다.

눈물(전2권)

쑤퉁 장편소설 | 김은신 옮김

중국 현대문학을 대표하는 세계적 작가 쑤퉁의 손끝에서 다시 태어난 맹강녀 이야기. 만리장성 노역으로 끌려간 남편을 찾아 먼길을 떠난 여인 비누가 여리지만 한없이 질긴 '눈물의 힘'으로 욕망이 들끓는 인간의 거리를 관통한다. 역사와 현실, 판타지를 넘나드는 기나긴 눈물의 여정.